# Utta Danella

# Der Maulbeerbaum

Roman

Schneekluth

Einmalige Jubiläumsausgabe Utta Danella
17 Romane in 18 Bänden

Im Vertrieb der Schuler Verlagsgesellschaft mbH, Herrsching



ISBN 3-7951-1116-1

Printed in Germany 1989

## Zum Geleit der Jubiläumsausgabe

*Seit vierzig Jahren gibt es den Franz Schneekluth Verlag, gegründet, besser gesagt, hoffnungsvoll begonnen im September 1949, er ist also genauso alt wie unsere Bundesrepublik Deutschland. Am Anfang war es ein Zimmer in einem Haus in Celle, denn in der Lüneburger Heide war Franz Schneekluth, von Dresden kommend, nach dem Krieg gelandet. Dem Mecklenburger gefiel die Landschaft, nur das Nichtstun war für ihn schwer zu ertragen, denn er liebte seinen Beruf, er war ein passionierter Verleger, ein Büchermensch durch und durch. In Dresden war er Verlagsleiter, dann Teilhaber des Wilhelm Heyne Verlags gewesen, von dieser Zeit hat er oft mit großer Begeisterung erzählt.*

*So geruhsam das Leben in der Heide war, immer nur mit dem Hund spazieren gehen und mit dem Förster fachsimpeln (auch sein Vater war Förster gewesen), konnte sein Leben nicht ausfüllen, und er zerbrach sich den Kopf, wie es denn eigentlich weitergehen sollte, genauso wie es viele Menschen damals taten.*

*Auch davon hat er mir oft erzählt, in seiner plastischen, temperamentvollen Weise; ich kenne seine Kindheit, seinen Werdegang und eben auch jene müßigen Jahre nach dem Krieg, die ihn zunehmend ungeduldig machten. Dann fing er also einfach an, und daß er es konnte, verdankte er einem kräftigen Darlehen von Bertelsmann aus Gütersloh. Darum liebte er die Bertelsmänner auch ganz besonders, und sobald ich meine ersten Gehversuche als Autorin gemacht hatte, nahm er mich mit nach Gütersloh, damit ich seine Freunde kennenlernte. Bertelsmann war auch damals schon ein imponierendes Unternehmen, wenn auch nicht der Gigant von heute, und die Männer jener Gründerzeit waren beachtliche Persönlichkeiten, die mich sehr beeindruckten.*

*Eine Persönlichkeit war Franz Schneekluth auch, und was für eine. Als er mich entdeckte, lag Celle schon weit hinter ihm, er residierte nun in einem modernen Verlagshaus in Darmstadt, er war sehr stolz auf dieses Haus, auf sein Büro und vor allem auf seine Mitarbeiter, von denen jeder Einzelne soviel leistete, wie heute meist kein ganzes Team. Und besonders stolz war er auf seine eigene Auslieferung. Wenn der Lastwagen an der Rampe vorfuhr und die Bücher abholte, strahlte er über das ganze Gesicht. Das konnte er übrigens gut; ich habe keinen anderen Menschen gekannnt, der so lebensbejahend, so zur Freude fähig war wie er.*

*Als 1956 mein erstes Buch »Alle Sterne vom Himmel« bei Franz Schneekluth erschien, war der Verlag schon ein etabliertes, angesehenes Unternehmen, der gute Autoren verlegte. Und der Verleger* war ein Verleger wie aus dem Bilderbuch, ein Büchermann, dem nichts auf der Welt wichtiger war als Bücher, und der ein Manuskript, das ihn ansprach, auch wirklich las, von Anfang bis Ende. Das war in meinem Fall eine beachtliche Aufgabe gewesen, denn das Manuskript, das ich eingereicht hatte, war über tausend Seiten stark. Er hatte es gelesen. Und teilte mir ganz schlicht mit, daß er es herausbringen würde, nur müsse ich es ungefähr um die Hälfte kürzen. Das war gar nicht so einfach, denn ich mußte es binnen weniger Monate tun. Heute noch wundere ich mich darüber, wie ich das geschafft habe. Noch mehr aber wunderte ich mich damals, daß jemand wirklich drucken wollte, was ich geschrieben hatte.

Geschrieben hatte ich zwar schon eine ganze Weile, für Zeitungen, für den Rundfunk, für eine Agentur, aber als Schriftstellerin sah ich mich eigentlich nicht. Das umfangreiche Manuskript war aus dem Erleben der hinter mir liegenden Zeit entstanden, die Nazis, der Krieg, die Angriffe auf Berlin, die Ignoranz der Provinz, schließlich die Nachkriegszeit in München, alles selbst gesehen und gut behalten. Ich hatte Zeit und es ging mir soweit ganz gut, also schrieb ich das einfach nieder.

Und dann war es plötzlich ein Buch.

Ich habe allen Grund der Welt, Franz Schneekluth dankbar zu sein, denn er holte mich aus einem leicht vergammelten Leben und ›nahm mich in die Pflicht‹, so drückte er das aus. Denn kaum war das erste Buch erschienen, befahl er: »Nun setz dich hin und schreib ein zweites Buch.« Mein Protest nutzte nichts, mein Einwand, daß ich gar nicht wisse, was ich nun schreiben solle, ebensowenig. »*Ein* Buch ist kein Buch,« sagte er. Also schrieb ich das zweite, und auf einmal war so etwas wie ein Beruf daraus geworden. Sofern man Bücherschreiben als Beruf betrachten will.

Ich bin ihm dankbar. Franz Schneekluth lebt nicht mehr, aber immer noch sein Verlag, und das nun seit vierzig Jahren, heute betreut und im Besitz von Ulrich Staudinger, und es kann mich doch eigentlich nur befriedigen, daß aus Anlaß des Jubiläums alle meine Bücher, die im Franz Schneekluth Verlag erschienen sind, neu gedruckt herauskommen.

1. Juli 1989

# *Ein paar Worte zuvor . . .*

Wie ich dazu kam, dieses Buch zu schreiben, will ich versuchen zu erklären. Es handelt sich um eine ganz alltägliche Geschichte, es passiert durchaus nichts Ungewöhnliches. Und warum ich Anteil nahm am Schicksal dieser Menschen, von denen ich erzählen will, hat mehr oder weniger persönliche Gründe.
Am Anfang war es nichts als eine flüchtige Reisebekanntschaft. Ich traf Werner Fabian und seine Frau vor einigen Jahren in einem Schweizer Kurort, und sie unterschieden sich in keiner Weise von anderen wohlhabenden Bundesbürgern, die man heutzutage auf Reisen im Ausland trifft. Ein tüchtiger Geschäftsmann, der es zu etwas gebracht hatte, eine hübsche, ver-

wöhnte Frau mit teuren Kleidern, und zusammengenommen ein Ehepaar, das sich nicht mehr viel zu sagen hat. Das war damals schon offensichtlich.

Das Besondere an Werner Fabian war vielleicht nur, daß er sehr gut aussah, ein Mann, nach dem die Frauen schauten und der das sehr gut wußte und wohl auch seinen Nutzen daraus zog. Ein großer Sportsmann dazu, ein hervorragender Schifahrer – in dieser Sportart jedenfalls begegnete er mir zuerst –, ein guter Tänzer und ein charmanter Plauderer. Charlott Fabian machte sich nichts aus Schifahren, sie bevorzugte den Liegestuhl oder die Eisbar, und da ihr Mann ihr selten dabei Gesellschaft leistete, suchte sie nach anderer Unterhaltung. Wir lagen einige Male nebeneinander in der Sonne, sie erzählte dabei dies und das, was mich kaum interessierte, doch ich horchte auf, als sie das erstemal, ganz nebenbei, die beiden anderen erwähnte: ihren Vater und ihre Schwester.

Ich stellte ein paar Fragen, und sie war erstaunt über mein Interesse. Viel konnte sie mir nicht sagen über das Leben dieser beiden Menschen, ihr Resümee läßt sich am besten mit zwei Sätzen zusammenfassen: Es ist so lange her, und es ist so weit weg. Dagegen ließ sich nicht viel sagen.

Später dann erfuhr ich mehr. Wir blieben in Verbindung, sahen uns gelegentlich, ich lernte sie besser kennen, und so kam es, daß ich in den vergangenen Jahren als Beobachter am Rande das Schicksal dieser Familie miterlebte. Oder besser gesagt, einiges davon miterlebte. Manches habe ich mir berichten lassen, vieles mußte ich erraten.

Ricarda sprach niemals gern von sich, es war schwer, ihr nahezukommen, wird wohl immer schwer sein. Und was Charlott so hinplaudert, ist nicht ganz ernst zu nehmen. Obwohl man natürlich aus diesem Geplauder vieles entnehmen kann, was mit Worten nicht ausgesprochen wird.

Am meisten erfuhr ich schließlich von Matthias. Matthias Wolff, der Großpapa. Er war nie verschlossen, erzählte gern und sehr plastisch, und es war nicht nur anregend, ihm zuzuhören, es war auch ein Gewinn, ihm zuzusehen. Seine Mimik, sein Lächeln, seine sparsamen, aber prägnanten Gesten; manchmal dachte ich, es wäre zweifellos ein guter Schauspieler aus ihm geworden. Und hierbei, während der Gespräche mit ihm, kamen nun also meine persönlichen Gefühle mit ins Spiel. Hier wurde ich angesprochen und angerührt.

Die Stadt, die ich als Kind gekannt hatte, erstand neu vor meinen Augen, so wie sie einmal war und nie mehr sein wird. Ihre alten Häuser, die Türme und Brücken, der breite silberne Strom, das geschäftige Leben in ihren Straßen. Und weiter, nicht nur die Stadt, auch das Land, die grüne Ebene ringsum, der dunkle, fruchtbare Boden, und in der Ferne, langsam näher rückend, wenn man darauf zufuhr, genau wie ich es einst gesehen und erlebt hatte, die blauen Berge. Der Kamm, die Koppe, die Bauden. Das Riesengebirge.

Ein Teil meiner Kindheit, auf ewig verloren. Ferngerückt, als gehöre es in eine frühe Märchenwelt, genauso wie Rübezahl, der Herr der Berge, der mir doch einst so wirklich erschien wie das Gebirge, das Land und die Stadt.

Was behält ein Kind an Eindrücken von einer Stadt, von einem Land? Oder besser gesagt, was gewinnt es für Eindrücke? Die Straßen, durch die es geht, die Kinder, mit denen es spielt, der Gebirgsbauer, bei dem man wohnt und der ein zutrauliches Pferd im Stall stehen hat, das man streicheln und mit Zucker füttern darf. Man bekommt die Zügel in die kleinen Hände und darf mit auf die Wiesen fahren, um das Heu einzuholen. So etwas vergißt sich nicht. Und was noch? Die Wohnungen der Verwandten und Bekannten, das Geschäft des Onkels, wo man von den Verkäuferinnen immer so liebevoll begrüßt wurde, das wuchtige Buffet im Wohnzimmer einer Tante, in dem Schokolade und Bonbons aufbewahrt wurden, die freundliche Nachbarin, die jedesmal staunend dasselbe sagte: »Jedid nee, nee, wie groß das Kindel geworden ist!« Dann das Haus der Großmutter in der Nähe der Stadt, ein altes geräumiges Haus mit einem großen Garten rundherum, in dem im Mai unend-

lich viele Fliederbüsche blühten und im Monat darauf die köst
lichsten Erdbeeren zu ernten waren. Und die Tiere natürlich
Treu, der Hund, ein grauer Schäferhundbastard von zärtliche
und zugleich heftiger Gemütsart, mit dem man heimlich da
Frühstücksbrot teilte, die Katzen, die Hühner, im Frühling ga
es kleine Zicklein, die ein seidenweiches Fellchen hatten un
drollige Sprünge machten und mitleidslos Ostern verspeis
wurden. Das verschwieg man mir jedoch. Als ich es späte
wußte, weigerte ich mich standhaft, am Ostersonntag zu essen
Dann wurden keine Zicklein mehr gezogen, der Braten gleic
im Laden gekauft.

Später, als ich zur Schule ging, waren es nur mehr Ferienerleb
nisse, denn ich wuchs ja in Berlin und nicht in Breslau au
Aber was waren das für herrliche Ferien! Ausflüge ins Land
herrliche Wochen im Gebirge, das Baden in der Weide und i
der Lohe, das Reiten aus der Stadt hinaus, am Südpark vorbe
in die Ebene, bis zu einem kleinen Ort, der Oltaschin hieß.

Das alles kehrte zurück, wenn Matthias Wolff erzählte. Un
noch vieles andere: der Scheitniger Park, die Jahrhunderthalle
der Zoo, alles Dinge, die einem Kind Eindruck machen. Da
Rathaus, mitten auf dem großen Ring gelegen, die Würstel
buden davor, der große Platz vor dem Schloß, der erste Thea
terbesuch, die Konditorei Huthmacher, wo es den guten Ku
chen gab, die herzliche, fröhliche Art, in der die Menschen mi
einem sprachen, wie gern sie lachten, wie gut ihnen der Kor
schmeckte – doch hat ein Kind Verständnis für die Schönhei
eines gotischen Bauwerks? Die barocke Front der Universität
Kann man noch wissen, wie der Dom aussah, die Sandinsel
Die Zeit, auch dies zu sehen und zu begreifen, blieb nich
mehr. Und wenn man wirklich einmal an der Hand eines E
wachsenen in die dunkle Kühle eines Kirchenschiffes mitge
nommen worden ist, man weiß doch nicht mehr, welche Kirch
es war. Man hat inzwischen so viele gesehen, hierzulande un
anderswo, sehr berühmte darunter, große Kathedralen, licht
Barockkirchen. Die vagen Bilder der Kindheit sind verblaßt.

Doch nein. An eine Kirche erinnere ich mich sehr gut. Obwohl sie nicht in Breslau stand, sondern drinnen im Gebirge. Die Kirche Wang. Über Brückenberg gelegen, wenn mich mein Gedächtnis nicht täuscht. Dort wurde eine Tante oder eine Cousine, vielleicht auch eine Freundin der Familie, genau weiß ich es nicht mehr, getraut. Ich weiß nur noch, daß ich mit meinen Eltern dort war, vielleicht vier oder fünf Jahre alt, und zum Blumenstreuen engagiert worden war. Es war ein heller, strahlender Sommertag, die Wiesen ringsum blühten vor dem dunklen Wald, man blickte weit ins Tal, alle waren fröhlich und vergnügt, und nachdem das Brautpaar aus der Kirche gekommen war, wandte sich die junge Braut zu den Bergen, hob grüßend die Hand und rief übermütig: »Rübezahl! Hörst du mich? Rübezahl! Wünsch mir auch Glück!«
Ich weiß noch, daß alle lachten, ich aber hielt erschrocken den Atem an und wartete auf die Antwort. Sie hatte ihn Rübezahl genannt. Das durfte man nicht. Das war sein Spottname, und das nahm er übel. Aber kein Donner erscholl, kein Fels brach herab, nur die Tannen rauschten leise im Sommerwind.
Heute ist das alles weg, verschwunden, Breslau, Schlesien, das Riesengebirge, als habe es nie existiert, sei nie vorhanden gewesen. Der Krieg hat den Mund aufgesperrt und hat es verschluckt. Er frißt ja alles, was er kriegen kann: Menschen, große und kleine, Erwachsene und Kinder, Häuser, Schiffe und Flugzeuge, Geld und Gut und das Glück der Menschen. Und eben auch Länder und Städte. Dieses Land und diese Stadt haben ihm offenbar gut geschmeckt. Es ist nichts davon übriggeblieben.
Anfangs hatte man noch davon gesprochen, was wohl aus allem geworden sein mag. Ob das Haus der Großmutter noch stehen mochte? Solange sie lebte, hatte sie gehofft, heimkehren zu können. Heute denkt kaum einer noch dran. Ob im Garten Erdbeeren wachsen? Wen interessiert das noch. Erdbeeren gibt es massenhaft zu kaufen in unserem Wunderland, sogar mitten im Winter. Gelegentlich hat man sich an dies oder das

erinnert, an Freunde und Bekannte, manche fanden sich wieder, manche blieben verschollen. Für mich war es nicht so interessant, wohl mehr für die ältere Generation. Froh war ich immer darüber, daß Treu schon tot war, als die große Flucht begann, daß er nicht verlassen und verständnislos zurückbleiben mußte. Nur die schwarze Katze blieb beim leeren Haus. Was sie sich wohl gedacht haben mag? Es war ein sehr kalter Winter mit vierundzwanzig Grad unter Null, und sie war gewohnt, auf der Bank am Ofen zu liegen, manchmal auch in der Stube im Sessel, wenn es die Großmutter nicht sah.

Ich habe es der Großmutter geradezu übelgenommen, daß sie das Tier nicht mitnahm auf die Flucht. »So eine kleine Katze«, sagte ich damals, Januar 1945, »die hättest du doch in die Tasche stecken können.«

Aber wer dachte an so etwas? Die Großmutter war alt. Und vollkommen verstört, daß sie plötzlich Haus und Hof verlassen mußte, den Ort, wo sie geboren war und an dem sie zeitlebens gewohnt hatte. Sie hatte ja sowieso so gut wie nichts mitnehmen können, nichts anzuziehen, kein Bett, gerade das bißchen Schmuck, ein paar Bilder, ihr altes Gesangbuch – du lieber Gott, da soll man eine Katze in die Tasche stecken!

»Ich hätte es getan«, sagte ich unvernünftig, als wir die Großmutter dann glücklich nach Süddeutschland bugsiert hatten. Dabei war ich damals, 1945, so klein auch nicht mehr. Alt genug, um so viel Verstand zu haben, zu wissen, daß man nicht an eine kleine schwarze Katze denken konnte, wenn die Welt unterging.

Aber all das will ich eigentlich gar nicht erzählen; es soll weder die Rede von mir noch von meiner Kindheit und schon gar nicht von meiner Großmutter sein. Ich wollte damit nur erklären, wie es dazu kam, daß mich das Schicksal von Großpapa Wolff und seinen Töchtern und allen, die noch daran hingen, so schrecklich interessierte. Gleich als ich das erstemal von ihnen erfuhr, und erst recht, als ich den Alten kennengelernt hatte. Es tauchten bei mir so viele Erinnerungen auf. Und wenn

Matthias Wolff erzählte – und wie ich schon berichtete, er erzählte gern –, dann dachte ich bei mir, er könnte genausogut mein Großpapa sein, der mir von dem fernen Land meiner Kindheit Kunde gab. Von Breslau, der schönen alten Stadt an der Oder. Von Schlesien, dem vielumkämpften Land, das jeder haben wollte und keiner gern hergab. Vom Zobten, vom Riesengebirge, von Rübezahl und seinen guten und schlimmen Taten. Und schließlich von den Menschen, die dort lebten, und von denen ich – zur Hälfte jedenfalls – auch abstamme.
Dazu kam die Familie Fabian, die mich in diesem Zusammenhang auch zu interessieren begann. Ich sprach ja schon davon. Werner Fabian, der reich gewordene Unternehmer, ein wenig verdorben vom Wirtschaftswunder, jedoch, was er geleistet hatte, mußte anerkannt werden. Und Charlott, nun ja, Frauen wie sie gibt es viele, gepflegt, hübsch, oberflächlich, ein bißchen dumm, berechnend, ein Kind unserer Zeit und der Welt, in der wir nun einmal leben.
Die Kinder? Teenager, wie sie heute eben sind. Brigitte, reichlich keß, sehr intelligent, offen gesagt intelligenter als Vater und Mutter zusammen, die junge Generation, die nichts weiß von dem Erleben der Älteren und auch nichts wissen will.
Der Junge, Thomas, ist noch ein Lausebengel, in der Schule ein Versager, im Gegensatz zu seiner Schwester. Dafür mit einem frechen Mundwerk begabt.
Ja und – Ricarda, die Schwester von Charlott Fabian. Ein abscheuliches Frauenzimmer, das war mein erster Eindruck. Verbittert, verbiestert, boshaft, unzugänglich. Und hochmütig. Hochmütig bis zur Arroganz. Keiner wußte, warum und worauf. Mein zweiter Eindruck, als ich sie etwas besser kannte: ein unglücklicher Mensch. Eine Frau, die um alles betrogen worden war, was einem Menschen das Leben lebenswert machen kann. Um Liebe, um Kinder, um einen Beruf, um irgendeine Art der Erfüllung. Betrogen um ihre Jugend, um ihre schönsten Jahre. Und das wußte sie sehr genau. Darum war sie so unausstehlich.

Eines Tages kam ich ganz folgerichtig zu der Erkenntnis: Aber sie sind ja typisch. Sie sind typisch für unsere Zeit, für das, was wir erlebt und erlitten haben. Sie sind geradezu erstklassige Modelle für die Menschen in unserem Land zur Jahrhundertmitte.

Dieses Wirtschaftswunderland mit seinen Wirtschaftswunderkindern! Wie gut, wie schön lebt es sich hier! Die Schornsteine rauchen, die Räder rollen, die Wagen werden immer größer. Werner Fabian hat natürlich einen Mercedes und außerdem für seinen Privatgebrauch einen Jaguar, Charlott fährt einen Citroën, dies nur nebenbei. Wieviel Belegschaft Werner heute in seinem Betrieb hat, weiß ich nicht genau, ich könnte ihn fragen, aber es ist nicht so wichtig; ich weiß auch nicht, was er für Umsätze macht, auf jeden Fall müssen sie beachtlich sein. Die Kinder sind verwöhnt. Brigitte kleidet sich wie ein Mannequin, obwohl sie erst siebzehn ist und noch zur Schule geht. Sie hat ein eigenes Reitpferd, und ihr Vater, der vernarrt ist in seine Tochter, erfüllt ihr jeden Wunsch.

Charlott hat natürlich einen Nerz und Werner eine Freundin, sie haben die schönsten Reisen gemacht und haben sich nichts mehr zu sagen, aber das schadet fast gar nichts, sie sind ja Wunderkinder. Wunderkinder unserer Zeit. Was einmal war, haben sie vergessen. Daß sie auf die Flucht ging mit dem Baby auf dem Arm und er halb verhungert aus der Gefangenschaft kam – wer denkt denn noch daran? Gerade darum sind sie ja Wunderkinder, nicht weil sie alles haben, was sie haben, sondern weil sie so leicht vergessen konnten, was geschehen ist.

Denn das Wunder hat sich nicht nur in ihren Geldbörsen, sondern auch in ihren Herzen und Köpfen vollzogen.

Ja, das sind die einen. Ganz deutlich aber erlebte ich am Beispiel dieser Familie, daß es auch noch andere gibt. Wahrscheinlich viel mehr, als wir wissen und vermuten. Die Stiefkinder. Die ihre Gefühle und Gedanken nicht so leicht umkrempeln konnten, deren Portemonnaies leer blieben, deren Träume immer nur Träume blieben und für die die Wirklichkeit immer grau und böse und hoffnungslos ist. Keine Hoffnung für Stiefkinder. Kein Weg, der fort-, der weiterführt. Kein Leben, das sich lohnt zu leben.

So ein Stiefkind war Ricarda. Und sie wußte es. Sie wußte auch, wie ungerecht es vom Schicksal war. Sie war viel klüger als ihre Schwester, viel reifer, viel warmherziger im Grunde, wenn sie sich auch alle Mühe gab, kalt und herzlos zu erscheinen. Sie war ein Mensch, der am Leben und an sich selber litt. Ein Mensch, der vom Glück vergessen worden war. Ihr konnte keiner helfen. Wenn sie selbst sich nicht half.

Die Wunderkinder. Die Stiefkinder. Hat es unbedingt etwas mit unserer Zeit zu tun? Möglicherweise gab es das immer schon. Genau wie die dritte, die ganz seltene, ganz kostbare Art von Menschen. Für die mir lange keine Bezeichnung einfiel. So einer wie der Großpapa, der alte Matthias Wolff.

Er ist weder das eine noch das andere. Ich weiß nicht, wie er in seiner Jugend war. Wie er war als Mann in der Mitte des Lebens. Ich kenne ihn nur so, wie er heute ist. Groß und hager und ungebeugt, mit immer noch geraden Schultern. Das Gesicht scharf geprägt, geradezu edel in seiner vom Alter gemeißelten Klarheit, nichts Verschwommenes, nichts Zaghaftes darin, klare graublaue Augen und ein dichter schneeweißer Schopf. Eine hohe kluge Stirn, doch dazu die Verschmitztheit in den Augenwinkeln, die Güte um den schöngezeichneten Mund, die Liebe zu den Menschen und zum Leben, das große, weise Verstehen im Blick. Dabei nicht ohne Kritik und unbestechlich im Urteil. Und immer bereit zum Lachen, zum Scherzen, zum Erzählen, zu einem guten Schluck.

Schwärme ich? Kann sein. Aber er ist einfach zum Verlieben. Mir ist jedenfalls so ein Mensch noch nicht begegnet. Nicht in alt und nicht in jung. Ich nehme an, seiner Mutter hat Rübezahl gewiß Glück gewünscht, als sie den Knaben zur Welt brachte. Denn Großpapa ist im Riesengebirge geboren, gar nicht weit von der Kirche Wang entfernt, das hat er mir jedenfalls erzählt.

Keine seiner Töchter hat sein Aussehen und sein Wesen geerbt. Sie sind beide auf ihre Art keine unebenen Mädchen. Charlott, das sagte ich ja schon, muß man durchaus als hübsche Frau bezeichnen. Und Ricarda – erlöst aus ihrer Bitternis – wäre sogar eine außerordentlich attraktive Frau.

Am ehesten finde ich den Alten noch in Brigitte wieder, diesem schrecklichen Fratz mit seinen siebzehn Jahren. Natürlich nicht seine Weisheit, seine Güte, seinen Humor. Aber die klaren graublauen Augen, das ebenmäßige Gesicht, das dichte Haar – sie wird eine Schönheit, daran ist nicht zu zweifeln. Und vielleicht wird sie einmal ein brauchbarer Mensch.

Aber wie klassifiziere ich den Großpapa nun? Er gehört nicht zu unseren Wunderkindern und natürlich auch nicht zu den Stiefkindern. Er ist – ja, wie nennt man das?

Ich wüßte schon einen Ausdruck. Aber es ist schwer, so etwas hinzuschreiben. So etwas kann man genaugenommen heutzutage nicht mehr sagen und schreiben. Ganz leise vielleicht nur. Er ist – ein Gotteskind.

Sagte ich vorhin, Rübezahl muß seiner Mutter Glück gewünscht haben? Das genügt wohl nicht. Das war es nicht allein. Der liebe Gott selbst hat da seine Hand im Spiel gehabt. Irgendwann hat er den Finger ausgestreckt und gesagt: Der da! Das ist einer für mich.

Und dann hat er ihm zugelächelt.

Ehe der Knabe geboren wurde? Als er in der Wiege lag? Als er die ersten Schritte machte? Als er zum erstenmal über eine blumige Wiese unter den Bergen kullerte? Als er an der Hand seiner Mutter zum erstenmal die Kirche Wang betrat? Ich weiß nicht, wann so etwas geschieht. Aber geschehen sein muß es, soviel ist sicher. Und darum sage ich es noch einmal, diesmal laut. Der Großpapa, der Matthias Wolff, der vor drei Jahren aus Breslau kam und den ich die Freude hatte kennenzulernen, der ist ein Gotteskind.

# *Vor dem Spiegel*

Über dem Kiefernwäldchen im Osten dunkelte der Abend herauf. Im Westen dagegen, wo eben die Sonne untergegangen war, leuchtete der Himmel in glühendem Rot. So glühend und heiß, wie der Tag gewesen war.

Brigitte Fabian, die auf dem schmalen Sandweg von den Tennisplätzen hinüber zur Villa radelte, sah beides nicht. Sie trat lässig die Pedale und blickte mit gerunzelter Stirn vor sich auf den Weg. Sie ärgerte sich. Erstens, weil sie den letzten Satz 6:2, 6:4 und noch mal 6:2 verloren hatte, was eine Schande war, und zweitens, weil dieser unverschämte Kerl sie hinterher auch noch geküßt hatte.

Was der sich einbildet! Weil er studiert und ich noch in die

Schule gehe, denkt er vielleicht, er kann mir imponieren. Mir imponiert keiner. Nichts und niemand. Meine Backhand war schlecht heute, faul und kraftlos. Vielleicht weil es so heiß war. Nächste Woche werde ich ein paar Trainerstunden nehmen. Dann werde ich es ihm zeigen. Sein Vater ist bloß Lehrer. Studienrat. Auch schon was. Was verdient man da schon groß? Und diese trübe Flasche studiert und gibt an wie eine Mondrakete. Wie der eigentlich zu uns in den Klub kommt? Da ist Jimmy ein ganz andrer Kerl, fährt ein Mercedes-Cabrio, und sein Vater – na, Baumaschinen, der macht noch mehr als mein Vater. Besser küssen kann er auch. Bettina ist scharf auf ihn. Aber Bettina ist keine Konkurrenz für mich. Bei Jimmy nicht. Und überhaupt in keiner Beziehung.

Ehe sie in den Zufahrtsweg zur Villa einbog, warf Brigitte noch einen flüchtigen Blick hinüber zur Fabrik, die man von hier aus gerade noch sehen konnte. Eben flammte die Leuchtschrift auf. Metallisch blau, weithin zu sehen. WEFA-MÖBEL.

Oben auf dem flachen Dach noch einmal, riesengroß, nicht zu übersehen. WEFA.

Das hatte Vater eine Menge Mühe gekostet, bis er die Genehmigung dafür bekam. Es gab Leute, die fanden, dadurch werde die Landschaft verschandelt. Lächerlich. In der Nacht sah man sowieso nichts von der Landschaft. Dafür beherrschte der blaue WEFA-Schrei nun die Nacht. Bis hinüber zum Bahndamm konnte man die Schrift lesen. Vom Zug aus genau wie von der Landstraße konnte keiner den Firmennamen übersehen. Bis vor zwei Jahren hatte das WEFA-Blau in ihre Schlafzimmer geleuchtet. Damals wohnten sie noch auf dem Werksgelände, im alten Haus der Großeltern, das immer wieder erweitert, verbessert, modernisiert worden war.

Vater war sentimental. Er trennte sich ungern von dem alten Haus. Doch dann hatte Charlott sich durchgesetzt, das neue Haus wurde gebaut. Groß und prächtig. Repräsentativ. Und nur zum ganz geringen Teil mit werkseigenen Möbeln ausgestattet.

Brigitte kurvte um das Haus herum in den Garten, lehnte das Rad an die Terrassenmauer, wo es wohl über Nacht stehenbleiben würde, wenn Plaschke es bei seinem abendlichen Rundgang nicht fand und in den Garagenanbau brachte.
Die Colliehündin, die unter der Koniferengruppe gelegen hatte, kam geschmeidig herangetrabt und begrüßte die Tochter des Hauses mit gemäßigter Freude.
»Na, dir ist wohl auch heiß?« fragte Brigitte und streichelte flüchtig die Hündin. Dann ging sie durch die offene Terrassentür ins Haus.
Alles leer. In der Diele traf sie Fanny, das Hausmädchen. Fanny stand vor dem großen Spiegel, sehr elegant in einem hellen, geblümten Kleid, stark geschminkt, tadellos frisiert.
»Sie gehen aus, Fanischka?«
»Das wissen Sie doch, Fräulein Brigitte.«
»Immer noch der Supermarkter?«
»Immer noch! Wie Sie wieder reden, Fräulein Brigitte. Ich kenne ihn ja gerade vier Wochen.«
»Bei Ihnen will das nicht viel heißen, vier Wochen sind eine lange Zeit, da kann sich viel ändern. Da war der Italiener, dann der Vertreter und dann der Barmusiker und – ich weiß gar nicht mehr alles.«
»Das waren doch nur Kleinigkeiten. So kurze Flirts. Nichts Ernsthaftes.«
»Und diesmal ist es ernsthaft?«
»Na ja.« Fanny schob sich die dunkle dicke Haarwelle tiefer in die Stirn. Betrachtete sich prüfend aus halbgeschlossenen Augen. »Vielleicht. Er verdient gut. Und später wird er mal Filialleiter.«
»Da wird Karl aber unglücklich sein. Wenn es diesmal wirklich Ernst ist.«
»Ach der! Das ist doch kein Mann für mich. Ein Lastwagenfahrer!«
Alle Verachtung der Welt lag in Fannys kindlich heller Stimme.

»Er verdient doch auch gut.«
»Ja, schon. Aber das ist auf die Dauer keine soziale Position für mich.«
Brigitte grinste. »Das ist der krasse Materialismus, Fanita. Sie sollten sich schämen. Wo bleibt die Liebe?«
»Liebe?« Fanny drehte sich um, endgültig zufrieden mit ihrem Spiegelbild. »Aber ich liebe ihn ja.«
»Welchen?«
»Na den. Den Neuen.«
»Karl haben Sie auch geliebt.«
»Karl hat mich geliebt«, stellte Fanny sachlich fest.
»Ist auch was Schönes. Und er ist ein anständiger Kerl.«
»Schon.« Karl, seit Jahren Fahrer bei der WEFA, treu, erprobt, zuverlässig, hatte sich wirklich sehr nachhaltig in das hübsche Stubenmädchen seines Chefs verliebt, kaum daß es seinen Posten vor einem Jahr angetreten hatte. Und er hatte es ernst gemeint. Selbst Brigitte mit ihren siebzehn Jahren hätte ihn als gute Partie für Fanny betrachtet. Nicht nur wegen des Verdienstes. Auch weil er war, wie er war. Anständig eben. Aber Fanny hatte Ehrgeiz. Und eine Menge Chancen.
»Wie machen Sie es eigentlich, daß Sie so viel Erfolg bei Männern haben?« fragte Brigitte mit ehrlicher Neugier.
Fanny lächelte geschmeichelt und betrachtete sich noch einmal befriedigt im Spiegel. »Wie ich das mache?«
Ihr Blick traf sich mit Brigittes Blick im Spiegel.
»Damit«, sagte sie herausfordernd.
Brigitte nickte. »Ich verstehe. Sie sehen wirklich gut aus. Nichts gegen zu sagen. Neues Kleid, nicht? Steht Ihnen gut.« Auch sonst war alles in Ordnung. Die Figur, die Beine. Und der leicht ordinäre Zug um Fannys Lippen störte die Männer wohl nicht. Ganz im Gegenteil vermutlich.
»Und wie ist das mit Ihrer eigenen sozialen Position?« Mit ironischer Betonung wiederholte Brigitte Fannys hochtrabende Formulierung. »Ich meine, als was gehen Sie so für gewöhnlich?«

»Ich sage, ich bin Kindermädchen hier in der Familie. Kindergärtnerin sozusagen.«
Brigitte lachte amüsiert. »Die Kinder sind ein bißchen groß, nicht?«
»Das wissen die doch nicht.«
»Auch wieder wahr.«
»Da kommt er.«
Fanny schob ihr Gesicht noch einmal dicht vor den Spiegel. Von draußen hörte man ein dezentes Hupsignal.
»Na, dann viel Spaß. Und überlegen Sie sich eine gute Erklärung dafür, warum Sie die Babys am Abend so oft allein lassen können. – Übrigens, sind meine Eltern da?«
Fanny, auf dem Weg zur Haustür, blieb abrupt stehen und wandte sich um. Ein boshaftes Lächeln erschien auf ihrem Gesicht, es sah aus, als wolle sie etwas sagen, aber dann schluckte sie es hinunter.
»Die Herrschaften sind weg. Heute ist doch das Sommerfest.«
»Ach ja, richtig. Die Gartenparty bei Wellmanns. Na, da haben sie ja Schwein mit dem Wetter.«
»Sie haben doch auch Party heute abend, Fräulein Brigitte.«
»Klar. Geht gleich los. Also tschüs. Und verloben Sie sich nicht gleich, sonst brauchen wir schon wieder ein neues Kindermädchen.«
Brigitte blieb nun ihrerseits vor dem Spiegel stehen und betrachtete sich von Kopf bis Fuß. Ihre Beine, schlank und braungebrannt, wirkten in den weißen Shorts noch länger, als sie sowieso schon waren. Sie drückte mit dem Finger auf eine Stelle an der Wade, die sich leicht verfärbt hatte. Das gab einen blauen Fleck. Da war sie gegen die Bank gestoßen, als der Kerl sie küssen wollte. Nicht einmal etwas dazu gesagt hatte er, nur gerade nach ihr gegriffen und sie an sich gezogen. Das könnte dem so passen. Brigitte Fabian war eine viel zu gute Partie für so einen kleinen Lehrersohn. Nicht mal einladen würde sie ihn, wenn sie im August ihre große Geburtstagsparty gab. Das würde ihn ärgern.

Sie ging in die Küche, die leer und aufgeräumt war, öffnete den riesigen Kühlschrank und hielt kurze Musterung. Dann mixte sie sich Zitronensaft mit Selters, goß einen Schuß Gin hinein und trank das Glas gleich halb leer. Wie still alles war! Frau Plaschke und ihr Mann waren offensichtlich auch schon in ihrer Wohnung. Beim Fernsehen vermutlich, das war nun deren ganzes Glück. Und die alten Herrschaften waren bei der Gartenparty. Ob Mutti nun doch das weiße Spitzenkleid angezogen hatte? Mit einer roten Rose am Ausschnitt? Kitschig. Aber so was gefiel ihr nun mal.

Was ziehe ich heute abend an? Das Hellblaue? Käse. Auch weiß? Ich könnte genausogut in Shorts bleiben bei dieser Hitze. Nein, viel was Besseres. Ich ziehe das Pariser Schwarze von Charlott an, das mit dem tiefen Dekolleté. Ist mir natürlich viel zu weit, aber das macht nichts, ist eben dann ein Sack. Jimmy wird verrückt. Und Bettina platzt.

Das Glas in der Hand, schlenderte sie in den ersten Stock hinauf. Alles still. War der Bengel etwa auch nicht da?

Thomas saß in seinem Zimmer, beide Hände in seinen dichten Schopf vergraben, vor sich Bücher und Hefte, eine halbgerauchte Zigarette zwischen den Fingern, die er an seiner Seite verschwinden ließ, als die Tür aufging.

»Ach, du bist's!« sagte er wegwerfend, hob die Hand wieder und nahm einen langen Zug.

»Du sollst doch nicht rauchen.«

»Geht dich gar nichts an. Ich muß denken.«

»Daran muß man natürlich gewöhnt sein. Wo hängt's denn?«

»Latein.«

»Kann ich mir denken. Du wirst ja schließlich immer blöder.« Sie beugte sich über seine Schulter. »Na und? Ariovist. Was ist denn daran so kompliziert?«

»Ich muß das übersetzen.«

»Was du nicht sagst!«

Ihr spitzer Finger landete auf einer Zeile. »Was hast du denn da für einen Unsinn geschrieben?«

Und ohne zu zögern, flüssig und melodisch las sie den Absatz herunter.

»Quod sibi Caesar denuntiaret se Haeduorum iniurias non neglecturum, neminem secum sine sua pernicie contendisse. Cum vellet, congrederetur; intellecturum, quid invicti Germani virtute possent. Ist doch kinderleicht. Hat der Adlerhorst geschrieben.«

»Wer?«

»Na, Adlerhorst. So hieß Ariovist auf germanisch. Ich möchte wissen, was du eigentlich lernst auf deiner Penne. Das ist doch Käse, was du da schreibst. ›Wenn du willst, dann werde ich dich besiegen.‹ Wer sagt denn so was? ›Wenn du willst, komm zum Kampfe!‹ Oder: ›Wenn du willst, stell dich zum Kampf. Dann wirst du erleben . . .‹ Warte!«

Sie nahm ihm den Füllhalter aus den verschwitzten Fingern, zog einen Zettel heran und schrieb, ohne auch nur eine Minute zu zögern, den ganzen Absatz in gutem Stil nieder.

»So ungefähr.«

»Danke«, sagte der Junge mürrisch. »Mensch, werd' ich froh sein, wenn die Ferien losgehen.«

»Noch drei Wochen, dann hast du's überstanden. Jedenfalls bis zum September.«

»Das wird meinen Nerven gut bekommen.« Thomas klappte das Buch zu, stand auf und streckte sich.

»Was ist denn nun los?«

»Ich hab' keine Zeit mehr. Muß zu Dieter.«

»Was? Du auch? Geht denn heute alles aus?«

»Scheint so.«

»Und wann machst du deine Aufgaben?«

»Morgen. Ist schließlich Sonntag, nicht? Hab' Zeit genug. Auf Familienbetrieb lege ich sowieso keinen Wert. Du, apropos Familie – wir sind die längste Zeit eine gewesen.«

»Wieso?«

»Dicke Luft. Die alten Leute haben sich vielleicht vorhin in der Wolle gehabt. Sie lassen sich scheiden.«

»Ach!« Brigitte glitt in einen Sessel, warf die nackten Beine über die Lehne. »Gib mir mal eine Zigarette.«
»Ich denke, du rauchst nicht.«
»Nur wenn große Dinge passieren. Sie lassen sich scheiden?«
»Ja. War vielleicht ein Krach heute nachmittag. Da war alles dran. Mutti hat geweint und geschrien, und Vater hat auch allerhand ausgepackt. Er hat 'ne Freundin, und sie weiß es.«
»Na und? Ist doch nichts Neues.«
»Seine Sekretärin?«
»Fräulein Lessing? Das ist doch lange vorbei. Nee, das ist jetzt was anderes.«
»Weißt du, wer?«
Brigitte warf ihrem Bruder einen raschen, prüfenden Blick zu und schüttelte den Kopf. »Keine Ahnung.«
»Ich dachte, du wüßtest es. Scheint aber Ernst zu sein. Er will sich scheiden lassen.«
»Na, wennschon. Früher oder später war das zu erwarten.«
Thomas starrte finster vor sich hin. »Ich weiß nicht – ich finde das blöd. Alles so ein Theater. Warum können sie sich denn nicht vertragen?«
»Das ist eben in einer Ehe so«, sagte Brigitte weise. »Ist eben schwierig. Und so wie Vater ist...« Sie sprach nicht weiter. Thomas war zu jung, er verstand das sicher nicht. Aber Brigitte liebte ihren Vater. Er war ein Mann, der den Frauen gefiel.
Er gefällt den Frauen. Er sieht gut aus, er hat viel Geld. Und wenn er einen so ansieht – also es geht mir ja selber so, und ich bin seine Tochter. Wenn er mich ansieht und zu mir sagt: Gittischatz, wir verstehen uns, nicht wahr? Also dann werde ich ganz schwach. Und wie mag er erst mit einer Frau reden, die er liebt. Mit Charlott nicht. Er liebt sie nicht mehr. Und sie ist ja auch – ihr fehlt eben manches. Weißes Spitzenkleid und eine Rose am Ausschnitt. In ihrem Alter. Sie müßte das ganz anders machen mit ihm. So einen Mann wie Vater muß man anders behandeln. Ich wüßte es. Und außerdem weiß ich, wer die Frau ist. Jetzt weiß ich es. Sie muß sehr gescheit sein. Jour-

nalistin. Gar nicht mal so viel jünger als Charlott. Aber ein ganz anderer Typ. Eigentlich – ein Typ wie ich. So wie ich später einmal sein werde.

»Was machen wir denn dann, wenn sie sich scheiden lassen?« fragte der Junge. Und es klang betrübt.

»Das wird sich finden. Und soweit ist es ja noch nicht. Geht gar nicht so leicht. – War denn der Krach so laut, daß du das gehört hast?«

»Ein doller Krach. Ich hab' alles gehört.«

»Du solltest dich schämen.«

»Ich? Warum denn? Die sollten sich schämen. War gar nicht zu überhören. Ich kam gerade vom Schwimmen. Fanny hat es auch gehört.«

Eine steile Falte erschien auf Brigittes Stirn. Daher also Fannys schadenfrohe Miene. »So etwas hasse ich«, sagte sie böse. »Man kann das auch leise erledigen, das Haus ist groß genug. Krach vor den Kindern und vor dem Personal. Das ist schlechter Stil.«

»Mensch, spiel dich bloß nicht so auf. Du hast ja 'nen Vogel.«

Brigitte stand rasch auf und drückte die Zigarette im Aschenbecher aus. Sie hatte keine Lust mehr, die Eheprobleme ihrer Eltern mit ihrem kleinen Bruder zu erörtern.

»Scher dich weg zu deinem Dieter. Und komm nicht wieder so spät nach Hause.«

»Mensch!« Thomas tippte sich an die Stirn. »Du solltest Lehrerin werden.«

Sie ging aus dem Zimmer, ohne noch etwas zu sagen.

Matthias Wolff betrachtete mit einem kleinen Lächeln den kümmerlichen Blumenstrauß, der vor ihm stand. Wie nett sie alle zu ihm gewesen waren! Kein Haß mehr. Nein. Fast kein Haß mehr. Schwester Bronislawa hatte sich sogar zu ein paar deutschen Worten aufgeschwungen. Gesundheit und langes Leben, Panje Wolff, hatte sie gesagt.

Gesundheit und langes Leben! Wann hatte es eigentlich angefangen, daß die Menschen wieder Menschen wurden? Kaum merklich war der Übergang gewesen. Man hatte gar nicht gemerkt, wieviel sich geändert hatte. Nun ja, drei Jahre, fünf Jahre, zehn Jahre – die Zeit lief davon. Sie hatte Blut und Tränen getrocknet, sie hatte den Haß ganz sachte einschlafen lassen. Duldung war daraus geworden. Gleichgültigkeit. Und nun vielleicht am Ende gar Freundschaft?

Ich brauche keine Freundschaft mehr, von nichts und niemand. Der Tod ist mein Freund. Das Leben ist mein Freund. Das Leben ist noch mein, doch der andere wird kommen. Die Menschen sind keine Freunde. Man braucht sie deswegen nicht zu hassen. Man kann sie sogar lieben. Und verstehen. Aber man wächst darüber hinaus, sie als Freunde zu betrachten. Ihre Freundschaft zu suchen. Eine Freundschaft, die man nicht gewinnt, kann man nicht verlieren. Und die Zeit ist so kostbar geworden, daß es sich nur noch lohnt, Dinge zu gewinnen, die man nicht verlieren kann. Aber das ist ja nicht wahr. Man kann alles verlieren. Man muß sogar alles verlieren. Die Freunde, die Dinge, die schön sind und habenswert, und das Leben. Sich selbst. Seltsam zu denken. Man verliert sich eines Tages selbst. Oder auch nicht? Was weiß man schon? Gar nichts weiß man. Wie gut. Und wie armselig.

Mein Gott, so alt zu werden und so arm zu sein, daß man nichts weiß. Ich weiß, daß ich nichts weiß. – Nicht gerade eine neue Erkenntnis. Nun mußte er über sich selbst lächeln. Nicht gerade bedeutend, so alt zu werden und nur nachzudenken, was andere schon gedacht hatten. Wenn sie aber recht gehabt hätten. Dann blieb wohl nichts anderes übrig, als dasselbe noch einmal zu denken und als eigene Erkenntnisse zu betrachten.

Außerdem war es gar nicht wahr, was er eben alles gedacht hatte. Er ging gerade daran, neue Dinge zu gewinnen. Auch neue Menschen. Sogar ein neues Leben. Und das mit siebzig Jahren.

Der alte Mann lachte vor sich hin.

Er war sehr neugierig auf dieses neue Leben. Er konnte es kaum erwarten.

Heinrich hatte das gewußt. Wenn man es genau betrachtete, war das eine Art Testament, das er ihm hinterlassen hatte.
»Ich weiß ja, daß du fort willst. Du hast es immer gewollt. Und jetzt ist höchste Zeit. Höchste Zeit, Matthias. Nicht nur für dich. Auch für das Mädel.«
»Mir bleibt nicht mehr viel Zeit«, hatte er erwidert. »Es lohnt sich nicht mehr.«
»Dir bleibt noch Zeit genug. Und für dich lohnt es sich. Kannst's mir glauben. Ich weiß es. Für dich lohnt es sich.«
Das waren eigentlich seine letzten klaren Worte gewesen. Gerade so viel Luft hatte er sich aufgespart, um ihm das zu sagen. Eine Stunde später war er gestorben.
Matthias trank den letzten Schluck Wein aus seinem Glas. Dann stand er auf, reckte sich zu seiner ganzen imponierenden Größe. Also dann würde man eben gehen. Ganz gleich, wie lang oder wie kurz die Zeit war. Heute hatte es sich entschieden. Gerade heute. Ein Tag war so gut wie der andere. Oder auch nicht.
Heinrich war gestorben an diesem Tage. Der letzte Freund. Verloren dieser Freund, wie alles verloren war.
Es ist nicht wegen mir. Wegen ihr. Sie muß fort. Ich muß ihr helfen. Und heute hat sie ja gesagt. Kaum zu glauben, aber sie hat ja gesagt. Morgen wird sie es zurücknehmen wollen, aber ich werde es nicht gelten lassen. Sie und ich, wir werden zusammen gehen. Für mich eine kleine Zeit. Für sie, wenn Gott will, noch eine lange Zeit. Und eine gute Zeit.
Ja, eine gute Zeit für sie. Ganz heiß und inbrünstig war dieser Wunsch in ihm. Sie hatte es verdient. Und Gott konnte nicht so hart sein, ihr immer wieder alles zu versagen.
Und jetzt würde er noch ein bißchen gehen. Er würde einen kleinen Spaziergang durch den warmen hellen Sommerabend machen. Zur Oder hinunter, er würde in den Fluß blicken, bald würde er ihn nicht mehr sehen. Er würde die Türme anschauen, den Himmel über der Heimat; heute abend war es Zeit, mit dem Abschied zu beginnen.

Er ging zum Schrank, nahm bedächtig den breiten schwarzen Hut heraus. Doch ehe er ihn aufsetzte, blieb er vor dem ovalen Spiegel stehen, der über der Kommode hing, und sah sich selber ins Gesicht.
Siebzig Jahre. Er mußte sich das vorsagen, um es zu glauben. Konnte es möglich sein, daß er wirklich siebzig Jahre alt war? Wo war die Zeit eigentlich geblieben?
Klar blickten ihn seine Augen an. Sein Mund lächelte. Nun also denn. Wer wußte denn, ob es zu früh oder zu spät war? Einmal war die rechte Stunde. Heinrich war genauso alt gewesen wie er. Siebzig Jahre. Und heute war er gestorben.
Ein Spaziergang also durch die Stadt. Er setzte den Hut auf, gab ihm einen leisen Ruck nach rechts. – Bis zur Oder hinunter. Und dann würde er den toten Freund noch einmal besuchen. Anndel würde froh sein, wenn sie nicht den ganzen Abend mit ihm allein blieb.
War es übrigens unrecht, Anndel allein zurückzulassen? Unsinn. Sie blieb nicht allein. Sie hatte Kinder und Enkelkinder, eine ihrer Töchter war mit einem Polen verheiratet. Anndel würde es bestimmt an nichts fehlen.
An der Tür kehrte er noch einmal um, ging zum Tisch zurück und nahm den kleinen Blumenstrauß aus dem Glas. Den würde er dem toten Freund mitnehmen. Seine Geburtstagsblumen. Einer würde ihm wohl auch Blumen bringen, wenn er einmal starb.
Aber ihm war absolut nicht nach Sterben zumute.

In ihrem Zimmer stieg Brigitte aus den Shorts, warf das weiße Blüschen auf die Couch. Mit einem Tuch band sie sich das aschblonde Haar hoch und begab sich ins Badezimmer. Sie blieb ausdauernd unter der Dusche, erst lau, dann kalt, dann heiß, dann wieder kalt. Ohne sich abzutrocknen, ging sie in ihr Zimmer zurück und stellte sich vor den Spiegel. Wie immer entzückte sie sich an ihrem Körper. Wie Perlen hafteten die Tropfen auf der seidenglatten Haut, die rundherum gleichmäßig braun war. Ihr Körper war knabenhaft schlank, die Schultern breit und wohlgeformt, die Brust schon entwickelt, klein und fest.

Ich bin schön, ich werde immer schön sein. Weil ich Rasse habe. Das sagt Vater. Jimmy hat neulich auch so etwas Ähnliches gesagt. Bettina hat keine Rasse. Ihre Oberschenkel sind zu dick, der Popo sitzt zu tief, und in fünf Jahren wird sie einen Busen haben wie eine Kuh. Komisch, daß man so oder so sein kann. Man kann nichts dafür.

Sie verrieb mit zärtlichen Fingern etwas Creme in ihrem Gesicht, puderte sich, Augenbrauenstift und Wimperntusche brauchte sie nicht. Die Wimpern waren lang, die Brauen dicht und schön geschwungen. Aber um die Augen malte sie sich mit geübter Hand eine kräftige schwarze Linie, die sich leicht im Augenwinkel verlängerte. Für die Lippen ein blasses Rosa. So.

Sie zog sich das Tuch vom Kopf, schüttelte das Haar mit beiden Händen aus und bürstete es dann energisch gegen den Strich. Viel mehr war nicht zu tun, es fiel dann ganz von selbst in die gewünschte Form. Die gewünschte Form war: etwas ungebärdig, etwas unordentlich.

Nun galt es aber ernsthaft das Problem zu überdenken, was man anzog. Sie öffnete beide Flügel ihres Kleiderschrankes und blickte grübelnd hinein. Auswahl war genug da. Sie verwarf die rosa, hellblauen und weißen Cocktailkleider, die Charlott so gut gefielen. Kein Anlaß heute abend. Kleine Party bei Bettina, ihre Eltern waren auch bei Wellmanns eingeladen. Man würde ganz unter sich sein. Unter sich, das waren ein paar Söhne und Töchter reicher Leute. Ein paar Außenseiter dabei. Der Sohn einer Straßenbahnschaffnerswitwe, der außerordentlich gut aussah und ein blendender Autofahrer war. Er mußte immer diejenigen fahren, die noch zu jung waren, um einen Führerschein zu besitzen. Und die Tochter vom Platzwart des Tennisklubs. Sie war ein verdorbenes kleines Luder, man sagte, sie habe mit allen Männern geschlafen, die je auf diesem Tennisplatz einen Schläger in der Hand gehabt hatten.

Brigitte verzog das Gesicht. Das war natürlich übertrieben. So schön war die auch nicht. Aber sie hatte irgend etwas, das stimmte schon. Und sie legte großen Wert darauf, zu diesen Partys der Jeunesse dorée zugezogen zu werden, was ihr auch fast immer gelang. Die Mädchen interessierte es, ihr zuzuhören und zuzusehen. Sie tanzte nur barfuß, und sie tanzte sehr gut. Und sie erzählte ohne Scham von ihren Erlebnissen. Erzählte vermutlich mehr, als sie je erlebt hatte, erlebt haben konnte mit ihren knapp achtzehn Jahren. Und dann war immer der Sohn von dem Schauspieler dabei. Sein Vater war der Charakterheld des Stadttheaters. Die Mädchen waren alle ein wenig verliebt in ihn, obwohl sie es nie zugegeben hätten. So etwas tat man heute nicht mehr, für einen Schauspieler schwärmen. Immerhin – ein schöner, begabter, vielgeliebter Mann. Er besaß eine vernachlässigte Frau und häufig wechselnde, immer sehr attraktive Freundinnen. Und ebendiesen Sohn, der den von allen geliebten Vater abgrundtief haßte. Wenn er etwas getrunken hatte, malte er ihnen in allen Einzelheiten aus, wie er den eitlen alten Gockel eines Tages umbringen würde. Das unterhielt auch immer auf das beste.
Brigitte, vor dem Kleiderschrank, seufzte. Es war immer dasselbe. Jimmy würde dasein, Axel, Doris, dieser blöde Charly, der einen ewig mit Liebeserklärungen anödete, und der und der und die und die. Immer dieselben. Man würde reden, tanzen, bißchen trinken, bißchen knutschen – ach!
Kein Grund, sich in Gala zu werfen. Sie zog müßig ein weißes Leinenkleid aus dem Schrank und ließ es dann auf die Couch fallen.
Wenn der käme, der heute nachmittag vom Tennisplatz, das würde mir Spaß machen. Den könnte ich den ganzen Abend ärgern. Ich würde nur mit Jimmy flirten, mit Jimmy tanzen, Jimmy küssen. Der würde platzen. Aber der kommt nicht. Bettina hat ihn nicht eingeladen. Sie kommt gar nicht auf die Idee. Er gehört nicht zu uns. Ich muß Bettina mal fragen, wieso er eigentlich im Klub spielen darf. Wer ihn mitgebracht hat

Klubmitglied ist er natürlich nicht. Wahrscheinlich käme er gar nicht zu unsrer Party. Er bildet sich ja ein, erwachsen zu sein. Für den sind wir nur Schulkinder. Teenager. Ob er eine Freundin hat? Ob er heute mit der ausgeht? Oder sitzt er bei seinem Vater, dem Studienrat, und macht Zukunftspläne? So einer ist das. So etwas macht der glatt. Zu Hause sitzen, Bücher lesen, büffeln, nur an das Examen denken. – Also was ziehe ich nun an?

»Tschüs«, kam von draußen die Stimme ihres Bruders. »Ich geh' jetzt.«

»Tschüs«, rief sie zurück. »Und komm nicht so spät nach Hause.«

Er war zwei Jahre jünger als sie. Aber da sie ein Mädchen war und er ein Junge, war das so gut wie zehn Jahre.

Das ist es eben. Und warum soll ich mich eigentlich mit den dummen Bengels abgeben, die auch nicht viel gescheiter sind als mein kleiner Bruder. Jimmy ist neunzehn. Der vom Tennisplatz – na ja, der wird vielleicht vierundzwanzig sein. Sieben Jahre älter als ich. Vielleicht ist er auch fünfundzwanzig. Bestimmt hat er eine Freundin.

Nackt, wie sie war, ging sie auf den Gang hinaus, zur anderen Seite des Stockwerks hinüber, wo die Zimmer ihrer Eltern waren. Man konnte ja mal einen Blick in Charlotts Kleiderschrank werfen.

Sie knipste das Licht an, als sie das Ankleidezimmer ihrer Mutter betrat, und sah sich selbst. Direkt gegenüber der Tür befand sich ein riesiger Spiegel.

Da war sie. Eine nackte junge Göttin, braun und bloß, das Haar schimmernd unter dem hellen Licht der Deckenlampe. Noch die Leuchten rechts und links vom Spiegel, jetzt war das Licht weicher. Mit einem wollüstigen Seufzer drehte sie sich vor dem Spiegel. Wie schön! Wenn er sie so sehen könnte, dieser Mensch von heute nachmittag, er würde glatt hier vor ihr auf den Knien liegen.

Irgendwie benahm sie sich albern. Sie schnitt ihrem Spiegelbild eine Grimasse und drehte eine rasche Pirouette. Schließlich hatte sie ja auf Charlotts Wunsch einmal Ballettunterricht gehabt. Nicht sehr lange, denn sie hatte sich nicht viel daraus gemacht. Sport war ihr lieber. Reiten, Schwimmen, Schi laufen, Tennis spielen. Charlott konnte das nicht begreifen. Sie war Tänzerin gewesen und wäre, das erklärte sie jedem, der es hören wollte oder nicht, sogar eine weltberühmte Tänzerin geworden, wenn nicht der Krieg gewesen wäre und alles, was er mit sich brachte.

»Der Krieg hat meine Karriere zerstört«, sagte Charlott immer mit ihrer gedehnten Stimme. »Ich wäre eine zweite Pawlowa geworden. Monsieur Duval hat das immer gesagt.«

Monsieur Duval war ihr Tanzlehrer gewesen, in Breslau, als Charlott noch ein Kind war und im Ballett der Oper mitgetanzt hatte. Sogar schon einmal einen Solopart.

Aber dann war eben Krieg, Charlott mußte fliehen, die Oper war vermutlich abgebrannt und mit ihr alle Ballettröckchen. Breslau war eine Festung, und man tanzte kein Ballett mehr. Von Monsieur Duval hatte man nie mehr etwas gehört.

Vielleicht hatten ihn die Russen mitgenommen, und er schulte mittlerweile eine neue Pawlowa. Oder er war irgendwann mit einer Bombe in die Luft geflogen.

So what, dachte Brigitte. Sie glaubte sowieso nicht an Charlotts tänzerische Begabung. Lächerlich, sich Charlott als Tänzerin vorzustellen. Obwohl Vater es sogar bestätigt hatte. Er habe sie selber tanzen sehen. In »Carmen« als Spanierin. Und im Holzschuhtanz in »Zar und Zimmermann«. Na bitte, mein Kind, sagte Charlott beleidigt.

Brigitte zog aus dem Schrank, was sie die ganze Zeit im Sinn hatte. Das schmale schwarze Kleid mit dem tiefen Dekolleté. Charlott hatte es aus Paris mitgebracht, aber nie getragen. Es war ihr einfach zu eng. Brigitte hatte gemeint: »Du kannst es mir ja geben.«

»Dir? Aber Gitti, für Schwarz bist du viel zu jung. Das ist kein Kleid für dich.«

»Du kannst es doch nicht anziehen.«
»Ich werde es schon anziehen. Es war schrecklich teuer. Wenn ich meine Diätkur gemacht habe, paßt es mir bestimmt.«
Nie würde es passen. Charlott aß so gern Kuchen und Konfekt. Tanzen tat sie nicht mehr, und für Sport hatte sie nichts übrig. Vor Pferden hatte sie Angst und zum Tennisspielen zu empfindliche Gelenke.
Als Brigitte das Kleid angezogen hatte, stieß sie einen leisen Pfiff aus. Das war schlechthin phantastisch. Das schlug jeden Rekord. Und dazu Charlotts silberne Sandaletten mit den hohen Absätzen. Und lange silberne Ohrgehänge. Die Schuhe sind ein bißchen eng. Macht nichts. Aber sonst ist das einfach umwerfend. Warum zieht sie sich nicht so an? Macht ihre Diätkur und zieht das an. Dann würde Vater vielleicht keine Freundin haben.
Sie ließ das Licht brennen und stöckelte die Treppe hinab in die große Diele. Still und stumm war das Haus. Kein Mensch da. Sie knipste alle Lichter an und ging mit lässigen Schritten durch alle Räume. Das große Terrassenzimmer, Vaters Zimmer daneben, der helle Salon mit den Biedermeiermöbeln – alles nicht von der WEFA möbliert –, das Eßzimmer, der halbdunkle Raum mit der Hausbar, dem Plattenspieler und dem Fernseher.
Sie legte eine Platte auf und drehte sich tanzend durch die Räume. Schön, wenn das Haus so leer war.
Herrlich, so allein zu sein. Lassie war ins Haus gekommen und folgte dem Mädchen langsam von Raum zu Raum.
Und wieder vor dem Spiegel in der Diele. Da, wo vor einer Stunde noch Fanny stand.
Nun ja, das war ein anderes Bild. Brigitte betrachtete sich entzückt. Aber natürlich war das viel zu schade für die blöde Kellerparty. Und sie hatte auch gar keine Lust mehr, dorthin zu gehen. Zu all den halbwüchsigen Gören. Es wäre schön, wenn jemand sie sähe. Aber nicht die. Nein, die nicht. Das Telefon. Bettina.

»Wo bleibst du denn, Gitti? Du bist noch zu Hause? Alle sind schon da.«

»Tut mir schrecklich leid, Bettina. Aber ich kann nicht kommen.«

»Du kannst nicht kommen? Warum denn nicht?«

»Wir haben Besuch gekriegt. Ganz plötzlich. Von auswärts. Freunde von meinen Eltern.«

»Na und?«

»Die alten Leute sind bei Wellmanns, das weißt du doch. Ich muß hier bleiben und den Besuch unterhalten.«

»Du lieber Himmel! Du spinnst ja. Warum denn gerade du?«

»Wer denn sonst?«

»Was sind denn das für Leute?«

»Ach, so ein älteres Ehepaar.« Sie dämpfte die Stimme. »Ich kann nicht so laut reden, sonst hören sie es.«

»Was fängst du denn mit denen an?«

»So reden halt. Bißchen Musik machen. Was trinken.«

»Ist ja gräßlich.«

»Gräßlich.«

»Kannst du nicht sagen, du mußt dringend weg? Jimmy kann dich holen.«

»Es geht wirklich nicht. Ich habe es Vater versprochen, daß ich hierbleibe. Wirklich, tut mir leid. Amüsiert euch gut.«

»Na, weißt du ...«

Die Lüge war ihr leicht über die Lippen gegangen. Nicht eine Minute hatte sie überlegt. Ganz von selbst hatte sich das ergeben. Hier allein im leeren Haus zu bleiben, war viel verlokkender als die kindische Party. Im Tanzschritt drehte sie sich zurück bis zur Bar.

»Darf ich Ihnen noch einen Cocktail mixen?« fragte sie lächelnd vor den leeren Sesseln. »Oder möchten Sie lieber etwas essen?« – Die imaginären Besucher wollten gern einen Cocktail trinken.

»Champagnercocktail«, entschied Brigitte befriedigt und begann sogleich zu mixen. »Und etwas Musik.«

Frank Sinatra: It's easy to remember ...
Ach, was für eine Stimme! Ging einem durch und durch. Sie sitzt im Sessel, trinkt den Cocktail, ist glücklich. Aber dann ... Sie lassen sich scheiden. Na, ich glaub's noch nicht. So einfach ist das nicht. Will Vater die Frau denn heiraten?
Sie kennt sie. Reporterin an einer Tageszeitung dieser Stadt. Jung, ehrgeizig, intelligent, sehr gut aussehend. Was ganz anderes wie die kleinen Mädchen oder Fräulein Lessing. Die wußte, was sie wollte, dieses Fräulein Helten. Erst heute abend ist es ihr gelungen, zwei und zwei zusammenzuzählen. Sie hat Vater einmal mit dieser Person in der Stadt gesehen. Rein zufällig. Daran war nichts Besonderes. Fräulein Helten hatte schließlich vor einem halben Jahr die große Reportage über das Werk gemacht. WEFA-Möbel, ein Name, ein Begriff. ›Werner Fabian, ein junger Unternehmer, wie er in unsere Zeit paßt. Ein gutaussehender Mann, der seine Tüchtigkeit hinter Charme versteckt.‹ So hatte sie damals geschrieben. Vater hatte geschmeichelt gelacht, als er die Zeitung las. Die Reportage war auch in ein paar auswärtigen Zeitungen erschienen.
Fräulein Helten versteckte offensichtlich ihren Charme hinter ihrer Tüchtigkeit. Irgendwann war Vater darauf gekommen. Was nicht zu verwundern war, denn er hatte viel Verständnis für die Reize einer Frau. Und diese Sybille Helten war mal etwas anderes. Ein gescheites Frauenzimmer. Vor vier Wochen war sie im Tennisklub aufgetaucht. Es war ein sehr exklusiver Klub, in dem Brigitte und ihr Vater spielten, nur die beste Gesellschaft. Aber eine tüchtige junge Karrierefrau, die überdies noch hübsch war, hatte möglicherweise Zugang zur guten Gesellschaft.
Am Anfang spielte sie nicht besonders gut. Aber inzwischen hatte sie Trainerstunden genommen, und dann gab es eine Menge gutspielender junger Männer, die gern mit der attraktiven Frau spielten. Sie hatte Fortschritte gemacht, das mußte Brigitte zugeben.
Nicht daß sie im Klub auffallend mit Vater geflirtet hätte, oder

er mit ihr. Da mal eine Cola, mal einen Whisky nach dem Spiel, meist in größerer Gesellschaft. Zwei- oder dreimal hatte er mit ihr gespielt, öfter nicht. Und trotzdem wußte Brigitte jetzt genau, daß sie es war und keine andere. Fräulein Lessing? Lächerlich. Sie würde noch zwanzig Jahre mit Vater arbeiten und ihn anbeten und, wenn er wollte, mit ihm schlafen.
Sybille Helten also. Wie alt mochte sie sein? Achtundzwanzig, dreißig? Charlott war sechsunddreißig. Kein Alter für eine Frau. Vater war fünfundvierzig. Erst recht kein Alter für einen Mann. –
Frankieboy sang: »But what else can you do at the end of a love affair?« – Was für eine Trompete!
Brigitte dachte: Nimm dich in acht, Charlott. Diesmal wird es Ernst.
Dann stand sie auf und schlenderte in die Küche. Sie würde jetzt etwas essen. Und dann vielleicht fernsehen. Oder weiter Platten hören. Sie konnte auch noch zur Party gehen. Die Besucher konnten ja inzwischen schlafen gegangen sein. Noch einmal blieb sie vor dem Spiegel stehen, betrachtete sich von Kopf bis Fuß. Die Beine, die schmalen Hüften, noch schmäler in dem Schwarz, die nackten Schultern und dann ganz aus der Nähe: ein schönes, schmales Gesicht, die Haut frisch wie ein Blütenblatt, klare graublaue Augen, schwarz umrandet. Sie gefällt sich sehr.

Ein paar hundert Kilometer entfernt, in einer anderen Stadt, einem anderen Land, in einer anderen Welt, blicken auch zwei Augen in den Spiegel. Dunkle, fast schwarze Augen. Der Spiegel ist klein, zeigt nur das Gesicht. Ein müdes, blasses Gesicht, ein verdüstertes Gesicht, ohne Freude, ohne Hoffnung. Nur die Augen leben, die Resignation ist noch nicht in ihnen angekommen, in ihnen ist Abwehr, Trotz. Und dann, während sie noch dasteht und sich in die Augen blickt, wechselt ihr Ausdruck in Verzagtheit und Angst. Staunen.
Ich habe ja gesagt. Warum habe ich ja gesagt? Ich will gar nicht.

Nur um ihm eine Freude zu machen? Weil ich weiß, daß er gern hinausmöchte. Daß er nicht resigniert hat wie ich, daß er glaubt, das Leben hat noch ein großes Wunder für ihn bereit. Oder viele kleine Wunder. Ich weiß es nicht. Ich weiß nur, daß er fortfliegen möchte, wie ein eingesperrter Vogel fortfliegen will.

Sie denkt es wirklich: wie ein eingesperrter Vogel. Und muß selbst über diese Formulierung lächeln.

Sie denkt für gewöhnlich nicht in poetischen Wortbildern. Das liegt ihr nicht. Und es ist in diesem Falle doppelt absurd, weil sie es im Zusammenhang mit einem Siebzigjährigen denkt.

Ein alter Mann von siebzig Jahren, ein Mann am Ende seines Lebens, wenn man nach herkömmlichen Spielregeln geht. Ein Mann, der so viel erlebt und erlitten hat, daß man meinen sollte, seine Jahre seien zur doppelten Last geworden, er sei nicht siebzig, sondern hundertundvierzig Jahre alt.

So wie ich nicht achtunddreißig bin, sondern achtzig, hundertachtzig, längst gestorben.

Ihr Vater jedoch ist siebzig Jahre alt und keinen Tag mehr. Heute ist sein Geburtstag. Am Nachmittag haben sie zusammen gesessen und den Wein getrunken, den Andrej ihr für ihn gegeben hat. Außerdem hat er von ihr ein Hemd aus grobem blauen Stoff bekommen und zwei Paar Socken.

»Mehr kann ich dir leider nicht schenken«, hat sie gesagt.

»Ich habe genug bekommen«, hat er erwidert und auf die Gaben gedeutet, die er aus der Klinik mitgebracht hatte. Mehrere Flaschen Schnaps, einen dicken Schal, den man zwar jetzt im Sommer nicht, aber dafür im Winter brauchen kann, und dann Lebensmittel. Alles mögliche haben ihm die Leute gebracht: Eier, Speck, Fleisch, Zigarren, Tabak. Ein kleiner Strauß von rosa Federnelken ist auch dabei. Und zwischen allen Geschenken ein merkwürdiges Stück: eine dicke goldene Kette. Eine schwere altmodische Uhrkette.

»Wie gern sie dich haben«, hat sie gesagt. Und als sie die Kette sah: »Lieber Himmel, von wem ist denn die?«

»Die brachte mir der dicke Krazowec. Du weißt schon, der alte Bauer, der hinter Hundsfeld den großen Hof bewirtschaftet.«
»Dieser alte Geizkragen? Der ewig seine Schulden nicht bezahlt hat? Einer der widerwärtigsten Patienten, an den ich mich erinnern kann.«
»Das war er zweifellos.« Ihr Vater schmunzelte vergnügt vor sich hin. »Außer mir wollte keiner mehr zu ihm hineingehen. Er schmiß mit allem, was ihm zwischen die Finger kam, wenn das Bein ihn schmerzte. Und wie er sich aufführte, wenn seine Maruschka ihm ein Fläschchen Wodka gebracht hatte. Weißt du noch? Ach, und seine Flüche! Wenn ich mal Zeit habe, muß ich hinausfahren und mir ein paar davon aufschreiben.«
Sie mußte lachen. »Ich glaube nicht, daß das nötig ist. Soweit ich mich erinnere, hast du damals schon die wichtigsten auswendig gelernt.«
Der Bauer war vom Heuwagen gestürzt, und das Rad war über sein Bein gegangen. Komplizierte Brüche, Quetschungen waren die Folge, später kam eine gefährlich aussehende Embolie dazu.
Sie hatten ihn lange in der Klinik liegen. Ein Patient, der ihnen das Leben zur Hölle machte.
»Er wird uns ewig dafür dankbar sein, daß er gesund nach Hause gehen konnte«, sagte ihr Vater.
»Das glaubst du.«
»Das weiß ich. Auch wenn er sich eher die Zunge abbeißen würde, ehe er danke sagt. Auf jeden Fall brachte er mir heute die Kette. Ich traute meinen Augen nicht. Sie ist nämlich echt, weißt du.«
»Beuteware wahrscheinlich, was sonst? Er wird sie einem gestohlen haben, als er fünfundvierzig ins Land kam. Oder er hat einen Deutschen dafür erschlagen. Ein feines Geburtstagsgeschenk.«
»Ja. Ich denke auch nicht, daß er sie rechtmäßig erworben hat. Sie muß ihm sehr viel bedeutet haben, daß er sie in all den Jahren nicht auf dem schwarzen Markt verhökert hat.«

»Auf das Geschenk kannst du dir etwas einbilden.«
»Tu ich auch.« Matthias grinste wie ein Lausbub, hob die Kette hoch und ließ sie schaukeln. »Ich würde sagen, ich habe sie ehrlich verdient. Fünf Monate lag er auf meiner Station. Manchmal träume ich heute noch davon.«
Und plötzlich, ganz unvermutet sagte ihr Vater: »Du könntest mir schon noch ein Geburtstagsgeschenk machen, Ricarda.«
Sie blickte mißtrauisch zu ihm hinüber. Seine Stimme hatte zwar ganz normal geklungen, aber es war ein Unterton darin, der ihr sagte, daß es sich um keine Bagatelle handelte.
»Was?« fragte sie kurz.
»Laß uns hinübergehen.«
Sie schwieg überrascht. Er hatte lange nicht mehr davon gesprochen. Sie hatte gedacht, er hätte den Wunsch begraben. Ohne ihn anzusehen, langte sie nach den Zigaretten, schob sich eine zwischen die Lippen. Wie immer gab er ihr höflich Feuer und füllte dann noch einmal ihre Gläser.
Sie wartete, ob er noch etwas sagen würde. Aber er hatte Geduld, er wartete auf ihre Antwort.
»Aber jetzt doch nicht mehr«, murmelte sie schließlich.
Es hatte eine Zeit gegeben, da wäre sie gern gegangen. Gleich nach dem Krieg, auch die folgenden Jahre noch. Hinüber, wo das Leben war. In das Land der Verheißung, in die Freiheit. In eine neue Heimat, da man ihnen die alte genommen hatte. Hinüber, das hieß nicht nur in den Westen, das hieß auch: endlich ein eigenes Leben haben. Mensch sein, Frau sein. Ihr Studium vollenden, ein Ziel vor sich sehen. Und wieder gleichwertig zu sein den anderen, die um einen lebten, Rechte haben, eine Stimme, ein Gesicht, nicht mehr ausgestoßen und minderwertig zu sein.
Aber es gab keine Möglichkeit, hinauszukommen. Das Leiden ihrer Mutter, die ganze ausweglose Situation. Auch ihre Arbeitskraft war wertvoll genug, ihr die Ausreise zu verweigern. Aber es war ein Sklavendasein, und so hatte sie es immer betrachtet. Dann kam eine Zeit, da wollte sie nicht mehr fort.

Die Lebensbedingungen wurden einigermaßen erträglich. Und natürlich Andrej, der behauptete, sie zu lieben, und sie dennoch, auch er und er erst recht, noch mehr versklavte. Vor zwei Jahren hatte er geheiratet, ein junges farbloses Mädchen, die Tochter des Chefarztes. Inzwischen war Andrej Stellvertreter des Chefarztes geworden. Aber er liebte sie immer noch. Er wollte sie nicht loslassen, er sah sie an mit seinen glühenden Augen, er streifte ihre Hand, er kam immer wieder in ihre Nähe.

Er hatte immer Freude daran gehabt, sie zu quälen. Es war seine Art von Liebe. Und es hatte eine Zeit gegeben, da hatte sie sich gern quälen lassen. Als er heiratete, dachte sie, nun würde sie ihn hassen. Aber nicht einmal das. Eine tiefe Gleichgültigkeit erfüllte sie.

»Zwischen uns wird sich nichts ändern«, das waren seine Worte gewesen.

Sie hatte ihn stumm angeblickt. Und dann gelächelt. Und seitdem war Kampf zwischen ihnen. Ein Kampf, in dem sie unterliegen würde, auch das war ihr klar.

Laß uns hinübergehen. Auch dieses Problem würde damit gelöst sein.

»Sie werden uns nicht gehen lassen.«

»Doch. Ich glaube, diesmal gelingt es uns. Vielleicht wird dir Andrej helfen.«

Sie lachte. »Meinst du? Denkst du, er wäre erleichtert, wenn ich nicht mehr hier wäre?«

»Vielleicht. Schließlich ist er nun verheiratet. Und der Chef weiß genau Bescheid über dich und ihn. Er ist heute dein Feind, denn schließlich ist seine Tochter Andrejs Frau. Man kann das verstehen. Oder nicht?«

»Doch.«

»*Er* würde deine Ausreise gewiß befürworten.«

Daran hatte sie noch nicht gedacht. Ja, der Professor würde alles tun, damit sie bald und reibungslos das Land verlassen konnte. Wohin sie wollte, auch in den Westen.

Auf einmal erschien es ihr so wünschenswert wie nichts auf der Welt, bald fortzugehen. Der Professor war ihr Feind. Wenn es ihm zuviel wurde, konnte er sie jederzeit entlassen. So knapp waren die Schwestern heute nicht mehr. Andrej war auch ihr Feind. Er hatte zwar eine junge Frau, die in drei Monaten ein Kind erwartete, aber er wollte, daß sie weiterhin seine Geliebte blieb. Und sie würde es wieder sein, auch wenn es ihr bis jetzt gelungen war, hart zu bleiben.
Ihr Vater betrachtete sie mit leicht geneigtem Kopf durch den Rauch seiner Zigarre. Er wußte genau, was jetzt in ihrem Kopf vorging. Es waren die richtigen Gedanken, fand er. Denn es war ja nicht nur seinetwegen, auch ihretwegen. Sie mußte auch aus diesem Konflikt erlöst werden, der sie so bitter und so hart gemacht hatte.
»Ich bin jetzt siebzig Jahre alt«, sagte er nach einer Weile bedächtig. »Sieben Jahrzehnte. Ist nicht soviel. Oder doch sehr viel. Man verliert den Respekt vor der Zeit, wenn man so viel davon verbraucht hat. Aber ich möchte ...«, und nun lächelte er, geradezu sehnsüchtig war dieses Lächeln, »... ich möchte wissen, wie es drüben ist. Wie sie leben. Wie es sein muß, frei zu sein.«
Da hatte sie das erstemal gedacht: wie ein eingesperrter Vogel. Wie es sein muß, frei zu sein.
Als sie nichts sagte, fragte er nach einer Weile: »Möchtest du sie denn nicht wiedersehen? Deine Schwester? Möchtest du die Kinder nicht sehen?«
Sie lachte bitter. »Ja, und vor allem Werner Fabian, nicht wahr? Meinen Schwager.« Sie betonte das Wort voller Gehässigkeit.
»Es ist so lange her, Ricarda.«
»Zu lange. Es gibt keine Bindung mehr. An ihnen liegt mir gar nichts. Gar nichts, daß du es weißt. Meine Schwester!«
Sie haßte ihre Schwester. Auch die Kinder, die sie nicht kannte. Und Werner am allermeisten.
Sie haßte alle und jeden, hier und dort. Sie wollte hier nicht bleiben und dort nicht hin.

»Heinrich ist heute gestorben«, sagte ihr Vater nach einer Weile.

Sie blickte ihn überrascht an. »Heute? Woher weißt du das?«

»Anndel hat mich geholt, ich kam gerade noch zurecht. Er sagte auch: Ihr müßt fort. Ihr müßt 'rübergehen. Schon wegen dem Mädel.«

»Warum hast du mir nicht gleich gesagt, daß er tot ist?«

»Ich wollte dir den Appetit zu unserem Geburtstagsessen nicht verderben. Du erfährst es jetzt noch früh genug.«

Nun war also wirklich keiner mehr da. Onkel Heinrich, ihr alter Freund seit frühester Kindheit. Er hatte immer gesagt, daß sie gehen sollten.

Und was hielt sie nun wirklich noch hier. Sie waren ganz allein, nur sie beide. Zwei Menschen in einer feindseligen Welt. Keiner, der sie haben wollte. Und ihr Vater wollte so gern fortgehen, das wußte sie. Ohne sie würde er nicht gehen. Und dann hatte sie ja gesagt.

Jetzt steht sie in dem kleinen Schwesternzimmer, ihr Nachtdienst beginnt in einer Viertelstunde, sie hat die Patientenliste vor sich liegen: Frischoperierte, Genesende. Zwei Tote. Auf dem Tablett ordnet sie die Schlaftabletten und die Spritzen, die sie brauchen wird.

Schwester Bronislawa kommt hereingefegt, eilig wie immer, gibt einen kurzen Bericht, ein paar Hinweise. Und nun ist sie wieder allein, steht vor dem Spiegel und blickt sich ins Gesicht.

Ich habe ja gesagt. Weil Vater gern fort möchte. Mir ist es egal. Mein Leben ist zerstört. Es wird drüben so weitergehen wie hier. Ich werde dort auch als Schwester arbeiten. Schwestern kann man überall brauchen. Aber ich will Lottel nicht sehen und Werner nicht, und die fremden Kinder interessieren mich schon gar nicht.

Ich muß nicht bei ihnen bleiben. Wenn schon Freiheit, dann soll es eine vollständige Freiheit sein. Ich werde weiter gehen, immer weiter. Nach Amerika. Nach Australien. All diese Entwicklungsländer, überall wird man Krankenschwestern brauchen. Ich gehe bis ans Ende der Welt. Wo keiner mich kennt. Ich kann auch hier diese Schlaftabletten schlucken, die vor mir liegen, dann bekomme ich schon heute alle Freiheit, die ein Mensch haben kann, und gelange noch in dieser Nacht ans Ende der Welt.

Doch das sind müßige Gedanken. Das tut sie nicht. Sie ist eine gläubige Katholikin. Alles wurde in ihr zerstört, doch dies eine nicht. Vorhin auf dem Weg zur Klinik ist sie rasch in die Kirche gegangen, hat ein paar Minuten vor Maria gekniet und gefragt: Was soll ich tun? Soll ich gehen oder soll ich bleiben?

Die Madonna lächelte zärtlich auf sie herab und schwieg. Heute hat sie nicht geantwortet. Vielleicht wird sie morgen antworten oder übermorgen. Vielleicht im Traum. Vielleicht nie, und sie muß selbst entscheiden. Aber sie hat schon entschieden. Sie hat ja gesagt.

Die rote Rose am Ausschnitt ist verwelkt. Die Nacht hat keine Abkühlung gebracht, noch immer haftet die Schwüle dieses heißen Tages unter einem Himmel, der nicht hoch und klar ist, sondern dunstig und voller Schwerfälligkeit auf der Stadt lastet.

Konsul Bruck hat sie beim Tanz viel zu eng an sich gedrückt, er ist klein und dick, seine Hände sind feucht, auch ihre Hand wird feucht davon, und besonders unangenehm ist diese fleischige, schwitzende Hand auf ihrem bloßen Rücken. Konsul Bruck hat der Rose den Rest gegeben. Doch das stört ihn nicht. Er ist ein reicher und mächtiger Mann, er hat schon ganz andere Dinge als eine Rose zerdrückt. Er hat noch viel mehr Geld als Werner Fabian, und ohne seine Kredite, die er bereitwillig vor zehn Jahren gab, wäre die WEFA nicht das geworden, was sie heute ist.

Dafür nimmt er sich auch heraus, Charlott Fabian fest an sich zu pressen. »Kleine Frau, ich habe mein Herz an Sie verloren, das wissen Sie ja. Wann wird es denn endlich was mit uns

beiden, hm? Kleine Reise ans Meer, hm? Wir brauchen es dem Herrn Gemahl ja nicht zu erzählen.«
Sie hat dazu gelächelt wie immer. Und irgend etwas Dummes darauf gesagt. Es bleibt sowieso nur leeres Geschwätz, das weiß sie, und das weiß er. Der Konsul mag ein mächtiger Mann sein, ein heimlicher Regent in dieser Stadt. Die Konsulin ist mächtiger. Wenn er ans Meer fährt, dann nur mit ihr. Aber er darf nicht ans Meer. Die Konsulin steckt ihn in ein Sanatorium, dort muß er Diät leben, hungern für viel Geld, bei Bädern und Massagen schwitzen. Denn die Konsulin will ihn am Leben erhalten. Will ihn gesund und aktionsfähig haben noch auf viele Jahre hinaus. An Geld würde es ihr nicht fehlen, wenn er sich zu seinen Vätern versammelt. Aber das Geld allein genügt ihr nicht. Noch viel mehr als er braucht sie die Macht, genießt es, die Herrscherin über die Großen, Größeren und Beinahe-Größten dieser Stadt zu sein. Sie ist die Größte. Aber nur solange er lebt. Wenn er stirbt, wird sich keiner mehr um sie kümmern, denn keiner kann sie leiden. Sie weiß das. Und es bereitet ihr eine grimmige Freude, wenn sich alle um sie drängen und ihr die Füße lecken.
Jetzt sitzt sie drüben auf der breiten Wellmannschen Terrasse und hält hof, in zyklamenfarbige Seide gezwängt, ein Hütchen aus weißen Blütenblättern auf dem goldgefärbten Haar. Rundherum blitzt und funkelt es an ihr von wertvollstem Schmuck, um den Hals, auf dem vollen Busen, an den Armen, an den Fingern. Sie sollte sich noch etwas um die Fußgelenke wickeln, denkt Charlott. Fehlt einem direkt. Dieser Hut! Und wie sie schwitzen muß! Ihr Mieder muß wahnsinnig eng sein. Unter den Schulterblättern, über dem Busen quillt das zusammengepreßte Fleisch in Wülsten heraus. Warum sie sich bloß so dekolletiert, in ihrem Alter und bei dieser Figur?
So alt ist sie noch gar nicht. Sie hat kaum Falten in dem runden Puppengesicht unter dem weißen Hütchen. In dem Fett siedeln sich keine Falten an. Das Fett verschluckt sie liebevoll.
Ob ich auch einmal so aussehe? In zehn Jahren? In zwanzig?

Lieber vorher sterben. Ich habe auch zugenommen. Um die Hüften, um die Taille. Das weiße Leinenkostüm vom vergangenen Sommer kann ich nicht mehr tragen.
Und hochmütig wie immer, denn Elisabeth Charlotte Fabian, die Lottel aus Breslau, trägt gern einen dummen Hochmut zur Schau, denkt sie: Ich brauche schließlich auch kein Kostüm vom vergangenen Jahr zu tragen. Wäre ja noch schöner.
Aber es ist trotzdem ärgerlich, daß es nicht mehr paßt. Und es tut gut, die Konsulin anzusehen, weil sie viel, viel dicker ist als man selbst. Ihre paar Polster wird sie loskriegen, wenn sie ernstlich will.
Übrigens gehört der Miederfabrikant, aus dessen Firma vermutlich das enge Korselett der Konsulin stammt, auch zu dem Kreis, den die Konsulin um sich versammelt hat. Der Miederfabrikant ist ebenfalls ein immens reicher Mann. Er möchte gern Konsul werden. Falls mal etwas frei wird oder sich irgendwo ein kleiner Negerstaat selbständig macht.
Werner könnte auch Konsul werden. Sie hat einmal davon gesprochen, doch er hat sie ausgelacht. »Das fehlte mir noch. Ich habe gerade Verpflichtungen genug.«
Nun sind ihre Gedanken glücklich wieder bei ihm angelangt. Eigentlich hat sie sich den ganzen Abend lang nur mit ihm beschäftigt. Als sie mit dem dicken Konsul tanzte, als sie mit Lucie Wellmann das kalte Büfett begutachtete, als der Junior von Jablowsky ihr den Hof machte, sehr intensiv übrigens wieder, die Konsulin hat ihr mit dem Finger gedroht. Werner schien es gar nicht zu bemerken. Vermutlich ist es ihm gleichgültig.
Wie sie ihn haßt! Mit schmalen Augen blickt sie zu ihm hinüber, den hübschen weichen Mund böse verzerrt. Sie steht im Schatten der Büsche, hat sich dorthin gerettet vor den feuchten Fingern des Konsuls. Ihre Wangen glühen, ihre sanften blauen Augen sind ganz dunkel vor Zorn. Wie gut, daß er nicht Konsul geworden ist! Denn dann wäre die andere Frau Konsul und könnte die Empfänge geben. Diese Person, diese Zeitungs-

schmiererin, die sich die Männer einfängt, wo sie sie kriegen kann.
Seit sie den Verdacht hat, daß dieses Frauenzimmer seine neueste Liaison ist, hat sie sich ein bißchen umgehört. Nicht weniger als drei Liebschaften in anderthalb Jahren, seit sie wieder in der Stadt ist, sagt man dem hochbeinigen Mädchen nach. Wer weiß, wie viele unbekannt geblieben sind. Auf jeden Fall waren es immer wohlhabende Männer und nur einer davon unverheiratet. Werner ist nun also der vierte.
Er hat gelacht, als sie ihm das heute nachmittag höhnisch vorgerechnet hat. »Du bist nicht dabeigewesen, nicht wahr, meine Teure? Von mir weiß jedenfalls keiner etwas. Und wenn du nicht darüber plauderst, wird auch keiner etwas erfahren. Wenn du aber partout willst, kannst du es ruhig tun. Sybille ist das gleichgültig.«
Sehr fraglich, ob es Sybille so gleichgültig sein würde. Ihr Ruf ist sowieso nicht der beste. Jedenfalls bei den Frauen. Hochbeinige, schlanke Mädchen mit kühnem Gesicht und unabhängiger Lebensweise, Mädchen mit Verstand, mit Intellekt, Mädchen, die sich von selbstverdientem Geld einen Wagen kaufen und eine Spanienreise leisten können, solche Mädchen sind bei bürgerlichen Ehefrauen, ganz egal ob Hinterhausklasse oder High-Society, immer unbeliebt. Natürlich wird solch ein Mädchen nicht zu dieser Gartenparty eingeladen. Nicht bei Lucie Wellmann, nicht bei der Konsulin, nicht bei dem Miederfabrikanten. All dies ändert sich jedoch schlagartig, wenn aus diesem Mädchen Sybille Fabian wird. Das weiß Charlott genau. Das hat man bereits miterlebt. Angenommen, Werner gelingt es, sich von ihr scheiden zu lassen – es wird ihm nicht gelingen, o nein – aber angenommen, und er heiratet dieses hochbeinige Girl, dann sieht alles anders aus. Dann *wird* sie auf dieser Gartenparty tanzen. Die Frauen werden sie vermutlich auch dann noch nicht lieben. Aber sie wird dazu gehören.
Ich nicht mehr. Ich werde reichlich Geld von Werner bekommen, ich kann ein hübsches Haus haben, Reisen machen, na-

türlich auch noch Gäste empfangen. Ein paar alte Tanten zum Kaffeeklatsch. Eine Bridgerunde. Aber hier werde ich nicht mehr eingeladen. Ich bin draußen. Die andere wird drin sein.
Sie ist nicht hübscher als ich. Ein bißchen jünger, schlanker, größer und ...
Sie unterbricht unwillig die Gedankenkette. Jünger, schlanker, größer, das geht alles noch. Aber was sie hinzusetzen müßte: klüger! das will sie nicht denken. Solange Werner hier und da seine kleinen Seitensprünge macht, die Sekretärin, auf Reisen, im vergangenen Jahr die Operettensoubrette vom Stadttheater, sicher noch manches, was sie nicht weiß und gar nicht wissen will – bitte sehr! Aber dieses Mädchen ist anders. Selbständig und selbstbewußt. Eine Frau der nächsten Generation. Es sind nur ein paar Jahre, die sie trennen, kaum der Rede wert, und natürlich ist es die gleiche Generation. Und doch ist sie von der nächsten Generation. Eine von der Frauengeneration, die sich auf sich selbst verläßt.
Und trotzdem will sie einen reichen Mann heiraten. Obendrauf und gratis dazu. Karriere im Beruf und einen Mann mit Geld dazu.
Das ist einfach ungerecht.
Ich habe auch nicht beides bekommen. Ich hätte auch Karriere machen können. Eine andere Karriere als so ein paar alberne Artikel in einer Provinzzeitung schreiben. Eine Karriere als Künstlerin. Ich konnte tanzen. Und wie ich tanzen konnte.
Unwillkürlich hebt sich Charlott auf die Fußspitzen, setzt den linken Fuß nach auswärts, winkelt graziös den Arm.
Warum hatte sie aufgegeben? Der Krieg? Die Flucht? Das Kind? Alles keine Gründe. Sie war zwanzig Jahre alt, ihr Körper jung, biegsam und trainiert.
Aber wo sollte man damals eigentlich tanzen? Da war ein Baby zu versorgen. Und dann kam Werner. Sie liebte ihn. Nicht viel später kam Thomas zur Welt.
Sie liebte ihn. Sie liebt ihn heute noch. Sie hat ihn geliebt, seit sie ihn das erstemal sah, als er neben Ricarda in den Laden

kam. Sie weiß es noch wie heute, es war schon Abend, halbdunkel. Sie war von der Probe gekommen, Monsieur Duval hatte sie gelobt, und sie wollte es Vater erzählen. Lottel, blutjung, naiv, fröhlich, voll schwärmerischer Neugier, ein klein wenig schon verdorben vom Garderobengeschwätz.

Er kam mit Ricarda in den Laden. Die Leutnantsuniform stand ihm prächtig, er war schlank und groß und unwahrscheinlich schön. Blond und braungebrannt, mit weißen blitzenden Zähnen, die er lachend zeigte. Niemand im Theater, keiner der Sänger und Schauspieler, war so schön wie dieser junge Kriegsgott. Von der ersten Minute an stand es in ihren großen blauen Kinderaugen geschrieben, wie sehr er ihr gefiel.

Ihm machte es Spaß. Und Ricarda lächelte spöttisch über die kleine Schwester. Lottel war noch ein Kind. »Meine Schwester Lottel«, das klang so nebenbei.

Lottel! War das ein Name? Warum nannte man sie nicht Elisabeth, warum nicht Charlotte, sie war auf diese Namen getauft. Nein, sie war und blieb Lottel. Zu Hause, in der Schule, sogar im Theater. Nur Monsieur Duval nannte sie Lo. Aber sonst – Lottel.

Kein Mensch kam auf die Idee, aus Ricarda Rickel zu machen. Immer wurde sie mit ihrem vollen Namen angesprochen. Zu Hause, in der Schule, auf der Universität. Ricarda Wolff, das klang gut, klang so, wie sie aussah.

Lottel Wolff, das war ein Witz.

»Ah, das ist also Lottel, die Tänzerin«, sagte Leutnant Fabian und lächelte mit seinen weißen Zähnen. »Ich habe schon gehört, wie fabelhaft Sie tanzen können. Hoffentlich bekomme ich das auch einmal zu sehen.«

»Sie brauchen sich bloß eine Theaterkarte zu kaufen«, erwiderte die Künstlerin schnippisch.

»Das werde ich«, der Leutnant nickte nachdrücklich mit dem Kopf und tauschte mit Ricarda einen raschen amüsierten Blick. Die Kleine sah es wohl. Sie machte eine rasche Wendung, daß das weite Röckchen flog, und ließ die beiden stehen. Aber später hat sie den schönen Werner Fabian bekommen. Sie, nicht Ricarda.

Jetzt würde sie ihn verlieren.

Charlott zieht langsam die verwelkte Rose aus der Nadel und wirft sie ins Gras.

Ihr Mann steht drüben am Schwimmbassin bei der Gastgeberin, neben dem amerikanischen Gast der Wellmanns und den beiden Laupholz-Töchtern. Annelie Laupholz, auch so ein schlankes, hochbeiniges Geschöpf, steht dicht neben ihm, das hellbraune Haar ist ihr in die Stirn gefallen, kokett blickt sie seitwärts unter dem Haar zu Werner auf. Er sagt etwas, beugt sich näher zu ihr, seine Hand legt sich schmeichelnd auf den Unterarm des jungen Mädchens. Dann sein Lächeln. Noch immer strahlend, weißblitzend in dem braungebrannten Gesicht. Er ist so charmant, wie er immer war. Die Frauen lieben ihn und werden ihn noch lange lieben, noch in zehn, vielleicht sogar noch in zwanzig Jahren.

Es ist ein Wunder, daß ich ihn so lange behalten habe. Betrogen hat er mich oft genug. Aber er wollte nie fort. Nicht von mir, nicht von den Kindern. Er hat auch wenig Zeit gehabt für ernsthafte Affären. Er hat viel gearbeitet.

Ja, er hat viel gearbeitet. Es wäre ungerecht, ihm nur seine Freude am Leben, an den Frauen vorzurechnen. Vor allem und an erster Stelle hat er etwas geschaffen. Er hat die WEFA aufgebaut.

Sein Vater besaß eine Schreinerei. Eine alte, gut eingeführte Schreinerwerkstatt mit großem Kundenstamm. Der alte Fabian war ein Meister in seinem Fach. Der junge Fabian war an der Schreinerei nicht so sehr interessiert. Und dann kam der Krieg. Werner Fabian war die ganze Zeit dabei: Frankreich, Jugoslawien, Rußland. Aber ihm wurde kein Haar gekrümmt. Am Ende Gefangenschaft, doch auch das nicht sehr lange. Dann war er wieder da, ein bißchen dünn geworden, etwas nervös, aber immer noch braungebrannt und lebensfroh und charmant. Ein Glückskind. Ein wahres Wunderkind.

Und das blieb er auch. Schreinerei? Schön und gut. Doch jetz
gab es großes Geld zu verdienen. Möbel brauchten sie alle
denn sie hatten keine mehr. Natürlich keine liebevoll hand
geschreinerten Möbel von Vater Fabian. Viel Möbel, rasch her
gestellte Möbel, billige Möbel. Das kam zuerst dran. Handliche
Möbel für die neuen kleinen Wohnungen. Möbel für junge
Paare, Möbel für die Flüchtlinge, für die Ausgebombten, dann
Möbel für die Reichgewordenen, für die größeren Wohnun
gen, für die neuen Häuser, für die Villen und Bungalows
Möbel im alten und im neuen Stil. Altdeutsche Speisezimmer
wuchtige Herrenzimmer, helle Teenagerzimmer, skandinavi
sche Teakholzserien, Anbaumöbel, Polstermöbel nehmen wi
auch noch dazu – Couches, Sessel, Sitzecken, Cocktailecken
Sessel und Couches, schon teurer, größer, bessere Bezugsstoffe
Einbau-, Anbau-, Umbaumöbel, das wuchs und entwickelte
sich wie von selbst, die Firma brauchte eigene Läden in anderen
Städten, hatte Vertragsgeschäfte, lieferte an Warenhäuser. Mö
bel, nichts als Möbel.
WEFA – ein Name, ein Begriff.
Charlott hat es miterlebt. Tag für Tag, Jahr für Jahr. Sie hat e
nie ganz begriffen, vielleicht auch nie richtig gewürdigt. Si
wuchs in den Wohlstand hinein. Dann wurde es Reichtum
Dann waren es Millionen. Sie hat Pariser Kleider, den besten
Friseur der Stadt, reiche Freunde, Hauspersonal, wohlgeraten
Kinder. Sie hat alles. Sie ist Charlott Fabian. Die Frau von
Werner Fabian. Die Frau der WEFA.
Fragt sich nur, wie lange noch.
Auf einmal hat er Zeit für eine Frau. Sybille Helten.
Fräulein Dr. Sybille Helten, schlank, schön und rassig.
Vielleicht nicht schön, aber rassig. Und klug.
Ob er sie wirklich liebt? Charlott glaubt es nicht. Er kann ga
nicht lieben. Er liebt sich selber viel zu sehr. Hat er mich eigent
lich geliebt?
Nein. Er hat mich nicht geliebt.
Hat er Ricarda geliebt?

Ich müßte mir die Nase pudern. Und neues Rot auflegen. Wie komme ich am besten ins Haus, ohne daß mich einer sieht. Ich habe es satt. Ich kann sie alle nicht mehr sehen. Am liebsten ginge ich nach Hause. Nächstes Jahr bei Lucies nächster Gartenparty wird vielleicht Sybille Helten hier sein. Und ich sitze zu Hause.

Die kleine Band hat wieder zu spielen begonnen, einen Slowfox. Werner geht zur Tanzfläche, nicht mit Annelie Laupholz, sondern mit Lucie Wellmann. Er weiß immer, was sich gehört, tanzt mit der Gastgeberin.

Charlott sieht noch drei Minuten zu. Er tanzt gut. Lässig und elegant, das weiße Smokingjackett steht ihm ausgezeichnet. Er ist schlank und braun gebrannt wie eh und je. Er treibt viel Sport, spielt Tennis – diese Person ist jetzt auch im Klub –, er reitet, fährt Schi.

Ich sollte auch Sport treiben, dann hätte ich nicht diese verwünschten Polster. Oder wenigstens wieder tanzen, so wie früher. Un, deux, trois – encore, ma chérie!

Sie geht tiefer in den Garten, macht einen weiten Bogen um das Haus und betritt es von vorn, geht die Treppe hinauf in Lucies Ankleidezimmer, wo für die Damen Puder und Schminke bereitstehen.

Vor dem Spiegel steht Elvire Langermann und zieht ihre Brauen nach.

»Ach, hallo, Charlott! Wie geht's? Schrecklich heiß, findest du nicht auch? Und dann noch tanzen. Mir ist die ganze Maquillage 'runtergelaufen. Bißchen viel Leute, findest du nicht auch? Lucie sollte auch nicht jeden einladen. Ein bißchen muß man schon sieben, findest du nicht auch? Leute wie diese Bergers, also die sind doch unmöglich. Der Mann ist doch eine Katastrophe. Und wie sie wieder aussieht, ich glaube, sie schneidert sich ihre Kleider selbst. – Dein Kleid ist übrigens fabelhaft. Echte Gipürespitze, nicht? Sieht man gleich. Man soll niemals an der Stoffqualität sparen. Da nützt die beste Schneiderin nichts, wenn der Stoff zweitklassig ist. Läßt du übrigens immer

noch bei der Straßner arbeiten? Also ich nicht. Ich habe jetzt einen Salon in München. Bißchen teuer, aber fabelhaft. Oder findest du nicht?«
Sie dreht sich vor dem Spiegel und vor Charlott, und Charlott bestätigt, daß das türkisfarbene Georgettekleid fabelhaft ist. Dann blickt sie selber in den Spiegel. Auch ihr Make-up ist streifig geworden, der Lidschatten verwischt und vollends unmöglich ihr Haar. Mit ihrem Haar hat sie immer Kummer, es ist fein und seidig, und keine Frisur hält lange. Es hat immer noch das helle Babyblond, ganz echt und ungefärbt, aber es hängt matt und kraftlos um ihre Schläfen, da hilft keine Dauer- und keine Wasserwelle.
Seufzend macht sie sich daran, es aus der Stirn zu bürsten. Elvire hat den Seufzer richtig gedeutet. »Du solltest dir so einen Schopf kaufen. Gibt es doch jetzt ganz reizende Sachen. Und sieht ganz natürlich aus. Bist du nicht auch bei Klinger?«
Ja, Charlott ist auch bei Klinger, dem ersten Friseur in der Stadt.
»Na, dann laß dir mal was zeigen. Ich hab's neulich probiert. Ganz entzückende Sachen. Aber ich brauch's ja nicht. Mein Haar ist sowieso viel zu dick, findest du nicht auch?«
Befriedigt fährt Elvire mit dem Kamm durch ihre rotgetönte Haarpracht. Wirklich eine Pracht, schwer und knisternd und dick. Charlott sieht ihr neidisch zu. Aber dafür hat Elvire eine zu große Nase und etwas dicke Beine.
Charlott beginnt ihr Make-up vorsichtig zu erneuern, legt Blau auf die Lider und toupiert das unlustige Haar. Elvire ist fertig und sieht ihr aufmerksam zu. Dabei redet sie ohne Pause.
»Also diesen Amerikaner finde ich fabelhaft, du nicht auch? Er soll steinreich sein. Diese amerikanischen Männer haben so eine reizende Art, mit Frauen umzugehen. Wenn sie ein bißchen gebildet sind natürlich. Aber dann sind sie wirklich unwiderstehlich, findest du nicht auch? Ich war mal schrecklich in einen Amerikaner verliebt, gleich nach dem Krieg. Richtig verliebt, nicht etwa so ein Zigarettenverhältnis. Mein Gott, ich

war damals blutjung. Der hat mich vielleicht verwöhnt. Nicht das kleinste Päckchen durfte ich selbst tragen. Aber ich konnte mich nicht entschließen, ihn zu heiraten. Er wollte natürlich. Die Amerikaner wollen ja immer gleich heiraten. Damals durfte er allerdings noch nicht. Mich heiraten, meine ich. Na ja, und dann kam Günther. Ich kannte ihn ja schon von früher. Und nach Amerika wollte ich ja eigentlich nicht so gern. Ist doch für uns eine fremde Welt, findest du nicht auch? Wenn man an Kultur gewöhnt ist – nicht daß sie drüben keine hätten, aber eben eine andere. Da habe ich eben lieber Günther geheiratet, da wußte ich, wie ich dran war. Vielleicht war ich zu feige. Heute denke ich mir manchmal ...«

Sie verschweigt, was sie heute manchmal denkt, aber Charlott weiß es auch so. Der Amerikaner war ritterlich und galant, er stand auf, wenn sie sich vom Stuhl erhob, er trug ihr jedes Päckchen nach, er brachte ihr Geschenke. Amerikanische Männer sind gut erzogen. Günther ist ein bißchen gewöhnlich und hat einen schlechten Geschmack, was Frauen betrifft. Er ist seit Jahren mit einem Barmädchen befreundet, jeder weiß es. Elvire sicher auch.

Charlott tuscht behutsam ihre Wimpern, sie sind auch dünn und hellblond, ihre Augen, blau und rund, blicken ihr kinderverwundert aus dem Spiegel entgegen.

Ist eigentlich eine von uns glücklich? Was heißt überhaupt Glück? Was würde Elvire antworten, wenn ich ihr diese Frage stellte? Die Erinnerung an den zärtlichen Amerikaner, der sie verwöhnte, ist das Glück? Die Erinnerung an Werner, der aus dem Krieg kam und nichts fragte, mich nur in die Arme schloß, ist das Glück?

Man kann nicht nur glücklich sein, wenn man an früher denkt. Man will es hier und heute sein. Ich habe alles, was man sich wünschen kann. Elvire hat auch alles. Lucie auch. Viele Frauen würden uns beneiden. Sind wir glücklich? Natürlich sind wir glücklich. Wir haben bekommen, was wir wollten. Geld, Bequemlichkeit, einen Mann, der für alles sorgt.

Sybille Helten will das auch haben. Und sie hat recht. Besser kann es ihr gar nicht gehen, als mit einem Mann wie Werner verheiratet zu sein. Auch wenn er sie betrügt. Aber sie kriegt ihn nicht. Ich behalte ihn.

Das Wimpernbürstchen in der Hand, blickt sie sich ins Gesicht. Ein kleines böses Lächeln um den weichen Mund. Sie kriegt ihn nicht. Soll er mich betrügen, soviel er will. Aber ich lasse mich nicht scheiden.

»Was hast du eigentlich?« fragt Elvire. »Du bist heute ein bißchen blaß. Hast du Kummer?«

Die Frage trifft Charlott wie ein Schlag. Sie weiß es also auch schon. Wahrscheinlich wissen es alle, die unten auf der Terrasse sitzen und im Garten tanzen.

»Nein. Wieso? Ich bin ein bißchen abgespannt. Die Hitze ...«

»Ja, es ist schrecklich heiß. Gott sei Dank, ich fahre nächste Woche mit den Kindern an die See.«

»Allein? Fährt Günther nicht mit?« Ein Pfeil zurück.

»Günther? Der hat jetzt noch keine Zeit. Vielleicht nächsten Monat.«

Nächsten Monat schließt die Kakadu-Bar auf vier Wochen. Und Günther fährt mit der schwarzen Lolo oder Lulu, oder wie sie heißt, nach ... Keiner weiß, wohin. Aber auf jeden Fall fährt er nicht zu Elvire und den Kindern ans Meer.

»Wie lange brauchst du denn noch? Ist doch alles tadellos in Ordnung.«

»Gleich.« Charlott zieht die Lippen nach und schminkt das kleine boshafte Lächeln fort.

Ob Werner diese Frau wirklich liebt? Ich glaube es nicht. Er hat nie jemanden wirklich geliebt. Am meisten liebt er Brigitte. Mich? Das ist lange her. Die Helten? Es reizt ihn, ist mal was anderes, eine Intellektuelle. Er wird sie bald überhaben.

Und wieder die Frage, die sie nie beantworten kann: hat er eigentlich Ricarda geliebt?

Nur Werner Fabian selbst könnte diese Frage beantworten. Und wenn er ehrlich wäre, wenn er sich selbst kennen würde,

wenn er fähig dazu wäre, sich über sich selbst klarzuwerden, müßte seine Antwort lauten: Ja.
Wenn er jemals im Leben eine Frau geliebt hat: Ricarda.
Wenn er jemals auf dem Wege war zu begreifen, was Liebe ist: Ricarda.
Wenn er jemals vergessen hat, an erster Stelle an sich selbst zu denken: Ricarda.
Aber keiner stellt Werner Fabian diese Fragen. Er sich selbst am wenigsten. Er ist keiner, der Fragen stellt. Er ist einer, der nur Tatsachen sieht und anerkennt. Er ist ein reicher Mann, ein Erfolgsmann. Ein echtes Wunderkind im Wunderland. Einer, der auch ohne Liebe leben kann. Es sei denn, sie begegnet ihm eines Tages. Und er stellt fest, daß er sie braucht. Als er Ricarda liebte, hat er sie noch nicht gebraucht. Und heute braucht er sie nicht mehr. Er hat soviel anderes. Oder braucht er sie doch?
Wie gesagt, ihm stellt keiner Fragen. Und er selbst stellt sich auch keine.

Endlich Pause.
Sybille Helten steht rasch auf, nachdem der Vorhang gefallen ist und das Licht langsam aufleuchtet. Sie wartet ungeduldig, daß sich die Reihe leert. Etwas Kaltes trinken, eine Zigarette rauchen.
Offensichtlich haben alle anderen genauso sehnsüchtig auf die Pause gewartet. Allen ist heiß in dem dumpfen Zuschauerraum, der die Hitze ihrer Leiber festhält und verdreifacht. Alle haben Durst, alle finden das supermoderne Stück gräßlich. Ein dünner, lustloser Beifall verplätschert rasch, sie streben aus dem Zuschauerraum wie aus einem Gefängnis. Warum man bloß solche Stücke schreibt, denkt Sybille. Wem gefällt das? Es kann keinem gefallen. Mal hören, was Klötzchen dazu verlautbaren wird. Und dann noch das Stück so lang zu machen und die Pause so spät zu legen. So etwas kann gar kein Erfolg werden. Das möchte ich dem Autor mal sagen. Er hat keine Ah-

nung, der Gute. Das Stück muß kurz sein, und die Pause muß nicht zu spät kommen, weil die Leute auch wieder mal was reden, trinken und rauchen wollen. Man muß sich das merken, falls man selber einmal ein Stück schreibt.

Ohne sich nach ihrem Begleiter umzusehen, geht sie rasch hinaus, vor den Spiegel, ein Griff nach der Puderdose, ein kurzer prüfender Blick auf ihre Frisur.

Klötzchen steht hinter ihr, das Gesicht in würdige Falten gelegt, das Kinn heruntergepreßt, so daß man ein Doppelkinn erblickt, wo gar keins ist.

Was für ein Wichtigtuer! Im Geist schreibt er schon an seiner Rezension. Gleich wird er mich mit seiner Meinung anöden, die keinen interessiert, weder mich noch die Leser unseres Käseblattes, vermutlich nicht mal Schauspieler, Regisseur und Intendant. Bestenfalls noch den Autor, denn es ist eine Uraufführung – der Intendant dieses Theaters ist ein eifriger Uraufführer –, und für den Autor ist der Abend zweifellos von Wichtigkeit. Natürlich kann er nicht wissen, da er nicht von hier ist, daß Dr. Trautwolf Klotz absolut dritte Garnitur ist. Er rezensiert für gewöhnlich nur Operetten, Märchenaufführungen, Dichterabende und uninteressante Gastspiele. Zu der Uraufführung kam er nur, weil Dr. Klein schon in Urlaub ist und der dicke Waldmann zu einer viel wichtigeren Uraufführung nach Hamburg gereist ist. Drum. Aber das kann der Autor nicht wissen.

Da kommt es auch schon. »Interessantes Stück! In der Diktion vielleicht noch manchmal etwas ungeschickt. Aber dramatisch sehr wirkungsvoll aufgebaut. Wie er zum Beispiel ...«

Sybille klappt die Puderdose zu, schiebt sie in ihr Abendtäschchen, wendet sich vom Spiegel ab, streift Klötzchen mit einem schiefen Blick und unterbricht: »Wenn du mich fragst, ich finde es absolut idiotisch. Und jetzt muß ich unbedingt etwas trinken.«

Die Begeisterung weicht aus ihm wie aus einem angestochenen Luftballon. Bekümmert blickt er sie an. Er liebt sie, er betet sie

an und bewundert sie schrankenlos, aber nie wird es ihm gelingen, für irgend etwas, was er sagt oder tut, ihre Zustimmung zu erringen.
Aber etwas zum Trinken kann er ihr besorgen. »Was möchtest du? Ein Glas Sekt?«
»Eins ist zuwenig. Hast du denn keinen Durst?«
Doch, er hat auch Durst. Am Büfett muß er minutenlang kämpfen, bis er sich zur Quelle durchgerungen hat. Dann kommt er mit den beiden Gläsern. Sie steht inzwischen etwas abseits, eine Zigarette zwischen den Fingern, hat lässig einigen Leuten zugenickt, die sie kennt. Fast jeder sieht sie an. Sie würde auch in einem Theater in München oder Düsseldorf auffallen. Und hier erst recht.
Eine große, schlanke, sehr elegante Frau. Eine Frau von Format. Das Gesicht ist von einer kühlen, intelligenten Schönheit, grüngraue Augen unter langen Wimpern, kühn und verführerisch der Mund. Das Haar ist silberblond, fast weiß, sie trägt es kurz geschnitten und ganz glatt. Da Gesicht und Schultern sonnenbraun sind, gibt das einen tollen Effekt. Ihr Kleid ist milchig-rosa, mit Silber durchwirkt, eng, schmal, mit einem tiefen Rückendekolleté. Kein Schmuck.
Sie ist einfach hinreißend. Dr. Trautwolf Klotz denkt es jedesmal, wenn er sie ansieht. Unwahrscheinlich, daß sie eine Kollegin ist. Bei ihrer Zeitung spielt sie eine große Rolle, der Chefredakteur hält große Stücke auf sie.
»Danke, Schatz.« Sie nimmt das Glas aus seiner Hand und leert es mit zwei großen Schlucken. »Herrlich! Meinst du, du kannst noch eins für mich auftreiben?«
»Sicher.« Er hat nur kurz getrunken, ist bereit und willens, sich sofort wieder in den Trubel um das Büfett zu stürzen. Sie legt die langen, schmalen Finger mit leichtem Druck auf seinen Arm. »Warte noch einen Moment. Gegen Ende der Pause geht es leichter. Trink erst dein Glas aus.«
Sie schenkt ihm ein kurzes, flüchtiges Lächeln, so aus dem Mundwinkel heraus, unter halbgesenkten Lidern. Ihr Lächeln

hat viele Nuancen, und sie weiß immer genau, welche sie wo und wann anwenden muß.

Aber keiner sollte deswegen glauben, sie sei eine kalte oder oberflächliche Frau. Ganz im Gegenteil. Unter ihrer klugen, beherrschten Maske gibt es viel wildes und leidenschaftliches Leben. Aber sie kann das immer und jederzeit kontrollieren, und das macht eigentlich ihren größten Reiz aus. Das ist, beispielsweise, nicht zuletzt der Grund, warum sich Werner Fabian in sie verliebt hat.

Dr. Klotz möchte nun einmal ernsthaft mit ihr über das Stück reden. Schließlich muß er eine Rezension schreiben. Nicht, daß er keine eigene Meinung hätte, die hat er immer, und sie deckt sich oftmals nicht mit der von Dr. Klein und schon gar nicht mit der vom dicken Waldmann, der im Grunde viel zu faul ist, um eine Meinung zu haben. Aber was Dr. Klotz vor allem will: Sybille und er sollen die gleiche Meinung haben. Über dies und das und vieles noch, auch über das Stück von heute abend.

»Nun sag mal ehrlich, gefällt es dir wirklich nicht? Die Exposition war doch sehr gekonnt. Und dieser große Dialog im zweiten Akt – also, ich finde – der Mann ist natürlich noch jung, er muß noch viel lernen, aber es spricht doch viel Talent aus dem Ganzen. Und ich bin der Ansicht...«

»Klötzchen, hör auf, mich mit dem Stück anzuöden. Es ist ganz einfach Käse, gewollt und künstlich gemacht von vorn bis hinten. So wie sie heute alles machen, was sie uns dann für Kunst verkaufen wollen. Das können sie ja meinetwegen bei euch im Feuilleton anbringen, aber doch nicht bei mir. Doch nicht bei einem Menschen, der seine fünf Sinne beieinanderhat.«

»Du bist viel zu rasch fertig mit deinem Urteil«, sagt er vorwurfsvoll und bekümmert, »so leicht darf man es sich auch nicht machen. Um zu einem objektiven Urteil zu gelangen, muß man...«

Sie unterbricht ihn wieder. »Hör auf zu dozieren. Ein Urteil ist ein Urteil. Wie ich es dann begründe, ist eine andere Sache.

Zunächst kann ich aber ganz schlicht und einfach sagen: es gefällt mir, oder es gefällt mir nicht. Kann man das?«

»Natürlich. Aber ...«

»Und ich kann sagen, es langweilt mich, oder es unterhält mich. Und heute abend langweile ich mich. Ich langweile mich ganz schrecklich, und ich finde, das ist Urteil genug. Müssen wir eigentlich den Rest auch noch ansehen? Können wir uns nicht drücken?«

»Aber du weißt doch ... Ich muß doch schließlich darüber schreiben.«

»Schön. Sitzen wir es ab. Aber ich werde dir nie verzeihen, daß du mich heute abend ins Theater geschleppt hast.«

Als sie sein ehrlich verzweifeltes Gesicht sieht, lacht sie. Ein warmes, fast mütterliches Lachen. Dieser dumme, liebe Junge. Er ist zwar keineswegs jünger als sie, aber sie hat immer mütterliche Gefühle ihm gegenüber. Er ist so unbeholfen, kann sich in der Redaktion so schlecht behaupten, macht sich die Arbeit unnötig schwer, feilt stundenlang an jedem Artikelchen, an jeder kleinen Spalte. Er hätte alles andere werden sollen, nur nicht Zeitungsmensch.

Bei allem liebt er sie so beständig wie hoffnungslos. Wie er sich gefreut hat, daß sie seine Einladung heute abend ins Theater annahm! Dabei ist sie bloß mitgegangen, damit sie sich nicht länger allein zu Hause über Werner ärgern muß. Diese blöde Gartenparty! Sie kann nicht einsehen, warum er da unbedingt hingehen mußte. Immerzu sind irgendwelche Partys und Empfänge, diese ganze versnobte Parvenügesellschaft, die sich einbildet, sie müsse auf süßes Leben machen. Diese dikken, einfältigen Weiber, die zu dumm sind, um sich Margarine aufs Brot zu verdienen, geschweige denn Butter. Mit denen hopst er also heute abend herum. Feines Vergnügen! Hoffentlich schwitzt er recht.

Am Nachmittag waren sie rasch zum Baden gefahren, ganz kurz nur, nicht weit von der Stadt entfernt zu einem kleinen See. Er müsse bald wieder zurück sein. Die Party heute abend.

Und vorher würde Fräulein Lessing die Post bringen.
»Heute am Samstag?«
»Sie arbeitet eigentlich immer.«
»Schönes Kamel. Weil sie dich liebt, nicht?«
Er lacht, wehrt die Vermutung nicht ab, zuckt nur leichtsinnig mit den Schultern. »Gönn ihr doch das Vergnügen.«
»Von mir aus.«
Aber sie ist wütend. Es wäre so nett gewesen, den Nachmittag und Abend zusammen zu verbringen. Wann hat er denn schon Zeit? Und wann hat sie Zeit, noch weniger als er. Man könnte noch einmal schwimmen, irgendwo draußen in kühler Gras- und Waldluft zu Abend essen und dann zu ihr fahren.
Wenn sie wenigstens ihren Wagen genommen hätte, dann könnte er zum Teufel gehen, und sie wäre draußen geblieben. In der Stadt ist es unerträglich bei diesem Wetter.
Statt dessen jagen sie im Eiltempo in die Stadt zurück, es ist natürlich später geworden, als er dachte. Er setzt sie ab, kurz vor ihrer Wohnung, ein Handkuß, ein flüchtiges Lächeln – ich ruf' dich morgen an, Bambina –, und fort ist er.
In ihrem Apartment ist es heiß und stickig. Und sie denkt, wie schon oft: das muß aufhören! Gleich darauf der Anruf von Klötzchen. »Ich muß heute abend in die Uraufführung. Ich habe schon den ganzen Nachmittag versucht, dich zu erreichen. Willst du nicht mitkommen? Soll ein interessantes Stück sein.«
Sie hat gleich zugesagt. Besser sich von Klötzchen anhimmeln zu lassen, als allein in der Wohnung zu sitzen und sich zu mopsen.
Klötzchen redet immer noch von dem Stück.
Sie hat nicht zugehört und unterbricht ihn jetzt mit der Frage: »Liebst du mich eigentlich?«
Er schweigt überrascht, schluckt, wird sogar ein wenig rot. Ihre unbekümmerte Art irritiert ihn immer wieder. »Das weißt du doch«, murmelt er scheu.
»Woher soll ich das wissen? Ich merke nichts davon. Ich fühle mich vernachlässigt.«

Wie sie ihn anlächelt! Er zuckt nervös mit der Nase. »Ich habe mich schon oft genug lächerlich gemacht.«
»Liebe ist nie lächerlich«, sagte sie, und es klingt so, als meine sie das ernst.
Ehe er etwas darauf erwidern kann, was vermutlich schwierig gewesen wäre, kommt der Kritiker vom Konkurrenzblatt vorbei. Ein älterer Herr, weißhaarig, sehr distinguiert. Er läßt sich herab, den jungen Kollegen zu begrüßen, sehr höflich und sehr freundlich. Mit Dr. Klein tauscht er immer nur ein Kopfnicken, und den dicken Waldmann übersieht er, wenn es sich irgendwie machen läßt. Aber dieser junge Klotz ist ein netter, anständiger Kollege, wird nur bei denen drüben an die Wand gedrückt. Vielleicht sollte man ihn herüberholen, er muß mal mit dem Chefredakteur darüber sprechen. Er könnte einen Adjutanten brauchen, ist für alles allein, und in dieser Stadt gibt es ein reges Theaterleben. Außerdem hat ihre Zeitung einen viel besseren Ton, wenn auch eine kleinere Auflage. Teuer wird der Junge nicht sein, drüben wird er bestimmt nicht viel verdienen. Bei ihnen wird noch weniger gezahlt. Reisespesen zu einer Uraufführung nach Hamburg sind nicht drin, das erledigt ein Korrespondent, den sie dort sitzen haben. Aber sonst – eine gute Atmosphäre bei ihrem Blatt, besser, viel besser als bei den anderen.
Das alles denkt der distinguierte ältere Herr, während er den Jungen begrüßt und dieser außerordentlich reizvollen Kollegin von der Konkurrenz die Hand küßt. Natürlich kommt er nicht auf die Idee, sie im Geist auch für sein Blatt anzuheuern. Die ist nichts für sie. Sie wird auch nicht lange bei den anderen bleiben, so einem tüchtigen Mädchen stehen viele Türen offen. *Die Welt, Süddeutsche Zeitung, Frankfurter Allgemeine, Die Zeit,* die Illustrierten nicht zu vergessen, da überall paßt die hin.
Sie reden ein bißchen über das Stück, Sybille sagt auch jetzt ungeniert ihre Meinung, und der Kollege von dem anderen Käseblatt – so nennt sie das bei sich – stimmt ihr halb und halb

zu. Obwohl... »Sie sind sehr rasch fertig mit Ihrem Urteil, Fräulein Doktor. Man muß natürlich den Dingen etwas auf den Grund gehen. Sie gewissermaßen kaltblütig untersuchen.«
»Das habe ich ihr auch schon gesagt«, stimmt Klötzchen eifrig zu. Der ältere Herr lächelt mit würdigem Verständnis. »Ja, die Frauen, mein Lieber. Sie haben immer rasch ein Urteil bei der Hand. Und man muß zugeben, sie irren sich verhältnismäßig selten. Darin sind sie uns über.«
So reden sie hin und her, und als der ältere Kollege weitergeht, weiß keiner von beiden, was er nun wirklich von dem Stück hält und was er schreiben wird. Nicht daß Klötzchen sich beeinflussen ließe – er *hat* eine eigene Meinung. Aber es wäre doch ganz interessant gewesen zu wissen...
Die Pause nähert sich dem Ende, gleich wird es klingeln.
»Wie lange dauert es noch? Gib mir mal das Programm.« Ende gegen dreiundzwanzig Uhr steht da. Sybille seufzt hörbar.
»Gräßlich. Noch über eine Stunde. Diesen Autor sollte man lynchen. Ist er eigentlich da?«
»Ich nehme an.«
»Ich werde pfeifen. So laut ich kann. – Schätzchen, holst du mir noch ein Glas Sekt? Mir ist immer noch durstig.«
Er geht also gehorsam wieder zum Büfett, wo es etwas luftiger geworden ist, aber nicht sehr.
Sybille tritt ein wenig zurück, bis sie an der Wand steht, direkt vor einem großen Spiegel. Erst blickt sie über die Schulter, dann dreht sie sich halb und tauscht einen strengen Blick mit ihrem Spiegelbild.
»Ich bin eine Gans«, sagt sie halblaut.
Sie ist eine Gans. Weil sie Werner Fabian liebt. Richtig und ehrlich. Es ist unsinnige Nerven- und Zeitverschwendung, einen verheirateten Mann in dieser Größenklasse zu lieben. Er wird sich nie scheiden lassen. Es ist einfach zu schwierig. Und was will sie denn eigentlich? Ihn heiraten?
Sie sieht sich in die Augen. Sie ist ganz ehrlich zu sich selbst. Sie will ihn gar nicht heiraten. Ernst genommen eigentlich

nicht. Vor einer Ehe graust es ihr. Sie ist keine Frau für die Ehe. Natürlich ist eine Ehe in dem großzügigen Rahmen, wie ihn ein Werner Fabian ermöglichen kann, einigermaßen erträglich. Aber trotzdem – von Heirat hat sie nie geträumt. Nur von ihrer Karriere. Sie ist eine gute Journalistin, schreibt einen blendenden Stil, hat Einfälle, hat eine Nase, hat Mut. Wenige Frauen können sich in diesem Beruf bis zur vordersten Linie durcharbeiten. Sie könnte es, sie hat das Zeug dazu. Und ist fest entschlossen, es zu schaffen.

Damals, vor einem halben Jahr, als sie ihn kennenlernte, war sie kurz davor, die Stadt zu verlassen. Sie hatte ein paar gute Angebote. Hatte noch überlegt, wo sich die größten Chancen boten. Und dann plötzlich Werner Fabian. Die große Liebe. So etwas muß ihr passieren.

Es ist lächerlich. Und es ist wunderbar. Nur muß sie irgendwie damit fertig werden. Liebe zu einem verheirateten Mann ist auf die Dauer zermürbend. Wenn man ihn richtig liebt. Nicht wenn es nur ein Verhältnis ist, eine kleine Affäre, dann stört sein Familienleben fast gar nicht. Aber wenn es ernst ist ... Es ist nicht nur die andere Frau. Sie glaubt ihm sogar, daß er sie nicht mehr liebt. Es ist sein Leben, an dem man keinen Anteil hat. Er geht, verläßt einen nach einer zärtlichen Stunde, und man weiß, er geht in ein anderes Leben. In sein wirkliches Leben. Und sie steht draußen.

Sybille ist nicht sentimental. Sie betrachtet Menschen und Situationen mit nüchternen, sehr sachlichen Blicken. Auch sich selbst. Liebe ist ihr nichts Neues, ein Mann in ihrem Leben ebenfalls nicht, obwohl es keineswegs in dieser Beziehung so abwechslungsreich war, wie Charlott Fabian vermutet, denn dazu ist Sybille viel zu sehr mit sich selbst beschäftigt. Gut also, Liebe. Oder das, was man früher dafür hielt. Diesmal ist es anders. Es ist jeden Tag unerträglicher, nur eine Nebenrolle in seinem Leben zu spielen.

Auch hierin irrt Charlott, wenn sie meint, es ginge Sybille um die gute Partie, es ginge ihr darum, die Frau eines reichen Mannes zu sein. Durchaus nicht. Es geht ihr um den Mann selbst. Sie ist eifersüchtig auf seine Umwelt. Auf seine Arbeit, seine Freunde, seine Familie, auf alles, woran sie keinen Anteil hat. Am meisten eigentlich auf die Kinder. Auf Brigitte vor allem. Er verbirgt nicht, wie gern er seine Tochter hat.

Sie macht sich keine Illusionen, und wenn sie sich je welche gemacht hat, so hat sie die erste große Ernüchterung schon hinter sich: seine Reaktion auf die Tatsache, daß sie in seinen Tennisklub eingetreten ist. Es war gar nicht so einfach gewesen, sie hatte Protektion gebraucht, sie war stolz, daß es ihr gelungen war, und sie hatte natürlich geglaubt, er würde sich freuen. Sie weiß, wie gern er Tennis spielt, daß er seine freie Zeit am liebsten auf dem Platz verbringt. War es nicht eine wunderbare Gelegenheit, unverfänglich zusammenzutreffen? Zumal Charlott nicht spielt.

Er war keineswegs erfreut gewesen, sondern geradezu unangenehm berührt. »Das hättest du mir vorher sagen müssen!« – »Wie denkst du dir das eigentlich? So geht das doch nicht.« Solche Sätze. Als habe sie sich etwas herausgenommen, was ihr nicht zusteht. Sie hat heftig reagiert, es gab einen bitterbösen Streit, der beinahe das Ende gewesen wäre. Hätte sie doch Schluß gemacht! Dann wäre es überstanden.

Es hat eine ganze Woche gedauert, bis sie sich versöhnt haben. Aber ein Stachel ist in Sybilles Herz zurückgeblieben. Was bildet er sich ein? Ist sie vielleicht nicht gut genug für seinen Klub, für diese Ansammlung reicher Protzen und ihrer dummen Weiber?

Auf dem Tennisplatz hat sie die erste ernsthafte Niederlage in diesem Verhältnis einstecken müssen, und sie vergißt das nicht.

Inzwischen hat er sich daran gewöhnt, daß sie im Klub ist. Sie sprechen sich gar nicht so oft dort, spielen fast nie zusammen. Und sie ist sicher, daß kein Mensch eine Ahnung von ihrer Beziehung zu ihm hat.

Vor drei Tagen hat sie ein Spiel zwischen Vater und Tochter

beobachtet. Sie saß auf der Terrasse des Klubhauses, ein wenig isoliert wie immer, denn die exklusive Gesellschaft hat sie noch nicht akzeptiert.
Auf dem Platz Werner Fabian und seine Tochter. Sie spielen beide gut, er muß sich ziemlich anstrengen, Brigitte dagegen, bezaubernd anzusehen, spielt mit lässiger Grazie. Turnierreif ist ihr Spiel, das kann Sybille immerhin jetzt beurteilen.
Später kamen die beiden auf die Terrasse. Er hatte den Arm um die Schultern des Mädchens gelegt, sie lachte zärtlich zu ihm auf, nicht wie eine Tochter, wie eine verliebte Frau.
Sie sitzen am Nebentisch mit Bekannten zusammen. Sybille hört ihr Lachen, die Gespräche. Sie ist innerlich ganz kalt.
Und dann Werner, halb über die Schulter: »Warum setzen Sie sich nicht zu uns, gnädige Frau? Wir sind doch ganz friedliche Menschen hier.«
Am liebsten wäre sie aufgestanden und fortgegangen und nie wiedergekommen. Aber das geht natürlich nicht. Damit würde sie alles verraten, jeder wüßte dann Bescheid. Also sagt sie irgend etwas, lächelt und rutscht mit ihrem Zitronenwasser einen Tisch weiter.
Ach verdammt! Verdammt das alles, dreimal verdammt! Sie starrt zornig in den Spiegel, in ihre hellen, so klugen und für gewöhnlich so kühl blickenden Augen. So etwas muß ihr passieren. Sich verlieben wie jede kleine Schneegans. Aber sie kann gehen. Sie kann jeden Tag gehen. 'raus aus diesem Provinznest, in eine wirkliche Großstadt, nach Hamburg, nach Berlin, nach München, an eine große Zeitung, in eine große Position. Karriere machen, Geld verdienen, einen Namen haben. Was ist das schon groß, Möbel zu fabrizieren? Sie hat mehr im kleinen Finger, als Werner Fabian und diese ganze aufgeblasene Sippe vom Tennisplatz je im Kopf hatten oder je haben werden.
Eines Tages wird sie ihrer Wege gehen. Morgen, übermorgen. Nächsten Monat. Irgendwann wird sie es fertigbringen, auf seinen Mund, seine Küsse, seine Umarmungen zu verzichten.

»Ich bin eine Gans!« Diesmal sagt sie es noch lauter.
Klötzchen, der mit dem Glas in der Hand kommt, hat es noch gehört.
»Was hast du gesagt?«
»Nichts. Nur ein Selbstgespräch.«
Es klingelt. Das Spiel geht weiter.

## *Die eine Stadt*

Die Stadt hatte zirka 400 000 Einwohner, eine mittlere Großstadt also, die ständig dabei war, an Raum und Menschen zuzunehmen. Sie hatte viel Industrie, alteingesessene und neu hinzugekommene, sie hatte billige und elegante Läden, Textiletagen, Kaufhäuser, Warenhäuser, Supermärkte, unendlich viele große und kleine Geschäfte, große und kleine Lokale, viele Bier- und Weinstuben, jedoch ein wirklich exquisites Restaurant hätte der daran Interessierte vergeblich gesucht. Es gab große und kleine Hotels, darunter eines von ausgesprochen internationalem Rang, dem jedoch auch das letzte Format, der echte Glanz der großen Welt, fehlte. Die Kultur ließ man sich einiges kosten. Das Stadttheater bespielte drei Häuser, eins für

Oper und Operette, eins für das ernst zu nehmende Schauspiel und ein kleines Haus für ein bißchen Spaß und für ein bißchen Experiment. Man konnte bemerkenswert gute Konzerte unter einem guten jungen Dirigenten hören, Vorträgen lauschen und Ausstellungen besuchen. Kabarett hingegen gedieh hier nicht, auch das Nachtleben war trotz einiger Bars und Tanzdielen recht bescheiden. Provinziell eben.

Die Stadt hatte eine große Vergangenheit. Vor dem Krieg gehörte die Altstadt zu den bedeutendsten Kostbarkeiten mittelalterlicher Baukunst. Das meiste davon war im Krieg zerstört worden. Wie die Stadt überhaupt sehr schwere Wunden davongetragen hatte. Heute sah man kaum mehr etwas davon. Die alten Häuser waren als neue Häuser liebevoll wiederaufgebaut worden, sehr ordentlich und sauber sahen sie jetzt aus, die Patina war weg, doch dafür konnten die Leute nun darin unter modernen sanitären Verhältnissen wohnen.

Beherrscht wurde die Stadt heute von den modernen Bauten; Geschäftshäuser, Verwaltungsbauten, Büropaläste, Prachtgebilde der reich und immer reicher gewordenen Industrie, Monumentalbauwerke von Banken und Versicherungen.

Den alten Teil der Stadt durchfloß ein bescheidener, etwas schmutziger Fluß, der weiter keine Rolle spielte. Die nähere Umgebung war nicht sonderlich attraktiv, immerhin gab es etwas Wald, das Gelände war eben, doch nicht zu weit entfernt befand sich ein landschaftlich sehr reizvolles Ausflugsgebiet, gebirgig und romantisch, in dessen Richtung die zahllosen Automobile der strebsamen Bevölkerung an jedem Wochenende in Bewegung gesetzt wurden.

Die D-Züge hielten selbstverständlich alle am Bahnhof dieser Stadt, auch ein Flugplatz war vorhanden, die Autobahn führte nahe vorbei.

Vor allem gab es in der Stadt sehr viele reiche Leute. Dies war nicht nur eine Nachkriegserscheinung, es hatte früher hier schon Wohlstand und Reichtum gegeben, denn die Bevölkerung war fleißig, arbeitsfreudig und geschäftlich unternehmungslustig. Dafür leider etwas spießig und nicht eben musisch veranlagt. Die beiden christlichen Konfessionen teilten sich ihre Schäflein etwa im Verhältnis ein Drittel zu zwei Drittel, es standen ihnen ausreichend Kirchen zur Verfügung, darunter drei, die in jedem kunsthistorischen Buch zu finden waren und ebenfalls in den Jahren nach dem Krieg wieder annähernd zu einstiger Pracht erblüht waren.

Von den beiden großen Tageszeitungen hatten wir schon gehört, dazu kam noch eine kleine mit bescheidener Auflage, die sich tapfer durch die Zeiten schlug.

Viel Mühe hatte sich die Stadt mit ihren Schulen gegeben, sie waren zum Teil sehr modern und genossen einen guten Ruf.

Mit das größte Problem der Stadt war der Verkehr, der sich furchterregend entwickelte und kaum zu bändigen war. Kaum zu bändigen war ebenso die Baulust oder, besser gesagt, die Bauwut, die die städtischen Behörden genauso wie ihre Bewohner befallen hatte. Durch Jahre hindurch hatte die Stadt einer einzigen Baustelle geglichen, und die Zeit war auch jetzt noch nicht vorüber. Überall ratterten Bagger, dröhnten und tobten Maschinen, wuchsen Mauern über Mauern empor. Das begann in den Villen- und Wohnvierteln der Vorstädte, desgleichen im Industriegelände und pflanzte sich bis in das Herz der Stadt fort.

Dafür aber litten die Bewohner der Stadt nicht mehr allzusehr unter der Wohnungsnot, und, das sei lobend hinzugefügt, sie hatten nicht nur Wohnungen an sich in immer größerer Zahl bekommen, es waren meist sehr moderne, sehr komfortable Wohnungen, die sich sehen lassen konnten.

Der Vollständigkeit halber sei noch erwähnt, daß auch dem sogenannten Laster eine bescheidene Existenz in dieser Stadt gewährt wurde. Es hatte sich in einigen alten Gassen in Bahnhofsnähe angesiedelt und fristete dort sein kaum beachtetes Schattendasein, ein paar besonders miese Kneipen, eine leicht übersehbare Anzahl leichter Mädchen, es war kaum der Rede wert und bereitete niemand Kummer.

Es ist schwer zu sagen, ob die in dieser Stadt Geborenen und Aufgewachsenen sie besonders liebten. Das Verhältnis der Einwohner zu ihrer Stadt war, von gewissen Ausnahmen abgesehen, etwas nüchtern. Man sprach einen Dialekt in den Kreisen des Volkes, der für einen Fremden nicht sehr anziehend klang, den Einheimischen jedoch nicht weiter auffiel, da sie daran gewöhnt waren.

So ungefähr präsentierte sich dem Außenstehenden das Bild dieser Stadt, von der die Rede ist. Tüchtig, nüchtern, fleißig mit allerlei Ambitionen vorwiegend wirtschaftlicher Art; was an Reiz und Schönheit, an Romantik zu finden war, gehörte in frühere Jahrhunderte und mußte aufgesucht und verstanden werden.

Werner Fabian war in dieser Stadt geboren, genauer gesagt, in einem ihrer bescheidenen Vororte. War dort zur Schule gegangen, sogar bis zur mittleren Reife, was der Ehrgeiz seiner Mutter gewesen war. Er hatte gelernt, was er unbedingt lernen mußte, ohne sich sonderlich anzustrengen und ohne jemals geistige oder musische Interessen zu zeigen. Geboren wurde er während des ersten Weltkrieges, aus dem sein Vater bereits kurz nach der Geburt des Sohnes zurückkehrte. Mit einer Beinverletzung zwar, die ihn zeit seines Lebens zu leichtem Hinken zwang, ihm jedoch die weitere Teilnahme am Krieg erspart und dadurch vielleicht das Leben gerettet hatte.

Werner blieb das einzige Kind, und da seine Eltern fleißig und tüchtig waren, wie eben die meisten Leute in dieser Stadt, wuchs er in bescheidenen, aber sorglosen Verhältnissen auf. Nach der Inflation gelangte sein Vater in den Besitz eines kleinen Grundstückes im Südwesten der Stadt, damals noch ein rein ländliches Vorgelände. Ein Kunde, dem er Möbel gefertigt hatte, war nicht so flüssig, um bezahlen zu können, und überließ dem Schreinermeister Fabian das damals nicht sehr wertvolle Grundstück. Mit der Zeit wurde der alte Fabian nicht nur Grundbesitzer, sondern auch Hausbesitzer, denn er baute nach Jahren größter Sparsamkeit ein kleines Haus.

Dies war die Urzelle der WEFA.
Der Südwesten der Stadt erwies sich als eine gute Gegend. Im Laufe der Zeit entstanden hier Häuser und Villen, und eines Tages lag das Fabian-Haus zwar noch am Rande, jedoch nicht mehr außerhalb der Stadt.
1933, als der Nationalsozialismus zur Macht kam, besaß Berthold Fabian eine renommierte, gutgehende Schreinerei und beschäftigte immerhin elf Mitarbeiter. Auch sein Sohn hatte damals bereits das erste Lehrjahr hinter sich und besuchte auf Wunsch seines Vaters eine Holzfachschule. Der Schreinermeister Fabian sympathisierte nicht sonderlich mit den Nazis, war aber auch nicht ihr Gegner. Sie waren ihm genaugenommen gleichgültig. Für Politik hatte er sich nie interessiert. Politiker waren für ihn Nichtstuer, die zu faul waren, einen ordentlichen Beruf auszuüben, überdies kam sowieso nie etwas Gutes bei ihrem Wirken heraus. So etwa äußerte er sich, wenn er nach seiner politischen Meinung gefragt wurde. Solange man ihn ungestört arbeiten ließ, solange er die Möglichkeit hatte, weiter- und voranzukommen, war ihm jede Regierung recht. Er hatte es geschafft, die schlechten Jahre einigermaßen gut zu überstehen, jetzt vollends, als die Zeiten wirtschaftlich besser wurden, gelangte er bald zu einigem Wohlstand. Er kaufte Gelände dazu, er vergrößerte das Wohnhaus durch einen Anbau. Er tat es erstens, weil es ihm Freude machte, etwas zu besitzen, Eigentum an Grund und Boden zu haben, und zweitens natürlich für den Sohn, für dessen Zukunft er festumrissene und ziemlich weitreichende Pläne hatte. Natürlich immer von der Schreinerei ausgehend. Denn Berthold Fabian liebte seinen Beruf. Er war ein zurückhaltender, still beobachtender Mann, der nicht viel Worte machte und nicht in der Lage war, seine Gefühle, soweit vorhanden, auszudrücken. Seine Frau mochte er sehr gern, er war mit ihr einigermaßen bequem durchs Leben gekommen. Für seinen Sohn empfand er eine stolze, still bewundernde Liebe. Er bewunderte im geheimen das gute Aussehen des Jungen, seine gewandte und charmante Art, mit

Menschen umzugehen, das Geschick, mit dem er es verstand, seine manchmal etwas leichtherzige Freude am Leben mit brauchbarer und solider Leistung im Beruf zu verbinden.
Am allermeisten und über alles in der Welt liebte der Schreinermeister Fabian das Holz. Sein Blick wurde weich, seine Hände wurden zärtlich und verlangend, wenn er sich mit dieser, seiner ewigen und täglich jungen und sich erneuernden Geliebten beschäftigte. Immer wieder galt es, sie zu erobern, zu formen, zu wandeln und sie zu höchster Vollendung zu entwickeln mit kundigen und liebenden Händen, mit hingebungsvollem Herzen. Auf seine Art war der alte Fabian ein Künstler. Und trotz allem, was Werner Fabian – der Sohn – geleistet hatte, gerade dieses Talent hatte der Alte ihm nicht vererbt. Was natürlich auch wieder ein Vorteil war, denn ein schöpferischer Mensch, ein Künstler vor dem Holz, hätte niemals eine Massenfabrikation von Möbeln, eine Möbelkonfektion gewissermaßen, erschaffen können.
Doch zurück zu dem jungen Werner Fabian. Er war ein hübscher junger Mann, und lange Zeit galt sein Hauptinteresse den Mädchen, bei denen er stets große Erfolge zu verzeichnen hatte. Mit einundzwanzig erlebte er seine erste große Liebe, ein wahrhaft erschütterndes Erlebnis für einen so jungen Mann, denn es war eine bemerkenswerte Frau, die sich ihm zuwandte. Sie war natürlich um einige Jahre älter als er, wieviel, erfuhr er nie, sie war bildschön, verheiratet mit einem sehr reichen Mann, einem Günstling der Nazis nebenbei bemerkt, sie war verwöhnt, elegant, kapriziös bis zur Hysterie und daher doppelt aufregend. Sie fuhr einen eigenen Wagen, besaß ein Reitpferd, und er durfte sie auf vielen Reisen begleiten.
Die Geschichte dauerte immerhin fast zwei Jahre und entbehrte nicht einiger dramatischer Höhepunkte. In jener Zeit war Werner seinem Vater eine recht fragwürdige Arbeitskraft. Der Alte trug es mit Fassung. Das würde vorübergehen. Nicht so Werners Mutter, eine einfache Frau. Ihr war das Verhältnis

mit einer verheirateten Frau ein Dorn im Auge. Sie wünschte sich für ihren Sohn ein ordentliches und anständiges Mädchen, möglichst aus wohlhabendem Hause, zur Frau.

Als die Affäre endlich zu Ende war, blieb Werner seelisch leicht zerrauft zurück. Davon erholte er sich schnell, jedoch war ihm jetzt kein Mädchen mehr gut genug. Was ihm früher gefallen hatte, gefiel ihm nicht mehr. Er suchte das Besondere. Dann aber begann der Krieg, und dieses Problem trat in den Hintergrund.

Im Krieg, den Werner Fabian, wie schon erwähnt, zwar an vielen Fronten, jedoch unversehrt, überstand, begegnete ihm seine zweite große Liebe.

Ein Mädchen namens Ricarda Wolff. Sie lebte in Breslau, wo er einige Monate zubrachte, um einen Lehrgang zu absolvieren. Dieser Liebe wurde eine normale und glückhafte Entwicklung versagt, das verhinderte der Krieg. Später heiratete er Ricardas Schwester, die ein Kind von ihm bekam. Den Krieg beendete Werner Fabian in russischer Gefangenschaft, wohl die schlimmste Zeit in seinem Leben.

Dann kehrte er in seine Vaterstadt zurück. Er fand dort seine Eltern unversehrt vor, seine Frau und das Kind. Seine Mutter, nachdem sie sich abgefunden hatte, daß die Schwiegertochter aus einer fernen, fremden Gegend kam und nur ein armer Flüchtling war, hatte gegen diese Ehe nichts einzuwenden. So ein Mädchen hatte sie sich für ihren Sohn gewünscht.

Werner Fabian dagegen hatte eine Frau geheiratet, wie er sie sich selbst nie gewünscht hatte. Er legte sich anfangs darüber keine Rechenschaft ab, denn er war keiner, der sich selbst erforschte, aber es war eine Tatsache, die ihm ziemlich bald klar wurde.

Jedoch so schlimm war es auch wieder nicht. Er hatte zuviel zu tun. Er machte aus der Schreinerei seines Vaters die WEFA. Und das war eine Arbeit, die einen Mann reichlich ausfüllen konnte.

Aufgewachsen nun in dieser Stadt, wenn auch nicht in ihr

geboren, war Brigitte Fabian. Ihr Verhältnis zu ihrer Heimatstadt war äußerst kühl. Sie wußte nichts vom Zauber der alten Stadt von früher, sie lebte in einer modernen Industriestadt, die aber auch keine richtige Weltstadt war, sie besuchte die höhere Schule, würde mühelos ihr Abitur machen, dann vielleicht ein wenig studieren, und später glanzvoll heiraten. Möglichst einen Mann, der *nicht* in dieser Stadt lebte. Der Aufbau der WEFA war für sie keine grandiose Leistung, sondern eine gegebene Tatsache, die ganz selbstverständlich in ihre Welt gehörte.

Eine Schokoladenwelt von A bis Z. Und sie eine kleine Prinzessin in dieser Wunderwelt in der Mitte dieses Jahrhunderts, der sich bisher alle Wünsche erfüllt hatten.

Geboren in dieser Stadt und auch teilweise in ihr aufgewachsen war Sybille Helten. Sie hatte den Krieg bewußt genug miterlebt, um ihn nicht mehr zu vergessen. Ihr Vater fiel. Sie verbrachte mit der Mutter und dem jüngeren Bruder viele Nächte in den Kellern, bis zu jener Nacht, als das Haus über ihren Köpfen zusammenstürzte. Die Familie verließ die Stadt, sie kamen aufs Land, später in eine Kleinstadt, wo die Kinder weiter zur Schule gingen und Kriegsende und Nachkriegsjahre erlebten. Ihre Mutter wohnte heute noch dort.

Sybille studierte später in München, promovierte, volontierte an einer großen Zeitung, ebenfalls in München, arbeitete vorübergehend in einer anderen Stadt an einer Frauenzeitschrift und landete schließlich wieder in ihrer Heimatstadt, als sich ihr dort eine gute Position bei der größeren Tageszeitung bot. Sie betrachtete dies als Sprungbrett, als eine Zwischenstation auf dem Weg zu einer echten, großen Karriere, zu der sie fest entschlossen war.

Durch ihre Begegnung mit Werner Fabian und die Liebe zu ihm war dieser Weg in die Zukunft, den sie bisher mit kühler Sicherheit und überlegener Sachlichkeit vor sich gesehen hatte, zunächst einmal etwas vernebelt worden.

Im Grunde war die Stadt alt, sehr alt. Man sah es nur nicht vor lauter neuen Häusern, vor glatten Mauern und hellen Fenstern, vor den bunten Lichtern in der Nacht und dem Lärm des Tages. An der Burgmauer blühten im Frühling die Fliederbüsche und dufteten in der Nacht, wenn keine Autos mehr vorbeifuhren. Genauso wie früher. Es gab ein paar stille Winkel am Fluß, die unverändert geblieben waren, ein paar baufällige Häuser, die den Krieg überstanden hatten, eine alte, geschwungene Brücke. Es gab eine alte Weinstube neben einer Kirche in der Altstadt, die ebenfalls unbeschädigt geblieben war und noch vom alten Besitzer geführt wurde. Hier und da gab es solche kleinen Erinnerungen an früher. Wer Zeit hatte, sie zu suchen, und Augen, sie zu sehen, mochte sie finden. Es gab einiges in dieser Stadt, was man auch heute noch lieben konnte.

Aber abgesehen davon, hatte diese Stadt eine Eigenschaft. Früher – ganz früher und auch heute. Sie bot den Menschen, die in ihr lebten, ganz egal, ob sie von ihnen geliebt wurde oder nicht, eine Heimat. Sie war ein geschlossenes Ganzes – diese Stadt. Mütterlich, sorgend und immer bereit, zu schützen und zu hüten, was in ihren Mauern lebte.

# *Die andere Stadt*

Die andere Stadt war früher um ein reichliches Drittel größer gewesen und war heute um die Hälfte kleiner. Sie lag in einer fruchtbaren Ebene an einem breiten, mächtigen Strom, unter einem hellen, weiten Himmel. Das Land und die Stadt hatten eine alte, sehr bewegte Geschichte. Ein Kommen und ein Gehen war in dieser Stadt gewesen, ein Gewinnen und Verlieren, und immer hatte einer die Hand ausgestreckt nach ihr, um sie zu nehmen und nicht mehr herzugeben. Man nannte sie einst das Tor zum Osten, und diese Bezeichnung war wohl zutreffend, und gerade darum wäre die Stadt geeignet gewesen, eine Mittlerrolle zu spielen, ohne sich allzu deutlich für Ost oder West zu entscheiden. Doch dies war ihr nur selten vergönnt gewesen. Vielleicht noch am ehesten zu Zeiten der Hanse, die hier eines ihrer prächtigsten Kinder gehabt hatte.

Die Stadt war schön gewesen. Über den Strom führten viele Brücken, im Strom lagen Inseln, und auf ihnen fand man die alten, hohen Kirchen, in denen eine Zeit festgehalten wurde, die vergangen war.

In der Stadt war Leben und Betrieb, war allezeit ein lebhafter Handel und Verkehr, auch hier Reichtum und Wohlstand, ein selbstbewußtes Bürgertum, ein niemals protzender Adel, der sich dem Land und der Stadt eng verbunden fühlte. Eine berühmte Universität zog eine geistige Elite in diese Stadt oder bildete sie heran, die sich aufs glücklichste mit dem Geschäftssinn verband und eine ganz spezielle Atmosphäre schuf. Dazu kamen die Theater, die eine führende Rolle in Deutschland spielten und von denen Berlin seinen begabtesten Nachwuchs holte.

Die Bevölkerung besaß einen herzhaften Humor und war sehr musisch veranlagt, phantasievoll und erzählfreudig, gemischt aus hellen und dunklen Schwingungen, ganz wie es dieser Stadt am Rande der slawischen Welt zukam. Auch war der Zustrom aus dem Osten nie abgerissen, er brachte immer wieder die ganz bestimmte Tönung in das Leben dieser Stadt, die sich dadurch von allen anderen deutschen Städten unterschied.

Auch hier gab es eine baulich bemerkenswerte Altstadt, gemischt aus romanischen und gotischen Elementen, die sich in späteren Zeiten glücklich mit dem Barock verbanden. Die Stadt hatte wieder einmal und, wie es schien, diesmal bis zum letzten Pfennig die bittere Rechnung des Krieges bezahlen müssen. Man hatte sie getötet, so leidenschaftlich und verzweifelt sie sich auch gewehrt hatte.

Viele Städte waren gestorben in der Zeit des letzten Krieges, aber sie alle wurden wieder zum Leben gebracht. Diese Stadt nicht. Schuld daran trugen nicht nur die niedergebrannten Häuser, die zertrümmerten Kirchen, die zerschossenen und verkohlten Gärten – das hatten andere Städte auch erlebt und waren trotzdem auferstanden –, schuld daran war, daß man diese Stadt ihrer Kinder beraubt hatte. Sie waren gestorben, geflohen, vertrieben, sie waren nicht mehr da. Die Stadt blieb allein mit den Fremden, die sie nicht liebten, für die sie nichts anderes war als ein häßliches Ruinenfeld ohne Seele. Die Eroberer sahen nur das, was heute war. Sie *konnten* unter den Trümmern nicht das suchen und finden, was einstmals gewesen war, denn sie hatten es nicht gekannt. Und so konnte die Stadt auch nicht wiederauferstehen. Man flickte sie hier und da, man brachte Menschen in ihre Straßen und Gassen, man brachte Verkehr, Handel und Wissen zurück, man ließ ein neues Menschengeschlecht hier aufwachsen, das sich vielleicht einmal an dieser Stelle eine neue Stadt schaffen und ihr eine neue Seele geben würde. Doch diese würde mit der alten nichts gemein haben. Die alte Stadt war gestorben. War tot für alle Zeit.

Nur wenige, ganz wenige gab es noch, die durch das Bild der toten noch die einst schöne und geliebte Stadt sehen konnten. Sie taten es heimlich und für sich, so wie man sich selbst ein altes Märchen erzählt. Sie wußten, daß es nichts anderes mehr war als Erinnerung.

Matthias Wolff war nicht in dieser Stadt geboren, jedoch als junger Mann in sie gekommen und verließ sie nur einige Male auf kurze Zeit bis zu seinem siebzigsten Lebensjahr.

Er kam aus dem Gebirge, ein Knabe noch, ein schöner, schlanker, hochgewachsener Junge mit sehr großen blaugrauen Augen, in denen die Neugier auf das Leben und die Freude an allem, was ihm begegnete, deutlich zu lesen war. Und eine wache Intelligenz. Er kam zu einem Buchhändler in die Lehre, der gleich im Rücken der Universität, in einer der alten, engen Straßen, die zum Ring führten, einen etwas düsteren Laden besaß. Es war weder die größte noch die schönste Buchhandlung der Stadt, doch sie besaß einen so guten Ruf, hatte eine so persönliche Art, mit den Kunden umzugehen, daß sich das anspruchsvollste und aufgeschlossenste Bücherpublikum der

Stadt hier zusammenfand. Hier lernte der Knabe Matthias, der gleich unterm Kamm im Riesengebirge geboren war, nicht nur mit Büchern, sondern auch mit Menschen umzugehen. Lernte es bei einem Meister seines Faches, für den ein Buch nicht nur eine Handelsware war, sondern ein Stück menschlichen Geistes, kostbar und mit nichts zu vergleichen, was sonst auf dieser Erde hergestellt, verkauft und konsumiert werden konnte.

Als Matthias Wolff ausgelernt hatte, kam es erstmals zu einer Trennung von seiner neuen Heimatstadt. Er arbeitete eine Zeitlang in einer Buchhandlung in einer anderen schlesischen Stadt und darauf zwei Jahre in Berlin, was ihm außerordentlich großen Spaß machte. Damals fehlte nicht viel, und er wäre seiner Heimat untreu geworden und in Berlin geblieben. Aber abgesehen von seinem alten Meister, gab es noch etwas anderes, was ihn in die Stadt an der Oder zurückzog oder, besser gesagt, erneut zog: das war die Tochter des Hauses, in dem er gelernt hatte. Inzwischen vom Kind, mit dem er einst gespielt und gealbert hatte, zum jungen Mädchen herangewachsen und seiner Meinung nach auch in Berlin ohne Konkurrenz.

Zunächst allerdings kam erst einmal der Krieg, den er von Anfang bis Ende an verschiedenen Fronten mitmachte. Im letzten Kriegsjahr heiratete er, und schon ein Jahr nach dem Krieg sah er sich als Chef des Hauses, in dem er als Lehrling angefangen hatte, denn sein Schwiegervater starb im ersten Nachkriegswinter.

Matthias führte die Buchhandlung im Geist des Alten und so, wie er es gelernt hatte, weiter. Anfang der zwanziger Jahre wurde seine erste Tochter geboren. Da er ein begeisterter Verehrer der Werke und speziell der Gedichte von Ricarda Huch war – er kannte sie fast alle auswendig und konnte sie besser fast als mancher Schauspieler aufsagen –, aus diesem Grunde also nannte er seine Tochter Ricarda.

Zwei Jahre später kam eine zweite Tochter zur Welt. Elisabeth Charlotte, der Name diesmal den beiden Großmüttern abgenommen. Zwei Jahrzehnte eines erfüllten Lebens in dem alten Hause in der alten Stadt. Eine glückliche Ehe, ein großer Freundeskreis, denn Matthias Wolff gehörte zu den Menschen, die sich immer und überall Freunde erwarben, ohne dazu einen Finger zu rühren. Bloß weil er war, wie er nun einmal eben war.

Wieder ein Krieg und dann also der Untergang der geliebten Stadt. Er war zum Volkssturm eingezogen, er mußte kämpfen, was er schon als junger Mann nicht gern getan hatte und was ihm diesmal doppelt sinnlos erschien. Seine Frau wurde im Keller ihres Hauses verschüttet, zwar wieder ausgegraben, jedoch nur, um viele Jahre eines qualvollen Leidens vor sich zu haben.

Er selbst wurde mit all den unglücklichen Verteidigern in russische Gefangenschaft geführt und kam erst zurück, als der nächste Frühling den hoffnungslosen Versuch machte, die tote Stadt ein wenig zu trösten. Der Frühling traf nur Haß und Verzweiflung und floh bald.

Matthias Wolff mußte bleiben. Das Haus war zerstört, das Geschäft natürlich auch, für ihn gab es keine Buchhandlung mehr. Es fand sich Arbeit für ihn, wichtige und nützliche Arbeit, und dann war da die kranke Frau und die Tochter Ricarda.

Als er siebzig geworden war, rüstete er sich, die tote Stadt zu verlassen. Denn das Wundersame an ihm: er lebte noch gern, und er war nicht müde. Er war noch immer, wie einst der Junge aus dem Gebirge, voller Neugier auf das Leben, fähig, sich am Leben zu freuen.

Von diesen Eigenschaften hatte er seiner Tochter Ricarda nichts vererbt. Sie war zu dieser Zeit und auch schon lange zuvor ein zerbrochener und unglücklicher Mensch. Ohne Hoffnung, ohne Wünsche, ohne Träume.

Doch von ihr wird noch die Rede sein.

Nur kurz ihr Verhältnis zu der Stadt: sie war darin geboren, darin aufgewachsen, sie hatte ein so ideales Elternhaus gehabt, wie es selten einem Kind geboten wird, nicht zuletzt deswegen,

weil sie einen so wunderbaren Vater hatte. Sie hatte die Schule besucht und später die Universität. Sie war klug, schön, stolz und mutig. Sie liebte während des Krieges einen Mann und verlor ihn. Sie erlebte den Todeskampf der Stadt, und alles damit verbundene Elend war auch ihr Elend. Sie blieb in der toten Stadt und mußte in ihr sein, was alle ihre Landsleute dort waren: ein Mensch zweiter Klasse.
Sie hatte eine Arbeit, die sie nicht glücklich machte, die vergangene Liebe quälte sie noch immer, sie erlebte das Leid ihrer Mutter mit, und sie kam dazu, das Leben zu hassen. Nicht einmal ihr Vater konnte das verhindern. Aber jetzt, in ihrem achtunddreißigsten Jahr, hatte sie eingewilligt fortzugehen. Ein neues Leben zu beginnen. Obwohl sie das nicht im mindesten interessierte. Auch wenn sie ging – sie war ohne Hoffnung, ohne Wunsch, ohne Traum. Sie war innerlich so tot wie die Stadt, in der sie gelebt hatte.

## *Gedanken*

Bis es zur Begegnung zwischen West und Ost, zwischen der Vergangenheit und der Gegenwart kam, vergingen noch viereinhalb Monate. Der Sommer ging darüber hin, und der Herbst hatte seinen leuchtenden Höhepunkt überschritten, ehe Matthias Wolff, siebzig Jahre alt und neugierig wie ein Kind, endlich dazu kam, die Erfahrung zu machen, die er sich so sehr gewünscht hatte: zu wissen, wie es ist, frei zu sein.

Zu sehen, wie sie lebten. Zu sehen, wie es drüben war.

DRÜBEN!

Dieses Zauberwort. Vielleicht hätte er, in seinen Jahren, sich in Gedanken mit einem anderen Drüben beschäftigen sollen. Auch das war aller Neugier wert. Auch daran hatte er manchmal einen Gedanken verschwendet. Früher, als er jünger war, öfter als heute. Jetzt, seit Jahren und seit Jahren in steigendem Maße, dachte er nur an das nahe liegende und so unendlich fern scheinende Drüben, von dem ihn nur lumpige Kilometer und keine Ewigkeiten trennten. Wie sie leben mochten? Wie es dort war, gut oder schlecht, besser oder schlechter. Auf jeden Fall anders. Soviel war gewiß. Denn sie waren dort – frei.

Nicht daß er in seinem Leben keine Freiheit kennengelernt hätte. Viel davon; Kindheit und Jugend, trotz emsiger und strenger Lehrjahre, trotz Krieg und Nachkriegssorgen, er hatte sie in Freiheit verbracht. Angefangen hatte es in der Nazizeit, obwohl auf den ersten Blick seine Freiheit kaum beschnitten worden war. Ein wenig, aber nicht so viel, daß man darunter leiden konnte oder, besser gesagt, daß ein stumpfer Mensch, einer, der sich nicht viel Gedanken machte, einer, dessen Geist nicht so hell war wie der seine, hätte darunter leiden können.

Immerhin – es hatte genügt, daß man begann, über den Begriff Freiheit nachzudenken. So einer wie er dachte darüber nach. So einer wie er merkte, daß sie fehlte. Und so einer wie er verspürte die Sehnsucht nach ihr, ständig wachsend, immer stärker und heftiger werdend.

So viel war gewiß: früher hatte man gar nicht richtig gewußt, was Freiheit hieß, was das Wort meinte und bedeutete, was darunter zu verstehen war. Eine Vokabel wie jede andere auch, beliebig anwendbar in diesem oder jenem Zusammenhang.

Wie war das also mit der Freiheit? Gab es eine, gab es mehrere? Paßte jedem die gleiche, oder mußte sie für diesen und jenen verschieden geschneidert sein, verschieden weit, verschieden groß, verschieden eng? Brauchte sie jeder eigentlich? Vielleicht waren es nur einige wenige, die sie benötigten. Oder vielleicht benötigte der eine diese Art und der andere eine andere Art?

Nun mal der Reihe nach: was gab es eigentlich für Freiheiten? Die Freiheit der Meinung, die Freiheit der Rede, nun ja, wichtige Dinge, zu wünschen und zu fordern und im Laufe der Weltgeschichte manchmal mehr oder weniger heftig oder auch

gar nicht verlangt oder gewünscht. Die Freiheit, zu gehen und zu kommen, wann man wollte, wohin, woher man wollte, die Freiheit zu tun, was einen gelüstete – allen diesen Freiheiten war von jeher Zaum und Zügel angelegt. Keiner, der in der Gemeinschaft der Menschen leben wollte oder leben mußte, war so frei, immer zu tun, was er wollte; zu sagen, was er dachte; zu gehen und zu kommen, wie ihm gelüstete. Sitte, Moral, Gesetz, auch Liebe, Anstand, Rücksicht, Verantwortung legten Fesseln auf, so selbstverständlich und gewohnt, daß man ihren Druck kaum spürte, sich selten dagegen wehrte.
Freiheit also. Welche Freiheit noch? Die Freiheit eines Menschen, den man gefangengesetzt hatte. Zu Recht oder zu Unrecht, es gab beides, würde immer beides geben, und hier wurde die Freiheit schon ein sehr verdichteter, sehr greifbarer Begriff. Etwas Wirkliches, ganz und gar Handfestes.
Die Freiheit, sich zu wehren gegen Unrecht. Gegen Schande und Gewalt. Die Freiheit zu besitzen; genausoviel oder sowenig zu sein wie jeder andere neben, vor und hinter dir. Ließ sich die Freiheit an sich überhaupt besitzen? War sie so wirklich, so handfest, daß man sie nehmen, besehen und zu eigen haben konnte wie einen Gegenstand, wie ein natürlicher Bestandteil des Lebens. Wie man eine Frau besaß, ein Kind, ein Haus, ein Feld, ein Amt. Konnte die Freiheit von dieser Art sein? Oder war sie immer nur ein schimmerndes, flüchtiges Ding, das einem aus den Händen glitt, eine Wolke, die über den Himmel zog, ein Duft, der einen anwehte und verflog. Oder sah man, spürte man sie nicht, wenn man sie besaß, sie in Händen hielt, und lehrte erst der Griff ins Leere, daß man sie verloren hatte?
War das erst der Moment, in dem sie kostbar wurde wie nichts sonst auf Erden und im Himmel, so kostbar und erstrebenswert, daß man darüber alles vergessen und dafür alles opfern konnte: Frau, Kind, das Haus, das Feld, das Amt. So nehmt es doch – verschluck es, Welt, verschling es, Hölle, zerblase es, Himmel; was soll mir Liebe, Besitz und Gut, da ich unfrei bin,

ein Sklave, ein Rechtloser. Unfähig zu lieben und zu hüten und zu bauen. Verdorrt der Same in der Hand des Unfreien, gefroren die Liebe zu Eis, totgeboren das Kind.
Nein. So war es wohl nie gewesen auf diesem unvollkommenen Planeten, der sich Erde nennt. Sie hatten gelebt, geliebt, gebaut, gesät und geerntet auch ohne Freiheit, jahrhunderte- und jahrtausendelang. Der Erde hatte es nichts ausgemacht. Dem Himmel erst recht nicht. Ihm war es gleichgültig. Sie hätten daran gewöhnt sein müssen. –
Wir müßten daran gewöhnt sein. –
Gewöhnt seit uralten Geschlechtern her. Warum also wollen wir sie immer wieder haben? Immer wieder, in jeder Zeit, in jedem Jahrhundert, in allen Landen, über Meere und Wüsten und Berge hinweg. Wir haben getötet für sie und sind für sie gestorben.
Für unsere eigene Freiheit und für die der anderen.
Die Völker der grauen Vorzeit, gestern, heute, morgen – la liberté, the liberty, lieber tot als Sklav'!
Lincoln, Danton, Demosthenes, Jeanne d'Arc, Ulrich von Hutten, Spartacus, Martin Luther, Wilhelm von Oranien ... Namen, nichts als Namen. Je mehr man darüber nachdachte, um so mehr fielen einem ein. Und dazu die vielen Namenlosen, auch sie hatten gehofft, gelitten, gekämpft. Und waren gestorben. Für sie. Freiheit!
War Adam nicht der erste gewesen? Adam und Eva, die jungen Menschen, neu wie die Welt – sie wollten frei sein von der Obhut, von der Bevormundung Gottes, sie verzichteten auf das Paradies und nahmen all die Mühsal und Pein des Lebens außerhalb seiner blühenden Wiesen auf sich, sie trotzten Gott und gingen, um die Freiheit zu gewinnen, und gerieten statt dessen von einer Knechtschaft in die andere. Durch alle Zeiten, durch alle Räume. Aber ist mit ihnen nicht bewiesen, daß der Drang nach der Freiheit, der Wunsch, den Zaun niederzurennen und ins Freie zu laufen, ganz egal, was draußen sein würde, daß dieser Drang dem Menschen eingeboren ist? Ein-

geboren und angeboren und nicht zu vernichten und zu erwürgen, nicht durch Jahrhunderte und Jahrtausende, nicht bis in alle Ewigkeit. – Freiheit! –

Solche Gedanken hatte Matthias Wolff. Er sprach nicht davon. Nicht einmal zu Ricarda. Er war nicht sicher, ob sie ihn verstehen würde. Sie war so anders geworden. Unmerklich hatte ihr Wesen sich verändert. Er war ihr Freund gewesen, der Mensch, mit dem sie sich am besten verstand. Das glaubte er. Aber heute war es anders geworden. Und auch ihretwegen sehnte er die Freiheit herbei. Wenn etwas sie heilen konnte, etwas sie zu ihrem wirklichen Selbst zurückführen konnte, was anderes, wer anderes konnte es tun, als sie, die große Wundertäterin: die Freiheit. Alles erhoffte er sich für sie, drüben, dort in dem Land der Verheißung. Nicht nur die Freiheit. Auch Freude. Auch Mut. Menschenwürde. Mensch sein alles in allem. War der Schlachtruf also der gleiche geblieben fast über zwei Jahrhunderte hinweg: Liberté, fraternité, egalité! Immer nur gewollt, immer nur ein paar Schritte auf diesem Wege und immer gelogen, es sei errungen. Immer die gleiche Lüge. Würde es drüben auch eine Lüge sein? Nein. Das konnte nicht, das durfte nicht sein. Eins war gewiß, daran glaubte er mit aller Kraft seines Herzens: zumindest waren sie weitergekommen auf diesem Wege. Ein Stück wenigstens. Und das mußte er sehen. Das mußte er erleben. Und wenn es eine Stunde vor seinem Tode sein würde.

Er mußte wieder daran glauben können, daß die Menschheit sich auf dem Weg befand. Daß sie vorwärtsging...

# *Gestern und Heute*

Im Laufe der Jahre hatte Werner Fabian viele Anträge gestellt auf Zusammenführung der Familie, wie der Terminus technicus lautete. Mit der Zeit war sein Eifer erlahmt. Die Zeit trennte mehr und nachhaltiger als der Raum. Sein Schwiegervater und Ricarda hätten tot sein können, in seinen Gedanken jedenfalls lebten sie nicht mehr. Daran änderten auch Briefe und Päckchen nichts, die mehr oder weniger zu einer Routineverpflichtung geworden waren, mit der überdies er persönlich sowieso nichts zu tun hatte. Das erledigte Charlott.

Es wäre unbillig gewesen, ihm daraus einen Vorwurf zu machen. Er hatte Ricarda geliebt, gewiß. Aber Liebe vergißt sich, verblaßt, verweht, er war jung damals, es war Krieg, es war genaugenommen in einem anderen Leben gewesen. Und wenn noch etwas dazu beitragen konnte, diese Liebe gründlich zu vernichten, so war es sein schlechtes Gewissen. Er hatte den Gedanken an Ricarda verdrängt, so würden es die Psychologen nennen.

Und das schloß verständlicherweise seinen Schwiegervater mit ein, der ihm zwar gefallen hatte, außerordentlich sogar, aber dem nahezukommen keine Gelegenheit gewesen war. Soweit Werner Fabian.

Anders hätte es mit Charlott sein müssen. Es war *ihr* Vater, ihr sehr geliebter und bewunderter Vater. Es war *ihre* Schwester. Allerdings eine niemals sehr geliebte Schwester, dazu waren sie zu verschieden gewesen. Aber zumindest hätte Charlott von ganzem Herzen wünschen müssen, die beiden aus ihrem Gefängnis herauszuholen, bei sich zu haben, sie teilhaben zu lassen an der verschwenderischen Fülle ihres Lebens. Diesen Wunsch hatte Charlott nie gehabt. Sie hatte Angst vor einer Begegnung. Denn auch sie hatte ein schlechtes Gewissen. Weit mehr noch als ihr Mann. Und sie war zu dumm und zu oberflächlich, besaß viel zuwenig Phantasie, das Leid der anderen mitzuleiden. Der Gedanke, *wie* sie leben mochten, beschwerte sie nicht. Die Angst vor einer Begegnung war größer. Sie dachte viel zu sehr an sich, um daran denken zu können, wie die anderen ihr Leben ertrugen. Ja, wenn es ihr Vater allein gewesen wäre... Aber nach allem, was geschehen war, fürchtete sie auch ihn. Sie war wie ein Kind, das die Hände vor die Augen preßte und laut dabei rief: Ich bin nicht da! Und so hatte schließlich auch sie vergessen.

Jetzt wurden ihr die Hände rücksichtslos heruntergerissen. Es geschah etwas, womit keiner mehr gerechnet hatte: Sie würden kommen.

Als sie die erste Nachricht darüber erhielten, war es Anfang September. Und das erste, was Charlott dazu äußerte: »Das kann doch nicht wahr sein!«

Sie war im Begriff zu verreisen. An die französische Riviera.

Um allen Ärger, alle Aufregung, alle Demütigung der letzten Wochen und Monate zu vergessen. Auch, um nicht mehr an ihre Kapitulation zu denken.

Denn Charlott hatte kapituliert. Sie war nie eine Kämpferin gewesen. Sie hatte gejammert, geweint, blindlings um sich geschlagen und war besiegt. – Sie würden sich scheiden lassen.

Werner hatte auch nicht gekämpft. Er hatte das Ganze abgewickelt wie eine lästige, aber notwendige Transaktion im Geschäft. Ohne Leidenschaft, sehr nüchtern und sachlich. Und wie er immer alles durchsetzte, was er sich vorgenommen hatte, so auch dies. Denn auch er war schließlich kein Mensch mit Phantasie. Und auch er nicht fähig mitzufühlen und mitzuleiden.

Nicht fähig mitzuleiden, was die Frau, mit der er immerhin fünfzehn Jahre verheiratet gewesen war, vielleicht litt. Vielleicht. Auch die Fähigkeit zu leiden ist nicht jedem gegeben. Der Ärger einer Frau, die verlassen wird, die Angst vor der Veränderung des Lebens, der gekränkte Stolz, die verletzte Eitelkeit, die hilflose Wut darüber, etwas hergeben zu müssen, was man behalten wollte – war das alles Leid? Sicher. Und war dies die einzige Art von Leid, die Charlott empfand, beim Auseinanderbrechen ihrer Ehe?

Werner war davon überzeugt. Er hatte Charlott nie geliebt. Ein ganz klein wenig Verliebtheit – nicht einmal das, eine dumme, törichte Verführung, das war es gewesen. Ein wenig näherte es sich einem echten Gefühl, als er aus der Gefangenschaft zurückkehrte und sie vorfand. Aber damals war alles gut und versprechend und tröstend. Vater und Mutter und die vertraute Umgebung hätten genügt. Die junge Frau und das Kind wurden eingeschlossen in die Heimkehrerfreude, waren aber nicht unbedingt vonnöten gewesen. Dieses kleine Gefühl verflog bald. Übrig blieb eine Ehe ohne Glanz und ohne Erfüllung. Anderes füllte ihn aus, und nun, da das andere gefestigt und Gewohnheit war, empfand er auf einmal die Leere – wo? In seinem Herzen? Nicht einmal das. Noch empfand er sie nicht. Es war ganz einfach eine andere Frau da, die ihm paßte. Die er in sein Leben hineinverpflanzen wollte, weil ihm das Leben mit dieser Frau interessanter, unterhaltender, erfüllter schien.

Das glaubte er. Er nannte es Liebe. Die andere nannte es Liebe. Und möglicherweise *war* es auch Liebe. Denn was schließlich ist Liebe denn eigentlich, wenn nicht dies? Was konnte Liebe für einen Mann wie ihn denn schon groß sein? Ein Mann wie er, der immer alles gehabt hatte und heute doppelt und dreifach besaß. Auch Frauenliebe und Frauenkörper hatte er genug gehabt, auch während seiner Ehe. Nie kleine Mädchen, das hatte ihn nicht interessiert. Das einzige kleine Mädchen, mit dem er sich dummerweise eingelassen hatte, war Charlott gewesen. Ein Fehler, der endlich korrigiert werden mußte.

Daß sie ihn liebte, wirklich liebte, mehr als er wußte und ihr je zugetraut hätte, das hatte er immer noch nicht erkannt. Das wollte er auch gar nicht wissen. Und zumindest wußte er mit ihrer Art von Liebe nichts anzufangen. Natürlich, jeder Mensch kann nur die Art von Liebe verschenken, zu der er fähig ist. Die Art von Liebe, die er zusammenbringt. Und Charlotts Art war nun einmal für ihn die falsche Art.

Die Scheidung also. Werner lag daran, eine elegante, lautlose Scheidung zu vollziehen. Der Kinder wegen, der Leute wegen und überhaupt, weil er alles Schmutzige und Aufdringliche haßte. Geschmackvoll mußte das vor sich gehen. Geld genug besaß er, um das fertigzubringen. Seine Angebote waren überaus großzügig. Und schließlich hatte Charlott, zermürbt und hilflos, eingewilligt.

Er war zufrieden. Vielleicht heiratete sie wieder. Das hoffte Werner im stillen, denn das würde alles leichter machen. Er war sogar bereit, sich das etwas kosten zu lassen. Jung genug war sie noch, hübsch genug, und es gab Männer, denen lag ihr Wesen, ihr Aussehen und ihre Art von Liebe ganz außerordentlich.

Aber nun der Brief! –

Vater kam. Ricarda kam.
Das hatte Werner nicht einkalkuliert. Auf einmal platzte die schöne, gelungene Transaktion auseinander wie eine Seifenblase.
»Mein Gott! Das kann doch nicht wahr sein.« Das sagte Charlott.
Das dachte er.
Und »was machen wir nun?«, das fragte Charlott.
Das fragte er sich auch. –
»Aber da können wir doch jetzt nicht ...«, sagte Charlott.
Nein, dachte er, da können wir jetzt nicht ... Und plötzlich, ehe er leibhaftig anwesend war, stand der alte Mann im Zimmer. Werner Fabian, der erfolgreiche Unternehmer, der Millionär, der Charmeur, der Sieger auf ganzer Linie, sah den Alten vor sich. Damals war er noch nicht alt gewesen. Aber der Blick dieser klaren graublauen Augen, dieser strenge, kalte Blick – den hatte er nicht vergessen. Die eine Tochter geliebt. Die andere verführt. Ein Kind unterwegs ...
Er war sehr gern an die Front abgereist, um diesen Augen zu entgehen. Und jetzt sollte er vor diese Augen treten, gerade geschieden oder kurz vor der Scheidung? Das ging einfach nicht. Jedenfalls nicht gerade jetzt. Das entschied Werner Fabian in wenigen Minuten.
»Nein«, sagte er, »wir werden das – eh, verschieben.«
Charlott sah ihn an, ihre Augen füllten sich mit Tränen. Sie hatte nun allen Grund, sich der Ankunft ihres Vaters zu freuen.
Lieber Vater. Lieber, lieber Vater! Ich will dir alles hier so schön machen, wie ich kann. Ich will alles gutmachen, was dir angetan worden ist. Ich will dir alles wiedergeben, was du verloren hast. Ich will dich glücklich machen.
Sie sprach es aus, rasch und hastig, wie eine Beschwörung.
Werner nickte. »Ja, natürlich«, sagte er. »Das wollen wir.«
Wir. Er hatte wir gesagt. Charlott hielt den Atem an, ihre Wangen röteten sich, ein paar Tränen liefen eilig und kindlich

herunter. Wir, du lieber Himmel – er hatte wir gesagt. Ein Band war auf einmal da. Eine Vereinigung kam zustande, so ganz von selbst. Ihr Vater. Ehe er überhaupt da war. Lieber, lieber Vater!

»Und Ricarda?« fragte Werner.

»Sie natürlich auch. Wir haben viel an ihr gutzumachen, nicht wahr?«

Wir. Auch sie hatte wir gesagt. Und Werner widersprach nicht. Er fühlte sich unbehaglich. Ganz abgesehen davon, daß er die Aufgabe hatte, Sybille von diesen veränderten Umständen zu unterrichten.

Sybille nahm es äußerlich mit Gelassenheit auf, wie es ihre Art war. Aber ihre Augen wurden schmal, ihr Mundwinkel hob sich ironisch.

»Ach?« sagte sie kühl. »Ausgerechnet jetzt?«

Er mußte eine rasche Aufwallung von Ärger unterdrücken. »Ausgerechnet jetzt«, erwiderte er lauter und schärfer, als es nötig war. »Es tut mir leid, aber ich kann es nicht ändern.«

Natürlich glaubte sie ihm nicht, das konnte er deutlich merken. Sie hielt es für einen Vorwand, eine faule Ausrede. Vermutlich nahm sie an, seine triumphierende Ankündigung vor einigen Tagen, er habe sich mit Charlott über eine baldige Scheidung geeinigt, sei nichts als eine feige Lüge gewesen, die er jetzt mit einer anderen Lüge aus der Welt schaffen wollte. Er kannte sie, er wußte, wie mißtrauisch sie war. Nie bereit zu glauben, kaum bereit zu vertrauen.

Sie saßen sich in ihrer kleinen Wohnung gegenüber, er im Sessel, sie auf der Couch, das eine Bein, wie es ihre Art war, heraufgezogen. Das lange schwarze Hosenbein war ein wenig verschoben, man sah ihre schmalen Fesseln und schöngeformten Füße mit langen Zehen.

Sie griff mit einer langsamen Bewegung, sehr ruhig, sehr beherrscht, in die Dose, die vor ihnen auf dem Tisch stand, und nahm sich eine Zigarette heraus. Er gab ihr Feuer, zündete sich dann selbst eine Zigarette an. Schweigen. Mit den langen, perlmuttgelackten Fingern griff sie nach dem Whiskyglas, trank einen Schluck, das Eis klirrte, sie stellte das Glas zurück. Ihr Blick ging an ihm vorbei zum Fenster.

Es wurde schon dunkel. – Zuvor war sie bei einem Presseempfang gewesen im Grand-Hotel. Sekt, Sandwich, Käsegebäck. Ein paar Komplimente, die man ihr machte. Einige Informationen, die sie so nebenbei einsammelte. Unwichtige Angelegenheit. Es hatte sie gelangweilt.

Wie schon so oft bei ähnlichen Gelegenheiten hatte sie gedacht: Was tue ich eigentlich hier? Was ich hier mache, kann jeder drittklassige Reporter auch machen. Jede Volontärin, sofern sie sich auf Parkett und in Hotelbars bewegen kann. Ich müßte an einer großen, bedeutenden Zeitung arbeiten, ich müßte Artikel schreiben, die jeder liest, ich müßte ...

Und soweit gekommen, hatte sie in ihr Sektglas gelächelt. Wenn ich Werner geheiratet habe, werde ich überhaupt keine Artikel mehr schreiben. Jedenfalls nicht als Redaktionsmitglied einer Zeitung. Ich werde vielleicht – ja, was eigentlich? Auf Empfängen wie diesem gelegentlich auch auftreten. Privat. Als seine Frau. Und schreiben – nun, auf das Schreiben mußte man nicht verzichten. Man konnte Bücher schreiben. Beispielsweise. Oder für Funk, für Fernsehen. Es gab tausend Möglichkeiten auch dann noch. Der Unterschied war nur, daß man sich aussuchen konnte, was man tun würde.

Sie hatte sich sogleich selbst verbessert. Auf diese Weise brauchte sie das Ganze nicht anzusehen. Sie tat auch jetzt nichts, was ihr nicht paßte. Es ging überhaupt nicht um berufliche oder existentielle Fragen, es ging – um ihn. Lächerlich.

Stadtrat M., der Wirtschaftsexperte im Stadtrat, der ein deutlich erkennbares Faible für sie besaß, hatte ihre Gedanken an dieser Stelle unterbrochen.

»An wen denken Sie, Madame?«

Sie blickte auf, gleich wieder ganz da. »Wieso, an wen? Warum fragen Sie nicht, woran ich denke?«

»Wer Ihr Lächeln gesehen hat, konnte deutlich spüren, daß Sie nicht an etwas, sondern an jemand gedacht haben.«
»Sie überraschen mich, Doktor. Ich wußte gar nicht, daß Sie so viel von den Nuancen eines Frauenlächelns verstehen.«
»Möglicherweise weiß ich sogar, an wen Sie gedacht haben.«
Sie lächelte wieder, diesmal eine andere Nuance. Ihr Blick war wachsam. »Es gibt eine Menge Möglichkeiten, nicht?«
»Wirklich?«
Dr. M. kannte Werner natürlich. Und er war bekannt dafür, daß er sehr eifrig Informationen über die Bürger der Stadt sammelte, besonders über die prominenten Bürger. Vielleicht war man auch in den vergangenen Wochen ein wenig leichtsinnig gewesen. Der Sommer hatte dazu verführt, man fuhr zum Baden, zum Essen am Abend aufs Land, eine Woche waren sie im Gebirge gewesen. Und zum erstenmal dachte Sybille: was schadet es? Wenn wir sowieso heiraten ...
Das war vor zwei Stunden gewesen. Nun also saß Werner hier und log ihr etwas vor. Er log jetzt, also hatte er auch vor einer Woche gelogen, als er ihr gesagt hatte, daß er sich nun mit Charlott in jeder Beziehung geeinigt habe. Und vermutlich hatte er immer gelogen. Alles war Lüge. Ich mag dich. Du bist die Frau, die ich brauche. Mit dir werde ich ... mit dir kann ich ... du wirst für mich ... was für hübsche Worte! Was für reizende Lügen!
Werner sah, wie ihr Mund hart wurde, wie kalt und hochmütig ihr Gesicht sich verschloß. Das kannte er bereits.
»Sybille, ich bitte dich. Mach es mir nicht so schwer. Sieh mal, ich konnte ja nicht ahnen ...«
Sie unterbrach ihn rasch. »Weißt du eigentlich, mein Lieber, daß es so ziemlich das dümmste Wort ist, das ein Mann zu einer Frau sagen kann? Mach es mir nicht so schwer. Das sagt ihr immer, wenn euch etwas unbequem ist. Wir sollen Verständnis haben und euch das Leben leicht machen, nicht wahr? Ach, nichts schöner auf der Welt als das verständnisvolle, liebende Herz einer Frau. Ach, möge doch der liebe Gott die

Frauen immer recht dumm und gutgläubig erschaffen. Welche Lust ist es dann, ein Mann zu sein.«

Sie zog das linke Bein unter ihrem rechten Oberschenkel hervor, setzte es auf den Boden, schlüpfte in das rote Pantöffelchen, stand auf, nahm sich das Glas vom Tisch, und so, in der einen Hand das Glas, die Zigarette zwischen den Lippen, ging sie hinüber zu dem Plattenspieler, drückte auf den Knopf und setzte den Saphir auf die Platte, die auf dem Teller lag.

In ihm stieg eine jähe Wut auf. Wie er ihre Überlegenheit haßte! Verflucht ja, sie hatte recht. Möge der liebe Gott die Frauen nur nicht so verdammt supergescheit und überlegen erschaffen. Das war unerträglich.

»Muß das jetzt sein?« fragte er gereizt.

»Was?«

»Dieses blöde Gejaule.«

»Das ist kein Gejaule. Das ist eine großartige Aufnahme von Westside-Story. Wollte ich dir gern vorspielen.«

»Ich will's aber nicht hören.« Sehr laut, sehr zornig. Und nun stand er auch auf. Getrennt durch die halbe Breite des Zimmers starrten sie einander an, er wütend, sie scheinbar amüsiert.

»Noch einen Whisky?« fragte sie.

»Nein.«

»Lieber etwas anderes?«

»Nein.«

Sie lachte. »Du machst ein Gesicht, als ob du mich schlagen möchtest. Habe ich dir denn etwas getan?«

»Sybille, laß uns vernünftig reden.«

»Wieder so ein gräßlicher Ausdruck! Liebling, du benimmst dich heute wie ein Liebhaber aus einem Fünf-Groschen-Roman. Mach es mir nicht so schwer! Laß uns vernünftig miteinander reden! Jetzt fehlt nur noch, daß du sagst: du mußt mir vertrauen, was auch geschieht. Wenn ich mir das alles so anhöre – also weißt du –, das ist ein Scheidungsgrund, ehe ich dich geheiratet habe. Gräßlich, mit einem Mann zu leben, der sich in Plattitüden ausdrückt.«

Es war nicht mit ihr zu reden. Seine Wut fiel zusammen. Er ließ sich wieder in den Sessel fallen, nahm sich nun doch einen Whisky aus der Flasche, einen Würfel Eis, Wasser aus dem Siphon.
Sie betrachtete ihn eine Weile schweigend, noch immer das spöttische Lächeln um den Mund. Doch langsam verlor es sich. Sie war ja nicht nur kritisch anderen gegenüber, auch sich selbst war sie eine strenge Kritikerin. Und auch ihr Mißtrauen richtete sich genauso gegen sich selbst wie gegen andere.
Ich werfe ihm vor, er benimmt sich wie aus einem Fünf-Groschen-Roman? Lieber Himmel, ich tue es selbst. Wahrscheinlich tut man es immer, wenn man verliebt ist. Immer sind es dieselben Worte, dieselben Gefühle, dieselbe Dummheit. Es gehört zur Liebe. Wie das Entzücken, wie das Glück, wie die Enttäuschung. Ich weiß es. Ich wußte es immer. Er hat gesagt, er läßt sich scheiden, um mich zu heiraten. Gut, wenn er will. Ich habe ihn nicht dazu gedrängt. Ich habe es nicht gewollt. Ich liebe ihn. Und eine verliebte Frau ist das törichtste Geschöpf auf Erden. Und diese ganze blöde Heiraterei – was bedeutet es schon? Es bedeutet ganz einfach etwas, wenn ein Mann einen heiraten will. Man wertet es als Beweis seiner Liebe. Heute, gestern, immer. So gleichberechtigt und gescheit und überlegen können wir gar nicht sein, daß diese dumme Einstellung aus uns herauszubringen wäre. Heiraten! Ich bin so ungeeignet zur Ehe, wie man nur sein kann. Und trotzdem spiele ich das alte Spiel nach den alten Regeln.
Sie drehte die Musik leiser, ging zur Couch zurück und setzte sich.
»Also, was ist los? Erzähle. Dein Schwiegervater? Du hast nie von ihm gesprochen. Ich wußte gar nicht, daß du einen Schwiegervater hast.«
Er blickte sie unsicher an. Meinte sie es ernst? Ihre Stimme klang ruhig und ganz normal. Und ihr Blick war klar und vernünftig, alle Härte, aller Spott waren verschwunden.
Stockend fing er an zu reden. »Das ist schwer zu erklären. Es

ist eine lange Geschichte. Oder – das stimmt nicht. Es ist eine alte Geschichte.« Er schwieg, suchte nach dem richtigen Anfang. Von Charlott hatte er schon einmal gesprochen, wie er sie kennengelernt hatte und wie alles damals geschehen war. Aber das war natürlich nur ein Teil gewesen. Ein unwichtiger Teil der Geschichte. Die Hauptsache hatte er verschwiegen. Ricarda.

Sybille kam ihm zu Hilfe. Mit Geschichten kannte sie sich aus. Und auch wie man einen Gesprächspartner zum Reden brachte. »Eine alte Geschichte also«, sagte sie sachlich. »Und jetzt kommt ein neues Kapitel. Hattest du nie damit gerechnet, daß dein Schwiegervater eines Tages kommt?«

»Früher schon. Jetzt nicht mehr.«

»Warum? Habt ihr denn nie versucht, ihn herüberzubekommen? Und was hat er eigentlich die ganze Zeit getan? Und was ist er für ein Mann? Kennst du ihn gut? Magst du ihn leiden?«

Ein Interview. Doch keiner von beiden dachte dies in diesem Moment. Werner war froh, darüber sprechen zu können.

»Ja«, sagte er langsam. »Ich konnte ihn gut leiden. Ein sehr bemerkenswerter Mann. Buchhändler, sehr gescheit, sehr ...«, er suchte nach den richtigen Worten.

»Format, verstehst du. Ob er mich leiden kann? Ich weiß es nicht. Es ist da manches ... Und wie er heute ist, das weiß ich natürlich nicht. Er muß so um die Siebzig sein jetzt. Warte mal – ja, genau siebzig. Und das nach allem, was er dort erlebt haben muß. Ein alter, verbrauchter Mann. Vielleicht krank. Und was er alles durchgemacht hat ...«

»Was hat er durchgemacht?«

»Nun, erst die Belagerung von Breslau, er war beim Volkssturm. Dann in russischer Gefangenschaft. Und dann die Sache mit seiner Frau.«

»Mit deiner Schwiegermutter also. Was ist das für eine Sache?«

»Soweit ich darüber Bescheid weiß – sie ist verschüttet worden. In ihrem eigenen Haus. Da wo auch das Geschäft war, die Buchhandlung eben, verstehst du. Es war natürlich alles kaputt und verloren. Und meine Schwiegermutter war in dem Haus verschüttet. Drei Tage lang. Man hat sie lebend herausgeholt, aber sie muß sehr krank gewesen sein, was ihr genau gefehlt hat, weiß ich nicht. Sie haben sich immer so unklar ausgedrückt. Sie hat immerhin noch mehrere Jahre gelebt.«

»Und was hat er getan?«

»So genau wissen wir das auch nicht. Zuletzt hat er wohl in einer Klinik gearbeitet.«

»In einem Krankenhaus?«

»Ja.«

»Als was? Als Buchhändler?«

»Nein. Natürlich nicht. Als so eine Art Krankenpfleger.«

»Wie kam denn das? Davon verstand er doch nichts.«

»Offenbar doch. Er war wohl im Krieg, zuletzt jedenfalls, als Sanitäter eingesetzt. Und es kam wohl auch durch Ricarda. Sie ist Krankenschwester.«

»Ricarda?«

»Ja. Er kommt ja nicht allein. Ricarda kommt mit. Seine Tochter. Charlotts Schwester.«

»Charlott hat eine Schwester?«

»Ja. Und das ist es ja eben.«

Sybille hatte ihren Ärger vergessen. Die Geschichte begann sie zu interessieren. Das war eine Story. Oder konnte jedenfalls eine sein. Außerdem hatte er den Namen von Ricarda so merkwürdig ausgesprochen. Überhaupt – was für ein Name! Ricarda.

»Ricarda«, wiederholte sie leise. »Ein schöner Name. Charlotts Schwester also. Mir scheint, die Geschichte hat mehrere Kapitel.«

»Ja«, erwiderte Werner. »Das hat sie wirklich. Ich habe noch nie zu irgend jemand davon gesprochen. Nicht zu meinen Eltern. Auch mit Charlott nicht. Aber dir werde ich es jetzt erzählen. Schon damit du siehst, daß du mir vorhin unrecht getan hast. Es ist nämlich wirklich alles nicht so einfach.«

Das konnte Sybille ihm ansehen. Werner Fabian, der Sieger,

sah auf einmal gar nicht mehr sieghaft aus. Er sah aus, als habe er ein Problem.

Er hat weiß Gott ein Problem. Das habe ich noch nie bei ihm erlebt. Nicht in all der Zeit jetzt, seit diese Scheidungsaffäre läuft. Streit mit Charlott, schwieriges Verhältnis mit mir. Das alles hat er so nebenbei mit der linken Hand erledigt. Hat ihn gar nicht weiter angegriffen. Aber weil ein siebzigjähriger Mann aus Breslau kommt, der wahrscheinlich mehr tot als lebendig ist, ist das ein Problem. Oder hängt es mit dieser Ricarda zusammen?

Sybille füllte die Gläser wieder, zündete sich eine neue Zigarette an und zog diesmal beide Beine auf die Couch. Mal hören.

»Ich kam das erstemal 1942 nach Breslau. Zu einem Offizierslehrgang. Das war für mich eine sehr schöne Zeit. Vom Krieg merkte man dort nicht das geringste. Keine Luftangriffe, keine nervösen Menschen, viel Militär natürlich, aber sonst ein angenehmer Aufenthalt. Hübsche Lokale, in denen es verhältnismäßig noch gut zu essen gab, Theater spielten, Kinos, hübsche Umgebung, man konnte ins Gebirge fahren, alles in allem, es war fast wie im Frieden. Ich hatte eine Reihe guter Bekannter, und, ehrlich gestanden, ich freute mich meines Lebens. Unter anderem traf ich dort einen Kameraden wieder, mit dem ich zusammen den Jugoslawienfeldzug erlebt hatte. Er war damals schwer verwundet worden, und später mußte man ihm ein Bein abnehmen. Jetzt studierte er. In Breslau eben. Er studierte Medizin. Ein feiner Kerl, ich sehe ihn noch vor mir. Übrigens habe ich keine Ahnung, was aus ihm geworden ist. Habe nie wieder von ihm gehört. Na ja. Das war damals so. Man hat eigentlich von den meisten nichts mehr gehört. Der also, er hieß Hans, war unsterblich verliebt in ein Mädchen, das auch Medizin studierte. Im ersten oder zweiten Semester, glaube ich. Sie hieß Ricarda Wolff. Wenn wir ein bißchen was getrunken hatten, sprach er nur noch von ihr. Ricarda ist ein ganz einmaliges Mädchen. So gescheit. Und so schön. Und eben etwas ganz Besonderes. So ging das ununterbrochen. Na los, sagte ich, dann laß dich nicht aufhalten mit deiner Ricarda. Geh mal 'ran. – Ich, mit meinem einen Bein. Ich, ein Krüppel. Wie denkst du dir das? Ach, Unsinn, sagte ich. Die Mädchen sollen froh sein, daß überhaupt noch Männer da sind. Es wird so weit kommen, daß sie sich um dich reißen mit deinem einen Bein. Wenn du beide Beine hättest, wärst du nicht hier. Würdest du nicht übrigbleiben. – Wie man halt so redet in solchen Zeiten.«

Sybille nickte. Sie sah es vor sich. Irgendeine kleine, verräucherte Kneipe. Der scheue Junge, gedemütigt durch sein Gebrechen. Und der siegessichere Werner, der ihm Mut machte. Sie tranken Bier und Schnaps, und noch eine Runde, und zerlegten dabei das fremde Mädchen.

»Na ja. Und dann mußte ich sie natürlich kennenlernen. So neugierig war ich erst gar nicht. Ich hatte mir auch eine angelacht, ganz flottes kleines Ding, dann dachte ich mir, na schön, können wir die Ricarda ja gelegentlich mitnehmen. Wahrscheinlich so ein richtiger Blaustrumpf. Aber ich muß dir sagen...« Werner unterbrach sich, starrte gedankenverloren vor sich hin.

»Ja?«

»Ich muß dir sagen, als ich sie dann kennenlernte, war ich sprachlos.«

»War sie so schön?«

»Schön? Ich weiß nicht. Das war es nicht. Sie war wirklich etwas ganz Besonderes. Jedenfalls in der damaligen Zeit. Sie war ja noch sehr jung. Aber sie war ganz anders als die anderen.«

»Wie anders?«

»Damals war doch eigentlich das offizielle Frauenideal, ich meine, was man so allgemein als hübsch empfand, blond und frisch und so ... so ... na, du weißt schon, was ich meine.«

Sybille lächelte. »Gab es ein bestimmtes Frauenideal? Hattest du eins?«

»Irgendwie hat wohl jeder eins. Und mir gefielen eigentlich

blonde, unkomplizierte Frauen mit einer gewissen Freizügigkeit, Frauen, bei denen man sich auskannte, die Rasse hatten, aber nicht weiter schwierig waren. Verstehst du?«
»Doch. Ich verstehe durchaus. Und Ricarda war also anders.«
»Ja. Sie war ... weißt du, sie entsprach in keiner Weise dem germanischen Frauentyp der Nazis. Sie war weder frisch noch fröhlich, noch braun gebrannt, noch heiter, noch unkompliziert. Sie war sehr geheimnisvoll. Sehr verschlossen. Sehr zurückhaltend auf den ersten Blick. Und dabei von einem wilden, untergründigen Temperament, von einer Leidenschaft ...«
»Oho! Hattest du Gelegenheit, das festzustellen?«
»Ja.«
»Ach so.« Sybille richtete sich auf. Die Geschichte wurde noch viel interessanter, als sie erwartet hatte. »Du hast sie also deinem armen einbeinigen Freunde ausgespannt.«
»Da war nichts auszuspannen. Die beiden hatten nichts miteinander. Ricarda hatte überhaupt noch nie mit einem Mann etwas gehabt.«
»Du warst demnach der berühmte erste.«
»In gewisser Weise war sie auch für mich die erste. Alles, was ich vorher erlebt hatte, und das war nicht gar so wenig und war auch gar nicht so übel, das kannst du mir glauben ...«
»Ich glaube es, ich kenne dich schließlich.«
»Sie war ein einmaliges Erlebnis.«
Schon wieder ein Ausdruck aus einem Fünf-Groschen-Roman, dachte Sybille respektlos, aber diesmal sprach sie es nicht aus. Man durfte ihm jetzt den Faden nicht abschneiden, schon gar nicht durch Spott. Man mußte die Erzählung weiterfördern.
»Wie sah sie nun wirklich aus? Nicht blond, nicht braungebrannt, nicht frisch und frei und fröhlich, wie eine germanische Jungfrau zu sein hatte. Und unkompliziert war sie auch nicht.«
»Es muß da wohl zweifellos eine Rassenmischung vorgelegen haben. Du findest das manchmal dort im Osten.«
»Man findet es woanders auch.«

»Natürlich. Nun, ich war ja vorher schon in Polen gewesen. Und du hast vielleicht gehört, man sagt den Polinnen nach, sie seien ganz besonders schöne und leidenschaftliche und interessante Frauen.«
»Ich habe davon gehört.« Eine Operettenmelodie fiel ihr ein. Aber sie hütete sich, sie laut werden zu lassen.
»Ricarda hätte genausogut eine Polin sein können. Zierlich, ohne direkt klein zu sein. Eine schneeweiße Haut, die auch immer weiß blieb, selbst im Sommer. Ein sehr roter, voller Mund. Rot auch ohne Schminke. Das Gesicht so ein bißchen slawisch betont, weißt du, gerade ein wenig interessante Bakkenknochen. Sehr große, ganz dunkle Augen mit ganz langen schwarzen Wimpern, dichte schwarze Brauen. Und dunkles, fast schwarzes Haar, voll und lockig und schwer. Und duftend. Auch ohne Parfüm.«
»Aber du schwärmst ja«, sagte Sybille verwundert. »Noch heute. Ich werde gleich eifersüchtig.«
Werner lachte ein wenig verlegen. »So lange ist das her. Glaubst du, daß ich direkt Angst habe, sie wiederzusehen? Wie sie heute aussehen wird? Nach allem, was sie erlebt haben mag.«
»Ich habe das Gefühl, du hast nicht nur deswegen Angst, sie wiederzusehen. Du hast dich also in sie verliebt?«
»Ja. Vom ersten Augenblick an. So was war mir noch nie passiert. Ich dachte, ich kenne mich aus mit Frauen. Damals dachte ich das. Aber hier war es anders. Dazu kam, daß sie sehr klug war. In der Schule hatte sie eine Klasse übersprungen, das Abitur schon mit siebzehn gemacht oder so. Das imponierte mir auch gewaltig. Und dann alles andere.«
Ja. Alles andere. Ihre Kühle, ihre Zurückhaltung. Wie schwer es war, sie näher kennenzulernen. Und dann auf einmal ihre Leidenschaft, diese zärtliche Hingabe – keine Frau hatte ihn je so umarmt. Nie zuvor und auch seitdem nie wieder. Aber das konnte er Sybille nicht erzählen. Darüber konnte man überhaupt nicht sprechen. – Habe ich das wirklich vergessen? Habe

ich so lange nicht daran gedacht? Aber das kann man nicht vergessen. Und jetzt kommt sie also. Wie wird sie sein? Verbraucht? Müde? Eine Krankenschwester.

Sybilles Gedanken hatten sich auf denselben Wegen weiterbewegt.

»Sagtest du nicht vorhin, sie sei Krankenschwester? Und damals hat sie Medizin studiert?«

»Sie konnte wohl das Studium nicht fortsetzen. Nachher.«

»Wenn sie so klug war, wie du sagst, muß das für sie sehr schwer gewesen sein.«

Sybille konnte das eher begreifen als er. Eine kluge Frau, ehrgeizig vielleicht dazu, ein nicht beendetes Studium. Resignation. Krankenschwester. Immerhin wenigstens das gleiche Fach. Aber das ist ja ein Unterschied. –

»Eins begreife ich bei dem allen nicht: sie hast du geliebt, und ihre Schwester hast du geheiratet?«

»Das ist es ja eben«, sagte Werner dunkel.

Sybille betrachtete ihn aufmerksam. Er kam ihr ganz anders vor als sonst. Der sichere, gewandte Mann war verschwunden, jünger erschien er ihr, ernster und wie von einem geheimen Kummer bedrückt. So etwas wie Eifersucht auf diese fremde Frau stieg in ihr auf. Sie registrierte dieses Gefühl sogleich und wies es zurück. Wie lächerlich! Und trotzdem – wieviel mußte diese Frau, dieses Mädchen ihm bedeutet haben, daß er noch heute so stark davon beeindruckt sein konnte. Oder besser sollte man sagen: auch heute wieder. Und das, ehe diese Frau überhaupt da war. Seltsam. Aber vielleicht war es nicht nur der Gedanke an eine lang vergessene Liebe, der ihn so veränderte, vielleicht war es auch eine Schuld, die ihn belastete, nun, da alles wieder näherrückte. Schuld verjährt nicht so rasch wie Liebe.

Sie wartete, daß er weitersprechen würde. Aber er schwieg, starrte vor sich hin, rauchte und trank und schien ihre Anwesenheit vergessen zu haben.

Meine Anwesenheit in diesem Zimmer und in seinem Leben,

dachte Sybille in einer Mischung aus Ärger und Überraschung und Amüsiertheit. Das kann ja heiter werden.
Sie blickte hinüber zum Fenster. Draußen war es mittlerweile Nacht geworden. Wenn sie den Kopf ein wenig neigte, konnte sie den Mond sehen. Eine klare, silberne Sichel am samtschwarzen Himmel.

# *Intermezzo in Paris*

Es war dunkel geworden, seit sie hier stand. Eine lange Weile hatte das Mädchen ins Wasser gestarrt, doch jetzt hingen ihre Augen an den Türmen von Notre-Dame, als erwarte sie Hilfe von dort. Konnte nicht der Glöckner von Notre-Dame plötzlich aus der Luke schauen, ihr winken, sie zu sich rufen? Und wenn sie oben bei ihm angelangt war, warf er sie vielleicht hinab auf den Platz und machte allem Kummer ein Ende. Und wenn sie einfach in den Fluß sprang? Die Seine hatte schon manches kummervolle Herz ertränkt.

Was für ein Unsinn! Sie zog wie fröstelnd die Schultern zusammen, obwohl es ein warmer, milder Sommerabend war. Ihre Hand krampfte sich in der Tasche ihres hellen Staubman-

tels um das kühle Metall. Sie würde nicht sterben. Jedenfalls nicht allein. Sie warf den Kopf mit den langen, glatten Haaren, die bis auf die Schultern fielen, zurück und atmete tief aus. Nein. So billig sollte er nicht davonkommen.
Da war ja auch der Mond über dem Fluß, klar, silbern, wie schwebend hing er über Paris. Der Mond der Verliebten. Der Mond der Verlassenen. Der Mond des Todes.
Sie wandte sich rasch und ging mit schnellen Schritten den Quai entlang, bog in die Rue Saint-Jacques ein und verhielt erst den Schritt, als sie auf den Platz einbog und vor der Kirche stand. St-Julien le Pauvre. Wie lange war es eigentlich her, als sie das erstemal mit ihm zusammen diesen Weg gegangen war? Vier Monate, fünf? Oder ebenso viele Jahre? Jahrhunderte? Ein Leben war seitdem vergangen, ein Leben voll Glück, ein Leben voll Leid. Nun war es zu Ende. So oder so, es konnte nicht weitergehen. Seine Stimme damals, weich und schmeichelnd: »Eine reizende kleine Wohnung, du solltest sie dir einmal ansehen, Germaine. In einer süßen kleinen Gasse gleich bei der Eglise St-Julien le Pauvre. Kommst du mit?«
Nicht viel mehr, nur die Frage: Kommst du mit? – Sie war mitgekommen. Nicht nur das eine Mal, viele Male. Sie hatte in der reizenden kleinen Wohnung am Ende gewohnt. Und jetzt...
Die Tür wurde ihr sogleich weit aufgemacht, so als sei sie erwartet worden. Aber das Lächeln verschwand von seinem Gesicht, als er sie sah.
»Du?«
»Ja. Ich.«
»Aber liebes Kind, ich habe dir doch gesagt...«
Sie ging rasch an ihm vorbei, betrat das Zimmer, lächelte bitter, als sie das wohlbekannte Arrangement erblickte. Der niedere Tisch für zwei gedeckt, Kaviar, Gänseleberpastete, Bresse bleu, sein Lieblingskäse, im Kühler der Champagner. Blumen, eine Schale mit Konfekt. Leise Musik. Die Tür zum Schlafzimmer angelehnt. Gedämpftes Licht. Alles wie gehabt. Nun ja,

der Mensch war ein Gewohnheitstier. Und Frauen ließen sich offenbar alle auf die gleiche Art verführen.
»Ich störe dich. Du erwartest Besuch?«
»Allerdings. Und ich hatte dir doch gesagt...«
»Ja, ja, ich weiß.« Mit einer ungeduldigen Geste schnitt sie ihm das Wort ab. »Du hast mir gesagt, daß es zu Ende ist zwischen uns.«
»Das habe ich keineswegs gesagt. Du übertreibst wieder maßlos.«
»Du hast es vielleicht nicht ganz so wörtlich gesagt. Aber ich habe dich trotzdem verstanden, Chéri. Nach allem, was ich hier sehe, erwartest du eine Frau. Und nicht mich. Also ist es doch zu Ende.«
»Sieh mal, Darling...«
Ihre gespielte Sanftmut verflog. Wie eine gereizte Tigerin fuhr sie herum. »Darling! Mit mir brauchst du nicht Englisch zu sprechen. Ich habe bisher dein gräßliches Französisch sehr gut verstanden, nicht wahr? Darling! Die Amerikanerin also. Du liebst sie?«
Sein hübsches, leichtsinniges Jungengesicht mit der schwarzen Locke über der Stirn verzog sich böse. »Hörst du jetzt auf mit dem Theater? Ich habe keine Lust zu einer Szene, verstehst du? Wir werden miteinander reden, wenn du vernünftig geworden bist. Schließlich kann ich auch einmal mit jemand anders zu Abend essen. Kann ja sein, ich habe etwas zu besprechen. Kann ja sein, es wäre wichtig für mich. Kann ja sein, daß ich...«
»Oh, ferme ta gueule!« fuhr sie ihn heftig an. »Kann ja sein, du hast genug von mir. Kann ja sein, du brauchst wieder mal eine andere.«
»Das ist es nicht. Es... es dreht sich um ganz andere Dinge, du verstehst es bloß nicht.«
Germaine, beide Hände in die Taschen ihres Mantels gebohrt, betrachtete ihn mit wutglitzernden Augen. »Ich verstehe dich sehr gut. Ich verstehe alles. Sie hat viel Geld, nicht wahr? Und

sie ist auf Abenteuer aus. Deswegen ist sie ja auch nach Europa gekommen. Nach Paris. Da wird sie schon etwas erleben. Sie ist mindestens zehn Jahre älter als du. Aber sie hat viel Geld. Und Monsieur Alexandre hält ja nicht viel von der Arbeit. So eine wie die käme ihm gerade gelegen. Bien apropos, n'est-ce pas?
Vielleicht heiratet sie dich. Wie oft war sie schon verheiratet? Viermal? Fünfmal? Macht nichts. Eine Weile wirst du gut leben, bis sie dich satt hat. Und dann bekommst du eine reichliche Abfindung. Und das Weitere wird sich finden.«
Jetzt war er auch wütend.
»Du bist unverschämt, Germaine. Ich habe keine Lust, mir das weiter anzuhören. Verschwinde!«
Es sah aus, als ob sie ihm an die Gurgel springen wollte. »Verschwinde! Das sagst du zu mir? Nach allem, was gewesen ist. Nach allem, was ich ...«, ihre Stimme brach, der Haß ließ sie verstummen.
Er wandte hastig den Kopf zur Tür, es war ihm, als habe er ein Geräusch gehört. Wie peinlich, wenn Mrs. Norman gerade jetzt käme! Es war nicht so leicht gewesen, bis sie sich bereit erklärt hatte, ihn zu besuchen. Theater natürlich, wie es die Frauen so machten. Aber ihm lag viel daran, mit ihr klarzukommen. Viel Geld? Natürlich, das hatte sie. Und außerdem war sie ein verdammt reizvolles Frauenzimmer. Und von der hier hatte er genug. Ihr übersteigertes Gefühlsleben hing ihm zum Halse heraus. Jawohl. Satt hatte er sie, satt bis obenhin.
Und dann sagte er es ihr, sprach es aus, mit brutaler Deutlichkeit, obwohl Brutalität ganz gewiß nicht seinem Wesen entsprach. Aber Wochen voll dramatischer Szenen zermürben auch den freundlichsten jungen Mann.
»J'ai assez de toi. Ecoute! J'ai assez de toi! Assez! Und nun verschwinde. Va-t'en!«
Sie stand mit dem Rücken zur Tür, die Augen weit offen, nahe daran, schluchzend zusammenzubrechen. Doch dann riß sie die Hand aus der Tasche, er sah gar nicht, was sie darin hatte, aber

er hörte den Schuß. Der erste verfehlte ihn, der zweite streifte seine Schulter, der dritte traf ihn in die Brust. Er war gelähmt vor Staunen. Germaine! Sie schoß auf ihn. Gab's denn so was wirklich? Sein dummes kleines Leben voll Leichtsinn und Liebelei, sein dummes verspieltes Jungensleben. Und sie kam daher und schoß ...

Er sah, daß sie jetzt die Waffe auf sich selber richtete, sie war ich nicht ganz klar, wohin. Erst setzte sie sie auf die Brust, ber das erschien ihr zu unsicher, vielleicht dachte sie auch daran, daß sie so hübsche kleine Brüste besaß, sie hob den Revolver zur Schläfe, da war er bei ihr, riß ihren Arm herunter, das Revolverchen flog durchs Zimmer, klirrte an den Sektküher und landete unter dem Plattenspieler.

Alexander brach in die Knie, im Gesicht immer noch das kindiche Staunen.

Von der Tür her sagte eine erstaunte, kühle Stimme: »Ooohhh! What's that?«

Germaine fuhr herum, den hysterischen Ausbruch schon auf en Lippen, in den Augen.

Gepflegt und schön, wie aus einem Modejournal entstiegen, tand Mrs. Kathleen Norman auf der Schwelle, das Nerzcape utschte ihr von der Schulter, ihr runder blauer Blick ging zwichen dem jungen Mann auf dem Boden und dem jungen Mädchen vor ihr verständnislos hin und her.

Alex, darling, what's the matter? Are you hurt?«

Not at all«, murmelte Alexander, roter Nebel schwamm vor einem Blick, er fühlte etwas warm und klebrig an seinem örper herunterrinnen. Mit einer weichen, eleganten Beweung hob er die Hand, bewegte sie in Richtung auf die beiden rauen und murmelte: »Nichts weiter. Nur ein dummer Zufall. ermaine ...«, und dann verließ ihn das Bewußtsein.

r sackte zusammen, seitwärts, ganz langsam und weich. Und a lag er nun, auch jetzt noch hübsch und liebenswert und ngenhaft anzusehen.

eide Frauen starrten auf ihn herab. Hinter ihnen regte es sich.

Die Nachbarn, die die Schüsse gehört hatten, drängten ins Zimmer. Ausrufe, Schreie.

Das weckte Germaine. Entsetzen in den Augen, wandte sie sich zur Tür, als wolle sie fliehen. Mit einer raschen Bewegung ergriff Mrs. Norman ihren Arm. »You better stay here«, sagte sie laut und energisch.

Germaine schüttelte die Hand ab, aber sie dachte nicht daran fortzulaufen. Sie sank neben Alexander in die Knie, ihre Hände tasteten nach seinem Gesicht, sie flüsterte: »Chéri, oh Chéri ...« Und dann, die Augen weit offen vor Entsetzen, zu den Leuten an der Tür. »Einen Arzt! So holt doch einen Arzt!«

»Und die Polizei«, sagte Mrs. Norman ruhig. Sie zog das Nerzcape hoch, trat ins Zimmer herein, umkreiste das Paar auf dem Boden, musterte rasch das Zimmer und fühlte sich angenehm erregt. In diesem hübschen alten Europa konnte man wenigstens etwas erleben! Es war eine gute Idee von ihr gewesen herzukommen.

# *Gestern und heute*

Schließlich wiederholte Sybille ihre Frage: »Sie hast du geliebt, und ihre Schwester hast du geheiratet?«
Werner hob den Blick wie ein Erwachender und sah sie an. »Ja«, sagte er. Nichts weiter.
Ein wenig ungeduldig sagte sie: »Du kannst es offenbar nicht erklären. Oder du willst nicht.«
»Natürlich will ich es erklären. Ich kann es auch. So ungefähr jedenfalls. Es ist nicht viel dabei zu erklären. Hast du noch nie im Leben eine Dummheit gemacht? Etwas ganz Törichtes, das du hinterher bereut hast?«
»Sicher. Wer nicht? Aber heiraten ist immerhin eine sehr

wichtige Angelegenheit. Meist hat man zuvor Zeit, um ein wenig darüber nachzudenken.«
»Damals war das alles anders. Der Krieg . . .«
»Ja, ich weiß. Der Krieg.« Sybille blickte dem Rauch nach, der sich vor dem Licht der Stehlampe fahl wölkte. »Der Krieg ist an so vielem schuld. Fast alles, was damals geschehen ist, kann man auf sein Konto schreiben. Und damit das eigene entlasten. Du hast also deine Ricarda sitzenlassen und Charlott geheiratet, weil Krieg war.«
Ärgerlich setzte er sich gerade. »Kannst du nicht deinen ewigen Spott einmal sein lassen?« fragte er gereizt. »Gelingt es dir etwa, alles, was du in deinem Leben getan und nicht getan hast, immer auf einen so einfachen Nenner zu bringen?«
Ja, hätte sie antworten müssen. In entscheidenden Dingen jedenfalls habe ich immer kühlen Kopf bewahrt und genau das getan, was ich tun wollte. Aber sie sprach es nicht aus. Sie wollte sich nicht mit ihm streiten, sie wollte die Geschichte weiterhören.
»Entschuldige«, sagte sie sanft. »Ich wollte gar nicht spöttisch sein. Ich wollte es nur irgendwie formulieren. Um dir zu helfen. Sagen wir also so: du entdecktest eines Tages, daß dir die blonde, fröhliche, unkomplizierte Charlott doch besser lag als die schwierige und geheimnisvolle Ricarda. Und hast mitten im Rennen das Pferd gewechselt.«
Kaum war es heraus, erschrak sie. Was für ein unpassendes Beispiel! So würde sie ihn immer mehr reizen. Und sie bekam die Geschichte nie ganz zu hören. Am liebsten hätte sie gelacht. Über sich selbst. War es nicht wirklich gut, wie sie das formuliert hatte? So ging es ihr auch meist beim Schreiben. Die Worte, die Sätze kamen von selbst. Und sie saßen . . .
»Ist es meine Geschichte oder deine Geschichte?« fragte Werner scharf. »Wenn du alles so genau weißt, warum soll ich es dir dann erzählen?«
Sie warf sich der Länge nach auf die Couch und legte beide Arme übers Gesicht.

»Verzeih mir, Gebieter. Ich bin ein gräßliches, vorlautes, ungehorsames Weib. Nun werde ich schweigen und nur noch deinen Worten lauschen.«
Wieder Spott, natürlich. Sie konnte einfach nicht anders. Aber Werner wollte sich jetzt nicht über sie ärgern. Er wollte seine Beichte loswerden. Wollte selbst einmal feststellen, wieviel er nach so vielen Jahren noch wußte. Nicht nur über das, was geschehen war. Vor allem über das, was er gedacht und empfunden hatte. Er mußte sich darüber klarwerden, ehe Ricarda kam. Auf einmal erschien ihm das wichtig.
»Im Herbst des Jahres 43 kam ich wieder nach Breslau. Für kurze Zeit nur. Damals war es schwer, Urlaub zu bekommen. Aber ich hatte einen Kommandeur, der mir wohlgesinnt war. Es ließ sich eine Kommission mit einem kleinen Urlaub verbinden, es würde zu weit führen, das jetzt zu erklären. Bei Gott und der Wehrmacht ist alles möglich. Jedenfalls, ich kam nach Breslau. Ich brannte darauf, Ricarda wiederzusehen. Wir hatten uns in der Zwischenzeit geschrieben. Dazu muß ich sagen, daß ich kein sehr guter Briefeschreiber bin. Jedenfalls, was Liebesbriefe betrifft. Und Ricarda war hierin auch sehr spröde. Unser Briefwechsel war also – nun ja, nicht sehr ergiebig gewesen. Sie hatte meist über ihr Studium geschrieben, über Kollegen, über Professoren. Besonders einen davon, ich glaube, es war ein Chirurg, verehrte sie sehr heftig, und sie brachte es fertig, mir seitenlang die Ansichten oder Operationen dieses Professors zu schildern.«
Das gelobte Schweigen ließ sich nicht länger aufrechterhalten. »In der Tat, eine seltene Art von Briefen für eine junge Braut. Statt über die Gefühle in ihrem Busen zu schreiben, berichtet sie über die Verlegung eines Magenausganges«, kam es von der Couch.
»Von Braut kann gar keine Rede sein. Über eine Heirat hatten wir nie gesprochen. Du vergißt ganz, und auch, wenn du es nicht ernst nehmen willst – es war Krieg. Man lebte von heute auf morgen und dachte nicht an die Zukunft.«

»So ganz stimmt das wieder auch nicht. Nie wurden so rasch und unbedacht Ehen geschlossen wie im Krieg.«
»Natürlich das auch. Aber wir jedenfalls waren bei Ehe noch nicht angelangt. Wir liebten uns viel zu sehr.«
Sybille richtete sich auf. Ihr Gesicht war ernst.
»Ein kluges Wort, mein Freund, das dir da so nebenbei entschlüpft ist. Wir dachten nicht ans Heiraten, wir liebten uns viel zu sehr.«
Aber Werner war nicht in der Stimmung, über Liebe zu philosophieren. »Sie wußte, daß ich kommen würde. Ich hatte es angekündigt. Natürlich nicht genau, wann. Denn das wußte ich selber nicht. Kurz und gut, als ich nach Breslau kam, war sie nicht da.«
»Ach! Ich weiß«, rief Sybille angeregt. »Sie hatte sich in den gut operierenden Professor verliebt und verbrachte ausgerechnet, als du kamst, ein Wochenende in seinem Landhaus.«
»Sie hatte sich weder in ihn verliebt, noch verbrachte sie ein Wochenende mit ihm, er war schließlich verheiratet und auch schon ein älterer Herr ...«
»Das muß nicht unbedingt ein Hinderungsgrund sein ...«
»Sie hatte sich ganz plötzlich entschlossen, in Berlin weiterzustudieren.«
»Mir scheint, mein Lieber«, meinte Sybille und legte sich wieder um, »das Studium war ihr wichtiger als du.«
»Vielleicht hatte sie nicht ernsthaft damit gerechnet, daß ich käme. Auf jeden Fall war dieser Professor jetzt in Berlin ...«
»Aha! Also doch!«
»Sei endlich still. Er hatte dort eine Klinik übernommen, damals fehlten ja überall Ärzte. Er hielt dort nun die Vorlesungen. Und außerdem war da noch ein anderer berühmter Mann, dessen Vorlesungen sie unbedingt hören wollte – ach, ich weiß das auch nicht mehr so genau. Das alles erfuhr ich von ihrem Vater. Er merkte mir natürlich an, wie enttäuscht ich war. Außerdem war er auch dagegen gewesen, daß sie nach Berlin ging. Immerhin gab es in Berlin 1943 bereits schwere Luft-

angriffe. In Breslau wußte man nicht viel davon, konnte sich wohl auch keine rechte Vorstellung davon machen. Offen gestanden, wir an der Front auch nicht. Ich sah erst später, als ich nach Berlin kam, was dort los war und was die Menschen mitmachten.«

»Du bist ihr also nach Berlin nachgefahren?«

»Hätte ich es nur getan! Aber ich war viel zu böse auf sie. Wegzufahren, wo sie wußte, daß ich kommen würde. Und dann dachte ich natürlich auch: wenn ihr dieser blöde Professor wichtiger ist, dann soll sie nur dort bleiben. Außerdem vergißt du eins, ich hatte in Breslau eine Aufgabe zu erfüllen, die mich für vierzehn Tage in der Stadt festhielt. Erst danach durfte ich eine Woche Urlaub für mich anhängen.«

»Schön. Du warst in Breslau, beauftragt mit irgendeiner unwichtigen Sache, die den Krieg gewinnen sollte. Ricarda war nicht da, statt dessen das blonde Schwesterlein.«

»Lottel hatte immer ein bißchen für mich geschwärmt...«

»Lottel?«

»Charlott. Zu Hause nannten sie sie früher so.«

»Ist ja zum Schreien.«

»Sie war Tänzerin, ich erzählte es dir wohl schon einmal.«

»Hast du mir erzählt. Ich fand es damals schon bemerkenswert und tue es auch heute noch.«

»Sie schien sich schrecklich zu freuen, daß ich da war. Ich mußte ins Theater kommen, sie besorgte Karten, ich mußte sie tanzen sehen, ich sollte sie ausführen... kurz und gut, sie fand es großartig, daß ihre Schwester nicht da war.«

»Verständlich. Ich kann mich da wunderbar hineinfühlen. Und du warst sowieso trostbedürftig und dazu erbost auf Ricarda, na ja, und alles andere ergab sich von selbst.«

»Nicht so schnell. Daran dachte ich zunächst gar nicht. In meinen Augen war die Kleine noch ein Kind. Obwohl – sie war damals immerhin achtzehn Jahre, und die Mädchen waren zu jener Zeit ja recht – eh, aufgeklärt.«

»So sagt man, ja.«

»Ich wohnte wieder bei meinem Freund, dem Studienkollegen von Ricarda ...«

»Der mit dem einen Bein ...«

»Ja, und wir sprachen natürlich über Ricarda, und ich hatte das Gefühl, er empfand ein wenig Schadenfreude, daß sie mich versetzt hatte.«

»Verständlich.«

»Er machte auch so ein paar Andeutungen, als habe sich Ricarda in jüngster Zeit für einen jungen Arzt interessiert, der ebenfalls nach Berlin gegangen war. Und Charlott bestätigte das und machte sogar sehr präzise Angaben dazu.«

»Na, weißt du, deine Ricarda ...«

»Ich weiß es auch nicht. Ich werde mich hüten, heute etwas Schlechtes über sie zu sagen. Fest steht nur, daß es später einen Mann in ihrem Leben gegeben hat. Aber damals – das weiß ich nicht. Und ich glaube es auch heute noch nicht. Wir haben uns so sehr geliebt.«

Sybille machte ein zweifelndes Gesicht. »Na, weißt du, Liebe her und hin. Wenn ich es recht verstanden habe, hat eure ganze Liebesgeschichte gerade ein paar Wochen gedauert, ich meine die Zeit, die ihr zusammen verbracht habt. Bist du so sicher, daß du auf sie einen ebenso starken Eindruck gemacht hast wie sie auf dich?«

»Ja. Es geht ja noch weiter.«

»Also los.«

»Damals jedenfalls war ich enttäuscht und wütend. Und dann kam das mit Charlott.«

»Jetzt wird's interessant.«

»Sie kam eines Nachmittags, um mich abzuholen. Sie hatte an dem Tag keine Vorstellung, und wir wollten irgend etwas unternehmen, ich weiß nicht mehr, was. Na ja, und da ist es eben passiert.«

Sybille fuhr hoch, kreuzte die Beine und sah ihn vorwurfsvoll an. »Weißt du, so kannst du mich nicht abspeisen. Was heißt, so ist es eben passiert? Sie hat dich verführt? Oder du sie?«

»Du kannst nicht verlangen, daß ich dir das in allen Einzelheiten schildere. Hans war nicht da, seine Wirtin auch nicht. Ich war allein in der Wohnung. Wir haben so ein bißchen herumgealbert, und ich hab' sie geküßt und – wie das halt so geht.«

»Wie das halt so geht – eine ganz simple Geschichte. Du hast sie geküßt und ein bißchen gestreichelt und ihr das Kleidchen aufgeknöpft, natürlich, ich weiß schon, wie das so geht. Ohne Zweifel hatte sie nicht viel dagegen. Erstens gefielst du ihr, und noch besser gefiel ihr zweitens der Gedanke, dich ihrer Schwester wegzuschnappen. Und neugierig war sie auch. Oder vielleicht war sie auch gar keine Jungfrau mehr. Mit achtzehn kann man unter Umständen wirklich schon ganz nett – wie sagtest du vorhin? – aufgeklärt sein. Und beim Theater war sie auch.«

»Sybille, ich bitte dich.«

»Schon gut. Ich will deiner Frau Gemahlin nicht zu nahe treten. Es ist eben passiert. Und dann?«

»Dann habe ich mich geärgert. Über mich selbst. Denn das hatte ich gar nicht gewollt.«

»Aber sie. Und das genügt in solchen Fällen immer. Und wie ging's weiter?«

»Da war nicht viel weiterzugehen. Am liebsten hätte ich es ungeschehen gemacht. Aber natürlich – ich konnte sie ja dann nicht einfach beiseite stellen und sagen: es tut mir leid, aber es war ein Irrtum.«

»Nein, das wäre sehr unhöflich gewesen. Und du bist ein höflicher Mann, das ist mir bekannt. Sie kam also am nächsten Tag wieder.«

»Ja. Am nächsten und am übernächsten. Und da hatte ich bereits reichlich genug davon.«

»Aber dann bekam sie ein Kind.«

»Woher weißt du das?«

»Na hör mal, mein Lieber, so schwer ist das auch wieder nicht zu erraten. Ich weiß schließlich, wie alt deine Tochter ist.«

»Ach so. Ja, genauso war es. Zuerst aber verließ ich Breslau, meine Arbeit war erledigt. Ich fuhr zu meinen Eltern.«
»Das arme Mädchen war sicher sehr enttäuscht. Und Ricarda hast du nie wiedergesehen?«
»Ich blieb nur drei Tage zu Hause und fuhr dann doch nach Berlin.«
»Oho! Du willst doch nicht etwa sagen, du hast gewissermaßen mit beiden Schwestern ...«
Werner schwieg. So lapidar hintereinander erzählt, kam es ihm heute selbst ungeheuerlich vor. Aber damals – Charlotte hatte er vergessen, kaum daß er Breslau verlassen hatte. Und dann das Wiedersehen mit Ricarda! Er hatte sich geschämt, gewiß. Und er hatte bereut, was einige Tage vorher geschehen war. Er wollte nicht mehr daran denken. Und er dachte auch nicht mehr daran. Sollte er es Ricarda erzählen? Ihr Wiedersehen, ihr wunderbares Wiedersehen und Wiederfinden, die zwei Tage, die ihnen blieben, damit vergiften?
Er sah Sybille an. »Verstehst du nun?«
Sie nickte. »Ja, ich verstehe. Du hast dir da einen schönen Schlamassel zusammengerührt. So betrachtet, war es fast ein Glück, daß du wieder in den Krieg ziehen mußtest.«
»Ich ging in den Osten. Das war kein Vergnügen, du kannst es mir glauben. Es war so, daß ich beide Mädchen darüber vergaß.«
Sybille stand auf. Sie füllte die Gläser, blieb neben ihm stehen und blickte auf ihn herab. »Seltsam, nicht? Damals war der Krieg größer und wichtiger als alles andere. Er herrschte unumschränkt. Du hast deine große und deine kleine Liebe, beide Mädchen und alle anderen, mit denen dich je etwas verband, darüber vergessen. Und heute? Heute hast du den Krieg vergessen. Aber beide Mädchen, die große und die kleine Liebe, sind dir erhalten geblieben. Und auf einmal sehr wichtig. Die eine ist deine Frau, du liebst sie nicht und willst dich von ihr trennen. Und die andere kommt, und du fürchtest dich davor, sie wiederzusehen.«

»Kannst du das nicht verstehen?«
»Teilweise. Du mußt die Dinge nicht unnötig dramatisieren. Es ist immerhin lange her. Und Ricarda wird inzwischen wohl andere Sorgen gehabt haben. Ihr Leben in den vergangenen fünfzehn Jahren kann nicht sehr schön gewesen sein. Vielleicht – vielleicht wirst du einen großen Schreck bekommen, wenn du sie wiedersiehst.«
»Das denke ich die ganze Zeit.«
»Aber du hast immerhin die Möglichkeit, einiges gutzumachen. Glücklicherweise bist du ein reicher Mann. Du mußt sehen, was ihr Freude macht. Ihr könnt sie hübsch ausstaffieren, auf Reisen schicken, ihr eine hübsche Wohnung mieten – mein Gott, Werner, mit Geld kann man sehr viele gute und schöne Dinge tun, vergiß das nicht.«
»Du nimmst es so leicht.«
»Ich nehme es gar nicht leicht. Ich versuche nur, die Dinge nüchtern zu sehen. Vielleicht ist Ricarda deinetwegen gar nicht das Herz gebrochen, nicht wahr? Und, wie gesagt, es wird inzwischen schlimmere Dinge für sie gegeben haben als ein wenig Liebeskummer. Aber wenn dir so sehr graust vor dem Wiedersehen mit deiner lieben Familie, dann wüßte ich auch noch eine andere Möglichkeit.«
Fragend blickte er zu ihr auf. »Eine andere Möglichkeit? Was meinst du?«
Sybille lächelte, ein wenig spöttisch, ein wenig zärtlich. »Ganz einfach: Tabula rasa. Du verkaufst deine Fabrik, läßt ihnen die Hälfte von deinem Geld da, und die andere Hälfte klemmen wir uns unter den Arm, und dann reißen wir aus.«
Werner runzelte ärgerlich die Stirn. »Mit dir kann man einfach nicht vernünftig reden.«
Sybille glitt auf seinen Schoß, legte die Arme um seinen Hals und küßte ihn auf die Wange. »Liebling, du sagst immer, ich soll nicht so schrecklich vernünftig sein. Und wenn ich es nicht bin, paßt es dir auch nicht. Nun warte doch erst einmal ab. Erst müssen sie mal dasein. Und dann wird man ja sehen.«

»Ja. Dann wird man sehen.«

»Damals in Berlin, war das deine letzte Begegnung mit ihr? Das sind also jetzt – warte mal –, wie lange ist das her?«

»Es war nicht die letzte Begegnung.«

»Nicht? Aber dann erzähle doch weiter. Du machst direkt einen Fortsetzungsroman daraus.«

»Da ist nicht mehr viel zu erzählen. Ein Vierteljahr später etwa, ja, es war Ende Januar 44 oder bereits Februar, die ganze Front im Osten wich bereits ständig zurück, wir waren damals schon über dem Dnjepr drüben und mußten immer weiter zurück, da flog ich mit einem Auftrag meines Kommandeurs nach Krakau. Und zwar führte mich dieser Auftrag unter anderem auch in ein Lazarett, wo unser früherer A 1 eine schwere Verwundung auskurierte. Dort traf ich Ricarda.«

»Du willst doch nicht sagen, du trafst sie zufällig dort?«

»Ja. Ich hatte keine Ahnung, daß sie sich zum Fronteinsatz als Krankenschwester gemeldet hatte. Mit der Post klappte es sehr schlecht, ich hatte seit mindestens einem Monat von ihr nichts mehr gehört. Sie war gerade vor drei Tagen dort angekommen, noch ganz verwirrt, und kam sich sehr verlassen und hilflos vor.«

»Und war natürlich überglücklich, dich zu sehen.«

»Ja. Das war unsere letzte Begegnung. Sie zählte nach Stunden.«

»Wußtest du da schon, daß Charlott ein Kind von dir erwartet?«

»Nein. Ich erfuhr es mit der nächsten Post.«

Sybille, die Wange an seine geschmiegt, blickte nachdenklich vor sich hin. »Man muß sich wundern. So große Zeiten, die ganze Welt steht kopf, und so ein kleiner Leutnant hat noch Zeit für so 'ne Menge Privatleben. Der Mensch ist wirklich ein erstaunliches Wesen.«

»Damals war ich schon Oberleutnant«, sagte Werner sachlich.

Sybille zog die Brauen hoch. »Natürlich, entschuldige, ich wollte dich nicht degradieren. Aber es bleibt trotzdem eine

erstaunliche Leistung. Stell dir vor, Ricarda hätte auch noch ein Kind gekriegt. Was hättest du dann gemacht?«
»Also weißt du, deine Phantasie ist wirklich erschreckend.«
»Na, wieso denn? Lag doch durchaus im Bereich der Möglichkeit. Obwohl sie natürlich als Medizinerin sich zweifellos hätte helfen können.«
»Das hätte sie nicht getan. Sie war eine strenggläubige Katholikin.«
»Was? Auch das noch? Also theoretisch hättest du ohne weiteres doppelter Vater werden können. Und dazu noch der Rückzug in der Ukraine und Kurierdienste nach Krakau, also weißt du, mein Liebling, du warst schon immer ein tüchtiger Mann. Die WEFA aufzubauen war eine Kleinigkeit für dich. Es wird mir angst und bange, wenn ich daran denke, was ich mit dir noch alles erleben werde.«
»Hoffentlich«, sagte er und legte den Arm fester um sie. »Damit dir deine verdammte Spottlust endlich einmal vergehen wird.«
Sie bog den Kopf zurück, das silberblonde Haar fiel in einer schimmernden Welle über seine Hand. »Meinst du, daß du das schaffen wirst?«
Der Gedanke an Ricarda verging. Noch war sie nicht da. Werner blickte in die hellen, glitzernden Augen vor sich, auf diesen schöngeschwungenen lächelnden Mund.
»Ja«, sagte er.
Nein, dachte Sybille, als er sie küßte, auch du nicht. Nicht einmal du.
Sie war sich ihrer selbst so sicher. Und sie hatte recht mit ihrem Selbstvertrauen. Sie war eine Frau. Und sie war klug. Und beides zusammen genügte, daß sie jeden Sturz in einen Sprung verwandeln konnte, aus dem sie sicher auffedern würde. Ein wenig zerzaust vielleicht, aber das überlegene spöttische Lächeln im Mundwinkel.
Werner glaubte, er habe Sybille alles erzählt, was es über Ricarda und ihren Vater zu erzählen gab. Aber es war im

Grunde nicht viel. Das, was ihm in Erinnerung geblieben war. Die Zeit hatte das meiste verwischt, seine ausgefüllte und mit anderen und wichtigeren Dingen vergangene Zeit. Die Erinnerung an eine Liebe, eine heftige, aber kurze Liebe, ein verblaßtes, in manchen Punkten wohl auch idealisiertes Bild. Seinen Schwiegervater kannte er kaum. Die letzte Begegnung stand im Zeichen der raschen Kriegstrauung mit Charlott.

Charlott erwartete ein Kind von ihm. Und Matthias Wolff hatte verlangt, daß er das Mädchen heiratete. Dazu hatte Werner einen Sonderurlaub von drei Tagen bekommen. Daran erinnerte er sich nicht gern. Der Alte hatte ihn kalt angesehen. Die Heiratszeremonie war ohne jede Feierlichkeit vor sich gegangen. Von ihm selbst war diese Ehe nicht sehr ernst genommen worden. Eine Formalität – falls er den Krieg überlebte, woran er damals selbst nicht glaubte –, nachher würde man weitersehen. Ricarda war nicht dagewesen, und er hatte sie danach auch nie wiedergesehen. Seine Begegnung mit ihr in Krakau hatte er verschwiegen. Und ob Ricarda je davon gesprochen hatte, wußte er auch nicht. Immerhin hatte sie danach ja erfahren, daß er zuvor mit ihrer Schwester zusammen gewesen war und was daraus entstanden war.

Geradezu mit Erleichterung war er wieder an die Front gegangen. Und im stillen hoffte er, keinen von der Familie mehr wiederzusehen. Seine Frau nicht, ihre Eltern nicht und schon gar nicht Ricarda. Was für eine peinliche Situation!

Nicht mal seinen Eltern hatte er gleich von der überraschenden Heirat Mitteilung gemacht. Erst später, im Laufe des Sommers 1944, hatte er es in einem Brief erwähnt. Aber als er zwei Jahre darauf, im Frühsommer 1946, nach Hause kam, waren Charlott und das Kind, eine kleine blonde Tochter, bei seinen Eltern. Seine Mutter war vernarrt in das Kind, sein Vater liebte es, und Charlott hatte es ebenfalls fertiggebracht, die Herzen seiner Eltern zu gewinnen. Das Ganze machte den Eindruck einer glücklichen Familie, und anfangs gefiel ihm das. Nach dem, was er erlebt hatte, war es ein gutes Gefühl, in eine Familie

heimzukehren. Zehn Monate später wurde sein Sohn geboren. Ricarda aber und ihr Vater schienen aus seinem Leben verschwunden zu sein.
Allerdings war da noch ein ungeklärter Punkt, der ihm einige Zeit lang Unbehagen bereitet hatte. Dieses andere Kind. Er hatte nichts davon gewußt, kein Mensch hatte ihm etwas erzählt oder geschrieben.
So ganz nebenbei, einige Wochen nach seiner Rückkehr, erwähnte seine Mutter es. Sie sprachen von Charlotts Flucht aus Breslau, kurz ehe die Belagerung begann. Wie kalt der Winter gewesen sei! Wie furchtbar all die verzweifelten, heimatlos gewordenen Menschen auf der Straße, in den überfüllten Zügen, in den endlos rollenden Trecks – die Menschen, die nicht wußten, wohin sie gehen sollten und was sie erwartete.
»Und Lotti ganz allein mit den beiden kleinen Kindern in all dem Elend«, sagte seine Mutter. »Ein Wunder, daß wenigstens die beiden es überlebt haben.« Sie nahm die kleine Brigitte auf den Schoß, strich ihr liebevoll über das Haar und hielt sie fest, als hätte sie Angst, man könne ihr jetzt das Enkelkind noch wegnehmen.
Werner glaubte zunächst, seine Mutter habe sich versprochen. »Wieso die beiden kleinen Kinder? Es war doch nur eins?«
»Aber nein«, rief seine Mutter, »es waren zwei, das ist es ja. Und das andere noch kleiner als unser Brigittchen.«
Werner blickte seine Frau fragend an. »Hast du denn noch ein Kind dabei gehabt?«
Charlott schien verlegen, sie errötete sogar ein wenig. Sie war noch sehr jung damals, zart und zerbrechlich wirkte sie, blond und schutzbedürftig; wenn Werner jemals Zuneigung für sie empfunden hatte, dann war es zu jener Zeit gewesen, im ersten Jahr nach seiner Heimkehr.
»Ich konnte nichts dafür, daß es gestorben ist«, sagte Charlott leise. »Es war noch so klein. Und sehr zart. Und wir hatten nichts zu essen für die Kinder, und es war so kalt. Es wurde krank und starb.«

»Was war denn das für ein Kind?«

Charlott zögerte, sie sah ihn an, senkte dann wieder den Blick. »Ich sollte vielleicht nicht darüber sprechen. Es ist ja nun vorbei. Es war – es war Ricardas Kind.«

»Ricardas Kind?«

Sie hatten fast nie von Ricarda gesprochen. Und wenn, dann immer nur im Zusammenhang mit ihren Eltern, wegen einer eventuellen Übersiedlung der drei in den Westen.

»Ricarda hat ein Kind gehabt?«

»Das konntest du ja nicht wissen. Es war eine schlimme Sache damals. Wir wußten es auch nicht. Ich weiß eigentlich auch jetzt noch nichts Genaues darüber. Wenn man sie fragte, wurde sie böse. Aber als sie nach Breslau zurückkam, Anfang November, brachte sie das Kind mit.«

»Es war ihr eigenes Kind?« fragte er noch einmal verstört.

»Ja. Aber sie war wie eine Furie, wenn man sie fragen wollte. Auch mit Mutter sprach sie nicht davon.«

»Und der Vater? Wer war der Vater von dem Kind?«

»Es sei ein Arzt, sagte sie. Einer aus dem Lazarett, wo sie zuvor gearbeitet hatte. Seinen Namen sagte sie uns nicht. Es ging ihr nicht gut, als sie heimkam. Sie war krank. Sie konnte das Kind nicht nähren. Und das Kind war furchtbar schwach und winzig, wir dachten damals schon immer, es würde sterben. Und sie schien sich auch nicht viel aus ihm zu machen. Sie sah es immer so merkwürdig an. Und als sie dann wieder arbeiten ging, ins Lazarett, da versorgte ich das Kind. Und dann im Januar 45, als die Stadt evakuiert wurde, da nahm ich es eben mit. Ich war nicht allein, es war noch eine Frau bei mir, eine aus dem Nachbarhaus, die half mir. Sie hatte zwar selbst zwei Kinder dabei, aber die waren schon groß.«

»Aber warum, um Himmels willen, ist dann Ricarda nicht mit euch gegangen?«

»Sie konnte ja nicht. Sie war dienstverpflichtet. Und Vater mußte ja auch dableiben. Und Mutter wollte bleiben, weil Vater und Ricarda nicht wegdurften.«

Was für eine Zeit, wenn man heute darüber nachdachte – damals 1946 hörte sich das alles ganz normal an.
Ricarda hatte also ein Kind gehabt! Darüber mußte er lange nachdenken. Und natürlich beschäftigte ihn die Frage, ob es am Ende sein Kind gewesen sei. Jene kurze Begegnung in Krakau – einmal hatte er sie umarmt, ganz flüchtig, ein Zusammensein war schwierig gewesen – konnte das möglich sein?
»Wann ist dieses Kind denn geboren worden?« fragte er einige Tage später ganz unvermittelt aus einem anderen Gespräch heraus.
»Was für ein Kind?« fragte Charlott.
»Na, dieses Kind von Ricarda, von dem du neulich erzählt hast.«
»Laß uns nicht mehr davon sprechen, Werner«, sagte Charlott ernst. »Ich bin sicher, Ricarda wäre es nicht recht. Alles, was mit dem Kind zusammenhing, war ihr – unangenehm. Du kennst sie ja. Sie ist – na ja, du weißt es, wie sie ist.«
Stolz ist sie, dachte er. Stolz und selbstbewußt, es muß ihr schwergefallen sein, ein uneheliches Kind zur Welt zu bringen. Und wo ist das Kind zur Welt gekommen und unter welchen Umständen? Natürlich ist es mein Kind gewesen. Mein Gott, wie muß sie mich hassen!
»Wann ist es geboren?« fragte er noch einmal, und seine Stimme klang fremd.
»Im September. Sechs Wochen später als Brigitte.«
Nein. Sein Kind konnte es demnach nicht sein. Es war Februar gewesen, als er sie in Krakau traf. Er wußte es ganz genau. Es war bitterkalt, es lag hoher Schnee. Und als sie zurückflogen zur Heeresgruppe Süd, wo damals sein Regiment lag, fluchte der Pilot die ganze Zeit, weil die Tragflächen der Maschine zunehmend vereisten. Daran erinnerte er sich gut.
Also nicht sein Kind. Wenigstens dieser schreckliche Gedanke war von ihm genommen.
Der nächste Gedanke: Also war auch Ricarda ihm nicht treu gewesen. Er hatte sie mit Charlott betrogen. Aber sie hatte ihn

zu gleicher Zeit, vielleicht auch vorher schon, ebenfalls betrogen. Das erleichterte sein Gewissen etwas. Kein Grund, sich schuldig zu fühlen.
Später sprachen sie nie mehr von dem Kind, das auf der Flucht gestorben war. Er hatte es vergessen. Er hatte auch Sybille davon nichts erzählt. Es gehörte in die wirre, in die unglückselige Zeit. Auch Ricarda gehörte hinein und ihr Vater und die Erinnerung an alles, was geschehen war. Und auch darum war es absurd, war es so beängstigend, daß sie nun auf einmal kommen würden. Es war, als wenn Tote auferstehen würden. Für einen Tatsachenmenschen wie Werner war das eine schreckliche Vorstellung. Sie sollten bleiben, wo sie waren. Heute war es zu spät. Es war kein Platz mehr für sie in seinem Leben.
Nach so vielen Jahren spielten ein paar Wochen und Monate keine Rolle mehr. Sie kamen noch nicht gleich. Und jeder dachte: wer weiß, vielleicht kommen sie gar nicht. Es kann immer noch etwas dazwischenkommen. Sie überlegen es sich anders. Sie bekommen die Ausreise nicht.
Werner dachte es, Charlott, Sybille. Die Kinder dachten nicht einmal das. Sie standen dem Fall vollkommen gleichgültig gegenüber.
Charlott begab sich doch noch auf die aufgeschobene Reise nach Südfrankreich. Die Scheidung war zunächst einmal vertagt, das war die Hauptsache. Sie war mit Freunden verabredet, sie hatte so hübsche neue Kleider, und sie *mußte* einfach mal weg von hier.
Werner brachte sie zum Flugplatz. In München würde sie umsteigen in das Flugzeug nach Nizza, dort würde man sie abholen. Ein Zimmer im Eden Roc war reserviert.
Charlott lächelte ihn zaghaft an, als sie sich von ihm verabschiedete. Den Kummer der letzten Wochen hatte sie bereits ein wenig vergessen. Er würde sich nicht scheiden lassen. »Paß ein bißchen auf Brigitte auf, ja? Von Eva Laupholz hörte ich neulich, daß da so ein komischer junger Mann Brigitte ewig nachsteigt.«

»So?«
»Ja. Im Tennisklub, weißt du. Sie gehen oft zusammen weg und reden stundenlang miteinander. Er sei nicht aus besonders gutem Stall, sagte Frau Laupholz. Student oder so was.«
»Brigitte kann sehr gut auf sich selbst aufpassen.«
»Ach, ich weiß nicht. Die jungen Mädchen sind heute so selbständig. Als ich siebzehn war ...«
Sie verstummte. Auch Werner dachte dasselbe. Als sie siebzehn gewesen war, himmelte sie bereits sehr ungeniert den Leutnant Fabian an. Und ein knappes Jahr später kam sie ebenso ungeniert in seine Wohnung.
»Wenn er im Tennisklub ist, müßte ich den jungen Mann doch kennen.«
»Eben. Ich war letzte Woche auch zweimal nachmittags dort, aber mir ist nichts aufgefallen. Und als ich Brigitte fragte, sagte sie sehr von oben herab: wen meinst du denn? Ich habe eine ganze Menge Verehrer hier.«
Werner lachte. »Das sieht ihr ähnlich. Na, ich werde mal achtgeben auf diesen Knaben. Sonst noch was?«
Charlott, sehr elegant in einem rohseidenen Kostüm, seufzte ein wenig. »Thomas und seine Schule! Daß er das letztemal nicht sitzengeblieben ist, war ein Wunder. In den großen Ferien ist er wieder restlos verbummelt. Aber ich weiß, du hast natürlich keine Zeit, dich um seinen Schulkram zu kümmern. Vielleicht könntest du ihm mal ein paar Worte sagen.«
»Ich kann's versuchen. Weiter!«
Weiter – Charlotts Lächeln verschwand. Durch den Lautsprecher kam der Aufruf für ihre Maschine. »Dann kann ich höchstens noch von dir sprechen. Paß auch auf dich auf. Fahr nicht so schnell. Und sonst – was ich mir sonst noch wünsche, weißt du ja. Daß du deine Gefühle noch einmal überprüfst.«
Er zog die Brauen zusammen. »Ich dachte, mit diesem Thema wären wir fertig?«
»Dachtest du?« Nun lächelte sie wieder, ein wenig böse, ein wenig traurig.

»Wir haben die Sache verschoben.«
»Ja. Ich weiß. Apropos – wenn du etwas hörst, von ihnen, meine ich, mußt du mich natürlich anrufen. Dann komme ich sofort.«
»Natürlich.«
»Die Passagiere zum Flug nach München bitte . . .«
Charlott hob ihm ihr Gesicht entgegen. »Auf Wiedersehen, mein Schatz.«
Werner küßte sie auf die Wange, er lächelte, er sah blendend aus, groß und braungebrannt, mit blitzenden Zähnen, wie der Leutnant Fabian damals, nur noch viel besser, weil er jetzt älter war und bedeutender wirkte.
»Auf Wiedersehen, Charlott. Amüsier dich gut.«
»Amüsieren?« Und dann, schon im Gehen, wandte sie sich noch einmal halb um und fragte: »Wärst du froh, wenn die Maschine mit mir abstürzt?«
Er lächelte auch jetzt noch. »Keineswegs. Ich fände es sehr unangenehm. Außerdem bin ich nicht für dramatische Lösungen, das weißt du ja. Schließlich sind wir vernünftige, erwachsene Menschen.«
»Das ist ja das Schreckliche«, sagte Charlott, und dann ging sie.
Werner sah ihr nach. Sie sah gut aus, zweifellos, die Beine immer noch schlank und schön, die paar Pfund zuviel, die ihr solchen Kummer machten, waren kaum der Rede wert. Für einen guten Schneider mühelos wegzuzaubern. Sicher würde sie wieder einen Mann finden. Und damit wären alle Probleme tadellos gelöst.
Er hob die Hand, winkte ein wenig, und ging dann lässig zurück zu seinem Wagen. Mittag hatte er ein Essen im Grandhotel mit ein paar Geschäftsfreunden. Aber Nachmittag hätte man eventuell ein bißchen hinausfahren können, schade, daß Sybille nicht da war. Nun, er würde in den Klub gehen, ein paar Sätze spielen und mal Ausschau halten nach dem komischen Galan seiner Tochter.

Sybille war vor wenigen Tagen vom gleichen Flugplatz abgeflogen. Sie befand sich in Paris. Er hatte sie gar nicht mehr gesprochen, sie hatte ihm nur rasch am Telefon mitgeteilt, daß sie sofort nach Paris müsse.
»Eine Reportage?«
»Nein. Mein Bruder... er scheint krank zu sein, er hat mir telegrafiert, aber ich bin nicht aus der Sache schlau geworden.«
Er wußte von der Existenz dieses Bruders. Auch daß Sybille ihn zärtlich liebte. Aber sonst war über den jungen Mann nicht viel zu erfahren.
Es wäre Sybille auch schwergefallen, Einzelheiten über das Leben ihres Bruders zu berichten. Sie wußte selbst nicht viel. Nur so viel stand fest, daß sie sich immer Sorgen um ihn machte und daß sie sich für ihn verantwortlich fühlte.
Das hatte im Krieg begonnen und seitdem nie aufgehört. Alexander war einige Jahre jünger als sie. Als sie damals ausgebombt wurden, war er ein schmächtiges Bürschchen von acht Jahren und hatte ausgerechnet gerade Scharlach. Und da er keine Kinderkrankheit ausgelassen hatte und jede bei ihm in heftiger Form auftrat, war Sybille erstens daran gewöhnt, sich bei ihm anzustecken, und zweitens, ehe es soweit war, ihn liebevoll zu betreuen. Am schönsten war es immer, wenn sie dann glücklich auch krank war, sie lagen zusammen in einem Zimmer, sie konnte ihm vorlesen, ihm Geschichten erzählen und ihn belehren. Letzteres tat sie besonders gern. Sie wußte natürlich viel mehr als er, war eine gute Schülerin und tat ihr möglichstes, ihm ihr fortgeschrittenes Wissen zu vermitteln.
Alexander hörte ihr immer geduldig zu. Und wenn sie ihm am nächsten Tag Fragen stellte, um zu prüfen, was er behalten hatte von dem, was sie ihm beizubringen versuchte, kramte er bereitwillig in seinem zerfahrenen Kopf, um ihr zu antworten. Meist gelang es daneben. Dann fing sie geduldig wieder von vorn an.
Damals also hatte er Scharlach. Da er nicht mit den anderen Hausbewohnern im Luftschutzraum zusammentreffen sollte,

hatten sie schon vor einigen Tagen in ihrem eigenen Kellerraum ein notdürftiges Lager errichtet, wo man ihn während der Alarme unterbringen konnte. Alarm gab es zu jener Zeit häufig, und manchmal entwickelten sich mehr oder weniger schwere Angriffe daraus.

Irene Helten, die Mutter der beiden Kinder, zitterte jedesmal vor Angst, wenn die Sirenen gingen. Sie war eine übernervöse, zierliche kleine Frau, sehr hübsch, sehr anmutig, mit dunklen Haaren und grünen Augen – Alexander sah ihr sehr ähnlich, sein späteres, auf Frauen so wirksames Äußere hatte er von ihr –, und sie war weitgehend unfähig, in diesen schweren Zeiten das Familienschiff zu steuern. Ihr Mann war gleich zu Beginn des Rußlandfeldzuges gefallen. Und Irene Helten empfand das als eine persönliche Gemeinheit des Schicksals ihr gegenüber. Wie sollte sie denn um Himmels willen allein mit den beiden Kindern, in diesen schweren Zeiten, mit dem Leben fertig werden? Das fragte sie sich und jeden, der es hören wollte oder nicht. Den Versuch, diese Aufgabe zu meistern, machte sie erst gar nicht.

Auf diese Weise war Sybille frühzeitig sehr selbständig geworden. Sie ging meist einkaufen, kannte sich gut mit den Lebensmittelmarken aus, war beliebt bei den Kaufleuten und sorgte auf diese Weise für das Wohlergehen von Mutter und Bruder in aufmerksamer und umsichtiger Weise. Die Schule fiel ihr leicht. Schwer waren nur die schlafgestörten Nächte. Blaß, mit übergroßen Augen taumelten die Kinder in den Keller, wenn es nachts Alarm gab, während Irene Helten, genauso blaß und noch viel ängstlicher als die Kinder, leise vor sich hin jammerte und eine Zigarette nach der anderen rauchte.

Der Luftschutzwart hatte skeptisch das Notlager im Privatkeller der Heltens besichtigt. Eigentlich sei das nicht erlaubt, der Raum sei nicht abgestützt. Aber daß das kranke Kind nicht mit den anderen zusammen im Schutzraum sein durfte, leuchtete ihm ebenfalls ein. Er hatte selbst Kinder und war nicht erpicht darauf, daß sie sich den Scharlach holten.

Also saßen die drei Heltens allein bei einer Kerze, Sybille hielt die Hand ihrer Mutter, beruhigte den kleinen Bruder, wenn er zuviel Angst bekam, und erzählte dazwischen hinein eine von ihren buntschillernden Geschichten. Ihr fiel immer etwas ein, in jeder Situation und in jeder Stimmung.

Alexanders Scharlach rettete ihnen das Leben. Als das Haus von einer Luftmine getroffen wurde, stürzte zwar der abgestütze Luftschutzraum zusammen und begrub die dort Versammelten unter sich, der kleine Kellerraum am Ende des Ganges, an der äußersten Seitenfront des Hauses hielt wunderbarerweise stand.

Gegen Morgen landeten sie in einem Notaufnahmelager. Alexander redete wirr im Fieber und wurde von einem Arzt, der schließlich am Nachmittag vorbeikam, in eine Klinik eingewiesen. Da spürte Sybille bereits die ersten Anzeichen der Krankheit. Aber sie unterdrückte sie, nahm sich zusammen und hielt sich tapfer aufrecht, bis sie mit ihrer Mutter bei Bekannten in einem kleinen Ort in der Nähe der Stadt angelangt war. Es war ein kleiner Bauernhof, wo ihr Vater noch von seiner Kindheit her einen guten Freund in dem Hofbesitzer gehabt hatte. Den hatte der Krieg bereits auch geholt und nicht wiedergegeben. Die Bäuerin, eine noch junge und resolute Frau, hatte früher oft die beiden Helten-Kinder in den Sommerferien aufgenommen, wenn die Eltern eine Reise machen wollten. Sie nahm auch jetzt bereitwillig Mutter und Tochter auf, obwohl sie bereits Flüchtlinge im Hause wohnen hatte.

Sie sah gleich, was mit Sybille los war – Sybilles Mutter hatte es noch nicht bemerkt, sie war viel zu sehr mit ihrem eigenen Kummer beschäftigt –, Sybille wurde ins Bett gesteckt und fing mit ihrem Scharlach an. Als sie wieder einigermaßen geradeaus gucken konnte, war auch Alexander inzwischen eingetroffen, dem es schon etwas besser ging. Wie früher auch lagen sie in einem Zimmer, sie waren beieinander, und somit war alles nicht so schlimm.

Einige Wochen später übersiedelten sie in eine kleine Stadt in der Nähe, denn die Kinder mußten ja wieder in die Schule gehen. Ein Zimmer in der Wohnung fremder Leute wurde ihnen zugewiesen, ein paar Sachen mühselig beschafft – es war eine bittere Zeit. Irene Helten war mit Gott und der Welt zerfallen, sie weinte viel, grämte sich und war kaum ansprechbar. Sybille oblag es, die kleine Familie einigermaßen beisammenzuhalten.

So war vielleicht zu erklären, daß Sybilles Bindung an ihren Bruder so tief und so fest war. Sie hatte sich für ihn verantwortlich gefühlt, sie tat es heute noch. Und er hatte ihr leider manchen Kummer bereitet. Nicht nur das gute Aussehen, auch die Lebensuntüchtigkeit hatte er von seiner Mutter geerbt. Arbeiten mochte er nie. Er war charmant, heiter, gewandt im Umgang mit Menschen und später besonders mit Frauen, ein kleiner Luftikus, der in ein Luxusleben gehört hätte, um glücklich zu sein.

Sein Abitur machte er nie, er ging mit siebzehn von der Schule ab, nachdem er sitzengeblieben war, er hatte nie das geringste Interesse daran, einen Beruf zu erlernen, tat nichts Unrechtes, aber auch nichts Nützliches.

Das konnte Sybille schwer begreifen. Sie studierte damals bereits, fleißig, zielstrebig, verdiente sich ihr Studium noch selbst, bis sie, dank ihrer guten Leistungen, ein Stipendium bekam, was ihr Leben dann ein wenig erleichterte.

Da ihr Vater Beamter gewesen war, bekam ihre Mutter eine Pension, die für ihr Leben reichte. Auch Alexander lebte mit davon. Schließlich, nach zwei, drei gescheiterten Berufsversuchen, kam er auf die Idee, Schauspieler zu werden.

Er kam zu Sybille nach München, wohnte mit ihr in der bescheidenen Studentenbude, nahm ein bißchen Schauspielunterricht, fand eine Gönnerin in Gestalt einer mittelalterlichen Schauspielerin, die ihm sogar ein kleines Engagement verschaffte. Er machte ein bißchen Statisterie beim Film, bekam einige Male sogar kleine Rollen und dank einer anderen Gönnerin dann schließlich sogar eine feste Anstellung beim Funk.

Aber es war alles nichts Rechtes, nichts Gescheites und wurde von Sybille mit Mißtrauen betrachtet. Wenn er schon Schauspieler werden wolle, dann solle er es gefälligst richtig machen, meinte sie. Dann kam es zu einem homosexuellen Zwischenspiel und damit zu einem ersten ernsthaften Zerwürfnis mit seiner Schwester.
Er zog aus, nahm sich ein eigenes Zimmer. Später versöhnten sie sich wieder. Er hätte das gar nicht ernst genommen, sagte er zerknirscht, er sei gar nicht so, und es würde nie mehr vorkommen. Da er überall Freunde und Freundinnen hatte, überall beliebt war, bekam er immer wieder einen kleinen Job. Und schließlich sogar bei einer deutsch-französischen Koproduktion eine ganz ansehnliche Rolle.
Bei dieser Gelegenheit kam er das erstemal nach Paris. Und verliebte sich in die Stadt. Als er zurückkam, natürlich wieder ohne Geld – denn was er verdiente, gab er auch gleich aus –, erzählte er begeistert von Paris. Das sei die Stadt, in die er gehöre. Dort fühle er sich wohl. Und dort sei sein Typ auch gefragt. Er sei genau das, was man suche und brauche, kurz und gut, er müsse schleunigst wieder nach Paris.
Das war vor etwa vier Jahren gewesen. Und seither führte er eine Art Globetrotterleben, von dem Sybille verhältnismäßig wenig wußte. Eine Zeitlang war er auch in Rom gewesen, dann wieder Paris. Zwischendurch erhielt sie eine Karte oder einen Brief von der Riviera, manchmal schrieb er vergnügt und hochgemut, alles gehe großartig und er werde demnächst eine phantastische Karriere machen, dann wieder kam ein Telegramm: ich bin pleite, schicke mir gleich Geld! Und sie schickte ihm auch Geld, nicht zu viel, denn sie war nach wie vor der Meinung, er müsse nun endlich in der Lage sein, sich seinen Lebensunterhalt selbst zu verdienen. Außerdem war sie überzeugt davon, daß auch ihre Mutter Geld schickte, wenn er darum bat.
Nun saß sie also wieder einmal an seinem Bett. Nur daß es diesmal keine Kinderkrankheit war, sie würde sich nicht anstecken – ein Mädchen hatte auf ihn geschossen. Eine verlas-

sene kleine Geliebte hatte ihn unversehens eine große dramatische Rolle spielen lassen, wie sie ihm seine Laufbahn als Schauspieler bisher nicht beschert hatte.

»Stell dir so was vor! Kannst du dir so etwas vorstellen? So eine dumme kleine Gans.« Seine Stimme klang ganz matt und schwach, er war blaß, die Nase war spitz in dem schmalen, hübschen Bubengesicht, und Sybille war hin und her gerissen zwischen Mitleid, Liebe, Zorn. So weit mußte es kommen. So ein dummer Junge. Diese ewigen Frauengeschichten, nichts als Torheit und Unsinn sein ganzes bißchen Leben.

Aber es hatte wenig Zweck, ihm jetzt auch noch Vorwürfe zu machen. Erst mußte er wieder auf die Beine kommen. Und das würde er. Sie hatte sogleich mit dem Arzt gesprochen, ihr Auftreten, ihr Aussehen verfehlten ihre Wirkung nicht. Bisher hatte man nicht viel Aufhebens von dem kleinen Schauspieler gemacht, dem ein eifersüchtiges Mädchen einen Denkzettel verpaßt hatte. Diese energische junge Dame aus Deutschland dagegen verstand es, sich Gehör zu verschaffen. Sie sorgte dafür, daß er aus dem großen Saal in ein kleines Zimmer verlegt wurde und daß die Ärzte sich etwas intensiver mit ihm beschäftigten.

Man konnte sie beruhigen, die Sache sei nicht weiter schlimm. Der Schuß in der Schulter nur eine reine Fleischwunde, gefährlicher eine leichte Verletzung der Lunge, die die zweite Kugel verursacht hatte. Aber es sei glücklicherweise zu keiner größeren Blutung gekommen. Eine Zeitlang müsse der Patient noch liegen und auch danach noch längere Zeit Ruhe halten, aber dann würde alles ausheilen.

Erleichtert kehrte sie in ihr kleines Hotel in der Rue La Fayette zurück, packte ihren Koffer aus, sah sich mißtrauisch in dem schäbigen Zimmer um – oh, diese französischen Hotels! – und entschloß sich, noch einmal auszugehen und den Spätnachmittag zu einem kleinen Bummel zu verwenden. Sie war seit zwei Jahren nicht mehr in Paris gewesen, seit sie bei ihrer Zeitung war. Mal sehen, ob sie sich noch zurechtfand.

Sie fuhr mit der Metro bis zur Place de la Concorde und schlenderte dann die Champs-Elysées hinauf bis zum George V. Zunächst bei einer Tasse Kaffee, dann bei einem Aperitif blieb sie an ihrem kleinen Tischchen sitzen, schaute den Leuten zu, die vorbeikamen, hörte die Gespräche an den Nebentischen, wehrte einen jungen Mann liebenswürdig ab, der sich zu ihr setzte und partout wissen wollte, was sie am Abend vorhabe.
Nun, da sie wußte, daß Alexander gesund werden würde, und da sie alles erledigt hatte, was sie in diesem Fall erledigen konnte, fühlte sie sich entspannt und heiter. Hübsch, wieder einmal in Paris zu sein. Endlich wieder 'raus zu sein aus dem blöden Kaff, wie sie ungerechterweise die Stadt nannte, in der sie lebte und arbeitete. All diese Spießer dort – wie herrlich, sie für eine Weile nicht zu sehen.
Für eine Weile? Wie lange will ich denn hierbleiben? Darüber habe ich mir gar keine Gedanken gemacht. Ich habe mir drei Tage freigenommen. Aber ich kann den armen Jungen doch nicht allein lassen. Ist ja eine furchtbare Schlamperei in dem Krankenhaus. Und wenn ich mich nicht darum kümmere, machen sie mit ihm, was sie wollen. Morgen muß ich mal hören, was er zu essen bekommt. Und was er essen darf. Wieviel Geld habe ich denn? Na, ich kann mir was schicken lassen. Paris ist teuer. Ich kann Klötzchen telegrafieren, der schickt mir bestimmt was oder besorgt mir einen Vorschuß. Ich könnte auch Werner ... nein, das fangen wir gar nicht erst an. Ganz gut übrigens, ihn mal ein paar Tage nicht zu sehen. Ich habe mich viel zu sehr an ihn gewöhnt. Jeden Abend sitze ich zu Hause und warte, daß er anruft. Kommt er noch? Kommt er nicht? Wenn ich irgendwo bin, eingeladen oder beruflich oder so, sitze ich wie auf Kohlen. Er könnte anrufen, und ich verpasse es. Das ist doch kein Leben. Ausgehen können wir kaum. Ihn kennen viele Leute, mich kennen viele Leute, dieses dämliche Kaff, es gibt ja auch kaum Lokale, die kleine Weinstube hinter der Kirche, wo Papa immer hinging, einmal bin ich mit Werner dort gewesen, aber es gefiel ihm nicht, und außerdem

haben wir sogar dort jemand getroffen, der ihn kannte. Das ist doch kein Leben. Habe ich das eigentlich nötig? Seinetwegen bleibe ich dort, schreibe für diese Zeitung, ich könnte genausogut Korrespondentin für eine große Zeitung in Paris sein, beispielsweise. Oder irgend etwas anderes. In Berlin oder in Hamburg oder in München. Sie würden mich schon nehmen. Ich bekäme einen blendenden Job. Ich könnte das Doppelte verdienen. Nein, ich versaure dort bei diesem Blatt, werde alt dabei und warte, daß er sich scheiden läßt. Lächerlich. Und jetzt kommt auch noch sein Schwiegervater. Doppelt lächerlich. Irgend so ein vermickerter alter Mann aus Polen. Und deswegen ist alles abgeblasen. Und eine alte Liebe von ihm. Meinetwegen. Aber was geht das eigentlich mich an? Gar nichts geht es mich an. Aber schon gar nichts. Ich muß das ändern. Und ich werde es ändern.

Es war fast dunkel geworden. Sie winkte dem Ober, bestellte noch einen Aperitif, gräßliches Zeug, schmeckte ihr gar nicht, ein Whisky wäre besser gewesen.

Wieder ein Kavalier. »Non, Monsieur, je regrette, j'ai un rendez-vous.«

War das richtig? Sagt man so? Mein Französisch ist sehr bescheiden, konnte ich mal besser, als ich noch studiert habe. Rendezvous sagt man bei uns, wahrscheinlich sagt man hier ganz anders. Ich hätte einen Whisky bestellen sollen. Nein, besser wäre es, ich würde etwas essen gehen. Aber wohin? Mal sehen. Schade, daß ich nicht mehr zum Anziehen mithabe. Was habe ich denn? Das Kostüm, das ich trage, zwei Blusen, einen Pulli, den leichten Mantel, ein Kleid. Na ja, für drei Tage. Aber ich ...

Sie zahlte, schlenderte den Weg zurück, zögerte vor einem Restaurant. Konnte man da als Frau allein hineingehen? Schwer zu sagen. Schließlich entschloß sie sich zu einem bescheidenen kleinen Restaurant, aß bemerkenswert gut und machte sich bald auf den Heimweg.

Als sie in ihrem Hotel angelangt war, hatte sie einen Entschluß

gefaßt. Sie setzte sich hin und schrieb zwei Briefe. Einen an ihren Chefredakteur, einen an Klötzchen. Telegrafieren war unnötig teuer. Die Briefe kamen rechtzeitig genug an. Sie schrieb, daß sie in Paris aufgehalten sei, ihr Bruder habe einen schweren Unfall gehabt, ob es möglich sei, daß sie vierzehn Tage haben könne, sie habe ja auch noch Urlaub gut. Und ob man ihr Geld an den American Express überweisen könne.
An Klötzchen schrieb sie etwas mehr, er solle der Hausmeisterin Bescheid sagen, damit die Blumen gegossen würden, und wenn er zweihundert Mark übrig habe, solle er sie ihr pumpen. Noch einen Brief an Werner? Das hatte bis morgen Zeit. Erst mal schlafen. Und sobald das Geld kam, würde sie sich ein Kleid kaufen. Und ein paar Schuhe vielleicht. Sie lag noch eine Weile wach und dachte nach. Und machte wieder einmal Pläne, seit langer Zeit zum erstenmal. Pläne für ihre Zukunft.
Sie bekam die vierzehn Tage Urlaub, bekam auch Geld, und das Leben wurde billiger, als sie angenommen hatte. Denn Alexander meinte am nächsten Tage, sie brauche doch nicht im Hotel zu wohnen, sie könne genausogut in seine Wohnung gehen.
»Deine Wohnung? Da, wo du zuletzt gewohnt hast?«
»Klar. Genaugenommen ist es nicht meine Wohnung. Sie gehört einem Freund von mir. Regieassistent. Der ist zur Zeit in Amerika. Sehr hübsch dort, du wirst sehen.«
Es war wirklich sehr hübsch. Die Wohnung gefiel ihr vom ersten Moment an. Sie machte ein wenig Ordnung, verständigte sich mit der Concierge, die natürlich nicht glauben wollte, daß sie wirklich die Schwester von Monsieur Alexandre sei. Sie kaufte sich ihr Essen in den kleinen Läden der Umgebung, sie kaufte sich ein Kleid und die Schuhe, sie besuchte einen Kollegen vom Figaro, den sie einmal kennengelernt hatte, und wurde zum Abendessen eingeladen. Sie ging jeden Tag zu Alexander, dem es merklich besser ging, sie durchstreifte Paris, besah Schaufenster, Kirchen und Parks und fand alles in allem, trotz des ernsten Anlasses, diesen Pariser Aufenthalt höchst amüsant.

Nach sechs Tagen kam Werner Fabian. Es stellte sich heraus, daß er eifersüchtig war. Er hatte ihr weder den Bruder noch dessen Unfall geglaubt. Das machte ihr natürlich Spaß. Sie erzählte nicht, was Alexander wirklich passiert war, sprach von einem Autounfall. Fast eine Woche blieb Werner bei ihr, wohnte mit ihr in der ulkigen kleinen Wohnung des Regieassistenten.

Es waren, alles in allem, die glücklichsten Tage ihrer Liebe. Sie vergaßen, was ihnen das Leben erschwerte, wanderten in Paris umher, saßen in Cafés und speisten in exquisiten Restaurants, und wenn sie wieder zu Hause waren, liebten sie sich.

Sie sprachen weder von Charlott noch von den Kindern und erst recht nicht von dem drohenden Zuzug aus Polen.

Zu Anfang der neuen Woche mußte Werner nach Stockholm fliegen.

»Aha! Neue Schwedenmöbel«, sagte Sybille und lachte.

»Du hast es erraten, Bambina.«

Und dann war sie wieder allein.

Alexander ging es besser. Er konnte schon aufstehen und im Stuhl sitzen. Und er versprach hoch und heilig, daß er zu ihr kommen würde, sobald er reisefähig wäre.

»Marcel kommt sowieso nächsten Monat zurück«, meinte Alexander. »Dann muß ich aus der Wohnung 'raus. Und dann komme ich.«

»Und dann werde ich ein ernstes Wort mit dir reden, mein Lieber«, sagte sie mit Nachdruck. »So wie bisher geht es nicht weiter. Wenn du nicht endlich vernünftig wirst, will ich mit dir nichts mehr zu tun haben.«

Alexander lächelte sie zärtlich an. »Ja, große Schwester. Du hast vollkommen recht. Ich werde mich bessern. Ich werde jetzt schon darüber nachdenken, wie sehr ich mich bessern werde.«

»Ich werde dir helfen«, versprach sie. »Kann sein, daß sich mein Leben in absehbarer Zeit ändert.«

Hellsichtig fragte er: »Du willst heiraten?«

»Wie kommst du darauf?«

»Wenn ein Mädchen sein Leben ändert, ist so was meist der Grund. Und dieser Mann, der da neulich da war, den magst du doch sehr gern.«
»Hast du das gemerkt?«
»Natürlich. Das sieht man dir an, Billie. Du bist noch viel hübscher geworden. Und – weicher.«
»So?« Sie zog die Brauen hoch. »Mach dir keine Illusionen. Ich werde mit dir keineswegs weich sein. Sondern hart. Sehr hart.«
»Ist gut, große Schwester. Ich werde es überleben.«

Der Junge hieß Gottfried Clausen, er war vierundzwanzig Jahre alt, mittelgroß, stämmig, hatte einen ernsten, grüblerischen Zug im Gesicht, einen sehr entschlossenen Mund und helle Augen, die prüfend und durchdringend Menschen und Dinge betrachteten. Er hatte acht Semester Philologie studiert, im Hauptfach Germanistik, daneben Geschichte, Anglistik, Romanistik und Literatur, also soviel und ausführlich wie möglich. Das schaffte er spielend, weil er ein methodischer, fleißiger Arbeiter war, weil er einen präzise arbeitenden Kopf besaß und sich von nichts und niemand ablenken ließ. Im Herbst des kommenden Jahres würde er sein Staatsexamen machen, die Semesterferien dieses Sommers hatte er dazu benützt, seine Zulassungsarbeit zu entwerfen und seine Studien weiterzuführen.
Er hatte Sommer und Herbst zu Hause bei seinen Eltern verbracht, ein kleines, bescheidenes Zimmer, in dem er schon seine Schularbeiten gemacht hatte und in dem er jetzt studierte. Sein Vater war Studienprofessor an einer höheren Lehranstalt, ein ernster, gewissenhafter Mann, sehr zufrieden mit dem ernsten, gewissenhaften Sohn. Sie verstanden sich großartig, manchmal gab es einen kleinen Disput über politische Dinge oder über gewisse Erscheinungen des modernen Lebens, wobei sich generationsbedingte Differenzen zwischen Vater und Sohn auf sachlicher und sehr toleranter Basis austragen ließen.

Mädchen hatten für den jungen Mann nie eine große Rolle gespielt, gelegentlich eine Studien- oder Sportkameradschaft, eine kleine Verliebtheit dazwischen, die ihn weder belastete noch sonderlich interessierte.

Darum störte es diesen ernsthaften jungen Mann namens Gottfried Clausen ausgesprochen, daß er so viel und so oft in letzter Zeit an eine junge Dame denken mußte, die absolut gar nicht in sein Leben paßte. Ein verwöhnter Fratz aus reichem Hause, hochnäsig, eingebildet, bildhübsch zugegeben, aber ohne jeden Ernst. Keine Ahnung davon, wie das Leben wirklich war, hatte diese junge Dame. Und das schien ihr nicht das geringste auszumachen. Außerdem war sie viel zu jung. In seinen Augen noch ein Kind. Oder zumindest hätte er es so betrachten sollen, denn wenn sie sich auch sehr erwachsen gab und allerlei Allüren hatte, so änderte das doch nichts daran, daß sie noch zur Schule ging und knapp siebzehn Jahre alt war.

Worüber sich der junge Mann immer noch und immer wieder wunderte, das war dieser Kuß von damals.

Er hatte das Semester früher beendet, eben weil er viel zu arbeiten hatte, war zu Hause eingetroffen, hatte sich mit seinen Büchern häuslich eingerichtet und gönnte sich als einzige Muße täglich einen Spaziergang und, als es wärmer wurde, gelegentlich eine Stunde im Schwimmbad. Hin und wieder auch einen Besuch im Theater oder Konzert.

Und dann war da der Tennisplatz. Der sehr seriöse junge Mann hatte eine Leidenschaft fürs Tennisspielen. Er hatte sogar schon bei Studentenmeisterschaften seiner Universität mitgespielt und manchen Sieg errungen. Hier in seiner Heimatstadt hatte er früher nicht gespielt.

Aber die Versuchung war an ihn herangetreten in Gestalt eines Schulfreundes, ein Sohn aus wohlhabendem Hause, der eine Zeitlang mit ihm die gleiche Universität besucht und dem er bei den Studien viel geholfen hatte. Heute war der Freund in der Firma seines Vaters beschäftigt, hatte jedoch Gottfried eine dankbare Zuneigung bewahrt.

»Warum spielst du eigentlich nicht mehr Tennis?«
»Keine Zeit.«
»Mensch, bloß arbeiten ist auch Blödsinn. Du wirst besser lernen können, wenn du ein bißchen frische Luft und Bewegung hast.«
»Schon. Aber ich weiß gar nicht, wo ich hier spielen soll.«
»Aber ich. In meinem Klub. Prima Leute. Und 'ne Menge netter Mädchen.«
Der teuerste und exklusivste Klub der Stadt, das war dem jungen Clausen bekannt.
»Du spinnst. Das kann ich mir gar nicht leisten, dort zu spielen.«
»Das laß mich nur machen. Mein Alter ist im Vorstand von dem Klub, du kommst als Gastspieler, ich führe dich ein, das kostet dich keinen Pfennig.«
Na ja, warum eigentlich nicht? Der junge Mann sah keinen ernsthaften Hinderungsgrund. Den Dreß hatte er, und irgendwelche Scheu vor reichen Leuten hatte er nicht. Spielen konnte er auch, und wie.
So hatte das angefangen. Und gleich beim erstenmal war ihm das Mädchen aufgefallen. Er ihr offenbar auch oder, besser gesagt, sein Spiel. Als sie mal keinen Partner hatte, sagte sie: »Wollen wir mal? Sie spielen nicht schlecht.«
Da hatte er noch gar nicht gewußt, wer sie war und wie sie hieß. Zwei Tage später hatten sie wieder miteinander gespielt, und er hatte sie natürlich jedesmal besiegt, obwohl sie wirklich eine ausgezeichnete Spielerin war. Und dann, er wußte auch nicht, wie das gekommen war, war das passiert mit dem Kuß. Sie sprachen nach dem Spiel miteinander, zufällig war sie allein, hatte nicht wie sonst Freundinnen und Verehrer um sich herum, sie hatte irgendeine schnippische Antwort gegeben, irgend etwas Dummes hatte sie gesagt, und da hatte er einfach den Arm ausgestreckt, hatte sie an sich gezogen und ihr diesen Kuß gegeben.
Sie konnte nicht mehr überrascht gewesen sein als er. So etwas

hatte er in seinem ganzen Leben noch nicht getan. Was war ihm bloß eingefallen? Den ganzen Abend lang und am nächsten Tag und am übernächsten Tag hatte er sich darüber geärgert. Übrigens schien sie es keineswegs übelgenommen zu haben. Ein paar Tage war er nicht in den Klub gegangen, aber dann doch wieder, und als er sie wiedersah, war sie sehr nett und freundlich, tat, als wenn nichts gewesen wäre. Aber nur so im Vorübergehen. Gespielt hatten sie lange nicht mehr zusammen. Und miteinander gesprochen auch nicht.

Einmal fragte er seinen Freund so nebenbei, wer sie eigentlich sei. Aber so nebenbei konnte die Frage gar nicht gestellt werden, daß der Freund keinen Kommentar dazu gegeben hätte. »Die gefällt dir wohl? Eine flotte Puppe. Aber das ist nichts für dich. Die Tochter von Werner Fabian. Die WEFA. Du weißt schon.«

Natürlich wußte er. Schließlich war er ein Sohn dieser Stadt. Abgesehen davon, daß es auch in vielen anderen Städten große WEFA-Läden gab.

Das flüchtig hingeworfene »Das ist nichts für dich« hatte ihn erst recht geärgert. Was hieß denn das? Wer hatte denn so was gesagt?

»Sie heißt Brigitte«, hatte der Freund noch hinzugefügt und gegrinst.

Brigitte also und eine Tochter, eine sehr verwöhnte Tochter vermutlich, aus reichem Hause. Na schön, was ging ihn das an?

Eine Zeitlang war sie dann nicht gekommen. Wahrscheinlich verreist. Urlaubsreise. Mallorca, Spanien, Teneriffa, wo eben die reichen Leute so hinfuhren.

Im August war sie wieder da. Er sah sie aus der Ferne, aber sie kam gleich zu ihm, begrüßte ihn, als seien sie gute Freunde. »Hello«, sagte sie. »Wie geht's denn immer? Lange nicht gesehen.«

Ganz komisch war ihm zumute gewesen. Er bekam rote Ohren, er hatte so ein komisches Gefühl irgendwo um die Mitte herum, und alles in allem freute er sich ganz närrisch, daß er sie

wiedersah. Er registrierte dieses Gefühl sehr genau und verbot es sich sofort.
»Ja, lange nicht«, sagte er steif. »Sie waren sicher verreist, gnädiges Fräulein.«
Sie zog eine Grimasse. »Ich heiße Brigitte. Und verreist war ich auch. In Holland, an der Küste.«
Daran hatte er nicht gedacht. Holland also. War sicher viel schicker als Mallorca und Spanien, da fuhren heute alle hin.
»Es ist sicher sehr schön da.«
»Und ob. Ich liebe das Meer nämlich, wissen Sie. Wie ist es? Wollen wir mal wieder ein paar Bälle schlagen?«
»Gern.«
So hatte es also wieder angefangen. Oder war weitergegangen. Egal, wie man es nannte. Auf jeden Fall beunruhigte es ihn. Am Schluß des Spiels machte er den Versuch, sich ordentlich und gesittet vorzustellen. Aber sie winkte ab.
»Ich weiß schon. Sie heißen Clausen. Und wie noch?«
»Wie noch?«
»Na ja, mit Vornamen, meine ich.«
»Gottfried. Gottfried Clausen.«
Da hatte sie hell aufgelacht und war fortgelaufen.
Darauf war er sicherheitshalber zwei Tage nicht hingegangen. Am dritten saß sie auf der Terrasse mit einem Schwarm junger Leute um sich. Sie winkte ihm zu, aber er grüßte nur zurück und ging nicht hin. Er spielte, wie verabredet, mit seinem Freund.
Der sagte: »Du hast es ganz schön hinter den Ohren, alter Junge. Wie hast du es fertiggebracht, Fräulein WEFA kennenzulernen?«
»Ganz zufällig.«
»So siehst du aus. Du hast mich doch schon mal nach ihr gefragt?«
Wie ärgerlich, wenn sie das erfuhr. »So?« fragte er scheinbar gleichgültig und ärgerte sich noch mehr, weil er schwindelte. Er konnte nicht leiden, wenn jemand log.

»Weiß ich gar nicht mehr.«
Am Tage darauf sagte sie zu ihm: »Übermorgen gebe ich eine kleine Party. Wollen Sie auch kommen, Herr Clausen?«
Nun, da hatte er dankend, aber energisch abgelehnt. Er habe viel Arbeit und keine Zeit. Von den Partys der reichen Leute hörte er manchmal so am Rande. Da paßte er nicht hin. So etwas fing man besser gar nicht an.
Später erfuhr er, daß sie Geburtstag gehabt hatte, und da tat es ihm doch leid, daß er nicht hingegangen war. Ja, so hatte das alles angefangen. Und dann so im Laufe der nächsten Wochen, im August und September, hatten sie sich oft gesehen, ein paar Sätze gespielt, fast täglich zuletzt, hinterher eine Cola oder eine Limonade getrunken, und dann hatten sie angefangen zu reden.
Und obwohl er sich immer wieder sagte, daß sie viel zu jung sei, ein Schulmädchen noch und ein verwöhnter Fratz dazu, es änderte nichts daran, daß er sich gern mit ihr unterhielt. Obwohl sie auch manchmal sehr albern war. So zum Beispiel:
»Heißen Sie wirklich Gottfried?«
»Ja.«
»Ist ja zum Schreien.«
Er, ärgerlich: »Wieso?«
»Was einem Eltern so manchmal antun können, nicht?«
»Ich glaube sogar, mein Vater hat sich was dabei gedacht, als er mir den Namen gab.«
»So. Wirklich? Na, ulkig ist es auf jeden Fall. Gottfried!« Und sie kicherte wie ein richtiges, albernes Schulmädchen.
Oder: »Warum studieren Sie denn so viele Sachen?«
»Weil man gar nicht genug lernen kann.«
»Mensch, Sie reden richtig schon wie ein Schulmeister.«
»Und weil es mich interessiert.«
»Na schön, jeder wie er lustig ist. Aber wenn Sie schon so ein kluges Huhn sind, dann sehe ich nicht ein, warum Sie sich nicht einen vernünftigen Beruf ausgesucht haben.«
»Bitte???«

»Ach, nun machen Sie nicht wieder so ein Gesicht. Sicher, Lehrer muß es geben. Aber was Besonderes ist das auch nicht gerade.«
»Für mich schon. Ich finde, es ist einer der wichtigsten Berufe überhaupt.«
»Kommen Sie mir bloß nicht mit solchen Tönen. Viel verdienen werden Sie da jedenfalls nicht.«
»Geld ist schließlich nicht das Wichtigste im Leben.«
»Nicht? Was denn dann?«
Das ließ sich nicht mit drei Worten beantworten. Er hielt ihr einen längeren Vortrag über die großen sittlichen und ethischen Werte der Menschheit, über die Aufgaben, die einem verantwortungsvollen Mann gerade in der Jugenderziehung gestellt würden, und wie wichtig es sei, daß gerade die Besten sich dieser Aufgabe widmeten.
»Ach! Und Sie bilden sich ein, Sie sind einer von diesen Besten?« fragte sie, nachdem sie sich den ganzen Sermon mit süffisanter Miene angehört hatte.
Das brachte ihn in Verlegenheit. Aber dann sagte er sehr ernst: »Ich wünschte, ich könnte es werden.«
Sein Ernst beeindruckte sie, aber sie sagte spöttisch: »Sie sind ein reichlich komischer Vogel.«
Aber manchmal konnte man auch sehr vernünftig mit ihr reden. Sie hörte ihm dann zu, gab verständige Anworten. Und dann kehrte das warme, gute Gefühl in sein Herz zurück. Nachdem er sie mit dem Rad bis kurz vor ihr Haus begleitet hatte, fuhr er fort, als schwebe er auf Wolken. Sah dieses hübsche, rassige Gesicht vor sich, die strahlenden graublauen Augen, den lächelnden Mund, die schlanke, geschmeidige Figur mit den langen braungebrannten Beinen. Sah das alles den ganzen Abend vor sich, noch wenn er mit seinen Eltern am Abendbrottisch saß, noch wenn er sich zu seinen Büchern zurückzog, noch wenn er im Bett lag.
Es war eine ganz furchtbare Sache, die ihm da widerfuhr. Von Liebe kann gar keine Rede sein, sagte er ernsthaft zu sich

selbst, dieses Kind. Ein kleiner Flirt eben. Kommt mal vor. Kleiner Flirt klang für ihn sehr seltsam. Und paßte wieder mal nicht zu ihm.

Flirten dagegen tat sie, häufig und ausgiebig, mit diesem und jenem, am meisten mit einem gewissen Jimmy, den er unausstehlich fand. Er hatte ein paar von ihren Freundinnen und Freunden kennengelernt, aber nur ganz flüchtig. Sie schien keinen großen Wert darauf zu legen, daß er sich diesem Kreis anschloß. Meist saßen sie allein an einem Tisch nach dem Spiel, oder falls das nicht möglich war, gingen sie fort, ein Stück durch das Kiefernwäldchen, die Räder neben sich herschiebend. Vermutlich spotteten ihre Freunde über ihr häufiges Zusammensein mit ihm. Das dachte er sich hellsichtig. Aber es störte ihn nicht weiter. Er nahm diese schlecht erzogenen Bälger einer sogenannten Wohlstandsgesellschaft, diese Wirtschaftswunderbälger, wie er es bei sich nannte, sowieso nicht ernst. Aber immer mehr trennte er sie von den anderen. Sie war anders.

Manche Tage kam sie auch nicht. Natürlich, die Schule hatte wieder angefangen, sie mußte arbeiten. Ganz schlimm war es, wenn es mal ein paar Tage regnete, dann sahen sie sich nicht. Dann war er gereizt und unruhig, lief in seiner Bude herum, und mit der Arbeit klappte es überhaupt nicht.

Ja, so war das mit Gottfried Clausen. Er war sich selber nicht geheuer. Und manchmal dachte er: ich werde froh sein, wenn das Semester wieder anfängt. Dann reise ich ab. Dann ist das sowieso vorbei.

Aber er war nicht froh bei dem Gedanken. Im Gegenteil, der Gedanke machte ihn ganz elend.

Geküßt hatte er sie nie wieder. Nicht die geringste Zärtlichkeit, nichts.

Und das war es, was Brigitte ganz kopfscheu machte. Das verstand sie nicht. Erst diese Attacke damals, als sie sich überhaupt nicht kannten, und jetzt – eigentlich war das ein ungezogenes Benehmen, fand sie. Daß sie ihm gefiel, das wußte sie ganz genau. Daß er sie gern hatte, wußte sie auch. Und daß er so verschiedene Komplexe hatte, was sie betraf, auch das hatte sie inzwischen begriffen. Es schien ihn sehr zu stören, daß ihr Vater ein so reicher Mann war. Und manchmal dachte sie: wenn wir nicht die WEFA wären, wenn ich irgendein anderes Mädchen wäre, irgendeine mit einem ganz mittelmäßig verdienenden Vater, dann ... Ja, was dann? Ob er sie dann wieder geküßt hätte?

Seine Zurückhaltung ärgerte sie. Und um auch ihn zu ärgern, kokettierte sie dann mit Jimmy oder irgendeinem anderen. Obwohl sie sich aus Jimmy überhaupt nichts mehr machte. Aus keinem.

Bloß dieser Dickkopf, dieser werdende Schulmeister mit seinem Lernfimmel, dieser ... dieser Gottfried – wie kann ein Mensch nur Gottfried heißen! –, also verflixt und zugenäht, der gefiel ihr eigentlich doch sehr gut.

Bin ich verliebt? fragte sie sich mit einem leichten Schauder. Und ehrlicher als ihr Partner, gab sie wenigstens zu: ein bißchen vielleicht.

Gegen Ende Oktober mußte er abreisen zu seinem neuen Semester. Vorher hatte er gar nicht davon gesprochen. Aber eines Tages machte er ganz nebenbei eine Bemerkung darüber.

Brigitte blieb mit einem Ruck stehen. »Was heißt das? Sonntag reisen Sie?«

»Zurück nach Freiburg, ja. Übernächste Woche fangen die Vorlesungen an.

»Und das sagen Sie jetzt erst?« fragte sie enttäuscht, verständnislos, mit immer zorniger werdenden Augen.

Er stand auch. Mitten auf dem Weg standen sie. Jeder hatte sein Rad in der Hand, er noch seinen Schläger unterm Arm, und ihm war ganz trübselig zumute, und nun schien sie auch noch böse zu sein.

»Ja. Warum? Hätte ich es früher sagen sollen? Ich dachte, es kommt sowieso früh genug, und ich dachte ...«, er verstummte hilflos, es war so schwer zu sagen, was er wirklich gedacht hatte. Es war überhaupt schwer, wenn nicht unmöglich auszusprechen, was er dachte und fühlte, denn Vernünftiges dachte er nicht zu diesem Fall – dabei lag ihm immer viel daran, möglichst Vernünftiges zu denken –, und was er fühlte, das wußte er selber nicht genau.

»Na, Mensch«, sagte Brigitte, nun sehr wütend, »Sie sind ja wohl reichlich bekloppt.« Und damit schwang sie sich auf ihr Rad und sauste davon. Trat die Pedale wie wild und sah sich nicht mehr um.

Er blickte ihr verdutzt nach, so ein dummes Gesicht hatte er bestimmt in seinem Leben noch nie gemacht, und bis er sich besann und auch sein Rad bestieg, war sie schon weit fort. Er fuhr ihr ganz langsam nach, hoffte immer noch, sie würde anhalten und auf ihn warten. Aber das tat sie nicht, da kannte er Brigitte schlecht. Sie fuhr schnurstracks nach Hause, und das Tor zur Villa verschluckte sie.

Er stand noch eine Weile da, in angemessener Entfernung, hin und her gerissen von widersprechenden Gefühlen. Irgendwie hatte er etwas falsch gemacht. Das bekümmerte ihn. Aber irgendwie war er auch glücklich. Ihr Verhalten ließ eigentlich darauf schließen – ja, worauf eigentlich? Daß sie ein wenig traurig war über seine Abreise? Das würde dann also bedeuten ...

Sehr langsam, sehr nachdenklich fuhr er nach Hause. An diesem Abend schlug er keines seiner Bücher auf. Er saß vor seinem kleinen Tisch, den Kopf in beide Hände gestützt, und starrte grübelnd vor sich hin. War es die Möglichkeit? Hatte er dieses Mädchen so gern? Und sie ihn am Ende auch? Ein wenig vielleicht? Aber das war doch Unsinn. So wie sie lebte, was sie alles besaß und besitzen würde, die Freunde, die sie hatte, die vielen Verehrer, solche mit großen Autos und allem, was dazu gehörte. Und überhaupt. Vor ihm lag noch ein weiter Weg. Er würde das Staatsexamen machen, dann kam die Referendarzeit, zwei Jahre, wo er nicht mehr als ein Taschengeld verdiente, seinen Doktor mußte er auch irgendwann noch

machen, und dann war er Studienassessor, und er hatte dreihundert bis vierhundert Mark, und dann ...
Man konnte natürlich auch etwas anderes werden. Studiert hatte er genug. Chancen gab es für einen jungen Mann seines Könnens und Wissens mehr als genug, o ja, das wußte er genau, er war keineswegs weltfremd. Aber er hatte Lehrer werden wollen, und er wollte es auch jetzt noch, und es war Blödsinn, plötzlich etwas anderes zu denken.
Dann dachte er noch an alle Mädchen, die er bisher gekannt hatte. Aber sie waren zu blassen Schatten geworden, unwichtig und vergessen, keine war von geringster Bedeutung mehr. Zum Beispiel Ursula. Ein tüchtiges und vernünftiges Mädchen, sehr gescheit, sie studierte auch in Freiburg, sie würde genau wie er im nächsten Jahr das Staatsexamen machen, sie würde eine hervorragende Pädagogin werden, daran bestand kein Zweifel. Sie kannten sich seit vielen Jahren, hatten viele Diskussionen gehabt, Tennis miteinander gespielt, auch das, und sonst – ein paarmal hatten sie sich geküßt, und manchmal sprach Ursula von später, nicht so direkt, aber doch so, als wenn sie für später mit ihm gewisse Pläne hätte. Nächste Woche würde er sie wiedersehen. Sie war auch ganz gut gewachsen, auch ganz nett anzusehen, auch – eben gar nichts sonst. Sie war da oder nicht da, es spielte keine Rolle. Jetzt nicht mehr. Und was nun? Würde er Brigitte noch sehen? Heute war Mittwoch. Sonntag mußte er fahren. Sie einfach anrufen? Alles Blödsinn.
Brigitte ihrerseits ärgerte sich den ganzen Abend. Erstens, daß dieser Mensch so dämlich war. Zweitens, weil sie fürchtete, zuviel von ihren Gefühlen verraten zu haben. Drittens – na, drittens eben überhaupt.
Am nächsten Tag ging sie nicht auf den Tennisplatz. Sie dachte trotzig: Er weiß schließlich, wo ich wohne. Und Telefon haben wir auch.
Nichts.
Am Freitag regnete es. Und sonst passierte nichts. Am Samstag

regnete es immer noch, erst am Nachmittag hörte es auf, aber es war trüb und kühl und sehr windig. Absolut kein Wetter zum Tennis. Und dann fuhr sie doch zum Klub hinüber. Was absolut albern war. Er war bestimmt nicht da, hatte vermutlich gar keine Zeit mehr dazu.

Aber er war da. Er saß im Klublokal, ganz allein vor einer Tasse Kaffee.

Wie er sie ansah, als sie hereinkam! Auf einmal war alles furchtbar schwierig. Er stand auf und sagte kein Wort. Und sie ... »Nanu? Was machen Sie denn hier?«

Er stand und sah sie an. »Ach, nur so«, sagte er.

»Ich muß neulich meine Jacke hier vergessen haben«, sagte sie lässig. »Wollte mal nachsehen, ob sie einer gefunden hat.«

Tessa, die Tochter vom Platzwart, kam herein. »Brigitte! Was machst du denn hier?«

Brigitte streifte sie nur mit einem hochmütigen Blick aus den Augenwinkeln. Es ärgerte sie, daß Tessa mit ihrem ordinären Gesicht sie duzte und sie einfach ansprach, aber das kam davon, weil man sie zu den Partys eingeladen hatte. Da nahm sie sich das heraus.

»Ich hab' meine Jacke vergessen. So 'ne grüne. Hast du sie gefunden?«

»Eine grüne Jacke?« fragte Tessa gedehnt, und ihre dunklen Augen gingen hin und her, neugierig, lüstern, sehr verständnisvoll.

»Ja.«

»Nö. Hab' ich nicht gesehen.«

»Sei nett und guck mal nach, ob sie bei deinem Vater im Büro ist.«

»Kann ich ja machen.« Aber sie stand und ging nicht. »Willste auch was haben?«

»Ja. Bring mir auch einen Kaffee.«

Endlich war sie draußen.

Da saßen nun die beiden, und alles war auf einmal sehr kompliziert. Eigentlich komisch, dachte Brigitte, wir sagen immer

noch Sie zueinander. Ich habe ihn nie mit seinem Vornamen angesprochen. Na ja, wer kann auch Gottfried sagen. Aber er hat mich auch nie mit meinem Namen angesprochen. Alles so ein zickiges Theater.
Sonst duzte sie sich mit allen jungen Leuten, die sie kannte. Ganz selbstverständlich. Aber mit dem hier war eben gar nichts selbstverständlich. So ein richtiger Stiesel ist das, dachte sie zornig, ein richtiger Doofkopp.
»Schon fertig mit den Reisevorbereitungen?«
»Ja. Viel hab' ich ja nicht zu tun dabei. Das macht meine Mutsch.«
»Aha.« Komisch, sie wußte auch nichts über sein Privatleben. Vater, Mutter hatte er ja wohl. Geschwister auch? Der Vater war Pauker. Und die Mutter wahrscheinlich entsprechend. Wer konnte schon mit einem Pauker verheiratet sein.
»Da sind Sie sicher froh, daß Sie wieder abhauen können, was?«
»Es geht.« Pause. Dann: »An sich war es ein schöner Sommer.«
»So?«
»Ja.«
Tessa kam mit dem Kaffee. »Da is keine Jacke.«
»Nein? Hat sie mir wahrscheinlich einer geklaut.«
Tessa kicherte. »Hier klaut doch keiner.«
»Bin ich nicht so sicher. Ist alles schon dagewesen. Mein vorletzter Schläger war auch plötzlich verschwunden. Und die gestreifte Klubjacke, die ich damals hier hab' hängenlassen, was war mit der?«
»Die war weg«, meinte Tessa befriedigt.
»Eben. Und die grüne wahrscheinlich jetzt auch.«
Sie hatte die grüne schon vor drei Wochen Fanny, dem Hausmädchen, gegeben. Sie war einfach viel zu grün gewesen.
Tessa wußte jedoch ziemlich gut Bescheid. »Ich kann mich nicht erinnern, dich in letzter Zeit in der grünen Jacke gesehen zu haben.«
»Unsinn. Ich hab' sie Mittwoch angehabt.«

»So?«
»Ja.«
»Na, macht auch nichts. Du hast Jacken genug.«
»Hab' ich auch«, sagte Brigitte und wandte sich entschlossen von Tessa ab. Aber die wich und wankte nicht. Sie tranken den Kaffee schweigend, zahlten und gingen. Schweigend schoben sie die Räder nebeneinander her, langsam, jeder vor sich hinblickend. Der Wind peitschte Brigitte das Haar ins Gesicht, es war kalt und ungemütlich.
»Der Sommer ist vorbei«, sagte sie.
»Ja. Schade, nicht?«
»Ja. Ich kann den Winter nicht leiden.«
»Sommer ist jedenfalls schöner. Aber im Winter kann man besser arbeiten.«
»Studieren. Ich weiß. Sie sind ja nun mal sehr fleißig.«
»Ich bemühe mich jedenfalls.«
»Und was machen Sie sonst noch?«
»Was, sonst?«
»Na, außer studieren. Sie werden ja nicht Tag und Nacht über den Büchern sitzen.«
»Meistens. Jetzt kommen harte Zeiten für mich.«
»Kann ich mir gar nicht vorstellen. Wo Sie doch so gescheit sind.«
Er blickte vorwurfsvoll zu ihr hinüber. Sie verspottete ihn.
»Manchmal gehe ich auch ins Theater.«
»Gibt es in Freiburg denn ein Theater?«
»Natürlich. Sogar ein sehr gutes.« Endlich ein brauchbares Thema. Er zählte sorgfältig auf, was er in den letzten Jahren dort gesehen hatte. Und dann auch gleich noch die Konzerte. Sie hörte zu, ohne ihn zu unterbrechen. Als er fertig war, sagte sie: »Na, wenn Sie so gern ins Theater und ins Konzert gehen, hätten Sie mich ja auch mal einladen können. Ins Theater beispielsweise.«
Das machte ihn für eine Weile sprachlos. Dann fragte er ganz atemlos: »Wären Sie denn mitgegangen?«

»Warum denn nicht?«
»Hätten Ihre Eltern es erlaubt?«
»Na, hören Sie mal.« Sie blieb stehen, sah ihn empört an. »Wir leben doch nicht im achtzehnten Jahrhundert. Ich werde öfter mal ins Theater eingeladen.«
»Auf die Idee bin ich gar nicht gekommen«, sagte er ganz unglücklich.
»Das habe ich gemerkt.« Sie ging weiter, und auch er setzte sich wieder in Bewegung. Längere Pause.
»Und wenn Sie nicht studieren und nicht ins Theater gehen, was machen Sie dann?«
»Och ...«, er überlegte. »Manchmal gehe ich auch mit Freunden abends irgendwohin. Ein Viertel Wein trinken. In Freiburg gibt es sehr guten Wein.«
»So?«
»Ja.«
»Bloß mit Freunden?«
»Wie?«
»Na, nicht auch mit einer Freundin?«
»Doch«, sagte er mit Trotz in der Stimme, »auch das.«
Sie blieb wieder stehen. Und wie vor drei Tagen funkelten ihre Augen bedrohlich. Er fürchtete schon, sie würde wieder ihr Rad besteigen und davonrasen.
»Mit Kommilitoninnen halt«, fügte er eilig hinzu.
»Na, Sie sind ja wohl ein seltenes Gewächs«, brach es aus ihr heraus. »So was wie Sie, das muß man erleben, sonst glaubt man nicht, daß es so was gibt.«
»Wieso?« fragte er hilflos.
»Spielt hier bei mir die ganze Zeit den Tugendbold, und dabei haben Sie ein Dutzend Freundinnen.«
»Aber das habe ich nicht gesagt.«
»Aber es ist doch so? Oder nicht?«
Das kam sehr laut, sehr heftig, und sie sah wie eine kleine Wilde dabei aus. Das zerzauste Haar in der Stirn, die Augen zornig und ganz dunkel.

»Brigitte!« rief er erschrocken, seine Hand kam, legte sich auf ihre kalt gewordene, die das Lenkrad umklammerte. Aber sie riß ihre Hand weg und rief, noch lauter, noch zorniger: »Sie denken wohl, ich bin blöd?«

Und nun machte sie wirklich Anstalten davonzufahren. Aber diesmal war er schneller. Er warf sein Rad mit Vehemenz zur Seite, hielt ihres fest, hielt sie fest, zog sie an sich und »Brigitte!« noch einmal, beschwörend, drängend.

Er hielt sie im Arm. Sie verhedderte sich an ihrem Rad, ließ es los, er zog sie herüber, und das andere Rad fiel auch auf den Weg.

Und nun endlich der Kuß. Der zweite. Nach über vier Monaten. Ein anderer als damals. Ein richtiger, erwachsener Kuß. Ein Kuß zwischen Mann und Frau. Er küßte sie, wie er nie zuvor ein Mädchen geküßt hatte. Und Brigitte hielt still. Ein Kuß war durchaus nichts Neues für sie. Aber dieser hier war anders. Ganz anders.

Dann standen sie und sahen sich an. Es war schwer, jetzt etwas zu sagen.

Schließlich Brigitte leise: »Mußt du wirklich fort?«

»Ja. Aber es ist ja nicht so lange.« – »Nein.«

Nein. Gar nicht lange. Die zwei Semester, und dann die Referendarzeit, und sie war ja auch noch so jung. – Aber es war ein wunderbares Gefühl, sie im Arm zu halten. Sie zu spüren, sie an sich zu drücken. Man bekam ganz komische Gedanken dabei. Dem jungen Mann mit dem hübschen Namen Gottfried wurde auf einmal ganz heiß, trotz des kühlen Herbstwindes. Am liebsten hätte er – ja, was, alles stehen- und liegengelassen, Studium und Pläne und ernsthafte Gedanken, nur dieses Mädchen im Arm halten, sie fest, immer fester halten und alles, alles ... Er ließ sie jäh los, straffte die Schultern, sammelte sein Gesicht. – Zweimal mußte er sich räuspern, ehe er sprechen konnte.

»Wir müssen gehen«, sagte er dann ganz banal. »Du wirst dich erkälten. Es regnet schon wieder.«

Ja. Es regnete wieder. Ziemlich rasch und heftig fing der Regen an. Sie hatten es gar nicht bemerkt. Brigitte sah ihn an. Sehr klug war ihr Blick, sehr wissend. Sie verstand ihn. Sie verstand auf einmal alles.

»Ja«, sagte sie vernünftig. »Gehen wir.«

Zum Abschied küßten sie sich noch einmal. Nicht mehr so wie zuvor. Er war nun auf der Hut, sie lächelte ein wenig, als er sie losließ.

»Werde ich mal von dir hören?« fragte sie, freundlich und ganz formell.

»Ich werde dir schreiben. Wenn es deine Eltern erlauben.«

»Sie erlauben es.«

»Und du wirst mir auch schreiben?«

»Mhm. Vielleicht. Kommt drauf an, was du mir schreibst.«

Es regnete stark jetzt. Brigitte blickte hinüber zur Villa, es war schon fast dunkel, im Erdgeschoß waren die Fenster erleuchtet.

»Willst du nicht mit hereinkommen? Ich rufe dir ein Taxi, du kannst bei dem Regen nicht mit dem Rad fahren.«

»Das macht mir nichts.«

»Also dann, mach's gut.«

»Du auch.«

Sie blieb am Tor stehen, das Haar klebte ihr naß an der Stirn, ihr Gesicht war feucht, ihre Hände, und sah ihm nach. So was! Wie der sie geküßt hatte! Monatelang tat er nicht dergleichen und dann ..., irgendwie war der anders als die anderen. Gottfried!

»Tschüs, Gottfried«, murmelte sie leise vor sich hin. Und schüttelte den Kopf. Was für ein Name! Daran würde sie sich nie gewöhnen.

# *Wunderland*

Es war November, als sie kamen. Ein grauer, unwirtlicher Novembertag mit kaltem Wind, der das letzte Laub von den Bäumen riß. Werner und Charlott fuhren ins Lager Friedland, um sie abzuholen.

Werner sprach nicht viel. Er saß mit verschlossenem Gesicht hinter dem Steuer, eine steile Furche über der Nasenwurzel. Charlott hingegen war von geradezu hektischer Aufgeregtheit. Sie plapperte unentwegt, sagte immer wieder dasselbe.

»Mein Gott, Werner, ich habe so Angst. Ich kann dir gar nicht sagen, was ich für Angst habe! Wie sie aussehen werden! Und wie seltsam das für sie sein muß, nach der langen Zeit, uns wiederzusehen. Und überhaupt – wie ihnen hier alles komisch

vorkommen muß. Ganz anders doch als bei ihnen, nicht?«
»Vermutlich«, sagte Werner kurz.
Und schließlich sprach Charlott aus, was sie am meisten bedrückte.
»Ob sie noch daran denkt? Ob sie mir verziehen hat?«
Werner wußte genau, was sie meinte, aber er fragte dennoch:
»Wer? Was verzeihen?«
»Du weißt doch – Ricarda, meine ich. Daß ich dich ihr weggenommen habe. Damals, als wir uns wiedersahen, als ich schon mit dir verheiratet war und das Kind bekommen hatte, du weißt nicht, wie sie da war. Ich habe es dir nie erzählt. Du hast auch nicht gefragt. Ich dachte, es interessiert dich nicht. Und ich wollte auch nicht davon sprechen. Sie hat mich nicht angesehen, kaum ein Wort mit mir geredet. Sie hat mir keine Szene gemacht, verstehst du, keinen Krach. Überhaupt nie ein Wort davon. Aber sie hat immer so an mir vorbeigesehen, als sei ich gar nicht da. Und sie war – sie war so merkwürdig. Wie erstarrt, weißt du. Mutter war so unglücklich darüber. Sie hat immer versucht, ihr zu helfen, mit ihr zu reden. Aber auch zu Mutter war sie so abweisend. – Sie hat mich gehaßt. Mein Gott, wie sie mich gehaßt hat. Und wahrscheinlich haßt sie mich heute noch.«
»Mußt du jetzt davon anfangen?« fragte er böse.
»Ich denke immerzu daran. Daß ich sie jetzt wiedersehen soll, nach der langen Zeit. Damals waren wir ja nur ganz kurze Zeit noch zusammen, ein knappes Vierteljahr. Und sie war meist nicht zu Hause, sie arbeitete im Lazarett, blieb auch oft über Nacht dort. Wir haben nicht ein einziges Mal allein miteinander gesprochen. Nicht über dich. Über gar nichts. Oh, Werner, es war schrecklich. Ich habe so sehr darunter gelitten. Glaubst du, daß ich direkt froh war, als ich auf die Flucht gehen konnte?«
Mit einem flüchtigen Seitenblick stellte er fest, daß sie weinte. Tränen liefen ihr über die Wangen, ihr Mund war ein wenig geöffnet und zitterte kindlich.

»Nimm dich zusammen«, sagte er ärgerlich. »In welchem Zustand willst du denn dort ankommen? Es ist doch sinnlos, diese alten Geschichten wieder aufzuwärmen. Das ist lange vorbei.«
Charlott schüttelte bestimmt den Kopf. »Es ist nicht vorbei. Du kennst Ricarda nicht. Sie ist nachtragend, und sie kann so hart sein. Das konnte sie schon als Kind. Sie hätte mich damals am liebsten getötet, das weiß ich.«
»Zum Donnerwetter, Charlott, hör jetzt auf mit dem Unsinn ...«
»Doch, ich weiß es. Wenn sie nicht so fromm wäre, hätte sie mich getötet. Und das Kind dazu. Nicht einmal, nicht ein einziges Mal hat sie das Kind angesehen, das ich geboren hatte. Nicht ein einziges Mal.«
»Brigitte?«
»Ja. Natürlich, Brigitte. Dein Kind. Sie wußte, daß es dein Kind war.«
»Sie hatte gar keinen Grund, auf dich böse zu sein. Schließlich war sie auch mit einem anderen Mann zusammen. Woher hätte sie sonst das Kind gehabt.«
»Das war erst später. Erst nachdem das mit uns gewesen ist.«
»Aber sie wußte nichts davon. Sie konnte nicht wissen, daß ich ...«
»Sie hat es bestimmt gewußt. Vielleicht nicht, daß ich es war. Aber du bist doch nicht mehr zu ihr gefahren. Du hast ihr vielleicht auch nicht mehr geschrieben – da hat sie es gewußt.«
Werner fingerte sich nervös eine Zigarette aus der Tasche, zündete sie an und drückte den Fuß fester aufs Gaspedal. Zum Teufel, ja, Charlott hatte recht. Es war alles viel komplizierter, als es im ersten Augenblick aussah. Keiner wußte die Wahrheit vom anderen. Er hatte Charlott nie erzählt, daß er Ricarda noch zweimal wiedergesehen hatte, einmal in Berlin und dann in Krakau. Daß Ricarda sehr wohl glauben mußte, er liebe sie nach wie vor – und er hatte sie ja auch geliebt. Das andere war ja nichts als eine flüchtige Dummheit gewesen. Von der kein

Mensch etwas erfahren hätte, wenn es nicht ausgerechnet Ricardas Schwester gewesen wäre. Und dann natürlich, daß sie ein Kind bekam ...

Er fühlte fast so etwas wie Haß auf die Frau, die neben ihm saß. Seine Frau! Lächerlich. Er hatte sie nie gewollt. Damals nicht, in all den vergangenen Jahren nicht, und jetzt erst recht nicht mehr. Endlich hatte er eine Frau gefunden, die zu ihm paßte, da kam das nun alles dazwischen, da mußten die unbedingt hier auftauchen. Wären sie doch bloß geblieben, wo sie waren. Die ganze Familie Wolff! Zum Überdruß war sie ihm, sie konnten alle miteinander zum Teufel gehen.

»Fahr doch nicht so schnell«, sagte Charlott nervös.

Er verminderte das Tempo nicht im geringsten, schob nur böse den Unterkiefer vor. »Ich möchte das alles endlich hinter mir haben. So ein Vergnügen ist es für mich auch nicht.«

Charlott wandte den Kopf. Es überraschte sie, daß die Ankunft der beiden nun offenbar auch Werner aus der Ruhe gebracht hatte. Sie hatte es lange nicht erlebt, daß irgend etwas ihn beunruhigte, ihn verwirrte, oder ihm naheging.

Eigentlich noch nie. Habe ich Werner einmal unglücklich gesehen? Verzweifelt? Mutlos? Hatte ich je das Gefühl, er leidet, er grämt sich? Er hat kein Herz. Er kann gar nicht fühlen. Liebe – er hat keine Ahnung, was Liebe ist. Mich hat er nie geliebt, das weiß ich. Und ob er Ricarda geliebt hat? Vielleicht. Damals. Aber jetzt ist sie ihm bloß lästig, das sehe ich. Die Kinder? Nun ja, natürlich, die hat er gern. Brigitte besonders. Und seine neue Frau da – die wird sich wundern. Er kann nicht lieben. Er hat kein Herz.

»Ich weiß, daß du mich nie geliebt hast«, sagte Charlott hart. Sie weinte nicht mehr. »Ich weiß, daß du mich auch nie geheiratet hättest, wenn das nicht passiert wäre. Und daß es passiert ist, war mindestens genausoviel meine Schuld wie deine. Denke nicht, daß ich das nicht weiß. Das hätte ich damals Ricarda schon sagen können, wenn sie mit mir gesprochen hätte. Aber damals war ich noch zu jung und zu dumm, ich

begriff es selber nicht. Aber heute weiß ich es um so besser. Ich kann ihr das sagen, falls ihr das Freude macht. Werner hat mich nie geliebt. Er hat dich geliebt, ein wenig vielleicht. Soweit er überhaupt imstande ist zu lieben. Viel ist es nicht, was er an Liebe aufbringen kann. Für ihn sind Frauen so ein bißchen Spaß und ein bißchen biologische Unterhaltung, mehr nicht. Und aus mir hat er sich schon gar nichts gemacht. Er hat mich so nebenbei mit vernascht, weil es sich so ergab, und weil du nicht da warst. Und ich wußte ...«
»Halt den Mund«, sagte Werner grob. »Wenn du nicht sofort aufhörst mit dem Unsinn, werfe ich dich aus dem Wagen. Und wenn du dich unterstehst, irgend so einen Blödsinn mit deiner Schwester zu reden, wenn du es nicht lassen kannst, diese alten, längst vergessenen Geschichten wieder auszukramen und aufzutischen, Charlott, ich schwöre dir, dann sind wir sofort geschiedene Leute. Sofort! Dann leben wir nicht einen Tag länger zusammen. Das verspreche ich dir.«
Sie konnte hören und sehen, wie zornig er war. Sie schwieg eingeschüchtert, aber keineswegs überzeugt. Sie würde mit Ricarda von den alten Geschichten reden müssen. Irgendwann einmal im Leben *mußte* man einfach darüber sprechen, vorher würde sie nicht frei atmen können. Alles zwischen ihr und Ricarda war ungeklärt und mußte eines Tages bereinigt werden, so oder so, im Guten oder im Bösen.

Lange Zeit blieb es still zwischen ihnen. Erst kurz, ehe sie ankamen, fing Charlott wieder an zu sprechen.
»Ob wir es richtig gemacht haben mit ihren Zimmern? Vielleicht hätte man gleich drüben eine Wohnung frei machen sollen. Wenn sie dann umziehen sollen, werden sie beleidigt sein.«
»Wir werden ihnen die Wahl lassen, wo sie wohnen wollen. Ich miete ihnen auch eine Wohnung in der Stadt. Oder kaufe ihnen ein Haus. Aber jetzt laß mich in Ruhe.«
Bis jetzt hatten sie nur die beiden Fremdenzimmer in der Villa

für sie hergerichtet. Schöne große Zimmer, mit eigenem Badezimmer, einem kleinen Vorraum. In dem alten Haus auf dem Werksgelände wohnten zur Zeit zwei leitende Angestellte der Firma. Werner hatte bereits mit ihnen gesprochen und gesagt, daß er eventuell eine der Wohnungen für seinen Schwiegervater benötige. Aber natürlich konnten die Leute auch nicht von heute auf morgen ausziehen. Und außerdem wußte man auch noch nicht, ob die beiden dort wohnen wollten, in unmittelbarer Nachbarschaft der Fabrik. Vielleicht brauchte der Alte auch erst einen längeren Kuraufenthalt oder sonst eine Behandlung, vielleicht hatte Ricarda andere Pläne – man konnte gar nichts vorher festlegen, nichts –, man mußte abwarten, wie sich alles entwickelte.

Auf den Einfall mit dem Haus war Werner neulich nachts im Bett gekommen. Als er darüber nachdachte, wie lange er nun anstandshalber seine Scheidung verschieben müßte, und daß, wenn Sybille in die Villa einzog, wahrscheinlich Charlotts Vater weder dort noch im alten Haus auf dem Werksgelände würde wohnen wollen.

Genaugenommen hatte ihn Brigitte, seine gescheite Tochter, auf die Idee gebracht. Schon im Sommer hatte er mit ihr davon gesprochen, ganz ernsthaft und vernünftig, daß eine Scheidung geplant war. Brigitte hatte es sehr gelassen aufgenommen.

»Na ja, wenn's eben sein muß.«

»Das scheint dich nicht sehr zu überraschen.«

»Nein, Chef. Es überrascht mich keineswegs.«

Sie hatte ihn ernst angesehen, den Kopf ein wenig auf die Seite geneigt. Dann hatte sie gelächelt. Er lächelte auch. Erleichtert.

»Ich bin froh, daß du so vernünftig bist.«

»Das kann ich mir denken«, sagte Brigitte trocken. »Und was wird aus uns?«

»Was meinst du?«

»Na, aus Thomas und mir?«

»Euch wird schon nichts abgehen.«

»Sicher nicht. Aber irgendwo müssen wir ja schließlich wohnen und schlafen, nicht? Und du wirst kaum deine neue Frau mit zwei so großen Kindern, auch wenn sie so reizend sind wie wir, beglücken wollen.«

»Ich würde euch natürlich am liebsten bei mir behalten, das ist ja klar«, begann er vorsichtig, »aber ...«

»Aber damit dürfte Charlott nicht einverstanden sein.«

»Eben. Ihr bekommt einfach ein anderes Haus, nicht zu weit von hier entfernt, damit wir uns oft sehen.«

Er legte den Arm um ihre breiten tiefgebräunten Schultern, denn dieses Gespräch fand im Anschluß an einen Ausritt und ein Bad im Pool statt. »Damit wir beiden genau wie bisher oft zusammen Tennis spielen und reiten können, nicht, Gittischatz?«

»Sofern deine neue Gemahlin nichts dagegen hat.«

»Sie wird schon nicht. Sie ist eine sehr gescheite und vernünftige Frau. Du wirst prima mit ihr auskommen.«

»Hm«, machte Brigitte.

An dieses Gespräch hatte Brigitte wohl gedacht, als sie vor einigen Tagen, bei den Beratungen, wie man die Erwarteten unterbringen sollte, plötzlich sagte: »Ein Glück, daß wir genügend Geld haben und noch dazu selber Möbel fabrizieren. Du wirst wohl noch ein drittes Haus auf die Beine stellen müssen, Chef.«

Später hatte er darüber nachgedacht. Ja, warum eigentlich nicht? Und möglichst nicht hier in der Stadt. Irgendwo in einer hübschen Gegend, vielleicht im Gebirge, in einem gesunden, guten Klima, ein nettes Häuschen für Ricarda und ihren Vater – dort konnte er in Ruhe seinen Lebensabend verbringen, von Ricarda betreut. Wie gut, daß sie Krankenschwester war. Es war ein rechtes Idyll, das Werner sich ausmalte. So würden die beiden gut und sicher untergebracht sein, jeden Monat einen Scheck von ihm, bitte sehr, er würde sich dieser Verpflichtung natürlich nicht entziehen. Charlott konnte sie gelegentlich besuchen, auch die Kinder mal, aber aus seinem Leben

würde dann wohl endlich die gesamte Familie Wolff verschwunden sein.
Davon hatte er Charlott noch nichts gesagt. Er wußte sehr genau, daß Charlott mittlerweile die Scheidung ganz aus ihren Gedanken verbannt hatte. Sie tat so, als sei nichts gewesen. Als würde alles so weitergehen wie bisher, jedenfalls soweit es ihr Zusammenleben betraf. Aber darin irrte sie. Wenn er nach wie vor zu etwas fest entschlossen war, dann dazu, sich von Charlott scheiden zu lassen. Wenn eben nicht jetzt, dann in einem halben Jahr. Länger würde er auf keinen Fall warten. Bis dahin mußte eine Lösung gefunden sein, was man mit Ricarda und mit seinem Schwiegervater anfing.
»Wir sind gleich da«, sagte Werner aus seinen Gedanken heraus.
»Mein Gott!« flüsterte Charlott. »Ich habe Angst.«

Aber wer wäre auf die Überraschung gefaßt gewesen, die Matthias Wolff ihnen bereitete! Ein kranker, alter, verbrauchter Mann. Ein armseliger Flüchtling. Ein geschlagener und zerbrochener Greis, so ungefähr hatten sie sich den Vater vorgestellt.
Und nun also – Werner Fabian betrachtete seinen Schwiegervater mit staunenden Augen. Was für eine prachtvolle Erscheinung! So hatte er ihn gar nicht in Erinnerung gehabt. Und war denn alles – einfach alles spurlos an diesem Mann vorübergegangen?
Groß und hager, die breiten Schultern ungebeugt, stand er vor ihnen. Und wenn irgendeiner hier befangen oder unsicher war, Matthias Wolff jedenfalls war es nicht. Ein frohes, erwartungsvolles Lächeln im Gesicht, die Augen groß und blau und scharfblickend, das Haar dicht und weiß – was für ein Mann!
Er war auch sogleich Herr der Situation. Denn natürlich verlor Charlott jede Fassung. Sie schrie auf: »Vater!« Sie stürzte auf ihn zu, umschlang ihn und fing hysterisch an zu weinen, laut und unbeherrscht wie ein Kind.

Matthias Wolff schloß sie fest in die Arme, wiegte sie ein bißchen hin und her und murmelte ihr beruhigende Worte zu. »Nu, nu, aber Lottel, was is denn? Nu wein doch nicht! Ist ja alles gut. Komm ock, komm!«
Er sprach sogar, was er sonst nie tat, ein wenig Dialekt, und das erschütterte Charlott noch viel mehr, die vertraute, gemütliche Sprache ihrer Kindheit zu hören.
Werner stand hilflos daneben. Er wußte im Moment kaum, was er sagen sollte. Aber der Alte streckte ihm die eine Hand entgegen, die andere streichelte Charlotts bebenden Rücken, er sagte: »Tag, Werner.«
Und Werner – er hatte sich vorher keine Gedanken gemacht, wie er ihn eigentlich anreden sollte – aber jetzt sagte er: »Guten Tag, Vater. Herzlich willkommen!«
Vater – nie im Leben hatte er Matthias Wolff Vater genannt. Und jetzt war ihm das ganz selbstverständlich über die Lippen gekommen.
Endlich mußte er nun Ricarda ansehen. Er tat es langsam, fast scheu. Sie stand im Hintergrund, hatte noch kein Wort gesprochen. Und auch sie zu sehen, war eine Überraschung. Sie kam ihm größer vor, als er sie in Erinnerung hatte. Auch sie überschlank, aber auch sie gerade aufgerichtet. Ihr Gesicht war weiß wie damals. Groß und beherrschend die dunklen Augen darin. Schwarz das Haar, nicht mehr lang, kurz geschnitten und eng an den Kopf gebürstet. Ein paar Falten im Gesicht, leichte Schatten um die Augen, ein Zug von Resignation um den Mund. Aber sonst – stolz und hochgemut und selbstbewußt wie früher. Auch das sah er mit einem Blick.
Die Aufmachung, natürlich. – Ein altmodisches dunkelblaues Kleid aus schlechtem Stoff, ein schäbiger grauer Mantel, aber das war ja unwichtig. Doch die Frau selbst ...
Sie gaben sich die Hand. Werner hielt ihre Hand fest, er hatte auf einmal ein schmerzendes Gefühl in der Kehle, er fand kein Wort, es fehlte nicht viel, er hätte geweint wie Charlott. So viele Jahre, ein Abgrund von Zeit – vor ihm stand Ricarda. Er

fühlte nichts, er dachte nichts, es war nur eine dumpfe Empfindung, fast Angst: das kann nicht wahr sein ...
»Ricarda!« sagte er.
Sie verzog den Mund zu einem kleinen Lächeln, sagte nichts. Ihre Hand war rauh, aber schmal und fest wie damals. Und was in ihrem Blick stand, er konnte es nicht deuten. Kühle Gleichgültigkeit, ein wenig Spott. Sie zog ihre Hand zurück und blickte auf Charlott.
Matthias schüttelte seine Tochter ein wenig. »Nu komm, Kindel, komm. Hör auf zu weinen. Jetzt ist ja alles gutt.« Er schob Charlott ein wenig zurück. »Begrüße deine Schwester.«
Charlott, das Gesicht naß von Tränen, sah nun Ricarda an. Und dann, ohne sich weiter zu besinnen, tat sie die zwei Schritte zu Ricarda, umschlang auch sie mit beiden Armen und weinte weiter.
Mit Ricarda ging eine Veränderung vor. Der starre Ausdruck verlor sich, ihr Blick wurde weich, sie senkte den Kopf, auch ihre Augen füllten sich mit Tränen.

Einige Tage später besuchte Brigitte ihre Freundin Bettina und erzählte: »Also weißt du, ich dachte, mich haut es um, als sie kamen. Ich hab' mir ja keine Vorstellung gemacht. Ich dachte, da kommen so ein paar alte, abgeklapperte Wracks, kommen da aus Polen, und was sie alles erlebt haben – aber du, es ist einfach phantastisch. Mein Großpapa ist eine Wolke. Der sieht prima aus. Wenn du den richtig anziehst, könntest du den morgen in eine Aufsichtsratssitzung setzen, auf den Platz des Vorstandes, und da paßt er gerade hin. Das sagt mein Vater. Und das stimmt. Und nett ist er – weißt du, was er zu mir gesagt hat? Das freut mich aber, daß du so ein hübsches Mädchen bist. Schöne Frauen sind das schönste Geschenk vom lieben Gott für uns Männer. Das hat er gesagt. Für uns Männer – und das glaubst du ihm, das klingt nicht etwa komisch bei ihm. Und abends haben wir alle zusammengesessen, bis mitten in die Nacht, und wenn du denkst, daß der müde gewesen wäre, keine Spur. Zwei Flaschen Wein hat er ganz allein ausgetrunken, und du hast ihm nicht das geringste angemerkt. Und erzählt hat er – was der alles gemacht hat. Nach dem Krieg war er Totengräber. Stell dir das vor! Überall lagen die Toten noch, unter den Trümmern und in den Ruinen, und wie er aus der Gefangenschaft kam, haben ihn die Polen eben als Totengräber beschäftigt. Er mußte ja arbeiten, damit er etwas zu essen bekam. Und später war er Krankenpfleger in einer großen Klinik. Und wenn du ihn siehst, glaubst du das nicht. Als wir dann endlich schlafen gingen, kam er noch mit in mein Zimmer, hat sich da umgesehen, fand alles großartig, und hat dann meine Bücher studiert, das ganze Regal. Ob er sich was pumpen könne davon? Ja, klar, habe ich gesagt. Und dann hat er sich drei Bücher ausgesucht, alles moderne Literatur. Er hätte viel nachzuholen, sagte er. Er wisse ja überhaupt nicht, was zur Zeit los wäre, und ob denn etwas Gescheites geschrieben werde hier bei uns. Och, sage ich, so doll sei es eigentlich nicht. Na ja, mal sehen, sagt er und nahm sich die Bücher mit. Und bis heute hat er schon zwei davon ausgelesen und mir zurückgegeben und eine erstklassige Kritik dazu vorgetragen. Stimmt genau, was er sagte. Dem macht keiner was vor.«

Und Werner bei Sybille: »Also weißt du, ich komme mir ganz dumm vor. Was haben wir eigentlich für eine Vorstellung von den Menschen? Der Mann hat eine Haltung, ein Aussehen, ein Benehmen, da sind wir alles Bauern dagegen. Und das nach allem, was er durchgemacht hat. Er kann lachen wie ein Junge. Und er freut sich wie ein Kind über alles, was er hier sieht und hört. Heute war er bei Frau Plaschke in der Küche, hat mir Charlott erzählt, und hat sich den Mixer erklären lassen. Und dann hat er mit dem Mixer den Teig gerührt oder irgend so was. Also ich muß dir sagen, ich habe keine Ahnung, wie so ein Ding funktioniert. Er will das wissen.

Brigitte mußte ihm den Plattenspieler erklären, dann hat er sich die Platten angesehen, hat gesagt, viel Gescheites sei da aber nicht dabei, und wir müßten mal was Vernünftiges kau-

fen. Aber ein paar Sachen gefallen ihm doch. Ich glaube, Gershwin hat er sich vorgespielt und so ein paar Jazzplatten. Und heute nachmittag geht er im Garten spazieren und pfeift. Ich frage Brigitte, die auf der Terrassenmauer sitzt und lacht: Was pfeift er denn da? Porgy und Bess, sagt sie. »I've got plenty o'nothing. Das gefällt ihm ausgezeichnet, hat er gesagt. – Was sagst du dazu?«
Sybille hebt die Schultern. »Was soll ich dazu sagen? Erstaunlich!«
»Das kann man wohl sagen. Und weißt du, wer hinter ihm herspaziert? Der Hund. Unsere Colliehündin, die sich aus keinem Menschen sehr viel macht. Sie lebt sehr zurückgezogen für sich. Seit er da ist, himmelt sie ihn an, geht ihm nicht von der Seite, liegt vor seiner Tür, bringt sich halb um, wenn sie ihn sieht.«
»Ich wiederhole, ›erstaunlich‹. Tiere haben sehr viel Sinn für Persönlichkeit, nicht?«
»Es scheint so. Demnach ist es mit unserer Persönlichkeit nicht weit her, denn bis jetzt hat keiner Gnade vor Lassies Augen gefunden. Gestern kam er in die Fabrik, ließ sich bei mir melden, ganz formell, na, und dann habe ich ihn ein bißchen 'rumgeführt, er hat sich alles angesehen, hat auch alles gleich kapiert, hat mit den Leuten hier und da gesprochen, und heute sagt mir Fräulein Lessing, daß die alle ganz begeistert von ihm wären. Der Schwiegervater vom Chef, das wäre aber ein prima Mann, haben sie gesagt.«
»Also Sieg auf der ganzen Linie.«
»Und zu mir hat er gesagt: Das ist ja sehr beachtlich, mein Junge, was du da aufgebaut hast. Imponiert mir sehr. Du bist wirklich tüchtig. Und ich – du wirst dich totlachen, ich bin rot geworden und bin mir vorgekommen, als ob ich einen Orden bekommen hätte.«
Sybille lacht. »Und sie? Du sprichst nur von deinem Schwiegervater. Was ist mit Ricarda?«
»Ja, Ricarda. Das ist schwieriger. Man sieht sie kaum. Sie bleibt

in ihrem Zimmer, sie redet fast kein Wort, sie verzieht keine Miene. Sie war weder in der Küche noch im Werk, noch sonstwo. Was er interessiert und aufgeschlossen ist, das ist sie verschlossen und unpersönlich. Wir wissen offen gestanden nicht, wie wir mit ihr dran sind.«
»Aha«, sagt Sybille. Sie hat das Wort ›wir‹ nicht überhört. Sie fühlt sich auf einmal in eine Nebenrolle gedrängt. Es ist das erstemal, daß Werner sie besucht, seit der Zuwachs der Familie gekommen ist. Er bleibt auch nicht lange, umarmt sie nur flüchtig und scheint mit seinen Gedanken ganz woanders zu sein.
Wir sind beide mit unserem Familienleben beschäftigt, denkt sie, er mit seinem, ich mit meinem. Nur nicht mit unserem gemeinsamen.
Sie erwartet am nächsten Tag ihren Bruder. Er ist soweit wiederhergestellt, braucht aber noch ein wenig Pflege und Ruhe. Zunächst hatte er geschrieben und um Geld gebeten. Aber sie hat ihm nur so viel geschickt, wie die Fahrkarte ausmacht und energisch verlangt, daß er herkommt. Und nun kommt er also, wird bei ihr wohnen, und in nächster Zeit wird es schwierig sein, mit Werner irgendwo allein zu sein. Heute wäre die letzte Gelegenheit. Aber er geht nach einer knappen Stunde, küßt sie leicht auf die Lippen, sagt »bis bald« und ist fort, ehe sie noch etwas sagen kann.
Sie ärgert sich. Sie hat das Gefühl, als stehe sie am Ende eines Kapitels, von dem sie geglaubt hat, es sei erst am Beginn.

Der einzige Mensch ihres großen Bekanntenkreises, mit dem Charlott so etwas Ähnliches wie Freundschaft verbindet, ist Eva Laupholz, die Frau des Architekten Sven Laupholz. Vielleicht kommt es daher, daß Eva früher, vor ihrer Ehe und noch während der ersten Zeit ihrer Ehe, Schauspielerin war. Künstlerin mit Theatervergangenheit wie Charlott, das schuf von Anfang an eine Verbindung. Es stört auch nicht, daß Eva einige Jahre älter ist als Charlott. Sie ist eine lebhafte, sehr

unkonventionelle Frau, in den meisten Dingen anders empfindend und denkend als die sehr bürgerlichen Frauen der reichgewordenen Männer dieses Kreises.
Insgeheim hat Charlott diese Eva Laupholz immer ein wenig beneidet. Weil sie die einzige Frau ist, von all diesen Frauen, die sie kennt, die eine wirklich glückliche Ehe führt. Ihr Mann, der Architekt, betet sie an. Auch er ist sehr unkonventionell, ein etwas vierschrötiger, doch sehr behender Mann von fröhlicher Gemütsart. Er lacht laut und schallend, er liebt gutes Essen und guten Wein, er kennt die neuesten Witze, in seinem Kopf wachsen die originellsten Einfälle. Ein Künstler, auch er. Aber kein Geschäftsmann. Was er baut, ist immer sehenswert. Erst waren es hauptsächlich Privathäuser. Als er einen Namen hatte, kamen Geschäftsbauten, auch staatliche und städtische Aufträge dazu. Er macht wenig Konzessionen, will partout seine Ideen durchsetzen, und seit er berühmt ist, kann er das auch.
Er verdient viel Geld, gibt ebensoviel aus. Die Laupholz bewohnen das aufwendigste Haus weit und breit, ein Schaustück, nun ja, das gehört wohl zu seinem Beruf, macht für ihn Reklame. Sie haben den größten Garten, den größten Swimming pool, die schicksten Autos. Eva, eine noch immer attraktive Frau, kann man wohl ohne Übertreibung als eleganteste Frau dieser Stadt bezeichnen. Sie hat teure Pelze, todschicke Kleider, exquisiten Schmuck.
Die Töchter, Annelie einundzwanzig, Karin achtzehn, sind so hübsch wie die Mutter und werden vom Vater genau wie diese verwöhnt. Sie kriegen, was sie sich wünschen. Und sie wünschen sich viel.
Das einzige, was sie nicht bekommen, ist sonderlich viel Bewegungsfreiheit. Sven Laupholz hat seine Familie am liebsten um sich herum. Er will immer wissen, wohin sie gehen, woher sie kommen. Wenn er verreist, muß Eva ihn begleiten, und wenn es sich irgendwie machen läßt, die Mädels auch.
»Die Erfolge, Kinder«, erzählt er manchmal, »wenn ich irgend-

wo hinkomme, ganz egal wo. Der Mann mit den hübschesten Frauen im Lokal bin ich. Gleich drei auf einmal.«

Er will auch nicht, daß die Töchter einen Beruf erlernen. Wozu denn auch? Er sorgt schon für sie. Eines Tages werden sie leider heiraten müssen, irgendwelche fabelhaften Prinzen schweben ihm vor für seine beiden Mädchen, reich und schön und gut und sie verwöhnend wie er. Aber das hat noch Zeit. Bis jetzt ist ihm keiner gut genug. Sehr mißtrauisch betrachtet er die Verehrer seiner Töchter. Der da? Kommt nicht in Frage. So ein mittelprächtiger Heini, doch nicht für seine Mädchen. Mit dem willst du ausgehen, Annelie? Kann doch nicht dein Ernst sein. Du kannst ausgehen mit mir. Wo willst du hin? Theater, Bar, Restaurant, Monte Carlo, Paris, Rom? Morgen geht die Reise los.

Manchmal munkelt man, der Architekt Laupholz sei pleite. Prolongierte Wechsel, nicht bezahlte Angestellte und eine Menge Schulden. Aber dann kommt ein neuer Auftrag, und alles ist wieder gut.

Er ist sehr beliebt in der Gesellschaft, ein witziger Plauderer, immer galant zu den Damen, sehr freigebig. Annelie, die ältere, ist ein stilles, verträumtes Mädchen. Auf eine liebliche Art hübsch, gar kein sehr moderner Frauentyp, weiches hellbraunes Haar und schwärmerische blaue Augen. Für Sport hat sie nicht viel übrig, sie liest viel, ist eine eifrige Konzertbesucherin und hat eine ansehnliche Plattensammlung klassischer Musik. Ihr gefällt das Leben bei ihren Eltern, berufliche Interessen hat sie nicht, sie kokettiert, wenn überhaupt, auf eine rührend unschuldige Weise mit ihren Verehrern und träumt dabei von der richtigen großen Liebe.

Anders Karin, die jüngere, sportlich, langbeinig, hellblond – das kommt von der schwedischen Großmutter –, sehr bestimmt in ihren Ansichten und Wünschen. Sie will Schauspielerin werden. Davon mag ihr Vater nichts hören. Das ist doch keine Welt für seine kleine Prinzessin. Es sei denn, er baut ihr selbst ein Theater, haha, will sie das? Dann soll sie es haben.

Charlott hält sich gern bei der Familie Laupholz auf. Dort geht es immer vergnügt zu, es gibt keinen Streit, der Mann macht keine Seitensprünge, Gäste sind häufig da, doch Eva hat auch immer Zeit für ein vertrauliches Gespräch.
Ihr erzählt Charlott von der Veränderung in ihrem Haushalt. Sie muß einmal darüber sprechen. Und sie weiß, Eva tratscht nicht. Eva ist auch die einzige, die von der geplanten Scheidung weiß. Und warum man es nun aufgeschoben hat.
Sachlich meint Eva dazu: »Sei doch froh, daß es so gekommen ist. Und warte erst mal ab. Diese Helten ist keine dumme Person. Ich habe sie neulich bei einem Empfang bei Konsul Bruck beobachtet. Sie macht eine gute Figur, und sie sieht aus, als ob sie wisse, was sie will. Vielleicht verliert sie die Geduld. Dazusitzen und zu warten, ob ein Mann sich scheiden läßt, dazu muß man entweder ein bißchen dumm sein oder sehr bescheiden. Beides ist die bestimmt nicht. Die findet auch einen anderen Mann. Chancen hat sie bestimmt. Übrigens habe ich sie gestern in der Stadt gesehen. Mit einem recht gut aussehenden jungen Mann. Er hatte sie am Arm und himmelte sie ganz verliebt an.
»Wirklich?«
»Ja, bestimmt. Er könnte ein bißchen jünger gewesen sein als sie. Aber das macht ja nichts. Bei solchen Frauen macht das nichts.«
»Werner und ich«, beginnt Charlott zögernd, »also wir haben uns gar nichts mehr zu sagen. Wir leben so – so nebeneinander her.«
»Das ist in vielen Ehen so«, sagt Eva. Sie weiß das, obwohl es gerade in ihrer Ehe nicht so ist. »Aber laß ihm Zeit. Er wird schließlich auch älter. Und nun erzähl mal von deinen Leuten.«
Charlott erzählt also. Wie ihr Vater sich spielend in den Haushalt eingefügt hat, sich mit allen versteht, neugierig ist wie ein kleines Kind.
»Er liest sämtliche Zeitungen, die er erwischen kann. Er hört

stundenlang Radio, er sitzt vorm Fernsehen wie vor einer Offenbarung. Er fragt tausend Sachen, fragt nach Namen und Dingen, die ich selber nicht weiß. Und dann fährt er in die Stadt.«

»In die Stadt?«

»Ja. Das ist sein allergrößtes Vergnügen.«

»Was macht er da?«

»Nichts weiter. Er läuft herum. Sieht sich alles an. Die Läden, die Häuser, die Leute, ich weiß auch nicht. Es macht ihm jedenfalls riesigen Spaß. Die ersten Tage habe ich ihn hineingefahren, mit dem Wagen. Das will er nicht. Ich sage, Vater, du kannst nicht mit der Straßenbahn fahren, erstens ist es zehn Minuten Weg bis zur Endstation, und zweitens der Verkehr. Warum denn nicht? sagt er, macht mir gar nichts. Kommt nicht in Frage, ich fahre dich, oder wir bestellen ein Taxi. Und du kommst auch wieder mit dem Taxi nach Hause. Was macht er gestern? Nach dem Frühstück ist er verschwunden. Ich wollte mich gerade anziehen. Keiner weiß, wo er ist. Schließlich gehe ich 'rauf zu Ricarda. Sie sitzt natürlich in ihrem Zimmer, sitzt da und starrt zum Fenster hinaus. Wo ist Vater? Sie sagt: Er ist in die Stadt gefahren. Mit der Straßenbahn? Ja, sagt sie. Was sagst du dazu?«

Eva lacht. »Ich finde das großartig. Und dann?«

»So gegen halb zwölf klingelt das Telefon. Er ist dran. Ob es mir was ausmacht, wenn er heute ausnahmsweise in der Stadt ein Paar Würstchen ißt. Er käme dann rechtzeitig nach Hause, ehe die Straßenbahn zu voll sei. Nimm dir doch ein Taxi, sage ich. Wozu denn, sagt er. Das Straßenbahnfahren macht mir solchen Spaß.«

»Du, den muß ich unbedingt kennenlernen. Bring ihn doch mal mit.«

»Der kommt glatt mit. Aber du kannst doch auch mal zu uns kommen. Oder ich weiß noch was Besseres, ihr kommt alle. Morgen abend, ja? Ich werde Werner fragen, ob es ihm paßt. Und du fragst Sven. Das wäre dann die richtige Party für ihn.«

»Sven hat bestimmt Zeit. Wenn ich es ihm sage, hat er immer Zeit. Also fragst du Werner heut abend, und dann telefonieren wir.«

»Werner ist jetzt auch mehr zu Hause. Vorher ist er fast jeden Abend weggegangen.«

»Zu ihr?«

»Wahrscheinlich.«

»Siehst du, was habe ich gesagt?«

»Nicht deswegen. Ihm macht das einfach Spaß, mit Vater zusammenzusein. Wir essen zusammen, und dann reden sie stundenlang. Über den Krieg und die Nachkriegszeit, und wie es in Breslau war, und wie es hier war, und wie es sein wird, stundenlang. Manchmal sehen sie auch fern. Werner hat nie ferngesehen. Hat ihn nicht interessiert. Jetzt sieht er sich mit Vater zusammen die Tagesschau an. Beispielsweise. Oder sie hören eine Diskussion. Und dann reden sie drüber. Oder vorgestern eine ganz dämliche Schlagersendung. Und darüber reden sie auch. Und dabei trinken sie Bier und Schnaps oder Wein. Und dann kriegen sie manchmal Hunger und wollen noch was essen. Es ist einmalig.«

Eva lacht nicht mehr. »Du, das ist es wirklich. Mir scheint, du kannst dem lieben Gott dankbar sein, daß dein Vater da ist. Vielleicht solltest du einmal darüber nachdenken, liebes Kind, was deinem Mann bisher an seiner Häuslichkeit gefehlt hat. Vielleicht hättest du dir auch einmal mit ihm zusammen einen Vortrag anhören sollen und dann darüber reden.«

Charlott schweigt. Sie trinkt den Kognak aus, den Eva ihr eingeschenkt hat, zündet sich eine Zigarette an. Dann sagt sie: »Werner wollte nie viel mit mir reden.«

Eva betrachtet sie von der Seite. Sie könnte antworten darauf, aber sie tut es nicht. Man wird Charlott nicht ändern. Sie ist, wie sie ist. Und sie ist nun mal nicht sehr klug.

Eva fragt: »Du sprichst immer von deinem Vater. Was ist eigentlich mit deiner Schwester? Sie kann doch nicht den ganzen Tag in ihrem Zimmer sitzen.«

»Meist.«
»Was tut sie da?«
»Ich weiß es nicht. Sie liest. Bücher hat sie sich sehr viele mit hinaufgenommen. Sie kommt zu den Mahlzeiten. Das Frühstück bringt Fanny ihnen immer hinauf. Mittag essen wir zusammen, und abends auch. Sonst sehe ich sie kaum.«
»Und abends? Geht sie dann immer gleich in ihr Zimmer?«
»Am Anfang, ja. Jetzt bleibt sie manchmal auch da. Dann sitzt sie in einem Sessel und sagt nicht viel. Sie verzieht keine Miene. Offen gestanden ist sie mir unheimlich. Sie war schon immer ein verschlossener Mensch, schon als Kind sehr in sich zurückgezogen. Immer beschäftigt mit ihren eigenen Gedanken. Aber doch nicht so.«
»Schließlich ist sie deine Schwester. Ihr habt euch lange nicht gesehen. Ihr müßt euch doch viel zu sagen haben?«
Es ist wahr, viel hätten sie sich zu sagen. Aber bis jetzt ist kein Wort gesprochen worden. Ricarda ist wie ein stummer Schatten im Haus. Und durch Charlott sieht sie hindurch. Die eine kurze Minute ihrer Begrüßung, das war alles. Seitdem schweigt Ricarda. Sie sagt »danke« oder »bitte«, sie sagt »nein, das ist nicht nötig«, oder »danke, ich brauche nichts«.
Sie sitzt mit ihnen am Tisch, sie ißt sehr wenig und dann verschwindet sie wieder.
Charlott ist versucht, Eva von dem zu erzählen, was damals war. Werner, Ricarda und sie. Ist es lange her? Ist es längst vergessen? Es könnte gestern gewesen sein. Sie hat Ricarda den Mann weggenommen, den diese liebte. Hat Ricarda ihn geliebt? Nicht einmal das weiß sie gewiß.
Sie erzählt Eva nichts davon. Man kann nicht so einfach bei Kaffee und Kognak darüber sprechen. Und so vertraut ist Eva ihr auch wieder nicht.
Wer ist schon mein Freund? Ich habe keinen echten Freund. Ich habe nie einen gehabt. Vater hat immer Ricarda mehr geliebt. Mutter? Ja, sie liebte uns beide. Ricarda hat sich nie sehr viel aus mir gemacht. – Freundinnen? Nun ja, in der Schule,

dann die Kolleginnen im Theater – alles nicht der Rede wert. Männer? Es ist zum Lachen. Aber es war nur einer. Und der hat mich nie geliebt, geschweige denn, daß er mein Freund gewesen wäre. – Meine Kinder? Brigitte ist selbständig, viel klüger als ich, immer ein wenig überheblich mir gegenüber. Thomas? Er lebt in seiner eigenen Welt, ist überhaupt nicht sehr herzlich.

Als die Kinder klein waren, als sie mich noch brauchten, da war es natürlich anders. Aber es ist nicht gesagt, daß Kinder, wenn sie groß werden, Freunde werden. Dafür gibt es keine Garantie. Man bringt sie zur Welt, pflegt sie, liebt sie, behütet sie, rettet sie vor dem Krieg, geht mit ihnen auf die Flucht – aber später brauchen sie einen nicht mehr. Ja, vielleicht wenn...

Eva betrachtet ihren Besuch verstohlen. Fast tut ihr Charlott leid. Kummervoll und niedergeschlagen sieht sie aus, sie beherrscht ihr Gesicht nicht, zwei Linien um ihren Mund, die man sonst dort nicht sieht. Dabei müßte sie eine glückliche Frau sein, sie hat alles, was ein Mensch sich wünschen kann. Allerdings auch einen Mann, der sie verlassen will. Und diese Familie da – irgend etwas stimmt dabei nicht. Eva fühlt es deutlich.

»Na schön«, sagt sie heiter und lächelnd, »lassen wir es erst mal dabei. Wenn es euch paßt, kommen wir morgen abend zu euch. Ich bin direkt neugierig geworden auf die beiden.«

Ein wenig getröstet besteigt Charlott ihren Wagen und fährt nach Hause. Vater wird es bestimmt Spaß machen, wenn Besuch kommt. Leute wie der lustige Sven Laupholz und die charmante Eva und die beiden hübschen Töchter machen ihm bestimmt Spaß. Vielleicht wird auch Ricarda ein wenig auftauen. Wenn man sie bloß überreden könnte, endlich etwas anderes anzuziehen. Sie ist so stur, so unzugänglich. Albern, wie sie sich benimmt. Hoffentlich hat Werner Zeit.

Und wenn er keine Zeit hat, entschcidet sie rasch, dann eben ohne ihn. Aber er ist jetzt meist abends daheim, wenn er nicht eine geschäftliche Verabredung hat. Zu dieser Frau geht er selten.

Was soll ich geben? Man muß das heute noch mit Frau Plaschke besprechen. Vielleicht Rebhühner? Früher aß Vater Rebhühner so gern. – Ein paar kalte Horsd'œuvres, eine Tasse Suppe, dann die Rebhühner mit Weinkraut und Kartoffelpüree und irgendein netter Nachtisch. Frau Plaschke wird selig sein. Wir hatten eine ganze Weile keine Gäste mehr.

Oder – wir essen Fondue Bourguignonne aus zwei Kasserollen, nein, besser aus drei, Brigitte kann auch dabeisein. Mal sehen. Es war eine gute Idee von mir, Laupholz einzuladen.

Es ist genau so wie Charlott es beschrieben hat. Matthias Wolff geht auf Entdeckungsreisen. Es stört ihn nicht, daß es Ende November ist, daß es manchmal grau und trüb ist, es stört ihn nicht, daß die Bäume kahl und die Wege naß sind. Er marschiert zielbewußt zur Endstation der Trambahn, ein Weg von etwa zehn Minuten, ein sehr hübscher Weg durch die stillen Straßen des Villenvorortes, er schaut die Häuser an rechts und links, die meisten neu und gut ausgestattet, er kennt sie schon, er kennt die Gärten, die Kinder, die über die Straße laufen, die Autos, die dort stehen, die Hunde, die da herumspazieren.

Dann steht er da und wartet auf die Tram. Falls sie nicht schon auf ihn wartet. Ein großer, schlanker Herr in dunklem Mantel, den Hut ein wenig schief auf dem Kopf, die Augen offen und wach. Er klettert hinein in die Tram, hier ist sie leer, setzt sich gemütlich hin, steckt seinen Fahrschein in die Tasche, und dann geht es los.

Schnell geht die Fahrt hier draußen, kaum behindert vom Verkehr. Aber nach drei Haltestellen ändert sich das Bild. Die ersten großen Häuser tauchen auf, hohe graue Vorstadthäuser, die Straßen werden enger, die Autos rollen dicht und dichter, die Trambahn füllt sich, die Leute sind grau und haben mißmutige Gesichter. Matthias sieht sie an, hört Gesprächsfetzen; die behäbigen Frauen, die zum Einkauf in die Stadt fahren,

wenig Männer um diese Tageszeit, junge Burschen manchmal, junge Mädchen. Sie sind alle gut gekleidet. Nicht elegant, aber warm und mollig und der Mode entsprechend.
In der Stadt kennt er sich schon ganz gut aus. Zweimal war er mit Charlott in der Stadt, einmal war sogar Ricarda dabei. Und nun also, seit zwei Wochen etwa, fährt er täglich allein. Zuerst ist er am Bahnhof ausgestiegen und von dort die große Geschäftsstraße zur Innenstadt entlanggelaufen. Jetzt kann er seine Wege variieren. Manchmal steigt er an der Stelle aus, wo die Trambahn sich erstmals der City nähert. Und geht von dort stadteinwärts. Oder irgendwo an einer Haltestelle dazwischen.
Die Stadt ist überall interessant. Sie ist voller Menschen, voller Autos, voller Lärm. Und sie hat Läden! Wer hätte gedacht, daß es so viel Waren auf der Welt geben kann. Und was es alles gibt! Er bleibt vor allen Schaufenstern stehen. Schuhe, Kleider, Herrenartikel, Damenwäsche, Spielwaren, Haushaltwaren, Blumenläden, die bunten Fenster der Konditoreien, Damenhüte, große Schaufenster, kleine Schaufenster, Passagen, der Menschenstrom spült ihn in ein Kaufhaus hinein, er geht von Stockwerk zu Stockwerk, staunend, bewundernd, fast andächtig. Was es doch alles zu kaufen gibt!
Und dann die Buchhandlungen! Er hat nun schon heraus, wo die besten Buchhandlungen der Stadt sind. Er kennt ihre Auslagen. Und er ist auch schon hineingegangen. Man fragt ihn, was er sucht, oder man fragt ihn nicht. Er steht vor den Regalen, studiert die Titel, nimmt behutsam die ausgelegten Bücher in die Hand. Romane, wie früher auch, Bildbände, bunt und prächtig, Sachbücher, Dokumentationen, politische Bücher. Und dann die Taschenbücher! Er steht vor den vielfarbigen Ständern, dreht sie, nimmt das eine oder andere heraus, und dann kauft er also seine ersten Taschenbücher. Er wählt lange und sorgfältig. Einen modernen Roman, einen amerikanischen Roman, einen Krimi, einen Klassiker. Er kauft das nicht etwa in einem Laden, o nein, er kauft in jedem Laden ein Büchlein.

Er bezahlt bei einem freundlichen Mädchen, bei einem seriösen Herrn, er bedankt sich, er lächelt, sie lächeln wieder. Was für ein netter alter Herr!

Er kauft nicht nur Bücher. Charlott hat ihm Geld gegeben. Erst war es ihm ein bißchen unangenehm, aber sie hat ihn ausgelacht. Damit hatte sie eigentlich recht. Und es macht Spaß, durch die Straßen dieser Wunderstadt zu gehen und Geld in der Tasche zu haben. Er kauft sich also auch einen neuen Schlips, blau mit einem roten Querstreifen, eine Klubkrawatte nennt es die Verkäuferin. Und er kauft sich Socken, wunderbare Socken, dünn und dehnbar, solche Socken hat er noch nie gesehen. Und dann kommt er auf die Idee, ihnen daheim etwas mitzubringen. Er kauft Blumen für Charlott, für Brigitte eine Schachtel Pralinen, für den Jungen – ja, was für den Jungen? Die Kinder haben ja alles. Für Spielzeug ist er schon zu groß, aber er hat bereits erfahren, daß der Junge sich für die Fliegerei interessiert, also kauft er ihm ein Buch über dieses Thema, hoffentlich hat er es noch nicht.

Ricarda müßte er eigentlich auch etwas mitbringen. Bei dem Gedanken an Ricarda verzieht er das Gesicht. Sie macht ihm Kummer. Sehr viel Kummer. Aber noch sagt er nichts, er läßt ihr Zeit. Sie ist wie ein trotziges, verstörtes Kind, es hat keinen Zweck, sie zu schelten, und auch keinen Zweck, ihr gut zuzureden. Das hat er auch Charlott gesagt.

»Laß sie«, hat er gesagt. »Es ist alles sehr schwer für sie. Du mußt ihr Zeit lassen. Du mußt Geduld haben.«

Beim zweitenmal, als sie in der Stadt waren, war Ricarda dabei. Erst wollte sie nicht. Aber er hat sie angesehen, so wie er jemand anblicken kann, wenn er will. Mit sehr viel Autorität, keinen Widerspruch duldend. »Ich möchte, daß du mitkommst.«

Da war sie mitgekommen.

Diese heitere Miene, die Matthias ihnen zeigt, die unbeschwerte Art, mit der er an das neue Leben herangeht, ist nicht ganz echt. Auch für ihn ist es eine große Umstellung. Mehr

noch, ein überwältigendes Ereignis, das Nerven, Geist und Sinne auf manchmal fast unerträgliche Art beansprucht. Auch darum braucht er diese Fahrten in die Stadt, die langen Gänge durch die Straßen, das lenkt ihn ab, dabei kann er sich entspannen.
Diese vergangenen zwanzig Jahre! Sie haben auch sein Leben schwer belastet. Die Nazizeit, der Krieg, dann der Unfriede in der eigenen Familie. Die beiden Töchter, die denselben Mann liebten. So viele Männer gab es auf der Welt, und ausgerechnet dieser eine mußte es sein.
Dann also bekam die eine das Kind. Sie hatte geheiratet, und Matthias wußte vom ersten Tag an, daß es keine Liebesheirat war. Er hatte sich oft gefragt, ob es falsch von ihm gewesen war, auf dieser Heirat zu bestehen. Wären sie dann alle glücklicher geworden? Wohl kaum. Und er hatte es auch für seine Frau getan. Anna-Maria, seine Frau. Geliebt ein ganzes Leben lang, zärtlich behütet, erst vom Vater, dann von ihm. Anna-Maria, die man später aus den Trümmern des Hauses befreit hatte und deren Geist seit diesem Tag gestört gewesen war. Das war wohl das schlimmste Leid, das Gott ihm auferlegt hatte zu tragen. Anna-Maria, fröhlich, zärtlich, mädchenhaft zart bis zu ihrem Tode. Aber leer ihre Augen, verstummt ihr heller Geist, träge ihre Zunge.
Aber damals war seine Frau noch gesund, der Gedanke, ihre Tochter könne ein uneheliches Kind zur Welt bringen, war ihr unvorstellbar. Also mußte Lottel den Leutnant heiraten. Den Leutnant, den Ricarda liebte.
Liebte sie ihn? Von wem war das Kind gewesen, das Ricarda nach Hause brachte? Auch ihn hatte dieser Gedanke beschäftigt. Ricarda sprach nicht darüber, nicht zu ihm, nicht zu ihrer Mutter. Ricarda, seine schöne, kluge Tochter, auf die er immer stolz gewesen war, hatte sich verändert. Eine düstere, dunkle Fremde, so kehrte sie in das Elternhaus zurück.
Wer war daran schuld? Dieser Mann, der sie verlassen und ihre Schwester geheiratet hatte? Aber es mußte doch noch einen

anderen Mann in Ricardas Leben gegeben haben. Was hatte sie so tief verletzt, daß sie sich in sich selbst zurückzog und nie vergessen konnte?
Matthias war überzeugt, daß sie vergessen hätte, wenn ihr Leben anders verlaufen wäre. Wenn sie ihr Studium hätte fortführen können, wenn nicht das erniedrigende Leben in der getöteten Stadt gewesen wäre, dann wäre auch Ricarda wieder ans Licht gekommen. Ricarda, wie sie früher war. Oder zu werden versprach.
Man hätte früher in den Westen gehen müssen. Aber da war die kranke Frau. Eine Zeitlang, nach dem Kriege, hatte man bei seinem Freund Heinrich im Keller gehaust. Das war eine schlimme Zeit. Manchmal starrte Anna-Maria stumpf vor sich hin. Doch dann, wohl wenn das schreckliche Ereignis in ihren leergewordenen Kopf zurückkehrte, hatte sie die Anfälle. Dann schrie sie. Sie warf sich zu Boden, vergrub den Kopf in den Armen und wimmerte vor sich hin. »Die Steine!« stöhnte sie. »Die Steine! Sie erdrücken mich. Oh! Oh!«
Es war schrecklich, es machte sie alle krank. Und dabei mußte man es sorgfältig vor der Außenwelt verbergen. Immer hatte er Angst, man würde sie in eine Anstalt stecken. Nur das nicht. Denn es gab Stunden und Tage, da schien sie ganz normal zu sein. Sie lächelte ihm zu, sie gab vernünftige Antworten. Sie sprach mit Ricarda. Niemals fragte sie nach ihrer anderen Tochter und dem Kind. Die hatte sie vergessen, so schien es.
Zu der Zeit hatte Matthias viel Arbeit. Totengräber! Ihm erschien diese Tätigkeit sehr sinnvoll. Die tote Stadt mit ihren vielen toten Menschen. In seiner Sanitäterzeit im letzten Kriegsabschnitt hatte er schon mit Toten zu tun gehabt. Und jetzt mußte er die Toten dieser Stadt zur Ruhe bringen.
Später die Tätigkeit in der Klinik. Nicht mehr die Toten, sondern die Kranken. Ricarda hatte ihm diese Arbeit besorgt. Arbeiten mußte er ja, sonst bekam er nichts zu essen. Er arbeitete am Tage, Ricarda in der Nacht. So konnte immer jemand bei Anna-Maria sein. Später bekamen sie eine kleine Wohnung

für sich allein, zwei Zimmer. Das war, als Ricarda die Freundschaft mit dem jungen polnischen Arzt hatte, das brachte manche Hilfe für ihr Leben.
Dachten sie daran, in den Westen zu gehen? Am Anfang vielleicht, später nicht mehr. Er wurde gebraucht, einige Anträge auf Ausreise blieben ohne Antwort. Und die kranke Frau? Wie sollte man sie transportieren? Und wo sollte sie bleiben? Nein, sie hatten sich beide nicht sehr darum bemüht, in den Westen zu kommen. Bei Ricarda wäre dieser Wunsch verständlich gewesen, sie war jung, sie hatte ihr Leben vor sich. Aber das Leben interessierte sie nicht mehr. Sie war in sich verschlossen, lebte für ihre Arbeit, am Rande dieses belastende Verhältnis.
Vielleicht, wenn das Kind am Leben geblieben wäre. Vielleicht hätte sie sich dann bemüht, die Ausreise zu bekommen. Aber als die Verbindung zu Charlott hergestellt war, als man Briefe schreiben und erhalten konnte, schrieb Charlott in einem der ersten, daß Ricardas Kind gestorben war. Schon auf der Flucht. In den eisigen Winternächten des Jahres 1945. Ricarda hatte es schweigend zur Kenntnis genommen. Und Matthias wußte bis zum heutigen Tage nicht, was sie dabei gedacht und empfunden hatte.
Ja, so waren die Jahre vergangen. Er war alt dabei geworden. Und Ricardas Jugend hatten die bitteren Jahre auch verschlungen. So betrachtet, war es ein Wunder, daß sie am Ende doch eingewilligt hatte, den Sprung in das neue Leben zu wagen.
Bis jetzt war sie allerdings nicht angelangt. Matthias beobachtete sie, ohne zunächst viel dazu zu sagen. Er selbst hatte sich bewußt und ganz positiv auf das neue Leben eingestellt. Er wollte das. Wenn er nun also hier war, dann wollte er auch ganz und gern hier sein. Ricarda war nicht mehr dort und noch nicht hier. Sie wehrte sich. Sie verschloß sich böse und verbittert. Er sah es mit Kummer, aber er konnte ihr im Moment nicht helfen. Wie er schon zu Charlott gesagt hatte, man mußte ihr Zeit lassen. Nur an dem einen Tag, bei dem zweiten Ausflug in die Stadt, hatte er darauf bestanden, daß sie mit-

käme. Im stillen hatte er gehofft, daß das bunte Bild der Stadt, das ihn von Anfang an entzückt hatte, auch auf sie eine gewisse Wirkung haben würde. Aber nichts davon. Ricardas dunkle Augen blickten fast so stumpf und leer wie die ihrer geistesgestörten Mutter, als sie neben ihm und Charlott im Wagen saß und später durch die Straßen ging.
Man hatte eingekauft an jenem Tage. Es war eine knappe Woche nach ihrer Ankunft gewesen. Die ersten Tage waren voller verwirrender Eindrücke gewesen. Das schöne, große Haus, in dem Charlott und Werner lebten, diese hübschen Zimmer, die er und Ricarda nun bewohnten, das fremde Milieu, die Kinder, die seine Enkelkinder waren. Musik im Haus, die Bücher, Fernsehen, das gute Essen und das Reden. Es gab so viel zu erzählen. Er erzählte. Charlott und Werner erzählten. Erstmals konnte man Charlott schildern, was ihrer Mutter widerfahren war, es erschütterte sie tief, sie weinte den ganzen Abend lang, und er mußte sie trösten. Er erzählte andere Begebenheiten, suchte nach kleinen Heiterkeiten, die es ja auch zu berichten gab. Das war am nächsten Abend gewesen. Dann berichtete Werner von allem, was er geleistet hatte.
Manchmal saß Ricarda dabei. Stumm, mit ausdruckslosem Gesicht. Manchmal ging sie in ihr Zimmer hinauf.
»Soll ich sie nicht holen?« fragte Charlott unglücklich.
»Laß sie«, sagte Matthias. »Es ist schwer für sie.«
Was eigentlich? Zu sehen, wie glücklich ihre Schwester lebte, gelebt hatte in all den Jahren? War es das? War es die Erinnerung an früher? Oder war es einfach die Last der schlimmen Jahre, die wie eine Krankheit auf ihrem Gemüt lagen? Vielleicht alles zusammen. Also laß sie. Warte ab.
Charlott wollte für Abwechslung sorgen. »Wir müssen einkaufen für euch«, sagte sie. »Eine Menge einkaufen.«
»Natürlich«, stimmte Werner bei. »Ich werde Vater bei meinem Schneider anmelden. Da soll er sich ein paar fesche Anzüge machen lassen. So, wie du aussiehst, Vater, wird es Herrn Dieringer Spaß machen, für dich zu arbeiten.«

»Ja, ja«, meinte Charlott, »später. Jetzt dauert mir das zu lange. Jetzt kaufen wir erst mal was von der Stange. Bei deiner Figur, Vater...«

»Und Ricarda werden wir ganz schick ausstaffieren. Ich habe da einen erstklassigen Laden. Also wirklich, ihr denkt vielleicht, hier bei uns in der Provinz gibt es das nicht. Ich kaufe sehr viel dort.«

»Ich brauche nichts«, sagte Ricarda. Sie trug das dunkelblaue Kleid. Oder einen Rock mit einer Bluse. Einen alten grauen Pullover. Zu Hause hatte sie nicht viel Garderobe gebraucht, meist trug sie ihr Schwesternkleid.

»Na schön, dann kauft erst mal das Nötigste«, sagte Werner. »Nachher werden wir sehen, was noch fehlt.«

Und dann waren sie also in die Stadt gefahren, zu dritt. Charlott parkte den Wagen auf dem Privatparkplatz des WEFA-Ladens. Aber sie zeigte ihnen den Laden noch nicht. Erst mußten sie etwas anderes zum Anziehen haben. Das sah Matthias durchaus ein.

Das Einkaufen hatte ihm Spaß gemacht. Und es war auch nicht schwer bei ihm. Groß und schlank und ganz normal gebaut wie er war, paßten ihm die Anzüge vortrefflich. Zuerst ein dunkelgrauer Anzug in einem guten Herrenausstattungsgeschäft, und als Charlott sich damit noch nicht zufrieden gab, meinte er, daß er ganz gern noch einen blauen hätte, wenn es denn schon sein müßte.

Prächtig sah er aus in dem blauen Anzug. Das weiße Haar, sein gutgeformtes Gesicht – alle bestaunten ihn, der Verkäufer, auch der Geschäftsführer, der sich persönlich um ihn bemühte. Dazu Hemden, Krawatten, einen neuen Hut, und einen Mantel, meinte Charlott, brauche er auch noch.

»Phantastisch«, sagte Charlott und lachte. »Ich bin stolz auf dich, Vater. Du siehst großartig aus.«

Das fand er auch. Er betrachtete sich befriedigt im Spiegel und gefiel sich.

Es war eine hohe Rechnung. Charlott bezahlte mit einem Scheck.

»Und nun Ricarda«, sagte sie fröhlich.
Gereizt fauchte Ricarda sie an. »Laß mich in Ruhe. Ich brauche nichts.« In ihren dunklen Augen stand offener Haß. Charlott sah es. Matthias sah es.
Charlott schwieg eingeschüchtert. Sie fuhren nach Hause, ohne für Ricarda eingekauft zu haben.

Und nun also seine selbständigen Ausflüge in die Stadt, eine ganze Woche lang, jeden Tag. Nur Sonntag war er zu Hause geblieben, hatte einen Spaziergang gemacht mit dem Hund, der ihm willig folgte. Gelesen, ferngesehen, sich mit Werner sehr gut unterhalten. Und sehr, sehr gut gegessen.
Am Montag besteigt er wieder die Trambahn. Und beginnt nun seinerseits einzukaufen, wie schon berichtet: Blumen, Pralinen und das Buch für Thomas.
Charlott hatte ihm eine wunderschöne Brieftasche und ein Portemonnaie geschenkt und beides großzügig gefüllt.
»Aber ich bitte dich, Kind«, hatte er ein wenig verlegen gesagt.
»Keine Widerrede, Papi. Es macht mir so viel Freude. Und du brauchst bestimmt noch viel. Kauf dir alles, was dir Spaß macht. Damit machst du mir und Werner die größte Freude. Bestimmt.«
Papi hatte sie zu ihm gesagt. Es hat ihn gerührt. Als Kind hatte sie ihn immer so genannt.
Er wird auch für Ricarda etwas kaufen. Ganz bestimmt. Keine Blumen, keine Pralinen. – Entschlossen, mit sicheren Schritten betritt er ein kleineres Modegeschäft, dessen Auslage ihm gefällt. Damit kennt er sich nun schon ein bißchen aus. Er wird ihr etwas kaufen, ob sie will oder nicht. Und wenn sie es nicht anzieht, läßt sie es bleiben.
»Sie haben da einen hübschen Pullover im Fenster«, sagte er zu der Verkäuferin. »Ja, der. Der grüne.«
Ein hübscher moosgrüner Pullover, glatt und hochgeschlossen, wie er es bei Brigitte gesehen hat. Das ewige Schwarz und Grau und Dunkelblau hat er satt.

»Welche Größe hat die Dame?«

»Hm.« Er blickt sich um. Die Verkäuferin, die ihn bedient, ist ein bißchen rundlich. Aber dort ist eine andere, schlank und rank wie Ricarda. »Ungefähr wie diese junge Dame dort.«

»Ah.« Nun weiß die Verkäuferin Bescheid. Und weil er gerade dabei ist, kauft er noch einen zweiten Pullover, ein helles Beige, seidenweiche Wolle.

Ein paar Häuser weiter ersteht er zwei Paar Perlonstrümpfe. Sogar vor einem Wäschegeschäft bleibt er stehen. So ein seidenes Nachthemd – bezaubernd sieht es aus. Er grinst vor sich hin wie ein Lausbub. Na, nicht alles auf einmal. Vielleicht nächste Woche wieder. Erst mal sehen, was sie dazu sagt.

Ricarda sieht ihn an, als habe er ihr etwas getan. Aber er übersieht den bösen Blick.

»Falls es nicht paßt«, sagt er friedlich, »mußt du halt morgen mit in die Stadt kommen und die Dinger umtauschen. Ich habe die Zettel aufgehoben.«

»Ich habe doch deutlich genug gesagt, daß ich nichts brauche«, sagt Ricarda, ihre Stimme ist scharf und zornig.

»Das hast du gesagt. Aber ich bin nicht der Meinung. Wir sind nun mal hier und müssen uns den Gegebenheiten anpassen. Du kannst nicht 'rumlaufen wie ein ... wie eine ...«

»Wie eine arme Verwandte«, fällt sie ihm höhnisch ins Wort. »Das willst du doch sagen.«

»Na schön«, sagt er, immer noch ganz friedlich und freundlich, »so kannst du es ausdrücken, und so stimmt es ja auch. Aber ich sehe nicht ein ...«

Sie springt auf, heftig und rasch, fegt die Pullover mit der Hand beiseite, ihr Gesicht ist verzerrt und häßlich, als sie ihn anfährt:

»Ich brauche keine Almosen von meiner Schwester und ihrem Mann. Ich will von denen nichts haben. Und du – du solltest dich schämen, das alles anzunehmen und noch deinen Spaß daran zu haben.«

Er tritt zwei Schritte zurück. Sein Gesicht ist ernst, seine Stimme gar nicht mehr friedlich und freundlich, als er ihr erwidert: »Dein Ton paßt mir nicht, Ricarda. Ich habe keinen Grund, mich zu schämen. Weder vor dir noch vor Charlott, noch vor Werner. Ich versuche, mich diesem Haushalt einzufügen und mit ihnen auszukommen. Wir sind nun mal hier. Wir werden später weitersehen.«

»Ja«, fährt sie fort, kalt und wütend und bösartig, »wir sind nun mal hier. Aber nicht mehr lange. Ich nicht. Ich will sie alle nicht mehr sehen.«

»Vielleicht wirst du später selbst Geld verdienen und dir von deinem eigenen Geld kaufen können, was du brauchst. Im Moment mußt du dich nun mal abfinden mit den Tatsachen. Du ißt und lebst und wohnst in diesem Hause ja auch.«

»Nicht mehr lange«, ruft sie wild.

»Und wo willst du hin?«

»Zurück!« Ihre Augen lodern, sie ist totenblaß. »Dahin zurück, wo ich hergekommen bin.«

»Ich weiß nicht, ob das möglich ist«, sagt er ruhig. »Du kannst natürlich tun, was du willst. Aber ich hoffe, du wirst es dir gründlich überlegen. Ich jedenfalls bleibe hier.«

Ricarda starrt ihn an, dann sinkt sie in den Sessel, legt die Hände vors Gesicht.

Weint sie? Nein, sie weint nicht. Aber sie will auch ihn nicht mehr ansehen.

»Du machst mich sehr unglücklich, mein Kind«, sagt Matthias leise. »Ich habe mir vor allem für dich ein besseres Leben gewünscht. Und ich bin der Meinung, daß du es hier finden kannst. Es muß nicht im Hause deiner Schwester sein. Es wird sich eine Möglichkeit für dich finden. Aber wenn du dich in Haß versteifst, in Trotz und Bitterkeit, dann kann dir keiner helfen. Auch ich nicht. Ich weiß genau, was man dir genommen hat, und du willst das, was noch geblieben ist, hinterherwerfen. Du benimmst dich wie ein trotziges, törichtes Kind. Du machst mich sehr unglücklich, Ricarda.«

Und dann geht er.

Am Abend kommt Ricarda zum Essen herunter und hat den beigefarbenen Pullover an. Zu ihrem dunklen Haar und den dunklen Augen sieht das sehr gut aus.
»Was für ein süßer Pulli!« ruft Brigitte entzückt. »Steht dir gut, Tante Ricarda. Hast du den heute gekauft?«
»Nein«, sagt Ricarda und schüttelt heftig den Kopf.
»Ich«, sagte Matthias zufrieden. »Ich hab' ihn gekauft.«
»Du hast einen prima Geschmack, Großpapa«, lobt Brigitte. »Ich werde dich in Zukunft mitnehmen, wenn ich mir etwas kaufe.«
»Das wird mir ein Vergnügen sein«, erwidert Matthias und lacht seiner hübschen Enkeltochter zu, die er bereits ins Herz geschlossen hat.
Ricarda sieht keinen an. Sie ist eifersüchtig auf Brigitte. Weil sie sich mit ihrem Vater so gut versteht. Dabei ist Brigitte die einzige, mit der sie vielleicht einmal sprechen würde. Vielleicht. Sie weiß nur nicht, was.
Nach dem Essen verschwindet Brigitte aus dem Zimmer, sie habe noch Schularbeiten zu machen, sagt sie. Doch sie kommt noch einmal zurück. Sie bringt eine Kette mit dicken grünen Perlen. Modeschmuck, hübsch und apart, wie sie ihn in Mengen besitzt.
»Darf ich mal?« fragt sie mit einem zutraulichen Lächeln. Und legt ihr die Kette um den Hals.
Ricarda wehrt ab. »Nein, wirklich nicht . . .«
»Doch, bitte, Tante Ricarda. Das wird toll aussehen zu dem Pulli. Guckt mal, habe ich nicht recht?«
Ricarda hat die Kette um. Alle sehen sie an.
»Reizend«, meint Charlott, »ganz reizend.«
Ricarda ist verlegen. Sie möchte böse sein, aber sie kann es im Moment nicht. Brigittes blaugraue Augen strahlen sie an, Matthias lächelt.
»Wirklich sehr hübsch«, läßt sich Werner vernehmen.
Ricardas Miene verschließt sich. Sie hebt langsam die Lider. Ihr Blick trifft sich mit Werners Blick. Ein paar Sekunden sehen

sie sich an. Sein Gesicht ist ernst, man weiß nicht, was er denkt. Denkt er überhaupt etwas?

Ja. Er denkt: Sie ist immer noch schön. Sie ist auf die gleiche geheimnisvolle Weise schön, wie sie es damals war.

Er hat sie oft angesehen in den letzten Tagen. Heimlich, so, als tue er etwas Verbotenes. Nie war es ihm gelungen, ihren Blick zu treffen. Aber jetzt sieht sie ihn an. Mein Gott, Ricarda ...

Er sieht auf ihren Mund. Er ist voll und weich, sie hat keinen Lippenstift aufgelegt, und doch ist er rot. Das war damals schon so. Sie konnte wunderbar küssen, er weiß es noch genau. Wen hat sie geküßt in all den Jahren? Sie hat den Blick wieder abgewandt, sieht an ihm vorbei ins Leere.

Er steht auf. »Ja, leider. Ich muß noch mal weg. Kleine Besprechung.«

Er ist mit Sybille verabredet. In den letzten Tagen hat er sie kaum gesehen. Und er hat ein schlechtes Gewissen. Allerdings hat sie ja jetzt ihren Bruder da, und sowieso keine Zeit für ihn.

»Jetzt noch?« wundert sich Matthias arglos.

»Ja, tut mir leid ...«

Charlotts Mund wird schmal. Sie sagt: »Bist du morgen abend da? Eva und Sven kommen morgen.«

»Oh, wirklich? Sehr nett. Ja, morgen läßt es sich einrichten. Ich wollte mit Sven sowieso mal sprechen. Vielleicht machen wir einen eigenen Pavillon auf der nächsten Handwerksmesse. Er soll sich da mal was Gutes ausdenken.«

»Handwerksmesse?« fragt Matthias interessiert. »Hier?«

»Nein. In München. Also denn, bis morgen. Gute Nacht allerseits.«

Er geht.

»Viel Vergnügen«, ruft Brigitte ihm respektlos nach. Dann verschwindet sie zu ihren Schularbeiten.

Der Vater und seine beiden Töchter sind allein. Es wäre eine gute Stunde, miteinander zu reden. Vielleicht über das, worüber man bis jetzt geschwiegen hat.

Matthias blickt von einer zur anderen. Ricarda sieht hübsch aus heute abend. Wenn ihr Gesicht ein wenig freundlicher wäre, ein wenig aufgeschlossener – Warte du, denkt Matthias, und er denkt es grimmig und entschlossen, warte du, ich werde dich dazu zwingen, wieder lebendig zu werden. Ich oder jemand anders, vielleicht auch der liebe Gott und deine Jungfrau, an die du so hartnäckig glaubst, werden dich zwingen. – Oder das Schicksal, ein gutes oder ein böses, ein Mann oder eine Arbeit, irgend etwas oder irgend jemand in dieser bunten, vielfältigen Welt werden dich dazu zwingen, wieder zu leben. Da werde ich hinterher sein, und wenn es die letzte Aufgabe ist, die ich auf dieser Erde zu erfüllen habe. Die Toten habe ich begraben und die Kranken gepflegt, das Elend habe ich erlebt in allen Varianten, nun möchte ich endlich wieder Leben um mich sehen. Und gerade dein Leben ist es, an dem mir so viel liegt.

Aber die andere macht auch ein trübsinniges Gesicht. Auch Charlott, die so aufgedreht und munter erscheint alle Tage, manchmal viel zu sehr, wie es ihm vorkommt, es wirkt nicht ganz echt, ist mehr Nervosität als echte Lebendigkeit, auch sie sieht jetzt alt und verbittert aus, die Mundwinkel gesenkt, die Schultern schlaff.

Zum erstenmal denkt der Vater: Wo geht Werner wohl hin? Es ist neun Uhr, es ist ein kalter, nasser Abend, wo geht er hin? Ohne zu sagen, was er vorhat.

Natürlich hat er schon erlebt, seit er hier ist, daß Werner abends fortgeht. Eine Verabredung mit Geschäftsfreunden, eine Besprechung mit dem oder jenem, er hat es immer erwähnt, wo er hingeht. Zweimal sind Charlott und Werner auch zusammen ausgegangen. Eine Gesellschaft oder eine Party, wie sie das jetzt nennen. Eine Einladung. Aber heute? – Er geht und sagt nicht wohin. Hat er natürlich gar nicht nötig, selbstverständlich nicht. Aber Charlotts Gesicht dazu. Brigittes keckes »Viel Vergnügen« – Matthias macht sich so seine Gedanken.

Vielleicht doch nicht die richtige Stunde, ein ernsthaftes Gespräch zu beginnen.
»Wie wär's mit ein bißchen Fernsehen?« meint er so leichthin. »Ich glaube, heute ist ganz gutes Programm.«
»Selbstverständlich, Vater«, Charlott schreckt fahrig auf und drückt ihre Zigarette, halb geraucht, im Aschenbecher aus. »Ganz, wie du willst. Aber mich entschuldigt ihr. Ich muß mal an meine Weihnachtspost gehen.«
Sie steht auf, sie lächelt beiden zu, geht ein paar ziellose Schritte im Zimmer hin und her, und an der Tür wendet sie sich noch mal um. »Du weißt ja Bescheid, Vater, wo alles ist, nicht? Wein und Bier und so, nicht? Also dann ...« Weg ist sie.
Matthias summt ein paar Töne vor sich hin, blickt Ricarda an, die dies alles nicht beachtet hat, oder wenn sie es beachtet hat, sich nichts merken läßt. »Kommst du mit 'rüber, fernsehen?«
Ricarda nickt.
Er geht vorher hinaus und holt sich eine Flasche Wein. Frau Plaschke ist noch in der Küche, Fanny natürlich nicht mehr. Er wünscht Frau Plaschke freundlich gute Nacht, nachdem sie ein paar Worte über das gefährliche naßkalte Wetter gewechselt haben. Frau Plaschke stammt aus Brieg und hat den alten Herrn vom ersten Tag an ins Herz geschlossen. Seine Leibspeisen kennt sie inzwischen und bringt sie regelmäßig auf den Tisch.
Ricarda ist schon in das andere Zimmer gegangen, wo der Fernseher steht. Sie sitzt im Sessel. »Hast du eingeschaltet?« fragt er, sie schüttelt den Kopf, er brummt: »Warum denn nicht?« Aber sie weiß noch immer nicht, wie man das Ding einschaltet. Ehe er das Licht löscht, sieht er sie noch mal an.
»Hübsch, daß wir mal einen Abend für uns allein haben, nicht?«
»So?« fragt Ricarda spitz.
»Mhm. Netten Pullover hast du an. Steht dir gut.«
»Habe ich mich schon dafür bedankt?« fragt Ricarda akzentuiert.

»Ich glaube nicht. Aber das ist auch nicht nötig.«
»Ich wüßte auch gar nicht, bei wem ich mich bedanken soll«, meinte Ricarda, und ihre Stimme ist kalt wie Eis. »Bei dir? Du hast ihn gekauft. Bei meiner Schwester? Sie hat dir das Geld gegeben. Bei Werner? Er verdient es ja wohl. Schwer zu entscheiden.«
Er steht, die Hand am Lichtschalter, und ist nahe daran, sich zu ärgern. Aber da ist Gott sei Dank der Ton da, und dann das Bild, es ist eine Komödie, sie hat gerade angefangen.
Er wird sich *nicht* ärgern.
Er knipst das Licht aus und setzt sich in den Sessel, der bereits sein Sessel geworden ist, trinkt einen Schluck Wein und gönnt ihr keinen Blick und kein Wort mehr.
Ricardas Gesicht ist starr. So starr und kalt wie ihr Herz. Sie haßt nicht nur die anderen. Sie haßt auch sich selbst.

Werner hat sich mit Sybille in der kleinen Weinstube hinter der Kirche verabredet. Er weiß, sie geht gern dorthin. Er dagegen macht sich nicht viel aus dem Lokal. Er hat nichts übrig für so stimmungsvolle alte Weinstuben. Außerdem ist es hier zu intim. Wenn er mit ihr in der Bar im Grandhotel sitzt oder in einem der teuren Restaurants, hat das Zusammensein einen offiziellen Anstrich. Wenn man ihn hier mit ihr sieht, weiß jeder, daß es eine sehr private Zusammenkunft ist. Es hat eine Zeit gegeben, da war ihm das bereits egal.
Er hat sie warten lassen, Sybille ist schon da. Sie sitzt seit einer reichlichen halben Stunde in einer der gemütlichen Nischen, hat eine Kleinigkeit gegessen und bereits das zweite Viertel Wein vor sich stehen. Herr Benedikt hat sie begrüßt, hat ein paar Minuten bei ihr gesessen und sich mit ihr unterhalten. Das hat ihr Freude gemacht und ihre Nervosität vermindert. Komisch, daß sie jetzt immer nervös ist, wenn sie Werner trifft. Herr Benedikt ist ein alter, sehr alter Mann. Als Sybille noch ein kleines Mädchen war, gehörte ihm diese Weinstube schon. Ihr Vater hat hier manchmal gesessen, und er hat sie

auch einige Male mitgenommen. Das Lokal sah damals genauso aus. Und Herr Benedikt, so scheint es ihr, auch schon.

»Entschuldige«, sagt Werner. »Es ist so neblig draußen. Ich bin furchtbar langsam vorangekommen.«

»Ja, es ist neblig«, sagt sie.

»Es würde mich nicht wundern, wenn wir bald Schnee bekommen.«

»Nein. Mich auch nicht.«

»Was trinkst du da?«

»Escherndorfer Lump.«

»Gut?«

»Mir schmeckt er. Außerdem sind hier alle Weine gut.«

»Für mich denselben«, sagte er zu der älteren, freundlichen Kellnerin.

»Na?« fragte er und sieht Sybille an.

»Na?« fragte sie zurück, den Kopf in die Hand gestützt, ein kleines Lächeln, ihr typisches kleines Lächeln, im Mundwinkel.

»Hübsch siehst du aus.«

»Danke.«

Sie sieht wirklich hübsch aus. Ihr silberblondes, volles Haar schimmert hell im Licht der runden Lampe, die über dem Tisch hängt, ihr Gesicht ist gepflegt, dezent zurechtgemacht, alles an ihr ist harmonisch, wohltuend. Sie trägt ein einfaches schwarzes Jerseykleid, hochgeschlossen, dazu eine dicke grüne Kette. Die grüne Kette! Sie ist fast so ähnlich wie die, die Brigitte heute abend Ricarda um den Hals gelegt hat. Komisch, wie Brigitte darauf kam. Bisher hatte er noch nicht erlebt, daß sie auch nur ein persönliches Wort mit Ricarda gewechselt hat. Tante Ricarda, klingt merkwürdig. Es gibt sonst keine Tante in der Familie. Er hat ja keine Geschwister.

Und obwohl also nun Sybille vor ihm sitzt, Sybille, die er liebt, die hübsch und angenehm und erfreulich anzuschauen ist, Sybille, die seine Frau werden soll, er denkt an Ricarda. An ihren Mund, ihre dunklen Augen, ihr schwarzes Haar, ihr verschlossenes Gesicht. Sogar an ihre grüne Kette.

»Wie kommst du mit ihr zurecht?« hatte er Charlott gestern gefragt.
»Es ist schwierig«, hat Charlott geantwortet.
Das hat er sowieso schon gewußt. Für ihn ist es auch schwierig. Hat er schon einmal mit Ricarda gesprochen, seit sie hier ist? Und es sind nun immerhin schon über drei Wochen. – Kein Wort. Außer ein paar oberflächlichen Bemerkungen, die für alle bestimmt waren. Nicht eine Minute ist er mit ihr allein gewesen. Er will es auch gar nicht. Er hat Angst. Kein Mensch würde es für möglich halten, aber er hat Angst. Werner Fabian, der Millionär. Der Sieger im Leben und bei den Frauen. Zuletzt haben sie sich in Krakau gesehen. Mitten im Chaos der beginnenden Niederlage. Es war noch kein Chaos damals, natürlich nicht. Aber es lag in der Luft. Lottel in Breslau hatte er vergessen. Daß sie ein Kind bekam, wußte er noch nicht. Und Ricarda in seinem Arm, bebend vor Liebe und Zärtlichkeit. So rot ihr Mund, so leidenschaftlich ihre Hingabe, eine gestohlene Viertelstunde.
»Ich liebe dich sehr.«
»Ich liebe dich über alles in der Welt. Mehr als Himmel und Erde.«
»Mehr als die heilige Jungfrau?« hat er gefragt, ein dummer Scherz, er weiß ja inzwischen, wie fromm sie ist. Sie hat ihn angesehen mit diesen tiefen, dunklen Augen, in denen man versinken konnte wie in einem Meer.
»Das darfst du mich nicht fragen. Vielleicht auch mehr als die heilige Jungfrau. Aber sie wird es mir vergeben. Sie versteht mich ja. Sie versteht alles.«
Mitten in der Nacht haben sie Abschied genommen. Sie hat ihn bis kurz vor die Ecke gebracht, wo das Auto, das ihn zum Flugplatz bringen sollte, wartete. Es war dunkel, er sah ihr Gesicht nur wie einen hellen Fleck. Aber das Leuchten ihrer Augen, das glaubte er dennoch zu sehen.
Sie zeichnete ein Kreuz auf seine Stirn. »Gott soll dich beschützen«, flüsterte sie.

Und noch leiser: »Die Madonna wird dich beschützen. Für mich.«
Sie haben ihn beschützt. Gott, die Madonna, Ricardas Liebe – alles hat ihn beschützt. Aber nicht für sie. Er hat sie nie wiedergesehen. Bis jetzt.
Und jetzt?
»Was hast du?« fragt Sybille.
Sie legt die Hand auf seinen Arm, blickt ihn fragend an. Er hat es gar nicht gemerkt, daß er gestöhnt hat.
»Hör zu«, sagt er hastig, schaut sie wie hilfesuchend an. Wer soll ihm helfen, wenn nicht sie, die er liebt und die ihn liebt. Das andere ist ja längst vergangen.
»Hör zu ...«
Die Kellnerin bringt den Wein. Er hebt das Glas, hebt es zu ihr. »Auf dein Wohl, Sybille.«
»Danke, mein Liebling.« Sie lächeln sich an, sie trinken.
»Was wolltest du sagen?«
»Was?«
»Was du sagen wolltest.«
»Ich?«
»Du hast angefangen: Hör zu ...«
»Ach so, ja – Ich fahre weg, übermorgen. Ich bin etwa vierzehn Tage unterwegs.«
»So lange«, wundert sie sich. »Dann ist ja fast schon Weihnachten.«
»Ja, eben. Ich muß die Filialen mal besuchen. Es sind da so ein paar Kleinigkeiten – gerade jetzt im Weihnachtsgeschäft.«
Die WEFA unterhält in mehreren großen Städten große Läden, alle von einem erstklassigen Geschäftsführer geleitet. Viel nach dem Rechten zu sehen gibt es nicht. Und schon gar nicht im Weihnachtsgeschäft.
»Und anschließend muß ich nach Wien. Ich habe da Ärger mit einem Lieferanten. Es geht um eine größere Holzlieferung aus Jugoslawien. Ich habe dem Burschen einen Kredit gegeben, damit er importieren kann, und gewisse Garantien auch noch,

aber irgendwas stimmt da nicht. Ich muß einfach mal hin und ein bißchen Dampf dahinter machen. Wie ich gehört habe, hat der Kerl von mehreren Seiten Geld genommen und auch Zusicherungen gegeben. So viel Holz kann er aber im Moment gar nicht einführen. Also ich muß hin und sehen, daß ich nicht betrogen werde.«

Sybille nickt. »Verstehe.«

»Kannst du nicht mitkommen? Nach Wien, meine ich. Wir hätten endlich wieder einmal ein paar Tage für uns. Wir nehmen uns ein hübsches Apartment im Hotel, gehen in die Oper, gehen einkaufen, ich weiß ja noch gar nicht, was du dir zu Weihnachten wünschst. Na, wie wäre das?«

»Prima«, sagt Sybille. »Prima wäre das.«

Sehr prima. Weihnachtsstimmung in der Kärtnerstraße. Sie sieht die hellen Schaufenster vor sich, was für süße schicke Kleider, was für bezaubernde Kleinigkeiten, Jause bei Demel, abends Mozart oder Strauss in der Oper, ein Diner bei den »Drei Husaren«, dann das Apartment im Bristol oder im Sacher, und zu Weihnachten wünscht sie sich ...

»Dich. Nur dich.«

Fragend sieht er sie an.

»Du hast gesagt, was ich mir zu Weihnachten wünsche. Dich.«

Er lacht. Es klingt nicht sehr fröhlich. »Also, wie ist es, Bambina?«

»Ich sehe schwarz. Schließlich habe ich noch einen kleinen Job. Und bei uns wird auch eine Weihnachtsnummer vorbereitet.«

»Vielleicht kannst du das verbinden«, meint er schlau. »Kleiner Bericht aus Wien? Wäre das nichts für deine Zeitung?«

»Hm.« Sie kann es dem Chefredakteur mal vorschlagen. »Zwei Tage vielleicht.«

»Sage vier. Zwei ist zuwenig. Ich muß auch mal 'raus. Zu Hause wimmelt es von Familie. Nachgerade habe ich genug davon.«

»Du Armer«, sagt sie und legt die Hand auf seinen Arm. Sie

möchte ihn küssen, möchte in seinen Armen liegen, möchte ihn immer, immer um sich haben. Es ist verrückt und vollkommen blödsinnig. – Verrückt und vollkommen blödsinnig, aber ich liebe ihn. Ich liebe ihn. Der Teufel soll mich holen, aber ich liebe ihn. Aus. Mehr kann ich dazu nicht sagen.
Und dann spricht sie es aus. Noch nie, in ihrem ganzen Leben nicht, dreißig Jahre ist sie alt, Männer hat sie genug gekannt, darunter einige, die sie gern mochte, mehr oder weniger gern, aber noch nie, noch nie hat sie es gesagt.
»Ich liebe dich.«
Sie wird fast verlegen, senkt den Blick. Es paßt einfach nicht zu ihr. Sie ist kein Mensch des Pathos, kein Mensch des Überschwangs, sie ist eine nüchterne, vernünftige junge Frau, intelligent und tüchtig und sehr, sehr selbstbewußt. Aber nun –
»Ich liebe dich.«
Werner nimmt ihre Hand, die auf seinem Arm liegt, hebt sie an die Lippen und küßte sie.
»Meine kleine Bambina!«
Warum sagt er es nicht auch? Ich liebe dich. Hat er es schon einmal ausgesprochen? – Schon einmal wieder, seit damals? Ich liebe dich.
Wie Sybille aufblickt, schaut sie gerade in die Augen von Klötzchen. – Dr. Klotz, ihr netter junger Kollege, hat soeben mit zwei Freunden das Lokal betreten. Oder steht er schon eine Weile da und sieht ihnen zu? Was ist groß zu sehen? Ein Handkuß, eine höfliche Geste. Aber ihr Gesicht – anders als sonst, anders als die Redaktion es kennt.
»Man kann doch nirgends hingehen«, murmelt sie ärgerlich, und ihr Kopfnicken, mit dem sie seinen Gruß erwidert, ist sehr hochmütig.
»Kennst du die?«
»Ach, nur ein Kollege. Nicht so wichtig.«
»Der mit der Brille?«
»Ja, der.«
»Verliebt in dich, wie?«

»Ein bißchen. Ich bin selber schuld, daß er hierher kommt. Ich habe ihm das Lokal gezeigt.«
»Kennt er mich?«
»Ich glaube nicht. Klötzchen ist nicht so helle. Kriege ich noch ein Viertel?«
»Das wievielte?«
»Das wäre dann das dritte.«
»Bist du mit dem Wagen hier?«
Sie lacht. »Du weißt genau, daß mir drei Viertel Wein nichts ausmachen. Aber schon gar nichts. Außerdem bin ich nicht mit dem Wagen. Ich bin gelaufen.«
»Gelaufen?«
»Ja. Hat mir Spaß gemacht.«
»Von deiner Wohnung?«
»Nein. Von der Zeitung.«
»Aber der Nebel?«
»War gerade schön.«
»Hast du den Wagen in der Zeitung gelassen?«
»Nein. Ich habe ihn heute gar nicht dabei. Alex hat ihn.«
»Dein Bruder? Wozu braucht er denn den Wagen?«
Sie zuckt die Schultern. »Weiß ich auch nicht. Er wollte irgendeinen Freund besuchen.«
»Er soll mal lieber vorsichtig sein mit dem Fahren.«
Das ist ihr ein wenig unangenehm. Werner denkt immer noch, Alexander hat einen Autounfall gehabt. Von dem Mädchen, das geschossen hat, hat sie nichts erzählt. Es ist nicht schön, ihn zu belügen. Aber alles kann man eben nicht erzählen.
»Wie geht's denn so mit euch beiden?«
»Och, ganz gut.«
»Ist es nicht ein bißchen eng in der kleinen Wohnung?«
»Schon. Aber ich bin ja meist nicht da. Und er kümmert sich rührend um alles. Er kauft ein und räumt auf und kocht für mich. Er ist wirklich ein lieber Junge.«
»Und was wird er weiter machen?«
»Weiß ich noch nicht. Über Weihnachten bleibt er bestimmt

noch da. Er muß erst wieder richtig auf die Beine kommen. Und dann soll er sich nach einem Engagement umsehen.«
»Weißt du, für mich ist das auch nicht gerade angenehm.«
»Ich weiß, mein Liebling. Aber vielleicht fahre ich doch mit nach Wien. Und dann haben wir ja wieder ein paar Tage für uns allein.«
»Vier Tage?«
Sie nickt. »Vier.«
Der neue Wein kommt, sie trinken, Sybille blickt auf die Uhr.
»Übrigens wird Alexander gleich kommen.«
»Hierher?«
»Ja. Ich habe gesagt, er soll mich abholen. Ich wollte gern, daß du ihn kennenlernst.«
Das ist Werner gar nicht so angenehm. Schön, sie hat einen Bruder. Er hat einen Autounfall gehabt. Kann vorkommen. Daß er jetzt bei ihr wohnt, paßt ihm weniger. Und daß er hier nun herkommt, wozu eigentlich?
Aber er ist viel zu höflich, sich das merken zu lassen. Alexander kommt eine halbe Stunde später. Ein hübscher, gut erzogener Junge, tadellose Manieren. Er küßt seiner Schwester die Hand, macht vor Werner eine artige Verbeugung.
Werner bestellt noch einmal Wein. Eigentlich ist er müde, aber nun muß man ja anstandshalber noch eine halbe Stunde sitzen bleiben. – Werner erkundigt sich nach dem Unfall.
Alexander erzählt lebhaft und anschaulich. Ein Amerikaner ist direkt in ihn hineingefahren. Hatte wohl ein bißchen viel getrunken. Man weiß ja, die Amerikaner in Paris – »Mein Wagen war jedenfalls total im Eimer. Nichts mehr daran geradezubiegen. Und ich – na, ich habe Glück gehabt. Mir hätte es genauso gehen können.«
Gut macht er das. Er mag kein großer Schauspieler sein, aber dazu reicht es. Wenn er so davon erzählt, glaubt er selber dran. Germaine und ihr kleines Schießeisen hat er ganz vergessen.
Sybille hat den Blick gesenkt. Sie schämt sich ein wenig. Erstens, daß sie Werner belügen muß. Und zweitens, daß es

Alexander gar so gut kann. Ob er immer so geübt und flinkzüngig lügt, auch ihr gegenüber?

Und Alexander, nun mal im Zug, schwindelt weiter. Paris, seine Wohnung, seine Rollen bei Film und Bühne, die er gespielt hat und die er spielen wollte. Er übertreibt nicht, bleibt im Rahmen, so daß es glaubwürdig klingt. Werner ist trotzdem ein bißchen mißtrauisch. Es kommt alles so glatt, irgendwie ist ihm der Junge nicht ganz sympathisch. Ein wenig leichtfertig vielleicht.

Na ja, ein Schauspieler, hübscher Junge dazu. Komisch, daß er Sybilles Bruder ist.

»Schade, daß Sie nun aus allem herausgerissen sind.«

»Ja, schade«, meint Alexander leichthin. »Aber vielleicht auch wieder ganz gut. Ehrlich gesagt, hat es mich immer gereizt, wieder mal zu Hause zu spielen. Natürlich bin ich hier sehr 'raus. Muß mir erst wieder Verbindungen schaffen. Na, wird schon klappen. Und schlimmstenfalls kann ich immer nach Paris zurück. Dort komme ich gleich wieder ins Geschäft.«

Es war in Paris auch nicht viel. Gelegentlich mal eine winzige Rolle. Und sonst Schulden. Viel Schulden. Die hat er zurückgelassen. Er ist gar nicht so neugierig darauf, wieder nach Paris zu gehen. Die Wohnung wird wieder von dem Besitzer bewohnt. Und sonst –

Aber er denkt nicht mehr daran. Jetzt ist er hier. Und wenn Sybille diesen Mann heiraten wird, scheint ja reich, sehr reich zu sein, also da wird man schon irgendwie über die Runden kommen. Reich heiraten ist nicht das Schlechteste, was man tun kann. Wäre auch für ihn eine gute Lösung. Darüber sollte man gelegentlich nachdenken. Reiche junge Mädchen gibt es heute die Menge.

Nicht viel später zahlt Werner, und sie gehen. Es ärgert ihn, daß er sie nicht nach Hause fahren kann. Nicht einmal einen Kuß hat er heute von ihr bekommen. Und das mit Wien haben sie auch nicht zu Ende besprochen. Dieser Bruder hat ihm noch gefehlt. Nichts wie Familie, wohin man blickt.

Sybille gibt ihm doch einen Kuß »Ruf mich an, morgen, ja? Und sag mir, wann du in Wien bist. Ich komme dann.«
Na, wenigstens etwas. Sie kommt. Er wird sie ein paar Tage für sich allein haben. Das kann er brauchen. Denn wenn ihm vor etwas graut, dann ist es das Weihnachtsfest im vergrößerten Familienkreis.
»Netter Kerl«, sagte Alexander, als sie nach Hause fahren. »Wäre mir als Schwager ganz willkommen. Und du bist ziemlich verliebt, Billie, nicht?«
»Fahr nicht so schnell«, sagt Sybille nervös, denn er kurvt tollkühn durch den Nebel.
»Keine Bange. Ich habe gerade einen Autounfall hinter mir. So schnell erwischt es mich nicht wieder.«
»Mein Gott, Alex, ich glaube, du wirst nie vernünftig.«
»Später, Billie, später. Gib mir noch ein bißchen Zeit. Wenn man erst vernünftig ist, wird man alt.«
»Unsinn. Ich bin sehr vernünftig, und bin ich vielleicht alt?«
Er grinst. »Du bist durchaus nicht vernünftig. Du bist verliebt, nicht wahr? Und der ist doch verheiratet. Oder nicht?«
Sybille seufzt und schweigt. Sie betrachtet das hübsche, leichtsinnige Profil ihres kleinen Bruders. Der weiß offenbar gut Bescheid.
Ja. So ist das nun mal, sie ist nicht vernünftig. Sie ist verliebt. Und Werner ist verheiratet. Und wird es wohl bis auf weiteres auch bleiben. Es wäre besser, sie würde nicht mit nach Wien fahren.

# *Der Maulbeerbaum*

Der Maulbeerbaum stand im Hof des alten schmalbrüstigen Hauses, in dem sich unten der langgestreckte Laden und die Lagerräume befanden, im ersten Stock ein Büro und die Wohnräume, im zweiten Stock Schlaf- und Kinderzimmer. Die Kammern darüber wurden von den Gehilfen und Lehrlingen der Buchhandlung und vom Hauspersonal bewohnt.
Den Hof, der schon fast ein Garten war, teilte man mit den Bewohnern der beiden Häuser rechts und links, die Zäune, die sich einstmals zwischen den Höfen befunden hatten, waren vor langer Zeit entfernt worden. Der erste, als Anna-Marias Urgroßvater die Nachbarstochter zur Rechten heiratete, der andere im ersten Weltkrieg, als Anna-Marias Mutter, eine

Gärtnerin aus Leidenschaft, ihre heißgeliebten Blumenbeete opferte, um Gemüse zu pflanzen. Der Platz reichte vorn und hinten nicht, die Beete wurden immer größer, und der Nachbar zur Linken, gern bereit, sich an der Ernte zu beteiligen, war auch dafür, den Zaun, der ohnehin morsch war, niederzulegen, damit Kohl, Bohnen, Tomaten und gelbe Rüben sich besser ausbreiten konnten.

Die gute, dunkle, schlesische Erde hatte selbst hier, eingezwängt seit Jahrhunderten zwischen alte Häuser, ihre Kraft und Fruchtbarkeit nicht verloren. Erst die Blumen und dann das Gemüse gediehen prächtig.

So gut gediehen und so wohl gewachsen war auch der Maulbeerbaum. Friedrich der Große war schuld daran, daß dieser Fremdling in der Breslauer Altstadt angesiedelt worden war. Als Friedrich mit seinen Kriegen fertig war und energisch daranging, sein großgewordenes Preußen stark und gesund zu machen, es zu besiedeln und zu versorgen mit Mensch, Tier und Pflanze, da war ihm auch die Idee gekommen, warum man denn die teure Seide einführen müsse und nicht selber versuchen sollte, eine Seidenraupenzucht anzulegen. Maulbeersträucher, Maulbeerbäume mußten her. Die waren das richtige Futter für die Seidenraupen.

Die guten Tierchen waren in Preußen nicht heimisch geworden. Aber der Maulbeerbaum im Hofe doch. Er bekam viel Sonne, eine Lücke zwischen dem Buchhändlerhaus und dem Nachbarhaus sorgte dafür, daß er bis zum späten Nachmittag, bis die Sonne hinter den Häusern verschwand, von ihren Strahlenfingern gestreichelt wurde. Und was für eine Sonne in diesem Land! Was für Sommer, warm und lang und beständig!

Allerdings auch: was für Winter! Winter mit viel Schnee und großer Kälte; frostklirrend, von Rübezahl noch kräftig angeblasen, stieg der Winter vom Gebirge herab und traf sich in der Stadt mit seinem Kollegen, der – noch eisiger, noch unzugänglicher – aus den Steppen des Ostens kam.

Wunderlicherweise hatte der Maulbeerbaum das alles überlebt. Bis er, zusammen mit dem alten Haus, sterben mußte.
Übrigens war der Urahn, der ihn gepflanzt hatte, noch kein Büchermann gewesen. Er war Goldschmied, ein ehrsames Handwerk, von einem Meister betrieben, der zu jener Zeit einen guten Ruf in der alten Stadt genoß.
Die Bücher kamen erst in der Mitte des neunzehnten Jahrhunderts in die Familie. Durch einen jungen Buchbinder, der 1846 aus Warschau in die Stadt kam. Ein Flüchtling auch er. Einer, der die Freiheit suchte.
Die Polen waren schon immer ein freiheitsliebendes Volk gewesen, und zu jener Zeit wehrten sie sich verzweifelt gegen die eiserne russische Faust, die sie umklammert hielt, ihren Freiheitswillen ersticken und ihr Eigenleben vernichten wollte. Das stolze Polen sollte zu einer russischen Provinz werden. Und dagegen revoltierte das Volk.
Die Fürsten sowohl wie die geistige Elite, die Arbeiter, die Handwerker, die Studenten. Alle standen sie vereint, so hoffnungslos ihre Lage auch sein mochte. Denn der Wiener Kongreß hatte Rußland nun mal die Macht über das polnische Volk gegeben.
Karel Monkowisz, der Buchbinder, war einer der wildesten Revolutionäre. Ein schlanker, hochgewachsener junger Mann, mit schwarzem Haar und glühenden schwarzen Augen.
Als der Aufstand von 1846 niedergeschlagen war, mußte er fliehen. Und so kam er nach Breslau. Dort empfing man ihn nicht gerade mit offenen Armen, jedenfalls nicht behördlicherseits. Aufrührer mochte man in Preußen nicht allzu gern.
Trotzdem fand der junge Fremde bald Freunde. Denn auch in Preußen träumte man von der Freiheit. Der verhaßte Metternich, die absolute Monarchie, die dem wachsenden Selbstbewußtsein der Völker immer mehr zur Last wurde, einte auch hier die Jugend. Vornehmlich die Studenten.
Die Breslauer Universität, gegründet im Jahre 1811, entstanden aus der Leopoldina, dem alten Jesuitenkolleg, hatte von

Anfang an einen kämpferischen Geist besessen. Das begann 1813, als sich Studenten und Professoren zum Lützowschen Freikorps meldeten, um Napoleon vom deutschen Boden zu vertreiben. Aber schon gleich nach dem Ende des Befreiungskrieges zeigte sich, daß man nicht nur an Freiheit von Napoleon, an Freiheit von fremden Heeren gedacht hatte, sondern an Freiheit auch von dem eigenen verbrauchten alten System. Immer mehr geriet die studentische Jugend und mit ihr viele der Professoren in Gegensatz zum Staat. Die neugegründeten Burschenschaften wurden unterdrückt, die Bewegung des Turnvaters Jahn verboten. Hoffman von Fallersleben lehrte damals in Breslau und wurde entlassen, weil sein politisches Wirken ihn verdächtig gemacht hatte.

Dem Buchbinder Karel kam das alles recht vertraut vor. Von seiten der Studenten und später auch der Professoren bekam er die erste Hilfe. Ein Freiheitskämpfer wie sie, man würde ihn nicht verhungern lassen. Da er ein ausgezeichneter Buchbinder war, bekam er gelegentlich Aufträge von der Universitätsbibliothek. Und im übrigen saß er mit seinen jungen Freunden in den Schenken, diskutierte mit ihnen auf langen Spaziergängen oder in den Gassen der Stadt.

1848, nach der gescheiterten Revolution und dem Sieg der Reaktion, wäre es ihm beinahe ernstlich an den Kragen gegangen. Nicht daß er sich sehr nachdrücklich an den Unruhen beteiligt hätte, aber immerhin, man kannte ihn, man kannte seine Einstellung und auch seine Verbindung zu den Studenten, die sich ja alle verdächtig gemacht hatten durch Wort und Tat.

Doch nun zeigte sich, daß der junge Pole nicht nur an Kampf und Freiheit dachte, sondern auch an Liebe und Bindung. Denn da war in einem der alten Häuser nahe der Universität ein blondes junges Mädchen, eine sittsame Bürgerstochter aus ehrsamer Familie. Die hatte er manchmal gesehen. Und sie hatte ihn offenbar auch nicht übersehen. Der hübsche junge Mann mit seinen schwarzen Haaren und seinen wilden Augen hatte auf die Jungfrau Elisabeth großen Eindruck gemacht. Aber natürlich wären sie nie miteinander ins Gespräch gekommen, wenn nicht der Bruder des Mädchens Student der Rechte und einer der glühendsten Kämpfer für die Freiheit gewesen wäre. Der kannte den Buchbinder Karel und nannte sich seinen Freund.

Dem jungen Studenten, da er aus angesehenem Bürgerhause stammte, geschah nicht viel, als gegen Ende des Jahres 1848 das Studentenfreikorps aufgelöst und die Macht der Fürsten für ein letztes halbes Jahrhundert noch einmal zum Sieg kam. Karel jedoch, der Pole, war ernsthaft gefährdet. Gefängnis, zumindest aber Ausweisung drohte ihm.

Der Student versteckte seinen Freund auf dem Dachboden des Elternhauses. Und eingeweiht in dieses Geheimnis wurde seine blonde Schwester, denn der Gefangene mußte schließlich etwas zu essen bekommen.

Er bekam nicht nur zu essen. Und es ist überflüssig, lange Zeit darauf zu verwenden, um die Geschichte jener Liebe hier lang und breit zu berichten. Sie mag so süß und wild und schmerzlich gewesen sein wie die Geschichte jeder Liebe. Denn natürlich waren da noch die Eltern, ehrsame Bürgersleute und getreue Untertanen, die von einer Liebe, geschweige denn Heirat mit dem hergelaufenen Polen nichts wissen wollten.

Aber sie liebten sich eben doch. Und eines Tages heirateten sie auch. So also kamen die Bücher in das alte Haus. Aus Karel Monkowisz wurde später Karl Munk, in der nächsten Generation fand man bereits Kinder mit schwarzen Locken und schwarzen Augen. Und als das neue Jahrhundert, das neue Freiheit und neuen Zwang bringen sollte, die Stadt besetzte, da war die Buchhandlung Munk längst ein wohlbekanntes, wohlrenommiertes Geschäft in dieser Stadt. Und als im Jahre 1906 der Junge Matthias Wolff aus dem Gebirge kam und in die Buchhandlung Munk als Lehrling eintrat, war die Enkeltochter jener Elisabeth, blond und zart wie jene, gerade sieben Jahre alt.

Anna-Maria Munk hatte einen Bruder, der in Flandern fiel. Und damit war die Familie Munk am Ende angelangt. Lange hatte sie sich nicht behaupten können. Aber Karels schwarzes Haar, seine dunklen Augen, sein leidenschaftliches Temperament lebte wieder auf in Anna-Marias Tochter Ricarda. Und all dies hatte der Maulbeerbaum miterlebt.
Er gehörte in ihre Kinderzeit. Ein großer, ansehnlicher Baum war er geworden, fast waren es zwei Bäume, denn der Stamm hatte sich an der Wurzel gespalten, ein Stamm war gerade gewachsen, der andere schräg. Er eignete sich gut, um ihn zu erklettern, wenn auch die borkige rauhe Rinde manches blutige Knie bescherte. Noch immer war der Gast aus tropischen Ländern sehr mißtrauisch. Der Flieder blühte schon, und die Kastanien hatten ihre weißen Kerzen hochgereckt, bis er die ersten vorsichtigen Knospen sehen ließ. War der Frühling bestimmt da? Würde es endlich warm genug sein, um die gefiederten Blätter zu schütteln und die hellen Blüten leuchten zu lassen?
»Er ist ein ganz Siebengescheiter«, erklärte Matthias Wolff seinen beiden kleinen Mädchen. »Von so ein bißchen Frühling läßt er sich nicht täuschen. Erst muß es richtig Sommer werden, warm und schön, und fertig muß die Natur sein, alles muß in vollster Blüte stehen, dann kommt er auch. Dann ist er plötzlich da und blüht und duftet, schöner als alle anderen.«
Die kleine Lottel war einmal heruntergefallen von dem Maulbeerbaum. Sie wollte es der großen Schwester nachtun, die gewandt und flink den rauhen Baum erkletterte. Auf halber Höhe verließ sie der Mut, die Hände taten weh, das Knie blutete bereits, sie schrie und fiel.
Ricarda blickte von oben durch die Äste und lachte spöttisch.
Ihr Vater kam heraus, als er die Kleine weinen hörte, hob sie auf und drohte Ricarda mit dem Finger. »Du sollst auf deine kleine Schwester aufpassen und sie nicht auslachen.«
»Ich hab' ja gesagt, sie soll nicht 'raufklettern. Ich hab' gesagt, der Baum ist zu hoch für sie und sie kann es nicht.«

Aber Lottel wollte möglichst immer tun, was Ricarda tat. Sie liebte und bewunderte, die große Schwester, die soviel klüger und gewandter war. Und sie wollte auch immer haben, was die Große hatte.
Heute besaß sie viel mehr. Mann, Kinder, Reichtum, ein rundherum prächtiges Leben, und Ricarda besaß nichts davon. Und dennoch, immer noch war an Ricarda etwas, was sie bewunderte, was sie sich wünschte und nicht bekam. Sie hätte nur nicht zu sagen gewußt, was.
Sogar einen neuen Maulbeerbaum besaß Charlott. Als das neue Haus fertig war, hatte sie ihn im Garten pflanzen lassen. Aber es wurde nichts Rechtes daraus. Trotz bester gärtnerischer Pflege blieb er ein kleiner Kümmerling, der weder blühte noch Früchte trug und nur wenige blasse Blättchen zeigte.
Sie hätte ihn gern ihrem Vater und Ricarda gezeigt. Sie hätte gern gesagt: »Da seht mal! Ein Maulbeerbaum. Ist er nicht schön? Er wird bestimmt auch so groß wie unserer in Breslau war.«
Aber da war nicht viel zu zeigen. Jetzt im Winter schon gar nicht. Und auch der Gärtner hatte zweifelnd den Kopf geschüttelt, als er ihn vor vier Wochen sorglich für den Winter zugedeckt hatte. Es sei fraglich, meinte er, ob er im Frühling noch einmal kommen werde.
Der Boden gefiel ihm wohl nicht, das Klima, die Luft. Vielleicht gefallen wir ihm auch nicht, dachte Charlott. Aber das konnte sie dem Gärtner nicht sagen.

# *Ricarda*

Ricarda und ihr Vater bewohnten die beiden Fremdenzimmer im ersten Stock, an der Ostseite des Hauses. Sie hatten ein Badezimmer für sich allein und ein Stück Vorraum. Ein kleines, abgeschlossenes Apartment für die Gäste des Hauses.

»Es ist so lästig, wenn man irgendwo zu Besuch ist und dann mitten in der Familie steckt«, hatte Sven damals gesagt, als er die Baupläne machte. »Ich mache ein kleines Apartment. Jedes Zimmer für sich als Schlafzimmer zu verwenden, oder aber auch das Ganze für eine Person.«

Jedes Zimmer hatte ein großes Fenster, das eine zur Vorderseite des Hauses, das andere zum Garten. Sie waren mit hellen Nußbaummöbeln eingerichtet – WEFA-Produkte –, in einem

Zimmer waren die Couch und die Sessel kornblumenblau, im anderen himbeerrot bezogen. Ausgelegt mit hellen Teppichen, eine Stehlampe, ein Radio, und in einer Nische verborgen, das Bett, das tagsüber hinter einem Vorhang verschwand. Die Schränke eingebaut, dazu ein kleines Bücherregal, dessen Inhalt Matthias Wolff schon am ersten Tag naserümpfend verworfen hatte.

Er hatte dieses Urteil seiner Tochter Charlott nicht vorenthalten.

»Weißt du, als Tochter eines Buchhändlers dürftest du deinen Gästen solche Produkte nicht ins Zimmer stellen. Was sollen denn die Leute von dir denken?«

»Oh, wirklich?« fragte Charlott erschreckt. Sie hatte keine Ahnung, was sich in den Regalen befand. Es waren vermutlich die Bücher ihrer Schwiegereltern, die man damals aus dem alten Haus mit herübergenommen hatte. Ein bißchen Jahrhundertwende, ein paar Heldenbücher aus dem ersten Weltkrieg, etwas Unterhaltung der zwanziger Jahre und ein paar wohlerhaltene Exemplare aus dem Tausendjährigen Reich.

»Meine Schwiegereltern waren einfache Leute«, verteidigte sich Charlott. »Für ihn gab es nur das Holz, und wenn er las, dann las er Fachliteratur. Und meine Schwiegermutter – also ich glaube nicht einmal, daß sie dies hier gelesen hat.«

»Kann ja alles sein. Aber ich sehe nicht ein, warum du es hier abstellen mußt. Ihr blamiert euch doch, wenn wirklich mal jemand hier wohnt, der lesen gelernt hat. Hier, das ist noch das Vernünftigste«, meinte Matthias und zog drei Bände Karl May hervor. »Aber nicht einmal die stimmen. Ein Band Winnetou, ein Band Old Shurehand und Von Bagdad nach Stambul. Von jedem etwas und nichts richtig zusammengestellt. Wenn schon Winnetou, dann alle drei, nicht wahr, mein Kind? Und wenn Old Shurehand, dann beide Bände. Und wenn ...«

»Und wenn ›Von Bagdad nach Stambul‹, dann die ersten sechs«, unterbrach ihn Charlott lachend. »Du siehst, Vater, ich weiß es noch. Ich gebe zu, es ist eine Schande. Willst du mir einen Gefallen tun? Und die Regale neu einrichten? Damit wir uns nicht weiter blamieren.«

Sie wandte sich zu Ricarda, die schweigend diesem Gespräch gelauscht hatte. »Sieht es in deinem Regal auch so verheerend aus, Ricarda?«

»Ja, ich glaube. Ich habe noch nicht alles angesehen.«

»Ich fürchte, unten haben wir auch nicht viel Gescheites«, bekannte Charlott bekümmert.

»Ich hab' schon gesehen«, meinte Matthias. »Eine Reihe gängiger Romane, so ein bißchen pipapo, viel Amerikaner dabei. Du warst schon früher nicht sehr selektiv im Lesen, mein Kind. Die besten Bücher hier im Hause besitzt deine Tochter. Obwohl ich nicht behaupten will, daß alles, was hier so als moderne Literatur gepriesen wird, mir besonders gefällt. Viel habe ich ja noch nicht gelesen. Aber mit der Zeit werde ich schon sehen, was hier bei euch so los ist.«

»Und du wirst dich ein bißchen um die Bücher kümmern, Vater?« fragte Charlott. »Um die Regale hier und die Bücher unten? In der Königinstraße ist eine große Buchhandlung. Die werden dich gern beraten.«

»Danke, das brauche ich nicht. Erstens weiß ich, wo die Buchhandlungen sind, in denen ich kaufen werde, und zweitens werde ich schon allein das Richtige finden.«

Ein bißchen über die Bücher schwatzen jedoch, das wollte er gern. Und er wußte auch schon mit wem. Das große, sehr unpersönliche Sortiment in der Königinstraße interessierte ihn nicht im geringsten. Aber in einer der Straßen, die vom alten Markt abgingen, da hatte er eine Buchhandlung entdeckt, die ihm lag. Ein hübsches, nicht zu großes Geschäft, sehr geschickte Auslagen, innen alles übersichtlich geordnet. Der Sortimenter war meist selbst anwesend. Er kannte ihn schon. Ein freundlicher älterer Herr mit hellen wachen Augen, der genau seine Kunden beurteilen konnte. Dort sprach einen keiner an, wenn man nicht angesprochen sein wollte. Und wenn man eine Frage stellte, bekam man eine vernünftige Antwort und wurde dann in Ruhe gelassen. Und wenn er nach einer halben Stunde nur ein kleines Taschenbuch kaufte, schien ihm keiner deswegen gram zu sein. Man geleitete ihn höflich zur Tür und meinte, er solle bald wiederkommen. Es war ihm manchmal schon vorgekommen, als kenne er den Sortimenter, als habe er diese hellen Augen, klug und gelassen hinter einer randlosen Brille, schon irgendwann gesehen. Eines Tages würde er vielleicht ein kleines Gespräch beginnen.

Morgens frühstückten er und Ricarda allein in ihrer kleinen Wohnung. Fanny brachte ihnen das Frühstück: duftenden Kaffee, zwei Gläser Orangensaft, frische Brötchen, die Butterdose, zwei weichgekochte Eier, Wurst, Schinken, Marmelade.

Dieses Frühstück genoß er jeden Morgen. Besonders der Orangensaft hatte es ihm angetan. Darauf freute er sich täglich. So etwas hatten sie drüben nicht bekommen. Er stand nie spät auf, ging ins Badezimmer, rasierte sich, wusch sich sorgfältig – was für herrlich duftende Seife! –, und wenn er fertig war, klopfte er bei Ricarda. »Das Bad ist frei.«

Ricarda kam eine Viertelstunde später. Dann wurden es zwanzig Minuten, dann eine halbe Stunde. Er konstatierte es schmunzelnd. Mochte sie sich anstellen, wie sie wollte, so ganz langsam schien sie das bequeme Leben auch zu genießen. Sie sah jetzt immer wohlgepflegt aus, sie badete fast jeden Tag, das war ein herrliches Vergnügen für sie. Sie benutzte offenbar auch die duftenden Cremes und Wässerchen, die Charlott freigebig aufgestellt hatte. Und eines Tages erschien sie in dem Morgenrock, der in ihrem Zimmer hing, einem hellblauen Gebilde aus weicher Seide. Das war, nachdem er gesagt hatte: »Warum ziehst du denn immer noch das zerschlissene alte Ding an? Das habe ich nun gerade lange genug gesehen.«

Dieser Morgenrock, wenn man das Ding überhaupt noch so nennen konnte, hatte schon die Belagerung mitgemacht und alles, was nachher kam, treu und brav überlebt. Aber nun – »da hängt doch so was Blaues bei dir im Zimmer. Warum ziehst du das denn nicht an?«

Das helle Blau schmeichelte ihr, machte sie jünger. Ihr Haar, das sie ganz kurz geschnitten hatte, war ein wenig gewachsen und lockte sich an den Spitzen.

»Du solltest einmal zu dem Friseur gehen, von dem Charlott gesprochen hat«, meinte er harmlos.

»Warum?« fragte Ricarda widerborstig.

»Ich denke nur. Charlott geht die Woche zweimal. Das hast du ja schon gesehen. Und wenn sie abends ausgeht, noch einmal. Ist offenbar hier so Sitte.«

»Ich bin nicht Charlott«, sagte sie abweisend.

»Das ist mir bekannt. Aber vermutlich sind Friseure für alle Frauen da.«

Aber Ricarda ging nicht zum Friseur, sie ging überhaupt nicht in die Stadt. Sie blieb in ihrem Zimmer, wenn er fort war. Und erschien erst zum Mittagessen, das sie alle gemeinsam einnahmen.

Werner allerdings war nicht immer zugegen. Er hatte zu tun, er hatte Gäste, er war auch mal verreist. Aber die Kinder waren da, erzählten von der Schule, was ihren Großvater sehr interessierte. Er wußte erstaunlich viel, was besonders Brigitte immer sehr in Staunen versetzte. Sie war so viel Interesse und so reiche Kenntnisse von ihren Eltern nicht gewöhnt.

»Du mußt ja ein großartiger Schüler gewesen sein, Großpapa«, sagte sie einmal.

»Kann man eigentlich nicht sagen«, meinte Matthias schmunzelnd. »Ich hatte immer eine Menge Wichtigeres im Kopf. Aber die Schule fiel mir leicht. Ich habe bloß eine Volksschule besucht, vergiß das nicht.«

»Na, das ist wirklich toll«, sagte Brigitte.

»Dafür war ich ein guter Schüler im Leben. Es ist nie zu spät, etwas zu lernen. Und was ich mal begriffen habe, das merke ich mir auch. Und dann habe ich mit Büchern gelebt. Sie sind immer die beste Quelle des Wissens. Nichts gegen euer Fernsehen. Aber ein Buch ist ein Buch. Was ich gelesen habe, sitzt in meinem Kopf drin.«

»Ja, das finde ich auch«, stimmte Brigitte zu. »Mir sind Bücher auch das liebste.«
»Was meinst du, Thomas?« fragte Matthias.
»Na ja, sicher, ich lese auch ganz gern. Aber wahrscheinlich nicht die Bücher, die du meinst.«
»Och, das macht nichts«, sagte Matthias großzügig, »Hauptsache, du hast Spaß am Lesen. Als ich so alt war wie du, habe ich auch am liebsten Karl May gelesen und Abenteuergeschichten. Aber wenn man erst mal ans Lesen gewöhnt ist, liest man später auch andere Bücher. Das ist wie bei einem Reiter. Erst springt er nur kleine Hindernisse und später höhere, nicht?«
Daß Thomas ein begeisterter Reiter war, wußte Matthias inzwischen. Und er hatte auch versprochen, beim Weihnachtsturnier, an dem beide Kinder teilnehmen würden, dabeizusein.
An all diesen Gesprächen beteiligte sich Ricarda kaum. Nach dem Essen verschwand sie wieder in ihrem Zimmer. Mit der Zeit störte sie keiner mehr. Anfangs war Charlott heraufgekommen, aber da Ricarda immer abweisend und unfreundlich war, deutlich zu verstehen gab, daß sie kein Gespräch wünschte, unterblieben diese Besuche. Auch Matthias ließ sie allein.
Er machte einen Mittagsschlaf, trank am Nachmittag mit Charlott Kaffee. Manchmal ging er noch einmal mit dem Hund spazieren, oder, was ihm auch Freude machte, er wanderte hinüber zur Fabrik.
Er hatte Werner gefragt: »Stört es dich, wenn ich ins Werk komme?«
»Aber warum sollte mich das stören, Vater?«
»Du kannst es mir ruhig sagen. Ich bin keineswegs beleidigt.«
»Ich freue mich, wenn du kommst. Ich freue mich, daß dich das Werk interessiert.«
Er blickte flüchtig zu Ricarda hinüber. Sie hatte die WEFA noch nicht besichtigt, hatte auch nicht das geringste Interesse bekundet.
Aber Matthias war wirklich interessiert. Sie kannten ihn im

Werk schon. Der Pförtner grüßte ihn freundlich, sie wechselten ein paar Worte, und dann bummelte Matthias durch das Gelände. Betrat hier und da eine der Werkstätten, sah der Arbeit zu, redete manchmal mit den Leuten, stellte Fragen und wanderte weiter.

Ricarda blieb allein, allein mit ihrem Groll und ihrer Verlassenheit. Nun war sie also ganz einsam. Auch ihr Vater hatte sich von ihr abgewandt. All die Jahre war er ihr einziger und bester Freund gewesen. Ihr ganzes Leben lang der beste Freund. Und nun – sie wußte, daß er unzufrieden mit ihr war. Auch gegen ihn verrannte sie sich in Trotz und Abwehr.

Sie war eifersüchtig. – Eifersüchtig, wenn er mit Charlott oder mit den Kindern sprach, eifersüchtig auf seine Unterhaltungen mit Werner. Eifersüchtig allein schon deswegen, weil ihm alles hier so gut gefiel.

Das Leben mit ihr hatte ihm also nicht gefallen. Das Leben mit ihr war ihm eine Pein gewesen. So grollte sie in sich hinein. Hier war er fröhlich, hier genoß er alles und jedes. Angefangen beim Frühstück, das gute und reichliche Essen, die Ausflüge in die Stadt, Besuche in der Fabrik, diese Leute, die er als seine Familie betrachtete und die für sie nur Fremde waren. Er liebte sie nicht und hatte sie nie geliebt. Hätte er sonst vergessen können, was Charlott, was Werner ihr angetan hatten? – Verraten und verlassen. – Und jetzt also auch von ihm. Eine Kluft tat sich auf zwischen Ricarda und ihrem Vater, die sich täglich vertiefte. Und sie tat alles dazu, sie tiefer zu machen. Sie war auch nun zu ihm, was früher nie der Fall gewesen war, abweisend und unfreundlich. Sie ließ ihn merken, daß sie nicht mit ihm sprechen wollte.

Immer größer, immer leidenschaftlicher wurde ihr Haß. Werner – hatte sie ihn geliebt? Ich hasse ihn.

Charlott, meine Schwester? Ich hasse sie.

Die Kinder, mein Vater – ich hasse sie alle.

Und ich will fort. Fort von ihnen und keinen mehr wiedersehen. Keinen.

Sie haben mir alles genommen. Charlott hat mein Leben zerstört. Sie hat mir Werner genommen. Sie hat mein Kind sterben lassen. Aber ihr Kind lebt. Und jetzt hat sie Werner. Sie hat alles. Und nun auch noch Vater.
Ich muß fort.
Aber sie wußte nicht, wohin sie gehen sollte. Ihre Gedanken drehten sich im Kreis und endeten immer am gleichen Punkt: zurück!! Ich gehe zurück.
Aber dann: Nein. Ich kann nicht zurück. Was würden sie sagen drüben, wenn ich wiederkäme. Und wahrscheinlich geht das auch gar nicht. Und ich will es auch nicht. Und Andrej würde lachen. Er würde triumphieren.
Nein. Nicht zurück. Aber wohin?
Sie würde im Westen bleiben, aber nicht in dieser Stadt. Sie würde sich Arbeit suchen. Als Krankenschwester wieder. Sie begann die Stellenanzeigen in den Zeitungen zu studieren. Daß sie keine Arbeit fand, war nicht zu befürchten. Irgendwo unterkriechen in einem Krankenhaus. Man würde sie bestimmt nehmen. Zumindest als Nachtschwester. Oder brauchte man hier eine besondere Prüfung? Würde man ihr Schwierigkeiten machen?
Sie hatte Angst. Angst vor den Menschen, Angst vor dieser turbulenten Welt, in die sie geraten war.
Und immer wieder dazwischen der Gedanke, der so lockend und betörend war: warum eigentlich? Laß mich aufhören. Ich gehe weg für immer. Ich verschwinde von der Erde.
Ich möchte sterben.
Dann sind sie mich los. Dann werden sie froh sein. Keiner wird um mich weinen.
Doch. – Sie weinte. Sie weinte um sich selbst. Es geschah erstmals an einem trüben Nachmittag Anfang Dezember, es dunkelte bereits, sie saß seit Stunden auf einem Fleck und starrte vor sich hin. Und dann weinte sie um ihr verlorenes, vertanes Leben. Dieses Leben, das sie nie gelebt hatte.
Doch darauf folgend geschah etwas Merkwürdiges: sie schlief

ein. Sie sank auf der Couch zusammen, auf der sie gesessen hatte, und schlief ein. Sie schlief, bis ihr Vater kam, um ihr zu sagen, daß es Zeit zum Abendessen sei.

Sie war benommen und schlaftrunken, sagte, es sei ihr nicht gut, und sie wolle lieber oben bleiben.

Matthias blickte sie scharf an, sah ihre geröteten Augen und meinte: gut, ganz wie sie wolle.

Eine Viertelstunde später kam Fanny und brachte ihr ein Tablett mit Essen.

Erst ließ sie es stehen, dann aß sie doch, denn sie verspürte auf einmal Hunger. Sie aß alles auf, trank die ganze Flasche Bier aus, zog sich aus und ging zu Bett. Das war der Beginn ihrer Schlafwelle. Der ganze Schlaf, den sie fünfzehn Jahre lang entbehrt hatte, überfiel sie mit unwiderstehlicher Macht.

Die schlaflosen Nächte zu Ende des Krieges. Die angstvollen Nächte nach dem Krieg. Ihre kranke Mutter, der jahrelange Nachtdienst, die schwere Arbeit, die sie geleistet hatte – alles lag hinter ihr. Jetzt konnte sie schlafen.

Mittlerweile hatte der hektische Weihnachtsbetrieb, den Matthias staunend in der Stadt miterlebte, auch das Haus Fabian ergriffen. Charlott trug ständig Notizzettel mit sich herum, wollte von Werner wissen, was sie noch alles zu besorgen habe, wer was zu bekommen und wohin dies und jenes geschickt werden müsse.

Es gab jedes Jahr sich ständig steigernde Verpflichtungen, und Werner, abgesehen von einigen wenigen Fällen, überließ alles seiner Frau beziehungsweise, soweit es die Firma betraf, Fräulein Lessing, seiner langjährigen Sekretärin.

Daß Werner nun noch verreisen wollte und erst kurz vor dem Fest zurückkehren würde, empfand Charlott als persönliche Kränkung. Zum erstenmal seit langer Zeit kam es wieder zum Streit zwischen ihnen. Es war ausgerechnet am Tage, als Svens und Evas Besuch erwartet wurde.

»Du kannst mich schließlich nicht mit allem allein lassen«,

rief Charlott weinerlich. »Ich weiß sowieso nicht, wo mir der Kopf steht.«

»Was ist denn Besonderes los? Du weißt Bescheid, das meiste haben wir besprochen. Falls noch irgendein Grenzfall ist, verständige dich mit Fräulein Lessing, sie hat die Liste.«

»Fräulein Lessing kann mir gestohlen bleiben. Ich habe hier genug zu tun. Und was mache ich mit ihnen?«

»Mit wem?« fragte Werner irritiert.

»Na, mit Vater und Ricarda?«

»Das weiß ich doch nicht«, sagte Werner unhöflich. »Schließlich ist es deine Familie. Du wirst halt jedem etwas schenken. Sie brauchen doch genug. Oder nicht?«

»Und wenn du so lange fort bist?«

»Mein Gott, du tust, als sei ich noch nie verreist gewesen. Ich bin knapp vierzehn Tage weg. Was ist daran so Besonderes?«

»Ich soll vierzehn Tage mit ihnen allein bleiben?«

Werner war einen Moment sprachlos. »Was soll denn das wieder heißen? Was ändert sich daran, ob ich da bin oder nicht?«

»Das weißt du ganz genau. Ricarda spricht nicht mit mir. Sie sitzt oben in ihrem Zimmer.«

»Dann laß sie oben sitzen. Mit deinem Vater kommst du doch blendend aus.«

»Ja, schon, aber ...«

Werner blickte nervös auf die Uhr. Es war Vormittag halb zehn. Er sollte seit einer halben Stunde im Werk sein. Um zehn hatte er eine Verabredung im Rathaus. Keine Zeit mehr, hinüberzugehen, er mußte gleich in die Stadt fahren.

»Ich will dir etwas sagen, Charlott. Du bist noch nie sehr gescheit gewesen. Und unselbständig wie ein Kind. Aber ich habe es satt, mich um jeden Dreck selbst zu kümmern. Du mußt sehen, wie du mit deiner Schwester ins reine kommst. Warum sprichst du nicht einfach mit ihr?«

»Ich?«

»Ja, du. Wer sonst?«

»Aber du bist doch schuld an allem.«

Werner schloß die Augen halb. »Ich bin an gar nichts schuld. Und was vor bald zwanzig Jahren passiert ist, muß endlich mal erledigt sein. Verstehst du? Deiner Schwester bin ich total gleichgültig, da kannst du ganz sicher sein.«

»Und ich? Ich bin dir auch gleichgültig.«

Darauf gab er keine Antwort.

Er ging in sein Zimmer – das Gespräch hatte in Charlotts Ankleidezimmer stattgefunden – und kam nach einer Weile nur noch einmal kurz unter die Tür.

»Tut mir leid, ich muß gehen. Deinetwegen kann ich nicht den ganzen Vormittag vertrödeln. Mach, was du willst. Jedenfalls reise ich morgen und bin vor dem 21. Dezember nicht zurück. Und meinetwegen ...«

Aber er sprach nicht aus, was er am liebsten gesagt hätte. Meinetwegen kannst du mitsamt deiner Familie zum Teufel gehen.

Unten in der Halle traf er seinen Schwiegervater, in Hut und Mantel, im Begriff, das Haus zu verlassen.

»In die Stadt?«

»Ja.«

»Dann kannst du mit mir fahren.«

Sehr schön. Das Trambahnfahren war nun auch so sensationell nicht mehr.

»Du fährst weg, wie ich gehört habe?« eröffnete Matthias das Gespräch.

»Ja. Ich muß mal nach den Läden sehen. Und anschließend Wien. Ich komme nur am 16. für einen Tag zurück, da haben wir im Werk eine Weihnachtsfeier. Da muß ich dasein.«

»Darf ich da auch mit hingehen?« fragte Matthias eifrig.

»Selbstverständlich.«

Befriedigt, in seinen Sitz zurückgelehnt, betrachtete Matthias die Außenwelt.

»Weißt du, Werner«, begann er nach einer Weile, »irgendwann einmal in nächster Zeit – wenn du zurück bist, meine ich, vielleicht nach Weihnachten, muß ich einmal ernsthaft mit dir sprechen.«

Werner warf einen raschen Blick auf seinen Nachbarn. Was hieß das? Hatte der Alte Wind bekommen von der geplanten Scheidung? Hatte er etwa zuvor den Streit gehört?

»Worüber denn?« fragte er.

»Na, so über alles. Was weiter aus uns werden wird. Ich meine auch finanziell. Es geht ja nicht an, daß du allein für uns beide aufkommst.«

Werner lachte erleichtert. »Also darüber mach dir bitte keine Sorgen.«

»Das tue ich aber«, beharrte Matthias. »Ricarda wird ja wohl in absehbarer Zeit wieder arbeiten. Das wird ihr auch guttun. Obwohl es ihr auch guttut, mal eine Weile nichts zu tun. Sie hat schwer genug gearbeitet all die Jahre. Und was mich betrifft ...«

»Ricarda braucht nicht zu arbeiten, wenn sie nicht will. Und was dich betrifft – du lieber Himmel, das ist ja zum Lachen. Ich kenne mich da nicht aus, könnte sein, daß du irgend etwas bekommen würdest, es gibt ja da wohl solche Einrichtungen. Flüchtlingshilfe, oder vielleicht heißt es auch heute anders, ich habe, offen gestanden, keine Ahnung. Aber wahrscheinlich würde sich jede Behörde an den Kopf greifen, wenn wir mit solchen Anträgen kämen. Mit Recht. Ich bin kein armer Mann, das weißt du ...« Werner wandte sich und blickte Matthias in die Augen, sie standen vor einer roten Ampel. »Meine Eltern sind beide tot, leider, wenn sie lebten, würde das Werk sie ganz selbstverständlich miternähren und ...«

»Das ist etwas anderes.«

»In diesem Falle nicht. Du und Ricarda, ihr gehört zur Familie. Ich kann mir vorstellen ...«, der Wagen rollte wieder an, der Verkehr war dicht geworden, und Werner mußte sich auf die Straße konzentrieren, »also ich kann mir vorstellen, daß dir auf die Dauer das Leben bei uns im Hause nicht behagt. Da werden wir eine Lösung finden. Eine eigne Wohnung für euch oder so. Du bekommst ein Konto, und dahin wird euch überwiesen, was ihr braucht. Also davon möchte ich nichts mehr hören. So, und nun sag mir, wo du hin willst.«

»Ich steige dort aus, wo auch du aussteigst. Und darüber sprechen müssen wir doch einmal.«

»Gut. Dann werden wir darüber sprechen. Wenn ich zurück bin.«

Befriedigt machte sich Matthias auf seinen Stadtrundgang.

Nicht daß ihn die Frage, wovon er sich ernähren sollte, wirklich so sehr bedrückte. Daß es für Werner keine Belastung war, für ihren Lebensunterhalt aufzukommen, das hatte er mittlerweile begriffen. Von dem Wohlstand, der in der Bundesrepublik herrschte, hatte man drüben genug gehört und gesprochen. Aber daß es so sein würde, wie es war, das konnte man sich nicht vorstellen, das mußte man mit eigenen Augen sehen. Mit solch offenen und wachen Augen wie den seinen. Er hatte genug beobachtet in den vergangenen Wochen. Was die Leute kauften! Wie leichthändig sie das Geld ausgaben! Sicher, Weihnachten stand vor der Tür, der Überfluß, der in allen Läden herrschte, war eine einzige Versuchung. Vor einigen Tagen hatte er sich lange in einem Spielwarengeschäft aufgehalten. Es war atemberaubend, was dort alles angeboten wurde. Aber nicht weniger atemberaubend war es, was die Leute kauften. Einfache Leute nach Benehmen und Sprache, doch was sie ihren Kindern allein an Spielsachen unter den Christbaum legen würden, war so kostspielig, daß früher eine ganze Familie Wochen davon gelebt hatte.

Er war auch kein armer Mann gewesen. Jedoch wie bescheiden nahm sich dagegen sein Leben, das seiner Familie und aller, die er gekannt hatte, aus. Manchmal fragte er sich, was aus diesen Kindern werden sollte, die in aller Selbstverständlichkeit ein Spielzeug im Werte von hundert Mark, wenn nicht mehr, entgegennahmen.

Schließlich waren auch zwei Kinder in dem Haus, in dem er jetzt lebte. Seine Enkelin Brigitte, halberwachsen, zugegeben,

ein Teenager, wie man das hier nannte, überraschte ihn immer wieder durch ihr Auftreten. Eine fertige kleine Dame, von erstaunlicher Selbstsicherheit. Und äußerlich eine sehr reizvolle Erscheinung. Nicht allein durch ihre Jugend, ihre vollendete Figur und ihr hübsches Gesicht, nein, auch durch den modischen Chic, mit dem sie sich kleidete. Auch wenn sie nur in die Schule ging – hübsche kleine Kleidchen, eine nicht übersehbare Anzahl von Pullovern und Röcken, eine sehr fesche Pelzjacke, der kleidsame Reitdreß, in dem sie sich oft präsentierte und der auch nicht immer der gleiche war, und vollends gestaunt hatte er, als sie vor einigen Tagen zu einer Party verschwunden war. Wie aus einem Modejournal geschnitten, mit nackten Schultern und sorgfältig zurechtgemacht.
Nun ja, Brigitte war die Tochter eines reichen Vaters. Aber die anderen jungen Mädchen, die er in der Stadt und in den Geschäften sah, boten gleichfalls ein modisches Bild. Auch Thomas besaß an Garderobe, Sportgeräten und Spielzeug – nein, Spielzeug konnte man nicht mehr sagen, das hätte Thomas vermutlich tief gekränkt, wie sagte man hier? Freizeitgestaltung –, nun gut, wie auch immer, jedenfalls besaß Thomas mehr als er je benützen, anziehen oder seine Freizeit damit gestalten konnte. Was für eine Welt, was für eine Zeit!
Aber nicht, daß er es allzusehr mißbilligte! Er bestaunte es, auch wenn er ein wenig den Kopf dabei schüttelte. Und sprach nicht Thomas heute schon in aller Selbstverständlichkeit davon, welchen Wagen er sich aussuchen würde, wenn er achtzehn geworden wäre und dann selbst fahren würde. Für sie war das alles kein Wunder mehr. Für sie war es Alltag. Ob es so bleiben würde? Ob es so weitergehen, sich am Ende gar noch steigern würde?
Und Matthias Wolff dachte: was für eine herrliche Sache, was für ein einmaliges Geschenk, in dieser Zeit jung zu sein. Nur schade, daß sie es nicht wußten, wie glücklich sie waren.
Er für seine Person hätte sich nur eines gewünscht vom Schicksal, nur eins: wenigstens zehn Jahre jünger zu sein. Wenig-

stens hoffen zu können, noch zehn Jahre lang in dieser Wunderwelt zu leben.

Und wenn er so weit gekommen war, dann landeten seine Gedanken unweigerlich bei Ricarda. Sie hatte diese zehn Jahre und noch viel mehr. Und sie mußte, *mußte* einfach eines Tages an diesem Wunder teilhaben können. Nicht nur, was die materielle Seite betraf, vor allem das andere sollte sie haben: den Glanz, die Freude, die Selbstverständlichkeit, ein Kind dieser prächtigen Welt und dieser prächtigen Zeit zu sein. Aber sie mußte es sich selbst schaffen, das sah er ein. Wenn er vom Geld Werner Fabians leben konnte, so konnte und durfte sie es nicht. Der erste Schritt allerdings war noch nicht einmal getan. Sie aus ihrer Isolierung zu lösen, ihr die Augen zu öffnen für die Wunderwelt, in der sie jetzt lebte, damit mußte er beginnen. Und das war sein Problem, dazu wollte er ihr so gern verhelfen, er wußte nur noch nicht wie. Wünsche sollte sie wieder haben. Und wenn es auch zunächst nur ganz kleine weibliche Wünsche wären. Der Wunsch nach ein Paar hübschen neuen Schuhen zum Beispiel. Nach einem Kleid, nach einer Bluse, irgend etwas. Damit konnte es beginnen. Dem ersten Wunsch würden andere folgen. Und aus Wünschen würden Pläne werden. Dann würde sie wieder leben.

Charlott weinte, nachdem Werner gegangen war. So wie sie immer weinte, hilflos, verständnislos, wie ein zu Unrecht geschlagenes Kind. Sie klagte Werner an und in ihm die ganze Welt, die ihr beide Böses taten. Was hatte sie denn verbrochen? Hatte sie nicht versucht, immer alles recht und gut zu machen, jedem zu Gefallen zu sein? Hatte sie Werner nicht gehen lassen, wohin er wollte? All die Jahre – was war sie ihm gewesen? Vermutlich weitaus weniger als all die Frauen, mit denen er sie betrogen hatte. Daß es ihr gut ging, daß sie alles besaß – sie sprang auf, riß in einer jähen Aufwallung von Wut die Schranktüren auf –, diese Kleider, diese Pelze, den Schmuck, es bedeutete ihr nichts. Gar nichts.

Liebe wollte sie. Endlich einmal Liebe. Liebe und Geborgenheit. Nichts sonst hatte sie sich gewünscht, das ganze Leben. Und nie hatte sie es bekommen.

Recht und gut? Nein, sie hatte Unrecht getan, sie hatte Schuld auf sich geladen, und dafür mußte sie büßen.

Sie mußte Ricarda ihre Schuld bekennen. Noch heute. Gleich. Und sie mußte ihr sagen: Werner hat mich nie geliebt. Mit angstvollen Augen blickte sie zur Tür. Wenn sie gleich zu Ricarda ginge? Einmal mußte sie mit ihr sprechen. War Ricarda nicht ihre Schwester? Ein Mensch, der ihr nahestand, vielleicht so nahe wie keiner sonst. Warum konnten sie nicht endlich Freunde werden? Sie brauchte nichts nötiger auf der Welt als einen Freund. Eine Schwester.

Ihr nächster Blick ging zum Spiegel. Natürlich. Ihre Augen waren rot vom Weinen, ihr Gesicht fleckig. Weinen bekam ihr schlecht. Und jetzt vielleicht noch eine große Auseinandersetzung mit Ricarda? Heute abend kam Besuch. Hätte sie doch diese Einladung nicht ausgesprochen. Sie brauchte eine kosmetische Behandlung, einen Besuch beim Friseur, das war es, was nötig war.

Aber vielleicht konnte sie Ricarda überreden, mit ihr zu kommen? Sie hatte sich viel zuwenig Mühe mit ihr gegeben in den vergangenen Wochen, hatte sich von Ricardas stummer Abweisung einschüchtern lassen. Das mußte anders werden.

An der Tür kehrte sie noch einmal um, stand vor den offenen Schränken, griff hinein. Ricarda mußte endlich etwas anderes anziehen. Und wenn sie mit ihr in die Stadt gehen wollte, zum Friseur beispielsweise, konnte sie einfach nicht in dem alten schäbigen Mantel dorthin kommen. Was machte das für einen Eindruck?

Erst bekam sie den Ozelot in die Hand. Nein. Der dunkle Biber? Schon besser. Oder der graue Persianer? Zögernd nahm sie ein Stück nach dem anderen vom Bügel und überlegte, die Stirn gekraust, schon wieder ein wenig getröstet.

Ricarda, einige Zimmer weiter, stand am Fenster und blickte

in den Garten. Kahl, winterlich trübe, der Himmel tief verhangen. Winter. Ein fremder Winter.
Wohin kann ich gehen? Was kann ich tun? Was soll aus mir werden? Ich will hier nicht länger bleiben. Ich muß fort. Ich muß – was muß ich? Etwas unternehmen. Irgend etwas muß geschehen.
Zuvor hatte sie, wie jeden Morgen, die Stellenanzeigen in der Zeitung studiert. Man konnte auch einfach in ein Krankenhaus gehen, sich vorstellen, sich bewerben. Sicher gab es auch eine Stelle, die Krankenschwestern vermittelte. Sie mußte einfach anfangen, sich dieser Welt zu nähern, in der sie jetzt lebte. Aber sie hatte Angst vor dieser Welt.
Als es an die Tür klopfte, wandte sie sich um und sagte »Ja?«. Sie glaubte, es sei Fanny, die das Frühstücksgeschirr holen käme.
Es war Charlott. Sie trug einen grauen Pelz über dem Arm, sie blieb an der Tür stehen, sah scheu Ricarda an und sagte leise: »Entschuldige, daß ich dich störe.«
»Du störst mich nicht«, antwortete Ricarda gleichgültig. »Wobei solltest du mich stören?«
Charlott hatte geweint. Sie sah unglücklich und bedrückt aus. Nichts von der nervösen Munterkeit, mit der sie sonst agierte, war ihr anzumerken.
»Ich hab' gedacht...« Charlott kam zwei Schritte näher, ihr Blick irrte ab von Ricardas starrer Miene, die ihr nicht zu Hilfe kam. »Ich hab' gedacht, ob du nicht mit mir in die Stadt fahren willst. Du weißt doch, heut abend kommt Besuch. Nichts Besonderes, nur zwei gute Freunde. Aber ich dachte, ob du nicht mit mir zum Friseur kommen willst? Und ein bißchen...« Sie fuhr sich fahrig mit der Hand über die Wange – »so ein bißchen Gesichtsbehandlung, ich brauche das, ich bin nervös und habe Ärger. Vielleicht würde es dir auch guttun. Nicht?« Wie bittend sah sie ihre Schwester an, die reglos immer noch am Fenster stand.
»Gesichtsbehandlung?«

»Na ja, Kosmetik, weißt du. Das tut einem wirklich gut. Es entspannt so schön.«
»Das wird bei mir nicht mehr viel nützen.«
»Aber ich bitte dich, Ricarda«, rief Charlott beschwörend, »du siehst großartig aus. Viel besser als ich. Du hast einen wunderbaren Teint, den hattest du schon immer. Du weißt ja, meine Haut ist so empfindlich, das war bei mir als Kind schon so. Weißt du nicht mehr, wie ich immer diesen schrecklichen Ausschlag bekam? Und später, als junges Mädchen, hatte ich immer soviel Pickel. Du hattest das nie. Das weiß ich noch ganz genau. Und dein Haar ist so schön. Du müßtest nur einmal zu einem guten Friseur gehen. Und da dachte ich eben ...« Sie redete und redete, sie rettete sich in hilfloses Geplapper, bloß um dieses Schweigen nicht mehr zu spüren.
»Ich habe dir einen Pelz mitgebracht, es ist sehr kalt heute, und dein alter Mantel ist wirklich nicht mehr – also den solltest du nicht mehr anziehen. Und wir wollen doch endlich für dich etwas einkaufen. Bitte, Ricarda, sei doch vernünftig. Mach es mir nicht so schwer. Ein paar Sachen zum Anziehen, das ist doch nicht zuviel verlangt. Du kannst doch nicht ewig hier im Zimmer sitzen. Du mußt auch mal an die Luft gehen, du wirst ja krank. Bitte, Ricarda ...«
Die Tränen waren noch nahe, gleich würden sie ihre Augen wieder füllen.
Aber Ricardas versteinertes Herz wollte das Flehen nicht hören, ihr Gesicht wurde noch verschlossener. »Ich habe dir schon gesagt, daß ich nichts brauche. Ich will nicht in die Stadt gehen. Ich will nichts einkaufen. Begreife doch endlich.« Scharf und böse jetzt ihre Stimme. »Könnt ihr mich nicht in Ruhe lassen? Geh mit Vater in die Stadt, dem macht das Spaß. Mir nicht. Und ich brauche keinen Friseur und keine Kosmetik. Ich bin bis jetzt ohne das ausgekommen. Und deine Freunde heute abend gehen mich nichts an. Ich werde in meinem Zimmer bleiben.« Hastig verbesserte sie sich: »In diesem Zimmer.«
»Warum denn, Ricarda? Ein bißchen Abwechslung tut dir auch

gut. Es ist gar nichts weiter los. Wir essen was Gutes. Frau Plaschke besorgt Rebhühner, die mag doch Vater so gern, nicht? Und wir trinken ein Glas Wein, du wirst sehen, es sind nette Leute. Sven Laupholz ist Architekt. Und Eva – das ist seine Frau, ist wirklich eine reizende Person. Ganz natürlich und sehr gescheit. Du wirst dich gut mit ihr verstehen.«

»Aber ich *will* niemand sehen, begreifst du das nicht?«

»Komm doch wenigstens mit mir in die Stadt. Du kannst dann heute abend immer noch machen, was du willst. Bitte, Ricarda ...«

»Nein.« Wie hart ihr Gesicht war, wie kalt ihre Stimme. »Laß mich in Ruhe. Ich werde nicht mehr lange hiersein. Ich werde euch nicht mehr lange zur Last fallen. Aber solange ich noch da bin, bitte ich nur um eins: laßt mich in Ruhe.«

»Du willst fort?«

»Ja.«

»Aber warum denn, um Himmels willen? Wo willst du denn hin? Du kennst doch hier niemanden. Und ich bin doch so froh, daß ihr da seid. Was willst du denn tun?«

»Das ist meine Sache.«

Charlott ließ den Pelz auf die Couch gleiten. »Du bist voller Haß. Voller Haß auf mich, Ricarda. Was habe ich dir getan?«

Ricarda schwieg. Sie stand reglos, wie sie die ganze Zeit gestanden hatte, aber sie sah ihre Schwester an.

»Was du mir getan hast?«

Nun weinte also Charlott doch wieder. Sie sank in den Sessel und weinte, ihr trauriges Kinderweinen.

»Ich weiß es ja, was ich dir angetan habe. Denke nicht, Ricarda, daß ich es nicht weiß. Es ist alles noch viel schlimmer, als du denkst. Aber ich bin bestraft worden dafür. Das kannst du mir glauben, ich bin sehr bestraft worden. Werner hat mich nie geliebt. Er hat mir nie verziehen, daß ich zwischen euch getreten bin. Ich bin nicht glücklich mit ihm gewesen. Nie. Und er nicht mit mir. Wir werden wohl auch nicht zusammen bleiben. Du kannst ihn jetzt haben, wenn du ihn willst.«

Ricarda verzog angewidert das Gesicht. »Bitte, verschone mich mit diesen kitschigen Ergüssen. Mich interessiert Werner nicht. Und es interessiert mich auch nicht, wie ihr zusammen lebt. Ich bin hierhergekommen Vater zuliebe. Und wie ich sehe, gefällt es ihm hier. Ich werde nicht mehr lange in deinem Hause bleiben.«

Schweigen – Charlott holte ein Taschentuch aus ihrem Morgenmantel, betupfte ihre Augen und putzte sich die Nase. Es hatte alles keinen Zweck. Man konnte mit Ricarda nicht reden.

»Warum bist du so hart?« fragte sie leise.

»Ich konnte es mir nicht leisten in den vergangenen Jahren, weich zu sein. Das Leben, das ich gelebt habe, war nicht so vergnüglich wie deins.«

»Und wird es immer so bleiben zwischen uns?«

»Ich wüßte nicht, was sich daran ändern sollte.«

Zusammengesunken saß Charlott, den Kopf geneigt, ein Bild des Jammers und der Verzweiflung.

Hochaufgerichtet, den Kopf gereckt, stand Ricarda. Ein Bild des Hochmuts und der Unversöhnlichkeit.

»Du kannst nicht vergessen. Und nicht verzeihen«, sagte Charlott nach einer Weile. »Und du willst auch nicht. Ich habe gedacht ...« sie stockte, suchte nach Worten. »Ich habe gedacht, es könnte alles gut werden zwischen uns. Ich brauche eine Schwester. Ich brauche ein bißchen Liebe. Von irgend jemand muß ich ja schließlich auch einmal Liebe kriegen. Oder nicht?«

Bei den letzten Worten hatte sich ihre Stimme gehoben, die Tränen begannen wieder zu fließen. – Sie stand hastig auf und lief aus dem Zimmer.

Ricarda blieb am Fenster stehen. Sie starrte auf den Sessel, wo eben noch Charlott gesessen hatte. Es war totenstill. Aber die Worte waren noch im Raum. Und jetzt erreichten sie auch ihr Ziel.

Warum bist du so hart?

Weil ich so geworden bin. Weil ich so werden mußte, um das Leben zu ertragen.
Wird es immer so bleiben zwischen uns?
Ich wüßte nicht, was sich daran ändern sollte.
Und schließlich: Du kannst nicht vergessen. Du kannst nicht verzeihen. Du willst nicht.
Nein. Ich will nicht. Nicht vergessen. Nicht verzeihen. Ich will euch hassen. Ich will hart sein. Ich werde euch verlassen. Dich, Werner, sogar Vater. Alle werde ich verlassen. Und dazu muß ich hart sein.
Aber: ich brauche ein bißchen Liebe.
Und: Werner hat mich nie geliebt.
Und: ich bin nicht glücklich mit ihm gewesen.
Und: du kannst ihn haben, wenn du ihn willst.
Die Sätze waren im Raum. Groß, hallend, nicht zu überhören. – Ricarda machte einige rasche Schritte, nahm die Zeitung auf, versuchte zu lesen, drehte das Radio an, eine heitere Stimme erzählte irgend etwas, dann Musik.
Sie stellte den Apparat wieder ab.
Warum bist du so hart? Nicht vergessen. Nicht verzeihen. Weil du nicht willst. Weil du hart bist. Hart, lieblos, herzlos. Leer und kahl wie die Bäume da draußen in dem winterlichen Garten. So leer und kahl ist dein Herz.
Und dann wußte sie: auch Gott kann hier nicht mehr wohnen. Auch Jesus nicht. Auch nicht Maria, die mütterliche Jungfrau. Gott ist die Liebe. Und wer in der Liebe bleibt – Liebe deine Feinde. Liebe deinen Nächsten. Verzeihe denen, die dir Übles taten –
Verzeihe –
Verzeihe –
Die Sünde des Hochmuts, die Sünde der Hartherzigkeit, die Sünde des Hasses –
Nein. Gott konnte in ihrem Herzen nicht mehr wohnen. Sie hatte ihn verraten. Schlimmer als sie selbst je verraten worden war.

Nun hatten sie die Worte erreicht. Sie stöhnte auf, schlug die Hände vors Gesicht, und nun weinte auch sie. Wieder, wie schon vor einigen Tagen.

Habe ich in all den vergangenen Jahren geweint? Und hier weine ich. Warum weine ich? Gott im Himmel, warum weine ich? Maria hilf mir, sag mir, warum ich weine? Und sag mir, was ich tun soll? Warum hast du mich hierher gehen lassen? Warum hast du es nicht verhindert?

Eine Stunde später verließ Ricarda ihr Zimmer und ging zum anderen Ende des Ganges, wo sich Charlotts Zimmer befand. Sie klopfte, aber sie bekam keine Antwort.

Unten im Haus traf sie Fanny. Die gnädige Frau sei in die Stadt gefahren, hörte sie.

Das Haus war still. Die Kinder in der Schule. Ihr Vater in der Stadt.

Sie ging von einem Raum in den anderen. Wie schön es hier war! Wie still und friedlich. Und doch sagte Charlott, sie sei nie glücklich gewesen.

Im großen Wohnraum lag die Hündin auf ihrem Lieblingsplatz vor dem Kamin. Sie hob den Kopf, als Ricarda hereinkam. »Du bist hier ganz allein?« fragte Ricarda. »So allein wie ich?«

Lassie stand langsam auf, kam zu ihr, wedelte schwach mit dem Schweif und blickte fragend zu ihr auf. Vermutlich wußte sie nicht genau, was sie von der fremden Frau, die nun seit einigen Wochen im Haus lebte, halten sollte.

»Möchtest du spazierengehen? Ein kleines Stück?« fragte Ricarda. »Komm mit. Komm!«

Zögernd folgte Lassie ihr zur Tür. Aber als Ricarda die Haustür öffnete, wurde die Hündin lebendiger. Sie sprang hinaus. Ricarda folgte.

Eigentlich hätte sie einen Mantel anziehen müssen. Es war kalt. Ziemlich kalt sogar, und sie trug nur ihre alte Strickjacke. Nun, sie würde nicht weit gehen. Und schnell laufen. Wenn sie hinaufging, um den Mantel zu holen, wäre Lassie enttäuscht und würde denken, sie sei genarrt worden. Hoffentlich läuft sie mir nicht weg. Sie ist noch nie mit mir spazierengegangen. Mit Vater schon oft, und er sagt, sie sei sehr folgsam.

Eilig folgte Ricarda der Hündin, die bereits eilig den Zufahrtsweg entlang zur Straße trabte. Das Tor war offen.

Sie gingen ein Stück die Straße entlang, dann bog Lassie links ab, einem schmalen Heckenweg folgend, der zu einem kleinen Waldstück führte.

Ricarda war ängstlich, daß der Hund nicht zurückkommen würde. Sie blieb unter den ersten Bäumen stehen und rief. Lassie wandte sich zwar um, trabte aber weiter geschäftig von Baum zu Baum.

Ricarda lief ihr nach. Ihr war kalt, sie fror. Nach einer Weile blieb sie wieder stehen, rief energisch nach der Hündin und ging den Weg zurück. Lassie kam ihr nach, Gott sei Dank.

Als sie wieder auf die Straße kamen, fuhr gerade ein kleiner Lieferwagen der WEFA vorbei. Herr Plaschke saß am Steuer, neben ihm seine Frau. Sie kamen aus der Stadt, Frau Plaschke hatte die Einkäufe für den Abend und die nächsten Tage gemacht. Sie waren schon vorbei, aber dann hielten sie.

Sie steckte den Kopf zum Fenster heraus. »Aber gnädiges Fräulein! Ohne Mantel. Sie werden sich erkälten. Es hat heute null Grad.«

»Ja, es ist kalt«, sagte Ricarda verlegen und lächelte. Sie lächelte wirklich. Es war erstaunlich. Frau Plaschke und ihr Mann sahen sie verwundert an.

»Wir waren nur ein kleines Stück spazieren. Jetzt laufen wir schnell nach Hause.«

»Kommen Sie, steigen Sie ein«, sagte Frau Plaschke und machte Anstalten, aus dem Wagen zu klettern.

»Nein, nein, es ist ja nur ein kurzer Weg.« Und damit lief Ricarda weiter, der Wagen fuhr wieder an, und Lassie rannte eilig hinterher.

An der Tür erwartete sie Frau Plaschke. »So ein Leichtsinn«,

schimpfte sie. »Bei null Grad und dann nur in einer Strickjacke. Kommen Sie schnell herein. Ich mache Ihnen etwas Heißes zum Trinken.«
»Das ist wirklich nicht nötig.«
»Lieber einen Schnaps«, ließ sich Herr Plaschke vernehmen. »Einen richtigen großen Steinhäger, das hilft am besten. Ich werde mir auch einen genehmigen.«
»Ich bringe es Ihnen gleich«, sagte Frau Plaschke. »Einen Steinhäger? Oder lieber einen heißen Tee?«
»Ich werde einen Schnaps trinken«, sagte Ricarda, die wirklich fröstelte. »Aber Sie brauchen es mir nicht zu bringen. Ich komme mit.«
Das erste Mal, daß sie in die Küche kam. Herr Plaschke holte die Flasche aus dem Kühlschrank und schenkte ihr ein großes Glas ein.
»Um Gottes willen«, rief Ricarda, »so viel. Da bekomme ich ja einen Schwips.«
»Ach, wo werden Sie denn!« sagte Herr Plaschke. »Wir Schlesier vertragen doch einen Korn. So was wie unseren Korn, das gibt es allerdings hier nicht.«
Ach ja, die beiden waren ja aus Oberschlesien. Ricarda erinnerte sich, daß Charlott davon gesprochen hatte.
»Na denn, auf Ihr Wohl!« sagte er und kippte sein Glas geübt.
»Danke«, sagte Ricarda. Sie lächelte wieder. Und kippte ihr Glas auch.
»So ist es recht. Noch einen?«
»Nein. Danke, mir ist schon wieder ganz warm.«
»Wollen Sie mal sehen, was ich eingekauft habe? Sehr schöne Rebhühner habe ich bekommen. Aber fragen Sie nicht, was die kosten. Die Preise werden immer höher. Es ist eine Schande.«
Frau Plaschke packte aus und redete weiter. Was heute die Ware kostete, wie teuer das Leben sei. »Hier spielt's ja keine Rolle«, meinte sie. »Aber alle Leute haben ja nicht so viel Geld.«

»Nu, Muttel«, meinte Herr Plaschke, »die essen dann ja auch keine Rebhühner.« Und zu Ricarda: »Na, wie ist es? Trinken wir noch einen?«

»Du sollst nicht so viel saufen am Vormittag«, sagte Frau Plaschke mißbilligend.

»'nen Kleenen noch?«

Ricarda nickte. »Gut. Aber wirklich nur einen Kleinen.«

Als sie die Küche verlassen hatte, sagte Frau Plaschke: »Eigentlich ist sie ganz nett. Man denkt immer, sie ist so hochmütig. Aber wenn sie lächelt, ist sie direkt hübsch.«

»Na ja, Muttel, ma weeß ja nich, was sie so alles erlebt hat, nich? Bei den Polen und so. Wir haben ja Glück gehabt, wir sin ja rechtzeitig fortgemacht. Wenn wir dort geblieben wären, täten wir vielleicht auch nich lachen.«

»Daß die mal hier in der Küche war! Bis jetzt is se nich gekommen.«

»Muß ma abwarten. So die richtige Liebe is es ooch nicht mit den beeden.«

»Es sind doch Schwestern.«

»Na und? Das sagt gar nischt. Aber ooch schon gar nischt sagt das.«

Zum Mittagessen war Ricarda mit den Kindern allein. Ihr Vater hatte angerufen, er würde heute in der Stadt essen. Auch Charlott war nicht gekommen.

Das Tischgespräch war spärlich. Ricarda war den Kindern gegenüber immer befangen. Und die beiden wußten offenbar auch nicht recht, was sie mit ihr anfangen sollten.

»Ich muß dir noch deine Kette wiedergeben«, sagte sie zu Brigitte, als sie mit dem Essen fertig waren.

»Aber warum denn? Ich brauche sie nicht. Ich habe genug von dem Zeug. Und sie paßte doch so gut zu dem Pulli.« Brigitte lächelte auf ihre charmante Art, die Art des Vaters. »Willst du sie nicht behalten, Tante Ricarda?«

Konnte sie dem Kind eine barsche Antwort geben? Nein, sie konnte es nicht.

»Wenn du sie nicht brauchst«, sagte sie verlegen.
Als sie hinaufging, folgte ihr Brigitte und kam mit in ihr Zimmer.
»Oh«, sagte sie, »Muttis Persianer. Hat sie dir den gegeben?«
Ricarda errötete unwillig. »Nein«, sagte sie abweisend. »Deine Mutter meinte, ich solle ihn anziehen, weil es kalt sei. Aber ich brauche ihn nicht.«
»Na, irgendwas mußt du ja anziehen, wenn es kalt ist. Charlott hat Pelze genug. Hast du denn noch gar nichts eingekauft?«
Die stereotype Antwort kam wie von selbst. »Ich brauche nichts.«
Aber Brigitte beeindruckte sie damit nicht sonderlich. »Das würde ich nicht behaupten. Meiner Meinung nach brauchst du eine ganze Menge. Und Einkaufen macht doch Spaß. Also ich brauche ewig etwas Neues.«
»Bei dir ist das etwas anderes.«
»Wieso denn das? Jede Frau braucht immer was Neues. Da müßtest du mal sehen, was Charlott so zusammenkauft. Schade, daß du ihre Sachen nicht anziehen kannst. Aber du bist ja viel schlanker. Du hast überhaupt eine tolle Figur. Für dein Alter finde ich das enorm, Tante Ricarda.«
Dann dämmerte es ihr wohl, daß diese Bemerkung nicht gerade sehr höflich ausgefallen war.
»Ich meine natürlich nicht, daß du alt bist. Nur eben auch kein junges Mädchen mehr. Und dann finde ich es prima, wenn eine Frau ihre Figur behält.«
»Ich hatte nicht viel Gelegenheit, dicker zu werden.«
Brigitte nickte ernsthaft. »Kann ich mir denken. Aber du bist auch nicht der Typ dazu. Ich auch nicht. Ich werde nie dick werden. Gott sei Dank. Lieber würde ich hungern, bis ich nicht mehr geradestehen kann.«
»Das wäre sehr unvernünftig.«
»Na ja, und dann treibe ich ja viel Sport, das macht auch was aus. Du wohl nicht, Tante Ricarda? Entschuldige, es ist sicher eine dumme Frage. Vermutlich konnte man das dort gar nicht.«

»Nein, das konnte man nicht. Jedenfalls ich nicht. Früher, ganz früher, habe ich auch mal Tennis gespielt.«
»Ja?« rief Brigitte begeistert. »Also das finde ich prima. Konntest du gut?«
»Nicht sehr. Ich hatte nicht lange Gelegenheit dazu, es war dann Krieg, und da hörte es langsam auf.«
»Na, das macht ja nichts. Das kriegen wir schon wieder hin.«
»Wie meinst du das?«
»Na, du wirst natürlich spielen. Sobald die Saison wieder losgeht. Paß mal auf, wie schnell du da wieder drin bist.«
Jetzt lachte Ricarda sogar. »Du hast Ideen.«
»Na klar, warum denn nicht? So ein bißchen Bewegung braucht jeder Mensch. Tut einem gut.«
»Geschwommen bin ich auch sehr gern.«
»Na ja, das sowieso. Aber Tennis spielen ist bestens. Ich werde dich schon trainieren, Tante Ricarda, keine Bange.«
Ricarda sah das Mädchen an. Und ein warmes, fast zärtliches Gefühl erfüllte sie auf einmal. Ein verwöhnter Fratz, ein typisches Produkt dieser Umwelt, verzogen, eingebildet, nur Mode und Vergnügen im Kopf, so hatte sie das Mädchen bis jetzt gesehen. Aber nun ...
»Übrigens«, fuhr Brigitte fort, »muß ich eigentlich Tante zu dir sagen? Klingt so blöd. Ricarda ist so ein hübscher Name. Und Tante paßt überhaupt nicht dazu.«
»Von mir aus brauchst du nicht Tante zu sagen. Ich finde es auch blöd.«
»Also prima, dann sage ich in Zukunft einfach Ricarda. Gefällt mir nämlich wirklich, der Name. Ich habe noch nie jemand gekannt, der so heißt.«
Etwas verlegen lächelten sie sich an.
»Eigentlich«, begann Brigitte, aber sie stoppte sich noch rechtzeitig. Eigentlich, hatte sie sagen wollen, bist du ganz nett. Gar nicht so, wie man zuerst denkt. Aber das konnte man wohl nicht sagen.
Statt dessen meinte sie: »Ja, was machen wir nun mit dir?«

»Was?«
»Na, mit dem Anziehen. Du könntest ja glatt von mir was anziehen bei deiner Figur. Aber das willst du vermutlich nicht. Was wirst du denn heute abend anziehen?«
»Heute abend?«
»Wenn Besuch kommt.«
»Ich werde hier oben bleiben.«
»Warum denn? Laupholzens sind nette Leute. Sonst ginge ich auch nicht hinunter.«
»Wie sagst du, heißen die Leute?« Der Name war ihr schon aufgefallen, als Charlott ihn heute morgen erwähnte.
»Laupholz. Sven Laupholz, ein großes As! Architekt, ganz groß in Mode. Und seine Frau war Schauspielerin. Sie ist wirklich prima. Auch Karin ist nett – das ist ihre Tochter. Die andere heißt Annelie. Die ist reichlich zickig, hat einen Knall.«
Laupholz! Der Name weckte Erinnerungen. Laupholz hatte der Assistent des von ihr so sehr verehrten Professors geheißen. Damals an der Universitätsklinik in Breslau. Und später in Berlin. Wie hieß er gleich noch? Erich? Nein. Erik. Erik Laupholz, ein blonder, breitschultriger junger Mann, ernst und zielstrebig, doch mit einem gewissen Humor, der manchmal überraschend die Studenten verblüffte. Ein sehr begabter Arzt. Ein Arzt mit aller Hingabe und Leidenschaft für seinen Beruf. So ein Arzt wie sie einer hatte werden wollen. Aber dieser Mann hier war Architekt. – Erik Laupholz würde wohl nicht mehr leben. Er war dann an die Front gegangen, das wußte sie noch. Und der von ihr so geliebte Professor war in Berlin bei einem Luftangriff ums Leben gekommen.
»Zieh doch mal einen Schuh aus«, unterbrach Brigitte ihre Gedanken.
»Wie?«
»Einen Schuh sollst du ausziehen. Ich möchte mal sehen, was für 'ne Schuhgröße du hast.«
Verwirrt schlüpfte Ricarda aus ihrem Schuh, und Brigitte zog ihn an.

»Genau«, rief Brigitte triumphierend. »Habe ich mir gedacht. Genau meine Größe. Du hast auch so schmale Füße wie ich. Meine Schuhe müßten dir passen. Und mit diesen Latschen hier, also nimm es mir nicht übel, aber mit denen kannst du wirklich nicht mehr 'rumlaufen. Warte mal.«
Und damit lief Brigitte hinaus und kam kurz darauf zurück, den Arm voller Schuhe.
»Aber Kind«, sagte Ricarda, und wußte nicht, ob sie sich nun ärgern sollte oder nicht. »Was soll denn das?«
»Ich laß dir mal ein kleines Sortiment da«, erklärte Brigitte eifrig. »Ein Paar schwarze Pumps, braune Slipper, ein Paar helle, und das sind hier welche mit Gummisohle, falls es kälter wird. Und das ist noch so eine kleine Sandalette fürs Haus, siehst du, und die hier, na ja, die kannst du zum Beispiel sehr gut zu dem beige Pullover und dem schwarzen Rock tragen.«
Sie blickte auf und sah Ricardas abwehrende Miene. »Nun sag bloß nicht, du willst sie nicht. Du brauchst sie, das sage ich dir. Und bis du dir selber die richtigen gekauft hast, kannst du inzwischen die mal anziehen. Ich habe Schuhe in rauhen Mengen. Ist ein Tick von mir. Fast jedesmal, wenn ich in der Stadt bin, kaufe ich mir ein Paar Schuhe. Da kannst du nichts machen. Und was du heute abend anziehst, werde ich mir noch überlegen. Und nun hau' ich ab, ehe du böse wirst. Muß Schularbeiten machen. Tschüs.« Und damit war sie verschwunden.
Ricarda stand vor den Schuhen. Sie wußte nicht, was sie sagen sollte. Außerdem hätte es sowieso keinen Zweck gehabt zu sagen: Ich will nichts und ich brauche nichts. Es war keiner da, der es hätte hören können.
Und ganz irgendwo in der Tiefe ihres Herzens war sie ein wenig gerührt. Dieses Kind, dieses Mädchen ...
Meine Tochter wäre jetzt auch so alt. Monika ... Lang vergessen.
Sie zog ihre Schuhe aus und schlüpfte in die schwarzen Pumps. Spitze, elegante Schuhe mit hohen Absätzen. Federleicht und schmiegsam. Sie ging probeweise einige Schritte. Die Schuhe

paßten wirklich. Sie paßten ausgezeichnet. Sie zog sie wieder aus, stellte sie sorgfältig neben die anderen. Dann ging sie in Strümpfen zu einem Sessel, setzte sich ganz langsam, sah die Schuhe an, starrte in die Luft und dachte: Was soll ich bloß tun?

Die starre Ruhe, zu der sie sich die ganze Zeit gezwungen hatte und die ihrem Wesen eigentlich gar nicht entsprach, hatte sie nun ganz verlassen. Das Gespräch mit Charlott, die Tränen ihrer Schwester und ihre Anklagen.

Sie war nicht die Anklägerin, sie war angeklagt worden. Hartherzig, lieblos. Du kannst nicht vergessen und nicht verzeihen. Dann der Spaziergang mit dem Hund, der nicht weggelaufen war, sondern zu ihr zurückkam. Frau Plaschke, die sich darum sorgte, ihr könne zu kalt geworden sein. Der Schnaps, zusammen mit Herrn Plaschke getrunken.

Und nun also noch Brigitte. Ihre Nichte Brigitte. Gestern die Kette, heute die Schuhe. Freundliche Worte, warmes Lächeln. Muß ich eigentlich Tante sagen? Ricarda ist so ein hübscher Name. Du hast eine tolle Figur. – Aber die Schuhe hatten ihr nun den Rest gegeben. Erstmals beschäftigte sie sich nicht nur mit sich selbst, sie dachte an die anderen, die sie eigentlich haßte. –

Hassen war anstrengend. Es kostete viel mehr Mühe, zu hassen, als zu lieben. Und es verletzte einen selbst viel mehr als es die anderen schmerzen konnte. Viel, viel mehr. Auch ihren Vater hatte sie hassen wollen, auch ihm hatte sie wehtun wollen. Und sie hatte ihm auch weh getan. Das wußte sie sehr genau. Ihm am meisten.

Und nicht nur ihm. Auch ihren anderen Vater, auch Gott hatte sie gekränkt. Das erste Mal, seit sie bewußt lebte, hatte sie sich vor ihm verborgen, sich versteckt wie ein trotziges Kind . . .

Sie sprang auf, ihr war auf einmal heiß. Wie Fieber durchlief es sie. Sie mußte – was mußte sie? Sie mußte endlich Hilfe haben. Sie konnte nicht länger allein bleiben mit ihrem Haß und ihrer Verzweiflung.

Sie zog sich an, rasch, als könne sie etwas versäumen, als sei es höchste Zeit, nun endlich dahin zu gelangen, wo sie Hilfe finden würde.
Der schwarze Rock, der neue Pullover – und dann, nach einem kleinen Zögern, nahm sie Charlotts grauen Pelz langsam in die Hand, zog ihn an. Die schwarzen Pumps – sie schlüpfte hinein und fühlte sich schon ganz vertraut darin. Daß es besser gewesen wäre, an diesem kalten Tage, die Schuhe mit den Gummisohlen anzuziehen, daran dachte sie nicht.
Im Haus war es still. Die Kinder waren wohl in ihren Zimmern. Oder fortgegangen. – Auch unten traf sie keinen.
An der Haustür zögerte sie. Sollte sie nicht Frau Plaschke oder Fanny Bescheid sagen? Es war ja noch nicht spät, erst kurz nach drei. Sie würde rechtzeitig zurück sein, ehe man überhaupt merkte, daß sie fortgegangen war. Der Himmel war noch schwerer, noch dunkler geworden. Die Luft kalt und beißend. Aber der graue Pelz war wunderbar warm. Sie schlug den Kragen hoch. Ein Kopftuch hätte sie umbinden sollen. Aber wer weiß, vermutlich war das sehr unpassend. Hier trug man wohl keine Kopftücher. Wo war nun der Weg zur Straßenbahn? Sie ging erst ein Stück in der Richtung, die sie heute mit Lassie gegangen war. Aber das stimmte offenbar nicht. Wo war Herr Plaschke mit dem Lieferwagen hergekommen? Sie hatte ihn erst gesehen, als er an ihr vorbeifuhr.
Es vergingen an die zwanzig Minuten, bis sie zur Endstation der Straßenbahn gefunden hatte. Die Fahrt in die Stadt machte keine Schwierigkeiten. Aber dann – wo sollte sie aussteigen? Und wo fand sie das, was sie suchte?
Sie verließ die Straßenbahn am Bahnhof, der Menschenstrom nahm sie mit in die Hauptstraße hinein, viele Menschen waren in der Stadt trotz der Kälte und der Dunkelheit. Alle Schaufenster waren hell erleuchtet, Wärme strömte aus den Ladentüren, Christbäume, Engelsgesichter, Goldgeflitter in den Fenstern.
Aber Ricarda betrachtete die Auslagen nicht. Sie hatte ein Ziel.

Heute hatte sie ein ganz bestimmtes Ziel, und das mußte sie erreichen. Aber sie scheute sich zu fragen.
Die erste große Kirche, die sie sah, stand an einem Platz, wo sich mehrere Straßen kreuzten. Lärm, Betrieb, die Autos stürzten sich wie eine losgelassene Herde in die Straßen, wenn das Licht der Ampeln wechselte.
Sie ging auf die Kirche zu, um sie herum, die Türen waren verschlossen. Das war nicht der richtige Ort.
Also weiter. Sie kam in die Altstadt. Hier war der Menschenstrom womöglich noch dichter, allein deswegen, weil die Straßen enger waren.
Und dann endlich kam sie vor die richtige Tür. Die Kirche stand am Ende eines großen Platzes, wohl der Marktplatz, sie wußte es nicht, sie war nicht so groß wie die andere, aber schön, wohlgeformt, durch ihre Fenster schimmerte mattes Licht, das sie rief.
Sie trat ein.

Als sie eine Stunde später wieder ins Freie trat, war es noch dunkler geworden. Und aus dem dunklen Himmel fiel Schnee. Große Flocken, schimmernd im Licht der hohen Bogenlampen, dichter, echter Winterschnee. Sie rutschte in den dünnsohligen Schuhen mit den hohen Absätzen. Aber jetzt hatte sie ja Zeit. Vorsichtig, langsam ging sie auf den Platz hinaus, da standen Buden mit bunten Lichtern, überall strahlten Kerzen und Lichter. Wohl der Weihnachtsmarkt.
Sie ging langsam an den Ständen vorbei, hörte Stimmengewirr, sah leuchtende Kinderaugen.
Ricardas Wangen waren gerötet, auch ihre Augen glänzten jetzt. Sie hatte Maria ihren Kummer anvertraut. Und dann hatte sie gebeichtet.
Ich bin voller Hochmut. Ich bin voller Haß. Ich bin hartherzig und böse.
Und: ich möchte nicht mehr leben. Ich bin verloren und verlassen. Ich weiß keinen Weg.

Hinter dem Gitter war Schweigen gewesen. Und dann hatte eine leise Stimme zu ihr gesprochen. Die leise, gütige Stimme eines alten Mannes:
Da ist immer ein Weg. Gott wird ihn dir zeigen. Du bist nicht verloren und nicht verlassen, meine Tochter. Denn Gott ist bei dir. Du wirst den Haß besiegen und wirst die Liebe wiederfinden. Und du wirst leben, denn Gott braucht dich. Er braucht dein Herz voller Liebe und Versöhnung. Gerade dein Herz.
Gerade mein Herz?
Sie stand vor den bunten Buden, hörte die Stimmen, sah die Gesichter. Sie war ruhig, sie war getröstet. Wie lange es andauern würde – sie wußte es noch nicht. Der Schnee setzte sich in ihr Haar, sie hatte sehr kalte Füße, aber ihr Herz schlug warm und lebendig.
Da ist immer ein Weg ...
Als sie den Weihnachtsmarkt verlassen hatte, blieb sie unschlüssig stehen. Wo war sie? Und wie kam sie weiter? Denn sie mußte ja zurück.
Mußte sie zurück?
Am liebsten wäre sie fortgegangen. Aber wohin?
Sie ging langsam die Straße weiter. Sie hatte keine Ahnung, wo sie sich befand. Um sie herum war Leben und Betrieb, hastende Menschen, nahe dem Feierabend hatte die Stadt ihre hektische Stunde.
Wenn sie in dieser Richtung ging, mußte sie wieder dahin gelangen, woher sie gekommen war. Unschlüssig blieb sie stehen. Sie mußte jemanden fragen, aber wen, die Menschen schienen alle in Eile. Am besten in einem Laden bei einem kleinen Einkauf.
Dann sah sie auf der anderen Straßenseite einen Friseurladen. Charlott fiel ihr ein und die Gäste heute abend. Es dauerte eine Weile, bis es ihr gelang, die Straße zu überqueren. Noch einmal zögerte sie vor dem Geschäft. Doch dann drückte sie entschlossen auf die Klinke.
Drinnen wurde sie liebenswürdig empfangen. Ob sie angemel-

det sei? Sie schüttelte den Kopf. Die blonde Dame machte ein bedenkliches Gesicht, doch dann meinte sie, es ginge wohl gerade noch. Sie solle einen Augenblick Platz nehmen.
Sie war eine der letzten Kundinnen. Kurz vor Geschäftsschluß war ihr Haar ausfrisiert, voll und weich schmiegte es sich um ihren Kopf, die Spitzen ein wenig in die Wangen gebogen. Eine Pagenfrisur, wie sie gerade Mode war. Sie betrachtete sich im Spiegel und kam sich fremd vor. Ein anderes Gesicht mit seltsam glänzenden Augen. Und eine neue, sehr aparte Frisur.
Man brachte ihr den grauen Pelz, legte ihn ihr um die Schultern. »Sie haben Ihren Wagen in der Nähe, gnädige Frau?«
Sie schüttelte den Kopf. »Nein. Ich habe keinen Wagen.«
»Aber es schneit jetzt sehr. Sollen wir Ihnen ein Taxi rufen?«
Verwirrt blickte sie die Fragende an. Ein Taxi?
Dann nickte sie. Auf diese Weise kam sie wenigstens nach Hause. Nach Hause? In das Haus ihrer Schwester.
Es dauerte eine Weile, bis das Taxi kam. Sie saß auf einem Stuhl, sah zu, wie die letzten Kunden das Geschäft verließen, wie sich die Angestellten, hübsche, gepflegte junge Mädchen, ein paar wohlgekleidete Herren, zum Heimgehen rüsteten.
Dann kam das Auto, man geleitete sie zur Tür. Vielen Dank, und sie möge wiederkommen.
»Ich danke auch«, sagte sie und lächelte scheu. »Auf Wiedersehen.«
Der Taxichauffeur öffnete ihr die Tür. Sie stieg in den dunklen Wagen, setzte sich und sagte ihm die Adresse. Lautlos fuhr der Wagen an. Draußen fiel dicht der Schnee. Sie fuhr nach Hause.

Mittlerweile befand sich im Hause Fabian alles in hellster Aufregung.
Matthias war als erster heimgekommen, schon am frühen Nachmittag, kurz darauf Charlott.
Dann hatte man festgestellt, daß Ricarda verschwunden war. Natürlich dachte Charlott sofort an das Gespräch am Morgen. Was hatte Ricarda gesagt? Ich werde nicht mehr lange hier

sein. Ich werde euch nicht mehr lange zur Last fallen. Lieber Himmel, wo war Ricarda?

Charlott geriet sofort außer Fassung. Sie erzählte ihrem Vater, was sie am Vormittag geredet hatten.

»Ihr hattet Streit?«

»Nein. Streit kann man es nicht nennen. Ich wollte, daß sie mit mir in die Stadt käme. Aber sie wollte natürlich nicht. Und dann haben wir so ein bißchen geredet. Nein, nicht gestritten. Bestimmt nicht, Vater.«

Matthias sah alt aus auf einmal. Sein Gesicht war voller Sorge und Angst. Wo war Ricarda?

Die Kinder wurden befragt. Thomas wußte natürlich nichts. Brigitte erzählte von den Schuhen und kam gleich mit in Ricardas Zimmer, um sich da umzusehen. Die schwarzen Pumps waren nicht mehr da.

»Da bist du hin!« meinte Brigitte. »Sie hat die schwarzen Schuhe angezogen. Ganz leichte italienische Pumps. Und das bei dem Wetter. Na, vielen Dank.«

Dann stellten sie fest, daß der Persianer auch nicht mehr da war.

»Na, wenigstens hat sie einen warmen Mantel an«, stellte Charlott fest in dem verzweifelten Versuch, sich zu trösten. Sie war schon wieder den Tränen nahe. Das wohlgelungene Make-up aus dem Kosmetiksalon war gefährdet. Und ausgerechnet heute, wo Besuch kam.

Ob sie Eva anrief und den Abend absagte?

Fanny wußte nichts. – Frau Plaschke berichtete von dem Spaziergang mit Lassie, und daß das gnädige Fräulein sehr durchfroren gewesen sei und in der Küche einen Schnaps getrunken habe. »Sie war mit dem Hund spazieren?« fragte Charlott ungläubig.

»Ja. Wir haben uns auch gewundert. Und nicht mal einen Mantel hat sie angehabt. Dabei war's doch so kalt. Nur 'ne Jacke. Ich hab' gleich gesagt, was für ein Leichtsinn, hab' ich gesagt.«

Schließlich rief Charlott im Werk an. Werner war glücklicherweise da.
»Ricarda ist verschwunden.«
»Was heißt das, sie ist verschwunden?«
»Das wissen wir eben nicht. Sie ist einfach weggegangen. Und wir wissen nicht, wohin.«
»Sei doch nicht so hysterisch. Warum soll sie denn nicht mal weggehen? Sie kann doch nicht ewig in der Bude sitzen.«
»Aber Werner, wir haben keine Ahnung, wo sie hin ist. Und sie hat auch nichts gesagt. Und sie kennt sich doch hier nicht aus. Und heute morgen habe ich ...«
»Was hast du heute morgen?«
»Na ja, wir haben so geredet. Nicht gestritten. Aber so eben – du weißt schon.«
»Ich weiß gar nichts. Aber ich komme gleich.«
Werner kam also, und sie saßen unten im Wohnzimmer. Matthias mit einem plötzlich eingefallenen Gesicht und den sorgenvollen Augen, Charlott der Auflösung nahe, die Kinder auch beunruhigt, Werner ärgerlich und ratlos. Frau Plaschke brachte Kaffee und machte ein paar düstere Bemerkungen, die keiner hören wollte.
»Sie hat das Geld mitgenommen«, sagte Matthias.
»Was für Geld?«
»Ich habe ihr von dem Geld, das du mir gegeben hast, hundert Mark gegeben. So in kleinen Scheinen. Sie wollte es nicht nehmen. Erst lag es auf dem Tisch, dann habe ich es in die Schublade von ihrem Nachtschränkchen getan. Dort ist es nicht mehr.«
»Na also«, sagte Werner. »Sie wird halt endlich etwas einkaufen gegangen sein.«
»Aber das hätte sie ja sagen können.«
»Ihr wißt doch, wie sie ist.«
Frau Plaschke kam. »Soll ich nun die Rebhühner anbraten?«
»Hören Sie doch bloß mit Ihren Rebhühnern auf«, sagte Werner gereizt.

»Aber du weißt doch, Werner, Sven und Eva kommen heute abend.«
»Na schön, dann bratet halt die Rebhühner an. Ihr macht mich ganz schwach. Sie ist in die Stadt gegangen und wird schon wiederkommen. Auf jeden Fall hat sie Geld dabei. Wenn einer in den Fluß springen will, nimmt er kein Geld mit.«
»Werner!« rief Charlott. »Wie du redest!«
Auch Matthias blickte mißbilligend auf seinen Schwiegersohn. Er sagte nichts.
Es war sieben Uhr, als Ricarda kam. Sie fuhren alle hoch, als es klingelte. Fanny sauste zur Tür, wohlig erregt, still hoffend, man würde eine Bahre bringen. Endlich mal was los! Dann sauste sie zurück ins Zimmer. »Das gnädige Fräulein ist da.« Und kichernd: »Sie war beim Friseur.«
Ricarda war ihr nachgekommen. Sie trug den grauen Persianer und die Schuhe mit den hohen Absätzen. Sie sah sehr elegant aus, die Wangen gerötet, ihre Augen glänzten wie im Fieber. Ihr Haar war auf sehr aparte Weise frisiert.
»Na, das haut einen glatt um«, murmelte Brigitte.
Charlott lief auf ihre Schwester zu und umarmte sie heftig. »Mein Gott, Ricarda, was haben wir uns aufgeregt! Warum sagst du nicht, wo du hingehst. Kein Mensch wußte, wo du bist.«
»Oh!« sagte Ricarda. »Daran habe ich nicht gedacht. Ich bin in die Stadt gefahren. Ich dachte ...«, sie blickte verwirrt von einem zum anderen.
Werner starrte sie an, dann lachte er kurz auf. »Wir wollten gerade die Polizei anrufen.«
Ricarda blickte unsicher ihren Vater an. »Aber ich ...« Matthias' Gesicht war ernst. »Schon gut, mein Kind«, sagte er. »Aber es wäre besser gewesen, du hättest irgend jemand gesagt, was du vorhast. Schließlich bist du wochenlang nicht aus dem Haus gegangen. Da macht man sich doch Sorgen, wenn du plötzlich verschwunden bist.«
»Du hast dir Sorgen um mich gemacht?«

»Wir haben uns alle Sorgen um dich gemacht.«
»Die Rebhühner sind bestimmt angebrannt«, sagte Brigitte.
»Aber du siehst süß aus, Ricarda. Geradezu umwerfend.«
»Entschuldigt bitte«, sagte Ricarda. »Es tut mir leid. Aber – aber ich habe nicht gedacht, daß sich irgend jemand um mich Sorgen machen könnte.«
»Nein?« sagte Matthias langsam. »Hast du das nicht gedacht?«
Hilflos sah Ricarda ihn an. Alle Härte war aus ihrem Gesicht verschwunden. »Es tut mir leid«, sagte sie noch einmal. Dann sah sie Charlott an, die immer noch vor ihr stand und große, angstvolle Kinderaugen hatte. »Es tut mir leid.«
Charlotts Lippen zitterten ein wenig, sie schluckte. »Hauptsache, du bist wieder da.« Sie hob sich auf die Zehen, gab Ricarda einen raschen Kuß auf die Wange, dann lachte sie verlegen.
»Du siehst wirklich hübsch aus. Und nun muß ich mich umziehen. Sven und Eva werden gleich kommen.«
»Schau dir lieber erst einmal die Rebhühner an«, sagte Werner trocken, »und beruhige Frau Plaschke. Willst du was trinken, Ricarda? Einen Kognak? Oder einen Whisky?«
»Gib ihr einen Kognak«, sagte Charlott, »damit ihr warm wird.«
»Wie bist du denn jetzt herausgekommen?«
»Mit einem Taxi.«
»Na prima«, sagte Werner. Er goß den Kognak ein und brachte Ricarda das Glas. Sie nahm es, er stand vor ihr und lächelte sie an. »Es war eine gute Idee von dir, mal einen kleinen Ausflug zu machen. Zum Wohl!«
In ihrem Zimmer angelangt, zog Ricarda den Pelz aus, hängte ihn sorgfältig über einen Bügel. Sie schlüpfte aus den Schuhen, die feuchte Sohlen hatten. Dann blickte sie in den Spiegel, berührte mit vorsichtigem Finger ihr Haar. Wie fremd sie war! Und sie hatten sich Sorgen um sie gemacht.
Es klopfte, und gleich darauf steckte Brigitte den Kopf durch die Tür. »Darf ich mal?«

Über dem Arm trug sie ein Kleid. Ein Kleid aus einem weichen, leichten Stoff in einem warmen honigfarbenen Ton.

»Ich hab' mir gedacht, du könntest das vielleicht anziehen. Eingekauft hast du ja wohl weiter nichts?«

»Aber Brigitte ...«

»Tu mir den Gefallen und probier's mal. Ich wette, daß es dir paßt. Und immer kannst du ja auch nicht Rock und Pulli tragen. Bitte, mir zuliebe.«

Ihr Lächeln war unwiderstehlich.

»Ich hab' mir das kürzlich mal gekauft, aber es ist keine Farbe für mich. Dir müßte es prima stehen. Bei welchem Friseur warst du denn? Deine Frisur ist letzter Schrei. Charleston-Frisur nennt man das. Du siehst einfach toll aus.«

»Ich wollte eigentlich oben bleiben«, sagte Ricarda verwirrt.

»Du spinnst ja«, rief Brigitte impulsiv. »Also entschuldige, aber das ist doch Unsinn. Wo du jetzt beim Friseur warst. Und überhaupt. Los, zieh das Kleid mal an.«

Eine halbe Stunde später kamen die Gäste. Brigitte ging hinauf und holte Ricarda. Und sie kam. In einem schmalen honigfarbenen Kleid mit einem kleinen runden Ausschnitt, sonst ganz glatt und einfach gearbeitet. Schwarze Pumps mit hohen Absätzen. Daß die Sohlen ein wenig feucht waren, wußte schließlich keiner.

Das Kleid paßte ihr, als sei es für sie gemacht. Sie sah sehr elegant aus. Sven Laupholz hob die Brauen und spitzte die Lippen wie zu einem Pfiff, als er sie sah. Er pfiff natürlich nicht, das hatte er viel früher mal getan. Aber er reagierte immer noch auf die gleiche Weise, wenn er eine attraktive Frau erblickte.

Auch Eva Laupholz blickte der Schwester von Charlott interessiert entgegen. Und sie war ehrlich verblüfft. So hatte Charlott sie nicht beschrieben. Unwillkürlich, mit dem sechsten Sinn der Frauen, kam sie sofort auf die richtige Spur. Sie warf einen raschen Blick zu Werner Fabian, der an der Hausbar stand und ihnen die Drinks mixte. Und was sie sah, ließ auch sie die Brauen hochziehen.

Werner stand reglos, in der einen Hand die Whiskyflasche, in der anderen ein Glas. So stand er und blickte auf die Frau, die neben Brigitte unter der breiten geöffneten Schiebetür stand. Staunen in seinem Gesicht, Fragen, und bereits ein Wissen.
Eva Laupholz konnte in Männergesichtern sehr gut lesen. Sie sah auch, daß die seltsame, dunkelhaarige Frau zu Werner hinüberblickte, daß ihre Augen sich trafen.
Das ist nicht von heute und nicht von gestern, dachte Eva. Das ist ein altes Lied. Ein Lied, dessen Melodie beide nicht vergessen haben.
Noch ein anderer hatte diesen Blickwechsel gesehen. Matthias. Er stellte sein Glas behutsam auf den Tisch und dachte: Nein! Nein, das nicht. Das könnte sie nicht mehr ertragen.
Charlott sah nur das Kleid. Sie fühlte eine jähe, heftige Eifersucht. Brigittes Kleid! Erst die Schuhe, jetzt das Kleid, was ging vor zwischen den beiden? Und sie dachte wild: Ich gebe Brigitte nicht her. Sie ist mein Kind. Ich habe sie gerettet. Ich habe sie beschützt. Damals, im Winter, auf der Flucht, ich habe sie mit meinem Körper gewärmt, ich habe um ihr Leben, um jeden Atemzug gekämpft. Ich wollte, daß sie am Leben bleibt. Eines der Kinder mußte leben. Und es blieb am Leben. Und es ist mein Kind.
Mit einem nervösen Auflachen ging sie zur Tür. »Meine Schwester Ricarda«, sagte sie.
Und auf einmal war alles so wie damals. Sie war die dumme kleine Lottel, unscheinbar und ganz niedlich, sie verblaßte neben ihrer Schwester. Ricarda, stolz und schön und klug, bewundert und geliebt. Fünfzehn Jahre hatten daran nichts geändert.
Ricarda empfand es keineswegs so. Sie wollte lächeln, aber sie konnte nicht. Sie hatte eine eigentümliche Leere im Kopf, vor ihren Augen flackerte es. Sie hatte Scheu vor den fremden Menschen, zuviel war heute auf sie eingestürmt. Eine freundlich lächelnde Frau in einem Sessel, ein blonder, breitschultriger Mann, der sie mit unverhohlener Anerkennung betrach-

tete, ein zierliches braunhaariges Mädchen, das neben Werner an der Bar lehnte. Und wieder Werner. Er sah sie unverwandt an. Es war schwer, sich aus seinem Blick zu lösen. Wie hilfesuchend sah sie zu ihrem Vater. Da spürte sie eine schmale, feste Hand auf ihrem Arm. Sie wandte den Kopf zur Seite und sah Brigittes aufmunterndes Lächeln.
Und nun konnte sie auch lächeln. An Charlott vorbei ging sie ins Zimmer.

Die Rebhühner waren nicht angebrannt, sie waren ausgezeichnet, wie alles, was Frau Plaschke auf den Tisch brachte. Auch der Wein war gut. Und trotzdem kam keine ungezwungene Stimmung auf, eine Spannung war im Zimmer, die geheimen Gedanken dieser Menschen kreuzten sich, bekämpften einander, flohen sich. Und suchten sich.
Werner, sonst ein vorbildlicher und unterhaltsamer Gastgeber, war ganz gegen seine Gewohnheit schweigsam und zerstreut. Er aß wenig, und er schien nicht zu wissen, was er aß.
Morgen fahre ich weg. Ich will gar nicht weg. Erst habe ich mir gewünscht wegzufahren, um eine Weile von ihnen hier nichts zu sehen und zu hören. Diese Reise war nicht wichtig. Für gewöhnlich besuche ich die Filialen nach Weihnachten, zu Anfang des Jahres, wenn Inventur gemacht ist, wenn überall neue Pläne besprochen werden. Der Geschäftsführer von München muß ausgetauscht werden. Ich dachte, den Mann von Mainz hinzusetzen. Das ist der Tüchtigste, den ich habe. Er hat prozentual den besten Umsatz gemacht im letzten Jahr. Und Mainz ist keineswegs ein Konjunkturpflaster. Aber all das kann ich jetzt sowieso nicht erledigen. Vor Weihnachten kann kein Mensch etwas erledigen. Und hier hätte ich genügend zu tun. Erstens die Weihnachtsfeier im Betrieb. Und dann noch verschiedene andere Verpflichtungen. Fräulein Lessing hätte heute beinahe auch geweint, genau wie Charlott. Also warum verreise ich? Weil ich mit Sybille ein paar Tage zusammensein wollte? Sybille?

Sybille war so ferngerückt. Eine reizvolle Freundin. Aber nicht die Frau, die man liebt. Die man heiraten will. Seine Reise war eine Flucht. Das wußte er nicht. Das gestand er sich nicht ein. Er wußte auch nicht, wovor er eigentlich floh. Daran änderte die Tatsache nichts, daß er sie nach Wien bestellt hatte. Vielleicht versprach er sich etwas von der anderen Umgebung, die fremde Stadt, ein Zimmer im Hotel – waren sie nicht in Paris sehr glücklich gewesen? Das war kaum ein Vierteljahr her. Hatte sich denn seither etwas verändert? Nein, nichts hatte sich verändert. Doch. Alles hatte sich verändert. Er wußte es nur noch nicht.

Aber er fühlte sich unbehaglich. Gerade ein paar Bissen von dem Hummersalat hatte er gegessen, und jetzt lag das halbe Rebhuhn unberührt auf seinem Teller. Er hatte gar nicht bemerkt, was er gegessen hatte.

Wieder ging sein Blick über den Tisch. Ricarda saß ihm schräg gegenüber. Sie hatte das Gesicht geneigt, das Kerzenlicht gab ihrer Haut einen rosigen Schimmer, ihre langen Wimpern malten Schatten auf ihre Wangen.

Wie schön sie immer noch war! Das goldfarbene Kleid paßte zu ihr. Hatte sie das gekauft? Sie besaß einen guten Geschmack. Er versuchte sich zu erinnern, was sie früher getragen hatte. Ein helles Kostüm fiel ihm ein. Das trug sie, wenn sie zu den Vorlesungen ging. – Einen grauen Rock und weiße Blusen. – Und dann hatte sie ein Kleid gehabt, das er besonders liebte. Es war im Spätsommer. Er hatte im Garten auf sie gewartet, sie wollten ausgehen, und sie zog sich um. Er saß unter dem Maulbeerbaum, es war ein warmer, stiller Abend, gold und himmelblau, so friedlich, er hatte den Krieg vergessen. Und dann trat sie aus dem Hause, aus der dunklen, schmalen Tür kam sie heraus, sie trug ein Kleid mit einem weiten, schwingenden Rock – die Röcke waren damals kurz wie heute –, ein weißgrundiges Kleid mit zartrosa Ranken darauf, das Haar fiel ihr lang und dunkel bis auf die Schultern, sie kam auf ihn zu und lächelte. Er sah ihre Augen, dunkel und geheimnisvoll, er

sah ihren Mund, weich und rot und bereitwillig, und er liebte sie. Liebte sie jäh und heftig und verlangend.
»Was für ein hübsches Kleid.«
»Gefällt es dir? Muttel hat es gemacht. Es ist ganz neu.«
Ihre Taille war zerbrechlich schmal, und darunter der weite Rock, ihre schönen langen Beine, sie drehte sich vor ihm, der Rock flog, sie lachte, und er hätte sie am liebsten in die Arme gerissen, gleich, sofort, ganz egal, wer aus dem Hause sie sehen konnte – er war kein Knabe, kein Jüngling, ein Mann von annähernd dreißig Jahren, und nie, nie zuvor hatte er eine Frau so sehr begehrt.
Ricarda! Über den Tisch hinweg blickte er gebannt auf sie. Wo war dieses Mädchen von damals hingekommen, dieses lachende, lockende, leidenschaftliche Mädchen mit all seiner wilden Hingabe, seiner glühenden Zärtlichkeit? War es verschwunden, war es tot? Oder lebte es verborgen in dieser stillen dunklen Fremden im goldfarbenen Kleide, die ihm dort gegenübersaß?
Sie hatte seinen Blick schon lange gespürt. Ein Stück von dem Rebhuhn, eine Gabel voll Kraut. Die Gabel war wie ein Zentnergewicht in ihrer Hand. Sie wußte, daß er sie ansah. Und fast wußte sie auch, was er dachte. Auch sie hatte an diesem Abend schon an damals gedacht.
Ein seltenes Ereignis in jener Zeit, sie war beim Friseur gewesen. Die jungen Mädchen drehten sich selbst die Haare auf Lockenwickel, und ihr Haar fiel von selbst in die weiche lockige Mähne, die damals Mode war. Sie war nun einmal zum Friseur gegangen, um für ihn schön zu sein. Und die Friseuse, ein junges Mädchen wie sie, hatte sie nach der letzten Mode frisiert; die Haare straff nach oben gebürstet und auf dem Kopf in einen üppigen Lockentuff gelegt. Es machte sie älter. Aber es machte sie auch schön. Das fand sie jedenfalls selbst. Ihre ohnehin betonten Backenknochen traten noch deutlicher hervor, das Gesicht wirkte sehr schmal, die Augen noch größer und dunkler.

Sie trafen sich zum Abendessen bei Hansen, eines der besten Restaurants der Stadt. Sie war ein wenig befangen in der ungewohnten Umgebung, aber er bewegte sich mit lässigem Charme, er war in Uniform, er sah blendend aus, sie bekamen einen guten Tisch, und sie bekamen auch noch ausgesucht gut zu essen.

»Wie schön du bist, Ricarda. Weißt du, wie du aussiehst? Du siehst aus wie eine russische Großfürstin. Jedenfalls so stelle ich mir eine russische Großfürstin vor. Weißt du, so eine, die über Länder und Felder und Wälder und Menschen gebietet. Sie fährt mit ihrer Troika über Land, ihre Haare wehen im Wind, aber abends sitzt sie neben dem Großfürsten in der Loge, in der Oper natürlich, das Ballett tanzt, und sie hat das Haar wie du hochgesteckt, und Brillanten funkeln darin, und ihre Augen sind dunkel vor Sehnsucht und Liebe.«

»Ich habe keine Brillanten im Haar. Und wen liebt die Großfürstin?«

»Du hast Brillanten im Haar. Ich sehe sie. Und eines Tages wirst du sie wirklich haben. Ich werde sie dir schenken. Die schönsten und teuersten Brillanten der Welt. Und sie liebt natürlich nicht den Großfürsten, sie liebt mich.«

»Dich? In der Loge, beim Ballett in der Oper? Wer bist du denn?«

»Ich bin ein Offizier des Zaren. Ich stehe in der Loge vis-à-vis, hinter dem Stuhl einer ... eines ...« er mußte kurz überlegen, »nein, falsch, ich bin natürlich ein preußischer Offizier und stehe hinter dem Stuhl des preußischen Gesandten. So ist es richtig. Und ich liebe die Großfürstin Ricarda. Und sie liebt mich. Wir sehen uns an. Und nach der Oper werden wir uns küssen.«

»Das wird wohl nicht gehen.«

»O doch, das geht. Wir treffen uns bei ihrer alten Kinderfrau. Die ist verschwiegen. Dort bleiben wir, bis der Morgen graut. Und dann fährt sie nach Hause, die Großfürstin, und peitscht ihre Dienerin aus.«

»Warum?«
»Weil Ljuba eingeschlafen ist, darum. Die dumme Gans soll das Zimmer ihrer Herrin bewachen, denn wenn der Großfürst kommt in der Nacht, muß sie ihn wegschicken. Sie muß sagen: Das Mütterchen ist krank. Das Mütterchen darf nicht gestört werden.«
»Oh! Der Großfürst kommt manchmal in der Nacht? Das ist aber sehr gefährlich.«
»Eben. Und darum verdient Ljuba auch die Peitsche.«
Und Ricarda hatte ein wenig die Oberlippe hochgezogen, man sah ihre Zähne funkeln, weiß hinter den roten Lippen, sie neigte den Kopf, ihr Lächeln war grausam und wollüstig zugleich. »Ja. Du hast recht. Ljuba verdient die Peitsche.«
An dieses Gespräch hatte Ricarda an diesem Abend gedacht, als sie vor dem Spiegel stand und sich ansah in dieser seltsamen Frisur. Schmal ihr Gesicht, dunkel die Augen, und die Spitzen ihrer Haare rechts und links in die Wangen gebogen. Auch dies betonte ihre Backenknochen. Und sie hatte gedacht: Ob er jemals mit Charlott solche Gespräche geführt hatte?
Aber diese Frage quälte sie nicht. Denn sie *wußte* ganz genau, daß er nie mit Charlott solche Gespräche führen konnte.
Nun also hob sie den Blick. Nicht mehr das Mädchen von damals. Und er nicht mehr der junge Leutnant. Keine Großfürstin mit Brillanten im Haar. Kein Adjutant des preußischen Gesandten. Aber sie und er – eine Welt lag dazwischen, ein Ozean, eine Ewigkeit von Zeit. Es waren ihre Augen, es war ihr Mund. Und da drüben waren seine Hände, und da war sein Herz.
Wieviel Zeit hatte ihnen das Schicksal gelassen? Es war ja so wenig gewesen. Ein paar Wochen, Tage, Stunden. Minuten zuletzt, gestohlen zwischen Wiedersehen und Abschied. So viel Küsse ungeküßt, so viel Worte nicht gesagt. Und so viel Liebe – wo ist sie geblieben?
Hast du sie bewahrt, Ricarda?
Spürst du sie noch, Werner? Spürst du sie wieder?

Die Gabel klirrte auf den Tellerrand, als Ricarda sie niederlegte. Sie konnte nicht mehr essen. Wie ein Schwindel befiel es sie. Die Kerzen in dem silbernen Leuchter tanzten vor ihren Augen, die Stimmen um sie herum wurden leiser, vergingen, und dann war es dunkel um sie – mit tastender Hand griff sie nach dem Weinglas, sie sah nicht, wo es stand, sie stieß dagegen, das Glas fiel um und der rote Wein floß über das Tischtuch.

Sie riß die Augen auf und kam zu sich.

Erschrocken blickte sie sich um. Zwei, vier, sechs Gesichter, die sie ansahen. Charlotts nervöses Lachen. »Aber das macht gar nichts. – Fanny!«

Matthias' besorgter Blick. Diese andere Frau, die, als sei nichts geschehen, das Gespräch wieder aufnahm, nachdem sie ihr zugelächelt hatte.

Alle wandten sich taktvoll wieder von ihr ab, taten, als sei nichts geschehen. Fanny kam mit einer Serviette. Brigitte sagte irgend etwas und lachte.

Aber Werner sah sie immer noch an. Und wieder, wie unter einem Zwang, begegnete sie diesem Blick. Und dann lächelte er, ein wenig nur. Aber sie konnte deutlich lesen, was in seinen Augen stand: Es war meine Schuld, daß das Glas umfiel, ich weiß es. Das dachte er.

Endlich wandte er den Blick ab. Ricarda sah auf ihren Teller. Wenn sie doch gehen könnte! Sie hatte das Glas umgestoßen. Nun gut, das war nicht so schlimm. Hatte ihr Vater gesehen, warum es geschehen war? Hatten die anderen es gesehen? Konnte einer hinter ihrer Stirn lesen, die Gedanken, die Erinnerungen, die – Wünsche? So wie Werner sie durchschaut hatte?

Ich kann nicht mehr essen. Ich hätte oben bleiben sollen. Ich wollte ja auch gar nicht kommen. Brigitte ist schuld, daß ich herunterkam. Brigitte und ihre Schuhe. Und die Kette. Und das Kleid. Mein Gott, Brigittes schönes Kleid, hoffentlich hat es keinen Fleck bekommen.

Sie wandte den Kopf. Brigitte saß neben ihr. Sie war mit ihrem Rebhuhn fertig, sprach mit dem hübschen jungen Mädchen. Aber jetzt wandte sie sich zu Ricarda, lächelte ihr zu.

»Schmeckt es dir nicht? Ein bißchen warme Sauce?« Fast mütterlich besorgt klang ihre Stimme. Das war sonst gar nicht Brigittes Art. Aber es war seltsam, seit heute fühlte sie sich für Ricarda verantwortlich. Hatte sie es nicht gut gemacht? Die Schuhe, das Kleid, gestern die Kette. Und jetzt sollte Ricarda bloß nicht denken, das dumme Weinglas habe etwas zu bedeuten. Wichtigkeit!

»Danke. Ich habe keinen Hunger«, antwortete Ricarda.

»Da wird Frau Plaschke aber bittere Tränen vergießen, wenn du nicht aufißt. Und der Chef hat seinen Vogel auch nicht gegessen. Das ist doch sonst gar nicht seine Art.«

»Warum ist eigentlich Karin nicht gekommen?« fragte Werner in dem Bemühen, sich wieder dem Gespräch einzugliedern.

»Aber Werner!« sagte Charlott. »Das hat Sven doch vorhin schon erzählt. Sie ist im Theater.«

»Ach ja, richtig. Im Theater. Was gibt's denn heute?«

»Sag mal, hast du neuerdings Gedächtnisstörungen?« fragte Sven Laupholz. »Ich habe mich doch lang und breit und sehr empört darüber ausgelassen, daß meine Tochter Karin neuerdings jedwedes Interesse an mir und ihrer Familie verloren hat. Sie ist vollkommen theaterverrückt geworden. Und speziell dieser verknitterte Mime da, dieser Komödiant, also wie heißt er denn gleich? – wenn der spielt, dann sitzt Fräulein Karin im Theater.«

»Nein, aber weißt du, Sven, das ist auch zu gehässig«, warf Charlott ein. »So darfst du den Bohlandt nicht beschreiben. Er ist schon ein großartiger Schauspieler. Also wenn ich an seinen Wallenstein denke, voriges Jahr, nicht Eva? Wir waren doch ganz weg.«

Eva Laupholz nickte. »Ja. Victor Bohlandt ist wirklich ein guter Schauspieler. Ich kann es schließlich beurteilen.«

»Wenn er das wäre«, knurrte Sven, »dann wäre er wohl kaum

hier bei uns in der Provinz hängengeblieben. Dann wäre er längst an eine große Bühne abgewandert.«

»Zufällig weiß ich genau«, meinte Eva, »daß er genügend gute Angebote hatte. Aber warum sollte er fortgehen? Hier ist er unbestritten Nummer eins, er spielt alles, was gut und teuer ist, das Publikum zerreißt sich für ihn – nicht nur deine Tochter, lieber Sven –, er hat das hübsche Haus, ist an das Theater und die Umgebung gewöhnt, und sooo jung ist er ja auch nicht mehr.«

»Eben. So ein richtiger alter Gockel, dem es Spaß macht, daß ihm die jungen Mädchen nachlaufen.«

Werner lachte. »Daß du so eifersüchtig bist auf deine Tochter! Laß ihr doch das bißchen Schwärmerei. Solange sie einen Schauspieler anhimmelt, ist es nicht weiter gefährlich. Vom Zuschauerraum bis zur Bühne ist ein weiter Weg. Viel gefährlicher sind die Männer, die den jungen Mädchen auf dem Tennisplatz begegnen. Beispielsweise.«

Und darauf zwinkerte er seiner Tochter Brigitte zu. Brigitte kniff auch ein Auge zu. Da hatte der Chef wieder mal recht! Aber was er nicht wußte, heute erst war wieder ein Brief aus Freiburg gekommen. Den sie auch pünktlich morgen, spätestens übermorgen beantworten würde. Nicht gerade ein Liebesbrief. Aber ein sehr netter, sehr vernünftiger, sehr ausführlicher Brief. Von einem jungen Mann mit dem seltenen Namen Gottfried.

Aber es gab auch etwas, was Sven Laupholz nicht wußte. Dafür aber seine Frau. Sie lächelte vor sich hin, als sie das letzte Löffelchen mit Preiselbeeren in den Mund steckte. Seit einigen Wochen nahm Karin bei Victor Bohlandt Schauspielunterricht.

Karin liebte keine Heimlichkeiten. Sie hatte mit ihrer Mutter die ganze Angelegenheit sehr vernünftig und offen besprochen. Sie sei fest entschlossen, Schauspielerin zu werden, ob Papa nun wolle oder nicht. Und sie würde gern Unterricht bei Victor Bohlandt haben. Schließlich sei er der beste Schauspieler in der Stadt, oder nicht? Und sein Unterricht solle großartig sein.

Eva hatte sich das angehört und war im großen und ganzen mit ihrer Tochter einer Meinung gewesen. Bohlandt *war* ein guter Schauspieler, und wenn Karin also Unterricht haben wollte, dann bei ihm. Mutter und Tochter kamen überein, Papas Einwilligung erst später zu beschaffen. Er hatte momentan den Kopf so voll – man mußte ihm Ärger ersparen.

»Ich kenne Bohlandt aus seiner Anfangszeit«, erzählte Eva. »Wir waren mal kurz zusammen in Wuppertal engagiert. Er ging von dort nach Hamburg, und später – nach dem Krieg – oder war es schon im Krieg, ich weiß nicht genau, kam er hierher. Natürlich, vielleicht ist er kein Weltklasseformat. Aber wo gibt es das schon? Es ist keineswegs so, daß einem das auf den Bühnen in München oder Berlin täglich geboten wird. Sein Handwerk jedenfalls versteht er. Es steckt solides Können dahinter, und das ist wichtiger als gelegentliche Genieblitze.«

Sven knurrte etwas vor sich hin und schüttelte eigensinnig den Kopf.

»Ist doch kein Beruf für einen Mann. Schauspieler! Alles so schwule Brüder.«

Eva lachte. »Also das kann man nun von Bohlandt bestimmt nicht sagen. Seine Affären sind Legion.«

»Ach! Sieh mal an! Und so was himmelt meine Tochter an. Und du findest es auch noch richtig.«

Eva nickte vor sich hin. Es war schon richtig gewesen, den Schauspielunterricht zu verschweigen. Sven würde sie alle verrückt machen mit seiner Angst um Karin. Sie hatte keine Bedenken. Erstens war Karin ein sehr vernünftiges Mädchen. Und zweitens kannte sie Bohlandt schließlich. Der würde es nicht wagen, sich Karin zu nähern.

»Übrigens«, sagte Eva, ohne weiter auf ihren Mann zu achten, lächelnd zu Matthias, »ich war auch einmal als ganz blutjunge Anfängerin in Breslau engagiert. Dort habe ich meine allerersten Gehversuche auf den Brettern gemacht.«

Das interessierte Matthias sehr. Er wollte wissen, wo und ob er sie vielleicht einmal gesehen habe, denn er sei viel ins Theater gegangen.

»Das glaube ich nicht«, lachte Eva. »Und wenn, haben Sie mich bestimmt nicht beachtet. Das waren so kleine Rollen wie: Es ist angerichtet, oder: Die Herrschaften erwarten Sie. Es war im Lobetheater. Aber aus dieser Zeit kenne ich Breslau. Es war eine schöne Stadt mit vielen Brücken und Kirchen. Ach, und was haben wir für herrliche Ausflüge ins Gebirge gemacht. Einmal habe ich mit ein paar Kollegen eine Kammwanderung unternommen, das war wunderbar. Wir haben in der Peterbaude übernachtet, ich erinnere mich ganz genau, und dort gab es so herrliche Apfelstrudel, ganz frisch und warm, und wir waren so richtig hungrig.«

»Ja«, fiel Matthias ein, »an die Apfelstrudel in der Peterbaude kann ich mich auch noch erinnern. Die waren berühmt. Das war die gute böhmische Küche, die man ja viel in Schlesien bekam.«

»Und wie sieht es heute dort aus?« wollte Eva wissen.

»Im Riesengebirge? Ich weiß es nicht. Ich bin nicht mehr hingekommen.«

»Aber es war doch gar nicht so weit...«

»Nein, natürlich nicht. Und in den letzten Jahren wäre es wohl auch möglich gewesen. Aber...«

Ja, aber was? Erst war an Verreisen nicht zu denken. Man durfte aus der Stadt nicht heraus. Dann die kranke Frau, und Geld und Zeit hatte man auch nicht. Und zuletzt? Zuletzt waren Lust und Mut vergangen. Lust und Mut und Unternehmungsgeist auch für die kleine Reise von Breslau ins Riesengebirge. Aber wie das diesen Wunderkindern hier erklären, deren selbstverständliche Urlaubsorte Hunderte und Tausende von Kilometern entfernt lagen. – Wo allein die beiden Kinder schon gewesen waren! Der Fünfzehnjährige kannte Italien, Frankreich, Spanien und die Küste von Afrika. Bei Brigitte kam noch England und Schweden dazu.

Matthias hob die Hand in einer resignierten Geste. »Nein. Ich bin nicht mehr dort gewesen. Es kam nicht mehr dazu.«
»Ich kenne Breslau auch«, ließ sich Sven Laupholz vernehmen. »Ich habe meinen Bruder dort zweimal besucht. Das letzte Mal schon während des Krieges.«
Ricarda wandte den Kopf zu Sven, der links neben ihr saß. Also doch! Dieser blonde Kopf, die breite, etwas wuchtige Gestalt, war ihr das nicht gleich vertraut vorgekommen?
»Ihr Bruder lebte in Breslau?« fragte Matthias interessiert.
»Ja. Er hatte dort einige Jahre studiert und später auch promoviert und war dann Assistenzarzt bei Professor Runge.«
»Bei Runge?« Jetzt war Matthias aber hellwach. Jetzt konnte sich Ricarda nicht länger in Schweigen hüllen. Ihr Vater sprach sie an: »Bei Runge! Dann müßtest du ihn doch kennen, Ricarda?«
Aber noch war die Abwehr, die Angst vor dem Gespräch stärker als Interesse oder gar Neugier.
»Ich weiß nicht«, sagte sie zögernd.
»Meine Tochter hat nämlich bei Runge studiert«, Matthias war nun nicht mehr aufzuhalten. »Sie ging dann sogar noch zwei Semester mit ihm nach Berlin.«
»Aber mein Bruder auch«, rief Sven. »Er war bis Ende 43 in Berlin und kam dann direkt an die Front. Dann müßten Sie ihn eigentlich kennen!«
Auch er sah nun Ricarda an, alle sahen sie an, und es blieb ihr nichts anderes übrig, als zu nicken. »Ja. Kann sein. Ich glaube, ich kenne ihn.«
»Erik Laupholz. Erinnern Sie sich?«
Und ob sie sich erinnerte! Runge kam nicht mehr sehr oft zu den Vorlesungen. Die Seminare hielt Laupholz meist allein ab. Und immer mehr Operationen überließ ihm der Professor.
»Mein bester Schüler«, nannte ihn Runge. »Meine Damen und Herren, nehmen Sie sich ein Beispiel an ihm. Unser Beruf ist Opfer und Dienen. Und Privatleben ist Nebensache. Aber schon ganz und gar Nebensache.«

Für Erik Laupholz schien es wirklich kein Privatleben zu geben. Die Klinik, die Patienten, die Universität, der Professor. Einmal, sie war schon zum Schwesterndienst verpflichtet, hatte sie eine ganze Nacht neben ihm gestanden, als er operierte. Ein schwerer Luftangriff auf Berlin, und wo noch etwas zu flicken war und was man rechtzeitig ausgegraben hatte, landete bei ihnen auf dem Operationstisch. Am Morgen hatte Laupholz gelächelt. »Gut gemacht, Kollega«, hatte er gesagt.
Er ging dann an die Front, und sie nach Krakau.
Sie nickte. »Ja. Ich erinnere mich, wir waren zuletzt in Berlin zusammen.«
Sicher war er tot. Gefallen. Erschlagen von Bomben und Granaten. Verhungert in der Gefangenschaft.
»Na, das ist ja großartig«, sagte Sven. »Dann müssen Sie Erik unbedingt treffen, wenn er wieder mal herkommt.«
Sie hob erstaunt den Blick. »Er lebt?«
»Ja, sicher«, sagte Sven verwundert, »warum sollte er denn nicht leben?«
»Aber er ging damals an die Front.«
»Das wissen Sie noch? Ja, er wurde schwer verwundet. Und er war lange krank. Aber auf diese Weise überlebte er wenigstens das Ende des Krieges. Heute ist er in München. Viel beschäftigter Mann. Wir sehen ihn alle Jubeljahre mal, nicht Eva?«
»Ist er nicht Professor an der Münchner Universität?« fragte Charlott.
»Ja, klar. Und außerdem Chefarzt in der Chirurgischen, und eine Riesen-Privatpraxis hat er auch noch. Für den existiert nichts auf der Welt als seine Patienten. Arbeit, nichts als Arbeit. Privatleben kennt er nicht.«
»Ist er nicht verheiratet?« fragte Werner.
»Doch. War er, aber seine Frau ist ihm weggelaufen. Was ich ihr nicht übelnehmen kann.«
Privatleben ist Nebensache, das hatte Runge ihn gelehrt, und danach hatte Erik Laupholz offenbar gehandelt. Aber sein Ziel hatte er erreicht.

»Also abgemacht«, sagte Sven und lachte Ricarda fröhlich an. »Sobald es mir gelingt, meinen Bruder mal hierherzulocken, dann kommen Sie zu uns. Ich bin ja gespannt, ob er Sie wiedererkennt. Das soll eine Überraschung für ihn werden.«
Eva lächelte nachsichtig. Wie taktlos so ein Mann sein kann! Und wie taktlos ihr lieber, dummer Sven vor allem sein konnte. Fast zwanzig Jahre her, und dann sollte so ein Mann wie Erik Laupholz, ein Mann mit einem so überfüllten Leben, ein Mann, an dem so viel Menschen vorbeigezogen waren, dann sollte der eine kleine Studentin wiedererkennen. Natürlich würde das keine Überraschung werden. Natürlich würde sie Erik auf die Begegnung vorbereiten. Wenn es überhaupt zu einer Begegnung kam! Denn was interessierte den Professor dieses Mädchen aus Breslau? Und wann hatte er schon einmal Zeit, zu ihnen zu kommen. Das letzte Mal – Eva überlegte rasch –, ja, wirklich, das letzte Mal bei Annelies Konfirmation. Weil Annelie sein Patenkind war. Das war immerhin sieben Jahre her. Sonst sah sie Erik nur, wenn sie nach München kamen. Und das auch nur immer flüchtig. Mal ein gemeinsames Abendessen, das war alles. Da mußte schon allerhand passieren, ehe Erik Laupholz wieder einmal in diese Stadt kam.
Ricarda zwang sich zu einem Lächeln. Sie wollte Erik Laupholz gar nicht treffen. Er hatte den Weg nicht verloren. Er hatte sein Ziel erreicht. Und ich?
Gut gemacht, Kollega!
Gut gemacht?
Und da kam es wieder. Die Bitterkeit, der Haß, die Verzweiflung. Von allen Seiten kroch es auf sie zu, schwarz und böse und erstickend. Ein Leben ohne Sinn. Ein Leben ohne Inhalt.
So ein Leben wie mein Leben ...
Nein. Dann lieber gar nicht leben!

# *Theaterabend*

An diesem Abend spielt Victor Bohlandt den Othello. Es ist, und dies mit Recht, die bisher meistgelobte Inszenierung dieser Spielzeit. Der Intendant hat selbst Regie geführt, den Jago spielt ein gewisser Frederik Muth, seit Herbst an dieses Theater verpflichtet, noch verhältnismäßig jung und ein ebenbürtiger Partner für den unvergleichlichen, den einmaligen Bohlandt.
Einmalig und unvergleichlich ist er für Karin Laupholz. Sie ist ein modernes, scheinbar nüchternes junges Mädchen, eine verwöhnte Tochter aus gutem Hause. Aber sie träumt davon, Schauspielerin zu werden, seit sie Victor Bohlandt das erste Mal auf der Bühne gesehen hat. Das ist eine ganze Reihe von

Jahren her. Nicht die jungen Liebhaber des Theaters, kein Heldentenor, nicht die Stars des Films konnten bisher Bohlandt in ihrem Herzen entthronen. Sie hat jedes Stück gesehen, in dem er spielt. Und meist mehr als einmal. Ihre Verehrung gilt nicht dem Unrechten, das sagt ihre Mutter auch. Denn mag auch Victor Bohlandt, soweit es sein Privatleben angeht, nicht den besten Ruf genießen, als Schauspieler muß man ihn anerkennen. Ein großartiger Sprecher, eine sehr männliche Persönlichkeit mit geistigem Format, ein Künstler, von dem Faszination ausgeht.

Seit Karin bei ihm Schauspielunterricht nimmt, hat ein neues Leben für sie begonnen. Ihr erster Gedanke am Morgen, ihr letzter am Abend: Victor Bohlandt. Und ihr zweiter: daß sie eines Tages neben ihm auf der Bühne stehen wird. Daß er bereits über fünfzig ist, stört sie nicht. Es ist nur ein Grund, daß sie sich beeilen muß. Daß sie rasch und gut und viel lernen muß, um bald ihr Ziel zu erreichen. Glühend beneidet sie die Desdemona dieses Abends. Sie heißt Karen, fast ähnlich wie sie selbst, und das empfindet sie als zusätzliche Pein. Karen Sievert, auch sie die erste Spielzeit in dieser Stadt, und die Desdemona ist ihre erste große Rolle.

Sie hat großartige Kritiken bekommen, auch dies mit Recht. Sie ist eine zarte, zerbrechliche Desdemona, großäugig, unschuldig, und sie kann wunderbar sterben.

Karin sieht die Aufführung heute zum drittenmal. Und sie will nicht nur Bohlandt bewundern, sie möchte auch Fehler und Mängel an der Sievert entdecken. Sie möchte endgültig zu der Überzeugung kommen, daß sie, Karin Laupholz, die Desdemona weitaus besser spielen würde. Ist es gerecht, daß sie hier unter den Zuschauern sitzen muß, noch so jung und erst am Anfang ihrer Studien, und die da auf der Bühne ist kaum drei Jahre älter als sie und darf mit ihm spielen? Noch dazu so eine große und wunderbare Rolle? Kann irgendein Mensch ihr sagen, wie sie es fertigbringen soll, die zwei oder drei Jahre zu überstehen, bis sie selbst wird spielen können? Es ist ein Verhängnis, so jung zu sein und so viel Zeit vor sich zu haben, die nicht vorübergehen will. Wenn sie wenigstens schon vor einem Jahr mit dem Unterricht hätte anfangen können! Dann wäre sie weiter. Aber nein, ihr Vater hat nichts wie Schwierigkeiten gemacht. Und macht sie noch. Aber darum wird sie sich nicht mehr kümmern. Ein Glück wenigstens, daß Mama zu ihr hält. Von ihr bekommt sie das Geld. Und Trost und Zuspruch. In zwei Monaten wird sie neunzehn. Viel zu alt, um erst zu beginnen. Die da unten, die Sievert, war da schon in ihrem ersten Engagement. Das hat Bohlandt gesagt. Seit drei Jahren spielt die schon. Wenn sie so alt sein wird, dann wird sie bestenfalls ihr erstes Engagement haben. Und all die herrlichen Rollen, die sie inzwischen mit Bohlandt zusammen hätte spielen können, haben andere gespielt. Es ist zum Verrücktwerden.

Sie sitzt in der rechten Proszeniumsloge im zweiten Rang, die die Intendanz den Schauspielern und – falls Platz ist – auch den Schauspielschülern zur Verfügung stellt. Sie sitzt da, zusammen mit drei Kollegen, die Fäuste geballt, die Wangen heiß, und starrt, fast ohne zu atmen, auf die Bühne. Othellos letzter Monolog.

Da steht Bohlandt, vor ihm liegt die tote Mädchenfrau, er steht leicht vorgebeugt, seine Augen glühen, sein dunkles Gesicht ist schön, schön auch in dieser Mohrenmaske, und nun – »und traf ihn – so!« Der Dolch fährt ihm in die Brust, tiefer beugt er sich über das reglose Geschöpf – »ich küßte dich, eh ich dir den Tod gab« – er bricht in die Knie, sein Kopf sinkt herab auf den toten Mund der Geliebten –, »mich selber tötend sterb' ich so im Kuß.« Die letzten Worte, langsam sinkt der Vorhang, tiefe Stille im Haus. Dann bricht der Beifall los.

Der Seufzer Karins klingt wie ein Stöhnen. Sie sitzt reglos, sieht, wie der Vorhang sich wieder teilt, wie sie auf die Bühne kommen, erst alle zusammen, Desdemona und Othello Hand in Hand, dann jeder der Schauspieler allein, natürlich bekommt Bohlandt den größten Beifall, aber die anderen können sich auch nicht beklagen. Nun wieder alle, nun wieder er. Ihr

Nachbar, ein Schauspielschüler wie sie, stößt sie an: »Schläfst du? Oder hat's dir nicht gefallen?«
Endlich klatscht Karin auch. Wild und heftig, ihr Blick bohrt sich in Bohlandts Gesicht. Schaut er nicht einmal herauf? Er weiß doch, daß sie im Theater ist. Ehe der letzte Vorhangspalt sich schließt, sieht sie noch, wie er die Hand seiner Desdemona an die Lippen zieht. Nicht fürs Publikum, denn das sieht es nicht mehr. Er tut es für sie. Für sich. – Wilde Eifersucht überfällt Karin. Sie möchte hinunterlaufen und diese Desdemona noch einmal erwürgen. Diesmal richtig. Was findet Bohlandt bloß an ihr? Was findet das Publikum an ihr?
Ich bin hübscher, meine Augen sind größer. Mein Haar ist echt blond. Ihres ist gefärbt, ich wette. Und ich würde die Desdemona besser spielen. Viel besser. Ich weiß es. *Ich weiß es.*
»Victor war schon besser, findest du nicht?« fragt Schauspielschüler Max neben ihr. »Er schien mir heute so abgelenkt.«
»Bei dir piept's wohl«, sagte Karin wegwerfend. »Als wenn du das beurteilen könntest! Er war phantastisch.«
»Na, übernimm dich nur nicht. Zu alt ist er auch für die Rolle. Wird Zeit, daß er das Fach wechselt.«
Alle Verachtung, deren Karin fähig ist, und das ist in diesem Moment eine ganze Menge, liegt in ihrem Blick, als sie sich bloß stumm an die Stirn tippt.
Die anderen beiden, die mit ihnen in der Loge sitzen, ein junges Mädchen, braunhaarig und herausfordernd hübsch, und ein sehr ernsthafter junger Mann, alles Schüler von Victor Bohlandt, sind ebenfalls in eine Auseinandersetzung über die Aufführung vertieft.
Karin ist verhältnismäßig neu in ihrem Kreis. Die drei anderen sind weiter, studieren schon fast zwei Jahre an der Schauspielschule des Theaters.
Nachdem der Vorhang das letzte Mal gefallen ist, sammeln sie ihre Mäntel auf, die hinter ihnen auf den Stühlen liegen, und der Jüngling Nummer eins fragt: »Kommt ihr noch mit zu Flo? Auf ein Bier?«

Karin zögert. Sie hat ihrer Mutter versprochen, gleich nach dem Theater nach Hause zu gehen.

»Ich weiß nicht . . .«

»Nun mach schon«, sagt der andere. »So ein Wickelkind bist du schließlich auch nicht mehr. Wir bleiben nicht lange.«

Karin möchte schon. Sie ist erst einmal mit in der kleinen Kneipe gewesen und hat es sehr genossen. Allein ausgegangen ist sie bisher selten in ihrem Leben.

»Victor kommt auch noch.«

»Herr Bohlandt kommt zu Flo?« fragt Karin erstaunt.

»Ja. Ich hab's von Ralf. Der will ihm da heute abend einen Kollegen präsentieren. Der sucht ein Engagement, und Bohlandt soll ihn mal kennenlernen.«

Also geht Karin mit. Eine ganz kleine, knappe Stunde. Die Eltern sind ja heute bei Fabians und sicher noch nicht zu Hause. Werden also vermutlich gar nicht merken, wenn sie später kommt.

Die kleine Kneipe um die Ecke ist eine Art Stammlokal der Theaterleute. Schauspieler, Dramaturg, Beleuchter und Bühnenarbeiter treffen sich hier manchmal friedlich vereint. Es gibt eine erstklassige Erbsensuppe mit Würstchen, es gibt Bouletten mit Kartoffelsalat, und für ganz Extravagante ein Steak von riesigem Format. Mehr gibt's nicht. Immer dasselbe und immer gleich vorzüglich. Und billig.

Florelli, der Wirt, klein, schlank und behende, steht hinter der Theke und dirigiert seinen Laden, seine gemütliche dicke Frau, die in der Küche ist, und Emmi, die junge fesche Kellnerin. Er kennt jeden seiner Gäste, weiß, was jeder will, auch was er vertragen kann, und wenn einer genug hat, bekommt er nichts mehr.

Die Kneipe ist ein schmaler, rechteckiger Raum, es sind im ganzen sieben Tische, Holzbänke an der Wand, warme, freundliche Beleuchtung, keine Tischdecken. Der Laden geht prima.

Florelli macht morgens auf, ehe die Proben anfangen, da kommen die ersten, um zu frühstücken. Ach ja, nicht zu vergessen, hervorragenden Kaffee gibt es auch, ständig frische Semmeln, dick mit Butter beschmiert und reichlich mit sehr guter Wurst belegt. Zwischen den Proben kommen sie, lernen hier ihre Rollen, hören sich gegenseitig ab, essen eine Kleinigkeit, trinken einen Schnaps, stürzen wieder ins Theater zurück. Abends vor der Vorstellung kommen sie. Und nachher, wer mit seiner Rolle fertig ist, steuert zielbewußt Florellis Kneipe an. Schauspielergagen sind auch im Wunderland nicht sehr üppig, besonders wenn es sich um Anfänger handelt. Wenn man wo billig und gut zu essen bekommt, ist es Gold wert. Auch wenn das Essen immer das gleiche ist.

Florelli ist halb und halb vom Fach. Kein Schauspieler, er war Artist. Trapezkünstler, ein fliegender Mensch. Ist im Zirkus aufgetreten, im Wintergarten, in der Scala, bei Ringling Brothers. Im Krieg hat er ein Bein verloren. Und dann war Schluß. Mit einem Bein kann man nicht schwerelos durch die Luft fliegen. Außerdem war die Truppe zersprengt, einer tot, einer ins Ausland geflohen, das Mädchen hatte geheiratet. Das Kriegsende hatte Florelli in diese Stadt verschlagen, die er nicht ausstehen kann. Er nennt sie verächtlich: Dieses doofe Kaff. Er ist Berliner, hat die halbe Welt gesehen. Aber damals, 1946, ging es ihm schlecht. Arm, heimatlos, verbittert, noch nicht gewöhnt an das Leben mit einem Bein. Und nie mehr arbeiten können, nie mehr – das war das schlimmste.

So geriet er an Luise. Luise, noch verhältnismäßig jung, schön mollig, wie er es gern hatte, warmherzig und liebehungrig. Der Mann war gefallen, das einzige Kind, ein kleiner Bub, gerade vier Jahre alt. Und Luise saß allein da mit der kleinen mickrigen Kneipe, inmitten einer Trümmerwüste. Ringsherum war alles kaputt. Nur das alte, schäbige Haus, in dem sich die alte Kneipe befand, war stehengeblieben.

Bei ihr bekam Florelli zu trinken, zu essen, dann ein Bett und Liebe. Und einen fertigen Sohn dazu. Der Junge ist Florellis ganzes Glück und sein größter Stolz. Im vergangenen Jahr hat er sein Abitur gemacht und in diesem Winter sein Studium begonnen. Ein prächtiger Junge, darüber sind sich alle einig. Florelli hat ihn großartig erzogen. Und die Kneipe hat das Geld dazu geliefert. Natürlich war es ein Glück gewesen, daß das Schauspielhaus, das sich früher an einem anderen Platz dieser Stadt befunden hatte, hier um die Ecke aufgebaut worden war. Florelli hatte diese Chance sofort erkannt und genutzt. Bei ihm war immer ausverkaufte Vorstellung. Auch die Theaterbesucher kamen ganz gern, falls sie noch einen freien Stuhl fanden, denn wer sah nicht gern Richard den Dritten und die Jungfrau von Orleans nachträglich friedlich und lebendig bei Erbsensuppe und einem Bier.

Als die vier kommen, ist die Kneipe schon wohlgefüllt. Nur der runde Tisch unter der Hängelampe, gleich neben dem Kachelofen, den Florelli immer freihält für besondere Gäste, ist noch leer, aber dort dürfen sie sich natürlich nicht hinsetzen. Von dem großen Tisch neben der Theke winkt man ihnen, dort sitzen ein paar junge Schauspieler, die sie kennen. Die anderen – Karin natürlich nicht. Sie kennt hier keinen. Man rückt zusammen, sie quetschen sich noch auf die Bank, von Florelli aufmerksam beäugt. Er achtet darauf, daß keiner seiner Gäste zu jung ist. Und daß jeder sich ordentlich benimmt.

Karin findet es hochinteressant. Sie bestellt Bier und Erbsensuppe wie die anderen und wartet, daß Bohlandt kommt. Sicher wird es eine Weile dauern, er hat heute viel abzuschminken. Zunächst einmal kommt ein sehr gut aussehender junger Mann, bleibt an der Tür stehen, sieht sich um und steuert dann zur Theke.

»Guten Abend«, sagt er und lächelt Florelli freundlich an. »Ich bin mit Herrn Bohlandt verabredet.«

»So«, meint Florelli und betrachtet den unbekannten Gast sorgsam. Der junge Mann ist gut angezogen und scheint wohlerzogen zu sein. Offensichtlich vom Bau. Aber ob er nun wirklich mit Bohlandt verabredet ist, muß sich erst erweisen. Kein Grund, ihn voreilig an den runden Tisch zu placieren.

Florelli kommt um die Theke herum, tippt den jungen Mann, der auf dem nächststehenden Stuhl sitzt, auf die Schulter und sagt: »Rück mal noch mit um die Ecke, mein Sohn.« Karins Kollege quetscht sich bereitwillig noch mit auf die Bank, und Florelli fährt fort: »Setzen Sie sich inzwischen mit hierher.«
Alexander zieht seinen Mantel aus, er trägt darunter einen tadellosen dunklen Anzug, er sagt artig »guten Abend« und setzt sich. Bestellt einen Whisky, was Florelli sehr bemerkenswert findet.
Eine Weile hört Alexander dem Gespräch am Tisch zu, das sich um Theater und speziell um die heutige Vorstellung dreht. Sein Blick bleibt an Karin hängen. Reizendes Mädchen! Vermutlich eine junge Schauspielerin. Sehr reizend, na ja, nicht nur in Paris gibt es hübsche Frauen. Karin merkt, daß er sie ansieht und runzelt die Stirn. Sicher war das der, von dem Max erzählt hat. Sucht ein Engagement. Mitten in der Spielzeit. Kann nicht viel los sein mit dem. Glücklicherweise kommt die Erbsensuppe, und sie ist beschäftigt.
Alexander benutzt die Gelegenheit, da alle beim Essen sind, Max anzusprechen. Ein ganz gemütlicher Laden sei das hier. Offensichtlich verkehren hier die Schauspieler, hätte er gar nicht gewußt. Allerdings sei er noch nicht lange in der Stadt.
»Ja, wir sitzen gern hier«, gibt Max lässig zur Antwort. »Nette Kneipe. Sie warten auf Herrn Bohlandt?«
»Ja. Herr Eschenbach meinte, er würde mit Herrn Bohlandt wohl nach der Vorstellung hier vorbeikommen.«
»Ach, Ralf? Ja, er hat mir gesagt, daß er noch 'rüberkommen will.«
So kommen sie also ins Gespräch. Alexander berichtet, er sei in der Vorstellung gewesen, und es sei eine hervorragende Aufführung. Bohlandt wäre wirklich ausgezeichnet.
Das trägt ihm erstmals einen freundlichen Blick von Karin ein. Er konstatiert es und denkt: Aha! Die Kleine schwärmt für ihn. Dann lobt er die Desdemona, worauf eine Falte auf Karins Stirn erscheint, und Alexander denkt abermals: Aha!

Jetzt weiß er schon einiges über sie. Und da Max ein mitteilsamer Mensch ist, ebenso die beiden anderen, erfährt er, daß sie Schauspielschüler seien, Schüler der Städtischen Schauspielschule, deren Leiter Victor Bohlandt ist.

»Und was wird einmal Ihr Fach werden, gnädiges Fräulein?« wendet er sich schließlich direkt an Karin.

»Das weiß ich noch nicht«, sagt sie kurz.

»Na, das ist doch ganz klar«, meint Max. »Erst mal Naive, dann Liebhaberin. Kann gar nicht anders sein.«

Sie lachen alle, bis auf Karin und den fremden jungen Mann. Er betrachtet Karin sehr ernst mit seinen ausdrucksvollen, dunklen Augen, lächelt ein wenig, nickt dann und sagt mit Nachdruck: »Ich könnte mir vorstellen, daß Sie eine gute Julia wären. Sie haben den richtigen Ausdruck dazu.«

Das schmeichelt Karin. Erst neulich hatte Bohlandt gesagt: »Ihr Mädchen heute, ihr könnt alle keine Julia mehr spielen. Ihr habt weder das Licht in den Augen noch die Musik in der Stimme.«

»Sie sind auch Schauspieler?« fragt sie.

Alexander nickt. »Ja. Gewissermaßen. Obwohl ich Hemmungen habe, mich so zu nennen.«

»Warum denn das?« fragt Max.

»Ich bin dem Theater in den letzten Jahren untreu gewesen. Ich habe hauptsächlich gefilmt.«

Das finden sie interessant. Besonders Gerti, die hübsche Braune, wird lebhafter. »So? Gefilmt? Da müßten wir Sie ja eigentlich kennen.«

»Nicht in deutschen Filmen. Ich habe in Paris gelebt und dort gearbeitet.« Er fängt an ein bißchen zu erzählen, kommt aber nicht sehr weit, denn nun erscheint Ralf Eschenbach, der den Cassio gespielt hat.

Er begrüßt Alexander Helten mit Handschlag, sagt zu den anderen generell: »'n Abend, Kinder«, und entführt den Pariser an den runden Tisch.

Etwa zehn Minuten später kommt Bohlandt. In seiner Begleitung Karen Sievert.

»Na, na«, meint Max, »der Meister mit der Kleinen. Da scheint sich was anzuspinnen.«
Karin senkt den Kopf. Er hat sie überhaupt nicht angesehen. Für ihn ist sie gar nicht auf der Welt. Und die da drüben – die mit den gefärbten Haaren, wie sie ihn ansieht. Und er sie. Es ist nicht mit anzusehen.
Ein Nichts und ein Niemand bin ich. Karin Laupholz. Die Tochter von Sven Laupholz. Was bedeutet das hier schon? Gar nichts. Nicht so viel. Ich kann ihm nur imponieren, wenn ich etwas kann. Wenn ich spiele. Wenn ich besser spiele als alle anderen.
»Ich glaube, ich muß jetzt gehen«, sagt sie leise und traurig.
»Warum denn?« fragt Max. »Es ist noch nicht mal zwölf. Bleib doch noch ein bißchen.«
Am liebsten hätte sie gesagt: Meine Mutti schimpft, wenn ich so spät komme. Aber dann lacht man sie aus. Ein Weilchen kann sie ja noch bleiben. Eine Viertelstunde. Und ihn ansehen. Auch wenn er sie nicht beachtet.
Victor Bohlandt hat nicht die Absicht, lange in Florellis Kneipe zu verweilen. Er kommt selten her, höchstens einmal während der Proben. Abends ist es ihm zu voll und zu rauchig. Er ist nur gekommen, weil Ralf ihn gebeten hat, sich mal den jungen Kollegen anzusehen.
Das tut er nun auch, kühl und klarsichtig, und er kommt ziemlich rasch zu dem Ergebnis, daß an dem Jungen nicht viel dran sein kann. Ralf hat berichtet, er kenne diesen Helten von früher her, von München. Was er dort gemacht hat, weiß er auch nicht so genau. Nur daß er mit der Alda befreundet gewesen sei. Daß die Alda gern junge Liebhaber hat, für deren Lebensunterhalt sie dann auch aufkommt, ist Bohlandt bekannt. Also würde es wohl in diesem Fall auch so etwas gewesen sein. Auch mit den Pariser Geschichten kann man Bohlandt nicht imponieren. Diese jungen Leute, ob Männer oder Mädchen, die sich in den Filmateliers in Rom oder Paris herumdrücken und darauf warten, entdeckt zu werden, sind für die ordent-

liche Arbeit an einer Bühne nicht zu gebrauchen. Sie haben nichts gelernt, sie können nichts, und sie wollen auch gar nichts leisten.

»Ja, ich kann Ihnen da leider wenig Hoffnungen machen, Herr Helten«, sagt Bohlandt schließlich, um das Gespräch zu beenden. »Wir sind mitten in der Spielzeit, wir sind komplett. Kleinere Rollen besetzen wir aus den höheren Semestern der Schauspielschule. Und soviel ich weiß, wird auch für nächste Spielzeit nichts vakant, was für Sie geeignet wäre. Bei uns sicher nicht. Sehen Sie, wir sind eine große Bühne mit einem vielseitigen Spielplan. Und was das Theater betrifft, so sind Sie ja eigentlich Anfänger. Ihre Filmerfahrungen in Paris nützen uns wenig.«

»Aber ich sagte Ihnen ja ...«

Bohlandt schneidet ihm mit einer Handbewegung das Wort ab. »Sie sagten mir, Sie wollten jetzt gern Theater spielen. Hierzulande. Gut. Dagegen ist nichts einzuwenden. Aber mir ist bis jetzt nicht klargeworden, was und wo Sie eigentlich gelernt haben. Haben Sie Schauspielunterricht gehabt? Haben Sie bereits Theater gespielt? Lassen wir den Film einmal beiseite. Was haben Sie für Bühnenerfahrung?«

»Ich habe bei Susanne Alda Unterricht gehabt.«

»Hm.«

»Theater gespielt habe ich allerdings wenig. Ich ...«

»Sehen Sie. Das ist es. Wenn Sie spielen wollen, fangen Sie bei einer kleinen Bühne an. Erarbeiten Sie sich ein Repertoire. Und fangen Sie bald damit an. Aber vermutlich wird Ihnen dieser Weg zu unbequem sein. Dann ist es besser, Sie bleiben beim Film. Oder Sie versuchen es mal beim Fernsehen. Ich fürchte, hier bei uns, in unserer Stadt, bieten sich Ihnen keine Chancen.«

Er schickt ein verbindliches Lächeln nach und fügt hinzu: »Tut mir leid, daß ich Ihnen keine bessere Auskunft geben kann.«

Alexander lächelt auch. »Aber ich bitte Sie, Herr Bohlandt, ich bin Ihnen sehr dankbar, daß Sie sich die Zeit genommen haben, mit mir zu sprechen. Ich sehe vollkommen ein, daß Sie recht haben. Und ich werde über alles nachdenken, was Sie mir gesagt haben.«

Bohlandt nickt befriedigt. Dann wendet er sich zu Karen Sievert, die die ganze Zeit den Mund nicht aufgetan hat. Aber er ist sich bewußt, daß sie ihn angesehen und ihm zugehört hat.

»Gehen wir?«

Sie nickt.

Bohlandt steht auf. »Sie sind so nett, Ralf, und bezahlen für mich. Wir erledigen das dann morgen.«

Ralf und Alexander erheben sich ebenfalls. Bohlandt hilft Karen in den Pelz, Alexander küßt ihr die Hand. »Habe ich Ihnen gesagt, Mademoiselle, daß Sie hinreißend waren heute abend?«

Karen lächelt müde. »Danke.«

Sie ist wirklich müde. Sie verausgabt sich immer sehr bei der Desdemona. Was hat Bohlandt vor? Will er wieder bei ihr schlafen? Sie hat keine Lust. Sie ist müde und will allein sein. Außerdem hat sie morgen früh Probe. Es ist der größte Blödsinn gewesen, mit ihm etwas anzufangen. Aber am Anfang, als sie neu an dieses Theater kam, war auch sie der Faszination erlegen, die von ihm ausgeht. Er ist ein kleiner König hier. Und dann hatte er auch noch in dem ersten Stück, in dem sie eine kleine Rolle spielte, Regie geführt. Ausgekocht hat er das gemacht. Heute weiß sie es. Er hatte sie nach vierzehn Tagen Proben butterweich gekocht. Sie war Wachs in seiner Hand.

Karen Sievert seufzt. Alles hat seinen Preis. Und sie hätte die Desdemona nie bekommen, wenn er es beim Intendanten nicht befürwortet hätte. Schließlich ist sie noch eine Anfängerin. Aber jetzt kriegt sie ihn nicht so schnell los. Vielleicht aber würde es auch nicht so lange dauern. Sie hat inzwischen einiges über ihn erfahren. Er wechselt häufig seine Freundinnen, er braucht immer etwas Neues. Schlimmstenfalls dauert es bis zur nächsten Spielzeit. Vielleicht findet er aber auch schon vorher was anderes. Hoffentlich.

Als sie sich von Ralf Eschenbach verabschiedet, denkt sie: Wenn schon einen Liebhaber, dann lieber den hier. Er ist jung und wirkt so appetitlich. Er würde mich schnell lieben und dann schlafen. Nicht endlos reden und sich produzieren wie der Alte. Und morgen früh würde er mir Frühstück machen. Sicher, Ralf würde mir das Frühstück ans Bett bringen. Das möchte ich einmal erleben. Aber an mich traut sich ja keiner 'ran, solange Bohlandt mich mit Beschlag belegt.

Sie weiß nicht, daß da drüben, am Tisch an der Theke, ein Mädchen sitzt, blond wie sie, jung wie sie und auch mit einem Namen so ähnlich wie der ihre, ein Mädchen, von dem sie glühend beneidet wird. Denn eben jetzt sagt Max: »Jetzt zwitschert er mit Desdemona ab. Ich fürchte, Camilla muß heute nacht noch lange auf Papi warten. Und Jürgen wird wieder sauer sein.«

Camilla ist Bohlandts Frau, Jürgen sein Sohn.

Karin schweigt, ihr Herz blutet. Er hat sie nicht einmal gesehen.

Aber darin täuscht sie sich.

Bohlandt wendet sich nicht gleich zur Tür, er kommt ein paar Schritte zu ihrem Tisch, bleibt stehen und blickt Karin an. Geradeaus sie.

»Was machst du denn noch hier? Komm mit. Ich setz' dich in ein Taxi.«

Das gibt Karin den Rest. Ich setz' dich in ein Taxi. Wenn er noch gesagt hätte: Ich fahre dich nach Hause. – Nein. Ich setz' dich in ein Taxi, und er fährt mit einer anderen weg. –

Wütend lügt sie ihm ins Gesicht. »Vielen Dank, Herr Bohlandt. Aber ich muß hier warten. Mein Vater holt mich ab.«

Bohlandt zieht die eine Braue hoch, das kann er gut, betrachtet sie einen Moment lang so eindringlich, daß sie rot wird. Dann sagt er an alle gewendet, ohne sie noch länger anzusehen: »Gute Nacht!« und geht.

»Na, du bist ja ganz schön keß heute«, meint Max mit stiller Bewunderung und rückt ein bißchen näher. Karin merkt es gar nicht. Sie ist wütend und traurig zugleich, und am liebsten würde sie jetzt weinen.

Ralf Eschenbach und der junge Mann aus Paris sitzen noch eine Weile allein am runden Tisch, dann kommen andere Gäste und setzen sich zu ihnen.

Ralf benützt diese Gelegenheit, um aufzubrechen. Ganz wohl ist ihm nicht in seiner Haut. Er ist ein sehr anständiger, gutmütiger junger Mann. Er hätte dem Kollegen gern geholfen. Aber hier ist im Moment wohl wirklich nichts zu machen.

»Warum wendest du dich nicht an die Alda?« sagt er zum Schluß. »Soviel ich weiß, spielt sie immer noch in München. Und du hast dich doch gut mit ihr verstanden.«

»Schon«, meint Alexander. »Aber ich wärme nicht gern alte Geschichten auf. Es wird auch so gehen.« Was er nicht sagt: Susanne Alda hat ihn vor vier Jahren hochkantig hinausgeworfen. Sie läßt sich allerhand gefallen von ihren jungen Liebhabern, nur betrügen darf man sie nicht. Und gerade das hatte er getan. Vielleicht hat sie es vergessen, vielleicht nicht. Vermutlich nicht, Frauen haben in solchen Dingen ein gutes Gedächtnis.

Ralf bleibt noch einen Augenblick bei den jungen Leuten stehen. »Zeit für euch junges Gemüse, ins Bett zu gehen.«

»Warum hast du dir die Sievert vom Alten wegschnappen lassen?« fragt Max vorlaut.

Ralf zieht genau wie vorhin Bohlandt die eine Braue hoch. Das hat er ihm abgeguckt. »Hab' ich das?« fragt er hochmütig. »Soweit es mich betrifft, war Fräulein Sievert nicht im Gespräch.«

Sie alle wissen, er hat eine Braut, an der er zärtlich hängt. Eine junge Bühnenbildnerin, die an der Staatsoper in Hamburg volontiert. Der Traum seines Lebens ist, einmal in der gleichen Stadt mit ihr engagiert zu sein.

»Na ja, kleine Abwechslung wäre doch mal ganz nett«, sagt Max noch.

»Grüß euch«, sagt Ralf, ohne weiter darauf einzugehen. »Kommst du mit?« fragt er Alexander höflichkeitshalber.

»Laß dich nicht aufhalten«, sagt der. »Ich muß hier noch meinen Whisky von vorhin bezahlen.«
Ralf geht. Alexander fragt: »Darf ich noch einen Moment bei Ihnen sitzen?« und setzt sich wieder Karin gegenüber. Karin beachtet ihn nicht weiter. Sie *muß* jetzt nach Hause gehen. In diesen Dingen verstehen ihre Eltern keinen Spaß. Sie darf ins Theater gehen, sie darf auch mit einem jungen Mann ausgehen, aber sie darf nicht einfach wegbleiben und keiner weiß, wo sie ist.
Die anderen beginnen wieder ein Gespräch mit dem Pariser, sie wollen noch ein paar Geschichten aus französischen Ateliers hören, wollen wissen, ob er Brigitte Bardot kennt, ob er mal mit Gabin gefilmt hat. Und wie die Chancen so im allgemeinen sind.
Karin hört eine Weile zu, sie ist jetzt nervös, und schließlich sagt sie energisch: »Kinder, es tut mir leid, aber ich muß jetzt wirklich gehen.«
»Und was ist mit deinem Papi? Ich denke, der holt dich?«
»Ach, das war doch Kohl.«
»Du beschwindelst deinen Herrn und Meister. Na, wenn er das erfährt, dann raucht's aber. Hat dein Herz so sehr geblutet, weil er mit Karen abgehauen ist?«
»Ach, quatsch mich nicht so blöd an.« Sie sieht, daß der junge Mann aus Paris amüsiert lächelt, und ärgert sich. Sie winkt Emmi. »Darf ich euch einladen?«
»Nur zu«, sagt Max.
Sie wissen, daß sie einen reichen Vater hat und ein großes Taschengeld.
»Können Sie mir ein Taxi rufen?« fragt Karin die Kellnerin, als sie bezahlt hat.
»Wozu denn?« meint der junge Mann aus Paris. »Ich habe meinen Wagen draußen. Es wird mir ein Vergnügen sein, Sie nach Hause zu fahren.«
»Vielen Dank«, sagt sie artig. »Aber ich wohne sehr weit draußen.«

»Um so größer das Vergnügen«, grinst Max. »Ich mache einen Vorschlag zur Güte. Sie fahren uns alle nach Hause. Von geringfügigen Umwegen abgesehen, liegen wir alle am Weg.«
Alexander lacht. »Gern.«
So findet sich Karin am Ende ganz gegen ihren Willen allein mit dem Fremden in seinem Wagen. Das paßt ihr gar nicht. Ihre Mutter hat ihr immer eingeschärft, sie solle nicht zu fremden Männern ins Auto steigen. Außerdem weiß sie natürlich ganz genau, daß der junge Mann sie viel und sehr eindringlich angesehen hat. So wie ein junger Mann eben schaut, wenn ihm ein Mädchen gefällt. Sie ist durchaus gewappnet, daß er die Gelegenheit nützen und frech werden wird.
Aber nichts dergleichen. Er fängt noch einmal an über den Othello zu reden und über Victor Bohlandt. Er weiß genau, daß er mit diesem Thema am ehesten ihr Schweigen bricht. So landen sie vor dem imponierenden Laupholzhaus. In der Einfahrt und vor dem Haus brennen sämtliche Lichter.
Karin denkt: Auweia, sie sind schon da.
Alexander denkt: Donnerwetter. Die Kleine scheint ein echter Goldfisch zu sein. Ich muß sie auf jeden Fall wiedersehen.
Er steigt aus, öffnet ihr die Wagentür, bringt sie bis zur Haustür. Sie ist darauf gefaßt, daß er den Versuch machen wird, sie zu küssen. Oder sie zumindest um ein Wiedersehen zu bitten. Aber nichts dergleichen. Er ist sehr höflich, verabschiedet sich mit wohlgesetzten Worten und bedankt sich dafür, daß sie ihm so viel Vertrauen geschenkt hat und sich von ihm nach Hause fahren ließ.
Und zum Schluß sagt er: »Ich glaube, ich habe mich nicht einmal vorgestellt. Entschuldigen Sie. Mein Name ist Alexander Helten.«
Karin ist ein wenig verlegen. Sie hat ihm wohl unrecht getan. Ein sehr manierlicher und wohlerzogener junger Mann, man muß eben nicht immer das Schlechteste von den Menschen denken.
»Sie heißen Karin, das habe ich gehört«, fügt er hinzu.

»Karin Laupholz«, sagt sie rasch und lächelt. »Vielen Dank für den Lift.«
»Kommen Sie öfter dorthin in das Lokal? Werde ich Sie vielleicht dort mal wiedersehen?«
»Nein. Ich komme kaum dorthin. Es war ein Zufall heut abend. Gute Nacht.«
Hm. Alexander hebt bedauernd die Schultern. Bei der hat er offenbar kein Glück. Komisch, aber es gibt Frauen, bei denen hat er einfach keine Chancen. Es kommt selten vor, zugegeben. Aber bei gewissen Frauen eben doch. Woran mag das liegen?

Als er nach Hause kommt, ist Sybille noch wach. Sie ist dabei, ein kleines Köfferchen zu packen, steht mit schräg geneigtem Kopf vor der offenen Schranktür und schwankt zwischen einem schwarzen und einem grünen Cocktailkleid.
»Nimm das schwarze«, sagt Alexander. »Schwarz steht dir fabelhaft.«
»Ja. Du hast recht.«
»Du verreist?«
»Ich muß zu einer Reportage nach Berlin.«
»Ich denke, du fährst nach Wien?«
»Erst nächte Woche. Na, wie war's? Hast du was erreicht?«
»Dieser Schmierenkomödiant sitzt auf hohem Roß. Fühlt sich ganz als Star dieser Metropole.«
»Bohlandt ist ein guter Schauspieler.«
»Ja, ja, ich weiß. Und alle Frauen lieben ihn. Du vermutlich auch.«
»Ein bißchen. Er hat so etwas Gewisses. Also für dich kann er nichts tun?«
»Kann er nicht und will er nicht. Ja, Billie, ich fürchte, ich muß dich bald verlassen. Ich kann schließlich nicht ewig von dir leben. Und hier bieten sich für mich keine Aussichten.«
»Und wovon willst du denn leben? Wo willst du hin? Wieder nach Paris?«
»Eigentlich nicht. Vielleicht ...« Er weiß wirklich nicht wohin.

Er hat keinen Pfennig Geld. Und es wird schwer sein, irgendwo ins Geschäft zu kommen. Er hat auch gar keine Lust, sich wieder hinten anzustellen. Er möchte endlich einmal – ja was? So leben, wie es ihm Spaß macht, eine hübsche Wohnung, einen guten Wagen, Geld und Bequemlichkeit. Das Theater, der Film, das Fernsehen, das ist ihm alles völlig uninteressant.
»Wir müssen uns mal ernstlich darüber unterhalten, was wir mit dir machen«, sagt Sybille sachlich. »Jetzt laß erst mal Weihnachten vorübergehen. Da fahren wir zu Mutter. Ich freue mich schon auf den Gänsebraten. Du auch?«
Freut er sich auf den Gänsebraten bei seiner Mutter? Mit Maßen. Viel lieber wäre er Weihnachten in Paris, würde in der Tour d'Argent speisen oder in dem herrlichen kleinen Restaurant hinter der Opéra, bei Marcel und seiner süßen kleinen Frau, nirgends kann man besser essen. Wenn diese dumme Gans, Germaine, nicht mit ihrer albernen Eifersucht und der Knallerei dazwischengekommen wäre, hätte er sich mit Mrs. Norman arrangiert und wäre für einige Zeit, ein paar Monate, vielleicht sogar ein Jahr, alle Sorgen losgewesen. Eine bildhübsche, reiche Amerikanerin, was kann der Mensch mehr verlangen? Er hätte ihr Paris gezeigt und die europäische Liebeskunst, und sie wäre ihm ewig dankbar gewesen. Silvester wären sie vielleicht nach Mégève gefahren, im späten Frühjahr an die Côte, im Hochsommer in die Bretagne, und im Herbst, wenn das Licht silbern ist über dem Fluß und das Grün der Bäume sich leise färbt, durch das Loiretal.
Oh, er hätte sie schon großartig unterhalten, das ganze Jahr über. Und das ganze Jahr über hätte er sich weder um ein Engagement noch um eine Rolle noch um einen Job kümmern müssen. Theater und Film für ihn gestorben, ein junger vergnügter Herr, tadellos gekleidet, am Steuer eines großen amerikanischen Wagens, eine wohlgepflegte Frau neben sich. So fährt man vor den besten Hotels, den teuersten Restaurants vor, überall ist man gern gesehen, man macht große Rechnungen, gibt gute Trinkgelder, zeigt, daß man zu leben versteht.

So stellt er sich das Leben vor, so wünscht er sich das Leben. In dieses Leben paßt er hinein, seiner Meinung nach. Und er will alles geschenkt haben. Nicht etwa dafür arbeiten müssen. Und da eben kein reicher Vater da ist, der ihm dieses Leben ermöglicht, bleibt nur der Umweg über eine Frau. Er hat darin seine Erfahrungen.

Wenn es ihm einigermaßen gut gegangen ist im Leben, hat er es einer Frau zu verdanken gehabt. Sehr oft ist es ihm nicht gut gegangen, meist hat er sich gerade so durchgeschlagen. Doch die Frauen haben ihm immer geholfen. Die Alda damals, und dann vor zwei Jahren die Frau des reichen Parfümfabrikanten. Sie war schon ein bißchen sehr alt, zugegeben. Aber so verliebt. Und so großzügig. Die Amerikanerin wäre überhaupt ein großer Glückstreffer gewesen. Sie hat ihm zusätzlich noch gefallen. Wer weiß, vielleicht hätte sie ihn geheiratet. Kann sein, sie hätte nach dem Jahr Frankreich festgestellt, daß sie ohne ihn nicht mehr leben kann. Und er wäre als Prinzgemahl nach den Vereinigten Staaten eingereist.

Was für ein Leben!

Versonnen sitzt er im Sessel, das Whiskyglas in der Hand, und träumt mit der sehnsüchtigen Miene eines kleinen Buben, der sich zu Weihnachten eine Eisenbahn wünscht, vor sich hin.

Sybille, die mit ihrer Packerei fertig ist und jetzt noch ihre Nägel lackiert, betrachtet ihn ein paarmal von der Seite. Er tut ihr leid. Sicher war es für ihn sehr enttäuschend, daß er bei diesem Bohlandt nichts erreichen konnte. Er macht sich soviel Kopfzerbrechen um seine Zukunft. Armer Alex! Das braucht er doch nicht. Sie ist ja da, sie wird schon für ihn sorgen. Aber natürlich – ein Mann muß etwas arbeiten, damit er zufrieden ist, das sieht sie ein.

Sie ist so eine gescheite Frau. Keiner macht ihr etwas vor. Aber soweit es ihren kleinen Bruder betrifft, verläßt sie ihr überkritisches Urteilsvermögen.

»Wirklich, Alex«, sagt sie herzlich, »zerbrich dir nicht den Kopf. Du wirst schon wieder landen. Du bist eben hier aus

dem Geschäft heraus. Aber es eilt ja auch nicht so. Du bist noch gar nicht wieder richtig gesund. Vor Weihnachten kann sowieso kein Mensch etwas unternehmen. Und gleich nachher auch nicht. Dir geht es doch nicht schlecht hier bei mir. Oder?«
Er blickt zu ihr hinüber, lächelt, dann steht er auf, geht zu ihr und küßt sie zärtlich. »Wenn ich dich nicht hätte, Billie! Du bist mein allerbestes Stück. So eine hübsche und gescheite Schwester – womit habe ich das verdient?«
»Frage ich mich auch«, lacht sie. »Gibst du mir auch einen Whisky, ja? Danke. Weißt du, am besten wartest du erst mal ab, wie es mit mir weitergeht. Es ist nicht sicher, daß ich hierbleibe.«
»Ich denke, du heiratest?«
»Ja. Vielleicht. Obwohl ich nicht mehr recht daran glaube. Ich werde ja jetzt sehen ...« Ja, sie wird sehen, in Wien.
Sie wird sehen, unter anderem, ob sich das gute Einvernehmen, die zärtliche Liebe, die sie in Paris füreinander empfanden, wieder einstellt. In letzter Zeit, bei den kurzen Begegnungen mit Werner, hat sie nichts davon gespürt. Und dann wird sie sehen, ob er etwas über die Scheidung sagt. *Sie* hat sich vorgenommen, mit keinem Wort davon zu sprechen. *Er* muß es von selbst sagen. Und wenn er nichts sagt, wenn er darum herum redet, wenn er dem Thema ausweicht, also dann weiß sie, was los ist. Und dann wird sie hart sein. Hart gegen ihn, aber vor allem hart gegen sich selbst. Sie verschwindet dann aus dieser Stadt, wird sich eine blendende, aber schon eine ganz blendende und hervorragende Position suchen. Zum baldigst möglichen Termin. Und Werner Fabian endgültig aus ihrem Leben streichen.
Sie denkt es, denkt es wild entschlossen, und gleichzeitig drückt es ihr die Kehle zu, füllt sich ihr Herz mit kaltem Entsetzen, wenn sie sich vorstellt, daß er wirklich aus ihrem Dasein verschwinden könnte.
Ist Liebe wichtig für eine Frau wie sie eine ist? Ist eine ganz bestimmte Liebe, ein ganz bestimmter Mann so wichtig? Sie

hätte es früher mit Bestimmtheit verneint. Vielleicht wird sie es später wieder verneinen. Aber im Moment – im Moment ist die Liebe für sie das wichtigste. Aber das wird sie nicht hindern, Tatsachen zu erkennen und entsprechend zu handeln.
»Ja, ich weiß nicht«, sagt sie nachdenklich und streicht als letzten den rechten Daumen an. »Momentan ist es so, daß ich nicht weiß, was wird. Ob ich hierbleibe und heirate oder ob ich weggehe und mir einen besseren Job suche. Aber ich denke, daß sich das im Laufe – na, sagen wir, des nächsten Vierteljahrs entscheiden wird.«
»Hast du Schwierigkeiten mit deinem Amigo?« fragt er teilnehmend. Natürlich hat er Verständnis dafür. Wenn auch von der anderen Seite aus gesehen. Hat nicht auch manche Frau schon mit ihm Schwierigkeiten – wie er es nennt – gehabt?
»Nicht einmal das weiß ich genau«, meint Sybille nachdenklich. »Er ist verheiratet, das weißt du ja. Und war an sich dicht davor, sich scheiden zu lassen, sogar auf Kavaliersbasis. Jetzt gibt es allerdings Komplikationen familiärer Art. Und die hängen nicht etwa mit seiner Frau zusammen. Sondern mit seinem Schwiegervater und seiner Schwägerin – ach, es ist zu blöde, man kann es gar nicht erklären. Es ist eine lange Geschichte. Ich verstehe es halb und halb auch wieder nicht. Aber auf jeden Fall hat sich irgendwie etwas verändert zwischen uns. Verstehst du? So zwischen den Zeilen. Und ich bin nicht geneigt, hier zu sitzen und zu warten, daß es sich zurückverändert.«
»Hm. Meinst du nicht auch, daß es mit daran liegt, weil ich jetzt hier bin? Er kann nicht mehr so ungeniert zu dir kommen, wie er vielleicht möchte. Aber du brauchtest mir das natürlich nur zu sagen, ich verschwinde dann eben jeweils.«
»Das ist es nicht. Und das ließe sich auch arrangieren. Mit dir könnte ich reden. Aber über dieses Stadium waren wir ja hinaus. Wir hatten an sich ganz konkrete Pläne für die nächste Zukunft. Und ich fange nicht noch einmal dort an, wo ich vor einem Jahr angefangen habe. Ich denke nicht daran.«

Sie wedelt die Hände durch die Luft, damit der Lack trocknet, ihre Augen blitzen sehr entschlossen, und er weiß, sie wird tun, was sie sagt. Sie fängt nicht mehr an, wo sie vor einem Jahr angefangen hat. Sybille nicht.

»Na, wie dem auch sei. Entweder wir heiraten, dann wird es mir sehr gut gehen, und das wird auch dir zugute kommen. Das ist ja klar. Oder ich heirate nicht, dann gehe ich fort. Dann kommst du mit. Wir gehen in eine richtige große Stadt, wo es Theater, Film und Fernsehen gibt, und wo du ohne weiteres so viel Engagements bekommst, wie du willst. Ich würde vorschlagen, warte das noch ab.«

Er seufzt. Klare Sache, wie alles, was Sybille sagt und tut. Vielleicht für sie. Für ihn nicht so ohne weiteres. Er schenkt noch zwei Whisky ein, zündet zwei Zigaretten an. »Man müßte eben einen reichen Vater haben«, sagt er. »So aus goldenem Stall kommen.«

»Ja, das ist so das Leben, das du dir vorstellst. So ein kleiner Playboy, dazu wärst du wunderbar geeignet. Weißt du, Alex, es macht mir Kummer, daß aus dir nichts Gescheites werden will. Du sollst dich ja gar nicht totarbeiten, kein Mensch verlangt das von einem Typ, wie du es bist. Aber du hättest irgendeinen Beruf ergreifen müssen, der dir Spaß macht und in dem du ein bißchen Erfolg hast. Ob die Schauspielerei das Richtige war, ich weiß es nicht. Ich hab' dich ja nie spielen sehen, ich weiß nicht einmal, ob du Talent hast. Auf jeden Fall habe ich das Gefühl, daß es dich nicht besonders ausfüllt. Ich meine, ein Engagement zu haben, an einer guten Bühne in einer mittleren Stadt, beispielsweise so ein Theater wie unseres hier, also du lieber Himmel, so schrecklich viel kann doch auch nicht dazu gehören. Und wenn einer das wirklich will, dann schafft er das auch. Ich habe nicht den Eindruck, daß unsere jungen Schauspieler hier alle solche Genies sind. Und wenn du einigermaßen begabt wärst, hättest du das auch schaffen müssen. Und von hier kommt man ja auch weiter. – Schön, ich bin auch bloß hier an der Zeitung. Aber ich weiß bestimmt, daß ich aufsteigen werde, wenn ich will. Was Stadt, Zeitung und Geld betrifft.«

»Ich bin eben nicht so tüchtig wie du.«

»Genau das ist es. Du bist nicht tüchtig. Nicht fleißig, nicht strebsam, ja, ich habe das Gefühl, du weißt überhaupt nicht, was du willst. Und deinen sogenannten Beruf hast du nicht einmal richtig gelernt. Und alles, was du getan hast, war nie etwas Ordentliches und Richtiges, und darum hast du es jetzt schwer. Wenn du Bohlandt zum Beispiel hättest sagen können: Ich habe da und da gespielt, an dem Theater, diese und jene Rollen, hier sind meine Kritiken, also dann hätte er vermutlich anders reagiert.«

»Du hast recht, große Schwester, wie immer. Ich bin ein hoffnungsloser Fall. Aus mir wird nie was werden. Am besten, du wirfst mich hinaus und sagst dich von mir los.«

»Quatsch«, sagt sie temperamentvoll, »gerade das werde ich nicht tun. Es war eben der größte Fehler, daß ich dich nach Paris gelassen habe, ich hätte dich nicht aus den Augen lassen sollen. Und dir immer so ein bißchen auf die Füße treten. Das brauchst du eben.«

Er nickt und schweigt. Und denkt: Ich brauche Geld. Ich brauche irgend etwas oder irgend jemand, eine Chance, die mir weiterhilft.

Die Amerikanerin – also Schluß jetzt mit der Amerikanerin. Der Film ist gelaufen. Schließlich gibt es auch noch andere Frauen auf der Welt. Vielleicht sollte ich heiraten. Ein reiches Mädchen heiraten. Wenn der liebe Gott mir schon keinen reichen Vater beschert hat, vielleicht sollte ich mir dann selbst einen reichen Schwiegervater bescheren. Das wäre gar nicht das Dümmste, was ich tun könnte.

»Heute hab' ich ein nettes Mädchen kennengelernt«, sagt er aus seinen Gedanken heraus. »Sagt dir der Name was? Laupholz? Karin Laupholz.«

»Es gibt einen sehr bekannten Architekten hier. Sven Laupholz.«

»Sie wohnt da draußen am Stadtrand, da im Südwesten, weißt du, wo in der Nähe der feudale Tennisklub ist. Ein phantastisches Haus. Ein Riesengrundstück, soweit ich das in der Dunkelheit sehen konnte.«

»Dann ist es Sven Laupholz. Der wohnt da draußen und hat sich einen tollen Palazzo hingestellt. Warst du dort?«

»Ich habe die Kleine nach Hause gefahren.«

»Eine Tochter von Laupholz? Wo hast du die denn kennengelernt?«

»In der kleinen Kneipe da am Theater.«

»Florelli?«

»Ja, so heißt es wohl.«

»Und sie war allein dort?«

»Mit so ein paar Kollegen vom Theater. Sie war in der Vorstellung. Sie ist Schauspielschülerin und betet diesen Bohlandt an, wie ich merkte.«

»Schauspielschülerin? Eine von den Laupholzmädchen? Kann ich mir gar nicht vorstellen. Er wickelt seine Töchter am liebsten in Watte. Zwei hat er, soviel ich weiß. Eine habe ich mal kennengelernt bei einer Party. Sehr hübsches Mädchen, bißchen affig vielleicht.«

»Also das ist die sicher nicht. Karin heißt sie. Sehr rassiges Kind. Sehr jung noch.«

»Dann war s vielleicht die jüngere. Und die wird Schauspielerin? Finde ich ja toll.«

»Das sind wohl sehr reiche Leute?«

»Na ja, was heißt reich. Er verdient sehr viel. Und gibt sehr viel aus. Es ist schließlich ein freier Beruf und kein Unternehmen. Aber da fällt mir etwas ein, warte mal, wer hat das neulich erzählt? Laupholz will Teilhaber bei Bungert & Co. werden? So war's doch.«

»Wer ist denn nun wieder Bungert & Co.?«

»Das größte Bauunternehmen hier in der Stadt. Ein Millionenunternehmen. Den halben Wiederaufbau der Stadt hat Bungert gemacht. Den Co. gibt's nicht mehr. Und die beiden Söhne von Bungert sind im Krieg gefallen. Die Tochter hat er 'rausgeworfen, weil sie einen Jazzmusiker geheiratet hat. Und der alte Bungert ist heute – ja, gut und gerne Mitte Siebzig. Man sieht's ihm nicht an, aber er ist es. Und irgendeiner hat mir erzählt, ich weiß nicht, vielleicht war's in der Redaktion, Bungert hätte dann wieder ein Co., noch dazu den ersten Architekten der Stadt, und der gute Sven lebte nicht nur von seinen zwar hohen, aber auch hoch besteuerten Honoraren, sondern wäre auch Bauunternehmer.«

»Hm. Gar keine schlechte Sache so was. Nicht?«

»Bestimmt nicht.«

»Was ist denn dieser Architekt für ein Mensch?«

»Sven Laupholz ist ein netter Kerl. Ganz natürlich, sehr aufgeschlossen und heiter, fast keine Allüren. Auch seine Frau ist nett. Na ja, da haben wir es ja – sie war früher auch Schauspielerin. Davon hat die Kleine vielleicht das Talent.«

»So, so, sie war Schauspielerin.«

»Ich geh' jetzt schlafen«, sagt Sybille. »Es ist gleich zwei. Und ich muß morgen früh aufstehen. Machst du dir dein Bett selber?«

»Natürlich, Billie. Warte, ich hole es mir.«

Sein Bett wird jeden Abend auf der breiten Couch im Wohnzimmer zurechtgemacht. Tagsüber sind die Betten in Sybilles winzigem Schlafzimmer. Zugegeben, es ist ein bißchen eng für beide in der kleinen Wohnung, aber da sie sich mögen, geht es. Noch geht es. Aber es ist natürlich kein Dauerzustand.

Sybille geht ins Bad, er holt sich seine Betten, baut sie liebevoll auf, so etwas macht er immer nett und ordentlich, dann stellt er seiner Schwester noch einen kühlen Whisky aufs Nachttischchen, küßt sie auf die Wange, als sie ihm gute Nacht sagt, setzt sich wieder in den Sessel bei der Stehlampe und denkt nach.

Er zündet sich eine neue Zigarette an, gießt sich wieder ein, legt den Kopf in den Nacken und pfeift ganz, ganz leise vor sich hin.

Der Vater ist Architekt und daher auch so etwas wie ein Künstler. Er ist nett und umgänglich und aufgeschlossen. Er wird Teilhaber bei dem reichsten Bauunternehmer der Stadt. Die Mutter war Schauspielerin, hört, hört, und ist auch nett. Na, und das Mädchen hat ihm sowieso gefallen. Hier bietet sich vielleicht wieder einmal ein Weg. Er ist heute abend hingegangen, um diesen Bohlandt zu sprechen, weil er sich davon etwas versprach. Nun, wenn man es genau nimmt, hat der Abend gehalten, was er sich von ihm versprochen hat. Nur anders, als er es sich gedacht hatte. Und so ist es im Leben nun mal. Auf jeden Fall wird er Karin Laupholz demnächst einmal anrufen.

# *Die Stunde der Wahrheit*

Gemeinhin fürchten die Menschen außer dem Tod nichts so sehr wie Krankheit. Allein das Wort ist so abscheulich wie der Zustand. Krankheit – was für ein kümmerliches, elendes Wort, es hat keinen Klang, kein Gesicht, es ist ein übler Wortbastard, um den man am besten einen Bogen macht. Ein Wort, das unbiegsam scheint, und dennoch alles einschließt, was zu diesem Begriff gehört, von der kleinen Unpäßlichkeit über ekelerregende Widrigkeiten bis zum schweren schmerzhaften Leiden, bis zum Zerfall des Körpers und der Seele.
Aber da der Mensch voller Widersprüche ist, geschieht es, daß alles, was ihm begegnet, womit er zu schaffen hat, wider-

spruchsvoll wirken kann. So kommt es, daß auch Krankheit ihren negativen Sinn verlieren kann und sich ganz im Gegenteil zum Wohle, zum Heil eines Menschen auswirken kann.
Krankheit kann manchmal einen Ausweg bieten aus einer scheinbar ausweglosen Situation, sie kann zumindest zu einem Umweg werden, an dessen Ende der Mensch sich selbst, seinem echten Sein wiederbegegnet. Unser aufgeklärtes Zeitalter hat den Begriff von der »Flucht in die Krankheit« geprägt und hat damit richtig einen Vorgang erkannt, ein wundersames Zusammenwirken von Körper, Seele und Geist oder wie immer man die Zutaten, aus denen ein Mensch sich zusammensetzt, nun nennen will. Eine gequälte Seele, ein resignierender Geist, die nicht weiter wissen, erhalten Hilfe von ihrem Körper, der an diesem Leid ja nicht beteiligt ist, aber, so könnte man es vielleicht interpretieren, es nicht mehr mit ansehen will und kann, allein deswegen, weil man ihn vernachlässigt oder schlecht behandelt; und er, der Körper, scheint zu sagen: Genug! Ich streike, und ihr seid gezwungen, auf mich zu achten, mir den Vorrang zu lassen; meine Hinfälligkeit, mein Zusammenbruch wird euch hindern, sich weiter nur mit euren Sorgen, euren Ängsten zu befassen. Ich bin es, der Aufmerksamkeit, Fürsorge, Hilfe verlangt. Ihr werdet euch fortan nach mir richten müssen. Ich bestimme den Tag und die Nacht. Ich gebe denTon an, und ihr werdet schweigen. Das, was euch bedrängt, wird Tage, Wochen, Monate älter geworden sein, bis ihr wieder daran denken könnt. Und um soviel Tage, Wochen, Monate unwichtiger wird es sein. Denn das ist der Lauf der Welt. Das weiß ich, auch wenn ihr es nicht wißt.
Als Ricarda erkrankte, wurde damit die ausweglose Situation beendet, in die sie sich selbst hineinmanövriert hatte und die geeignet war, das, was von ihr noch übrig war, den Rest ihrer Persönlichkeit und damit den Rest ihres Lebens zu zerstören. Sie geriet nicht in ein Paradies, als sie wieder gesund wurde, neue Konflikte, neue Probleme kamen auf sie zu, denn das ist es nun einmal, was den Begriff »Leben« ausmacht. Ihre Apathie

jedoch, ihr hilfloser, selbstzerstörerischer Groll und Haß auf sich und die Welt, blieben auf dem Krankenbett zurück.
Es war keine so schwere Krankheit. Zunächst nichts weiter als eine böse Grippe, und sie machte sich bemerkbar am Tage, nachdem die Familie Laupholz den Abend bei ihnen verbracht hatte.
Sie hatte sich erkältet. Vielleicht als sie nur mit einer Jacke bekleidet bei null Grad spazierenging, vielleicht als sie in der Stadt herumlief im Schneegestöber mit dünnsohligen Schuhen, egal wann und wo, auf jeden Fall überfiel sie die Erkältung mit Macht, ganz so als stürze sich ihr Körper dankbar auf die Gelegenheit, die Herrschaft zu ergreifen und endlich einmal Ruhe im Haus vor unguten Gedanken und quälenden Gefühlen zu haben.
Dazu kam, daß sie nie krank gewesen war. Sie, die seit Jahren nur mit kranken Menschen zu tun gehabt hatte, war an sich von robuster Gesundheit, hatte nie einem kleinen Unbehagen, sei es einem Schnupfen, seien es Kopfschmerzen oder was auch immer nachgegeben, hatte es ignoriert, und es war von selbst vergangen.
Matthias zum Beispiel hatte nie erlebt, daß seine Tochter ernsthaft krank war, nicht in all den schweren Jahren, unter all den mißlichen Umständen, die hinter ihnen lagen. So war er jetzt natürlich tief betroffen und sehr besorgt.
Es begann mit hohem Fieber, Kopf-, Hals-, Rückenschmerzen, und endete wirklich mit einem totalen Zusammenbruch. Die Rechnung so vieler Jahre voller Entbehrungen, Nöte und Sorgen wurde präsentiert. Und natürlich spielte zweifellos der Zustand eine Rolle, in dem sie sich seelisch befand, seit sie in das Haus ihrer Schwester gezogen war.
Der Arzt, den man zugezogen hatte, der langjährige Hausarzt der Familie Fabian, wußte nicht recht, was er von dieser Patientin halten sollte. Sie hatte eine Grippe, nun ja. Sie hatte Fieber. Sie war schwach und elend und, wie es schien, auch völlig willenlos. Sie hatte auch, zu diesem Ergebnis kam er schließ-

lich, sehr bedenkliche Kreislaufstörungen. Nicht verwunderlich nach allem, was hinter ihr lag. Aber, zusammengefaßt, konnte man ihren Zustand ganz simpel bezeichnen: Sie war krank. Krank an Seele und Geist schon lange und nun also auch am Leib. Sie hatte sich mit allem, was sie war und darstellte, zurückgezogen von ihrer Umwelt, hatte sich fallenlassen, bereitwillig, zu müde, um weiter zu denken und zu grollen, hatte sich fallenlassen in den tiefen Schacht dieser Krankheit, die ihr Heilung bringen sollte.

Einige Tage war das Fieber sehr hoch, eine Rippenfellentzündung kam hinzu; sie war gefangen in dieser Fieberwelt, die Wangen gerötet, die Augen, wenn sie sie öffnete, unnatürlich glänzend und völlig abwesend. Sie sprach sogar vor sich hin, mit heiserer, fast tonloser Stimme, gehetzt, unzusammenhängend, keiner verstand es, wovon sie redete, nicht einmal Matthias. Manchmal nur tauchten Namen auf, die er kannte. Ganz unwichtige Namen, die längst der Vergangenheit angehörten. Namen von ehemaligen Patienten, die sie gepflegt, von Schwestern, mit denen sie zusammen gearbeitet hatte, der Name eines Polen, unter dem sie in der ersten Nachkriegszeit schwer zu leiden hatten.

Dann wieder lag sie reglos, schien kaum zu atmen. Matthias stellte seine Ausflüge in die Stadt ein, saß bei ihr im Zimmer, ein Buch in der Hand, doch er las nicht, blickte auf die Frau im Bett, seine Tochter, seine schöne und geliebte Tochter, die sich in letzter Zeit ihm und seiner Liebe entzogen hatte und ihm nun ganz zu entgleiten drohte.

Charlott kam, ihre Nervosität, die fahrige Unsicherheit, die sie einige Zeit verborgen hatte, wurde nun offenkundig. Sie blickte ihren Vater hilfeflehend an.

»Was sollen wir bloß tun?«

»Beruhige dich, mein Kind, sonst wirst du auch noch krank. Eine schwere Grippe, du hast ja gehört, was der Arzt sagt. Es wird schon wieder besser werden.«

»Wenn sie stirbt...«, flüsterte Charlott entsetzt.

»Warum soll sie denn sterben?« sagte Matthias ärgerlich. »Jeder Mensch kann mal eine Erkältung haben.«
»Wenn sie stirbt – und sie hat mir nicht verziehen ...«
»Was soll sie dir denn verzeihen?«
»Alles. Alles, was ich ihr angetan habe.«
Matthias blickte auf. Charlott stand neben ihm, die Augen voller Tränen, ein Bild des Jammers.
Matthias stand langsam auf, nahm Charlott am Arm, zog sie aus dem Zimmer. Sie folgte ihm willenlos in sein Zimmer.
»Was hast du ihr angetan?«
»Aber das weißt du doch. Ich habe ihr Werner weggenommen. Sie hat Werner geliebt. Und er hat sie geliebt. Denke nicht, daß er mich geliebt hat. Niemals, nicht eine Stunde. Auch er hat es mir nie verziehen, daß ich ihn von Ricarda getrennt habe.«
»Hör zu, mein Kind, Werner war immerhin ein erwachsener Mann. Wenn er Ricarda so sehr geliebt hätte, dann wäre wohl damals nicht passiert, was geschehen ist. Gibst du mir darin recht?«
»Ich weiß nicht. Männer sind nun einmal so. Und ich wollte ihn so gern haben. Ich wollte ihn Ricarda wegnehmen. Das war es, was ich wollte. Weil sie immer mehr hatte als ich. Sie bekam alles. Und ich nichts.«
»Was hat sie bekommen, was du nicht bekommen hast? Willst du mir vorwerfen, daß ich ein ungerechter Vater war? Daß deine Mutter nicht für euch beide die gleiche Liebe, die gleiche Fürsorge hegte?«
»Nein. So meine ich es nicht. Ich habe Ricarda immer beneidet. Sie war klüger. Und sie war schöner. Ich durfte tanzen gehen, weil ich es gern wollte. Und ich gab mir so viel Mühe. Aber ich wäre nie eine große Tänzerin geworden. Ich habe es mir nur immer eingebildet.«
»Nun gut«, sagte Matthias ein wenig ungeduldig. »Aber das ist lange her. Du bist keine große Tänzerin geworden, aber dir ist es doch nicht schlecht gegangen in all den Jahren.«

»Nein.« Charlott blickte an ihrem Vater vorbei, starrte auf einen Fleck an der Wand. »Mir ist es nicht schlecht gegangen. Weil ich Werner geheiratet hatte. Weil er Geld verdiente. Aber er hat mich nie geliebt. Mir ist es gut gegangen, ja. Aber ich weiß bis heute noch nicht, wie es ist, wenn man geliebt wird. Ist das gerecht, Vater? Warum ist nie ein Mann gekommen, der mich geliebt hat?«
Es war schwierig, eine Antwort darauf zu finden. »Du hast zwei Kinder von Werner«, sagte Matthias schließlich. »Du hast all die Zeit mit ihm zusammen gelebt, hast seinen Aufstieg geteilt ...«
»Geteilt? Er hat nichts mit mir geteilt. Höchstens sein Geld.«
»Auch das ist nicht ganz unwichtig.«
»Natürlich nicht, ich weiß schon. Aber das war wirklich das einzige, was ich von ihm bekam.«
»Deine Kinder ...«
»Ach, meine Kinder. Das erste war ein dummer Zufall. Und das zweite ...« sie lachte kurz auf. »Ein kleines Heimkehrervergnügen, verstehst du? Sonst ...«, sie schluckte, sie zögerte, man sprach mit seinem Vater nicht gern über diese Dinge, aber sie mußte es einmal aussprechen, sie mußte es loswerden, »... wenn du denkst, daß ich einen Mann habe, ich habe schon lange keinen Mann mehr. Werner hat immer andere Frauen gehabt. Auch jetzt wieder. Warum denkst du, daß er weggefahren ist? Wegen seiner Geschäfte? Das ist zum Lachen. Er fährt weg, weil er diese Frau trifft.«
»Und warum bist du dann bei ihm geblieben?«
»Weil ich zu dumm bin, selbst etwas zu werden. Werner hat mich das oft genug wissen lassen. Und weil ich sein Geld sehr gern hatte. Es ist schön, viel Geld zu haben. Erst war es nicht soviel, aber schlecht gegangen ist es uns nie. Nicht einmal in der Nachkriegszeit. Wir hatten immer zu essen. Ich. Und die Kinder. Ja, natürlich, die Kinder. Wegen ihnen bin ich auch bei Werner geblieben. Was sollte ich denn sonst tun?«
»Ich wußte nicht, daß du so unglücklich bist in deiner Ehe.«

»Du wußtest das nicht, Vater? Du hast doch sonst immer alles gemerkt. Niemand konnte dir etwas vormachen. Ich weiß noch, als ich ein Kind war, und wenn ich gelogen habe – ich habe eine Zeitlang sehr viel gelogen, erinnerst du dich?«
»Ja. Ich erinnere mich.«
»Aber immer war es nur ein Versuch. Du hast mich angesehen, und dann habe ich die Wahrheit gesagt. Und einmal hast du gesagt – ich weiß es noch ganz genau –, es war im Sommer, wir standen abends im Garten unter dem Maulbeerbaum, und du hast gesagt: Nimm dir ein Beispiel an Ricarda. Sie lügt niemals.«
»Vielleicht war es nicht sehr klug von mir«, murmelte Matthias, »so etwas zu sagen.«
»Es stimmte ja. Ricarda hat nie gelogen. Sie war zu stolz, um zu lügen. Nur solche Schwächlinge wie ich brauchen die Lüge. Und ich habe Werner ja auch belogen, damals.«
»Was willst du damit sagen?«
»Als Ricarda nach Berlin gegangen war. Mit Professor Runge. Und als Werner dann kam – weißt du, was ich da zu ihm gesagt habe?«
Matthias blickte seine Tochter mit nachdenklichen Augen an. Auf Charlotts Wangen brannten jetzt rote Flecken, ihre Augen glänzten fast so unnatürlich wie die der Fieberkranken im anderen Zimmer. Aber man mußte sie reden lassen. Es schien vieles zu geben, was sie quälte. Auch sie war krank, auch sie litt an sich selbst genau wie ihre Schwester. Man mußte es sie aussprechen lassen. Wem sollte sie es sagen, wenn nicht ihm, ihrem Vater? Du hast mich angesehen, und dann habe ich die Wahrheit gesagt. Nun gut, sollte sie auch jetzt einmal die Wahrheit sagen. Es würde ihr nur guttun.
»Was hast du Werner gesagt?« fragte er ruhig.
»Ich mußte neulich daran denken, neulich abends, als Sven und Eva hier waren. Sie sprachen von seinem Bruder, von Erik Laupholz. Erinnerst du dich?«
»Ja.«

»Ich wußte ja, daß Dr. Laupholz damals Assistent von Professor Runge war und daß er auch nach Berlin gegangen war. Ich hatte ihn sogar einmal kennengelernt, als Ricarda mit ihm von der Universität herüberkam und er sich einige Bücher bei uns kaufte. Ich wußte auch, daß Ricarda sich gut mit ihm verstand. Und damals sagte ich Werner, sie sei wegen Erik Laupholz mit nach Berlin gegangen. Sie sei in ihn verliebt. Und sie hätte gesagt, er passe viel besser zu ihr als Werner.«

Matthias seufzte. »Das hast du Werner also gesagt. Na schön. Aber Werner war schließlich kein kleiner Junge. Und er mußte erkennen, daß du ein dummes, eifersüchtiges kleines Mädchen warst. Es spricht ihn nicht von aller Schuld frei. Das war kein Grund, dich zu verführen, oder? Und das hat er doch getan, nicht wahr?«

»Wenn du damit sagen willst, daß ich vor ihm niemals – ja, das ist wahr. Aber ich wollte es.«

»Du wolltest es. Und war das ein Grund, daß er es tat?«

»Männer sind nun einmal so.«

»Ach?« sagte Matthias, und seine Stimme wurde laut und zornig. »Sind Männer wirklich so? Nennst du so etwas einen Mann? Eine kleine Achtzehnjährige zu überrumpeln, auch wenn sie verliebt einen hübschen Burschen anhimmelt, ist das eine Mannestat? Er hätte dich auslachen können und nach Hause schicken. Und bei nächster Gelegenheit mit Ricarda sprechen. Das hätte in meinen Augen ein Mann getan. Ich bin ein ganz durchschnittlicher Mann. In dieser Beziehung gewiß. Ich habe deine Mutter sehr geliebt. Aber ich habe meine kleinen Erlebnisse gehabt, ehe ich sie heiratete. Und ich will gar nicht behaupten, daß es später nicht hie und da Möglichkeiten gab, die ich auch genutzt habe. So mögen Männer sein. Da hast du recht. Aber ein achtzehnjähriges Kind zu verführen, die Schwester des Mädchens, das man angeblich liebt, die Tochter des Hauses, in dem man zu Gast war, das ist etwas anderes. Es macht Werner nicht viel Ehre.«

»Er sollte dich hören«, murmelte Charlott.

»Er würde damit nichts Neues hören. Ich habe ihm das damals klar und deutlich gesagt. Nur hielt ich es nicht für nötig, heute noch einmal davon anzufangen. Ich dachte ...« Ja, was hatte er gedacht? Es wäre unwichtig geworden im Laufe der Zeit, verschluckt von bedeutenderen Ereignissen. Aber seltsam, darin hatte er sich wohl getäuscht. Die rein menschlichen Ereignisse blieben wohl immer das Bedeutendste, mochte auch geschehen, was wolle, mochte die Welt darüber untergehen. Liebe, Haß, Enttäuschung, Schuld, Versagen – das zählte mehr. Ein zerstörtes Haus ließ sich aufbauen. Zerstörtes Vertrauen nur sehr schwer. Oft gar nicht.

»Er hätte dich wenigstens glücklich machen können«, sagte Matthias in Gedanken.

»Das hat er nicht einmal versucht«, sagte Charlott voll Bitterkeit. Und leiser fügte sie hinzu: »Und ich habe es wohl auch nicht verdient.«

»Mein liebes Kind ...«

»Vater, du weißt noch nicht alles. Du weißt lange noch nicht alles. Ich habe noch viel mehr gelogen. Es gibt noch eine große Lüge ...«, sie verstummte, blickte vor sich hin.

»Was meinst du damit?«

Charlott sprach rasch, gehetzt, sie hatte Angst, die letzte Wahrheit zu bekennen. »Ich habe Ricarda vor ein paar Tagen vorgeworfen, sie sei herzlos. Sie sei hart. Ich bin es viel mehr. Ich habe mich um euch nicht gekümmert. Ich habe euch dort gelassen. Mir ist es gut gegangen. Ich habe Reisen gemacht und teure Kleider gekauft und habe nur an mein Vergnügen gedacht. Ich hatte ja weiter nichts vom Leben. Keine Liebe, keine richtige Ehe, keinen Mann. Also wollte ich mich amüsieren. Das war mir das Wichtigste. Und ihr wart dort, und es ist euch schlecht gegangen. Mutter war so krank. Du hast schwer arbeiten müssen, Ricarda hat arbeiten müssen. Ihr hattet nichts zu essen. Keine richtige Wohnung. Und was habe ich getan? Ich bin nach Paris gefahren und habe mir Kleider gekauft. Ich hätte zu euch fahren müssen. Ich hätte euch holen müssen.

Um jeden Preis. Ich hätte ...«, sie schluchzte auf, senkte den Kopf und schwieg.
»Deswegen brauchst du dir jetzt keine Vorwürfe mehr zu machen«, sagte Matthias ruhig. »Wir sind ja nun hier. Und deiner Mutter hättest du auch nicht helfen können. Du kannst Ricarda jetzt helfen. Wir müssen ein neues Leben für sie finden. Ich weiß noch nicht, wie. Aber du sollst dabei helfen.«
»Ich kann dabei nicht helfen. Ricarda haßt mich.«
»Sie haßt dich nicht.«
»Doch. Und sie hat allen Grund dazu.«
»Charlotte, sieh mich an«, sagte Matthias ernst. »Was ist das für eine große Lüge?«
Charlott hob langsam den Blick. Ihr Gesicht war naß von Tränen. Sie sah ihren Vater an. Seine Augen – ernst, streng, fordernd. Sie konnte lügen, solange er nicht da war, solange er sie nicht ansah, aber jetzt ...
Es war wie damals im Garten unter dem Maulbeerbaum. Sie öffnete den Mund, ihre Unterlippe zitterte.
»Was für eine Lüge noch, Charlotte?«
»Brigitte«, flüsterte sie.
»Brigitte?« fragte Matthias verwundert. »Deine Tochter?«
»Sie ist nicht meine Tochter. Es ist Ricardas Kind.«
Matthias starrte sie sprachlos an. Er wurde blaß, seine Fäuste ballten sich unwillkürlich. Nein! Das durfte nicht sein.
»Sie ist Ricardas Kind?«
Charlott schluckte. »Ja. Brigitte starb auf der Flucht. Es war wohl die gefrorene Milch. Das einzige, was ich für die Kinder bekam. Es war eine Kolik. Und sie starb. Sie war nach einigen Stunden tot, es ging ganz schnell.«
»Und dann?«
»Ricardas Kind war viel schwächer, du weißt das sicher noch? So winzig. Und so still. Es schrie nicht, wie tot lag es in dem Tuch. Ich dachte, es wäre auch tot. Ich tat alles, damit es am Leben blieb. Alles, du kannst es mir glauben. Ich war so verzweifelt. Und dann ...«

»Und dann?«

»Ich dachte nicht, daß ich sagen würde, es wäre mein Kind. Ich dachte gar nichts. Aber als ich dann hierherkam, zu Werners Eltern, ich kannte sie ja gar nicht, es dauerte alles so lange,wir lagen auf Bahnhöfen herum, und alles war so schrecklich, und die Luftangriffe, und ich wußte überhaupt nicht, was aus uns werden sollte, und dann war ich doch eines Tages hier.

Ein Unteroffizier hatte uns zum Schluß hierhergebracht. Er kam aus dem Lazarett und hatte hier seine Familie. Der hatte mich in Dresden aufgegabelt, das war kurz bevor der schwere Angriff auf Dresden kam, du weißt ja, ich war vollkommen fertig, Brigitte war tot, und das andere Kind war halbtot, und alles war fremd um mich. Und dieser Mann kümmerte sich um uns. Er sagte: Lassen Sie nur, kleine Frau, ich werde das schon schaukeln, ich bringe Sie nach Hause. Er besorgte für mich etwas zu essen. Und Milch für das Kind. Und er gab mir noch eine Decke. Und dann schmuggelte er mich in einen Militärtransport, derselbe Zug, mit dem er fuhr. Und so kam ich aus Dresden heraus und dann hierher. Er hätte selbst eine junge Frau zu Hause, sagte er. Und auch so ein kleines Wurm. Allen könne man ja nicht helfen. Aber mir hat er geholfen. Später ist er gefallen. In Rußland. Ich habe seine Frau einmal besucht.«

»Und du kamst also hierher?« fragte Matthias unerbittlich.

»Ja. Der Unteroffizier hatte sich einen kleinen Lieferwagen besorgt, und mit dem fuhr er mich hier heraus. Zu Werners Eltern. Er ging hinein in die Werkstatt, ich blieb noch draußen, ich hatte Angst, ich wußte ja gar nicht, wie man mich aufnehmen würde, und ich hörte, wie er sagte: Na, Meister, raten Sie mal, was ich Ihnen mitgebracht habe? Gleich zwei Pakete auf einmal. Eine Tochter und 'ne kleine Enkeltochter. Sind ein bißchen mitgenommen alle beide und brauchen was zu futtern. Dann könnten sie beide ganz niedlich sein.«

»Ich verstehe«, sagte Matthias.

»Ja«, fuhr Charlott fort, tonlos und eilig, sie mußte nun alles loswerden. »So war es. Und dann, du wirst es nicht für möglich halten, sie freuten sich, als ich kam. Und sie taten alles für uns. Und sie freuten sich so über das Kind. Und wie sollte ich dann sagen, es ist...« Charlotts Stimme erstickte, unter Schluchzen vollendete sie, »...es ist nicht mein Kind. Es ist nicht Werners Kind. Es ist das Kind meiner Schwester. Von einem ganz fremden Mann.«

Sie legte den Kopf auf die Arme und weinte.

Matthias saß still. Wie eine Zentnerlast hatte es sich auf ihn gelegt.

Daran habe ich nicht gedacht. So etwas habe ich nie vermutet. Dabei ist es so naheliegend. Zwei kleine Kinder, Babys, im Alter nur wenige Wochen auseinander. Die verrückte Zeit, die Verwirrung, die Flucht. Und hier die fremden Menschen, und Charlotte, so jung, dumm, unerfahren, ausgestoßen aus der vertrauten Welt, hilflos und allein.

Vielleicht konnte man es sogar verstehen. – Ja, ich kann es verstehen. Damals. Aber später? Warum hat sie es später Werner nicht gesagt?

»Und später?« fragte er. »Warum hast du nicht wenigstens Werner die Wahrheit gesagt?«

Charlott blickte nicht auf, sie weinte weiter, schüttelte nur den Kopf.

»Warum hast du ihm nicht die Wahrheit gesagt?«

Jetzt hob sie den Kopf, blickte Matthias wild an. »Daß er einen Grund mehr hatte, mich zu verlassen? Und es war ja auch egal. Ricarda war nicht da. Und ich liebte das Kind. Es war *mein* Kind geworden. Ich wollte nicht mehr daran denken, daß es das andere war. Ricarda hat sich aus dem Kind sowieso nichts gemacht. Weißt du denn das nicht mehr? Sie hat sich kaum darum gekümmert. *Ich* habe es versorgt, schon als wir noch zu Hause waren. Ricarda hat es nicht geliebt.«

»Das weißt du nicht. Vielleicht hätte sie es später geliebt. Und vielleicht wäre sie längst gekommen, wenn sie gewußt hätte, daß es am Leben ist.«

»Was wirst du tun?« fragte Charlott voll Angst. »Wirst du es ihr sagen?«
Matthias sah sie ernst an. »Was meinst du?«
Charlott senkte den Blick. »Ich – ich weiß nicht.«
»Hat sie nicht ein Recht, es zu erfahren?«
»Doch. Natürlich.«
Eine lange Weile blieb es still. Dann stand Matthias schwerfällig auf, wie ein alter Mann wirkte er auf einmal, nichts von seiner Spannkraft, seiner jugendlichen Frische schien mehr geblieben zu sein. Er ging hinüber in das andere Zimmer und sah nach Ricarda.
Sie lag, wie er sie verlassen hatte. Still, mit den roten Wangen, die Augen geschlossen. Ihr Atem ging in kurzen, flachen Stößen.
Sein Herz schmerzte ihn vor Liebe, wie er da so stand und auf sie niederblickte. Liebe und Erbarmen und hilfloser Zorn. Mein Kind, mein armes, betrogenes Kind! Betrogen um alles. Und ich konnte dir nicht helfen. Doch. Ich werde dir helfen. Es gibt überhaupt nur eine einzige Aufgabe für mich, die ich auf dieser Welt noch zu erfüllen habe. Dir zu helfen. Ich weiß noch nicht, wie. Aber ich werde dir helfen.
Charlott war ihm nachgekommen. »Was ist?« flüsterte sie.
»Nichts. Geh wieder hinüber. Wir müssen es zu Ende reden.«
Charlott folgte ihm gehorsam. Noch bereute sie ihr Geständnis nicht. Noch empfand sie nur Erleichterung. Endlich hatte sie die Wahrheit sagen können. Mit der Lüge zu leben war nicht so schwer gewesen, sie hatte sie manchmal ganz vergessen. Oder war es doch schwerer gewesen, als sie dachte? Warum fühlte sie sich jetzt so befreit?
»Was wirst du tun?« fragte sie flüsternd.
»Ich weiß es noch nicht«, antwortete Matthias. »Wir müssen auch an Brigitte denken. Es wäre für sie ein Schock. Zunächst werden wir gar nichts tun. Du und ich, wir wissen es. Sonst keiner. Vielleicht kommt einmal die Stunde ...« Er verstummte, dachte nach.

»Was für eine Stunde?«
»Die Stunde der Wahrheit, Charlotte. Auch für die anderen. Für dich ist sie heute gekommen. Um es Ricarda zu sagen, dazu ist es zu früh. Sie muß erst stärker werden. Sie muß ihre Kraft wiederfinden. Lebensmut, Vertrauen in sich selbst. Um es Werner zu sagen, ist es zu spät. Und Brigitte – ich kenne sie noch zu wenig. Sie ist ja noch ein halbes Kind. Auch für sie ist es zu früh. Wir müssen warten, Charlotte.«
»Ja«, Charlott senkte den Kopf, Ergebenheit in der Stimme. »Wie du meinst, Vater. Ich tue alles, was du sagst. Ich weiß, du wirst es richtig machen.«
Als er nicht antwortete, sagte sie leise: »Du verachtest mich jetzt, Vater.«
Matthias trat zu ihr und legte ihr die Hand auf die Schulter. »Nein, mein Kind. Ich verachte dich nicht. Du tust mir leid. Ich sehe, daß du unglücklich bist. Es ist kein gutes Gefühl für mich zu wissen, daß meine beiden Kinder unglückliche Menschen geworden sind.«
Und in Gedanken fügte er hinzu: ich wünschte, ich könnte es ändern.

Werner kam früher als beabsichtigt von der Reise zurück. In Wien war nichts wie in Paris gewesen. Die Verliebtheit, das zärtliche Glück der Pariser Tage glich einem weit zurückliegenden Traum. Sie spürten es beide, sie wollten es beide nicht zugeben. Und so entstand eine ungute Spannung zwischen ihnen, ein gezwungener Ton kam in ihr Gespräch, das manchmal zu versiegen drohte. Sie waren sehr höflich zueinander, sehr rücksichtsvoll, und das machte alles nur schlimmer.
Bei ihm äußerte sich das Unbehagen in einer forcierten Lustigkeit, die bei Sybille ohne Echo blieb, er machte ihr zu viele und zu überschwengliche Komplimente, zu viele und zu teure Geschenke.
Sybille dagegen wurde immer formeller, sehr beherrscht, ausgesprochen intellektuell auch im Privatgespräch, sehr ironisch.

Es war alles anders geworden, und sie wußte nicht, warum. Sie hatte sich nicht verändert, sie liebte ihn wie zuvor, aber sie scheute sich, es ihm zu zeigen.
Am Vormittag des dritten Tages verließ sie das Hotel, spazierte über den Ring, tief in Gedanken versunken. Es war ein klarer, kalter Wintertag, der Reif glitzerte auf den Bäumen, sie dachte: man müßte hinausfahren nach Schönbrunn, ein herrlicher Tag wäre das heute; sie dachte: ich brauche Stoff für eine Reportage, Wien in den Vorweihnachtstagen, Geschäfte, Theater, Lokale, die Leute; sie dachte: ich hätte eigentlich heute morgen zu den Lipizzanern gehen könne, sie gehören unbedingt in die Reportage hinein, vielleicht sollte ich auch ...
Aber sie tat nichts dergleichen. Sie lief immer geradeaus, den Blick gesenkt, die Reportage war ihr egal, sie schaute weder zum Rathaus noch zur Universität hinüber, sie lief am Burgtheater vorbei, sie sah nichts und niemand, sie war verwirrt und unsicher, auch viel zu erschreckt über sich selbst. Was geschah mit ihr?
Ich bin gar nicht ich selbst. Kann ich nicht meinen Verstand gebrauchen und mir über die Tatsachen klarwerden? Aber was für Tatsachen eigentlich? Wir kennen uns jetzt ein Jahr. Es ist Liebe. Nicht wahr, es ist doch Liebe? Wenn ich überhaupt weiß, was Liebe ist. Aber wer weiß das schon. In Paris war es doch Liebe. Und vorher den ganzen Sommer lang. Und auch vergangenes Jahr im Frühling. Da auch schon. Damals, als ich in den Tennisklub eintrat, hat er sich dumm benommen. Aber das ging vorüber. Er hat gesagt, er will mich heiraten. Ich habe ihn nicht dazu gedrängt. Er wollte sich scheiden lassen. Dann hat er es verschoben. Jetzt spricht er überhaupt nicht mehr davon. Ich auch nicht. Es ist nicht so wichtig, ob wir heiraten. Es ist nur wichtig, daß wir uns lieben. Lieben wir uns eigentlich noch?
Dieser Zustand war für sie so fremd und ungewohnt. Sie hatte immer gewußt, was sie wollte. Immer genau gewußt, was sie tat. Auf einmal wußte sie es nicht mehr. Und das erschreckte

sie mehr als alles andere. Sie kannte sich mit sich selbst nicht mehr aus.

Sie lief durch die Altstadt zurück, kam zum Graben, blieb vor Schaufenstern stehen, ohne zu sehen, was darin ausgestellt war. Sie hatte ein Geschenk für ihn kaufen wollen. Und irgend etwas Hübsches für Alexander. Aber sie ging an den Läden vorbei.

Dann wurde sie plötzlich angesprochen. »Hallo! Sybille!« Verstört blickte sie auf. Sie mußte einen Moment überlegen, bis sie den Mann erkannte.

Dann lächelte sie. »Toni!«

Sie hatten zusammen in München volontiert. Später war er nach Hamburg gegangen, und heute, das wußte sie, war der Kollege Starreporter einer großen Illustrierten.

Eine Weile standen sie im Menschenstrom, standen im Weg, aber sie merkten es nicht, sie redeten aufeinander ein. Sybille war froh und dankbar, aus ihren Gedanken erlöst zu sein.

»Hast du Zeit? Gehen wir zusammen essen?« fragte Toni.

Sie hatte Zeit, und sie wollte gern mit ihm essen gehen. Die Geschenke konnte sie morgen noch einkaufen.

Sie sah Werner erst am Abend wieder, er war müde und abgehetzt, er sagte: »Entschuldige, es hat länger gedauert, als ich dachte.«

Er bestellte Whisky aufs Zimmer, trank rasch hintereinander zwei Doppelte, sagte: »Wie ist es dir heute ergangen? Hast du viel eingekauft?« Wartete ihre Antwort nicht ab, sondern berichtete von seinen geschäftlichen Verhandlungen mit einem Holzimporteur, der offensichtlich pleite war und mehrere seiner Kunden betrogen hatte. Dann meldete er ein Gespräch mit der Fabrik an, und während er darauf wartete, sagte er: »Die Oper heute abend hat mir noch gefehlt.«

Sie hatte Opernkarten besorgt. Es war schwierig gewesen, sie zu bekommen.

»Wenn du keine Lust hast«, sagte sie kühl, »brauchst du ja nicht mitzukommen.«

»Natürlich komme ich mit. Entschuldige, ich habe das bloß so hingesagt.«
»O bitte, das macht ja nichts.«
Sie lächelte, er lächelte. Dann zog er ein Päckchen aus der Tasche. »Vielleicht kannst du das heute abend tragen.«
Es war ein Armband. Ein teures Stück mit Brillanten, es mußte ein Vermögen gekostet haben.
»Mein Gott, Werner ...«, sagte sie.
»Gefällt es dir?«
»Es ist sehr schön, aber ...«
»Was aber?«
Ja, was aber. Noch nie hatte ihr ein Mann echten und teuren Schmuck geschenkt. Es freute sie nicht, es beunruhigte sie. »Du solltest mir so etwas nicht schenken.«
»Warum denn nicht? Wem sollte ich es denn schenken, wenn nicht dir?«
Natürlich, wem, wenn nicht mir. Sicher hat er recht. Aber er hat mir keinen Kuß gegeben, als er hier ins Zimmer kam. Ich glaube, er hat mich noch nicht einmal angesehen, seit er hier ist. Er ist müde. Er ist nervös. Nie habe ich erlebt, daß Werner nervös ist. Dieser Holzmensch da kann nicht der Grund sein.
Das Telefon.
»Entschuldige. Mein Gespräch.«
Immerzu entschuldigt er sich. Seit er hier ist, hat er schon mindestens fünfmal »Entschuldige« zu mir gesagt. Das ist doch lächerlich.
Zunächst sprach er mit Fräulein Lessing. Dies und das, es schien alles nicht so wichtig zu sein.
Dann sagte er: »Verbinden Sie mich mit der Wohnung, bitte.«
Er sprach mit Charlott. Sybille konnte ihre helle, aufgeregte Stimme hören. – Sie saß zurückgelehnt, hatte sich eine Zigarette angezündet und einen Whisky genommen. Mit gesenkten Lidern hörte sie dem Gespräch zu. Hauptsächlich war von Ricarda die Rede. Als er den Hörer hingelegt hatte, wandte er sich zu ihr.

»Entschuldige bitte.«
»Was?« fragte Sybille gereizt.
Er sah sie verständnislos an.
»Was soll ich entschuldigen?«
An ihrem Ton merkte er, daß sie ärgerlich war. Er blickte auf das Armband, das vor ihr auf dem Tisch lag. »Gefällt es dir nicht? Komm, ich mach' es dir um.«
Er nahm das Armband, legte es ihr um das Handgelenk. Er machte das sehr geschickt, hatte keine Mühe, den Verschluß zu handhaben. So etwas hat er schon oft gemacht, dachte sie. Teure Abschiedsgeschenke, das macht sich immer gut.
Sie hob den Arm ein wenig, betrachtete ihr schmales Handgelenk und den kostbaren Schmuck. Eigentlich müßte man danke sagen. Aber sie wäre daran erstickt.
»Zu Hause alles in Ordnung?«
»Ja. Ricarda scheint es endlich etwas besser zu gehen. Aber dafür hat Charlott offensichtlich restlos durchgedreht. Man kann kein vernünftiges Wort mit ihr reden.«
»Das konnte man ja wohl nie.«
Er hob die Brauen und sah sie erstaunt an. Bosheiten dieser Art war er von ihr nicht gewöhnt.
Sybille ärgerte sich nun über sich selbst. »Entschuldige bitte«, sagte sie nun auch. Dann stand sie auf. »Ich glaube, wir müssen uns umziehen.« Sie blieb vor ihm stehen. »Das Armband ist sehr schön. Ich danke dir.«
»Bekomme ich nicht wenigstens einen Kuß?«
»Ich weiß nicht, ob du Wert darauf legst.«
»Sybille!« Er stand auch auf, nahm sie bei den Armen, zog sie zu sich heran. »Bambina! Was ist los mit dir?«
Sybille schloß die Augen. Sie war nahe daran zu weinen. Lange und verzweifelt zu weinen. Es kostete sie große Anstrengung, sich zu beherrschen. Er küßte sie, und als er sie losließ, wandte sie sich rasch ab. Ein flüchtiger und gleichgültiger Kuß. Merkte er den Unterschied denn nicht?
»Heute habe ich einen alten Freund getroffen«, begann sie zu

erzählen, hastig, um sich abzulenken. »Toni Maltzum. Sagt dir der Name etwas?«

»Nein. Warum? Müßte er das?«

»Nun, er ist heute eine große Nummer. Verdient ein Riesengeld. Er macht große Auslandsreportagen.« Sie nannte das Blatt, bei dem Toni arbeitete, erzählte, wie sie damals zusammen in München in einer Redaktion gearbeitet hatten. »Er hat nur den Kopf geschüttelt, daß ich immer noch bei euch dort herumsitze. Er sagt, ich verschenke meine Zeit. Ich hätte ganz andere Chancen.« Sie machte eine kleine Pause. »Vielleicht sollte ich jetzt doch mal zusehen, daß ich die Stadt und die Zeitung wechsle.«

»Na ja, vielleicht solltest du das tun«, sagte Werner gleichgültig. »Seine Chancen muß man wahrnehmen.«

Sybille, vor dem Spiegel, ließ die Hand mit der Haarbürste sinken. Durch den Spiegel starrte sie ihn an. Aber er schien gar nicht zu merken, was er gesagt hatte. Er trank sein Glas leer, drückte die Zigarette aus. »Also ich geh' mich umziehen. In einer Viertelstunde bin ich fertig.« Und damit verschwand er im Nebenzimmer.

Sybille sah Sybille an. Ihre schmerzliche Enttäuschung verwandelte sich in Wut.

»Es geschieht dir recht. Es geschieht dir recht.« Wütend zerrte sie das Armband vom Handgelenk und warf es mit Vehemenz zu Boden. Es klirrte nicht einmal, es kullerte nur auf dem weichen Velours bis vors Bett, und dort blieb es funkelnd liegen.

Sie waren ein schönes Paar. Selbst in der Wiener Oper fielen sie auf. Der große gutaussehende Mann im Smoking, die große rassige Frau mit dem silberblonden Haar im schwarzen goldgestickten Kleid. Auch das Armband trug Sybille wieder. Man konnte es nicht auf dem Teppich liegen lassen. Man konnte es nicht aus dem Fenster werfen. Und man konnte vor allen Dingen nicht erklären, warum man es nicht tragen wollte. Es war schwer, das alles auszusprechen. Er würde mit Recht fragen:

»Worüber beklagst du dich eigentlich?«
Ja. Worüber?
Aber die Spannung entlud sich an diesem Abend noch in einem Streit. Sie speisten nach der Oper im »Stadtkrug«, und es begann damit, daß Sybille fragte, weniger aus Interesse, nur um das stockende Gespräch fortzuführen: »Was bekommt denn Charlott zu Weihnachten?«
»Ach, ich habe für sie auch...«, er unterbrach sich, aber der Blick zu ihrem Handgelenk war ihr nicht entgangen.
»Auch ein Armband?« fragte sie gedehnt.
Er wurde ein wenig verlegen. »Nein, ach wo. Etwas anderes.«
»Hast du das auch heute gekauft? Wie praktisch. Wie gut, daß es Juweliere gibt, nicht? Hast du für Ricarda dort auch gleich eingekauft? Wo hast du das ganze Geschmeide gelassen? Hoffentlich nicht in deinem Zimmer.«
»Nein«, sagte er ärgerlich. »Im Hotelsafe.«
»Für wieviel Damen hast du eigentlich heute eingekauft? Das muß ein hoher Scheck gewesen sein.«
»Sei nicht so albern«, seine Stimme war kalt und ablehnend. »Heute habe ich nur für dich eingekauft. Das andere habe ich schon.«
»Ich verstehe. Entschuldige, daß ich gefragt habe. Es geht mich ja nichts an.«
»Sybille, was soll denn das? Das paßt nicht zu dir.«
»Da hast du recht. Das paßt nicht zu mir. Das alles paßt nicht zu mir. Auch deinArmband paßt nicht zu mir. Du kannst es wiederhaben. Ich will es nicht.« Feindselig blickte sie ihn an.
Kurz darauf gingen sie. Im Hotel kam es zu einer kurzen heftigen Szene. Die erste wirklich böse Szene zwischen ihnen.
»Du benimmst dich wie alle Frauen«, sagte er schließlich.
»So. Tue ich das? Das tut mir leid. Aber du wirst keinen Grund mehr haben, dich über mich zu ärgern. Ich fahre morgen früh nach Hause.«
Damit ging sie in ihr Zimmer, schloß die Tür hinter sich ab.
So kam Werner, früher als vermutet, nach Hause.

Sie waren nicht mit dem sinnlosen Streit auseinandergegangen, so etwas lag ihnen beiden nicht. Am nächsten Morgen hatten sie zusammen gefrühstückt, und wieder war es wie zuvor, sie begegneten einander höflich und betont liebenswürdig, kamen auf die Verstimmung nicht zurück. Immerhin blieb Sybille dabei, daß sie nach Hause wolle. Und Werner widersprach nicht. Er entschied auch rasch, nicht, wie beabsichtigt, für einige Tage in München Station zu machen. Er würde zusammen mit ihr zurückfliegen. Sie bekamen zwei Plätze in der Maschine nach München, und von dort hatten sie gleich Anschluß.
Werner war schweigsam und zerstreut auf dem Flug. Sybille registrierte es sorgfältig und dachte: Es liegt ihm nicht im geringsten daran, mit mir ins reine zu kommen. Es scheint ihm völlig gleichgültig zu sein. Nein, es ist besser, ich mache mir keine Illusionen mehr. Es ist zu Ende. Ich weiß nicht, warum, man kann nicht sagen, was der Grund ist, wann es kam, wieso es kam, aber lieber Himmel, ist es denn nicht immer so? So schnell und unerwartet wie Liebe beginnt, so schnell und noch viel unerwarteter endet sie. Frauen können es nie begreifen, sie denken immer, sie können dagegen ankämpfen. Kann sein, daß wir uns nicht richtig klar sind über unsere Gefühle, vielleicht lieben auch wir nicht mehr, aber wir wollen auf jeden Fall weiter geliebt werden. Wir wollen die Liebe bewahren. Das muß wohl ein urweiblicher Instinkt sein. Die Liebe bewahren und den Mann behalten, komme, was wolle. Ich bin da auch nicht anders. Er hat es ja selbst gesagt: ich bin wie alle Frauen. Und weiter dachte sie: Nein, ich bin nicht wie alle Frauen. Ich bin nicht angewiesen auf seine Liebe. Ich werde fortgehen, ich werde mir einen neuen Job suchen, ich werde eine große Karriere machen, und ich werde Werner Fabian aus meinem Leben streichen, ich werde ihn ausreißen mit Stumpf und Stiel, als habe es ihn nie gegeben, und ich schwöre dir, und ich schwöre mir, ich werde nicht einmal mehr an ihn denken.

Aber all diese wildentschlossenen Gedanken änderten nichts daran, daß sie todunglücklich war. So unglücklich wie noch nie in ihrem Leben. Sie starrte durch das Fenster des Flugzeuges auf die graue Wolkenwatte, sie blätterte in der Zeitung, sie aß einen kleinen Lunch, trank Kaffee und zwei Kognaks, gab mit freundlicher Stimme der Stewardeß Antworten auf ihre Fragen und sprach auch mit ihm in gleichgültig-gelassenem Ton. Aber was für eine Erleichterung wäre es gewesen, weinen zu können! Lange und ausführlich zu weinen wie jedes kleine dumme Mädchen mit Liebeskummer.

Aber sie würde nicht weinen. Das verbot sie sich selbst. Der Gedanke an Weihnachten? – Lächerlich, war sie sentimental? Silvester? Vor einiger Zeit hatten sie davon gesprochen, Silvester wegzufahren, irgendwohin ins Gebirge, in die Schweiz, nach Österreich. Davon war nicht mehr die Rede gewesen. Im Grunde ihres Herzens war sie froh, daß Alexander da war. Daß sie Weihnachten zu Mama fahren würden. Sie würde nicht allein sein. Und bis Weihnachten war in der Redaktion noch viel zu tun. Einkaufen für Mutter und Bruder mußte sie auch noch. Und gleich im neuen Jahr würde sie die Verbindung zu einigen großen Blättern aufnehmen.

Am Flugplatz nahmen sie zwei Taxen. Werner verabschiedete sich mit einem Handkuß. »Auf Wiedersehen, Bambina. Ich rufe dich an. Und vielen Dank, daß du mitgekommen bist.«

»Es wäre klüger gewesen, ich wäre hiergeblieben«, sagte sie kalt. Und dann fuhr sie fort.

Es war Nachmittag gegen halb vier, als Werner zu Hause ankam. Es dunkelte, ein kalter, grauer Tag, ohne Sonne, ohne Licht.

Das Haus war leer. Frau Plaschke kam und verwunderte sich wortreich, daß er schon da war.

»Wir haben Sie ja erst in drei oder vier Tagen erwartet, Herr Fabian. Na so was aber auch. Und keiner zu Hause. Geben Sie nur den Koffer her, ich trag' ihn 'rauf.«

»Lassen Sie gefälligst den Koffer stehen«, sagte Werner. »Das kann Ihr Mann nachher machen. Und wenn keiner da ist, um so besser. Ich geh' gleich noch mal ins Werk hinüber. Ich will mir bloß die Hände waschen.«

»Soll ich Ihnen ein Täßchen Kaffee machen? Oder wollen Sie was essen?«

»Danke. Ich habe gegessen. Und Kaffee hatte ich auch. Alles in der Stadt?«

»I woher denn. Heute ist doch das Weihnachtsreiten. Sie wissen doch. Wo unsere beiden Kinder mitreiten. Thomas wird ja sicher wieder den Ersten machen. Er hat die letzten Tage soviel trainiert. Und er sagt, sein Pferd, der Hanko, also der wäre ganz groß in Form. Den könne keiner schlagen.«

»So. Da wird ja die Schule wieder mal zu kurz gekommen sein.«

Frau Plaschke lächelte mütterlich. Thomas war ihr Liebling. Und seltsamerweise fühlte sich auch Thomas zu ihr hingezogen, viel mehr als zu allen anderen Hausbewohnern. Er saß manchmal stundenlang bei Frau Plaschke in der Küche. Erzählte von seinem Pferd, von seinen Flugzeugbasteleien, von den Ungerechtigkeiten der Lehrer, und wie sehr ihm die Schule zuwider sei. Bei Frau Plaschke fand er immer ein geduldiges Ohr und viel Verständnis.

»Das holt er schon wieder ein«, sagte sie jetzt. »Unser Thomas ist doch so gescheit.«

»Darüber kann man geteilter Meinung sein«, sagte Werner.

»Die Begabungen der Menschen sind eben verschieden«, belehrte ihn Frau Plaschke. »Nicht jeder ist zum Professor geboren.«

»Ja, ja«, wehrte Werner ungeduldig ab, denn Frau Plaschkes Plädoyers für Thomas waren ihm wohlbekannt. »Ist meine Frau auch mit im Tattersall?«

»Alle sind sie 'rübergefahren. Die gnädige Frau, der Herr Schwiegerpapa und sogar mein Oller und Fanny sind mit.« Vertraulich beugte sie sich näher. »Fanny schwärmt ja wohl neuerdings für den Stallmeister, habe ich mir sagen lassen. Und wissen Sie, was das dumme Ding neulich gesagt hat? Am liebsten tät' sie auch reiten lernen. Was sagen Sie dazu, Herr Fabian? Sind das wohl auch noch Zeiten? Ist zu dumm, um einen Besen richtig in die Hand zu nehmen, und will reiten lernen.«

Unwillkürlich mußte Werner lachen. »Na ja, das soll wohl öfter zusammentreffen. Und ... äh, meine – meine Schwägerin? Ist die auch mit im Stall?«

»Gott bewahre! Wo das Fräulein doch so krank war. Sie haben ja keine Ahnung, Herr Fabian, wie krank sie war. Wir haben uns richtig Sorgen gemacht. Aber jetzt geht's ja, Gott sei Dank, besser.«

»Wo ist sie denn?«

»Oben, in ihrem Zimmer. Sie schläft. Sie glauben ja nicht, was die schlafen kann. Seit es ihr besser geht, schläft sie fast den ganzen Tag. Kaum daß sie dazwischen etwas ißt. Aber der Doktor hat gesagt, das wäre gut. Das Schlafen hätte ihr wohl immer gefehlt. Und deswegen sei sie so nervös und herunter. Mit dem Kreislauf und mit allem. Sie soll ja immer Nachtdienst gehabt haben. Jahrelang. Also das ist ja auch nichts für einen jungen Menschen, nicht? Und wenig zu essen. Unterernährt wäre sie auch, sagt der Doktor. Na, da sorge ich ja jetzt für. Essen muß sie. Jeden Tag und ganz regelmäßig. Ich geh' selber 'rauf und geh' nicht wieder fort, bis sie gegessen hat. Leichte Sachen natürlich nur, weil sie ja noch sehr schwach ist. Heut hab' ich ein legiertes Kalbfleischsüppchen gemacht, aber schon ein erstklassiges Süppchen, und hinterher ein Omelett, bißchen gefüllt mit geschabter Hühnerbrust und Spargel. War wirklich gut. Sie wollte es nicht aufessen, aber da hab' ich nicht lockergelassen. Nichts da, hab' ich gesagt, jetzt wird gegessen. Bis zum letzten Bröckchen, wie wollen Sie denn sonst wieder auf die Beine kommen? Habe ich doch recht, nicht?«

Mit erstaunlicher Geduld, an das Treppengeländer gelehnt, hatte Werner zugehört.

Er sagte: »Sie haben vollkommen recht, Frau Plaschke. Essen muß sie, und zwar ordentlich. Und das Schlafen wird ihr wohl auch guttun. Ich bin Ihnen sehr dankbar, daß Sie sich so darum kümmern. Ist ja nur Mehrarbeit für Sie. Ich meine, wenn Sie zweierlei kochen müssen.«
»Aber ich bitte Sie, Herr Fabian«, rief Frau Plaschke eifrig. »Das macht mir doch nichts aus. Aber schon gar nichts. Wo ich doch so gerne koche. Und überhaupt – es freut einen doch, wenn es jemand schmeckt, nicht?«
Werner lächelte, warm sagte er: »Das tut es ja bei Ihnen immer, Frau Plaschke. Sie wissen ja, wir sind sehr froh, daß wir Sie haben. Sie und Ihren Mann. Ich besonders. Ich glaube, man sagt es Ihnen viel zu selten.«
Damit hatte er mit seinem berühmten Charme, seinem Lächeln Frau Plaschke bis an den Rand der Tränen gebracht. Gerührt stammelte sie: »Gott, Herr Fabian, wir sind doch auch so gern hier. Wir könnten uns gar nicht mehr vorstellen, woanders zu sein.«
Werner klopfte sie auf die Schulter. »Na, da werde ich mal nach oben gehen.«
Beschwingt und beglückt wandelte Frau Plaschke in Richtung Küche. Werner stieg langsam und leise die Treppe hinauf. Das Haus war totenstill. Alle waren fort. Und Ricarda schlief. Es ging ihr besser, sie erholte sich, sie wurde von Frau Plaschke gut gefüttert. Ein warmes, zärtliches Gefühl erfüllte Werners Herz. Er war froh, er war fast glücklich, daß er wieder hier im Hause war. In ihrer Nähe. Er ging in sein Schlafzimmer, dann ins Bad, wusch sich die Hände, kämmte sich das Haar und wollte gehen. Doch an der Treppe zögerte er. Dort am Ende des Ganges war Ricardas Zimmer.
Er hatte nicht die Absicht gehabt, dorthin zu gehen. Er hatte ihr Zimmer nie betreten, seit sie im Hause lebte. Aber jetzt, magisch angezogen, ohne daß er sich Rechenschaft ablegte, warum er es tat und was er dort wollte, ging er den Gang entlang, auf ihre Zimmertür zu.

Ricarda schlief nicht. Vor einer halben Stunde etwa war sie aufgewacht. Hatte eine Weile reglos gelegen, sich erinnert, daß alle fortgegangen waren, sogar Thomas war zu ihr ins Zimmer gekommen, erregt und gespannt, und hatte gesagt: »Schade, daß du nicht mitkommen kannst, Tante Ricarda. Wir hätten dir gern mal gezeigt, was wir können. Hanko und ich.«
Brigitte, die am Türrahmen lehnte, sehr elegant in knappen weißen Reithosen und der schwarzen Turnierjacke, das blonde Haar unter dem niederen Zylinder, hatte spöttisch gesagt: »Ja, das hätten sie dir gern gezeigt, Ricarda. Bei spätestens ein Meter zwanzig reißen sie. Und wenn der liebe Hanko gerade schlecht gelaunt ist, da bleibt er schon bei ein Meter zehn stehen und setzt mein teures Brüderlein in den Sand.«
»Pöh«, rief Thomas, »du willst doch nicht etwa sagen, daß du mit deiner lahmen Ente höher springst. Hanko und ich, wir sind schon ein Meter fünfzig gesprungen.«
»Ja, im Traum. Ich kann mich nur erinnern, letzte Woche waren es eins zwanzig, Hanko stand vor der Barre, und du lagst drüben. Das kann man natürlich auch springen nennen.«
»Alte Zicke«, sagte Thomas verächtlich und wandte seiner Schwester den Rücken.
»Toi, toi, toi«, rief Ricarda ihm nach. Unwillkürlich hatte sie gelächelt, als sie dem Gespräch der Geschwister zuhörte. Jetzt sagte sie zu Brigitte: »Und du springst auch?«
»Ja. Ein L-Springen. Aber zunächst reite ich mal Dressur. Das ist mir wichtiger. Aber Thomas hat recht, es ist schade, daß du nicht mitkommst, Ricarda.«
Ricarda lächelte dem schönen jungen Geschöpf zu. Sie empfand keine Bitterkeit mehr. Es war fast so etwas wie Zuneigung, was sie Brigitte entgegenbrachte.
»Ja, es tut mir auch leid. Aber vielleicht zeigst du mir dein Pferd später mal.«
»Klar. Das mache ich. Und nun geh' ich. Wirst du dich auch nicht langweilen? Hier habe ich dir neue Zeitungen gebracht. Und ein paar Bücher noch. Und das Radio kannst du doch gut

erreichen, nicht? Und wenn du was brauchst, klingelst du. Frau Plaschke ist da.« Sie lächelte, hob grüßend die Hand mit der Reitgerte. »Tschüs!«
Auch Charlott kam sich verabschieden und zuletzt ihr Vater. »Glaubst du wirklich, Kind, du kannst allein bleiben?«
»Aber natürlich. Mir fehlt gar nichts. Ich werde ein bißchen schlafen. Frau Plaschke hat mir so viel zu essen gegeben, ich kann mich kaum rühren.«
Eine Weile hatte sie still gelegen und darüber nachgedacht, wie nett alle zu ihr waren. So besorgt und liebevoll. Sie mußte ziemlich krank gewesen sein. Komisch, sie konnte sich an nichts erinnern. Sie war jetzt noch schwach und matt, müde und willenlos.
Und dann war sie wieder eingeschlafen. Aber sie schlief heute nicht so lange wie die Tage zuvor. Als sie erwachte, war es fast dunkel. Eine Weile blieb sie liegen, dann richtete sie sich auf. Wenn gerade keiner da war – ob sie mal versuchte aufzustehen?
Sie schob langsam die Beine aus dem Bett, setzte sie auf den Boden, und mußte dann warten, weil ein leichter Schwindel sie befiel. So was! Wie konnte man nur so zusammenklappen. Das war ihr noch nie passiert.
Vorsichtig stand sie auf, ging ins Badezimmer, betrachtete sich im Spiegel. Blaß das Gesicht, übergroß die Augen, dunkel und schwer ihr Haar. Ach richtig, damals war sie beim Friseur gewesen. Eine hübsche Frisur hatte sie gehabt, jedenfalls hatten das alle gesagt. Auch Werner hatte sie so seltsam angesehen.
Werner? An ihn wollte sie nicht denken. Sie schob jeden Gedanken an ihn hastig beiseite. Es war eine Erleichterung, daß er verreist war. Obwohl – auch wenn er da war, sie traf ja kaum mit ihm zusammen. Noch nie, seit sie hier war, hatte sie mit ihm gesprochen. Sie hätte auch nicht gewußt, was sie mit ihm sprechen sollte. Und sie wollte auch nicht. Nur manchmal sah er sie so merkwürdig an. So als – nein, man durfte sich gar nicht mit ihm beschäftigen, das war das beste.

Sie kämmte langsam und sorgfältig ihr Haar, es war schon wieder länger geworden. Seltsam, so lang hatte sie es seit vielen Jahren nicht getragen. Dann betrachtete sie sich in dem großen Spiegel, der sich in der Tür befand. Was für ein elegantes Nachthemd! Brigitte hatte es ihr gestern gebracht. Weiche weiße Seide, lang bis zum Boden. Wie ein Totenhemd. Aber nein, auf dem kleinen runden Kragen waren rosa Röschen eingestickt, so etwas fand sich wohl kaum auf einem Totenhemd. Die Ärmel waren weit und fielen bauschig über ihr Handgelenk, von einem kleinen Bündchen zusammengehalten.

»Eigentlich könntest du den Apparat anziehen«, hatte Brigitte gesagt. »Ich trag's sowieso nicht. Ich hab' nur Shorties im Bett an oder gar nichts. Papi hat es mir mal mitgebracht, von irgendwoher. Viel zu schön für mich.«

»Für mich auch«, hatte Ricarda gesagt. »Das ist direkt schade ins Bett.«

»Unsinn. Für dich ist es gerade richtig.«

Und sie hatte es angezogen. Ein herrliches Gefühl! Weich, zart wie eine Himmelswolke. Ricarda lächelte. Dann seufzte sie. Seltsam war das alles. Ihr war so leicht. Ihren Kopf spürte sie kaum.

Sie ging in ihr Zimmer zurück, setzte sich in den Sessel. Ein wenig konnte sie noch aufbleiben. Man konnte nicht ewig im Bett liegen, es machte nur unnötig schwach und krank.

Nach einer Weile stand sie wieder auf und trat ans Fenster. Weiß und grau waren die Farben. Grau und tief der Winterhimmel, in Kürze würde es ganz dunkel sein. Der Garten lag in tiefem Schnee. Ein paar Spuren zeigten, wo Lassie spazierengegangen war. Auch die Bäume und Büsche waren verschneit. – Wo wohl der Maulbeerbaum war? Charlott hatte ihr erzählt, daß sie einen hatte pflanzen lassen. Aber er wollte nicht recht gedeihen. Und ihr Vater hatte gesagt: »Im Frühling werde ich ihn mir mal ansehen. Er ist natürlich hier sehr ungeschützt. Der Maulbeerbaum braucht Wärme und viel Sonne.«

Und Charlott: »Ja, ich weiß. Aber das ist es wohl nicht allein. Vielleicht, wenn ihr jetzt hier seid ...« Sie hatte den Satz nicht vollendet.
Als sich die Zimmertür leise öffnete, wandte sich Ricarda nicht gleich um. Es würde Frau Plaschke sein mit der Frage, ob sie einen Wunsch habe. Und sie würde schimpfen, weil sie aufgestanden war.
Doch keiner sprach, nichts rührte sich. Ricarda drehte sich um.
An der Tür stand Werner.
Fassungslos blickte Ricarda ihn an. Wo kam er auf einmal her? Fieberte sie denn noch?
Auch Werner stand bewegungslos, erstaunt, so fassungslos wie sie. Wie schön die Frau am Fenster war! Wie eine überirdische Erscheinung sah sie aus, in dem langen weißen Gewand, mit dem dunklen Haar.
Dann zog er langsam die Tür hinter sich zu und ging auf sie zu. Wie ein Schlafwandler. So wie er zu diesem Zimmer gekommen war. Vor ihr blieb er stehen, sah sie an.
»Werner?« fragte Ricarda erschreckt, leise, ihre Stimme zitterte ein wenig. »Wo kommst du denn her?«
»Du bist auf, Ricarda? Ich habe schon gehört, daß es dir besser geht. Aber darfst du denn schon aufstehen?«
Sie bewegte ein wenig den Kopf, ihr Blick glitt an ihm vorbei. War er allein?
»Ich habe es mal versucht.«
»Guten Tag, Ricarda«, er streckte ihr die Hand hin, und, nach einem kleinen Zögern, hob Ricarda ihre Hand, er nahm sie, und dann, in einem plötzlichen Entschluß, beugte er seinen Kopf und küßte ihre Hand. Und hielt sie fest.
»Es geht dir wirklich besser?«
»Aber ja. Danke. Viel besser. So schlimm war es nicht. Eine kleine Erkältung.«
»Na, na, so klein kann sie nicht gewesen sein. Ich habe mehrmals angerufen und habe gehört, daß du sehr krank warst. Und einen Tag war ich hier, zu der Weihnachtsfeier im Be-

trieb, da hattest du hohes Fieber, und das ganze Haus war in Aufregung.«

Ricarda lächelte. Es war schwierig zu lächeln so dicht vor ihm. Und warum ließ er ihre Hand nicht los? »Sie haben übertrieben.«

»Dein Vater war sehr in Sorge.«

»Er ist nicht gewohnt, daß ich krank bin.«

»Charlott auch.«

»Ja.«

Schweigen.

Werner wußte nicht, was er sagen sollte. Das erste Mal, daß er mit ihr allein war. So viele Jahre. Mein Gott, so viele Jahre. Dieses blasse Gesicht mit den großen dunklen Augen, dieser Mund, weich und rot. Ihr Haar – Er hatte nichts vergessen. Frauen? Ja, Frauen, nichts als Frauen. Zärtliche Augen, zärtliche Lippen, alle hatten sie ihn geliebt. Alle waren sie vergessen. Aber sie – sie hatte er nie vergessen. Er hatte es nur nicht gewußt. Aber nun – nun wußte er alles. Auf einmal wußte er es.

»Ricarda!«

Sie wollte zurückweichen, ihre Hand aus seiner lösen, doch er hielt sie fest.

»Ricarda! Weißt du, wie glücklich ich bin, daß du hier bist?«

Ricarda wandte den Kopf, blickte über seine Schulter, zog entschlossen ihre Hand aus seiner, doch nun nahm er sie bei den Armen.

»Sieh mich an, Ricarda! Ich muß mit dir sprechen.«

»Nein! Nein, Werner, bitte! Wir haben nichts zu sprechen. Ich will nicht . . . ich . . .«

Aber nun war er nicht mehr zu beirren. Er wußte ja nun alles.

Er wußte es ganz genau und ganz sicher. Sie war es, die er liebte. Sie war es, die er immer geliebt hatte. Alles andere – vergessen und verblaßt. Aber sie nie. Niemals.

Er schloß die Arme fest um sie, legte seine Wange an ihre Wange, spürte den Duft ihres Haares, der ihm so vertraut schien, spürte diesen schlanken, leichten Körper an seinem. Herrgott, so viele Jahre konnten vergehen, und trotzdem, trotzdem!

Ricarda wollte sich wehren. Wollte ihn wegstoßen. Denn sie haßte ihn ja. Er hatte sie verraten und betrogen. Und wenn es einen Menschen auf der Welt gab, den sie hassen mußte, dem sie nie verzeihen konnte, nie – dann war er es. Aber ihr Widerstand blieb nur ein vager Gedanke. Vor ihren Augen das Zimmer begann zu tanzen, ihr Atem stockte, sie war zu schwach für Haß und Liebe, mit einem leichten Seufzer sank sie in seinem Arm zusammen.

Werner hielt sie. Er hob sie auf, sie war leicht, kaum ein Gewicht in seinen Armen, er trug sie hinüber zum Bett, legte sie sanft nieder, setzte sich auf den Bettrand und beugte sich über sie.

Seine Lippen berührten ihre Stirn, dann ihre geschlossenen Augen. Und dann küßte er ihren Mund. Der einzige Mund, den es je für ihn auf der Welt gegeben hatte. Der einzige Mund, den zu küssen er sich gesehnt hatte. Daß er es nicht gewußt hatte in all den Jahren!

Aber es war nicht zu spät.

Er küßte sie lange, und sie gab kein Zeichen, ob sie bewußtlos war oder ob sie seinen Kuß fühlte. Dann schob er die Hände um ihren Rücken und legte seinen Kopf auf ihre Brust.

So blieben sie lange. Es war dunkel im Zimmer geworden, es war ganz still. Nur ihre Herzen schlugen. Dicht beieinander schlugen sie.

Ricarda hatte die Augen geöffnet. Sie spürte seine Hände in ihrem Rücken, seine Lippen auf ihrer Brust. Der Schnee im Garten war weich und weiß und verschluckte jeden Laut. Die Welt war gestorben. Es gab keine Welt mehr, kein Leben. Nur ihr Herz und sein Herz.

Es war wie damals in Krakau. Als sie ihn zum letztenmal sah. Weiß die Welt. Verloren die Zukunft. Sie war allein und ausgeliefert. Er war es auch. Dunkel der Himmel und weiß die

Erde. Und nur ihre Herzen, die miteinander schlugen. Sonst nichts. So war es damals. Und so heute.
Die Jahre, die dazwischen lagen? Waren es Jahre gewesen, Monate, Wochen, Tage? Was bedeutete Zeit? Es gab keine Zeit. Tausend Jahre werden sein wie ein Tag. Und was sollten fünfzehn, sechzehn, siebzehn Jahre dann anderes sein als eine Minute, eine Sekunde? Eines Herzschlags Länge war vergangen seit damals. Es gab gar kein Damals.
Es gab sie beide allein in der weißen und dunklen Welt, heute, damals und immer.
Sie wußte es nun auch.
Es war ihre Stunde der Wahrheit.
Und es war seine Stunde der Wahrheit.

# *Niemandsland*

Der einzige, der mit ungetrübter Freude das Weihnachtsfest erlebte, war Thomas. Er hatte im Turnier gut abgeschnitten, die Schule konnte er für vierzehn Tage vergessen, er wurde reich beschenkt. Seine Welt war in Ordnung.

Die anderen konnten das von sich nicht sagen. Sie waren froh, als die Festtage vorüber waren. Verwirrung herrschte in den Köpfen und Herzen, sie belogen einander, versuchten sich heitere Gesichter zu zeigen, aber es war alles viel schwerer, viel komplizierter, als sie je gedacht hatten.

Auch Matthias, der bisher das neue Leben bewußt genossen hatte, war ernst und nachdenklich geworden. Was er von Charlott erfahren hatte, bedrückte ihn. Sie hatte ihm ihr großes

Geheimnis anvertraut und erwartete zweifellos, daß er zur rechten Zeit den rechten Gebrauch davon machen werde. Oder bereute sie ihr Geständnis? Manchmal hatte er den Eindruck. Sie vermied es, mit ihm allein zu bleiben, vermied ein Gespräch. Ihre nervöse Unrast, die sich noch gesteigert hatte, machte es schwierig, mit ihr zu leben, steckte die anderen an. Sie ist unreif und unfertig noch immer, dachte Matthias. Eine Frau Mitte der dreißig, doch launenhaft und unberechenbar wie ein verzogenes Kind. Ihre Ehe konnte nicht glücklich werden. Werner konnte keine Basis finden, auf der sich ein vernünftiges Zusammenleben gründen ließ.
Das begriff Matthias jetzt. Wieweit Werner daran schuld war, vielleicht auch die Tatsache, wie diese Ehe zustande gekommen war, ließ sich schwer beurteilen, jedenfalls für ihn, der nur das Ergebnis sah. Heute bereute er, daß er damals auf der Heirat bestanden hatte. Sie waren alle unglücklich geworden. Seine Töchter, vielleicht auch Werner, der aber immerhin seine Arbeit, den Aufbau seines Werkes, gehabt hatte und darin Befriedigung gefunden haben mochte wie jeder Mann, der etwas Ordentliches leistet. Frauen schien es, wie Charlott angedeutet hatte, für ihn auch genügend gegeben zu haben in den vergangenen Jahren. Frauen, wenn auch keine Frau. Und Matthias, der eine glückliche Ehe geführt hatte, abgesehen von den letzten Jahren, betrachtete dies als recht bescheidenen Ersatz.
Ricarda ging es besser. Oder jedenfalls annähernd. Sie war noch in Behandlung, noch schwach und empfindlich, doch das war es nicht allein, was ihn beunruhigte. Sie gab ihm neuerdings Rätsel auf. Die Feindseligkeit, die sie während der ersten Wochen ihres Hierseins gegen ihre neue Umwelt gezeigt hatte, die geradezu bösartige Verbitterung, schien geschwunden. Sie war sehr still, abwesend manchmal, vor sich hinträumend, aber wenn man sie ansprach, gab sie normal Antwort, lächelte, versuchte freundlich und teilnehmend zu sein. Aber eine Distanz blieb. Auch zu ihm. Das schmerzte Matthias und verwunderte ihn zugleich. Immer waren sie einander nah und

vertraut gewesen. Jetzt schien es, als habe sich Ricarda von ihm gelöst, ja noch mehr, es kam ihm vor, als wiche sie ihm aus. Ähnlich wie Charlott schien sie seinen Blick und sein Wort eher zu fürchten, als zu wünschen.

Dagegen verstand sich Ricarda erstaunlich gut mit Brigitte. Sie ging in Brigittes Zimmer, nachdem sie einige Stunden am Tag aufstehen durfte, das hatte sie zuvor nicht getan, sie ließ sich offenbar von Brigittes Welt erzählen, bewunderte ihre Kleidung, ihre Sporterfolge und hörte sich die Fakten von Brigittes erster ernsthaften Liebesgeschichte an. Nach allem, was Matthias nun wußte, kam ihm das geradezu unheimlich vor. Er glaubte nicht an das Märchen von der Stimme des Blutes. Das war Unsinn. Was also zog die beiden zueinander hin? War es im Grunde vielleicht ein gleicher Rhythmus, ein ähnliches Temperament? Oder war es einfach für Ricarda leichter, als erstes Vertrauen zu dem jungen Mädchen zu fassen, das unbelastet von Schuld und Verwirrung der Vergangenheit war und das ihr unbefangen gegenübertrat und daher auch ihr Unbefangenheit ermöglichte?

Matthias war ein guter Psychologe, und er hatte immer versucht, das Handeln der Menschen zu begreifen und von dort aus ihre Gedanken zu erraten. So suchte er auch jetzt eine Erklärung für Ricardas Verhalten ihrer vermeintlichen Nichte gegenüber. Aber es war schwer, ganz objektiv zu sein, nach allem, was er nun wußte.

Erneut beschäftigte ihn auch die Frage, die er so lange vergessen hatte, wer wohl der Vater von Ricardas Kind gewesen sein mochte. Ein Mann, den sie geliebt hatte? Oder nur ein flüchtiges Abenteuer, erlebt am Rande des Krieges, wie es damals üblich war? Es paßte schlecht zu Ricarda. Sie war ein Mensch, für den es eigentlich nur ein »Ganz oder Gar nicht« gab. Freilich, damals als Folge ihrer Enttäuschung über Werner, konnte sie auch in diesem Punkt ihrem Wesen zuwidergehandelt haben. Es wäre verständlich.

Er beobachtete auch Brigitte. Suchte nach Ähnlichkeiten, nach verwandten Zügen mit Ricarda. Bisher hatte er ganz deutlich in ihr Werners Tochter gesehen. Die gleiche Selbstsicherheit, der strahlende Charme, die sportlichen Neigungen, dies schien alles zusammenzustimmen. Sah man die beiden nebeneinander – Vater und Tochter, wie er bisher geglaubt hatte –, so war dieses Bild einleuchtend, fügte sich gut. Niemand hätte Werners Vaterschaft bezweifelt. Sie verstanden sich auch gut, waren sich zugetan. Brigitte schien ihren Vater mehr zu lieben als Charlott. So war es nicht verwunderlich, daß ein lang vergessener Gedanke in Matthias wieder aufblitzte. Wie, wenn Werner wirklich der Vater wäre? Wenn Ricarda von ihm das Kind bekommen hätte?

Er hatte es schon damals gedacht, als Ricarda für alle überraschend mit dem Kind nach Hause kam. Und er wußte, daß Anna-Maria ihre Tochter, nachdem diese hartnäckig schwieg, schließlich sehr deutlich gefragt hatte. Ricarda hatte gelacht. Nein. Nicht Werner. Sie habe ihn ja über ein Jahr nicht mehr gesehen. Und widerwillig bekannte sie schließlich: ein Arzt aus dem Lazarett, wo sie zuletzt gearbeitet hatte, sei der Vater. Eine flüchtige Begegnung sei es gewesen. Der Mann überdies verheiratet. Sie berichtete das kurz und trocken, als ihre Mutter in sie drang, gab keine näheren Erklärungen, keine Details. Sie mußten sich damit zufriedengeben.

Übrigens hatte Ricarda standesamtlich angegeben: Vater unbekannt. Und so weit gekommen in seinen Gedanken, kam Matthias zu dem Resultat: Charlotts große Lüge durfte nie in Wahrheit verwandelt werden. Sie mußten das Geheimnis bewahren. Was mußte es für Werner, und, viel wichtiger noch, für Brigitte bedeuten, die Wahrheit zu erfahren. Und gleich darauf dachte er: Aber Ricarda! Sie hat ein Recht darauf, zu erfahren, daß das Kind, das sie geboren hat, lebt. Daß es in ihrer Nähe ist, mit ihr in einem Haus lebt. Und weiter: Was dann? Würde es Ricarda helfen? Würde es sie glücklich machen? Oder wäre es eine neue Belastung?

So unsicher war Matthias geworden, daß er sich diese Fragen

nicht beantworten konnte. Kein Wunder, daß er nachdenklich und schweigsamer war, als man es von ihm kannte. Und schließlich kam noch eine Beobachtung hinzu, die ihn ebenfalls beunruhigte: Werners Verhalten.

Während der Feiertage und auch danach hielt sich Werner sehr viel im Hause auf. Er sagte Verabredungen ab, verschob Termine. Matthias hörte es zufällig, wie er einige Male am Telefon sprach.

Werner war da. Und seltsamerweise war auch er still und in sich gekehrt, ganz gegen seine sonstige Art. Zwar sprach er mit den Kindern, unterhielt sich mit seinem Schwiegervater, zog auch Ricarda immer wieder ins Gespräch, falls sie bei ihnen saß. Aber vor allem sah er Ricarda an. Wo sie ging und stand oder saß, beim Essen, bei der nachmittäglichen Kaffeestunde, zu der zu aller Überraschung Werner sich täglich einfand, Ricarda übrigens auch, oder wenn Gäste da waren, sogar während der Fernsehsendungen; sobald Matthias seinen Schwiegersohn anblickte, sah er dessen Augen auf Ricarda gerichtet. Ernst, nachdenklich, auch er, mit einem ganz seltsamen, grübelnden Ausdruck.

Und nicht nur dies, einige Male erspähte Matthias, daß Ricarda diesen Blick erwiderte. Kühl und unbeteiligt, wie es schien. Aber es beunruhigte ihn doch.

Unwillkürlich streifte er dann Charlott mit einem Blick. Sah sie es auch? Und was dachte sie? Ging ihre täglich wachsende Unsicherheit und Fahrigkeit etwa darauf zurück? Eines Abends, als er allein in seinem Zimmer war, kam Matthias zu dem Entschluß: es geht nicht. Es geht nicht weiter. Wir müssen wieder fort.

Aber wohin? Wovon sollten sie leben? Wovon sollte er leben? Welche Schritte mußte er unternehmen, um unabhängig zu werden von Werners Geld, von seiner Hilfe? Und wie schließlich konnte er Ricarda dazu bewegen, ihr Leben selbst in die Hand zu nehmen?

Fragen, nichts als Fragen, auf die er keine Antwort wußte. Dazu

ein neues Empfinden: er fühlte sich manchmal alt. Er war es müde, weiter zu fragen, weiter zu kämpfen, weiter zu suchen Er wollte endlich einmal ausruhen.
Ich bin ein alter Mann, habe ich nicht genug geleistet in meinem Leben? Gearbeitet, mir Sorgen gemacht, versucht, den Menschen, die zu mir gehören, zu helfen? Ich möchte Ruhe haben. Ich bin alt. Ich will nicht mehr. Ich habe alles verloren. Meine Heimat, meine geliebte Stadt, Anna-Maria, meine Frau, so schwer und so bitter habe ich sie verloren. Und nun meine Kinder auch. Sie laufen vor mir davon. Sie sind unglücklich und verloren. Und ich kann ihnen nicht helfen. Ich bin alt. Es ist zu Ende.
Doch diese mutlosen Gedanken gingen immer wieder schnell vorüber. Er straffte sich, nahm die Schultern zusammen, gerade, hoch aufgerichtet, den Kopf erhoben, hatte das Gefühl, er müsse sie nur alle eine Weile mal nicht sehen, um zu sich selbst zurückzufinden.
Dann pfiff er dem Hund und ging im Schnee spazieren. Ein hochgewachsener alter Herr mit frischer Gesichtsfarbe und vollem weißen Haar, er schritt rüstig aus, die klaren graublauen Augen prüften die Welt und die Menschen so unbestechlich und geduldig wie eh und je.
Ich bin kein alter Mann. In mir ist mehr Lebenskraft als in ihnen allen zusammen. Und man kann nie sagen, man hat genug gearbeitet und geleistet. Solange Gott einem Gesundheit und Verstand gibt, muß man seine Tage nützen. Sie brauchen mich. Sie laufen vor mir davon? Laß sie laufen. Ich werde sie einholen. Sie sind unglücklich und geben sich verloren? Ich werde sie zwingen, mit ihrem Leben fertig zu werden. Ich kann ihnen helfen. Ich weiß noch nicht wie, aber ich *muß* ihnen helfen. Der Zug ist von Ost nach West gefahren. Ich weiß, wo er abgefahren ist und was ich hinter mir ließ. Es war nicht mehr viel. Nur eins noch: Heimat. Ich dachte, der Zug hätte ein Ziel. Aber er ist noch nicht angekommen. Wir sind im Niemandsland. Und es ist auch ganz klar – so einfach ist das

alles nicht, so von heute auf morgen kann man nicht abschütteln, was bisher zu einem gehörte. Heute hier, morgen dort. Da gehe ich weg und dort komme ich an. Es braucht seine Zeit. Alles braucht seine Zeit, das Leben und das Sterben, das Wachsen und das Altern, das Weggehen und das Ankommen. Aber besonders das Leben. Man muß Geduld mit ihm haben. Ich habe Geduld gelernt. Und ich habe Zeit. Sehr viel Zeit. Denn ich bin nicht alt. Es ist noch nicht zu Ende.
Er blieb stehen, legte die Hände auf den Rücken, schaute zum Himmel auf, der blau war, es war nicht kalt, eine blasse Wintersonne zupfte spielerisch den Schnee von den Zweigen, es tropfte ein wenig und rieselte in den Büschen.
Lassie hatte in einiger Entfernung haltgemacht und blickte zweifelnd zu ihm zurück. Ging es weiter oder nicht? Matthias ließ den kleinen melodischen Pfiff hören, mit dem er früher seine Hunde auch gerufen hatte und an den Lassie sich schon gewöhnt hatte. Gehorsam setzte sie sich auch jetzt in Bewegung und kam auf ihn zugetrabt.
»So ist es brav«, sagte Matthias zu der Hündin, als sie da war, und streichelte sie. »Ich wünschte, alle wären so gescheit und vernünftig wie du.«
Von Lassie kam kein Widerspruch. Sehr im Einverständnis miteinander machten sie sich auf den Heimweg.

Matthias und seine Gedanken, sie kamen immer noch zum Kern der Dinge. Oder zumindest nahe daran.
Zunächst Werner. Die Veränderung, die mit ihm vorgegangen war, oder, besser gesagt, täglich und stündlich vorging, war am nachhaltigsten und erstaunlichsten. Wäre Werner ein Mensch gewesen, der zu Selbstbetrachtung neigte, hätte er es mit der Angst bekommen. Wäre er gar ein Mensch, der zu kritischer Selbstbetrachtung neigte, so hätte er vielleicht gedacht: ist es möglich, daß ein ganz neues Denken und Fühlen in mein Leben kommt? Kann ich mich noch so ändern? Und endlich – wie lange kann das dauern?

Jedoch er hatte sich nur mit den Tatsachen abzufinden. Und die erste und schlechthin überwältigende Tatsache war: Er liebte Ricarda. Liebte sie so wie damals, und natürlich auch wieder anders, viel bewußter und mit größerer Sicherheit, er war schließlich älter und erfahrener, glaubte sich zu kennen und kannte sich doch nicht. Was bedeuteten ihm Frauen, was Liebe? Die Freude an der Eroberung, das immer wieder genossene Spiel, Erotik, natürlich auch das, er war ein sehr vitaler Mann, und vielleicht auch etwas, dessen er sich nie so recht bewußt geworden war: die Suche nach einer Gefährtin. Nach der Frau, mit der er wirklich leben wollte. Charlott war es nie gewesen. Alles andere nicht sehr ernst genommene Versuche. Erstmals Sybille schien in das Bild zu passen, das er sich von dem Leben mit einer Frau machte.

Gefühle? Sie hatten keine sehr große Rolle gespielt. Aber nun auf einmal war es anders. Es war Liebe im besten Sinn, nicht Spiel und Begehren, es war eine große Zärtlichkeit. Es war nicht nur der Wunsch zu besitzen, sondern vor allem der Wunsch, zu schützen und zu vertrauen, auch der Wunsch, sich auszuliefern, sich einer Liebe, einer Frau hinzugeben. Sein Gefühl hatte ihn damals nicht getrogen. Sie war die richtige gewesen. Sie war es noch.

Seit er sie im Arm gehalten hatte, am Tage seiner Rückkehr, konnte er sich aus diesem Bann nicht lösen. Er war seither nicht mehr mit ihr allein gewesen, und er zerbrach sich den Kopf darüber, wie er es anstellen sollte, sie für sich allein zu haben. Er mußte vor allen Dingen wissen, wie sie darüber dachte. Obwohl er glaubte, es zu wissen. Sie liebte ihn, liebte ihn genauso, wie er sie liebte. Und diesmal sollte nichts und niemand ihn hindern, sie zu gewinnen und zu behalten. Charlott war kein Hinderungsgrund, sie schon gar nicht, mit ihr war er lange fertig. Die Kinder – nun, das würde sich finden. Lästiger war der Gedanke an seinen Schwiegervater, ihn fürchtete er.

Und dann natürlich Sybille. Sie war mehr gewesen als eine

kleine Affäre. Er hatte die Absicht gehabt, sie zu seiner Frau zu machen, mit ihr hätte er leben können. Und wenn Ricarda nicht gekommen wäre ...

Aber sie war da. Und Sybille war eine Frau, mit der man offen sprechen konnte. Es wäre feige gewesen, ihr gegenüber Ausflüchte zu gebrauchen. Er mußte ihr die Wahrheit sagen. Und sie würde – vielleicht – sie würde ihn verstehen.

Ja, auch Werner hatte viel nachzudenken in den Tagen zwischen den Jahren. Irgend etwas war geschehen, irgend etwas geschah. Mit ihm, an ihm. Es war schön und schrecklich zugleich. Und es paßte gar nicht zu ihm. Das war es, was ihn so unsicher machte.

Jedoch in der übelsten Lage befand sich Charlott. Sie stand, um es simpel mit einem viel mißbrauchten Wort zu sagen, kurz vor einem Nervenzusammenbruch.

Und es war sogar zu verstehen. Wenn man Charlott und ihr Leben im Zusammenhang betrachtete, sie konnte einen erbarmen.

Ein schüchternes kleines Mädchen, immer im Schatten der schöneren und klügeren Schwester, im Schatten einer stärkeren Persönlichkeit. So hatte es angefangen. Der erste Ausweg, den sie instinktiv selbst gefunden hatte: der Tanz. Ein paar kleine Erfolge, ein wenig Selbstbestätigung, jedoch nie der große Glaube an sich selbst, nie der große Wille zu einem eigenen Weg. Keine Künstlerin, nur ein träumendes kleines Mädchen.

Ihr erstes Erlebnis mit einem Mann brachte nicht die Begegnung mit der Liebe. Auf ihrer Seite Verliebtheit, auf der anderen nicht einmal das. Nun, das kam öfter vor. Aber dieser erste Mann war der einzige geblieben. Und Liebe war es nie geworden. Sie bekam ein Kind, als sie selbst noch ein Kind war, dann die Flucht, die fremde Umgebung, in die sie kam, der Tod des Kindes, und daraus folgend ihre zweite Flucht: die Flucht zu dem Kind ihrer Schwester, die Flucht in die einzige Liebe, die sich ihr bot.

Und dann Werner, der zwar wiederkam und ihr ein gutes, ein bequemes und großzügiges Leben bot. Das zweite Kind, und auch dieses nicht aus Liebe gezeugt, aber immerhin, es war sein Kind, und sie hatte dadurch wenigstens in den Jahren, als die Kinder klein waren, eine Art von Erfüllung gefunden.

Nach und nach entwuchsen ihr die Kinder, weil sie selbst zu wenig Persönlichkeit war, um sie für immer und fest an sich zu binden.

Der Mann lebte neben ihr her. Was sie ihrem Vater angedeutet hatte, entsprach den Tatsachen. Seit vielen Jahren gab es kein Eheleben zwischen ihr und Werner, sie waren nur noch dem Namen nach Mann und Frau. Und Charlott, die im Grunde ein zärtliches und liebebedürftiges Wesen besaß, litt darunter. Wäre sie eine Frau mit Temperament, mit starkem Willen gewesen, sie hätte sich wohl Ersatz gesucht: einen oder mehrere Liebhaber, vielleicht auch eine gute Freundschaft, irgend etwas, was ihr einsames Herz ein wenig getröstet hätte. Doch dazu war sie zu feige gewesen. Eine Scheidung hatte sie immer befürchtet, immer als drohendes Gespenst vor sich gesehen, seit vielen Jahren schon. Und sie war ängstlich bemüht, von sich aus nichts dazu beizutragen, was Werner den Entschluß, sie zu verlassen, erleichtert oder gar erst möglich gemacht hätte. Solange ihre Schwiegereltern lebten, fand sie wenigstens bei ihnen, obwohl es doch im Grunde fremde Menschen für sie waren, ein wenig Wärme.

Das einzige, was ihr dann geblieben war: das Geld, der Reichtum, Kleider, Pelze und Schmuck, die Reisen, das geistig nicht sehr anregende gesellschaftliche Leben, der Umgang mit den Neureichen und Protzen dieser Gesellschaft. Eine Frau von anderer Art hätte es vielleicht genossen. Sie redete sich auch ein, es sei großartig und wunderbar, und es mache ihr alles viel Spaß. Aber sie belog sich selbst. Sie wäre viel glücklicher geworden in einer normalen Durchschnittsehe, in einem bescheidenen Rahmen, an einem Platz, den sie wirklich hätte ausfüllen können.

So war es gegangen, Jahr um Jahr. Vielleicht hätte es auch so weitergehen können. Aber jedes Leben gelangt wohl einmal an eine Kurve, wo es notwendig ist, das Steuer fest in die Hand zu nehmen, weil die Räder nicht mehr von allein geradeaus weiterrollen. Wo man das, was vor einem liegt, fest ins Auge fassen muß. Gelingt dies nicht, einfach weil der Mensch an solches Tun nicht gewohnt ist, so führt der Weg ins Leere, bringt den Sturz und daraus resultierend zwei Möglichkeiten: Selbstbesinnung oder Vernichtung.

Das vergangene Jahr hatte zwei große Erschütterungen für Charlott gebracht. Zunächst das, was sie immer befürchtet hatte: eine Frau in Werners Leben, die eine Rolle spielte, sein Wunsch, sich scheiden zu lassen. Da hatte sie das erste Mal versagt und resigniert, fast ohne Kampf.

Und dann, wie sich jetzt herausstellte, ein noch viel einschneidenderes Erlebnis: die Ankunft ihres Vaters und ihrer Schwester. Die Begegnung mit der Vergangenheit.

Die Wochen, seit die beiden im Hause waren, hatten Charlotts letzte Nervenkraft verbraucht. Hin und her gerissen zwischen Angst und Schuldgefühlen, dem Wunsch zu lieben und geliebt zu werden, dem Verlangen wiederzufinden, was ihr einst gehörte, und der Furcht, zurückgestoßen und nicht verstanden zu werden – es war einfach zuviel für sie gewesen.

So klar sah sie es natürlich nicht. In ihrem Kopf und ihren Gefühlen herrschte ein wildes Durcheinander, eine Verwirrung, die sie selbst nicht imstande war zu klären, nicht einmal zu erklären. Was jedoch im Moment vorherrschend war, das war die Reue über ihr Geständnis.

Warum, warum, warum habe ich es ihm gesagt? Warum habe ich gesprochen? Kein Mensch wollte es wissen. Niemand hat es interessiert. Ricarda ist ihr Kind gleichgültig gewesen. Ich habe Brigitte aufgezogen. Ich habe sie gerettet. Sie ist mein Kind. Keiner darf sie mir nehmen. Wie sie ihr Geständnis bereute! Alles, was sie besaß, alles Geld, aller Wohlstand, sogar Werner und die Ehe mit ihm, alles hätte sie dafür hingegeben, wenn sie die gesprochenen Worte hätte ungesprochen machen können.

Sie vermied es, ihren Vater anzusehen, vermied es, mit ihm zu sprechen, doch wenn sie ihren Gefühlen, ihrem innersten Impuls hätte nachgeben können, dann wäre sie auf dramatischste Weise vor ihm niedergefallen, hätte seine Knie umklammert und ihm zugeschrien: Schweige! Um alles in der Welt – schweige! Ich will dir alles geben, ich will alles tun, sage mir, womit ich dein Schweigen erkaufen kann.

Doch sie wußte, daß sich sein Schweigen nicht erkaufen ließ. Sie hätte nicht reden dürfen, sie mußte schweigen bis zur letzten Stunde ihres Lebens.

Sie hatte gesprochen. Und nun blieb ihr nichts anderes übrig, als zu warten, bis *er* sprechen würde.

Denn eines Tages würde er sprechen.

Eines Tages mußte er sprechen.

Jedesmal, wenn Matthias aus seinem Zimmer herunterkam, wenn sie ihn eine Nacht, einen halben Tag, eine Stunde nicht gesehen hatte, hielt sie den Atem an. Hatte er es Ricarda gesagt? Wußte sie es nun?

Dann flog ihr Blick gehetzt und verstört zwischen ihren Gesichtern hin und her. Vater? Ricarda? Wie blicken sie? Was denken sie? Was sagen sie?

Sie lag abends in ihrem Bett: Spricht er jetzt mit ihr? Sie erwachte mitten in der Nacht, aus schwerem Schlafmittelschlaf: Weiß sie es nun?

Sie kam am Morgen die Treppe hinab und hatte Angst, ob wohl der Tag gut vorbeigehen würde.

Wenn Ricarda in Brigittes Zimmer ging: Warum geht sie zu ihr? Weil sie nun weiß, daß es ihre Tochter ist?

Wenn Brigitte mit Ricarda sprach, ihr zulachte, ihr etwas erzählte: Weiß sie, daß sie mit ihrer Mutter spricht?

Es war ein unerträglicher Zustand und geeignet, eine stärkere Natur als Charlott an den Rand des Wahnsinns zu bringen. Und da sie nur von diesem *einen* Gedanken besessen war, entging ihr alles andere: Ricardas verändertes Wesen, die Schweigsamkeit ihres Vaters, die ungute Stimmung, in der das Weihnachtsfest verging, und schließlich auch Werners seltsames Verhalten. Daß er soviel zu Hause war, daß er kaum mehr abends fortging, also auch nicht zu der anderen Frau, die Charlott so viel Kummer bereitet hatte, und schließlich die Art, wie er Ricarda betrachtete und mit ihr sprach.

Charlotts Zustand war letzten Endes auch der Anlaß für ihre Auseinandersetzung mit Brigitte. Die Angst, dieses Kind zu verlieren, machte sie ungerecht, scharf und böse. Sie war niemals eine strenge Mutter gewesen, die Kinder hatten alle Freiheiten, sie waren an großzügiges Kommen und Gehen gewöhnt.

Und jetzt auf einmal wollte sie Brigitte verbieten, ins Theater zu gehen.

»Wer ist dieser Kerl eigentlich? Auf dem Tennisplatz hat er sich an dich herangemacht, ich weiß ganz genau, letzten Herbst schon. So ein kleiner Herr Niemand. Dem wärst du gerade recht. Aber daraus wird nichts. Du bist viel zu jung, um allein mit einem Mann ins Theater zu gehen. Student? Daß ich nicht lache! Ich weiß genau, was die Burschen im Kopf haben. Also ein für allemal: Es kommt nicht in Frage.«

Brigitte war sprachlos. Sie war weder solche Töne bei ihrer Mutter noch solch ein striktes Verbot gewohnt. Sie gab freche Antworten, wurde trotzig und laut, und bekam, was seit vielen Jahren nicht mehr vorgekommen war, eine Ohrfeige von ihrer Mutter. Danach war es ganz aus.

Dabei befand sich auch Brigitte zuvor schon in einem, jedenfalls für ihre Verhältnisse, recht verwirrten Seelenzustand. Seit sich damals Gottfried Clausen mit dieser immerhin recht heftigen Liebesszene von ihr verabschiedet hatte, um seine Studien in Freiburg wiederaufzunehmen, hatte sie naturgemäß viel an ihn gedacht. Dieser ernsthafte junge Mann hatte großen Eindruck auf sie gemacht. Alles in allem hatte sich Brigitte zum erstenmal verliebt. Nur war nicht viel Zeit geblieben, diese Verliebtheit zu praktizieren. Er war fort, das war eine Tatsache. Aber ein junges Mädchen, auch in unserer Zeit, kann ziemlich viel Gedanken, auch Wünsche und Träume an einen fernen Freund verschwenden. So kleine Partyküsse, mal hier und da ein bißchen Knutscherei, nun ja, das spielte keine Rolle. Aber das damals an dem Regentag im Herbst, das war etwas anderes gewesen. Es war ein richtig erwachsenes Erlebnis, und es hatte Brigitte viel beschäftigt.

Sie hatten ein paar Briefe gewechselt, nicht sehr viele, und es waren keineswegs Liebesbriefe gewesen, mehr sachliche, aber immerhin ausführliche Berichte; er über sein Studium, seine bescheidenen Vergnügungen, seine ernsthaften Gedanken, und sie ein bißchen über die Schule, ein wenig über die Veränderungen im Haus. Sie hatte beispielsweise eine psychologisch geradezu erstaunlich reife Beurteilung über ihren Großvater und speziell über Ricarda, die sie interessierte, in einem Brief gegeben. Und schließlich auch über ihre nicht ganz so bescheidenen Vergnügungen. Weihnachten würde sie ihn wiedersehen, das wußte sie. Und sie hatte verständlicherweise diesem Wiedersehen mit großer Spannung und Erwartung entgegengesehen.

Es war eine Enttäuschung gewesen. Nicht daß ihr der junge Mann namens Gottfried nicht mehr gefallen hätte, ganz im Gegenteil. Sie hatte Herzklopfen, als sie ihn traf. Sie trafen sich an einem weißen, sonnigen Wintertag an einer historischen Ecke in der Altstadt, sie hatte sich schön gemacht, einen dreiviertellangen Pelzpaletot von Charlott, eine fesche kleine Pelzmütze, sogar ein wenig geschminkt war sie, was sie sonst nur abends tat.

Und da war er also. Blond und ernsthaft mit seinem gescheiten Gesicht und den prüfenden hellen Augen, und er gefiel ihr. Sie hatte gedacht, er würde sie in die Arme nehmen und küssen, ganz egal, ob Leute da wären oder nicht – kurz und gut, sie hatte höchst romantische Erwartungen gehegt. Doch nichts davon.

Gottfried Clausen begrüßte sie ein wenig befangen, ohne Kuß, ohne Zärtlichkeiten, ein paar Fragen nach dem Ergehen, und dann begann er über den historischen Bau und die berühmte Persönlichkeit, die einst darin gelebt hatte, zu dozieren.
Für sie war das historische Gebäude nichts anderes gewesen als der Ort eines mit Spannung erwarteten Rendezvous. Für ihn war es ein Rettungsanker.
Es folgte ein Spaziergang durch die Stadt. Sein Redestrom versiegte mit der Zeit, sie war sehr wortkarg, und er schwieg schließlich auch. In einem Espresso tranken sie Kaffee, und das war alles. Brigitte war maßlos enttäuscht. Und als nächstes sehr wütend. Dieser Holzbock! Liebe? Von Liebe konnte keine Rede sein. Er hatte nichts im Kopf als sein Studium, er redete ja von nichts anderem, und wahrscheinlich hatte er in Freiburg eine Freundin. Sie reagierte, mit einem Wort, typisch weiblich.
Die nächste Begegnung fand drei Tage später statt. Da war sie schnippisch, hochnäsig und gar nicht romantisch. Daß sie ihm damit das Zusammensein sehr erleichterte, wußte sie nicht. Wie sie auch nicht wissen konnte, daß die bevorstehende Wiederbegegnung mit ihr dem jungen Mann viel Kopfzerbrechen gemacht hatte. Denn er hatte keineswegs eine Freundin in Freiburg. Auch er hatte, soweit es sein Studium zuließ, viel zuviel an das Mädchen in seiner Heimatstadt gedacht. An diese verwöhnte Tochter aus sehr reichem Hause. An dieses Kind, dieses Schulmädchen. Denn das waren die zwei Argumente, die sich Gottfried Clausen immer wieder vorbetete, um sich ja um Gottes willen selbst daran zu hindern, sich noch mehr und noch heftiger in dieses Mädchen zu verlieben.
Er dachte an sie, er träumte von ihr, er sehnte sich nach ihr. Sie war für ihn das schönste und bezauberndste Geschöpf unter dem Himmel. Nie mehr im Leben würde ihm ein Mädchen so gut gefallen. Davon war er fest überzeugt. Und das war Unsinn. Und vor diesem Unsinn mußte er sich und vor allem auch sie bewahren. Also keine Küsse mehr, nicht mehr solche

Szenen wie damals im Regen. Es gab Dinge, die kamen eben nicht in Frage, waren einfach unmöglich. Ein geschulter, präzise arbeitender Verstand wie der seine wußte das genau. Mit seinem unvernünftigen Herzen, das das Gegenteil behauptete, machte er zum erstenmal Bekanntschaft. Und war keineswegs ohne weiteres bereit, vor diesem törichten Herzen zu kapitulieren. Richtig und gescheit und vernünftig wäre es gewesen, einer neuerlichen Begegnung auszuweichen. Darüber war er sich klar. Aber das hatte er nicht fertiggebracht.

So hatte er einen Kompromiß mit sich selbst geschlossen. Er würde sie treffen, sie würden zusammen spazierengehen, ein bißchen reden, auch einmal ausgehen, am besten ins Theater, denn er hatte nicht vergessen, daß sie ihm damals diese unterlassene Einladung ins Theater vorgeworfen hatte, im übrigen aber würde er sich ganz seriös und zurückhaltend benehmen.

Sollte es wirklich eine Fortsetzung ihrer Beziehung geben – und nichts wünschte er sich mehr –, dann konnte das bestenfalls in vier oder fünf Jahren sein. Aber in diesem Punkt hatte er keine Illusionen.

Auch in vier, fünf Jahren würde er nichts anderes sein als ein junger Lehrer mit bescheidenem Einkommen. Sie hingegen nach wie vor die verwöhnte Tochter eines Millionärs, erwachsen dann, bildschön vermutlich und entsprechend umschwärmt. In diese Welt führte kein Weg für ihn.

Immerhin, es kam zu der Einladung ins Theater. Das erfüllte Brigitte noch einmal mit hoffnungsvoller Erwartung. Und dahinein platzte Charlott mit ihrem unerwarteten Verbot.

»Wer ist dieser Kerl eigentlich? Kein Mensch kennt ihn. Aus ganz mickrigen Verhältnissen, was? Das ist kein Umgang für dich.«

Oh, Charlott! Und dann also die Ohrfeige, die nicht ohne Zeugen war.

Ricarda wußte bereits, wer Gottfried Clausen war. Brigitte hatte es ihr erzählt. Und von ihr erfuhr es Matthias. Und

nachdem er sich diese üblen Szenen zwischen Mutter und Tochter zwei Tage lang mit angesehen hatte, kam er mit einem überraschenden Vorschlag. »Wenn du sie nicht allein mit diesem jungen Mann ins Theater gehen lassen willst, könnte ich ja mitgehen. Falls man noch eine Karte auftreiben kann. Ich wollte schon lange mal ins Theater gehen. Würde mir großen Spaß machen.«
Werner, der sich erstaunlicherweise an diesem Streit sehr uninteressiert gezeigt hatte, meinte: »Das ist eine großartige Idee. Eine Karte für dich bekommen wir bestimmt. Das macht Fräulein Lessing. Die kriegt immer eine.«
»Nun, Brigitte?« fragte Matthias. »Fändest du es sehr lästig, wenn ich mitkäme?«
Brigitte, mit traurigen, verständnislosen Augen und trotzigem Mund, schüttelte unsicher den Kopf. »Nein. Gar nicht, Großpapa. Es wäre sehr nett.« Es klang nicht ganz überzeugt, und Matthias lächelte ihr zu.
»Es wäre immerhin eine Lösung, nicht wahr? Du gingst nicht allein und unbeschützt, deine Mutter wäre also beruhigt. Ich bekäme den jungen Mann zu sehen, und ich denke, daß ich mich auf mein Urteil verlassen kann. Und wenn er ein so gescheiter junger Mann ist, wie du sagst, wird er auch Verständnis dafür haben.«
Brigitte nickte. Und schwieg. Mit diesem Gedanken mußte sie sich erst befreunden.
Matthias blickte Charlott an. »Was meinst du dazu? Würdest du dann deine Einwilligung geben?«
Wie er sie ansah! Charlott zuckte nervös mit dem Mund, ihr Blick irrte zur Seite. Natürlich, er dachte, es ginge sie sowieso nichts an. Brigitte sei nicht ihre Tochter, und sie habe gar kein Recht, ihr etwas zu erlauben oder zu verbieten. »Natürlich, Vater, wenn du das willst ... das wäre eine Möglichkeit. Ich ...« Und dann mit ausbrechenden Tränen rief sie: »Macht, was ihr wollt!« Und lief aus dem Zimmer.
Matthias sah ihr kummervoll nach. Werner mit einem Kopf-

schütteln. Charlott wurde doch immer hysterischer. Was für ein Wirbel mit diesem Theaterbesuch! Warum sollte Brigitte nicht mit einem jungen Mann ins Theater gehen? Sie war schon oft genug ohne Begleitung der Eltern ausgegangen zu diesen Partys und was das alles war. Werner hatte großes Vertrauen zu der Intelligenz seiner Tochter. Und dieses Getue mit diesem komischen Jüngling war doch reichlich übertrieben.
Er hatte seine Tochter gefragt: »Was ist das für ein Bursche? Machst du dir was aus ihm?«
»Ich kann ihn ganz gut leiden«, hatte Brigitte schlicht geantwortet. »Und es ist gar nicht so, wie Mutti denkt. Er hat nur sein Studium im Kopf. Er will Lehrer werden, weißt du. Und er sagt, das ist der wichtigste Beruf überhaupt, den es gibt. Und davon redet er. Er ist ja nur ein paar Tage hier, über Weihnachten eben. Und es freut ihn, wenn ich mal mit ihm ins Theater gehe. Weiter passiert da gar nichts. Mir gefällt er, weil er nicht so ein Angeber ist wie die anderen.«
Werner war ganz beruhigt. Das klang so harmlos. Ein kleiner Lehrer von morgen, das war sowieso nichts für seine Brigitte. Also laß sie doch mal mit dem Jungen ins Theater gehen. Er hatte das Charlott gesagt, und sie war wie eine Furie auf ihn losgegangen. Davon verstände er nichts, und er sei ja auch so einer, und sie werde das zu verhindern wissen.
Daraufhin hatte sich Werner aus der Debatte um den Theaterbesuch zurückgezogen.
Doch nun war er gerettet, der Theaterabend. Matthias Wolff, in seiner Eigenschaft als Großpapa, würde Brigitte begleiten. Mal was Neues, dachte Brigitte zwischen Wut und Erleichterung. So was nennt sich zwanzigstes Jahrhundert. Ich tanze mit Großvater zu einem Rendezvous an. Aber diesem doofen Gottfried wird das sowieso nichts ausmachen. Der tut mir nichts, da kann Mutti ganz beruhigt sein. Für den bin ich ja überhaupt – überhaupt – na ja, mindestens ein altes Scheusal von hundert Jahren.
Aber sie war doch sehr froh und erleichtert, daß sie nicht sagen

mußte: »Es tut mir leid, ich kann nicht mit ins Theater kommen, meine Eltern erlauben es nicht.«

Brigitte hatte ganz richtig vermutet. Gottfried machte es wirklich nichts aus, als sie in Begleitung ihres Großpapas kam. Er fand das sogar sehr in Ordnung. Es befriedigte ihn, daß sie nicht einfach mit jedem ausgehen konnte, wie sie wollte.
Er stand in seinem dunklen Anzug, das blonde dicke Haar ordentlich gebürstet, in der Kassenhalle, als die beiden kamen. Brigitte machte die beiden Herren bekannt. Sie genierte sich etwas. Bisher hatte sie diesem komischen Studenten gegenüber die große Dame gespielt. Und nun also: »Mein Großvater – Herr Wolff.« Herr Wolff und Herr Clausen blickten sich in die Augen, schüttelten sich die Hand und waren sich vom ersten Augenblick an außerordentlich sympathisch.
Matthias hatte schon einige der Jünglinge aus Brigittes Bekanntenkreis zu Gesicht bekommen, wenn sie Besuch bekam oder abgeholt wurde. Das hier war ein anderes Kaliber, schon ein fertiger kleiner Mann. Und, das erkannte er auch sogleich, für Charlott kein Grund zur Beunruhigung.
Gottfried, der ja von Brigitte über die neue Familie informiert worden war, dachte: Was für eine imponierende Erscheinung! Was für ein guter Kopf! Ein Mann von Format. Und Brigittes Großpapa imponierte ihm weit mehr als die Millionen ihres Vaters.
Sie saßen nicht nebeneinander. Matthias hatte einen Platz in einer anderen Reihe. Jedoch in der Pause traf man wieder zusammen, nahm eine kleine Erfrischung, und die beiden Herren gerieten ziemlich mühelos in ein angeregtes Gespräch, das leider nur zu bald unterbrochen wurde, denn Brigitte traf Bekannte. Das heißt, die junge Dame, die in Begleitung eines gutaussehenden jungen Mannes, zu gut aussehend, zu geschniegelt für Matthias' Begriffe, ihren Weg kreuzte, war niemand anderes als Annelie Laupholz. Den Herrn in ihrer Begleitung stellte sie als Alexander Helten vor, und fügte eifrig

hinzu, er sei ein bekannter Filmschauspieler aus Paris. Sehr interessant, fand jedenfalls Brigitte. Man unterhielt sich zu fünft ein wenig, nicht sehr lange, dann war die Pause zu Ende.
Gottfried fand weder Annelie noch den Filmschauspieler sonderlich bemerkenswert, er bedauerte es, daß sein Gespräch mit Brigittes Großvater so schnell unterbrochen worden war. Und er stimmt deshalb freudig zu, als Matthias nach Ende des Stückes, als man sich an der Garderobe wieder traf, den Vorschlag machte, ob man nicht noch ein Glas Wein zusammen trinken wolle. Er sei das von früher her so gewohnt, fügte er hinzu. In Breslau sei er oft und gern ins Theater gegangen und anschließend immer noch zu einem Schoppen, das gäbe einen besseren Ausklang für einen hübschen Abend.
»Hättest du auch Lust, Brigitte?« fragte er seine Enkeltochter, und Brigitte nickte mit Begeisterung.
»Klar. Ich möchte auch noch nicht nach Hause gehen.«
»Und wo gehen wir hin? Ich kenne mich hier noch nicht so aus.«
Gottfried schlug eine kleine Weinstube vor, wo man nett sitzen könne und einen sehr guten Wein bekäme. Sein Vater ginge dort auch öfter hin, und er sei auch schon einige Male dort gewesen.
So machte Matthias an diesem Abend die Bekanntschaft mit Herrn Benedikt. Denn Herr Benedikt, seit Jahrzehnten eine wohlbekannte Persönlichkeit in dieser Stadt, legte Wert darauf, seine Gäste zu kennen. Er erkannte auch sogleich den jungen Herrn Clausen, kam an ihren Tisch und saß später auch für eine kleine Viertelstunde bei ihnen. Brigitte fand das alles hoch interessant. Sie lernte eine neue Art von Geselligkeit kennen, die ihr eigentlich gefiel. Und eine neue Art, wie zwei Männer sich unterhalten konnten. Denn das verstanden die beiden großartig, ihr Großvater und Gottfried: ein gescheites, anregendes, sogar in vielen Passagen geistreiches Gespräch zu führen. Die vielen Jahre, die sie trennten, schienen nicht zu stören. Man sprach über das Studium des jungen Mannes und

seine Pläne, man sprach über das Leben in diesem Staat und in der Welt von heute, und schließlich, als sich Gottfried sehr interessiert zeigte, erzählte Matthias von dem Leben in seiner verlassenen Heimat. Wie es früher war und wie es in den letzten Jahren gewesen war.
Brigitte hätte vielleicht ein wenig verloren, wenn auch keineswegs gelangweilt dabei gesessen, denn es schien, als vergäße ihr junger Freund manchmal auch sie. Aber ihr Großpapa war ein Kavalier der alten Schule. Er behandelte Brigitte ganz als junge Dame, zog sie immer wieder ins Gespräch, befragte sie um ihre Meinung.
An diesem Abend gewann er endgültig das Herz seiner Enkeltochter.
Brigitte dachte: Komisch ist das mit Familie. Manchmal kann sie so gräßlich sein. Und ehe die beiden kamen, fand ich das nur lästig, daß sie kommen würden. Aber ich kann sie eigentlich beide gut leiden. Ricarda. Und auch Großpapa.
Aus ihren Gedanken heraus sagte sie einmal: »Schade, daß Ricarda nicht dabei ist. Sie hätte doch mitkommen können.«
Matthias gab ihr einen ernsten Blick. Dann lächelte er. »Ich finde es nett von dir, daß du das sagst. Ja, sie hätte mitkommen können. Allerdings ist sie noch nicht ganz wieder auf dem Posten. Meine Tochter war nämlich sehr krank«, fügte er erklärend zu Gottfried gewandt hinzu.
Der nickte eifrig. »Ja, ich weiß. Brigitte hat es mir erzählt. Aber jetzt geht es ihr doch wieder besser?«
»Ja, Gott sei Dank. Ich habe mir sehr viel Sorgen gemacht. Ricarda hat schwere Jahre hinter sich. Ihre ganze Jugend ist durch den Krieg und die schlimme Zeit, die nachher kam, verdorben worden. Das ist ein unwiederbringlicher Verlust. Aber das versteht ihr natürlich nicht. Diese Jugend von heute, sie lebt in einer herrlichen Welt. Und ich habe oft das Gefühl, sie weiß gar nicht, wie gut sie es hat.«
»Ich verstehe es schon«, sagte Gottfried. »Ich habe mich viel mit der jüngsten Geschichte beschäftigt. Und ich weiß sehr

gut, wie den Menschen, und vor allem den jungen Menschen, alles zerstört wurde. Für viele für immer. Aber Ihre Tochter ist ja jetzt hier. Und nun wird alles besser werden.«

»Hoffentlich«, meinte Matthias ernst. »Bisher weiß man noch nicht, was werden wird. Ich erwarte mir nichts mehr vom Leben. Und für mich ist alles hier ganz wunderbar so wie es ist. Ich würde mir nur eins wünschen: daß ich zehn Jahre jünger wäre. Um dieses großartige Leben hier länger genießen zu können.«

»Ist es großartig?« fragte Gottfried mit der Skepsis der jungen Generation.

Matthias nickte nachdrücklich. »Doch, Herr Clausen. Sie können es mir glauben, es *ist* großartig. Es ist eine moderne, freie Welt, die ihren Menschen unendlich viel Möglichkeiten bietet. Natürlich muß jeder aus seinem Leben das Beste machen. Er muß es jedenfalls versuchen. Er muß es wollen. Aber das war schließlich immer so. Ein Leben, das dem Menschen gar keine Leistung, gar keinen Einsatz abverlangt, wäre trostlos und langweilig. Wenn man etwas in dieser Welt von heute, in dieser westlichen Welt, bemängeln könnte, dann wäre es die Tatsache, daß sie zu wenig Risiko bietet. Fast wird es euch schon zu leicht gemacht. Das schafft Unzufriedenheit, so paradox das klingt. Und das ist die Unzufriedenheit, der Mißmut, den man so oft an den Menschen hier, auch besonders an den jungen Menschen, findet. Es geht ihnen fast ein wenig zu gut. Und Sie wissen, es gibt ein so dummes altes Sprichwort: Nichts ist schwerer zu ertragen als eine Reihe von guten Tagen. Alte Sprichwörter sind meist gar nicht so dumm. – Und der Wohlstand macht darum die Menschen nicht so glücklich, wie man es erwarten sollte, weil ihnen alles zu leicht gemacht wird. Ein Mensch muß sich bewähren können, er braucht ein gewisses Quantum Kampf und Mühe. Er muß nicht nur die Hand ausstrecken und die Früchte pflücken können. Er muß sich darum bemühen, muß auch dafür entbehren und sich anstrengen. Dann sind die Früchte süß, dann ist jedes erreichte Ziel ein

Sieg. Früchte, die einem in den Schoß fallen, sind meist madig oder ein wenig faulig. Und ein Erfolg, den man nicht mühevoll errungen, um den man sich nicht angestrengt hat, macht keine Freude.«

Matthias unterbrach sich nach dieser langen Rede, betrachtete die Gesichter seiner beiden Zuhörer, ob er Spott, ein gönnerhaftes: Na ja, der Alte redet, wie er es versteht, darin finden würde.

Aber Brigitte hatte sehr aufmerksam zugehört, ganz blanke Augen hatte sie bekommen. Und der junge Mann nickte voll Einverständnis.

»So ist es wirklich«, sagte Gottfried. »Und das, was faul ist in unserem Staat und in unserer Zeit, hat wohl darin seine Ursache. Aber ich sehe da keinen Ausweg. Wenn es den Menschen nun einmal leicht gemacht wird, kann man sie nicht dazu überreden, unnötige Mühen auf sich zu nehmen. Für ein Ziel zu kämpfen, das sie ganz von selbst erreichen. Nur jeder für sich selbst ...« Gottfried stockte, überlegte.

»Ja?« fragte Matthias aufmunternd. »Was denken Sie dazu?«

»Nun, ich wollte sagen, jeder für sich selbst muß sich eben doch bemühen. Um mehr als nötig ist. Um ein größeres Ziel als das, an dem er so leicht ankommt.«

»Sie haben sich einen sehr schönen und sehr wichtigen Beruf erwählt«, sagte Matthias langsam. »Sie werden das Wertvollste in die Hand bekommen, was es auf dieser Erde gibt. Junge, unverdorbene Menschen. Kinder. Sie können Ihr Ziel gar nicht anspruchsvoll, hoch und weit genug wählen, Herr Clausen. Und Ihr Kampf wird der größte und wichtigste Kampf sein, der je gekämpft wurde: der Kampf um eine bessere Menschheit. Um eine bessere Welt.

*Sie* werden niemals sagen können: Na gut, ich habe jetzt alles erreicht, ich bin Generaldirektor, ich habe eine Menge Geld, einen großen Wagen, ich brauche mich nie mehr anzustrengen, ich bin angelangt. Sie werden nie angelangt sein, solange Sie Ihren Beruf ausüben. Sie werden jedes neue Jahr, mit jedem neuen jungen Menschen, der Ihnen gegenübersteht, einen neuen Weg, einen neuen Kampf beginnen. Und wenn Sie Ihren Beruf so betrachten und danach handeln, dann werden Sie ein sehr glücklicher Mensch werden.«

Jetzt hatte auch der junge Mann glänzende Augen bekommen, fast atemlos sah er den alten Mann an, den er erst heute abend kennengelernt hatte. Ja, so, genau so hatte er sich seinen Beruf vorgestellt. Und ein ganz Fremder kam und verstand ihn.

Gottfried schluckte. Er hob sein Glas und sagte: »Ich danke Ihnen, Herr Wolff. So wie Sie es gesagt haben, so soll es werden. Das ist wirklich mein Ziel. So habe ich es mir immer gewünscht.«

Sie tranken, und Gottfried fügte hinzu: »Ich wünschte, mein Vater hätte Sie gehört.«

Brigitte hatte mit großen Augen gelauscht. Das klang alles sehr neu, sehr seltsam für sie. Ihr war der Beruf eines Lehrers nie sehr bemerkenswert erschienen. Und wenn sie so an ihre Lehrer in der Schule dachte – aber sie begriff, daß nicht jeder so sein konnte, vielleicht nicht einmal sein wollte. Aber der hier, dieser Gottfried, der würde das vielleicht sogar schaffen.

»Ich glaube, wir müssen jetzt nach Hause gehen«, meinte Matthias nach einem kleinen Schweigen. »Sonst bekomme ich noch Krach von Brigittes Mama, und wir dürfen nicht wieder ins Theater gehen.«

»Och! Schon?« fragte Brigitte enttäuscht.

»Schau mal auf die Uhr. Es ist halb eins. Reichlich spät für eine so junge Dame wie du es bist. Aber vielleicht machen wir das wieder mal, hm?«

»Ach ja, prima«, Brigitte strahlte ihren Großpapa liebevoll an, und er lächelte nicht minder liebevoll zurück. Kleines Mädchen, dachte er, ahnungsloses kleines Mädchen in deiner Schokoladenwelt. Auch du wirst eines Tages wirklich leben müssen.

Und dann dachte er: Ricardas Tochter. Es ist Geist von ihrem Geist in diesem Kind. Es ist ungerecht von mir, es ist geradezu schlecht von mir, aber dieses Mädchen ist meinem Herzen nahegerückt, seit ich weiß, daß es Ricardas Tochter ist. Vielleicht hat Charlotte recht, und ich war ihr wirklich ein schlechter Vater. Ich habe Ricarda immer mehr geliebt. Woran liegt das?

»Leider«, sagte Gottfried, »werde ich dann nicht dabei sein. Ich muß ja in drei Tagen wieder fort. Und für mich kommen jetzt harte Zeiten. Wenn ich das Staatsexamen erst mal habe ...«

»Sie sind jung genug«, sagte Matthias mitleidslos, »Sie werden noch oft in Ihrem Leben einen Schoppen Wein trinken können in angeregter Gesellschaft.«

»Mir würde aber gerade an Ihrer Gesellschaft viel liegen«, bekannte Gottfried. Und rasch, nachdem er sein Versäumnis erkannt hatte, fügte er hinzu: »Und an Brigittes natürlich auch.«

»Vielen Dank, zu gütig«, sagte Brigitte schnippisch. »Ich bin ganz gerührt, daß du dich noch an mich erinnerst.«

Darauf lachten die beiden Herren, und Brigitte stimmte ein. Sie war gar nicht gekränkt, daß sie nicht wie sonst im Mittelpunkt gestanden hatte. Der Abend war wunderbar gewesen, sie kam sich so erwachsen vor.

Kurz ehe sie gingen, betraten eine Dame und ein Herr das Lokal. Brigitte schaute neugierig in die Nische hinüber, wo die Neuankömmlinge Platz genommen hatten. Das war doch diese Journalistin, die vorigen Sommer im Tennisklub aufgetaucht war. Die Frau, die ihr Vater heiraten wollte. Oder wollte er das gar nicht mehr? Eine schicke Frau. Was für ein tolles Kleid, und dazu diese silberblonden Haare. Sie kennt mich nicht. Oder sie hat mich nicht gesehen. Na ja, geredet haben wir nie zusammen. Eigentlich komisch, wenn er sie doch heiraten will. Hätte ich sie ja mal kennenlernen sollen.

Sie beugte sich zu Matthias und flüsterte: »Guck nicht gleich hin, aber da hinten an dem Tisch in der Ecke, wo die Leute gerade gekommen sind, da ist so eine hellblonde Frau. Die mußt du dir mal ansehen. Von der kann ich dir was erzählen.«

Matthias zog die Brauen hoch. »Klatsch? Du etwa auch schon?«

Brigitte errötete verlegen. »Nein«, meinte sie zögernd. »Etwas Wichtiges.«
Kurz darauf gingen sie.
Sybille sah ihnen nach. Sie hatte die kleine Fabian sehr wohl erkannt. Auch den jungen Mann hatte sie auf dem Tennisplatz ein paarmal gesehen, bereits auch in Gesellschaft von Werners Tochter. War das etwa ernsthaft mit den beiden? Den alten Herrn in Gesellschaft der beiden hatte sie nach Werners Schilderung mühelos als den sagenhaften Großvater identifiziert. Sah wirklich blendend aus, der Alte, eine großartige Erscheinung, Werner hatte nicht übertrieben.
Wie auch immer, die Familie Fabian ging sie nichts mehr an. Soviel stand ja wohl fest. Sie hatte in letzter Zeit von Werner nichts gesehen und gehört.
Und für Sybille, stolz und klug und ihrer selbst sicher, war diese Tatsache so demütigend, daß nun glücklich auch sie sich ihren ersten Komplex eingehandelt hatte. Auch in ihr Herz war ein neues, böses Gefühl eingezogen: Haß. Es schien Werners Schicksal zu sein, daß die Frauen, die er geliebt hatte, ihn am Ende haßten.
Stand Haß am Ende jeder Liebe? Oder fing er es nur so grundverkehrt an, lernte er es nie, auf die rechte Art mit der Liebe und mit den Frauenherzen umzugehen? War er, der Sieger bei den Frauen, am Ende ein Versager? Kam wohl auf den Standpunkt an, von dem aus man die Liebe betrachtete. Sybille jedenfalls hatte zur Zeit keinen Standpunkt, sie war ganz enttäuschte und beleidigte Frau. Sie war sich selbst unheimlich in dieser Rolle.
Klötzchen, der neben ihr saß, legte seine Hand auf ihren Arm. »Wo bist du mit deinen Gedanken? Du hast gar nicht zugehört?«
»Nein?« Sybille blickte ihn aufgeschreckt an. »Tut mir leid.« Sie verzog den Mund, es war mehr eine Grimasse als ein Lächeln. »Sag's noch mal. Und sei ein bißchen nett zu mir. Ich kann's brauchen.«

Dr. Klotz betrachtete sie besorgt. Sie war so sprunghaft in letzter Zeit, sie sah schlecht aus, etwas Nervöses, Gehetztes war an ihr, das er früher bei aller Betriebsamkeit, den ihr Beruf mit sich brachte, nie an ihr bemerkt hatte.
Sie mußte einen Kummer haben. Hing es mit ihrem Bruder zusammen? Oder mit einem Mann? Er wußte, daß es in den vergangenen Monaten einen Mann in ihrem Leben gegeben hatte, der ihr wichtig war.
Er hätte ihr so gern geholfen. Aber er wußte nicht wie. Und vermutlich legte sie nicht den geringsten Wert auf seine Hilfe. Eine Frau wie sie, die so großartig mit sich und dem Leben fertig wurde.
Eine Frau wie Sybille, die an der Liebe leiden konnte, leiden mußte, wie jede Frau.

Wäre noch zu berichten, wie es dazu kam, daß Alexander Helten mit Annelie Laupholz im Theater anzutreffen war. Nachdem ihm der Gedanke gekommen war, daß eine reiche Heirat nicht das übelste Mittel wäre, ihm aus der Klemme zu helfen, und er einige Tage intensiv an diesem Plan gebastelt hatte, rief er eines Nachmittags im Hause Laupholz an und verlangte Fräulein Laupholz zu sprechen. Daß die junge Dame, die ans Telefon kam, Annelie war und nicht Karin, konnte er nicht wissen. Zwar kam ihm die Stimme etwas verändert vor, aber er hatte sie ja nur an jenem Abend gesprochen und niemals telefonisch, und außerdem verhielt sich Annelie so geschickt, daß er den Irrtum nicht bemerkte.
Hier ist Alexander Helten, sagte er, und sie möge ihm verzeihen, daß er einfach anrufe, aber er habe den Abend bei Florelli in so hübscher Erinnerung und besonders ihr interessantes Gespräch auf der Heimfahrt und würde dieses gern einmal fortsetzen.
»Ah so«, warf Annelie ein und wartete, was weiter käme. Ja, und ob sie sich denn nicht wieder einmal treffen könnten, vielleicht am Nachmittag zu einer Tasse Kaffee, oder auch am

Abend zum Essen, ganz wie es ihr beliebe. Er könnte sie ja vielleicht auch vom Unterricht abholen.
»Vom Unterricht?« fragte Annelie und spitzte die Ohren. Wann denn ihre Schauspielstunden lägen? Und unterrichte Bohlandt im Theater oder in seiner Wohnung? Gäbe er den Unterricht allein oder hätte sie auch noch andere Lehrer? Das alles interessiere ihn maßlos, und es wäre doch nett, sich darüber einmal zu unterhalten.
»O ja«, meinte Annelie gedehnt, »das wäre vielleicht ganz nett.«
Alexander war entzückt. So leicht hatte er sich das gar nicht vorgestellt, nachdem die Kleine zunächst so kühl und abweisend gewesen war. Aber bei so jungen Mädchen wußte man nie genau, wie man dran war, sie verbargen ihre Unsicherheit und Unerfahrenheit oft hinter schnippischer Abwehr.
Sie verabredeten sich für den nächsten Nachmittag in der Stadt, Annelie wollte weder zu Florelli kommen noch in ein Café, sondern schlug vor, er solle mit seinem Wagen an einer bestimmte Stelle auf sie warten. Was sei es doch gleich für ein Wagen gewesen?
Alexander beschrieb genau Typ und Farbe des Wagens seiner Schwester Sybille, außerdem würde er sie ja bestimmt schon aus großer Ferne erkennen, wenn sie herankäme.
Annelie lächelte vor sich hin und dachte: Kaum, mein Lieber. Sie fand das sehr sensationell. Erstens, daß ihre tugendhafte kleine Schwester Männerbekanntschaften machte, von denen niemand etwas wußte, und zweitens noch viel mehr, daß Karin also offensichtlich heimlich Schauspielunterricht nahm. Wenn das Papa erfuhr! Sie war daran gewöhnt, daß Karin laut deklamierte und alle möglichen Rollen lernte, das tat sie schon seit Jahren. Auch laute Sprechübungen waren nichts Neues. – Aber es stimmte, in letzter Zeit hatte sich das noch gesteigert. Und jetzt fiel ihr auch ein, daß Karin oft unterwegs war. Ohne daß Mama es beanstandet hätte.
Sollte etwa –? Ein schrecklicher Gedanke. Sollte Mama etwa

mit im Komplott sein, hatten die beiden Geheimnisse vor ihr und Papa? Natürlich, so war es. Mama hatte immer zu Karin gehalten. Die konnte tun, was sie wollte. Als sie, Annelie, im vergangenen Jahr mit ihrer Freundin und diesem netten jungen Maler nach Rom fahren wollte, hatte man es ihr nicht erlaubt. Sie sei zu jung für so selbständige Reisen. Außerdem habe dieser Maler einen schlechten Ruf. Und ihre Freundin Marion, nun ja, genaugenommen sei das auch kein Umgang für sie. Man habe diese Freundschaft ja schon oft beanstandet. Sie könne nächstens mit ihren Eltern nach Rom fahren.

Annelie war damals sehr zornig gewesen und hatte heiße, bittere Tränen vergossen. Sie mochte die flotte Marion sehr gern, und in den jungen Malersmann hatte sie sich sogar verliebt, nachdem Marion sie einmal zu einem Atelierfest im Fasching mitgenommen hatte. Das war ein andrer Kerl als diese faden jungen Herren aus reichen Häusern, mit denen sie gelegentlich einmal ausgehen durfte. Er war ein Künstler, er hatte einen Bart, und er hatte sie ein paarmal geküßt, was ganz wunderbar gewesen war. Annelie hegte nun einmal sehr romantische Vorstellungen, was die Liebe betraf. Sie wünschte sich eine große, gewaltige Liebe mit einem Mann, der alles sein durfte, nur nicht alltäglich.

Aber wie konnte sie einen Mann, der ihr eine solche Liebe bieten konnte, kennenlernen, wenn sie immer und überall nur im Schlepptau ihrer Eltern aufkreuzte. Aber Karin, siehe da, obwohl jünger, durfte allein ihrer Wege gehen. Schauspielschule, und auch noch ein fremder junger Mann.

Sehr gespannt erschien Annelie zu dem Rendezvous mit dem Unbekannten. Und sie wurde nicht enttäuscht. Ein sehr, sehr gut aussehender, sehr, sehr charmanter junger Mann, Filmschauspieler aus Paris, er küßte ihr die Hand, flocht französische Wendungen in seine Reden und konnte vor allem herrlich über die Liebe sprechen. Und sie schien ihm zu gefallen. Er sagte es bereits an diesem ersten Tag, und zwei Tage später, als sie sich wieder trafen, gestand er ihr, daß sie ihm eigentlich besser gefiele als ihre Schwester Karin. Sie habe eine viel weiblichere Ausstrahlung, das gewisse je ne sais quoi, das die Männer um den Verstand brächte. »Du verstehst, was ich meine, chérie?«

Sie verstand nur zu gern, ihr liebehungriges kleines Herz voll aller romantischen Gefühle flog dem erfahrenen Frauenkenner zu, und nachdem er sie das erstemal geküßt hatte, was gleich bei ihrem zweiten Treffen in der Dunkelheit des Autos geschah, war es um sie geschehen. Sie war verliebt, verliebt bis zum Wahnsinn. So wie noch nie.

Soweit Annelie.

Für Alexander ein klarer und einfacher Fall. Geradezu ein Kinderspiel. Er hatte sich vom ersten Moment an, nach einer kleinen Überraschungssekunde, geschickt auf die unerwartete Situation eingestellt. Zwar hatte Annelie zunächst behauptet, ihre Schwester sei verhindert, und sie komme, um ihm das mitzuteilen, aber binnen kurzem hatte er die Wahrheit aus ihr herausgeholt.

Natürlich, Billie hatte ja auch von zwei Töchtern in der Familie Laupholz gesprochen. Daß er daran nicht mehr gedacht hatte. Nun, um so besser. Zwei Möglichkeiten boten mehr Chancen als eine. Und dann war ihm sofort klargeworden, daß dieses Mädchen für seine Absichten viel besser geeignet war als die kühle und an ihm so gar nicht interessierte Karin. Die hatte nur das Theater und Bohlandt im Kopf. Was sollte ihm auch eine Frau, die partout Schauspielerin werden wollte? Er wollte eine Tochter aus reichem Hause heiraten, nicht eine, die der Herr Papa vielleicht vor die Tür setzen würde, wenn er erfuhr, daß sie zum Theater wollte. Denn das hatte er natürlich auch bald von Annelie erfahren, daß Karin heimlich Schauspielunterricht nahm und daß ihr Vater nichts davon wissen wolle.

Natürlich war er sich auch klar darüber, daß Sven Laupholz einen Schauspieler, noch dazu einen gänzlich erfolglosen, kaum mit offenen Armen als Schwiegersohn begrüßen würde.

Vielleicht konnte man später Mama Laupholz als Verbündete gewinnen, sie war ja einmal vom Fach gewesen und möglicherweise dem Charme eines jungen Mannes mit guten Manieren und geschickt im Umgang mit Frauen nicht ganz unzugänglich. Aber wichtig vor allem war es, Annelie verliebt zu machen, ihr Herz und möglichst auch alles andere zu gewinnen, und von diesem strategisch wichtigen Punkt aus weiter zu operieren.

Alexander verlor keine Zeit, zumal Annelie es ihm leicht machte. Sie stürzte sich mit Vehemenz in dieses Abenteuer, sie war verliebt bis über beide Ohren, schließlich hatte sie auch den ganzen Tag nichts anderes zu tun und zu denken. Sie war selig. Sie war glücklich. Sie liebte.

Das ging alles mit Windeseile. Alexander fand leicht einen Vorwand, um zwei Tage früher als Billie von dem Weihnachtsfest bei seiner Mutter heimzukehren. Er traf Annelie am gleichen Nachmittag, lud sie ein, ihn zu besuchen, und sie kam. Ein kleines Sträuben auf ihrer Seite, ein wenig Ziererei, und dann war alles passiert. Annelie war eine Frau geworden, sie hatte einen Mann. Was für ein herrliches und gewaltiges Erlebnis! Ob jemals schon eine Frau so etwas Wunderbares erlebt hatte? Ob jemals eine Frau so geliebt worden war? Und so liebte?

Denn das mußte man Alexander gerechterweise zugestehen: Er verstand es wirklich, eine Frau glücklich zu machen. Er war ein erfahrener Meister in der Liebe und geizte nicht mit seinen Talenten. Es freute ihn, eine Frau glücklich zu machen. Und machte auch ihn glücklich, das wußte er aus Erfahrung. Denn wenn auch Berechnung am Anfang dieses Unternehmens gestanden hatte, das sollte ihn nicht daran hindern, für beide Teile eine runde, glückliche Sache daraus werden zu lassen: eine richtig glückliche, zufriedene Ehe. Das war er Annelie schließlich schuldig, wenn sie schon das Geld, nach dem es ihn so verlangte, mit in die Ehe bringen würde. Und das war auch nötig, um die Eltern für ihre Verbindung zu gewinnen.

Er sprach ziemlich bald vom Heiraten und machte Annelie damit nur noch glücklicher. Was hatte ihre Mutter sie immer gewarnt vor abenteuerlustigen jungen Männern, die nur ihr Vergnügen bei einem jungen Mädchen suchten! Wie streng war ihr Vater! Und nun – da sah man es! Sie hatte eben Instinkt. Und Verstand genug, um einen Luftikus von einem seriösen jungen Manne mit besten Absichten, um eine Affäre von der wirklich echten und großen Liebe zu unterscheiden.
Sie würde Alexander heiraten. Sie bekam den besten und schönsten und zärtlichsten Mann der Welt. Sie würden in Paris leben, damit seine Karriere nicht gestört würde. Diese Version hielt Alexander jedenfalls zunächst für ganz angebracht. Denn er durfte nicht als berufsloser Nichtstuer vor seinen zukünftigen Schwiegervater hintreten.
Zunächst fand Annelie die Heimlichkeit ihrer Liebe herrlich und sehr aufregend. Ein wenig Angst hatte sie natürlich auch, zu Hause alles zu gestehen und Alexander als Verlobten zu präsentieren. Denn so dumm war sie nicht, daß sie nicht gewußt hätte, Vater und wahrscheinlich auch ihre Mutter würden keineswegs ihre Begeisterung für den Mann ihrer Wahl teilen. Man konnte daher alle Geständnisse noch ein wenig hinausschieben. Sie zerbrach sich den Kopf um immer neue Ausreden, wie sie in die Stadt und in das kleine Apartment gelangen konnte. Meist am Tage, denn sie trafen sich natürlich, wenn Sybille in der Redaktion war.
Natürlich blieb nicht alles so geheim, wie beide dachten. Sybille merkte bald, daß eine Frau in ihrer Abwesenheit in die Wohnung kam. Das paßte ihr, bei allem Verständnis für ihren Bruder, keineswegs, und sie sagte es ihm.
»Nicht mehr lange, Billie«, sagte Alexander geheimnisvoll. »Ich verspreche es dir. Und es ist eine ernste Sache. Du wirst staunen.«
»Möchtest du dich nicht etwas deutlicher ausdrücken?«
»Im Moment nicht. Bitte, verzeih mir. Aber bald.« Er küßte sie zärtlich. »Du kannst mir vertrauen, wirklich.«

Sybille seufzte. Das wäre das erste Mal, dachte sie. Wer weiß, was dieser schreckliche Bursche nun wieder anstellte. Aber sie war ja selber so verwirrt, so unglücklich und, daraus resultierend, so gleichgültig allem gegenüber, was um sie geschah, daß sie weiter keine Einwände machte.

Und selbstverständlich blieb es auch Eva Laupholz nicht verborgen, daß ihre älteste Tochter Wege ging, von denen sie nichts wußte. Sie stellte ein paarmal Fragen, sie drang in Annelie, sie wurde energisch, und schließlich gestand ihr Annelie, die ja viel zu erfüllt und glücklich war, um weiter schweigen zu können, daß sie hier und da einen Mann treffe, der ihr viel bedeute. Und so erfuhr Eva Laupholz die ganze Geschichte, das war so etwa Ende Januar. Und als sie heraus hatte, wer der junge Mann war, sagte sie: »Ach, du lieber Gott!«

Sven das alles sagen? Unmöglich, er würde ihr Vorwürfe machen, und das mit Recht. Sie war viel zu großzügig gewesen, hatte ihren Töchtern zu viel Freiheit gelassen. Beide Töchter hatten nun glücklich Geheimnisse vor dem Vater, der sie doch so zärtlich liebte. Und beide Geheimnisse teilte sie nun. Das eine freiwillig und mit Billigung, das andere unfreiwillig und mit großer Mißbilligung. Aber immerhin – was würde Sven dazu sagen!

Das erste, woran sie dachte, war eine Reise. Eine schöne, lange, weite Reise, die sie mit Annelie unternehmen würde. Aber sie konnte Sven jetzt nicht allein lassen. Die Verhandlungen mit Bungert & Co. standen vor dem Abschluß. Dann gab es viel Arbeit, viel neue Probleme für ihn. Und sie wußte, daß er alles ertragen konnte, nur eins nicht: von ihr getrennt zu sein.

Annelie allein auf Reisen schicken, hatte wenig Zweck. Dann konnte dieser junge Mann ihr nachfahren.

Alle zusammen konnten sie jetzt auf keinen Fall fahren, auch die beiden Mädchen wegzuschicken, war unmöglich, denn Karin hätte sich von ihrer Schauspielschule nicht getrennt. Eva kam zu der Erkenntnis so vieler Mütter: Erwachsene Töchter zu haben war nicht so einfach.

»Das muß aufhören«, sagte sie.
»Niemals«, rief Annelie mit Leidenschaft. »Ich liebe ihn. Ich werde ihn heiraten. Er ist der einzige Mann, der für mich in Frage kommt. Es wird nie einen anderen geben.«
Eva seufzte.
»Es gibt immer einen anderen.«
»Für mich nicht. Und ich wundere mich, daß du so etwas sagst, Mamutschka, für dich hat es doch sicher auch keinen anderen gegeben als Papa. Du hast doch auch aus Liebe geheiratet und bist glücklich geworden.«
»Ja, dein Vater war auch ein anderer Mann.«
»Wie kannst du das sagen? Du kennst doch Alexander nicht. Er ist wunderbar. So lieb und so zärtlich. Und so voller Fürsorge. Gestern hat er mir dreimal den Schal um den Hals gewickelt, damit ich mich nicht erkälte. Und wenn ich komme, zieht er mir die Schuhe aus und wärmt meine Füße. Und – na, einfach alles tut er für mich. Er ist ganz anders, als die Männer heute sind. Du wirst sehen, er wird dir bestimmt gefallen. Und daß er Schauspieler ist, kann dich doch nicht stören, du warst doch auch Schauspielerin. Und Papa sollte es auch nicht stören, er hat dich doch schließlich geheiratet. Und Karin wird auch Schauspielerin. Wo ist denn da ein Unterschied?«
Annelie blickte ihre Mutter beschwörend an. Eva seufzte. Darauf war schwer zu antworten, genaugenommen hatte das Kind recht. Sie konnte diesen Mann nicht verurteilen, ehe sie ihn kannte. Und Annelie war bald zweiundzwanzig Jahre alt. Einmal hatte es wohl passieren müssen, daß sie sich verliebte. Mit allen Konsequenzen. Als sie so alt gewesen war – nun, Sven war nicht der erste gewesen. Wenn auch der erste und einzig Richtige, wie sich im Laufe des Lebens herausgestellt hatte. Und damals keineswegs ein reicher Mann, ein junger Architekt, kaum fertig mit dem Studium und sowieso eingezogen. Als Annelie geboren wurde, war bereits Krieg, und sie waren gerade seit vier Monaten verheiratet.
Annelie kniete vor ihrer Mutter nieder, schlang beide Arme

um sie und küßte sie. »Mamutschka! Hab doch Verständnis für mich! Ich liebe ihn doch so. Du mußt mir helfen bei Papa. Alexander ist so ein wunderbarer Mensch, glaube mir doch.«
»Ich werde ihn mir ansehen«, sagte Eva entschieden. »Und werde dir dann meine Meinung sagen. Und wenn ich ... also wenn ich es verantworten kann, werde ich dir helfen. Aber diese Heimlichkeiten müssen aufhören. Ich will nicht, daß du in diese Wohnung gehst.«
»Aber ich muß ihn doch sehen!« Das war ein Aufschrei.
»Du kannst ihn ja sehen. Aber nicht in dieser Weise. Das mußt du mir versprechen. Sonst werde ich dir nicht helfen.«
Annelie versprach es unter Tränen.
Aber natürlich brach sie ihr Versprechen schon wenige Tage später.

Gottfried Clausen war wieder abgereist, und Brigitte blieb in einem gewissen Zwiespalt zurück. Das war ein neues Gefühl für sie. Ihre Welt war bisher so klar und eindeutig gewesen. Sie kannte weder Zweifel noch Unsicherheit. Eine glückliche Jugend auf goldenem Hintergrund hatte dies ermöglicht. Daß es die ersten Zeichen des Erwachsenseins waren, die diese Sicherheit ins Schwanken brachten, konnte sie nicht wissen.
Was war nun eigentlich los mit diesem Gottfried? Liebte er sie oder liebte er sie nicht? Gesagt hatte er jedenfalls nichts dergleichen. Und auch nicht danach gehandelt. Er hatte sich von ihr verabschiedet wie ein guter, aber distanzierter Freund, ein leichter Kuß auf die Wange, das war alles gewesen. Und sie war nicht der Typ, der von sich aus die Initiative ergriffen hätte. Kein moderner Teenager mit angeblich sexuellen Gelüsten, keine Rede davon, ein junges Mädchen, scheu und ein wenig spröde.
Das änderte aber nichts daran, daß sie sich mehr von diesem Besuch erhofft hatte. Eigentlich hätte sie böse auf ihn sein müssen. Andererseits hatte der Abend, den sie mit ihm und ihrem Großpapa im Theater und anschließend in der Wein-

stube verbracht hatte, großen Eindruck auf sie gemacht. Trotz aller Partys der jeunesse dorée, das war der schönste Abend bis jetzt gewesen.
Das Gespräch zwischen den beiden Männern – und trotz seiner Jugend mußte man Gottfried in diesem Zusammenhang durchaus als Mann ansprechen – war ihr unvergessen. Sie sah ihn nun mit anderen Augen, er war nicht ein Junge wie die anderen. Er war ein Mann. Nahm er sie am Ende doch nicht ganz ernst? Aber damals vor Beginn des Semesters dieser Kuß? Was hatte er sich dabei gedacht?
Natürlich konnte sie mit niemandem darüber reden. Mit ihrer Mutter? Das kam sowieso nicht in Frage. Vielleicht mit ihrem Vater? Aber er kannte Gottfried nicht, er würde sie vielleicht auslachen. Außerdem war er in letzter Zeit so merkwürdig. Sehr ernst, irgendwie in Grübeleien versunken, was ganz gegen seine Art war. Er ging ins Werk, er kam wieder, er sprach wenig während der Mahlzeiten, manchmal hatte sie das Gefühl, er hätte sie ganz vergessen. Ricarda war ihr fremd. Blieb der Großpapa. Er wenigstens kannte Gottfried. Zu gern hätte sie gewußt, was er Charlott über den Theaterabend erzählt hatte.
Am folgenden Sonntag – es hatte wieder gescheint und war kälter geworden – rüstete sich Matthias am Vormittag zu einem Spaziergang mit Lassie. Er kannte nun die Umgebung schon ganz gut und dehnte diese Spaziergänge, zu Lassies Entzücken, immer weiter aus.
Brigitte war vom Reiten zurückgekommen und fragte, als sie die beiden an der Tür traf: »Darf ich mitkommen?«
»Natürlich«, sagte Matthias, »das würde uns freuen.«
»Kleinen Moment, ich ziehe mir nur andere Hosen und andere Schuhe an. Es geht ganz schnell.«
Zusammen marschierten sie in die weiße Landschaft hinaus. Brigitte, die Hände in ihre Pelzjacke vergraben, hielt tapfer Schritt. Spazierengehen war sie nicht gewohnt. Ein neues Erlebnis.

Sie blickte dem Hund nach, der voll übermütiger Lebensfreude durch den Schnee tollte. »Lassie ist ganz begeistert, nicht? Du gehst oft mit ihr spazieren?«
»Ja. Ein so großer Hund braucht das. Nur so ein bißchen im Garten herumlaufen, das genügt ihm nicht.«
»Wir sind nie mit ihr spazierengegangen.«
»Kaum zu glauben. Die Umgebung ist doch hier sehr hübsch.« Brigitte sah sich um. Sie hatten das Kiefernwäldchen erreicht, die Bäume waren weiß verschneit, die Sonne ließ den Schnee glitzern.
»Eigentlich ja, komisch, daß man nie auf die Idee gekommen ist. Ein bißchen herumzulaufen, meine ich.«
»Nun«, meinte Matthias, »ihr alle hier habt als Ersatz für eure Beine das Auto gefunden. Wenn es so weitergeht, wird die nächste Generation ohne Beine geboren werden.«
Brigitte mußte lachen. »Womit sollen sie denn die Bremse und das Gaspedal bedienen?«
»Oh, ich nehme an, bis dahin gibt es Wagen, die automatisch fahren. Von einem Elektronenhirn gesteuert.«
»Eigentlich schrecklich, wenn man sich das vorstellt, nicht?«
»Schrecklich«, bestätigte Matthias ernsthaft.
»Aber mich darfst du nicht so ganz zu den größten Faulpelzen rechnen, Großpapa. Ich reite, und das arbeitet den ganzen Körper durch. Und sobald es Frühling wird, spiele ich wieder Tennis, da bewege ich meine Beine ganz schön.«
»Das ist gut für dich, mein Kind.«
»Papa spielt auch viel Tennis.«
»Sehr schön.«
Eine Weile schwiegen sie und marschierten durch den tiefer gewordenen Schnee.
»Übrigens habe ich Gottfried – ich meine Herrn Clausen – auch beim Tennisspielen kennengelernt.«
»Ah.«
»Ja. Ich hab' mich damals noch gewundert, wieso er zu uns in den Klub kam. Sein Vater ist doch nur Lehrer. Aber eines Tages

war er da. Und er spielt phantastisch. Ich war ganz baff. Er hat mich sogar geschlagen. Hätte man ihm gar nicht zugetraut, nicht?«

»Warum nicht?«

»Na ja, eben so. Er ist doch nur – ich meine, er wird doch kaum viel Zeit gehabt haben, um zu trainieren.«

»Vielleicht doch. Ist denn Tennis nur ein Sport für reiche Leute?«

»Ach wo, so meine ich es nicht.«

»Es klang aber so. Siehst du, ich weiß ja vieles nicht, was hier üblich ist. Und ich bin immer froh, wenn ich etwas dazulerne.«

Brigitte warf seitwärts einen unsicheren Blick auf ihn. Aber er blickte ganz friedlich drein, ging vorwärts, mit freundlicher Miene.

»Nein«, sagte sie, »solche Unterschiede gibt es hier nicht. Jeder kann Tennis spielen, wenn er will. Nur unser Klub ist sehr exklusiv. Und dann, wenn man etwas erreichen will, muß man natürlich viel Zeit haben, um zu trainieren. Das ist bei jedem Sport so.«

»Aha.«

Wieder eine Pause.

»Und du hattest den jungen Mann vorher nicht gekannt?«

»Nein. Letzten Sommer tauchte er plötzlich auf. Keiner kannte ihn. Irgendein Bekannter von ihm hatte ihn mitgebracht. Und er blieb auch meist für sich allein.«

»Aber er brauchte doch Spielpartner.«

»Na, die fand er auch, als man merkte, daß er gut spielen konnte. Er spielte erst nur mit seinem Freund. Aber dann auch mit anderen.«

»Und auch mit dir?«

»Ja. Auch mit mir.«

Lassie hatte eine Wildfährte entdeckt, bellte aufgeregt und schoß davon. Großpapa blieb stehen und ließ einen scharfen Pfiff hören. Lassie stoppte mitten im Lauf, sah sich um und kam dann langsam und widerwillig herangetrollt.

»So ist es brav«, sagte Matthias, als sie da war, und streichelte sie. »Braver Hund.«
»Wie sie dir pariert! Das ist erstaunlich.«
Matthias sah sie an.
»Warum? Sie ist ein Tier von guter Rasse. Ob Mensch oder Tier, gute Rasse hat immer Disziplin. Und ist imstande, Triebe und Gelüste zu beherrschen. Du kannst auch Menschen von diesem Punkt aus gut beurteilen. Und ich würde dir empfehlen, deinen Blick dafür zu schärfen. Kann nie schaden.«
Sie gingen weiter. Brigitte dachte eine Weile über das nach, was sie gehört hatte. Es leuchtete ihr ein. Und gleichzeitig dachte sie: Zu Hause würden sie so etwas nie sagen. Charlott nicht. Und auch Vater nicht. Sie kämen gar nicht auf die Idee. Mein Vater – er ist der Beste von allen. Ich liebe ihn. Und er liebt mich. An ihm soll es keinen Fehler geben. Aber – gibt es vielleicht doch Fehler? Seine Triebe und Gelüste zu beherrschen, das ist ein Zeichen von guter Rasse. Ich glaube das auch. Ein Verhältnis zu haben mit der Sekretärin und mit allen möglichen anderen Frauen, wie es gerade so kommt, ist vielleicht auch nicht ganz richtig. Großpapa hat das bestimmt nicht getan. Und Gottfried würde das auch nicht tun.
Gottfried ging ihr jetzt schon ganz geläufig durch den Sinn. Manchmal sprach sie sogar den Namen laut vor sich hin, er klang nicht mehr so befremdend und lächerlich.
Matthias störte sie in ihren Gedanken. »Warum sagst du das eigentlich: Sein Vater ist *nur* Lehrer?«
Unwillkürlich errötete sie. »Ach, so habe ich das nicht gemeint. Lehrer muß es schließlich geben. Und sie sind sicher wichtig. Ich habe das genau verstanden, was du neulich abends gesagt hast. Und ich fand es richtig.«
»Na also. Dann mußt du auch so etwas nicht leichtfertig hinsagen. Erst denken, dann reden. Dies hinwiederum ist ein Zeichen von Verstand. Man sollte als kluger Mensch, und der willst du doch werden, niemals törichte Klischees einer ober-

flächlichen Gesellschaft übernehmen. Eine junge Wohlstandsgesellschaft wie die, in der du großgeworden bist, neigt dazu, wie jeder Parvenü, alle Dinge nur am Geld zu messen. Geld ist kein Maßstab. Geld ist bestenfalls ein Mittel zum Zweck. Und wenn der Zweck oder das Ziel etwas nützen sollen, müssen die Mittel vernünftig eingesetzt werden. Du gehörst nun zur nächsten Generation, für die der Wohlstand keine Sensation mehr ist, sondern eine Selbstverständlichkeit. An dieser Generation wird es liegen, etwas Gescheites mit dem Leben und dem Geld anzufangen. Vielleicht kann man es von der Generation deiner Väter wirklich nicht verlangen. Sie haben zu viel Schweres erlebt. Und zu viel Widersprüchliches. Aber ihr werdet diese Ausrede nicht haben. Bis jetzt jedenfalls nicht. Und es wird an euch liegen – für den Fall, daß ihr beides behalten dürft, den Frieden und das Geld –, der Welt und der Menschheit ein gutes Stück voranzuhelfen. Und dabei, gestatte mir den Sprung zum Ausgangspunkt meines Gesprächs, werdet ihr die Lehrer brauchen. Die Lehrer eurer Kinder. Es ist kein gutes Wort, Brigitte, zu sagen: Er ist nur ein Lehrer.«
»Ja«, murmelte Brigitte, »das sehe ich ein.«
Dann blickte sie auf, ihre blaugrauen Augen strahlten Matthias an. »Und weißt du was, Großpapa? Ich finde dich großartig.«
Matthias lachte, im Grunde sehr geschmeichelt. »Vielen Dank. Du könntest auch finden, ich sei ein unausstehlicher alter Schulmeister.«
»Nein. Bestimmt nicht. Du redest so ... so ... ich weiß auch nicht, ich habe noch niemanden gekannt, der so ist wie du. Eigentlich schade, daß wir uns jetzt erst kennengelernt haben, nicht?«
»Sehr schade. Aber es ist noch nicht zu spät. Ich hoffe, wir werden noch manches gute Gespräch miteinander haben.«
»Wie neulich abends, nicht? Er war auch ganz begeistert von dir.«
»So?«
»Ja. Ich habe ihn ja nur noch einmal kurz gesehen, ehe er abfuhr. Aber weißt du, was er gesagt hat?«

»Nun?«
»Zu deinem Großpapa kann man dir gratulieren, Brigitte. Du kannst sehr froh sein, daß er hier ist. – Wie findest du das?«
Matthias blieb stehen und putzte sich gerührt die Nase. »Ich finde das sehr nett von dem jungen Mann. Er hätte mich ja auch an jenem Abend als großen Störenfried betrachten können.«
»Ach nö, so ist der nicht. Wenn du denkst, daß er sich so viel aus mir macht«, sie schnippte mit dem Finger, »dann täuschst du dich. Der hat nur sein Studium im Kopf. Und außerdem ist er sehr brav und tugendhaft.«
Matthias mußte lachen. »Also ehrlich gesagt, Brigitte, das glaube ich nicht ganz. Du kannst meiner Menschenkenntnis vertrauen. Ich glaube, dieser junge Mann hat ziemlich viel Temperament und eine Menge sehr ausgeprägter männlicher Eigenschaften. Mehr jedenfalls als alle diese Knaben zusammen, die manchmal hier auftauchen und dich abholen. Auch das mußt du noch lernen: Die den Mund am weitesten aufreißen und immer so tun als ob, da ist am wenigsten dahinter. Ich muß manchmal so lachen, wenn ich hier eure Zeitungen angucke mit all diesen hübschen Mädchen, wo einem die Busen entgegenquellen und verführerische Blicke hinter verhängten Lidern sonstwas verheißen. Wie langweilig die alle sind! Ein kleines Lächeln, ein stummer Mund, ein kühler Blick – und was kann eine Frau dahinter verbergen! Das zu erforschen ist interessant. Und dafür werden sich dann *die* Männer interessieren, die von Frauen etwas verstehen. Nicht nur die Möchtegerns.«
Auch darüber mußte Brigitte eine Weile nachdenken, und auch das fand sie einleuchtend. Aber sehr überrascht war Matthias von dem, was sie darauf sagte: »So eine Frau wie Ricarda, nicht wahr?«
Er blickte sie erstaunt an. »Wie Ricarda? Wie kommst du darauf?«
»Ich könnte mir vorstellen, daß sie so ist. Oder so war. Ich

finde sie schön. Und anders als alle Frauen, die ich kenne. So als wenn... als wenn...«, sie stockte, suchte nach den richtigen Worten. »Na ja, so wie du gesagt hast. Als wenn sich viel dahinter verbirgt. Das, was einen Mann interessieren könnte, es zu finden.«
»Ja«, sagte Matthias, »du hast recht, so ist es wohl.«
Ricardas Tochter! Sie haben einander erkannt. Dieses halbe Kind hier hat sie erkannt. Das verwandte Wesen, der gleiche Rhythmus. Eine andere Zeit, eine andere Welt. Ein modernes junges Mädchen, ohne jede Belastung aufgewachsen. Und Ricarda, im Schatten ihrer Zeit, die ihr Leben zerstört hat.
Das Geheimnis, das er kannte, lastete auf seiner Seele. Eines immerhin erkannte er zu dieser Stunde: Für Brigitte würde es kein Schock sein zu erfahren, daß Ricarda ihre Mutter war.
Und als wolle Brigitte diese Erkenntnis bestätigen, sagte sie: »Komisch, daß sie Schwestern sind, nicht? Ich meine Mutti. Sie ist ganz anders.«
»Ja. Sie ist wohl ganz anders.«
»Ist sie wie deine – Frau, Großpapa?«
»Ein wenig vielleicht. Aber nicht ganz. Anna-Maria war auch wieder anders.«
Brigitte lauschte dem Klang nach, wie er dieses Anna-Maria ausgesprochen hatte. Es rührte ihr Herz an.
»Könntest du mir nicht – etwas von ihr erzählen?« fragte sie schüchtern.
Matthias blickte sie an.
»Von meiner Frau?«
»Ja. Von Anna-Maria. So ein schöner Name. Wie hat sie ausgesehen? So wie Ricarda? Oder wie Mutti? Du hast sie sehr geliebt, nicht wahr?«
»Ja. Ich habe sie sehr geliebt.« Eine Weile gingen sie schweigend nebeneinander her. Und dann begann Matthias zu erzählen. Wie er aus dem Gebirge gekommen war, um seine Lehre in Breslau in der Buchhandlung Munk anzutreten. Anna-Maria, ein kleines Mädchen mit blonden Zöpfen da-

mals. Hellblondes Haar, so blond wie das Charlotts. Und dunkle Augen, so dunkel wie die Ricardas. Ihre weiße Haut, die weißen schmalen Hände. Er half dem kleinen Mädchen bei den Schularbeiten und lernte mit der Zeit noch manches dazu, was man ihn in seiner Dorfschule nicht gelehrt hatte. Im Sommer machte sie ihre Schularbeiten an dem Tisch unter dem Maulbeerbaum, die Blätter warfen ihre gezackten Schatten über die Schulhefte, und wenn er eben mal zur Hintertür hinausschaute, winkte sie ihm.
»Matthias, komm mal her. Die Rechenaufgabe ist wieder furchtbar schwer heute.«
Rechnen war ihre schwache Seite, und gerade das konnte er gut. Dafür lernte sie leicht Englisch und Französisch, und er lernte es von ihr. Und sie wußte alles über die Vögel und Blumen im Garten. Wenn hoch oben schräg einer aus dem Maulbeerbaum strich, sagte sie gleich:
»Siehst du, das ist wieder der Mauersegler. Du darfst ihn nicht mit einer Schwalbe verwechseln, wenn er auch so ähnlich aussieht.«
Mittags saßen die Gehilfen und Lehrlinge aus der Buchhandlung zusammen mit der Familie am Tisch. Es wurde immer gut und ausgiebig gegessen. Anna-Maria, die Jüngste am Tisch, sprach das Tischgebet. Sie stand vor ihrem Stuhl, das ernste Kindergesicht auf die gefalteten Hände geneigt, und sprach mit klarer Stimme die wenigen Worte.
Für Matthias war das neu. Er kam aus einem evangelischen Hause. Und man hatte zu Hause nie viel Aufhebens von der Religion gemacht. Gelegentlich ging seine Mutter in die Kirche und nahm ihn mit. Allzuoft kam es nicht vor. Seine Konfirmation war kurz vor seinem Eintritt in die Lehre in traditioneller Weise gefeiert worden. Hier nun war das anders. Anna-Marias Mutter ging morgens zur Messe. Sie ging hinüber in den Dom, sie nahm oftmals das kleine Mädchen mit. Und er erinnerte sich noch gut an Anna-Marias Kommunion. Das Kind war tief beeindruckt, ganz blaß von innerer Erregung. Und einmal fand

er sie, sie war kaum elf Jahre alt, vor dem Marienbild knien, das in einer Ecke des alten Hauses hing. Sie war tränenüberströmt, das Gesicht totenbleich, und sie flüsterte immer wieder: »Heilige Mutter Gottes, vergib mir, vergib mir, Maria.«
Er war zornig geworden. Was für ein Unsinn! Welche Sünde konnte dieses Kind auf sich geladen haben? Und er hatte sie angefahren deswegen, ein junger Mann damals schon, und dem Kind so zärtlich zugetan. »Was kannst du schon verbrochen haben?«
»Ich habe so böse Gedanken«, hatte das Kind geflüstert. »So böse Gedanken.«
Er hatte nie erfahren, was es für Gedanken gewesen waren. Auch später nicht, in all den Jahren ihrer glücklichen Ehe, blieb dieser Teil ihres Lebens ihm verschlossen. Die Verschiedenheit der Religion hatte nie trennend zwischen ihnen gestanden. Er war tolerant, ihre Frömmigkeit war ihm schließlich seit langem vertraut. Seltsamerweise war es Ricarda, nicht Charlott, die der Mutter auf diesem Wege folgte. Auch Ricarda konnte so hingebungsvoll in der Kirche knien, auch ihr Kindergesicht war versunken in stummer Reue. Auch sie neigte dazu, Sünden zu sehen, wo gar keine waren. Und vielleicht auch darum litt sie tausendfach unter denen, die sie wirklich beging.
Brigitte unterbrach seine Gedanken. »Und wie ging es weiter? Wann hast du gemerkt, daß du sie liebst?«
»Ja, wann merkt man so etwas. Schwer zu sagen. Vielleicht erst, als ich fortgehen mußte. Lange Zeit war Anna-Maria für mich ein Kind. Ich hatte sie gern, sie war schließlich einige Jahre neben mir herangewachsen. Eine wirklich gute Freundschaft verband mich mit ihrem Bruder. Mit Friedrich. Er war zwar auch einige Jahre jünger als ich, aber ein kluger, sehr ernsthafter Junge, reif und vernünftig für sein Alter. Er besuchte das Gymnasium und wollte studieren. Von ihm habe ich auch viel gelernt. Denn ich hatte ja nur die Volksschule besucht. Aber die Bücher und Friedrichs Talent, einem etwas auseinanderzusetzen und klarzumachen, haben mir weitergeholfen.«

»Das wäre also mein Großonkel«, konstatierte Brigitte sachlich. »Lebt er noch? Was ist aus ihm geworden?«

»Er fiel bereits 1914. In Flandern, wo damals so viele junge deutsche Studenten starben. Du hast sicher in der Schule davon gehört.«

»Ja, natürlich. Das muß schrecklich gewesen sein, nicht? Für seine Eltern, meine ich.«

»Ja, das war es. Und für mich auch. Und für Anna-Maria natürlich, sie hing sehr an ihrem Bruder. Sie sprach immer von ihm, ihr ganzes Leben lang. Und als der Krieg begann, der letzte, da sagte sie zu mir: Ich bin dem lieben Gott dankbar, daß ich keinen Sohn geboren habe.«

»Das kann man verstehen.«

Neugierig fragte Matthias: »Hat dir deine Mutter eigentlich nie davon erzählt? Von ihrer Jugend, von ihrer Heimat.«

»Nein. Eigentlich so gut wie gar nicht.«

Mißbilligend schüttelte Matthias den Kopf. Das sah Charlott ähnlich. Sie hatte offenbar nie das Gefühl gehabt, sie müsse ihren Kindern die verlorene Heimat wenigstens im Gespräch nahebringen.

»Ach, und nun kann ich mir schon denken«, meinte Brigitte. »Durch den Krieg bist du dann von Anna-Maria auch getrennt worden.«

»Nein. Schon vorher. Ich hatte ja schon lange vor dem Krieg ausgelernt. Und wollte auch einmal woanders arbeiten, etwas sehen von der Welt. Ich war kurz in einem Sortiment in Görlitz und dann einige Jahre in Berlin. Dort gefiel es mir sehr gut.«

»Aber da liebtest du Anna-Maria schon?«

»Nicht in dieser Weise. Als ich nach Berlin ging, war sie erst vierzehn Jahre alt. Daß ich sie liebte, wurde mir klar, als ich im Krieg einmal auf Urlaub kam. Friedrich war schon tot. Und sie waren alle sehr traurig, sehr betrübt im Hause Munk. Anna-Maria war noch ein sehr junges Mädchen, blaß und zart, und mir kam sie unwahrscheinlich liebreizend vor. Aber sie weinte,

sobald die Rede auf ihren Bruder kam. Ich konnte es gut verstehen. Ich versuchte sie zu trösten.«
Er erinnerte sich ganz genau an jenen Abend, an dem er sie zum erstenmal in die Arme genommen hatte. Es war im Spätsommer 1915. Ein Kamerad Friedrichs, auch ein Student, der in Flandern dabeigewesen war, schwer verwundet wurde, jedoch am Leben blieb, war zu Besuch gekommen. Der junge Leutnant, eben aus dem Lazarett entlassen, noch blaß und schwach, hatte mit ihnen zu Abend gegessen. Und natürlich hatten sie davon gesprochen. Wie es war bei Langemarck, was sie erlebt hatten.
Friedrichs Mutter hatte schließlich die Frage gestellt, wie ihr Junge gestorben sei. Der Leutnant wollte nicht darüber sprechen, das war ihm deutlich anzumerken, schließlich rettete er sich in einige vage Phrasen. Er sei gleich tot gewesen, er habe nicht gelitten.
Matthias merkte wohl, daß er log. Vielleicht merkten es die anderen auch. Stumm und bedrückt ging der junge Mann kurz danach. Anna-Maria war verschwunden. Matthias suchte sie und fand sie im Garten. Sie saß auf der Bank unter dem Maulbeerbaum, das Gesicht naß von Tränen. Da hatte er sie schweigend in die Arme genommen und hatte leise tröstende Worte gefunden. Eine Liebesszene? Wohl kaum. Aber von dieser Stunde an hatte er gewußt, daß er zu ihr gehörte. Und sie wohl auch.
Einige Tage später, als auch er wieder an die Front mußte, hatte sie beim Abschied das Kreuzzeichen über seiner Stirn gemacht. »Ich werde für dich beten«, flüsterte sie. »Daß du wiederkommst.«
Er war wiedergekommen. Und sie hatte auf ihn gewartet. Und keinen schien es zu überraschen, daß sie heiraten wollten, nicht ihren Vater, nicht ihre Mutter. Er war ja vorher schon fast wie ein Sohn im Hause gewesen, und nun wurde er es ganz.
Es wurde eine glückliche Ehe, eine große Liebe, bis zuletzt, bis

man Anna-Maria unter den Trümmern des Hauses hervorzog. Dann konnte sie ihn nicht mehr lieben, ihr Geist hatte sich verdunkelt, ihre Seele sich ihm entzogen, wie ein Kind war sie wieder, ein harmloses, etwas törichtes Kind. Und dann, wenn die Anfälle sie packten, eine furchterregende Fremde, mit dem irren Schrei auf den Lippen.

Matthias blieb stehen, der Weg wurde ihm auf einmal mühsam. Von allem, was ihm auferlegt worden war zu tragen, dies war das schlimmste. Und manchmal wunderte er sich, wie er es überstanden hatte. Wie er es ertragen hatte. Aber ein Mensch konnte viel ertragen. Und lebte dennoch. Und verlor dennoch nicht die Lust am Leben und die Freude daran, das war das Merkwürdigste.

»Was hast du, Großpapa?« fragte Brigitte besorgt.

Er sah sie an. Sollte er ihr dies auch erzählen? Nein. Nicht heute. Vielleicht später einmal.

Ein schöner, sonniger Wintertag. Ein Sonntag zu Beginn des neuen Jahres. Man durfte ihn nicht mit den düstersten Schatten der Vergangenheit verdunkeln. Nicht nur Brigitte, auch sich selbst durfte er das nicht antun.

»Wo sind wir eigentlich?« fragte er. »Ich glaube, wir sind reichlich weit von zu Hause fortgeraten.«

»Kann man wohl sagen«, meinte Brigitte und blickte auf ihre Uhr. »Allmächtiger! Schon so spät. Wir werden kaum pünktlich zum Mittagessen da sein.«

»Also los. Da wollen wir mal einen ordentlichen Marsch probieren«, schlug er vor und versuchte Heiterkeit in seine Stimme zu legen. »Mal sehen, ob du mit mir Schritt halten kannst.«

»Na, diese Herausforderung nehme ich an«, sagte Brigitte, froh, daß er wieder lächelte. »Geben wir Gas.«

Eine ganze Zeitlang marschierten sie in starkem Tempo Richtung heimwärts.

»Alle Achtung«, sagte Brigitte dann. »Du hast allerhand auf dem Kasten, Großpapa.«

»Das will ich hoffen, ich bin in meinem Leben viel gewandert.

Meine Touren im Riesengebirge, da war alles dran. Hat dir deine Mutter wenigstens mal vom Riesengebirge erzählt?«

Nein, auch das hatte Charlott nicht getan. Matthias war geneigt, ihr das übelzunehmen. Aber immerhin gab es ihm jetzt Gelegenheit, das Versäumte nachzuholen. Das löste ihn von seinen trüben Gedanken. Und für Brigitte war es unbedingt von großer Wichtigkeit, darüber etwas zu hören. Das fand er jedenfalls.

Er erzählte, wie er – zuerst schon in seiner Kindheit, dann später von Breslau aus – oft zusammen mit Friedrich oder einem anderen Freund lange Kammwanderungen gemacht hatte. Wie sie in Schreiberhau aufstiegen oder auch in Krummhübel, je nachdem, wo der Ausgangspunkt der Tour lag. Dann zogen sie von Baude zu Baude, überall war es gemütlich, überall gab es gut und reichlich zu essen. Manchmal stieg man ins Böhmische hinab, meist endeten die Wanderungen jedoch bei seinen Eltern, auf dem Bauernhof in der Nähe von Brückenberg.

»Es muß schön dort gewesen sein«, sagte Brigitte, kurz ehe sie nach Hause kamen.

»Ja. Es war sehr schön. Ich wünschte, du würdest es einmal sehen. Ich werde wohl nicht mehr hinkommen. Aber du vielleicht später einmal. Sicher wird es eines Tages möglich sein, dorthin zu reisen, ohne große Schwierigkeiten. Ich weiß es nicht, aber ich hoffe es. Wie es allerdings dort jetzt aussieht? ...« er hob die Schultern. »Auch der vertrauteste Ort deiner Kindheit wird dir zur Fremde, wenn dort eine andere Sprache gesprochen wird. Darum wollte ich auch gar nicht mehr hin. Ich wollte es nicht wiedersehen.«

Nein. Trotz aller Mühe, dieser Tag war kein heiterer Tag. Trotz strahlender Sonne und blauestem Himmel, er war voller Schatten. Alles war verloren. Die Heimat, die geliebte Stadt, die nicht weniger geliebte Arbeit, die ihm wirklich ein Beruf gewesen war. Und vor allem sie, Anna-Maria, schon verloren, als sie noch lebte. Was war geblieben?

Er hob den Kopf, straffte die Schultern, wie er es immer tat, wenn er sich selbst die Mutlosigkeit verbot. Genug war geblieben. Ricarda, seine Tochter, der es zu helfen galt. Und seine andere Tochter, Charlott die genauso Hilfe brauchte, wie er nun wußte.

Und hier, dieses Mädchen an seiner Seite, jung, schön, das Leben vor sich, sie brauchte keine Hilfe. Aber sie brachte ihm Hilfe. Und Freude. Allein durch ihr Dasein.

Er schob seinen Arm unter Brigittes, er lächelte ihr zu. »Na, da hätten wir es gleich geschafft. In fünf Minuten sind wir daheim. Ich habe einen Bärenhunger. Du auch?«

»Und ob. Frau Plaschke wird sich wundern. Hoffentlich ist der Braten groß genug.«

»Und Lassie! Sieh sie dir an. Die schleicht nur noch. Die hat für heute auch genug.«

»Es war ein wunderbarer Spaziergang, Großpapa. Du nimmst mich wieder einmal mit?«

»Ich wüßte nicht, was ich lieber täte.«

Sie lachten sich an. Die gleichen blaugrauen Augen, die hohe Stirn, die dichte Mähne. Ein alter Mann und ein junges Mädchen. Sie wußten gar nicht, wie ähnlich sie einander waren.

Werner hatte die Idee mit der Reise. Nachgerade ging ihm die Atmosphäre in seinem Haus so auf die Nerven, daß er nach einem Ausweg suchte. Er war noch nie ein Familienmensch gewesen. Bisher lief die Familie so am Rande mit, hatte er Lust, nahm er Kenntnis von ihr, falls nicht, konnte er sie ebensogut ignorieren. Aber letzteres war derzeit nicht gut möglich. Die Familie war zu groß geworden, füllte das Haus und, wenn auch aus anderen Gründen, seine Gedanken. Es machte ihn ungeduldig und reizbar. Dazu kam die ungeklärte Situation mit Sybille, sein gerade ihr gegenüber quälendes schlechtes Gewissen.

Dabei machte Sybille es ihm leicht, keine Szenen, keine Tränen. Sie wich ihm aus, schützte Arbeit vor, dringende Verpflichtungen. Trafen sie sich gelegentlich, dann nie mehr in ihrer Wohnung, nur in einem Lokal. Sie redeten aneinander vorbei, Sybille war kühl und gescheit, überlegen und spöttisch, so wie er sie am Anfang gekannt hatte. Nur manchmal entdeckte er die Angst in ihren Augen, hilflose Verlassenheit, ein Zug von Bitterkeit um ihren Mund. Und dies an ihr zu sehen, war erschreckend. Es veränderte sie, war ein neuer Zug in ihrem Wesen, in ihrem Gesicht. Aber es konnte ihn nicht mehr erschrecken als Sybille selbst. Sie war sich selbst fremd geworden und konnte mit dieser Fremden nicht umgehen. Unsicherheit: ein neues Element in Sybilles Leben. Und darunter litt sie fast noch mehr als an der Enttäuschung, die Werner ihr bereitet hatte. Dagegen kämpfte sie an, suchte nach einem Ausweg. Doch immer noch fürchtete sie sich, entschieden die Frage zu stellen: Also was ist los? Wie stehen wir miteinander? Es ist zu Ende. Nicht wahr, es ist doch zu Ende? Dann laß es uns aussprechen und die Konsequenzen daraus ziehen. Lieber heute als morgen.

Das wünschte Sybille zu sagen. Und warum sagte sie es nicht? Dachte sie im Grunde ihres Herzens vielleicht doch, dies alles sei nur eine Krise in ihrer Beziehung, die vorübergehen würde? Rein äußerlich gab es keinen Grund für eine Trennung. Weder ein ernsthafter Streit, eine tiefgehende Auseinandersetzung, auch keine andere Frau, soweit ihr bekannt war. Nichts, was greifbar war, nichts, was man anführen konnte, um energisch zu sagen: Schluß!

Im Gegenteil, einmal sagte er, es war Mitte Januar: »Oh, ich wünschte, wir hätten schon im Sommer geheiratet. Ich hätte mich doch sofort scheiden lassen sollen.«

Sie antwortete nicht darauf, sah ihn nur mit großen Augen an. Und er nahm ihre Hand, küßte sie, sagte mit einem kleinen Lachen: »Ich weiß, Bambina, ich bin ein schrecklicher Kerl geworden. So nervös und unentschlossen. Glaub mir, ich weiß selber nicht, warum.«

Er flüchtete sich in die Arbeit, war von früh bis abends im

Werk, die Produktion lief auf Hochtouren, er kümmerte sich um alles selbst. Neuerdings kam er mittags nur selten zum Essen. Abends wurde es spät. Geschäftspartner kamen öfter zu Besuch, er traf sich mit ihnen auswärts. Charlott und er wurden oft eingeladen, die Saison war auf ihrem Höhepunkt. Partys, Bälle, Empfänge. Er ging nur hin, wenn es unbedingt sein mußte, ließ sich meist entschuldigen. Als Charlott wissen wollte, wie es denn dieses Jahr mit ihrer Gesellschaft sei – sie hatten meist um diese Zeit eine größere Party gegeben –, wehrte er schroff ab.

»Nein. Ich habe den Kopf voll. Außerdem bin ich urlaubsreif.«

Dieser Gedanke war ein Rettungsanker. Er brauchte einen längeren Urlaub. Im Sommer hatte er keinen gemacht, jetzt war es an der Zeit, einmal gründlich auszuspannen.

Er fuhr jedes Jahr im März zu einem längeren Schiurlaub in die Berge. Früher hatte ihn Charlott oft begleitet, in den vergangenen Jahren war er meist allein gefahren. Naheliegend wäre es gewesen, dieses Jahr mit Sybille zu reisen. Doch davon sprach er nicht.

Statt dessen sagte er eines Tages, als er einmal beim Essen zu Hause war: »Ich denke mir, Ricarda würde eine kleine Erholungsreise ganz gut tun. Ein bißchen Luftveränderung, ein bißchen frischer Bergwind um die Nase. Was meinst du, Ricarda?«

Er sah sie an, sie sah ihn an.

»Eine wunderbare Idee«, rief Charlott lebhaft. »Ich habe auch schon daran gedacht. Und Vater fährt natürlich mit.«

Natürlich, was sonst? Hatte Werner am Ende gedacht, er könne mit Ricarda allein verreisen? Nein, das hatte er nicht gedacht. Nur, daß er sie einmal sprechen mußte, abseits dieser Umgebung, in der sie beide lebten. Angeregt begann Charlott sofort möglicherweise in Frage kommende Urlaubsziele zu erörtern.

»Nun, ich dachte Pontresina oder Celerina«, meinte Werner leichthin. Dort war er meist zum Schilaufen.

»Aber das ist doch Unsinn«, widersprach Charlott. »Sie fahren doch nicht Schi.«

»Hochgebirgsluft wäre gut.«
»Sicher. Aber eine Kur täte Ricarda bestimmt auch gut. Und Vater auch. Wie wär's mit Badenweiler? Oder Reichenhall? Auf jeden Fall müssen wir den Arzt fragen. Er muß sagen, was für Ricarda das beste wäre.«
Ricarda war noch immer in ärztlicher Behandlung. Sie war nicht mehr krank, doch auch noch nicht gesund. Noch immer schlief sie viel und wurde von Frau Plaschke sorgfältig gefüttert. Beides bekam ihr äußerlich sehr gut. Sie sah jünger aus und entspannter, zweifellos würde eine Luftveränderung ihr guttun.
»Wie wär's denn mit Badgastein?« meinte Matthias plötzlich. Bisher hatte er sich an dem Gespräch nicht beteiligt. Der Gedanke, verreisen zu können, elektrisierte ihn.
»Keine schlechte Idee«, sagte Werner. »Wie kommst du auf Badgastein, Vater?«
»Ich hörte neulich davon sprechen. Jemand, den ich kenne, fährt dort immer hin. Er meinte, es sei sehr hübsch dort.«
»Hm. Das ist es auch. Wenn der Doktor nichts dagegen hat – es liegt hoch, aber nicht zu hoch, eine wunderschöne Gegend. Ihr könntet im Bellevue wohnen, dort seid ihr gut untergebracht.«
»Ach, ich weiß nicht«, warf Charlott ein, »ich könnte mir denken, daß sie sich in einer hübschen Pension wohler fühlen.«
Werner hatte für hübsche Pensionen nichts übrig. Er bevorzugte große, gutgeführte Hotels. Aber es war ja nicht die Rede von ihm, sondern von seinem Schwiegervater und Ricarda.
»Gut. Hören wir erst mal, was Dr. Aschold dazu sagt.«
Dr. Aschold war dafür. Das ermittelte Charlott schon eine Stunde später durch ein Telefongepräch. Noch nicht gleich, aber etwa in vierzehn Tagen, drei Wochen, meinte er, sei ein Kuraufenthalt in Badgastein für seine Patientin sehr zu empfehlen.
Charlott war sehr erleichtert. Einige Wochen Ricarda nicht zu sehen, ihren Vater nicht zu sehen, erschien ihr höchst wünschenswert. Und während deren Abwesenheit würde sie mit

Werner ernsthaft die Frage erörtern, wo die beiden denn nun in Zukunft wohnen sollten. Ewig konnten sie ja nicht in den zwei Zimmern hausen. Am besten würde es sein, eine eigene Wohnung für sie zu mieten, nett einzurichten und sie ihrem eigenen Leben zu überlassen. Hier in der Stadt? Oder besser anderswo? Aber gleich darauf: Und dann? Was wird mit Werner und mit mir? Die Scheidung – auch wenn er nicht mehr davon sprach, hing als dunkle Drohung über Charlotts Leben. Als eine von den Drohungen, die Charlotts Leben verdüsterten. Noch hatte ihr Vater nicht gesprochen. Ricarda, Brigitte, Werner, sie waren ahnungslos. Würde er weiter schweigen? Und hatte Werner den Gedanken an eine Scheidung aufgegeben? Er war so verändert in letzter Zeit. Gegen sie von einer Gleichgültigkeit, die nicht mehr zu überbieten war. Aber das war ja eigentlich nichts Neues. Eine neue Frau? Nein, das war es nicht. Aber irgend etwas mußte es sein, etwas, von dem sie keine Ahnung hatte. Noch etwas, das sie bedrohte.
Während dieser Zeit kam Matthias wieder zu einem Theaterbesuch, in die Oper diesmal. Charlott und Werner besuchten meist die Premieren, die stets einen besonders festlichen Glanz hatten, denn die Reichen dieser Stadt wollten sich sehen lassen, im Schmuck ihrer gutgearbeiteten Smokings, in ihren teuren Abendkleidern und Nerzcapes. Man traf eigentlich immer dieselben Leute. Charlott legte Wert darauf, bei den Premieren, jedenfalls bei den bedeutenden, gesehen zu werden.
In letzter Zeit ging Werner nur selten mit. Er machte sich nicht viel aus Theater, langweilte sich meist. Manchmal durfte Brigitte mitgehen, oft ging Charlott zusammen mit Eva Laupholz. Diesmal, eine Verdi-Neueinstudierung, fragte sie ihren Vater, ob er sie begleiten wolle.
»Werner hat keine Zeit, er hat irgendwelche Leute da. Du bist doch früher ganz gern in die Oper gegangen, Vater? Würde es dir Freude machen mitzukommen?«
»Ich komme sehr gern mit«, sagte Matthias.

»Ich weiß nicht, ob Ricarda ...« Charlott zögerte, »Premierenkarten sind immer schwer zu bekommen, weißt du. Wir haben jedesmal zwei. Meinst du, sie ist beleidigt, wenn sie zu Hause bleiben muß?«
»Das glaube ich nicht. Sie ist ja bisher auch stets und ständig zu Hause geblieben, wenn man sie aufgefordert hat mitzukommen. Und eine dreistündige Oper wäre sicher auch noch ein bißchen anstrengend für sie. Von der Erholungsreise verspreche ich mir viel für sie. Wirklich, es ist eine großartige Idee von Werner. Wenn auch – da wir gerade unter uns sind, Charlotte, kann ich es ja aussprechen, es ist mir ein wenig peinlich, dies alles entgegenzunehmen.«
»Aber um Himmels willen, Vater, warum denn?«
»Nun, es kostet immerhin eine Menge Geld. Allein schon unser Leben hier – und dann noch verreisen.«
Charlott lachte. »Das ist doch Unsinn. Für Werner ist das ein Taschengeld. Ich glaube, du weißt immer noch nicht, wieviel Geld er verdient. Euer Leben hier im Hause kostet praktisch gar nichts. Der Haushalt läuft so und so. Na, und die paar tausend Mark für eine Reise – Vater, was denkst du, was Werner ausgibt, wenn er mit einer seiner Freundinnen verreist.«
»Ein paar tausend Mark!« sagte Matthias mit ehrfurchtsvollem Staunen. »Kostet es wirklich so viel, zu verreisen?«
»Das kommt auf die Art und Weise an, wie man verreist. Man kann vielleicht auch für ein paar hundert Mark verreisen. Aber das habt ihr nicht nötig. Ich sehe nicht ein, Werners Geld zu sparen, damit meine Nachfolgerin dann um so mehr ausgeben kann.«
Das hatte nicht einmal bitter geklungen. Sie sagte es mit zynischer Sachlichkeit, die schlecht zu ihr paßte.
Matthias runzelte dazu auch die Stirn. »Es ist nicht hübsch, wie du redest, mein Kind.«
»Kann sein. Aber es bleibt mir nichts anderes übrig, als die Dinge so zu betrachten, wie sie sind. Es nützt wenig, mir etwas vorzumachen. Siehst du, Vater, wenn ihr nicht gekommen

wärt, dann wären wir schon geschieden. Warum soll ich es dir nicht sagen? Ich hatte bereits in eine Scheidung eingewilligt. Sicher war das dumm von mir.« Sie hob die Schultern. »Aber ich bin ihm eben nicht gewachsen. Inzwischen habe ich ja Zeit gehabt, mir das noch einmal gut zu überlegen. Und er offensichtlich auch. Ich habe den Eindruck, daß die große Liebe vorüber ist. Für diesmal. Aber es wird schon wieder eine andere kommen.«

»Ihr wolltet euch wirklich scheiden lassen?«

Charlott nickte.

»Und du sagst, unseretwegen – weil wir gekommen sind, kam es dann nicht dazu?«

»Wurde es verschoben. Nur verschoben, Vater. Um euch nicht so zu erschrecken, dich vor allem. Oh, Werner weiß, was sich gehört. Er hält immer auf Formen. Und er möchte immer auf seine Umgebung einen guten Eindruck machen. Mir scheint, auf dich ganz besonders.«

»Und die Kinder? Wußten sie davon?«

»Brigitte wußte es. Ob Thomas – das weiß ich nicht. Seine Vertraute bin ja nicht ich, das ist Frau Plaschke. Vielleicht fragst du die mal. Aber denke nicht, daß den Kindern das Herz gebrochen wäre bei einer Scheidung. Brigitte liebt ihren Vater. Und er liebt sie. Sie finden wechselseitig alles großartig, was sie tun. Und wegen so einer lumpigen Scheidung – Brigitte ist schließlich ein modernes Mädchen, also das würde in ihren Augen Werner nicht herabsetzen. Höchstens mich. Weil ich es nicht verstanden habe, ihn zu halten.«

»Brigitte liebt also ihren Vater«, sagte Matthias langsam.

Charlott hatte schon wieder rote Flecken auf den Wangen und diesen unsteten, flackernden Blick. Ihre Hand, die eine Zigarette hielt, beschrieb einen nervösen Kreis durch die Luft. Sie lachte boshaft und böse. »Ja, sie liebt ihn. Sie hat ihn immer mehr geliebt als mich, schon als sie noch ganz klein war. Werner, den sie für ihren Vater hält. Sie fände es wahrscheinlich hochinteressant, wenn sie erfahren würde, daß er nicht ihr

Vater ist. Wahrscheinlich würde sie ihn dann erst recht lieben. Vielleicht könnte sie dann meine Nachfolgerin werden? Werner hätte eine blutjunge, sehr attraktive Frau. Wäre doch mal eine ganz originelle Pointe. Die Stadt würde es genießen.«

Matthias wurde rot vor Zorn. Er stand auf, trat dicht vor seine Tochter, starrte sie an, wandte sich dann um, ging zu der Schiebetür, die das Terrassenzimmer mit dem Nebenzimmer verband, schob die Tür mit Nachdruck zu, kehrte wieder um und blieb einen Schritt vor Charlott hoch aufgerichtet stehen. Er war sehr zornig, das konnte sie sehen. Sie duckte sich ein wenig in ihrem Sessel, aber das böse Spottlächeln blieb in ihrem Gesicht, eine jämmerliche, aufgeklebte Maske über der Angst ihrer Augen.

»Weißt du, was ich am liebsten täte?« fragte Matthias. »Am liebsten würde ich dir eine herunterhauen. So wie du neulich Brigitte geschlagen hast, ohne Grund übrigens. Daß du unglücklich bist, gibt dir nicht das Recht, geschmacklos zu sein. Mich, deinen Vater, durch so widerwärtige Reden zu beleidigen.

Deine Tochter – oder Brigitte, wenn du das lieber hören willst, ist ein prächtiger junger Mensch. Und was an ihr verdorben ist oder, sagen wir besser, verborgen ist, das ist eure Schuld als Eltern und Erzieher. Euer blödsinniges Leben und euer viel zu leicht verdientes Geld vergiften nicht nur euer Leben, sondern auch das eurer Kinder, ehe sie überhaupt Menschen werden. Wenn ich dir zuhöre, dann wundere ich mich nicht, daß Werner sich scheiden lassen will. Wenn es Gespräche dieser Art sind, die du mit ihm führst, warum soll er dann eigentlich mit dir sprechen? Ich halte es für gut möglich, daß er eine Frau finden kann, die nicht so dumm und gedankenlos daherredet wie du.«

Nun weinte Charlott. Sie weinte, weil er sie ausschimpfte, weil er wütend war und weil er recht hatte. Sah er denn nicht, daß sie am Ende war! Daß sie einfach nicht mehr weiterkonnte und weiterwußte?

Doch. Er sah es. Er sah es schon seit Tagen und Wochen. Ricarda schien langsam wieder normal zu werden, dafür geriet Charlott immer mehr in einen Zustand hysterischer Auflösung. Herrgott! Matthias' blaue Augen flammten geradezu in Zorn und Verzweiflung. War es denn wirklich so ein Verhängnis, daß die Familie sich wiedergefunden hatte? Daß die beiden Schwestern einander wieder begegnet waren? Konnte denn nach allem, nach allem, was gewesen war, nicht Friede zwischen ihnen sein, wenn schon keine Liebe? Mußten sie einander aufreiben, einander schaden, damals, heute, immer?
Er sprach die Fragen aus. Laut und zornig. Charlott schwieg, verkrochen im Sessel, die ausgegangene Zigarette in der Hand, die Augen voller Tränen.
Matthias gab sich selbst die Antwort. Ungesühnte, unvergebene Schuld war das Verhängnis. Charlott mußte ihre Schuld bekennen, nicht nur ihm. Und Ricarda mußte verzeihen oder – fortgehen. Und Werner? Was würde Werner tun? Bei Charlott würde er nicht bleiben, das erschien Matthias jetzt sicher. War es möglich, daß ihm Ricarda noch etwas bedeutete? Er bemerkte wohl, wie Werner sie ansah. Aber Liebe – Liebe war das wohl nicht, ein wenig sentimentales Erinnern vielleicht. So wie Werner heute lebte, was er alles besaß und kannte, was für Frauen in seinem Leben gewesen waren und noch sein mochten – was konnte ihm Ricarda noch bedeuten?
Matthias dachte mit einem Gefühl der Erleichterung an die Reise. Er war gern hierhergekommen, er hatte sich auch anfangs wohl gefühlt in diesem Hause. Aber jetzt begrüßte er die Gelegenheit, all diesen Konflikten eine Zeitlang zu entfliehen. Gelöst werden mußten sie ja doch eines Tages, so oder so. Und vielleicht würde Charlott wieder einigermaßen normal werden, wenn sie beide verreist waren. Und wenn sie zurückkamen ...
»Hör zu, Charlotte, wenn wir zurückkommen, werden wir ernsthaft überlegen, was weiter geschehen soll. Ich hatte die Absicht, mit Werner einmal darüber zu sprechen. Aber dann

kam Ricardas Krankheit dazwischen und die Festtage, und er ist ja auch immer so beschäftigt. Ricarda wird wieder arbeiten. Das will ich auch. Und was ich tun werde ...«

Charlott sprang heftig auf. »Bitte, Vater, fang jetzt nicht so an. Davon ist nicht die Rede. Es handelt sich nicht um Geld. Und auch wenn ich von Werner geschieden wäre, Geld ist auf jeden Fall genug da, auch für euch. Werner ist nicht kleinlich, das kann man ihm wirklich nicht nachsagen. Er würde immer für mich und auch für euch sorgen, daran besteht kein Zweifel. Außerdem lasse ich mich nicht scheiden. Jetzt nicht mehr. Ich bin vergangenen Sommer weich geworden. Aber heute bekommt er meine Einwilligung nicht wieder. Er kann tun, was er will, aber scheiden lasse ich mich nicht. Schließlich bin ich ...«

Matthias schnitt ihr mit einer ungeduldigen Handbewegung das Wort ab. Er war es müde, mit Charlott zu reden. Vernünftig konnte man mit ihr sowieso nicht sprechen. Und was *er* tun würde, das wollte er selbst entscheiden.

»Das ist deine Sache. Und Werners. In eure Ehe werde ich mich nicht einmischen. Mit Ricarda werde ich sprechen, nach der Reise. Und mit Werner auch.«

»Über – Brigitte?« fragte sie angstvoll.

»Vielleicht auch darüber. Vielleicht auch nicht. Das ist im Moment nicht das wichtigste. – Viel wichtiger erscheint es mir, daß ihr beiden, Ricarda und du – euer Gleichgewicht wiederfindet. Ihr seid Schwestern, ihr seid reife Frauen, es muß doch zum Teufel möglich sein, daß ihr euch wie zwei vernünftige Wesen benehmt. – Und was Brigitte betrifft – wenn du meinst, es sollte darüber gesprochen werden, dann finde ich, solltest *du* davon sprechen. Nicht ich.«

»Was habe ich denn schon wieder angestellt?« kam es von der Tür her.

Beide wandten sich erschrocken um. Die Tür war einen Spalt geöffnet worden, und durch diesen Spalt steckte Brigitte den blonden Kopf.

»Mein werter Name war doch im Gespräch, das habe ich gehört.«
Matthias lächelte. Es fiel ihm schwer.
»Es ist nicht sehr vornehm, hinter Türen zu lauschen«, sagte er.
»Von hinter Türen kann überhaupt keine Rede sein. Ich habe hier vernehmlich aufgemacht, aber ihr habt ja gar nicht gemerkt, daß einer kommt. Und ich hab' mich gleich bemerkbar gemacht.«
Brigitte kam herein, warf ihrer Mutter einen prüfenden Blick zu. Charlott hatte schon wieder einmal geweint! Was war eigentlich in letzter Zeit los mit ihr? Erst hatte sie getan, als freue sie sich, daß ihre Familie käme. Und nun war sie so komisch.
Brigitte kam zu Matthias, schob ihren Arm unter seinen, reckte sich und gab ihm einen Kuß auf die Wange.
»Hast du auf mich geschimpft, Großpapa?«
Wärme kam in Matthias' Blick, das Lächeln fiel ihm schon leichter. »Nein, warum sollte ich auf dich schimpfen?«
»Du hast meinen Namen so energisch ausgesprochen. Drum.«
Sie lächelte auch. Ganz überzeugt davon, daß er nicht auf sie geschimpft hatte. Er nicht. Er mochte sie. Und sie verstanden sich. Was immer auch gesprochen worden war.
Ihr Name? dachte Matthias. Aber sie heißt gar nicht Brigitte. Wie hieß das Kind damals, das Ricarda mitgebracht hatte? Er hatte es vergessen. Nie mehr war von diesem Kind gesprochen worden. Nicht, nachdem Charlott es auf die Flucht mitgenommen hatte. Und erst recht nicht, als man von seinem Tod erfahren hatte. Und dieses Kind, um das Ricarda nicht geweint hatte – oder vielleicht doch –, wer wußte das, hier war es nun. Ricardas Kind von einem Fremden.
»Wir haben über die Premiere morgen abend gesprochen«, sagte er, nachdem Charlott keine Anstalten machte, ihrer Tochter irgendeine unverfängliche Erklärung zu geben. »Aida ist es, glaub' ich, nicht? Deine Mutter meint, ich solle mit ihr ins Theater gehen.«

»Ach, da weiß ich schon alles«, verkündete Brigitte schlau, »und von diesem Theaterbesuch seid ihr auf unseren Theaterabend von neulich gekommen. Nicht Großpapa, so war es? Und ihr habt von Gottfr... ich meine, von Herrn Clausen gesprochen. Hast du Mutti beruhigt, daß der kein Mädchenräuber ist? Sondern ein ausgemachter Tugendbold?«
»Darüber haben wir unter anderem gesprochen«, nahm Matthias die angebotene Ausrede erleichtert an. »Ist ja wohl nicht nötig, daß wir dir genau berichten, was wir gesprochen haben. Oder?«
»Nö, nicht unbedingt. Obwohl ich es natürlich gern ganz gehört hätte.«
Wie in einem schlechten Theaterstück, dachte Matthias. Man sollte es nicht für möglich halten, aber solche Situationen gibt es wirklich. Hinter der Tür hört das vertauschte Kind von seiner wahren Herkunft. Ein Schicksalsdrama in fünf Akten.
Nun auf jeden Fall, Brigitte hatte nichts gehört. Sonst wäre sie nicht so unbefangen.
»Du meinst also, ich sollte mit in die Oper gehen?«
»Das meine ich, Großpapa. Ich würde auch gern mitgehen, ich fand es schick, mit dir auszugehen. Aber morgen abend reiten wir Quadrille. Und ich habe die Tête, da muß ich unbedingt dasein. Aber wir gehen wieder mal zusammen, nicht?«
»Mit Vergnügen.«
Charlott empfand Neid oder, besser gesagt, Eifersucht beim verspielten Gespräch der beiden. Wie gut sie sich verstanden! Brigitte mochte ihren Großvater. Sie mochte auch Ricarda. Und wie schon vor einigen Tagen Matthias, dachte Charlott jetzt: Sie würde sich spielend damit abfinden, Ricardas Tochter zu sein.
Die drei paßten großartig zusammen. Und Werner würde irgendwann zu einer anderen Frau gehen und dort bleiben. Thomas war vollauf zufrieden mit seinem Pferd und mit Frau Plaschke.
Und ich? Was habe ich eigentlich? Wer liebt mich? Keiner. Ich

bin ganz allein. Also los, worauf warte ich noch? Ich kann es gleich sagen. Ich kann sagen, Brigitte, oder wie immer du heißt, hör zu, was du nicht gehört hast hinter der Tür, das und das – so sind die Tatsachen.
Dann ist es ein für allemal ausgestanden. Dann sind sie mich los. Sie lieben mich doch nicht. Keiner liebt mich.
Die Tränen begannen wieder zu fließen. Charlott sprang auf. »Ihr entschuldigt mich wohl«, dann lief sie aus dem Zimmer.
Kopfschüttelnd blickte Brigitte ihr nach. »Was hat sie eigentlich? Sie ist in letzter Zeit so komisch.«
»Kummer«, antwortete Matthias schlicht.
»Ja, das merke ich auch. Aber warum denn eigentlich? Ist es wegen Vater? Wegen dieser Helten? Also die habe ich neulich mit einem anderen Mann gesehen. In der Weinstube, du erinnerst dich? Die schicke hellblonde Frau. Das war sie. Ich glaube gar nicht, daß da noch viel drin ist. Ich meine Vater und Sybille Helten.«
»Das weiß ich nicht. Ich weiß darüber gar nichts.«
»Oder ist es – wegen Ricarda?«
»Wegen Ricarda?«
»Na ja, irgendwas ist los, ich merke das doch. Von früher her, nicht? Ist es ...« Brigitte zögerte, zog die Unterlippe nachdenklich zwischen die Zähne. Sie war weder vorlaut noch neugierig. Aber ihn, ihren Großpapa, konnte sie fragen. »Ist es wegen Vater?«
»Dein Vater? Wie kommst du darauf?«
»Na, ich weiß ja nicht. Aber ich habe manchmal schon gedacht, daß da früher irgend etwas gewesen ist. Was sie alle nicht vergessen haben. Er sieht sie manchmal so komisch an.«
»Wen sieht er an?«
»Ricarda. Vater sieht Ricarda so an, so als ob – na ja, als ob er an was Bestimmtes denkt. Hat er sie gern gehabt?«
Matthias betrachtete seine Enkeltochter nachdenklich. – Sieh an! Aber war es zu verwundern? Brigitte war kein Kind mehr. Und ein gescheites Mädchen obendrein. Hatte es Sinn, ihr

irgend etwas vorzulügen? War sie am Ende verständig genug, um wenigstens einen Teil der Wahrheit zu begreifen?
Matthias entschloß sich rasch.
»Ich werde es dir sagen, Brigitte. Es ist vielleicht besser, als du denkst unnötig dummes Zeug darüber. Und denkst vielleicht das Falsche. Dein Vater und Ricarda – sie haben sich geliebt. Im Krieg. Und es ist schon möglich, daß sie beide manchmal daran denken.«
»Und Mutti?« fragte Brigitte atemlos.
Das war schwerer zu erklären. »Ja. Das ist eben manchmal so. Ricarda war fort. Sie studierte in Berlin. Und deine Mutter war da, als dein Vater auf Urlaub kam.«
Deine Mutter! Dein Vater! Alles stimmte nicht. Weder war Charlott die Mutter noch Werner ihr Vater. Es war zum Verzweifeln.
»Du willst doch nicht etwa sagen, Mutti habe ihn Ricarda weggeschnappt? Na, das finde ich aber toll. Wenn ich mir Ricarda so ansehe, also weißt du, sie muß doch bildhübsch gewesen sein.«
»Das war sie wohl. Charlotte war auch ein hübsches Mädchen. Ich hatte zwei hübsche Töchter. Das Unglück war nur, daß sie beide denselben Mann haben wollten.«
»Hm.« Brigitte überlegte. Und kam zu dem Ergebnis: »Ich finde das ausgesprochen blöd. Es gibt doch Männer genug, oder nicht? Und eigentlich war es eine Gemeinheit. Ich meine, von den beiden, von Mutti und von Vater. Wenn Ricarda eben gerade nicht da war – also nun kann ich verstehen, warum sie so sauer ist. Sie ärgert sich heute noch darüber.«
Brigittes erfrischende Art, das verhängnisvolle Geschehen zu kommentieren, erheiterte Matthias. »Schon möglich«, sagte er. »Es ist schließlich lange genug her, nicht? Weißt du, was wir tun müssen? Wir müssen Ricarda helfen. Sie muß irgendwas unternehmen. Einen tollen Beruf haben oder so. Ich finde, sie ist heute noch sehr hübsch. Oder einen großartigen Mann heiraten.«

»Du stellst dir das offenbar sehr einfach vor«, sagte Matthias lächelnd. »Auf jeden Fall hoffe ich, du wirst das alles diskret behandeln, was ich dir erzählt habe.«
»Ehrenwort. Ich rede doch nicht davon. Aber ich finde es prima, Großpapa, daß du es mir gesagt hast.
Aber eins verspreche ich dir: Ehe ihr verreist, Ricarda und du, gehe ich mit ihr einkaufen. Diesmal lasse ich nicht locker. Sie kriegt lauter schicke Sachen, ob sie will oder nicht. Sie soll was haben von der Reise. Das Neue, die schöne Landschaft und der Abstand von der ganzen Familie und von unserem Haus werden ihr sicher wohl tun. Und dann bist du ja bei ihr. Es muß schön sein, mit dir zu verreisen.«
»Oh, ich danke dir für dieses reizende Kompliment.«
Sie sahen sich an. Und dann lächelten sie sich herzlich zu.

# *Damals*

Das Kind war auf den Namen Waleska getauft worden. Ohne daß Ricarda es gewußt hatte übrigens. Sie war beinahe gestorben bei der Geburt, die fünf Wochen zu früh und ohne ärztliche Hilfe vor sich gegangen war. Und sie hätte sich nichts mehr gewünscht, als zu sterben. Was für eine Zeit lag hinter ihr! Monate voller Verzweiflung, voller Haß, voll hilfloser Angst. Es war schlimm genug, in dieser Zeit ein Kind zu bekommen. Ein Kind, für das man keinen Vater besaß. Und nie besitzen würde. Ein Kind von dem Mann, den man geliebt hatte, leidenschaftlich, zärtlich und voll Vertrauen. So wie man glaubte, auch geliebt zu werden. Und dann zu erfahren, daß er sie mit der eigenen Schwester betrogen hatte. Mit der kleinen dummen Lottel, diesem halben Kind noch. Und diese grausame Ironie des Schicksals, daß die Schwester also auch ein Kind bekam, fast zur gleichen Zeit.

Es war so lächerlich. Ja, das war es, vor allem anderen war das Ganze lächerlich. Und dann war es beschämend. Es beschämte Werner, es beschämte ihre Liebe, es machte sie selbst zu einer lächerlichen dummen Gans. Alles, was groß und wunderbar und so einmalig gewesen war, wurde zur Farce, zur albernen Komödie.

Ricarda hatte lange nicht gewußt, daß sie ein Kind bekam. Ihr letztes Zusammensein mit Werner, damals in Krakau, war so flüchtig gewesen, eine gestohlene hastige Umarmung, sie kam gar nicht auf die Idee, daß dabei etwas passiert sein könnte. Dazu kam, daß sie sich kurz darauf eine Unterleibserkältung holte, als sie mitten in der Nacht beim Ausladen eines Verwundetentransportes half und bis zu den Knöcheln im Schnee stand. Anschließend assistierte sie beim Operieren, immer noch in den nassen Schuhen.

Sie stellte jedenfalls sich selbst die Diagnose: Unterleibserkältung, als sie kurz darauf Kreuz- und Leibschmerzen bekam. Und sie brachte auch alle anderen Unregelmäßigkeiten damit in Zusammenhang. Sie, das zukünftige Fräulein Doktor mit dem Physikum in der Tasche. Eine Schwangerschaft? Sie dachte nicht im Traum daran.

Nach einigen Wochen überwand sie sich soweit, einen der älteren Ärzte im Lazarett so nebenbei um Rat zu fragen. Vielleicht weil sie doch ein klein wenig unsicher geworden war. Aber sie ließ dem Mann, praktischer Arzt im Zivilberuf – kein Frauenarzt –, nicht die Zeit für eine gründliche Untersuchung. Sie lieferte die Diagnose voraus. So und so war es, kalte Nacht, nasse Füße, ich muß mich erkältet haben. Sie bekam ein paar Medikamente und den guten Rat, sich warm anzuziehen. Vielleicht mal ein paar Tage freizunehmen und im Bett zu bleiben, falls es nicht besser würde.

Aber von da an war sie nervös geworden. Eine Woche verging,

und noch eine und wieder eine. Sie beobachtete sich. Beobachtete die leise, zunächst fast unmerkliche Veränderung ihres Körpers. Rief sich alles ins Gedächtnis, was sie je darüber gelernt hatte.
Aber das konnte doch nicht sein!
Das konnte einfach nicht sein!
Von Schonung war keine Rede. Sie arbeitete wie eine Wahnsinnige; Tagdienst, Nachtdienst, Pflegedienst, Operationsassistenz. Der leitende Arzt des Lazaretts schüttelte eines Tages den Kopf. »Schwester Ricarda, Sie gefallen mir gar nicht. Sie sehen aus, als ob Sie jeden Moment umfallen würden.« Ihr schmales und durchsichtiges Gesicht, ihre glanzlosen Augen. »Nein, nein, ich erkenne voll an, was Sie leisten. So jung Sie sind, Sie sind eine meiner tüchtigsten Kräfte. Aber gerade darum möchte ich, daß Sie auf dem Posten bleiben. Ab morgen machen Sie acht Tage Urlaub. Der Frühling ist da, fahren Sie nach Hause zu Ihren Eltern, und lassen Sie sich ordentlich von Ihrer Mutter füttern. Verstanden?«
Sie nickte. Fühlte sich im Augenblick sehr erleichtert. Sie war so jung. Und was nützte alle Klugheit, was nützten Tüchtigkeit und Studium, wenn man in eine Situation geraten war wie sie.
Ihre Mutter! Ja, sie würde mit Mutter sprechen. Erst in Breslau zu einem Frauenarzt gehen, und wenn es also wirklich so war, wie sie nun befürchtete, dann würde sie mit Mutter sprechen, und – nun ja, dann mußte sie es eben Werner schreiben. Vielleicht bekam er Urlaub. Und es gab ja auch so etwas wie Ferntrauungen.
Sie konnte sogar lächeln. »Vielen Dank«, sagte sie. »Vielen Dank, Herr Oberstabsarzt. Ja, ich glaube, ein paar Tage Ruhe würden mir guttun.«
Als sie in ihr Zimmer kam, das sie mit einer Kollegin teilte, war Post da. Ein Brief von ihrer Mutter. Ein Brief, in dem ihr mitgeteilt wurde, daß Werner Fabian ihre Schwester Lotte heiraten würde. Weil sie ein Kind von ihm erwartete.
»Es fällt mir unsagbar schwer, dir das zu schreiben, Ricarda«,

schrieb ihre Mutter. »Ich weiß, daß es dich treffen wird. Oder doch nicht so sehr? Ich hoffe es jedenfalls. Du und Werner, Ihr habt euch ja lange nicht mehr gesehen, und nach allem, was hier geschehen ist, muß man wohl annehmen, daß das, was Euch einmal verbunden hat, zu Ende ist. Ich muß Dir offen sagen, ich habe es damals für eine ernste Sache gehalten, aber andererseits wußte ich ja immer, wie wichtig Dir Dein Studium ist. Sicher wäre auch Werner nicht der richtige Mann für Dich gewesen.

Wir mißbilligen sein Verhalten Charlotte gegenüber. Du machst Dir keine Vorstellung, wie ärgerlich Vater ist. Lottel ist ein dummes Kind, ich kann heute noch nicht begreifen, wie sie in das alles hineingeschlittert ist. Wir hatten keine Ahnung davon. Das heißt, nun wissen wir natürlich schon eine ganze Weile, was los ist. Sie sitzt zu Hause herum und heult. Was soll man da machen? Erinnerst Du Dich, was ich Euch immer zu diesem Thema gesagt habe? Ich glaube, ich habe es an Belehrung und Aufklärung nicht fehlen lassen. Aber Ihr jungen Mädchen heutzutage seid so leichtfertig mit Euch selbst. Und das kommt dann dabei heraus. Ich bin sehr unglücklich darüber. Lottel ist so jung.«

So ging es noch eine Weile weiter.

Und am Schluß hieß es:

»Vater und ich, wir sind der Meinung, es ist am besten, Du erfährst das alles durch mich. Wir haben gedacht, Du würdest vielleicht einmal Urlaub haben und hierherkommen, es wäre leichter gewesen, darüber zu sprechen, als es Dir zu schreiben. Aber sie werden in vierzehn Tagen heiraten, und Du sollst es auf jeden Fall vorher wissen. Und ich bitte Dich um eins: Sei so vernünftig und gescheit, wie Du immer warst. Gräme Dich nicht darum, ärgere Dich nicht und habe keine bösen Gefühle gegen Deine Schwester.«

Keine bösen Gefühle? Was sonst? Mit dieser Stunde war der Haß in ihr Leben gekommen. Und hatte es nie wieder verlassen.

Haß gegen ihre Schwester, ja. Aber mehr, viel mehr gegen ihn. Denn das, was offenbar keiner wußte, nicht ihre Mutter, nicht Lottel, war das schlimmste: Er war ja danach noch bei ihr gewesen. Hatte *danach* noch von Liebe gesprochen, hatte sie im Arm gehalten. Das war der größte Betrug.
Und im gleichen Moment wußte sie nun auch ganz bestimmt: Ich bekomme ebenfalls ein Kind. Ich bekomme ein Kind von demselben Mann, von dem meine Schwester ein Kind erwartet.
Und von dieser Stunde hatte sie auch das ungeborene Wesen gehaßt. Sie wollte es nicht. Nein. Ein Kind zu bekommen, mochte keine Schande sein. Aber ein Kind zu bekommen unter solchen Umständen, das war eine Schande. Und eine lächerliche Schande dazu.
Von diesem Tage an, es war ein sonniger Vorfrühlingstag Ende April gewesen, war Ricarda wie ein gehetztes Wild. Was soll ich tun? Was soll ich tun? Heilige Mutter Maria, was soll ich denn? Das Gebet erstarb ihr auf den Lippen, denn was sie dachte, war Sünde.
Blieb nur eins: der Tod. Sie mußte sterben. Auch das war Sünde. Aber diese Schuld wollte sie auf sich nehmen. Niemals, nie, nie konnte sie ihren Eltern wieder unter die Augen treten. Beide Töchter ein Kind, nur wenige Monate auseinander. Und der Vater beider Kinder: Werner Fabian. Sie warf den Kopf in den Nacken, riß sich das Häubchen vom Kopf und lachte. Lachte laut und gellend.
Und dann: Auf welche Weise werde ich sterben? Gift war am besten. Es würde nicht schwer sein, sich in diesem Hause welches zu beschaffen.
Wann?
Am besten gleich. Noch heute.
Die Tür wurde vorsichtig einen Spalt weit aufgemacht, und Marusja steckte ihren schwarzen, ewig verstrubbelten Kopf herein. »Schwester Ricarda? Sie haben gerufen?«
Aufgestört blickte Ricarda sich um. »Ich? Nein.«

Ihr lautes Lachen hatte die Kleine wohl als Ruf verstanden. Ricardas finstere Miene schreckte sie nicht.

Marusja, ein Mädchen aus einem kleinen Dorf an der Weichsel, arbeitete im Lazarett als Hausmädchen. Fleißig, unermüdlich, jede Arbeit, die man ihr auftrug, schaffte sie in Windeseile und strahlte noch dazu über das ganze Gesicht. Außerdem liebte und verehrte sie Ricarda.

Ricarda war freundlich zu ihr und brachte ihr vor allen Dingen immer etwas zu essen mit. Denn Marusja hatte ständig Hunger. Ricarda aß wenig, früher schon, jetzt aber, seit sie so bedrückt war, erst recht. Was sie von ihren Portionen übrig hatte, bekam Marusja. Und wenn sie aus Breslau ein Päckchen bekam mit Kuchen oder Wurst, erhielt Marusja ihren Anteil.

Dafür wollte Marusja sich revanchieren. Sie hatte lange überlegt wie. Und heute ...

Sie kam schüchtern näher. »Darf ich hereinkommen? Ich habe Ihnen etwas mitgebracht.«

Manchmal, wenn Marusja frei hatte, was selten vorkam, fuhr sie zu ihrer Großmutter, die einzige von ihrer Familie, die ihr geblieben war. Ihr Vater war von den Deutschen getötet worden, gleich zu Beginn des Krieges. Die Mutter später dienstverpflichtet, dann verschollen.

»Hier ...« Marusja zog aus der Schürzentasche ein kleines Päckchen heraus, nachdem sie sich sorgfältig die Hände an der Schürze abgewischt hatte. Sie wickelte das Papier umständlich auseinander. Ein Bildchen kam zum Vorschein. Ein kleines Heiligenbildchen.

»Die Heilige Mutter Gottes von Tschenstochau. Es ist geweiht. Meine Großmutter hat es mir für Sie mitgegeben. Weil Sie immer so gut zu mir sind. Es soll Ihnen Segen bringen, hat sie gesagt.«

Ricarda nahm das Bild zögernd entgegen. Sah es an, und ihre Augen füllten sich mit Tränen. Ein fremder Mensch, der ihr einen Segen schickte. Gerade jetzt. Und da sie immer geneigt war, in allem eine mystische Bedeutung zu sehen, erregte sie

die Gabe in diesem Moment zutiefst. Was habe ich tun wollen? Das Kind töten. Mich töten. Ich bin verloren. Und gerade jetzt bekomme ich das Bild von der Mutter Gottes und einen Segen dazu. Es soll mir sagen, daß ich es nicht tun darf. Sie wird mir helfen. Maria, du wirst mir helfen.
»Sie weinen?« fragte Marusja entsetzt. »Oh, warum weinen Schwester Ricarda?«
»Es ist nichts. Ich danke Dir für das Bild.« Sie hob das Kärtchen an die Lippen, küßte es, das ernste Gesicht der Mutter Gottes. »Ich danke dir. Es ist sehr schön.«
»Freut es Sie?«
»Ja. Sehr.«
Marusja strahlte. »Und meine Großmutter hat gesagt, wenn Sie einmal Zeit haben, sollen Sie mit hinauskommen. Sie hat jetzt wieder eine Ziege. Und zwei Hühner. Und Mehl hat sie auch bekommen. Sie kann einen guten Kuchen backen. Wenn Sie wollen, meine ich.«
»Das ist sehr lieb von deiner Großmutter.«
»Oh, es ist so schön bei uns. Die ersten Blumen blühen schon. Und es wird grün. Und die Sonne scheint so warm. Kommen Sie einmal?«
Sie hatte nach Breslau fahren wollen. In vierzehn Tagen heiratete ihre Schwester Werner Fabian. Sie konnte jetzt nicht hinfahren und ihnen gegenübertreten. Keinem. Nicht nur Lottel, auch ihre Mutter, ihren Vater konnte sie nicht sehen. Ihr Vater! Sie liebte ihn. Und er liebte sie. Er war ärgerlich, weil Lottel dieses Kind bekam. Ärgerlich auf Werner Fabian. Und was würde er erst sagen, wenn er erfuhr, was mit ihr los war. Nein, das durfte er nicht wissen. Nicht jetzt. Nie. Was sie tun würde, wußte sie noch nicht. Sie mußte erst selbst mit sich ins reine kommen. Aber sie würde das Kind nicht töten, sie würde sich nicht töten.
»Kann ich denn auch bei deiner Großmutter wohnen, Marusja?« fragte sie plötzlich. Sie wußte auch nicht, warum, die Frage kam ganz von selbst.

»Natürlich. In meiner Stube. Wollen Sie denn wirklich hinfahren?«
»Ich habe ein paar Tage Urlaub. Und wenn du sagst, es ist so schön bei euch, die ersten Blumen blühen, das erste Grün ...«
Die Stimme versagte ihr, Tränen liefen über ihre Wangen.
»Schwester Ricarda!«, rief Marusja bestürzt. »Warum weinen Sie? Nicht weinen, bitte nicht.«
Das Mädchen faßte Ricardas Hand, hob sie an die Lippen und küßte sie liebevoll. »Nicht weinen! Sie sind so gut. Sie dürfen nicht traurig sein.«
Ein Mensch, der liebevoll zu ihr sprach, ein kleines stämmiges Polenmädchen von sechzehn Jahren. Ricarda schluchzte auf, legte die Arme um Marusja und zog sie fest an sich. Ihre Wange an Marusjas Wange geschmiegt, weinte sie eine Weile. Und Marusja weinte vor Angst und Verständnislosigkeit mit.
Danach war es besser. Ricarda richtete sich auf, trocknete die Tränen, trocknete mit ihrem Taschentuch auch Marusjas Tränen und sagte: »Warum weinst du denn, du dumme Gans? Du hast doch keinen Grund.«
»Und Sie, Schwester Ricarda? Warum weinen Sie?«
»Ach, ich bin ein bißchen überarbeitet. Ich muß ein paar Tage lang ausschlafen, dann wird mir besser sein. Kann ich hinfahren zu deiner Großmutter? Morgen?«
Sie brachte Marusja vollkommen aus der Fassung.
Sie blieb acht Tage in dem kleinen Dorf zwischen Krakau und Auschwitz. Übrigens verband sie mit dem Namen Auschwitz keinerlei bestimmte Vorstellungen. Erstmals hörte sie während ihres Aufenthalts bei Marusjas Großmutter darüber reden. Und sie lernte Waleska Tarbinski kennen, die bei der alten Frau lebte und niemals das Haus verließ, weil keiner wissen durfte, daß sie hier war.
Daß sie Jüdin war, erfuhr Ricarda erst später. Bei ihrem ersten Besuch erzählte die Großmutter nur, daß sie früher viele Jahre lang bei Madame Tarbinski, so drückte die Großmutter sich immer sehr vornehm aus, gedient habe, erst als Stubenmäd-

chen, später als Köchin. In einem großen, sehr, sehr vornehmen Haus in Warschau. Was für eine schöne Zeit war das gewesen.
Wenn die Großmutter von Warschau, von dem wunderbaren Haus, von der Familie Tarbinski erzählte, dann leuchteten ihre Augen. Es war der Höhepunkt ihres Lebens gewesen.
Waleska Tarbinski, schmal, zierlich, in einem langen schwarzen Kleid, das schneeweiße Haar sorgfältig aufgesteckt, saß dann dabei und lächelte. Ein kleines, trauriges Lächeln. Ihr Mund war immer noch schön, ein feingezeichneter kleiner Mund, den sie zum Lächeln nicht öffnete, und zum Sprechen sehr wenig, denn sie litt darunter, daß ihr Zähne fehlten, aber da sie hier in Verborgenheit lebte und auch kein Geld mehr besaß, hatte sie keine Möglichkeit, sich ein Gebiß machen zu lassen.
Später erfuhr Ricarda das alles. Daß Frederic Tarbinski in einem Konzentrationslager gestorben war, daß man alles Vermögen, allen Besitz der Familie geraubt hatte. Und daß Waleska in letzter Minute von Marusjas Großmutter – von Pawla, um endlich ihren Namen zu nennen – gerettet worden war.
Waleska wollte auch sterben. Warum noch leben? Aber das hatte Pawla nicht zugelassen.
»Unser junger Herr ist in England, in London. Was würde er sagen, wenn er nach dem Krieg wiederkommt, und auch seine Mutter wäre tot. Er würde mit Recht zu mir sagen: Pawla, was hast du getan? Hast du geschlafen? Haben wir dir nicht Gutes getan? Dir und Deinem Mann? Haben wir euch nicht Geld gegeben, daß ihr das Häuschen kaufen konntet? Sind wir nicht Pate gewesen bei deinem ersten Sohn? Und du läßt meine Mutter von den Teufeln holen und töten? Schäme dich, Pawla. Das hätte der junge Herr gesagt. Und hätte er nicht recht gehabt?«
Der junge Herr war, wie Ricarda hörte, zwar schon an die fünfzig, aber für Pawla war er immer noch der kleine Bub, dessen Geburt sie miterlebt, den sie mit aufgezogen hatte.

Ja, so war das damals in dem kleinen Dorf im Weichselbogen, wo Ricarda durch ihren impulsiven Entschluß hingekommen war.
Es war gar nicht einfach gewesen damals. Hätte sie sich nicht der Gunst eines Zahlmeisters erfreut, wäre niemals ihr Urlaubsschein abgeändert worden. Ein Besuch in einem dreckigen polnischen Dorf für eine deutsche Krankenschwester, wo gab's denn so was? Ricarda erzählte eine wilde Geschichte von einem alten Freund, der dort in der Nähe Dienst täte, den sie so gern wiedersehen wolle, und auf diese Weise schaffte sie es schließlich.
Pawla merkte übrigens sofort, was mit ihr los war. Daß sie ein Kind bekam. Sie stellte die absolut sichere Diagnose, die keiner der Ärzte hatte stellen können.
Und hier in dem kleinen Haus, in einem polnischen Dorf, brachte Ricarda Ende September das Kind zur Welt. Sie hatte es nicht über sich gebracht, nach Breslau zurückzukehren, wo ihre Schwester kurz zuvor eine Tochter geboren hatte. Ihre Eltern wußten nichts von ihrem Schicksal. Und sie dachte: Vielleicht sterbe ich bei der Geburt, das wäre das beste.
Viel fehlte nicht dazu. Pawla war zwar eine erstklassige Geburtshelferin. Aber es gab Momente, da verzweifelte die resolute alte Frau an dieser Aufgabe. Dann kniete sie neben dem Bett, auf dem Ricarda das Kind gebar, zehn, zwölf Stunden lang, zerrissen von wilden Schmerzen, hilflos ausgeliefert einer ungeahnten Pein, jeden Schrei unterdrückend, doch manchmal in Bewußtlosigkeit versinkend, dann kniete die Alte neben dem Bett, schlug das Kreuz über der Stirn und betete mit zitternder Stimme: Heilige Mutter Gottes, hilf!
Ein Arzt war nicht zu erreichen. Auch eine Wehmutter nicht. Und Pawla wollte keine fremde Hilfe holen, keine der Frauen sollte ins Haus kommen, am Ende Waleska sehen, die bleich und hilflos und selber einer Ohnmacht nahe in der Ecke saß und das Grauenhafte miterlebte. In den letzten Stunden des Tages, kurz vor Mitternacht, kam das Kind zur Welt. Und

Pawla wußte nicht, was sie zuerst tun sollte. Die Mutter lag wie leblos, das Kind rührte sich nicht.

War es tot? Es wäre das schlimmste nicht, dachte die Alte. Aber dennoch tat sie alles, um es zum Leben zu erwecken. Und als es endlich den ersten krächzenden Laut ausgestoßen hatte, legte sie es Waleska in den Arm und lief mitten in der Nacht, um den Priester zu holen. Das Kind würde sterben, daran war kein Zweifel. Aber nicht ungetauft. Das würde sie nicht zulassen.

Und so war Brigitte Fabian, die kleine Prinzessin aus dem Wirtschaftswunderland, in einer mondhellen Herbstnacht von einem polnischen Priester getauft worden, in einer fremden Sprache, gehalten von einer alten, ehemals reichen Jüdin aus Warschau, von der sie den Namen bekam, ängstlich beobachtet von einer alten polnischen Bäuerin, während ihre Mutter noch bewußtlos und dem Tode nahe auf einem blutigen Laken lag und nichts mehr von der Welt wußte.

Der Priester kam auch zu ihr, sprach ein Gebet, schlug das Kreuz über ihr und dachte im stillen, was es wohl für Ärger geben würde, wenn die Frau gestorben war.

Ricarda starb nicht. Sie erholte sich ziemlich rasch, sie war jung und gesund. Vier Wochen später kehrte sie mit dem Kind, das immer noch schwach und winzig war, kaum schrie, sich selten regte, in ihr Elternhaus zurück.

Sie liebte das Kind nicht. Sie fürchtete sich fast vor ihm. Widerwillig sah sie zu, wenn Pawla ihr zeigte, wie es behandelt werden mußte.

Es war Werners Kind. Sie haßte ihn. Wie konnte sie dann sein Kind lieben?

Nur als Pawla ihr erzählte, daß es auf den Namen Waleska getauft worden war, dachte sie: Ich hätte es Monika genannt.

Aber das war schließlich ganz unwichtig.

# *Die Unvollendete*

Werner ist darauf vorbereitet, Ricarda an diesem Abend allein anzutreffen.
Charlott und sein Schwiegervater sind in der Oper, Brigitte im Tattersall. Der auswärtige Besuch, der ihn angeblich an diesem Abend beschäftigt, ist ein Vorwand. Er kommt gegen neun nach Hause, bringt den Wagen in die Garage, zögert einen Moment vor der Tür.
Sie wird in ihrem Zimmer sein, doch sie wird noch nicht schlafen. Er wird hinaufgehen, an die Tür klopfen, wird eintreten, wird – ja was?
Was will ich eigentlich von Ricarda? Was soll ich ihr sagen? Fast ein Vierteljahr ist sie jetzt in diesem Hause. Ich habe sie,

wenn ich hier war, täglich gesehen, doch kaum mit ihr gesprochen. Ich benehme mich wie ein Idiot. Ich kann nicht einfach kommen und sagen: Ich liebe dich. Man sagt so etwas nicht. Nicht in meinem Alter. Und überhaupt. Und überhaupt – so etwas ergibt sich oder ergibt sich nicht, lieber Himmel, das kennt man schließlich. Ich habe keine Ahnung, was sie von mir denkt. Ich habe keine Ahnung, wie sie zu mir steht. Ich mache mich einfach lächerlich.
Leise wie ein Dieb betritt er sein eigenes Haus. Er fühlt fast so etwas wie Angst. Er kann nicht einfach hinaufgehen in ihr Zimmer und mit ihr reden. Denn er weiß nicht, was er sagen soll. Er weiß es einfach nicht. Schon in der Diele hört er die Musik. Und erkennt sie sogar. Die Unvollendete von Schubert. Das ist wohl die einzige Symphonie, die er vom Hören kennt. Er geht nie in Konzerte, er versteht wenig von Musik. Aber die Unvollendete war Ricardas Lieblingssymphonie, und einmal war es ihr gelungen – damals –, ihn in ein Konzert zu schleppen.
»Sie spielen die Unvollendete von Schubert. Du mußt mitkommen. Ich will, daß du sie hörst. Du sollst alles lieben, was ich liebe. Sonst kann ich es nicht mehr lieben.«
Ihr zuliebe hatte er sich Mühe gegeben zuzuhören. Aber viel mehr als die Musik entzückte es ihn, den versunkenen, hingegebenen Ausdruck in ihrem Gesicht zu sehen. Sie merkte es, daß er sie unausgesetzt ansah, wandte den Kopf, sah ihn auch an. Dieser tiefe, dunkle Glanz in ihren Augen! Ihr Mund, weich und sehnsüchtig.
Er geht leise von einem Raum in den anderen, die Türen sind alle geöffnet, Ricarda ist im letzten Raum, sie liegt auf der Couch, den Kopf in ein Kissen zurückgebogen, ihre Augen sind geschlossen, aber ihr Mund ist wie damals, weich, sehnsüchtig; ein träumendes, glückliches Mädchen, alle Härte, alle Finsternis ist aus diesem Gesicht gewichen.
Der kostbare Stereoapparat läuft in voller Lautstärke, man könnte meinen, das Orchester sei hier im Raum. Sie hat ihn

nicht gehört, sie sieht ihn nicht, erst als er sich behutsam auf den Rand der Couch niedersetzt, öffnet sie erschreckt die Augen, sie macht eine Bewegung, um sich aufzurichten, kommt aber damit ihm nur entgegen.

Keine Rede mehr davon, daß er nicht weiß, was er sagen oder tun soll. Er nimmt sie einfach in die Arme und küßt sie. Als sei es die selbstverständlichste Sache von der Welt, nach Hause zu kommen, sie vorzufinden, sie auf diese Weise zu begrüßen.

Sie wehrt sich nicht einmal. Ist es die Musik, der Traum, in den sie versunken war, vielleicht auch eine Erinnerung, hat sie eben gerade auch daran gedacht, daß sie mit ihm zusammen diese Musik hörte – was auch immer es sein mag, sie hält still, sie erwidert sogar seinen Kuß. So wie sie ihn damals küßte, versunken, voller Hingabe.

Nach einer endlos scheinenden Zeit erst biegt sie den Kopf von ihm weg, schiebt ihn mit der Hand etwas zurück. Er sieht sie an, ihre Augen sind geschlossen, und als sie sie langsam öffnet, ist alles, alles wie damals. Dieses Leuchten der Augen, diese Zärtlichkeit! Sie will etwas sagen, aber er legt ihr den Finger auf die Lippen, deutet dann auf den Plattenspieler. Es heißt: Laß uns zu Ende hören. Er, der nie auf die Idee käme, eine Platte aufzulegen, zuzuhören.

Er will auch jetzt nicht zuhören, er will sie ansehen. Ihr Kopf liegt wieder auf dem Kissen, ihre Augen sind geschlossen. Aber jetzt ist Unruhe in ihrem Gesicht, auch sie hört nicht mehr zu, spürt ihn nur neben sich, seine Hand auf ihrem Arm, dann, wie er sich niederbeugt, sie wieder küssen will.

Da stößt sie ihn zurück, gleitet an ihm vorbei rasch von der Couch, steht auf, geht durch das Zimmer, stellt sich an die Hausbar, bleibt dort stehen, ohne sich zu rühren, sieht ihn an. Keine Hingabe, keine Weichheit mehr im Blick. Abwehr, Feindseligkeit, aber auch Angst.

Werner bleibt sitzen. Er denkt: Sie bleibt hier. Genausogut könnte sie hinauflaufen, mich hier allein lassen. Sie bleibt

hier. Sie weiß so gut wie ich, daß wir allein sind. Sie weiß so gut wie ich, daß wir miteinander sprechen müssen.
Aber sie weiß sowenig wie er, was sie sagen soll. Es gibt Gespräche, für die findet man keinen Anfang. Genau wie es Gespräche gibt, die nicht enden können.
Die letzten Töne, der Saphir läuft leer, hebt sich dann, und setzt sich mit einem leisen Klick zurück in die Gabel. Stille. – Da steht sie, und da sitzt er, und sie sehen sich an. Doch dann löst sich Ricarda von ihrem Platz, nervös geworden unter seinem Blick, geht zu dem flachen Tisch, der da steht, nimmt sich eine Zigarette. Er steht auf und gibt ihr Feuer. Und sagt immer noch nichts.
Sie raucht hastig ein paar Züge, wird kühl und gelassen, oder glaubt jedenfalls, es zu sein, kein träumendes Mädchen mehr, eine reife Frau, die genug erlebt hat, um nicht die Fassung durch einen Kuß zu verlieren.
»Was soll das eigentlich?« fragt sie.
»Das weißt du so gut wie ich.«
Eine dumme Frage, eine dumme Antwort. Man kann banal werden oder sentimental, eventuell dramatisch oder aber auch sarkastisch. Es gibt verschiedene Möglichkeiten, eine Aussprache zu beginnen. Eine Aussprache über Dinge, die in einem anderen Leben passiert sind. Aber es gibt einfach keine Möglichkeit, normal, mit echtem, unverstelltem Gefühl, darüber zu reden.
Worüber?
Darüber.
Er rettet sich in den brauchbarsten Hilfssatz des zwanzigsten Jahrhunderts. »Möchtest du etwas trinken?«
Sie wirft einen raschen Blick zur Tür, als erwäge sie die beste Möglichkeit: einfach zu gehen und ihn hier sitzen zu lassen. Aber sie ist nicht mehr die Ricarda, die vor einem Vierteljahr hier ankam. Sie fühlt sich sicher genug, ein Gespräch mit ihm zu führen.
Also nickt sie und sagt: »Ja, ganz gern.«

»Einen Whisky?«
Sie macht sich nicht viel aus Whisky, den sie erst kürzlich hier kennengelernt hat. Aber vielleicht paßt Whisky gerade gut zu solch einem Gespräch. Also nickt sie.
Er bringt ihr das Glas, bleibt vor ihr stehen, sieht sie an, sehr ernst, sehr entschlossen nun. Denn er weiß jetzt, was er sagen soll.
»Hör zu, Ricarda. Ich bin extra heute abend nach Hause gekommen, weil ich wußte, daß du allein bist. Einmal müssen wir in Ruhe miteinander reden.«
»Ich wüßte nicht, was wir miteinander zu reden haben.«
»Aber ich. Wir sind zwei erwachsene Menschen. Heute kann man das wohl sagen. Ich habe unrecht an dir getan. Es hat mich gequält. Du hast unrecht an mir getan. Vielleicht können wir zu dem Ergebnis kommen, daß das eine Unrecht das andere aufhebt.«
Ricarda sieht ihn erstaunt an. Sie versteht nicht ganz, was er sagen will. Nur so viel, daß er offensichtlich ein Geschäft mit ihr abschließen will. Und die sachliche Art, in der er spricht, paßt wenig zu dem Auftritt vorhin, dem Kuß, der zärtlichen Umarmung.
Aber etwas hat sie vor allem gehört. »Es hat dich gequält?«
»Ja.«
Sie lächelt ungläubig, spöttisch. »Doch nicht all die Jahre?«
Er zögert. Sagt dann ehrlich: »Nein, vielleicht nicht all die Jahre. Aber damals. Noch lange Zeit. Als ich damals von Breslau wieder wegfuhr, nachdem ich Charlott geheiratet hatte, war es das einzige Mal in diesem Krieg, daß ich dachte: Hoffentlich falle ich. Dann wird es ausgelöscht sein. Dann brauche ich Ricarda nie wieder unter die Augen zu treten.«
»Das hast du gedacht?«
»Ja. Damals wußte ich ja noch nicht, daß auch du ...«
»Daß auch ich, was?«
»Nun, daß es für dich einen anderen Mann gab.«
»Einen anderen Mann?«

»Das mit Charlott war eine ganz blödsinnige Dummheit. Das wußte ich schon, als es geschah. Und wäre nicht das verdammte Pech gewesen, daß sie ein Kind bekam, hättest du es nie zu erfahren brauchen.«

»Ach! Noch besser. Du hättest mich mit meiner Schwester betrogen, und danach hätte zwischen uns alles so sein sollen wie vorher.«

»Es *war* alles wie vorher. Ich habe dich nicht betrogen, ich habe – oh, ich will Charlott nicht herabsetzen, das liegt mir fern. Aber es war die wohlfeilste Art, auf die ein Mann eben mal schnell mit einem Mädchen ins Bett geht. Und wenn es nicht gerade dort gewesen wäre, und wenn es nicht gerade deine Schwester gewesen wäre, hätte man nie ein Wort darüber verlieren müssen. Herrgott, ein Mann macht halt mal so einen Blödsinn. Noch dazu im Krieg.«

»Es war aber dort, und es war meine Schwester. Und du setzt sie sehr herab mit deinen Worten. Sie ist schließlich deine Frau. Die Mutter deiner Kinder, um es mal feierlich auszudrücken. Und das, was du das verdammte Pech nennst, nämlich, daß sie ein Kind bekam, ist immerhin deine Tochter Brigitte, die du doch sehr lieb hast, wie ich gemerkt habe.«

Er schweigt. Hat er vergessen, daß Ricarda klug ist? Durchaus fähig, logisch zu denken und schlagfertig zu diskutieren? Etwas, was Charlott nie konnte. Und die meisten der Frauen nicht, die in den letzten Jahren sein Leben geteilt haben. Worüber hätte er auch mit ihnen diskutieren sollen? Aber natürlich Sybille, das war ein anderer Fall. Sie hat ihn an das Gespräch gewöhnt.

»Und wieso kommst du auf die Idee, daß es für mich einen anderen Mann gab?«

»Nun, das habe ich ja später erfahren. Das Kind, das du bekamst ...«

»Das Kind, das ich bekam? Was weißt du von diesem Kind?«

Er wird unsicher durch die Ruhe, mit der sie spricht. Ihr Blick ist hart und abweisend jetzt, keine Weichheit um ihren Mund.

»Auch nicht mehr, als was Charlott darüber weiß. Es ist ja nicht sehr viel.«

»Nein«, sagt Ricarda und jetzt klingt offener Hohn in ihrer Stimme, »es ist nicht sehr viel.«

»Aber sie hatte mir ja schließlich früher schon eine Andeutung gemacht, daß da ein anderer Mann wäre.«

»Wann früher?«

»Na, damals, als ich in Breslau war, als die dumme Sache mit ihr passierte.«

»Da hat sie dir erzählt, ich wäre in einen anderen verliebt? Und du hast es geglaubt?«

»Eigentlich nicht.«

»Ich erinnere mich, daß du nach Berlin kamst, nachdem ...« sie erhebt die Stimme etwas und fährt mit Nachdruck fort, »nachdem diese dumme Geschichte passiert war, und du stelltest mir da so ein paar inquisitorische Fragen. Aber du hast dich dann schnell über dieses Thema beruhigt. Besser wäre es gewesen, *ich* hätte dich gefragt, was du vor einigen Tagen noch getrieben hast. Mit meiner Schwester beispielsweise.«

»Ach, laß doch jetzt diese alten Sachen«, sagte er ungeduldig.

»Wieso alte Sachen? Wir sprechen ja momentan über diese alten Sachen, nicht? Mein eventueller Liebhaber wäre ja dann auch so eine alte Sache, nicht?«

»Ricarda!« Er tritt vor sie hin, streckt die Hände nach ihr aus, aber sie weicht zurück, starrt ihn feindselig an.

»Müssen wir so miteinander reden? Müssen wir uns streiten? Über alles, was wir falsch gemacht haben? Wir wissen es ja. Ich jedenfalls weiß es. Ist es nicht wichtiger, daß wir darüber reden, was heute ist? Was nun geschehen soll?«

»Heute? Was soll groß geschehen? Ich bin jetzt hier, ich bin nicht gern gekommen, das wirst du dir ja denken können. Ich kam, um Vater einen Gefallen zu tun. Ich hätte im Lager bleiben können und mir von dort aus eine Arbeit, eine Lebensmöglichkeit suchen können. Ich habe es, seit ich in diesem Hause bin, jede Stunde bereut, daß ich es nicht getan habe.

Vater zuliebe bin ich auch mit hierhergekommen. Ich dachte, es ist schließlich lange genug her. Und es ist genug passiert. Schlimmere Dinge. So furchtbar hat es mich nicht erschüttert, dich wiederzusehen, das darfst du nicht glauben. Kann sein, ich habe mich am Anfang etwas albern benommen. Ich habe wohl auch zu einseitig gelebt in den vergangenen Jahren. All das Neue hier – nun, du weißt, wenn ich auch nur Krankenschwester geworden bin, so habe ich doch einmal Medizin studiert. Ich habe mich auch immer sehr für Psychologie interessiert. Wenn ich nicht versucht hätte, immer und überall das Denken und Tun der Menschen zu begreifen, dann hätte ich die vergangenen fünfzehn Jahre wohl nicht überlebt.
Ich bin in den vergangenen Wochen, schon ehe ich krank wurde, aber besonders danach, gewissermaßen mein eigener Psychiater gewesen. Ich versuchte zu verstehen, warum ich so reagiert habe, als ich hierherkam. Und ich glaube, ich werde mich auch selber heilen können. Unsere Wege werden sich bald trennen. Ich werde mir eine Arbeit suchen, in einer Klinik, denke ich, und dann wird es am besten sein, wenn wir uns endgültig nicht mehr wiedersehen.«
Sie stehen voreinander und blicken sich in die Augen. Zwei ebenbürtige Gegner nun, keiner weicht zurück. Doch plötzlich lächelt Werner. Er nimmt ihr das Glas aus der Hand, wendet sich zur Bar, fragt: »Noch einen?« und kommt gleich darauf mit dem Glas zurück. Gibt es ihr aber nicht, stellt es auf den Tisch und greift, diesmal mit festen, harten Händen, nach ihr, zieht sie an sich, auch wenn sie sich sträubt.
Und so, sie im Arm haltend, Blick in Blick mit ihr, sagt er: »Ich werde dir etwas sagen, Ricarda, deine psychiatrischen Experimente mit dir selbst interessieren mich nicht im geringsten. Ich werde auch nicht zulassen, daß unsere Wege sich trennen und auch nicht, daß du dich wieder als Krankenschwester verkriechst. Ich werde dir sagen, was statt dessen passiert: Du bleibst bei mir. Bei mir, verstehst du. Du brauchst mich gar nicht so feindselig anzusehen. Bei mir, habe ich gesagt, und

dabei bleibt es. – Ich lasse mich von Charlott scheiden. Gott behüte, nicht deinetwegen, das denke nicht. Die Scheidung war beschlossene Sache, schon ehe ihr kamt. Ich habe Charlott lange genug ertragen. Ich habe sie nie geliebt und nie gewollt. Und ich habe es einfach satt. Ich bin jetzt alt genug und habe ein Recht darauf, mit einer Frau zu leben, die ich gern habe. Die ewigen Abenteuer habe ich satt. Wenn ich geschieden bin, werde ich dich heiraten. Das wollte ich damals und das will ich heute. Du gefällst mir noch genauso gut, wie du mir damals gefallen hast. Ich wundere mich selber darüber, aber es ist so. Aber nachdem es so ist, mußt du doch die richtige Frau für mich sein.«

Es klingt fast naiv, wie er das sagt. Alles klingt naiv. *Ich* lasse mich scheiden. *Ich* werde dich heiraten. Ruck-zuck, Werner Fabian richtet sich das Leben, wie er es braucht. Aber er beeindruckt Ricarda nicht sonderlich. Nicht mit seinen Worten, nicht mit seinem entschlossenen Blick.

Sie macht sich heftig frei von ihm und sagt: »Ich finde, du machst dich lächerlich. Ob Charlott sich von dir scheiden lassen will, weiß ich nicht. Kann sein, sie hat dich ebenso satt wie du sie. Ich habe jedenfalls nicht den Eindruck, daß sie sehr glücklich mit dir ist. Was deine Kinder dazu sagen werden, ist deine Sache, es geht mich nichts an. Soweit es jedoch mich betrifft, kann ich dir bindend erklären: Dich zu heiraten, wäre das letzte, was ich täte.«

Er lacht böse auf. »Das werden wir ja sehen.«

»Allerdings, das werden wir sehen. Du hast mich tief gekränkt. Du hast mich unglücklich gemacht. Ich bin damit fertig geworden. Es ist mir heute gleichgültig. Genauso gleichgültig, wie du mir bist. Und dich heute zu heiraten, das wäre wohl der Gipfel der Geschmacklosigkeit.«

»Du lügst ja, Ricarda. Ich bin dir nicht gleichgültig. Ich liebe dich, und du liebst mich auch. Genau wie damals. Eine Liebe wie die unsere . . .« er stockt, lyrische Ergüsse liegen ihm nicht.

»Alles, was du jetzt sagst, ist nicht wahr. Schön, was damals

war, ist lange her. Du hast es vergessen, mehr oder weniger. Ich auch. Aber ich habe nicht vergessen, was du mir warst. Und du kannst es auch nicht vergessen haben. Du *kannst* einfach nicht.«
»Du bist sehr eingebildet, nicht?« fragte sie spöttisch. »Du glaubst, du müßtest ein einmaliger Höhepunkt im Leben einer Frau sein.«
Das nimmt er ernst. Sein Gesicht verfinstert sich, er wird nun auch zornig. »Du willst damit sagen, daß dir dieser Mann, von dem du das Kind hattest, mehr bedeutet hat als ich? Warum hast du ihn dann nicht geheiratet? Was ist aus ihm geworden? Ist er gefallen?«
Sie legt den Kopf in den Nacken, überlegt, ob sie es ihm sagen soll. Nun, warum nicht?
»Nein«, sagt sie langsam. »Er ist nicht gefallen. Er steht eben im Moment vor mir. Das Kind war von dir.«
»Von mir?« – Er ist gar nicht so sehr erstaunt. Hat er nicht damals, als er es erfuhr, auch so etwas gedacht? Er glaubt ihr. Es war sein Kind. – »Krakau?«
»Ja. Es kam einige Wochen zu früh zur Welt.«
Und typisch männlich, ganz beglückt: »Du hast mich also nicht betrogen?«
»Nein. Falls das so wichtig ist: Ich habe dich nicht betrogen.«
»Oh, Ricarda!« Nun nimmt er sie wieder in die Arme, fest, ganz fest, küßt sie, ihr Haar, ihre Wangen. »Mein armer Liebling! Ich weiß ja, ich weiß alles. Ich war so dumm. Und so falsch habe ich alles gemacht. Wie glücklich hätten wir sein können! So viele Jahre schon. Aber jetzt wird alles gut. Du wirst sehen. Ich werde für dich – oh, sämtliche Sterne vom Himmel holen. Habe ich dir das damals nicht schon versprochen?«
Auch sie hat wieder eine schwache Minute. Denn natürlich hat sie gelogen, wenn sie sagt, er sei ihr so gleichgültig. Es ist nicht wahr, es ist nicht wahr, er hat ja recht. Es ist wunderbar, seine Arme zu spüren, ihn zu küssen, es ist wunderbar, diesen

dummen Traum der Jugend noch einmal zu träumen, es ist wunderbar, auf einmal wieder zu fühlen, was Liebe ist.

»Das hast du mir versprochen damals.«

»Jetzt werde ich es tun. Jetzt kann ich es auch. Sterne sind teuer, weißt du.«

Ricarda lächelt. »Teuer sind sie vielleicht. Aber ob man sie mit Geld bezahlen kann ...?«

Sie hat sich so gut gehalten in diesem Gespräch, war logisch, sachlich, keine Tränen, keine Bösartigkeit, und alles, was sie gesagt hat, hat sie gemeint.

Aber nun, seine Hände, seine Arme, sein Mund. Ist es wirklich möglich, daß so ein Zauber anhält, über viele Jahre, über soviel Geschehen hinweg? Ist es eben doch Liebe? Gibt es offenbar doch – Liebe?

Zwei Zigaretten verglimmen im Aschenbecher, das Eis schmilzt im Whiskyglas, sie stehen mitten im Zimmer und küssen sich. Sie ihn auch. Und nicht weniger hingebungsvoll als er.

Und unter der Tür steht Brigitte und sieht ihnen zu. Sie hat sich gar keine Mühe gegeben, leise zu sein. Ist ins Haus gekommen, hat sogar mit dem Hund gesprochen, der ihr entgegenkam, ist genau wie ihr Vater vor einer Stunde von Raum zu Raum gegangen, und obwohl sie Reitstiefel trägt, hört man sie nicht, alles liegt ja voll dicker Teppiche. Und nun steht sie also da und schaut.

Und denkt: So ist das also. Das Allerneueste! Oder auch nicht. Genaugenommen das Allerälteste. Komisch ist das jetzt in diesem Haus. Gestern bin ich da hineingeplatzt bei Mutti und Großpapa, die hatten eine Auseinandersetzung oder was weiß ich. Hier platze ich in eine Liebesszene hinein. Mein Vater und meine Tante. Nachgerade muß man hier immer vorher pfeifen, ehe man kommt. Das ist ja ein dolles Ding. Erst hat ihn Mutti Ricarda weggenommen, und jetzt nimmt ihn Ricarda Mutti weg. Ich muß schon sagen, mein Vater ist konsequent, der bleibt immer bei derselben Familie. Ein Glück, daß Großpapa nicht noch mehr Töchter hat.

Wie sie sich küssen! *Wie* sie sich küssen! Das ist echt. So hat mich Gottfried geküßt, damals, das erstemal. Oder, genaunommen, war es ja das zweitemal. Im Regen. So was ist echt. – Sie kann nicht stehen und den beiden zusehen. Sie kann auch keine Bemerkung dazu machen, wie gestern, wo sie durch den Türspalt guckte. Am besten, sie geht wieder.

Vorsichtig geht sie ein paar Schritte rückwärts, die beiden nicht aus den Augen lassend, nimmt die Kurve zum Terrassenzimmer, dreht sich erleichtert und – tritt Lassie, die abwartend hier gesessen hat und nun laut und schmerzlich aufheult.

Erschrocken beugt sich Brigitte zu dem Hund und streichelt ihn mit beruhigenden Worten. Also leise wegschleichen kann sie sich nicht, dann muß sie so tun, als käme sie eben erst. Ihre Stimme wird lauter, sie fängt mit Lassie an zu albern, die ihren Schmerz schnell vergißt.

Da schaut schon ihr Vater herein. »Brigitte, bist du es?«

»Nanu, Chef, du bist da? Ich denke, du bist ausgegangen.«

»Ich bin gerade heimgekommen. Und habe noch ein bißchen mit Ricarda geplaudert.«

»Ist sie da?«

Sie gehen nun zusammen zu Ricarda, die sich in einen Sessel gesetzt hat und Brigitte zulächelt.

Wie schön sie ist, denkt Brigitte. Wie ihre Augen leuchten! Während sie anfängt von den Reiterlebnissen dieses Abends zu erzählen, sieht sie fasziniert zu, wie Ricarda eine Zigarette nimmt, wie Vater ihr Feuer gibt und sich ein wenig dabei herabbeugt, wie die Blicke der beiden sich rasch kreuzen, ein Zug von Hochmut in Ricardas Gesicht kommt, womit sie den Ärger über sich selbst, über ihre Schwäche kaschieren will.

»Und weil Walter nicht gekommen ist, hatte ich ausgerechnet diesen blöden Heini als Partner. Mit dem Tête zu reiten ist ein Ding der Unmöglichkeit. Denkst du, auch nur ein Kommando kann er richtig ausführen? Und Prinzeß verträgt sich nicht mit seiner Stute. Die zwei versuchen immer, sich zu beißen. Prinzeß ist nicht schuld, die andere fängt an. Der Gaul ist ganz verbiestert, was ja auch kein Wunder ist. Du müßtest einmal sehen, wie er sie im Maul reißt. Da muß ein Pferd ja bösartig werden. Warum kommst du eigentlich nie mehr zum Musikreiten, Chef? Kriege ich auch was zu trinken?«

»Ich habe wenig Zeit, das weißt du doch. Im Sommer werde ich morgens wieder regelmäßig ausreiten. Was willst du denn? Einen Gin Fizz?«

»Hm, gern.« Mit einem Blick zum Plattenspieler, auf dem immer noch das Lämpchen brennt. »Hast du Musik gemacht, Ricarda?«

»Ja. Ein bißchen.«

Brigitte erzählte noch ein wenig vom Reiten, dann nimmt sie ihren Drink entgegen, wirft die Beine in den Reitstiefeln über die Sessellehne und schweigt.

Die beiden anderen schweigen auch. Ricarda blickt vor sich hin. Sie erlebt die letzte Stunde noch einmal. Sie ist sehr böse auf sich selber.

Wie eine hysterische alte Jungfer benehme ich mich; bloß weil ein Mann in meine Nähe kommt, weil er mich anfaßt, weil er mich küßt, verliere ich jede Beherrschung. Nein, nicht irgendein Mann. Weil es Werner ist. Aber ich liebe ihn nicht mehr, ich hasse ihn. Nein, ich hasse ihn auch nicht mehr. Er ist mir gleichgültig. Es ist genau, wie ich gesagt habe: Er ist mir gleichgültig. Das ist alles lange, lange vorbei. Bin ich ehrlich? Ich bin nicht ehrlich. Es ist noch etwas da. Es ist alles noch da. Ich habe nie einen anderen Mann geliebt. Andrej? Ihn habe ich vergessen. Werner nie. Es ist wunderbar, von ihm geküßt zu werden. Ich möchte – nein, nicht weiter. Du darfst das nicht denken. Er hat mich betrogen und verraten. War es wirklich so wichtig? Er ist mit einem Mädchen ins Bett gegangen, eben mal so im Vorbeigehen, wie er vorhin sagte, bloß daß es eben gerade meine Schwester war, daß sie ein Kind bekam. Na gut, auch das ist lange vorbei.

Er will sich scheiden lassen. Hat er wirklich gesagt, er will mich heiraten? Hat er das wirklich gesagt? – Ist das sein Ernst? Ist es ihm wirklich ernst damit? Ich bin alt geworden. Aber er liebt mich immer noch? Das sagt er jedenfalls. Und ich? Und ich – so alt bin ich noch nicht. Ich bin jung genug, um ihn zu lieben. Noch lange zu lieben. Aber ich will nicht. Doch. Es ist nicht wahr. Ich will doch. –

Sie blickt auf. Werner sieht sie an. Brigitte sieht sie an. Werners Blick ist weich und zärtlich. Liebe ist in diesem Blick. Wirklich Liebe, unverkennbar.

Und Brigitte? Sie lacht und redet nicht weiter. Ihr junges Gesicht ist ernst und nachdenklich. In ihren Augen ist so etwas wie Mitleid. Und auch – Verständnis.

Es müßte Ricarda lästig sein, daß Brigitte im Zimmer ist. Aber sie fühlt Zuneigung zu Brigitte, fast Zärtlichkeit. Wie jung sie ist! Wie ahnungslos! Was wird sie einmal erleben, was wird ihr geschehen?

Warum sieht sie mich so an? Ahnt sie, was hier geschehen ist? Weiß sie es? Bemerkt sie, wie ihr Vater mich ansieht? Ob sie weiß, daß sie der Grund ist, daß Werner und ich uns trennen mußten? Unsinn, woher soll sie das wissen!

Ricarda richtet sich auf, zerdrückt den Rest der Zigarette heftig im Aschenbecher.

»Du kannst mir noch einen Whisky geben, Werner, langsam gewöhne ich mich daran. Schmeckt eigentlich ganz gut.«

»Nicht? Man gewöhnt sich daran. Trinken wir noch einen.«

Er geht zur Bar, macht zwei Gläser zurecht. Er stellt ihr das ihre nicht hin, gibt es ihr in die Hand, ihre Finger berühren sich. Sie haben das Spiel begonnen, das alte, dumme, selige Spiel. Da hilft keine Vernunft, kein Überlegen. Er ist es ja gewöhnt. Nur daß es hier etwas Besonderes ist. Ein eigener Reiz liegt darin, eine Frau wiederzuerobern, die man einst geliebt hat und die einen später haßte und die heute nein sagt. Sie wird nicht immer nein sagen. Dessen ist er sicher, seit er sie heute geküßt hat.

Natürlich liebt sie mich noch. Sie hat mich nicht vergessen. Kein anderer Mann also, damals nicht. Das Kind war von mir.

Ich hätte es mir denken können. Sie muß allerhand durchgemacht haben. Lieber Himmel, ja, was muß sie empfunden haben, als sie die Sache mit Charlott erfuhr. Ricarda, so stolz, so leidenschaftlich. Ein Wunder, daß sie Charlott nicht umgebracht hat. Nein, nicht Charlott, mich. Wenn ich dagewesen wäre, zur Hand gewesen wäre, ich glaube, sie hätte mich umgebracht. Sie bringt das fertig. Vielleicht wäre sie hinterher ins Kloster gegangen. Ich weiß zwar nicht, ob man das kann mit einem unehelichen Kind. Oder sie hätte sich auch das Leben genommen. Nein – dazu ist sie zu fromm. Ob sie das eigentlich heute noch ist? Keine Ahnung. Was weiß ich von ihr? Gar nichts weiß ich von ihr. All die Jahre. – Damals also kein anderer Mann. Aber später? Unmöglich, daß sie allein gelebt hat. So wie sie ist. Leidenschaftlich wie damals. Ich will sie haben. Gerade sie. Bald. Am liebsten gleich.
Sie muß aus diesem Haus verschwinden, ich muß eine Wohnung für sie mieten. Eine Wohnung für sie allein, ohne den Alten. Ich wette, wenn ich heute mit ihr allein gewesen wäre – ach, es wird wunderbar mit ihr sein. Ich werde sie lieben wie ich keine Frau zuvor geliebt habe. Alles wird anders sein mit ihr. Es war ja auch damals alles anders mit ihr. – Ich will alles gutmachen. Sie soll glücklich sein, glücklich.
Brigitte zieht am Strohhalm. Sie hat die Lider halb gesenkt, doch sie beobachtet genau.
Er lächelt vor sich hin. Richtig glücklich sieht er aus. So habe ich ihn nie gesehen. Doch nicht wegen Ricarda? So was gibt's ja gar nicht. Ist das etwa ernst? Natürlich ist es ernst, das habe ich ja vorhin gesehen, wie er sie geküßt hat. So küßt man nur, wenn es ernst ist. Und sie haben sich ja damals auch geliebt. Und was wird nun? Mutti tut mir direkt leid. Erst die Journalistin, jetzt ihre eigene Schwester. Was ist eigentlich mit der Journalistin? Ist es aus? Es ist aus. Wegen der wollte er sich scheiden lassen. Und jetzt? Will er am Ende Ricarda heiraten? Aber das ist doch Blödsinn. Ich möchte zum Teufel einmal wissen, warum ich nicht normale Eltern haben kann. Solche,

die sich gern haben, eben verheiratet sind, Kinder haben und gemütlich alt werden. Ist ja Blech, was ich da denke. So was gibt's ja gar nicht mehr. Wer hat denn schon normale Eltern? Bettina etwa? Oder Jimmy? Oder dieser Jürgen von dem Schauspieler? Wir sind eben heute nicht mehr normal. Also ich möchte mal einen Mann haben, den ich lieben kann. Immer, nicht nur die ersten drei Jahre. Sven Laupholz, der liebt seine Frau, das sagt jeder. Und Annelie müßte eigentlich ganz zufrieden sein. Und diesen tollen Freund hat sie jetzt auch noch. Bloß reiten lernt sie nie. Heute hat sie wieder auf dem Pferd gehangen, daß einem schlecht werden kann. Und ihr Amigo, der saß auf der Tribüne und strahlte sie an. Sieht gut aus, der Junge. Ob sie ihm wirklich gefällt? Annelie muß ziemlich dumm sein. Aber manche Männer mögen das ja. So heißt es immer. Mir kann das ja egal sein.
Nur hier – was wird bei uns? Ob die beiden sehr sauer sind, daß ich dazwischen geplatzt bin? Schließlich können sie hier doch keine großen Liebesszenen aufführen. Ist sowieso leichtsinnig. Kann immer mal einer kommen. Ob sie das öfter machen? Na eben! Ob sie das öfter machen?
Der Gedanke elektrisiert Brigitte. Was geht alles vor in diesem Haus, von dem sie nichts weiß. Am Ende weiß Charlott das längst. Und ist darum so nervös und durchgedreht und weint immerzu. Natürlich – das wird es sein.
»Wann verreist ihr denn nun, du und Großpapa?« fragt sie plötzlich.
Ricarda schreckt auf. »Verreisen? Oh, ich weiß nicht, ob wir überhaupt verreisen.«
»Natürlich«, sagt Werner. »In zehn Tagen geht es los, die Zimmer sind schon bestellt.«
»Und du, Chef? Wann fährst du zum Schifahren?«
»Na, ich denke, so wie immer. Vielleicht auch ein bißchen früher dieses Jahr, ich habe Erholung nötig.«
»Wohin denn? Wieder in die Schweiz?«
»Vermutlich.«

»Und ich? Wann komme ich dran?«
Werner lacht. »Bei dir sehe ich schwarz, höchstens in den Osterferien und dann kurz. Schließlich willst du dieses Jahr dein Abitur machen.«
»Ostern ist Essig. Das liegt dieses Jahr sehr spät, erst Ende April. Da spiele ich schon Tennis.«
»Sollen wir denn wirklich verreisen?« fragt Ricarda.
»Aber das ist doch längst abgemacht. Dein Vater freut sich wie ein Kind darauf.«
Ricarda lächelt. »Worüber freut er sich nicht? Nun gut, aber dann ...« sie unterbricht sich.
»Was dann?« fragt Werner rasch.
»Dann wird sich das ändern«, sagt Ricarda dunkel. »Ich werde dann etwas unternehmen.«
Werner sieht sie an, ihre Blicke begegnen sich. Er nickt mit Nachdruck. »Dann wird sich einiges ändern, du hast recht.«
Während sie verreist sind, wird er mit Charlott endgültig die Scheidungsgeschichte regeln. Und einen Anwalt beauftragen.
»Na, ihr macht das ja einigermaßen spannend«, sagt Brigitte scheinbar leichthin, doch ihr Herz klopft.
Nach allem, was sie jetzt weiß, versteht sie den Sinn hinter den Worten.
»Was wird sich denn alles ändern?«
»Ich werde mir Arbeit suchen«, sagt Ricarda ruhig.
Brigitte schaut von einem zum anderen, sieht Ricardas entschlossenen Blick, in dem keine Weichheit, keine Zusage ist. Na Chef, dann paß mal auf, denkt Brigitte. Mit der wirst du nicht so leicht fertig, wie du denkst.
Sie schwingt die langen Beine über die Lehne, setzt sie auf den Boden. »Apropos Arbeit – ich bin mit meinen Aufgaben noch nicht fertig. Ich glaube, ich ziehe mich zurück.«
»Jetzt noch Schularbeiten?« wundert sich Ricarda.
»Leider. Aber das geht schnell bei mir.« Brigitte steht auf. »Gute Nacht allerseits. Und – noch viel Vergnügen.«
Das letzte klingt etwas hinterhältig. Werner bemerkt es nicht.

Aber Ricarda zieht ein wenig die Brauen hoch. – Und steht ebenfalls auf. »Ich gehe auch hinauf.«
»Bleib doch noch hier«, meint Werner lässig.
»Nein. Ich bin müde. Gute Nacht.«
Zusammen steigen Ricarda und Brigitte die Treppe hinauf.
»Na?« fragt Brigitte.
Ricarda sieht sie an. »Na?« fragt sie zurück im gleichen Tonfall.
»Wann gehen wir einkaufen? Wenn du verreist, wirst du ein paar Sachen brauchen. Bißchen Winterausrüstung. Pelzstiefel. Und schicke lange Hosen. Paar Pullis. Und abends kannst du auch nicht immer dasselbe anziehen.«
»Meinst du?«
»Klar.«
Und überraschend antwortet Ricarda: »Gut, dann gehen wir mal einkaufen, wenn du Zeit hast.«
»O. K.« – Sie sind oben angelangt.
»Gute Nacht, Brigitte.«
»Gute Nacht, Ricarda. Schlaf gut.«
Unten sitzt Werner allein, hat sich einen neuen Whisky genommen. Das Lämpchen am Plattenspieler brennt immer noch. Keiner hat den Apparat ausgemacht. Die Unvollendete von Schubert – da liegt sie noch.
Er steht auf, geht hin, dreht die Platte um und drückt auf die Startertaste. Das Ganze noch einmal von vorn. Aber er hört auch diesmal nicht zu.
Seine Gedanken sind so laut, sie übertönen jede Musik.

Am nächsten Morgen las Ricarda in der Zeitung eine Annonce, die ihr sehr gelegen kam. Eine kleine Privatklinik, so hieß es da, sucht für 1. April oder auch früher eine möglichst vielseitige Schwester, auch in Laborarbeiten erfahren. Zimmer im Haus sei vorhanden.
Eine Weile dachte sie darüber nach. Das würde zunächst einmal alle ihre Probleme lösen. Sie konnte hier ausziehen, ohne

daß ihr Vater sich genötigt fühlen würde, mit ihr zu gehen. Er fühlte sich ja sichtlich wohl, warum sollte er nicht bleiben. Eine Privatklinik war vielleicht für den Anfang besser als ein großes Krankenhaus, sie mußte sich schließlich erst in die hiesigen Verhältnisse einarbeiten. Ihrer Kenntnisse, ihrer Fähigkeiten war sie sich sicher. Nur galt es, den Arzt oder die Ärzte davon zu überzeugen. Und in einem kleinen Rahmen war es sicher einfacher als in einem großen.
Sie sprach zu niemandem davon. Da die Telefonnummer angegeben war, rief sie kurz nach dem Mittagessen, als alle in ihren Zimmern waren, von Werners Arbeitszimmer aus an. Man bestellte sie für den nächsten Vormittag zur Vorstellung. Am späten Nachmittag dann ging sie zu Brigitte.
»Ja?« rief Brigitte, als es klopfte. Und als Ricarda eintrat: »Ach, das ist aber nett, daß du mich wieder mal besuchst.«
»Störe ich dich beim Arbeiten?«
»Nicht so sehr. Mathematik, das habe ich sowieso gefressen.«
»Ich habe eine Bitte an dich, Brigitte.«
»Stets zu Diensten.«
Ricarda zögerte. Sie war es nicht gewohnt, jemanden um etwas zu bitten.
»Na schieß los, was ist es denn?«
»Du warst so nett, mir schon ein paarmal – nun ja, du weißt ja, die Schuhe, und das Kleid und so, und da dachte ich ...«
»Was brauchst du denn? Willst du ausgehen? Ein Cocktailkleid?«
Ricarda lachte erleichtert. »Was sollte ich mit einem Cocktailkleid? Nein, ich dachte, ob du mir einen Mantel leihen könntest.«
»Einen Mantel? Aber du hast doch den Pelz.«
»Ja, sicher. Es ist so, weißt du ...« Lieber Gott, warum sollte sie es Brigitte schließlich nicht sagen! Sie mußten es doch erfahren, falls es klappte. Und wenn nicht, würde sie halt eine andere Stellung suchen. »Ich will mich morgen wo vorstellen. In einer Privatklinik. Und ich dachte, es wäre nicht gut, in

meinen alten Sachen hinzugehen, sie sind doch reichlich schäbig, du sagst es ja immer. Aber den Pelzmantel deiner Mutter möchte ich auch nicht anziehen.«
»Ach so! Wo willst du dich denn vorstellen? In einer Klinik? Als was denn?«
»Als Schwester natürlich.«
»Du willst wirklich wieder Krankenschwester werden?«
»Warum denn nicht? Es ist schließlich mein Beruf.«
»Na ja, klar. Krankenschwestern muß es schließlich geben. Es ist wie mit den Lehrern. Großpapa hat mir neulich darüber einen großen Vortrag gehalten. Ich kann mir nur nicht vorstellen – bist du denn wieder ganz gesund? Ich meine, wäre die Arbeit nicht zu schwer für dich?«
»Es wäre erst für den 1. April. Und vorher wollen wir ja verreisen. Das würde gerade gut klappen, nicht? Ich dachte, ich gehe mal hin. Kann ja sein, sie nehmen mich gar nicht. Ich weiß nicht, wie es hier ist im Westen. Vielleicht denken sie, ich kann nicht genug für hier.«
»Krankenschwestern werden bestimmt gesucht. Bei uns wird alles gesucht, da brauchst du keine Angst zu haben. Aber trotzdem – es eilt doch nicht so. Und Vater hat auch gesagt, du sollst nicht arbeiten gehen. Gestern erst hat er es gesagt.«
»Brigitte, du mußt das verstehen. Ich kann nicht immer vom Geld deines Vaters leben.«
»Wir haben genug Geld. Ich meine, es ist ja da. Du mußt nicht denken, daß ich angeben will.«
»Ich weiß schon. Sicher ist genug Geld da. Aber darum geht es nicht. Es geht aus verschiedenen Gründen nicht. Ich muß einfach arbeiten und selbst etwas verdienen, sonst kann ich hier nicht heimisch werden. Verstehst du das nicht? Und ich möchte auch ...«
Ricarda stockte. Brigitte würde das bestimmt nicht verstehen, aber es lag ihr daran, gerade von Brigitte verstanden zu werden.
»Ich möchte auch nicht mehr hier wohnen. Wenn ich in einer

Klinik arbeite, bekomme ich in den meisten Fällen dort ein Zimmer.«

Aber Brigitte verstand sehr gut. Nach allem, was sie jetzt wußte, verstand sie ganz genau. Mehr als Ricarda wußte. Brigitte begriff, daß Ricarda fliehen wollte. Daß das, was gestern abend geschehen war, dessen Zeuge sie geworden war, gegen Ricardas Willen war. Und daß sie davor davonlaufen wollte.

»Ja«, sagte sie langsam, »vielleicht wäre es gut für dich. Ich kann es verstehen. Es täte mir leid, wenn du fortgehst. Aber wir werden uns oft sehen. Ich werde dich besuchen. Und wir werden uns treffen.«

Ricarda sah das junge Mädchen an. Sie schluckte. »Warum sagst du das, Brigitte?«

»Ganz einfach deshalb, weil ich dich gut leiden kann. Ich werde dich nicht allein lassen. Und Großpapa wird dich bestimmt auch nicht allein lassen. Natürlich muß das alles hier schwer sein für dich. Und arbeiten ist vielleicht ganz gut. Nur daß es eben gerade Krankenschwester sein muß. Ist das nicht sehr viel Arbeit?«

»Das macht mir nichts. Ich liebe meinen Beruf. Du weißt vielleicht nicht, daß ich einmal Ärztin werden wollte. Daraus ist nichts geworden. Aber dann will ich wenigstens Schwester bleiben.«

»Na schön, da guck dir den Laden halt mal an. Was ist es denn für eine Klinik?«

Ricarda nannte den Namen und die Adresse. Da konnte Brigitte ihr gleich erklären, wie sie am besten hinkam.

»Ach, die kenn' ich«, meinte Brigitte. »Da ist Bettina der Blinddarm 'rausgenommen worden. Eine sehr hübsche Klinik, sehr vornehm. Liegt in einer Villengegend. Da wäre es vielleicht ganz nett zu arbeiten. Ist gar nicht mal so schrecklich weit von hier, da ganz in der Nähe wo Laupholzens wohnen. – Was willst du denn anziehen?«

»Das ist an sich ganz unwichtig. Irgendeinen Mantel halt.«

»Du kannst auch meine hellbraune Pelzjacke anziehen, die

dreiviertellange. Dazu deinen braunen Rock und den beige Pullover, dann bist du schick, aber gar nicht aufgedonnert. Ich hab' mir nämlich sowieso schon gedacht, daß du die Jacke mitnehmen solltest nach Badgastein. Wenn du Hosen anhast, kannst du den Pelz von Mutti nicht dazu tragen, das sieht nicht gut aus.«

»Was du dir alles für Gedanken machst wegen mir! Ich kann doch nicht mit deiner Pelzjacke verreisen. Die brauchst du doch selber.«

»Brauch' ich nicht. Ich hab' noch die kurze, die ziehe ich am liebsten zu Hosen an. Und du weißt ja, im Winter gehe ich meist in Hosen in die Schule. Und dann kann ich auch die Indisch-Lamm-Jacke von Mutti anziehen, die trägt sie sowieso nicht mehr.«

Bereitwillig zog Brigitte die Pelzjacke aus dem Schrank.

»Brauchst du sonst noch was?«

»Nein, danke. Ich habe noch einige Paar Schuhe von dir da.«

»Ein Paar Braune sind – glaub' ich, dabei.«

»Ja. Ich danke dir, Brigitte. Und – ich wäre dir dankbar, wenn du zu niemand darüber sprechen würdest. Ich meine, vorher nicht.«

»Natürlich nicht. Ich weiß aber nicht, ob ich toi, toi, toi sagen soll. Eigentlich bin ich nicht dafür. Ich fände es besser, du bliebst hier.«

»Glaub mir, es ist für alle besser. Ich kann dir das nicht so erklären, aber es ist besser.«

Brigitte sah ihr nach. Sicher, es war besser. Sie verstand es ganz genau. Aber sie verstand auch, daß es eine Quälerei war. Nicht zuletzt für Ricarda.

Sie müßte weggehen, dachte Brigitte, weit weg in eine andere Stadt. Denn er wird sie nicht in Ruhe lassen. Ich kenne meinen Vater. Er bekommt immer seinen Willen. Und außerdem liebt sie ihn. Das ist das schlimmste. Man müßte mit Großpapa darüber sprechen. Er ist so klug. Vielleicht weiß er Rat.

Einen Moment lang war sie versucht, impulsiv zu ihrem Großvater zu laufen und ihm die ganze Sache zu erzählen. Aber sie beherrschte sich. Nicht heute. Noch nicht. Sie hatte Ricarda versprochen, niemand etwas zu sagen. Aber einmal mußte sie mit ihm darüber reden. Wenn es Ricarda nicht selbst tat. Vielleicht, wenn sie verreist waren? – In Badgastein würden sie Zeit und Ruhe haben. Vielleicht würde sich Ricarda dann ihrem Vater anvertrauen.

# Die Reise

Daß Matthias so zielbewußt von Badgastein gesprochen hatte, als die Rede erstmals auf die Reise kam, hatte seine bestimmten Gründe. Johannes Hübner hatte ihm nämlich von dem österreichischen Kurort erzählt. Ganz nebenbei hatte er erwähnt, daß er jedes Jahr, wenn Weihnachtsgeschäft und Inventur vorüber seien, eine dreiwöchige Kur dort gebrauche, die ihm ausgezeichnet bekomme und ihn jung erhalte. Und die Möglichkeit, den Hübner dort zu treffen, erschien Matthias höchst verlockend. Bleibt nachzutragen, wer Johannes Hübner ist und wie Matthias mit ihm zusammentraf.

Das heißt, zusammengetroffen waren sie schon vor einiger

Zeit. Man wird sich erinnern, daß Matthias bei seinen Streifzügen durch die Buchhandlungen der Stadt ziemlich bald eine Buchhandlung entdeckt hatte, die ihm außerordentlich gut gefiel. Ein nicht zu großes, sehr geschickt geführtes Sortiment in einer der Straßen, die vom Marktplatz abgingen. Und irgendwie hatte er das Gefühl gehabt, den Sortimenter zu kennen. Ein ansehnlicher Herr etwa in seinem Alter, ein Buchmann von Geschmack und Kultur, das hatte Matthias gleich entdeckt. Einer vom alten Schlag. Einer, der seinen Beruf so liebte, wie er ihn geliebt hatte. Hier war alles übersichtlich in diesem Geschäft, hier fand man, was man suchte. Und auch, was man nicht gesucht hatte. Das Personal war liebenswürdig, ließ einen in Ruhe, wenn man sich umschauen wollte, war jedoch zu jeder Auskunft bereit, auch wenn man offensichtlich nicht zu kaufen wünschte.

Hier war Matthias Kunde geworden. Er hatte bald bemerkt, daß auch der Sortimenter sich für ihn zu interessieren schien. Sie grüßten sich nach einer Weile, sprachen ein paar Worte über Neuerscheinungen, oder auch übers Wetter, doch dann kam das Weihnachtsgeschäft, und es bot sich wenig Gelegenheit, die flüchtige Begegnung zu einer Bekanntschaft zu erweitern.

Diese Gelegenheit ergab sich jedoch zu Beginn des neuen Jahres. Das Geschäft war ruhiger, man konnte ein wenig schwatzen. Und Herr Hübner, der Sortimenter, meinte eines Tages:

»Ich irre mich doch nicht in der Annahme, daß Sie ein wenig mit unserer Branche zu tun haben?«

»Sie irren sich in keiner Weise. Wir sind Kollegen. Oder jedenfalls war ich einmal ein Kollege von Ihnen«, erwiderte Matthias. Der andere war keineswegs überrascht.

»Das habe ich mir gedacht. Und ich bin sogar der Meinung, wir sind uns früher schon begegnet.«

»Komisch, aber das Gefühl hatte ich bereits, als ich sie das erstemal sah.«

Nach diesen vorbereitenden Bemerkungen war man der Sache rasch auf den Grund gekommen. Sie waren einander wirklich begegnet. In jener Buchhandlung in Berlin, in der Matthias als Gehilfe gearbeitet hatte, nachdem er seine Lehre in Breslau abgeschlossen hatte, war auch damals, allerdings nur kurze Zeit, der damals genauso junge Johannes Hübner tätig gewesen. Sie waren nicht näher miteinander bekannt geworden, denn Hübner, der vor Matthias dagewesen war, verließ Berlin bereits zwei Monate, nachdem Matthias seine Stellung angetreten hatte. Aber nun war es natürlich eine großartige Geschichte, daß man sich nach so langer Zeit wieder traf.
Herr Hübner meinte, darauf müsse man unbedingt einen Schluck trinken, und er schlage vor, daß man sich hier gleich um die Ecke in die Weinstube Benedikt begebe zu einem kleinen Frühschoppen, um dabei von alten Zeiten zu sprechen. Matthias war nur zu gern dazu bereit.
Der Frühschoppen dehnte sich bis in den Nachmittag aus. Sie tranken mehrere Viertel, aßen ein gutes Mittagessen und redeten und erzählten. Matthias war glücklich. Das war es, was ihm noch gefehlt hatte: ein gescheiter Kollege, mit dem man fachsimpeln konnte.
Die Ausflüge in die Stadt, die während Ricardas Krankheit eingeschlafen waren, wurden wiederaufgenommen. Nicht täglich, aber die Woche zwei- oder dreimal, tauchte Matthias in der Buchhandlung Hübner auf, wo er bald für alle, Chef und Personal, zu einer vertrauten Erscheinung wurde. Und meist, wenn Herr Hübner nicht gerade Wichtigeres zu tun hatte, landete man dann bei Herrn Benedikt, den Herr Hübner natürlich gut kannte, und den auch Matthias von Mal zu Mal besser kennenlernte, und dann führte man zu zweit oder zu dritt ein vernünftiges Männergespräch.
Die Munksche Buchhandlung in Breslau war Herrn Hübner durchaus ein Begriff. Und es war für Matthias eine wunderbare Sache, von damals, von seinen glücklichen Zeiten zu sprechen.
Eine baldige Trennung allerdings drohte dieser neuen Freund-

schaft, denn Mitte Februar wollte Herr Hübner zu seiner alljährlichen Kur nach Badgastein abreisen.

»Sie wundern sich vielleicht, daß ich im Winter fahre. Aber ich habe die Erfahrung gemacht, daß mir die Kur gerade im Winter gut bekommt. Die Bäder sind ja immer gleich, man nimmt sie im Hotel, hat keinerlei Unbequemlichkeiten damit. Und die Spaziergänge in der frischen Winterluft sind das Erholsamste, was ich kenne. Man bekommt in Österreich ausgezeichnet zu essen, einen guten Schoppen Wein, und dazu noch freundliche Gesichter zu sehen. So ein Dämmerschoppen bei einem Viertel Kremser oder Zierfandler im Stiftskeller, wenn draußen der Schnee liegt und die Sterne über den Bergen funkeln, also das ist für mich ein reines Vergnügen.«

Matthias hatte sich das alles andächtig angehört. Winterabende im Gebirge waren ihm etwas Vertrautes von früher her. Man konnte im Riesengebirge auch so gemütlich zusammensitzen, wenn draußen Rübezahl den Schnee über die Berge stieben ließ.

Als dann Werner anfing, von der Reise zu sprechen, besann sich Matthias auf das Gespräch mit Herrn Hübner. »Wie wär's mit Badgastein?«

Und welche Überraschung für Herr Hübner, wenn er dann plötzlich in den Stiftskeller hereinmarschiert käme zu einem kleinen Dämmerschoppen.

Eine Überraschung war es auch. Matthias, Schelm der er war, hatte seinem neuen alten Freund nichts davon erzählt, daß sie einander eventuell treffen würden. Und genau, wie er es sich vorgenommen hatte, stapfte er am Tage nach ihrer Ankunft den Weg hinab vom Hotel Bellevue, abends gegen fünf Uhr, an den erleuchteten Schaufenstern von Badgastein vorbei zum Stiftskeller. Und da saß auch richtig Johannes Hübner allein vor seinem Glas Wein. Das war eine Freude! Man wurde direkt wieder jung dabei, stellten die beiden alten Herren übereinstimmend fest.

Ricarda mußte an diesem Abend ziemlich lange warten, bis

ihr Vater zum Abendessen erschien. Sie saß in der Halle mit einem Buch, etwas scheu noch in der eleganten Umgebung, und doch im Grunde sehr entzückt davon. Daß es so etwas gab auf der Welt! Ein Hotel wie dieses! Und mit welcher Selbstverständlichkeit die Menschen sich in dieser Umgebung bewegten. Was hatte sie alles versäumt, ja entbehrt in ihrem Leben bisher. Wieder einmal kam ihr das zum Bewußtsein. Es genügte nicht nur, daß man ein Dach über dem Kopf und genügend zu essen hatte, nein, auch so ein bißchen Luxus gehörte dazu. Für die Menschen im Westen gehörte es längst zum Leben. Würde sie selbst jemals soweit kommen? Sie kam zu spät, es schien nicht mehr einzuholen zu sein, was die anderen ihr voraushatten.

Doch erstmals dachte sie: Ich möchte es schaffen. Ich möchte Geld verdienen, ich möchte mir ein wenig Freude kaufen können. Und ein anderer Gedanke kam ihr natürlich auch: Wenn ich Werner heirate, wird mir das alles auch gehören. Und noch viel mehr.

Aber sie wollte ihn nicht heiraten. Sie war froh, daß sie fort war, daß die ständige Unruhe, die seine Nähe schuf, sie verlassen hatte. Es ging nicht an, sich etwas vorzumachen, an eine alte Liebe zu glauben, die nicht wiederherzustellen war, weil zu viel böse Erinnerungen auf ihr lasteten. War sie nicht frei gewesen von ihm schon lange, lange Zeit? Sie würde nicht so töricht sein, einem Phantom nachzuträumen, dem Phantom einer Liebe, die endgültig vergangen war.

Ein neues Leben würde beginnen. Sie hatte die Stellung in der Privatklinik ohne weiteres bekommen, man schien dort sehr angetan von ihr gewesen zu sein und hatte sie sogar gefragt, ob sie eventuell schon am 15. März eintreten könne. Es bestünde dann eine bessere Möglichkeit, sie einzuarbeiten. Natürlich hatte sie zugesagt. Das war ihr nur lieb. Dann konnte sie, wenn sie von Badgastein zurückkehrte, gleich in die Klinik übersiedeln. Und damit würde die unerträgliche Situation der letzten Monate beendet sein. Und vielleicht auch der zerrissene Zustand, in dem sie sich befunden hatte. Später vielleicht würde es dann möglich sein, ein besseres Verhältnis zu ihrer Schwester zu gewinnen.

Sehr vernünftige, besonnene Gedanken. Sie sprach sich selbst gut zu, wie sie es mit einem Kranken getan haben würde. Aber genaugenommen wußte sie, daß sie so billig nicht davonkommen würde. Werner hatte es ernst gemeint, das spürte sie, und er würde sich nicht so ohne weiteres damit zufriedengeben, wenn ihre Wege sich wieder trennten. Wollte sie das denn? Wäre es nicht eine Enttäuschung für sie, wenn er sie wieder gehen ließe, wie sie gekommen war?

Wenn sie ehrlich mit sich selbst war, und das war sie meist, mußte sie diese Frage bejahen. Das, was begonnen hatte zwischen ihnen, war mehr als ein Flirt, mehr als flüchtiges Wiederaufleben einer alten Liebe. Ein wehmütiges Erinnern, mit einem Lächeln beiseite gelegt – nein, das war es nicht. Es war mehr. Auch für sie, sosehr sie sich, und dies durchaus ernst gemeint, dagegen wehrte. Er war nun einmal ihre große Liebe gewesen, und wenn sie nachgab, sich selbst nachgab, würde er es wieder sein. Wie konnte sie sich davor schützen? Nun, eben nur dadurch, daß sie fortging. Und sie sagte sich, sehr vernünftig, daß die Reise, der Aufenthalt in dem fremden Land und der herrlichen Umgebung mit allen damit verbundenen Ablenkungen ein guter Anfang war. Das dachte sie. Das wollte sie glauben.

Gestern abend waren sie angekommen. Von Charlott sorgfältig in den Zug gesetzt, in Badgastein vom Wagen des Hotels nicht minder sorglich abgeholt. Sie hatten zwei schöne Zimmer, jedes mit Bad, nebeneinander gelegen. Und heute morgen, als sie aufgestanden war und hinausblickte in das Gasteiner Tal, auf die verschneiten Berge, war so etwas wie ein Glücksgefühl in ihr Herz gezogen.

Wie schön die Welt war! Warum nicht auch für sie? Wenn sie es nur wollte.

Dazu kam die kindliche Freude ihres Vaters an dem Neuen,

das ihm begegnete. Nach dem Frühstück hatten sie einen Spaziergang durch den Ort gemacht, die riesigen Hotelpaläste bestaunt, die Schaufenster der Läden betrachtet, waren auf der Kaiser-Wilhelm-Promenade weiterspaziert, unter einem leuchtend blauen Himmel, in dem strahlenden Sonnenschein, der das Tal füllte.

Und dazu der Redefluß ihres Vaters, der sein Entzücken an allem, was er sah, mitteilen mußte. Gerade ihr.

Wem sonst, wenn nicht ihr.

»Ist es nicht wie ein Wunder, Ricarda, daß wir dies erleben dürfen? Daß ich das noch einmal sehen kann: Berge im Schnee, unbeschwerte, frohe Menschen, dieser Himmel. Hast du schon einmal so einen blauen Himmel gesehen? So ist er nur im Gebirge. Ach, das erinnert mich an meine Jugend. Freilich, hier sieht es ganz anders aus als im Riesengebirge. Aber es sind doch Berge. Und diese Luft! Ist sie nicht wie Sekt? Du mußt tief atmen, Kind. Jeder Atemzug in dieser Luft ist ein Geschenk vom lieben Gott.«

Und dann sprach er davon, was sie alles unternehmen würden! Er hatte bereits am Abend zuvor Prospekte studiert, hatte ein Gespräch mit dem österreichisch-liebenswürdigen Portier geführt, und natürlich erinnerte er sich an die Erzählungen seines neuen Freundes Hübner, den ja Ricarda noch nicht kannte.

»Also der Hübner, der kennt sich hier blendend aus. Bergbahnen gibt es und wunderbare Spaziergänge, und Schlittenfahrten kann man machen und was weiß ich noch alles. Jeden Tag werden wir etwas anderes unternehmen. Geld genug haben wir ja, nicht?« Und er lachte wie ein übermütiger Junge.

Ja, Geld genug hatten sie. Werner hatte sie reichlich mit Reiseschecks versorgt und dazu gesagt: »Damit wir uns recht verstehen: Gespart wird nicht. Ihr müßt alle Reisen und Ferien nachholen, die ihr in den letzten Jahren nicht machen konntet. Dies ist der Anfang. Ihr werdet hübsch wohnen, das Bellevue ist ein erstklassiges Hotel, ich habe da auch schon gewohnt, ihr werdet gut essen, ganz, wonach euch der Sinn steht. Und Vater

wird abends seine Flasche Wein trinken. Und wenn das Geld nicht reicht, ein Anruf genügt, dann kommt Nachschub.«
Was Matthias nun zu der ehrlich gemeinten Bemerkung veranlaßte: »Ein wohlhabender Schwiegersohn ist eigentlich nicht zu verachten, Ricarda. Weiß Gott, der Bengel hat mir Ärger genug gemacht. Uns allen. Charlott nicht weniger als dir. Ein Glück, daß er wenigstens Geld hat.«
Ricarda schüttelte den Kopf. »Ich muß schon sagen, Vater, ich finde, das sind reichlich unmoralische Ansichten. In deinem Alter solltest du etwas seriöser denken.«
Matthias grinste. »Meinst du? Ich habe die Erfahrung gemacht, am seriösesten denkt man eigentlich, wenn man sehr jung ist. Später wird man etwas großzügiger. Mit sich selbst und mit den anderen. Großzügiger und verständnisvoller. Man hat eigene Sünden genug begangen und kann nun auch die der anderen etwas gelassener betrachten.«
»Was du schon für Sünden begangen hast!«
»Du hast recht, sehr viele waren es nicht. Aber ich habe Glück gehabt. Mein Leben war glücklich, da braucht man nicht zu sündigen. Warum auch? Ich hatte eine Frau, die ich liebte. Einen Beruf, den ich liebte. Kinder, die ich liebte. Alles war so, daß ich es mir gar nicht anders wünschen konnte. Was in aller Welt konnte mir die tollste Sünde bieten? Weniger als ich hatte.«
»Und die letzten Jahre?« fragte Ricarda. »Da warst du doch nicht mehr glücklich.«
»Nein. Irgendwann muß man natürlich bezahlen für jedes Glück. Geschenkt wird einem nichts auf dieser Welt. Aber man kann auch Unglück leichter ertragen, wenn man weiß, daß es auch Glück auf der Welt gibt und daß man davon abbekommen hat.«
»Du hast ein glückliches Naturell, Vater. Ich glaube, das ist dein größtes Glück.«
»Mag sein. Leider habe ich meinen Kindern nichts davon vererbt.«

Er blieb stehen, es war mitten auf der Promenade, wandte sich zu ihr, und sah sie an. »Oder doch?«
Ricarda war auch stehengeblieben. »Ich fürchte, nein. Ich kann das Leben nicht so bejahen wie du. Vielleicht, weil ich nie glücklich gewesen bin.«
»Nie, Ricarda?«
»Fast nie, Vater. Nur wenn ich an meine Jugend zurückdenke. Aber Glück kann man wohl nur das nennen, was man bewußt erlebt. Das Glücklichsein, das Frohsein der Jugend ist etwas anderes.«
»Da hast du sicher recht. Aber du mußt das Leben bejahen, Ricarda. Sonst kannst du nichts Gescheites damit anfangen. Ich dachte immer, dein Glaube würde dir dabei helfen.«
Sie schwieg, blickte hinauf zu einer hohen, schlanken Tanne, auf deren Zweigen der Schnee wie Silber glitzerte. Das war schön, und sie sah es und konnte es lieben in diesem Augenblick. Dies. Aber was sonst?
»Du wolltest einmal Ärztin werden. Du kannst keinen Menschen heilen, kannst ihm nicht zum Leben helfen, wenn du das Leben nicht liebst.«
»Ich bin keine Ärztin geworden.«
Schweigend gingen sie weiter.
Aber Matthias dachte nicht daran, sich damit zufriedenzugeben. Und schon gar nicht, sich die Laune an diesem wunderschönen Tag verderben zu lassen.
»Es wird dir nichts anderes übrigbleiben, Ricarda, als dich mit dir und deinem Leben einzurichten. Mit dem, was noch vor dir liegt. Und du wirst lachen, ich bin der festen Überzeugung, daß vor dir gute und glückliche Zeiten liegen. Daß dir das Schicksal oder Gott oder wer immer du willst, nicht schuldig bleiben wird, dein Leben zu erfüllen. Mit dem, was du bist und was du kannst. Ich fühle es. Du kannst mich auslachen, wenn du willst.«
Ricarda gab keine Antwort. Was hätte sie darauf auch sagen sollen. –

»Ich bin dafür verantwortlich, daß wir im Westen sind«, fuhr ihr Vater nach einer Weile fort. »Und ich bin nach wie vor der Meinung, daß wir recht getan haben zu kommen. Gerade deinetwegen. Vergiß eins nicht: Etwas ist uns schon gegeben worden. Etwas Großes, Ungeheuerliches, über alle Maßen Herrliches. Die Freiheit. Sie allein ist Glück genug. Sie allein sollte uns glücklich machen, an jedem neuen Tag, den wir hier erleben. Habe ich nicht recht?«
»Doch«, mußte Ricarda zugeben. »So betrachtet hast du recht.«
»Was heißt so betrachtet? Wir, gerade wir müssen es so und nicht anders betrachten. Mag sein, es ist bis jetzt nur eine äußerliche Freiheit. Wer oder was hindert dich daran, die innere Freiheit dazuzugewinnen? Es genügt nicht, sich in den Zug zu setzen und von Osten nach Westen zu fahren. So gewinnt man die Freiheit nicht. Es muß dir auch gelingen, dich von den Fesseln frei zu machen, die in dir sind. Die Fesseln, die dir deine Verzagtheit, deine Angst, deine Bitterkeit auferlegen. Kein anderer kann dir dein Leben bauen, du mußt es selbst tun. Besinne dich auf das, was du bist und was du kannst. Und schau nicht mehr zurück. Nicht auf Nahgelegenes und nicht auf Fernes. Die verlorenen Jahre gibt dir keiner wieder. Aber wenn du die Zeit vergeudest, die noch vor dir liegt, wirst du ganz allein daran schuld sein. Und dann wirst du eine große Sünde begangen haben.«
An dieses Gespräch muß Ricarda denken, als sie allein in der Hotelhalle sitzt und auf ihn wartet. Hat er recht? Oder sieht sie es so, weil er es so sehen will? Nein. Er hat recht. Sie weiß es. Sie muß darangehen, sich ihr Leben zu bauen. Aus eigener Kraft. Und der erste Schritt ist getan.
Ihr Vater war sehr zufrieden, als sie ihm erzählte, daß sie eine Stellung angenommen hat und am 15. März anfangen wird zu arbeiten. Eine vornehme kleine Privatklinik erscheint ihm ein ganz annehmbarer Rahmen. Später wird man dann weitersehen.
Was er natürlich nicht wissen kann: Die Gespräche, die sie mit

Werner führte, und schlimmer als die Gespräche, das Unausgesprochene, das Gefährliche und Unwiderstehliche, das zwischen ihr und Werner entstanden, wiederentstanden ist.
Sie ist nicht mehr mit ihm allein gewesen, bevor sie abreisten.
Als Charlott ihm eines Abends erzählte, daß Ricarda eine Stellung angenommen hat – »Was sagst du dazu, Werner? Hältst du das für richtig? So hätte es doch nicht geeilt mit dem Arbeiten. Ricarda hätte sich doch ruhig noch ein bißchen ausruhen können« –, hatte er zunächst nichts gesagt, Ricarda nur angesehen, mit einem kleinen, spöttischen Lächeln, dem viel Zärtlichkeit beigemischt war. Ricarda hatte den Blick gut verstanden.
»Nun sag doch mal, Werner, wie findest du das?« drängte Charlott.
»Ricarda wird schon wissen, was sie tut. Vielleicht ist es ihr langweilig bei uns. Und wir können uns ja schließlich nicht alle krank ins Bett legen, nur damit Ricarda etwas zu tun hat.«
Damit spielte er darauf an, daß Ricarda einige Tage damit beschäftigt gewesen war, Thomas zu pflegen, der just einen Tag nach der abendlichen Szene zwischen Ricarda und Werner schwer beim Springen gestürzt war und mit einer leichten Gehirnerschütterung nach Hause gebracht wurde. Geradezu mit Vehemenz hatte sich Ricarda auf diesen Fall gestürzt. Der herbeigerufene Arzt war vollkommen überflüssig. Sie wußte genau, was zu tun war. Und Thomas ging es schon bald wieder ausgezeichnet. Zu seinem großen Kummer. Denn im Bett liegen, verwöhnt werden, und vor allem nicht in die Schule gehen zu müssen, fand er herrlich.
Brigittes Kommentar dazu: »Laßt ihn ruhig noch zwei Wochen im Bett. Dieses Jahr bleibt er sowieso sitzen, und dann hat er wenigstens eine plausible Ausrede«, fand im stillen Thomas' Zustimmung.
Also war von Werner kein großer Widerspruch gekommen. Nur das Zimmer in der Klinik hatte er beanstandet.
»Ich würde vorschlagen, du solltest dir lieber eine nette kleine

Wohnung mieten, Ricarda. Du bist dann unabhängiger. Es kann ja in der Nähe der Klinik sein.«
»Erstens kann ich mir das nicht leisten«, sagte Ricarda. »Und zweitens ist das nicht üblich.«
Mehr war darüber nicht gesprochen worden. Werner war geschäftlich nach New York geflogen, sie hatte ihn vor ihrer Abreise nicht mehr gesehen. Gut so.
Gut so, denkt Ricarda in der Hotelhalle. Bisher sitzt sie allein an dem kleinen Tisch, doch eben hat sich ein gutaussehender braungebrannter Mann dazugesetzt.
»Sie gestatten, gnädige Frau?«
Sie nickt, lächelt sogar ein wenig. Am Nebentisch hat sich eine vergnügte Gesellschaft versammelt, drei junge Männer, zwei bildhübsche junge Mädchen. Eine erinnert sie an Brigitte, genauso blond und langbeinig und selbstsicher. Sie erzählen sich gegenseitig von den Touren, die sie an diesem Tag gemacht haben, sprechen von Abfahrten, Pisten, Steilhängen und Wedeltechnik. Alles fremde Begriffe für sie. Es gibt noch viel, was sie lernen muß in dieser neuen Welt. Es wird Zeit, daß sie damit anfängt. Werner ist auch ein leidenschaftlicher Schifahrer, das hat sie schon gehört. Früher als junges Mädchen ist sie auch im Riesengebirge Schi gelaufen. Das ist lange her. Ob man das heute wieder versuchen könnte? Nun, auf jeden Fall nicht jetzt. Sie kann sich keine Verletzung, keinen Knochenbruch leisten. Sie wird in vier Wochen mit ihrer Arbeit beginnen. Und plötzlich, für sie selbst ganz unerwartet, macht sie eine Entdeckung – sie freut sich auf die Arbeit. Ich freue mich auf die Arbeit. Eine schöne Klinik. Ganz modern, so hübsch eingerichtet, fast alles Einzelzimmer. Modernste Apparate, was für ein wunderbares Labor. Ich werde mich sehr 'ranhalten müssen, um alles zu begreifen, was hier neu sein wird. Medikamente, die ich nicht kenne. Vielleicht auch andere Behandlungsmethoden.
Die Oberschwester war sehr freundlich. Ich glaube, man kann mit ihr auskommen. Auch der Chefarzt scheint umgänglich zu

sein. Wenn ich vier Wochen dort bin, weiß ich mehr. Dann ist es schon Frühling. Und noch ein Monat, dann werde ich ein halbes Jahr hier sein. Wie schnell die Zeit vergeht!

Der junge Ober, der in der Halle bedient, ist an den Tisch getreten. Zuvor schon hatte der Bartender sie mit einem freundlichen »Guten Abend, gnädige Frau«, begrüßt. Doch sie hatte nichts bestellt. Aber jetzt, als der Mann, der sich an den Tisch gesetzt hat, ein Bier und einen Schnaps bestellt, bekommt sie auch Mut und schaut den jungen Ober an.

»Bitte sehr, gnädige Frau?«

Was könnte sie bestellen? Nun, warum nicht – »Einen Whisky, bitte.«

»Mit Soda?«

»Ja, bitte.«

Ein Lachen kitzelt sie in der Kehle. Ein übermütiges, albernes Lachen. Da sitzt sie nun, in der Halle eines feinen Hotels, elegant gekleidet, und bestellt sich Whisky. So als sei dies das Selbstverständlichste von der Welt und als hätte sie seit Jahren nichts anderes getan. Wie schnell man sich an dieses Leben gewöhnt! Andrej sollte das sehen! Und Schwester Bronislawa! Sie wären sprachlos.

Hat sie noch vor ein paar Wochen mißmutig, verbittert und verbiestert in ihrem Zimmer gesessen, sich vor aller Welt verkrochen und war mit Gott und der Welt zerfallen? Das ist vorbei. Jetzt sitzt sie hier. Natürlich, dies alles bezahlt Werners Geld. Fraglich, ob sie das je wird mit eigenem Geld bezahlen können. Vielleicht aber doch. Kann man das wissen?

Vielleicht aber doch, denkt sie. Das denkt sie wirklich. Das Buch hat sie beiseite gelegt. Als der Whisky kommt, nickt sie dankend, nimmt einen Schluck und zieht die Zigaretten aus der Tasche. Der Herr an ihrem Tisch gibt ihr Feuer. Sie dankt lächelnd, ganz unbefangen nun, ganz gelöst. – Eine sehr gut aussehende schlanke Dame, wohlfrisiert, in einem taubenblauen, hochgeschlossenen, schmalen Kleid von ausgesuchter Eleganz. Ein silberner Clip links unter der Schulter, silberne

Boutons in den Ohren. Eine Dame, die durchaus in diesen Rahmen paßt, in dem sie sich aufhält.
Das alles ist Brigittes Werk. Das taubenblaue Kleid, das honigfarbene, das schicke schwarze, ein jadegrünes Jerseykleid, einige Röcke und Pullis, all das ist mit auf die Reise gegangen. Zum Spaziergang heute trug sie beigefarbene lange Hosen mit passenden Pelzstiefeletten und dazu Brigittes hellbraunen Pelzpaletot. Und trotzdem hat sie heute mittag auf dem Rückweg zum Hotel einen Seitenblick in alle Schaufenster geworfen. Was für hübsche Pullover es hier gab! Was für reizende Jerseykleider!
Matthias hatte es bemerkt. Und schweigend gelächelt. Man würde vielleicht doch das eine oder andere noch dazukaufen müssen.
Und das ist es auch, was er Herrn Hübner, nachdem die erste Begrüßungswelle sich gelegt hat und das erste Viertel getrunken ist, berichtet.
»Ich kann Ihnen nicht sagen, wie ich mich freue, hier zu sein. Es ist einfach wunderbar hier. Und am allermeisten freut es mich für meine Tochter. Sie hat so gar nichts von ihrem Leben gehabt. Und ich habe das Gefühl, sie wird hier doch ein wenig aufleben. Wird endlich sehen, was das Leben ihr noch zu bieten hat.«
Johannes Hübner nickt nachdrücklich. »Das werden wir ihr zeigen. Ihr beiden kommt mir gerade gelegen. Ich kenne mich hier aus wie in meiner Westentasche. Und ich habe mir schon immer mal ein Opfer gewünscht, dem ich das alles vorführen kann. Morgen, wenn das Wetter so schön ist wie heut, wissen Sie, was wir da machen? Wir fahren auf den Stubnerkogel. Man muß die klaren Tage ausnützen. Es kann wieder Schnee kommen, und dann ist die Sicht da oben nicht so gut. Und übermorgen machen wir einen Spaziergang zum Grünen Baum und essen dort zu Mittag. Dort ißt man ausgezeichnet. Und überübermorgen ...«
Hier hat Matthias ihn lachend unterbrochen. »Langsam, lang-

sam, lieber Freund. Wir müssen uns an das neue Leben erst gewöhnen. Für uns ist alles ein Wunder hier. Schon ein Gang durch den Ort ist für mich ein Ereignis. Herrgott, daß das Leben noch so schön sein kann!«

Johannes Hübner legt den Kopf ein wenig zur Seite. Die hellen Augen hinter der Brille sind voll Licht und Staunen. Da kommt also so ein Mensch von da drüben her. Hat alles verloren, hat alles erlitten, was ein Mensch erleiden kann. Ist alt darüber geworden, jedenfalls den Jahren nach. Und kann sich so des Lebens freuen. Es ist ein Wunder. Ein Wunder, daß auf einmal auch ihm das Leben wieder schön erscheinen läßt.

Als Matthias aus dem Fahrstuhl tritt, der vom unteren Eingang des Hotels aus direkt zur Halle führt, sieht er Ricarda gleich sitzen. Donnerwetter, was hat sie denn da an? Elegant sieht sie aus. Dieses Kleid kennt er überhaupt noch nicht. Und was hat sie denn da in den Ohren? Doch nicht etwa Ohrringe? Oder wie nennt man diese Dinger? Clips wohl oder so ähnlich.

Sie sitzt da, leicht zurückgelehnt, die schlanken Beine übereinandergeschlagen, hat eine Zigarette zwischen den Fingern, und vor ihr auf dem Tisch steht ein Glas mit einer gelblichen Flüssigkeit. Außerdem unterhält sie sich mit einem recht sympathisch aussehenden Herrn, der an ihrem Tisch sitzt.

Und jetzt hat sie ihn gesehen. Sie lächelt erfreut. Wann hat sie das letztemal so gelächelt? Vor hundert Jahren? So lange muß es mindestens her sein.

Matthias lächelt auch. Er tritt zu ihr an den Tisch, seine Wangen sind rot von der Winterluft, vielleicht auch ein bißchen vom guten österreichischen Wein, von der Freude, wahrscheinlich von allem zusammen.

»Wartest du schon lange? Entschuldige, ich habe mich verspätet.«

»Aber das macht doch nichts. Ich sitze hier sehr gut. Ziehst du dich noch um?«

Umziehen? Natürlich, das gehört sich hier wohl so. Den blauen Anzug. Leichte Schuhe.

Er nickt. »Wenn es dir nichts ausmacht, so lange zu warten.«
»Aber gar nicht. Ich trinke inzwischen noch einen Whisky. Laß dir nur Zeit. Hast du Herrn Hübner getroffen?«
»Ja. Der hat gestaunt. Und der hat allerhand mit uns vor. Na, das erzähle ich dir nachher. Also, ich beeile mich.«
Er holt den Schlüssel beim Portier, der Boy öffnet ihm den Fahrstuhl.
Und wenn der Fahrstuhl in den siebenten Himmel führe, könnte Matthias Wolff nicht glücklicher sein, als er an diesem Abend ist.

# *Presseball*

So gut hat das alles angefangen mit diesem Urlaubsaufenthalt, und so gut geht es weiter. Sie waren beim Arzt, bekommen Bäder verschrieben und sitzen nun jeden Morgen in der Thermalbadewanne. Sie frühstücken, sie treffen Herrn Hübner, und der hat für jeden Tag ein anderes Programm. Kleine oder große Ausflüge, Spaziergänge, Bergfahrten, immer weiß er, wo es gut zu essen gibt, wo man einen erstklassigen Wein bekommt. Nach dem Essen schlafen sie, und dann geht es noch einmal ins Freie, dann kommt der Dämmerschoppen. Manchmal ist Ricarda auch dabei, meist läßt sie die beiden Herren allein, trinkt statt dessen irgendwo eine Tasse Kaffee, sitzt im Lesesaal, macht kleine Einkäufe, abends treffen sie sich zum Essen,

manchmal essen sie auch mit Herrn Hübner zuammen, er kommt zu ihnen, sie gehen in sein Hotel, einige Male gehen sie ins Kino oder sitzen noch ein bißchen in der Halle. Sie gehen nie spät zu Bett. Und sie schlafen. Wie sie schlafen!
Ricarda hat nie gewußt, daß man so viel und so gut schlafen kann. Jeden Tag werden ihre Augen blanker, ihre Wangen glatter, ihr Haar glänzender. Sie nimmt ein wenig zu, zwei oder drei Pfund, und das steht ihr ausgezeichnet. Denkt sie an Werner? Doch, natürlich. Manchmal. Seine Küsse, seine Worte. Aber es ist alles so ferngerückt. Sie schreiben Karten nach Hause, erfahren, daß Thomas wieder ganz in Ordnung ist. Brigitte schreibt einen langen Brief, Charlott einen kurzen. Werner ist noch in New York. Nein, er ist zurück. Aber er schreibt natürlich nicht, hat zu tun, wird dann auch seinen Urlaub in der Schweiz beginnen.
Das schreibt Charlott.
Doch dann ist Werner plötzlich da.
Er kommt ohne sich anzumelden. Und mit diesem Überraschungseffekt hat er schon wieder mal einen kleinen Sieg über Ricarda errungen. Es wird nicht der einzige bleiben. Denn so wie Werner auftritt, wie er sich verhält, Ricarda gegenüber, Matthias, ja sogar Herrn Hübner gegenüber, ist er einfach unwiderstehlich.
Werner Fabian in Hochform. Liebenswert von Kopf bis Fuß. Was vorangegangen ist, was hinter ihm liegt, ehe er nach Badgastein kam, wissen sie natürlich nicht. Charlott würde ihn weder liebenswürdig noch liebenswert finden.
Er hat gewissermaßen die Bahn frei gemacht. Und hat dazu die andern Eigenschaften benutzt, über die er genauso mühelos verfügt wie über seinen Charme und seine rücksichtsvolle Höflichkeit: Härte, Rücksichtslosigkeit, Egoismus.
Noch in Amerika hat er sich das überlegt, wie er vorgehen wird.
Die ahnungslose Charlott, die ihn kennen sollte und immer noch nicht richtig kennt, wird wieder einmal davon überrum-

pelt. Es beginnt damit, daß er sich kurzfristig entschließt, seinen Winterurlaub etwas vorzuverlegen. Er sei erholungsbedürftig, die Schneelage derzeit gut. Und er würde, entgegen seiner Absicht, dieses Jahr nicht nach der Schweiz fahren, sondern nach Kitzbühel. Dort seien zur Zeit gerade amerikanische Geschäftsfreunde, die er ganz gern treffen möchte. Und er könne dann auch mal Vater und Ricarda besuchen. Kein Wort davon, daß Charlott ihn auf dieser Reise begleiten solle. Nun, er reist schon seit langem meist allein. Sie ist daran gewöhnt. Und denkt, wie immer in solchen Fällen: Wer wird ihn begleiten? Die Journalistin?

Sie hat keine Ahnung, wie Werner derzeit zu dieser Frau steht. Manchmal hat sie schon gedacht, die Sache sei vorbei. Irgendwann ist schließlich jede seiner Affären einmal vorbeigegangen, sehr lange hat keine gedauert. Aber dann kommt für Charlott die große Überraschung. Der Presseball, eines der glänzendsten Ereignisse des Winters in dieser Stadt, findet einige Tage nach Werners Rückkehr statt. Wie jedes Jahr, werden sie auch dieses Jahr hingehen. In diesem Fall zusammen.

Am Abend des Balles, Charlott steht in dem neuen himbeerroten Abendkleid – lang natürlich, man trägt wieder lang – vor dem Spiegel und zupft noch ein bißchen an ihrer Frisur herum, da kommt Werner in ihr Zimmer, um zu schauen, ob sie fertig ist. Er hat den Frack an, er sieht blendend aus. Blendend!

Sie denkt es wie immer bei solchen Gelegenheiten. – Er denkt es von ihr nicht. Er denkt: Sie ist wieder etwas dicker geworden. Und warum um Himmels willen trägt sie dieses Rot? Es ist keine Farbe für sie. Nur sehr rassige oder sehr aparte Frauen können sich so etwas erlauben. Natürlich sagt er es nicht. Erstens ist er zu höflich, zweitens ist es ihm egal.

»Fertig?« fragt er.

»Ja, gleich. Soll ich die braune Stola nehmen oder das silbergraue Cape.« Beides Nerze natürlich. Seit langem wünscht sie

sich ein langes Chinchillacape, wie es die Konsulin Bruck hat. Aber Werner hat sich taub gestellt. Er mag Chinchilla nicht. Und schon zweimal nicht an Charlott.
»Silbergrau natürlich zu dem Rot«, sagt er entschieden. Charlott blickt auf die goldenen Sandaletten herab und denkt: Dann muß ich auch silberne Schuhe anziehen. Und eine andere Handtasche! Wo sind bloß die silbernen Schuhe wieder? Man konnte gegen Fanny sagen, was man wollte, mit Garderobe war sie ordentlich. Schöne Sachen gefielen ihr, und damit ging sie liebevoll um. Charlott seufzt. »Fanny fehlt mir schon sehr. Wer weiß, was man jetzt wieder für einen Trampel bekommt. Und bis man sie sich richtig erzogen hat, geht sie doch wieder.«
»Ja«, meint Werner, »spätestens nach der nächsten Weihnachtsbescherung. Das warten die Damen immer noch ab.«
»Es ist furchtbar«, beginnt Charlott zu klagen, »mit dem Personal heutzutage. Ich sprach neulich mit Elvire, und die sagte auch ...«
»Schon gut«, unterbricht Werner sie. »Das Thema hatten wir schon. Du wirst ein neues Mädchen finden. Wenn ich jetzt verreist bin, hast du ja Zeit und Ruhe und überläßt am besten alles Frau Plaschke. Die bringt das schon in Ordnung.«
Charlott schweigt und schluckt. Frau Plaschke ist also gescheiter als sie. Versteht sich besser darauf, ein neues Mädchen zu engagieren.
Die fesche Fanny ist vor vierzehn Tagen gegangen. Sie heiratet, hat sie verkündet. Und seitdem ist das Haus Fabian ohne Hausmädchen.
»Ich verstehe gar nicht, warum du jetzt schon verreist. Sonst bist du immer erst Ende März gefahren. Es wäre dringend notwendig gewesen, eine Party zu geben. Wir haben den ganzen Winter noch nichts gemacht. Immer werden wir eingeladen und revanchieren uns nicht. Was sollen die Leute von uns denken?«
»Das ist mir egal«, meint Werner. »Wir haben Partys genug

gegeben in den letzten Jahren. Langsam hängt mir das zum Halse heraus.«
»Nächsten Winter müssen wir eine Party für Brigitte geben. Sie ist dann achtzehn. Und mit der Schule fertig.«
»Nächsten Winter?« sagt Werner langsam. »Bis nächsten Winter dürfte sich einiges verändert haben.«
Charlotts Herzschlag stockt. Sie weiß sofort, was er meint. Fängt er also doch wieder davon an? »Wieso?« fragt sie tonlos.
»Nun, meine Liebe« – Werner ist ganz gelassen, zündet sich eine Zigarette an, lehnt lässig am Türrahmen –, »wir brauchen das nicht heute abend zu erörtern. Außerdem gibt es da nicht mehr viel zu besprechen, grundsätzlich waren wir uns ja schon vergangenen Sommer einig geworden. Was die Scheidung betrifft, meine ich. Ich habe sie verschoben, dir zuliebe, deinem Vater zuliebe. Aber nun denke ich, ist es genug der Rücksichtnahme. Dein Vater hat sich gut eingelebt, er wird zufrieden sein, wenn ich ihm eine hübsche kleine Wohnung kaufe. Ich dachte an eine Eigentumswohnung, er ist dann sein eigener Herr und bekommt dazu einen monatlichen Scheck, er hat wohl auch schon Freunde gefunden, wie ich hörte.
Ich denke, er kann sich dann nicht beklagen. Ricarda verläßt das Haus sowieso in nächster Zeit. Es steht also nichts im Wege, daß wir – nun ja, durchführen, was wir vorhatten.«
»Wir?« fragt Charlott. »Du meinst, *du* hattest es vor.«
»Gut, wie du willst. Auf jeden Fall waren wir uns einig.« Er spricht ganz ruhig, so als sei jeder Widerspruch von ihrer Seite ausgeschlossen.
Und wie schwer fällt Charlott dieser Widerspruch. Hat sie sich je gegen ihn durchsetzen können? Nie.
Trotzdem sagt sie: »Ich bin keineswegs mit dir einig. Ich – ich will nicht.«
»Was willst du nicht?« Kalt, mit einem drohenden Unterton.
Auf ihren Wangen erscheinen rote Flecken, sie sitzen direkt unter dem künstlichen Rouge. Es sieht lächerlich aus.
»Ich will mich nicht scheiden lassen.«

»Warum nicht?« fragt er kalt und ruhig wie zuvor.
»Warum?« ruft sie laut und unbeherrscht. »Mein Gott, warum? Werner, wie du mit mir redest! Du kannst doch nicht so plötzlich zwischen Tür und Angel – ich meine, diese Dinge kann man doch nicht übers Knie brechen – schließlich bin ich doch ...«
»Errege dich nicht, meine Liebe. Du weißt, wir wollen ausgehen.«
»Ich will nicht ausgehen.«
»Schön. Dann nicht. Gehen wir nicht. Mir ist es gleichgültig.«
Ihr nicht. Sie will mit ihm gesehen werden. Sie sind diesen Winter sehr selten ausgegangen. Sicher reden die Leute darüber. Die Leute – diese alberne Gesellschaft, an der ihr im Grunde nichts liegt.
»Werner, ich bitte dich, du mußt doch einsehen, daß das so einfach nicht geht. Du kannst doch nicht plötzlich wieder davon anfangen.«
»Charlott, hör zu. Die Sache war besprochen und abgemacht. Oder nicht?«
Sie schweigt.
»Oder nicht?« Laut und scharf.
»Doch. Damals ...«
»Wir waren uns einig. Wie schon gesagt, dir und deiner Familie zuliebe habe ich die Angelegenheit zurückgestellt. Das wußtest du. Oder nicht?«
»Doch.«
Und nun geht er zwei Schritte auf sie zu, steht vor ihr, sieht sie an. »Was sollte sich sonst geändert haben?«
Ja, sehr richtig. Was sollte sich sonst geändert haben? Sie weiß es ja. Er liebt sie nicht, hat sie nie geliebt, will sie endlich los sein. Sie kann ihm dankbar sein, daß er wenigstens dieses halbe Jahr noch gewartet hat.
»Also ist es immer noch diese Frau«, murmelt sie.
»Das ist ganz nebensächlich. Warum, wieso, weswegen, soll dich nicht kümmern.« Und jetzt wird er brutal, wird deutlich.

»Ich habe für diese kleine Dummheit damals im Krieg lange genug geradegestanden. Ich habe dich geheiratet, deine Tochter ist ehelich geboren. Und seitdem sind siebzehn Jahre vergangen. Siebzehn Jahre!«

Jetzt ist seine Stimme auch laut geworden.

»Es ist dir gut gegangen, nicht wahr? Es wird dir auch weiterhin gut gehen. So gut wie wenig Frauen. Du hast keinen Finger krumm zu machen brauchen. Dein Leben lang nicht, und wirst es nie tun müssen. Ich denke, daß ich meine Schuldigkeit getan habe. Überreichlich! Aber nun ist es genug. Wie gesagt, dir wird es gut gehen. Dir und den Kindern, und deinem Vater auch noch dazu. Aber mehr kannst du nicht von mir verlangen. Und mehr ist von mir nicht zu haben. Dies nimm zur Kenntnis. Wir lassen uns scheiden. Und zwar ganz demnächst. Und denke nicht, daß du mich daran hindern kannst. Es könnte für dich üble Folgen haben. Du mußt meine Großzügigkeit und meine Anständigkeit nicht überfordern.«

Sie schweigt. Sie sagt nichts mehr und wird auch fernerhin nichts sagen. Sie ist ihm nicht gewachsen. Nicht wenn er so mit ihr redet. Und sie weiß überdies – er hat recht. Er hat seine Schuldigkeit getan. Ein paar leichtfertige Stunden mit ihr – er hat dafür bezahlt. Und nun ist Schluß! Sie steht regungslos, die Schultern sind ihr nach vorn gesackt, sie steht, starrt in den Spiegel, sieht ihr Gesicht nur durch einen Schleier. Die ersten Tränen laufen ihr über die Wangen.

»Weine nicht«, sagt er, jetzt freundlicher, »es hilft nichts, Charlott. Wenn du ehrlich bist, weißt du, daß ich recht habe. Ich verlange meine Freiheit, und du kannst sie mir nicht verweigern.«

Es klopft an die Tür. »Kann ich mal gucken kommen«, ruft Brigitte und macht die Tür schon auf. »Seid ihr fertig? Ui, Chef, der Frack steht dir wieder mal toll. Zum Verlieben siehst du aus.«

Diese Bemerkung hat noch gefehlt. Charlott wendet sich heftig vom Spiegel ab und sucht nach der silbernen Tasche.

Sie weint doch nicht schon wieder, denkt Brigitte. Ewig haben sie Krach, es ist einfach gräßlich. Nachgerade hängt mir das alles zum Halse heraus. Ich werde froh sein, wenn ich mit der Schule fertig bin. Ich werde doch studieren, dann kann ich abhauen. Und dieses rote Kleid! Warum muß sie das tragen? Ich hab's ihr aber gesagt.
»Fehlt noch was, Mutti?« fragt sie.
»Ja«, murmelt Charlott fahrig und wirft den Inhalt einer Schublade durcheinander. »Ich suche die silberne Abendtasche. Und die silbernen Sandaletten finde ich auch nicht.«
»Die sind bei mir. Warte, ich hole sie dir. Und wo die Tasche ist, weiß ich auch. Laß nur gehen, ich suche sie dir gleich.«
Sie läuft hinaus, kommt gleich darauf mit den Sandaletten wieder, fängt an nach der Tasche zu kramen, die sie auch richtig gleich findet.
»Schick siehst du aus, Mutti«, sagt sie dabei, was eine Lüge ist. Sie lügt selten. Aber ihre Mutter tut ihr leid.
»Gut, dann bist du wohl fertig«, meint Werner ungeduldig. »Können wir gehen?«
Charlott wirft ihm einen Blick zu wie ein sterbendes Kalb. Sie ist todunglücklich. Sie tut sich selber so leid. Außerdem ist die Wimperntusche ein bißchen verlaufen. Genaugenommen müßte sie ein neues Make-up haben. Und am liebsten würde sie zu Hause bleiben.
Ja. Warum kann sie ihm nicht einfach Schuhe und Tasche an den Kopf werfen, das Kleid herunterreißen, eine Szene machen und dann zu Hause bleiben. Warum kann sie das nicht? Statt dessen fummelt sie mit zitternden Händen mit der Wimperntusche herum.
»Gittischatz, holst du uns zwei Kognak herauf?« fragt Werner.
»Klar, Chef, wird gemacht.«
Und dann gehen sie also zum Presseball.

Auf dem Presseball ist natürlich Sybille auch. An ihrer Seite Dr. Klotz, der einen funkelnagelneuen Smoking anhat. Und direkt verführerisch aussieht – das behauptet Sybille jedenfalls. Und außerdem ist sie ständig umschwärmt. Von Kollegen und vielen anderen Männern. Sie tanzt und sie trinkt und sie lacht. Sie flirtet. Sie ist fast so wie die Sybille von früher. Sie hat neuen Auftrieb, und das hat seinen Grund.

Am Tag zuvor hat Toni Maltzum angerufen. Starreporter einer großen Illustrierten, den sie im Dezember in Wien zufällig am Graben getroffen hat.

»Sag mal, Sybille, du hast doch unlängst in Wien gesagt, du möchtest dich gern verändern.«

»Ja, will ich. Warum?«

»Du suchst einen Redakteurposten an einer großen Tageszeitung, nicht?«

»Ja. So was Ähnliches.«

»Also das habe ich nicht zu bieten. Aber etwas anderes. Falls du ein bißchen abenteuerlustig bist und was von der Welt sehen willst.«

»Schieß los!«

»Wir planen eine große Reportage. Afrika, später Südostasien. Vielleicht auch umgedreht, steht noch nicht fest. Allgemeines, Wirtschaft, Politik und so weiter, wie gehabt. Aber diesmal mit einem speziellen Akzent auf den Frauen. Wie leben die Frauen in den neuen, selbständig gewordenen Staaten? Was hat sich verändert, zum Guten, zum Schlechten? Was haben sie für Aussichten, was haben sie bisher erreicht, was können sie demnächst erreichen? Was denken sie davon, was wollen sie, was wollen die Männer?

Und so weiter und so fort. Ein dicker Hund wird das, kann ich dir sagen. Vielleicht auch später ins Ausland zu verkaufen. Auf jeden Fall muß ich eine Frau dabei haben. Ich gehe mit einem Fotografen, aber diesmal brauche ich eine Frau, die doch andere Fragen stellen kann und auch andere Möglichkeiten hat. An sich wollte ich die Dexter mitnehmen. Patente Person, hart im Nehmen, gute Reporternase. Jetzt kriegt das dumme Weib ein Kind, ausgerechnet. Kurz und gut, ich hab' an dich gedacht.«

»An mich?«
»Ja. Du müßtest das eigentlich können. Und in der Provinz bist du lange genug versauert. Wird Zeit, daß du was von der Welt siehst. Wir werden ein paar Monate unterwegs sein. Und wenn es hinhaut, kommt der andere Kontinent hinterher. Später kannst du dann immer noch an eine Tageszeitung gehen. Fürs dreifache Gehalt mit dieser Reportage im Rücken. Honorar bei uns natürlich erstklassig. Na, wie wäre das?«
»Mensch!« sagt Sybille nur.
»Überleg es dir in Ruhe. Eine Ferienreise ist es nicht. Und dann müßte es bald sein. Hast du dort noch einen langen Vertrag?«
»Ach, das ginge. Ich wollte sowieso – Mensch, Toni! Ich weiß nicht, was ich sagen soll.«
»Brauchst du im Moment auch nicht. Verheiratet bist du ja wohl nicht?«
»Nein.«
»Kind kriegst du auch nicht?«
»Nicht, daß ich wüßte.«
»Gut. Dann stände ja nichts im Wege.«
»Du fragst nicht, ob ich vielleicht verliebt bin.«
»Nicht so wichtig. So was geht vorüber. Bißchen Liebe können wir dir schlimmstenfalls unterwegs auch bieten, Klaus und ich, wenn es unbedingt sein muß.«
»Du bist reichlich unverschämt.«
»War ich doch schon immer. Du wirst dich wieder dran gewöhnen. Schön, mein Schatz. Überlege es dir. Ich rufe übermorgen wieder an. Und nicht darüber reden, ist noch Geheimsache, also – tschüs!«
»Warte doch«, ruft Sybille. »Und deine Redaktion? Was sagen die denn dazu?«
»Die überlassen das mir, die richtigen Partner zu finden. Also, bis übermorgen.«
Das war gestern. Und seitdem weiß Sybille nicht mehr, was oben und unten ist. Ein tolles Angebot. Eine phantastische

Sache. Der beste Weg, Werner Fabian endgültig aus ihrem Leben zu streichen. Ihn zu vergessen. – Das will sie. Bis jetzt hat sie nur mit Klötzchen darüber gesprochen. Der findet auch, daß es eine tolle Sache ist. Obwohl ihm bald das Herz bricht, wenn er daran denkt, daß er sie verlieren soll. Was heißt verlieren? Er hat sie nie besessen. Aber er konnte sie wenigstens jeden Tag sehen. Und so etwas wie Freundschaft verband sie schließlich doch. Aber er weiß, daß sie unglücklich ist, er weiß, daß da eine Liebesaffäre ist, die sie quält. Er weiß auch mit wem. Und darum denkt er, daß es gut wäre, wenn sie das Angebot von Toni Maltzum annimmt.
Allein schon die Aussicht, etwas unternehmen zu können, gibt Sybille Auftrieb. Sie ist an diesem Abend wieder mal lebhaft und vergnügt. Ihr Bruder? Er ist auch auf dem Ball. Mit Annelie Laupholz. Sie weiß inzwischen von den beiden, weiß, daß Alexander das Mädchen heiraten will. Sie glaubt nicht recht daran. Sven Laupholz wird seine behütete Tochter nicht einem erfolglosen Schauspieler zur Frau geben. Sie beobachtet aus der Ferne, wie Annelie Alexander mit in die Loge schleppt, wo ihre Eltern mit Bekannten zusammensitzen. Auch Werner Fabian und seine Frau sitzen dort. Sie sieht, wie Sven Laupholz sich kurz erhebt, Alexander mit unbewegter Miene begrüßt, sehr zurückhaltend, fast unhöflich. Eva Laupholz macht es durch Liebenswürdigkeit gut. Sie kennt Alexander inzwischen. Kann eigentlich nichts gegen ihn sagen. Ist aber nicht dafür. Irgend etwas gefällt ihr an dem jungen Mann nicht. Aber was soll man machen, Annelie liebt ihn.
Sie liebt ihn, denkt Sybille. Und meistens setzt so ein Mädchen durch, was es will. Vielleicht wäre es nicht das schlechteste, wenn Alexander die Kleine heiraten würde. Vielleicht geht es gut. – Alexander ist so ein lieber Junge. Er kann so nett sein. Eigentlich müßte eine Frau mit ihm glücklich werden. Aber ich kann ihm in diesem Fall nicht helfen. Für mich wäre es eine Beruhigung. Wenn ich wirklich so lange fort bin ...
Wenn sie wirklich so lange fort ist. Der Gedanke wird immer

vertrauter. Mehrmals spricht sie am Abend mit Klötzchen darüber. Beim Tanz, an der Bar, beim Essen – immer wieder fängt sie davon an.

Er ist ein wenig melancholisch, aber er redet ihr zu. Er sieht ja, wie es sie belebt.

»Du wirst mich vergessen. Du wirst fortgehen, und ich werde dich nie wiedersehen.«

»Unsinn, Klötzchen. Ich werde dich nicht vergessen, und wir werden uns auch wiedersehen. Gute Freunde will man gern wiedersehen. Und du bist doch mein Freund?«

»Das weißt du doch.«

Eigentlich, denkt Sybille, könnte ich mit ihm schlafen, ehe ich abreise. Er wäre glücklich, und ich habe mich damit endgültig von Werner geschieden. – Aber das ist natürlich Unsinn, und sie weiß es ganz genau. Sie hat sich damit weder von Werner geschieden noch wäre es für Klötzchen ein Glück. So einer ist der nicht. Es könnte ihr passieren, daß er dieses großzügige Angebot schlicht ablehnt. So einer ist er nämlich.

Eigentlich ein netter Mann, denkt sie. Warum kann man so einen Mann nicht lieben? Bei ihm hätte man immer ein warmes Herz. Aber sie liebt ihn eben nicht. Sie liebt den anderen. Bei dem ihr Herz immer kälter wird.

Und dann kommt es zu dem Zwischenfall mit Charlott Fabian. Es ist schon ziemlich spät in der Nacht, Sybille war an der Sektbar im ersten Stock, mit Klötzchen und einigen Bekannten. Wie sie und Klötzchen die breite Treppe wieder hinuntergehen, begegnen sie Charlott Fabian. Charlott bleibt stehen und sieht Sybille an, die gerade über eine drollige Bemerkung von Klötzchen lacht.

»So vergnügt, Fräulein Helten?«

Sybille bleibt das Lachen in der Kehle stecken. – Nanu, was ist das? Eine Attacke etwa? Das wäre unangenehm. Sie sieht gleich, daß Charlott zuviel getrunken hat.

Sybille lächelt etwas krampfhaft. »Ein hübscher Abend, nicht wahr?«

»So? Ich finde ihn nicht so hübsch. Aber Sie sind vermutlich anderer Meinung. Sie haben ja endlich erreicht, was Sie wollen. Fragt sich nur, ob Sie dabei glücklich werden.«

Sybille wird blaß.

Klötzchen tritt einen Schritt vor. »Gnädige Frau, darf ich Ihnen ...« Ja, was eigentlich? Da ihm nichts anderes einfällt, fährt er fort: »Darf ich Sie um diesen Tanz bitten?«

Charlott streift ihn mit einem kurzen Blick aus den Augenwinkeln. »Nein. Ich tanze jetzt nicht.«

Und dann, den Blick wieder starr auf Sybille gerichtet: »Sie sind sehr stolz nun, nicht? Eine großartige Tat, eine Familie zu zerstören.«

Selbst Charlott in ihrem Zustand merkt, wie falsch das klingt. Dummes, hohles Pathos. Da war nichts zu zerstören. Nicht in dieser Weise.

Aber da hat sich Sybille schon gefaßt. Sie ist eiskalt innerlich, eiskalt vor Wut. Das muß ihr passieren. Das geschieht ihr recht. Hat sie so etwas nötig? Lächerlich. Und in diesem Moment entscheidet sie sich. Sie wird mit Toni reisen. Weit und lange. Und das alles hier wird sie hinter sich lassen. Werner? Werner Fabian? Hat sie ihn je geliebt? Zum Teufel mit ihm.

»Ich weiß nicht, was Sie meinen, Frau Fabian«, sagt Sybille beherrscht. »Ich fürchte, Sie befinden sich in einem Irrtum.«

»So?« ruft Charlott, und ihre Stimme wird hoch und schrill. »Es ist also ein Irrtum, daß mein Mann sich von mir scheiden lassen will.«

»Aber gnädige Frau«, sagt Klötzchen beschwörend, »Sie werden doch hier keinen Auftritt machen wollen. Bedenken Sie all die Leute.«

»Das ist mir egal«, sagt Charlott, aber ihre Stimme zittert bereits, das bißchen Kraft und Mut, die der Alkohol ihr gegeben hat, versickern schon wieder. »Sie glauben gar nicht, wie egal mir das ist.«

»Bitte, Frau Fabian«, sagt Sybille, ihre Augen funkeln kalt und böse, ihre Stimme ist kalt und hart, und ihr Herz ist voller

Verzweiflung und voller Bitternis, zum letztenmal, zum letztenmal, das schwört sie sich, »bitte, beruhigen Sie sich. Ihr Mann interessiert mich nicht. Ich verlasse demnächst diese Stadt. Ich gehe ins Ausland.«

Nun ist es um Charlotts letzte Fassung geschehen. Und nun weiß sie auch schon, daß sie sich unmöglich gemacht hat. Und daß Werner ihr das nie, nie verzeihen wird, wenn er von diesem Auftritt erfährt. Nie wird er das verzeihen. Sie benimmt sich wie die Lottel aus Breslau, wie ein dummes kleines Ding. Nicht wie eine Frau von Welt. Nicht wie eine reiche Frau. Nicht wie die Frau von Werner Fabian sich zu benehmen hat.

»Aber – aber ich denke, er will Sie heiraten«, stammelt sie, ein ängstliches Kind auf einmal, das man gleich schlagen wird.

»Das denke ich nicht«, sagt Sybille ruhig. »Ich auf jeden Fall habe nicht die Absicht, ihn zu heiraten. Weder ihn noch einen anderen.« Ihre Stimme wird noch leiser, noch ruhiger. »Er wäre der letzte, den ich heiraten würde. Das können Sie mir glauben. Und jetzt entschuldigen Sie mich wohl.«

Sie geht rasch die Treppe hinab, ohne rechts und links zu blicken. Hat jemand diese Szene beobachtet, belauscht? Sie will es nicht zur Kenntnis nehmen.

Charlott steht und sieht ihr nach. »Darf ich Sie hinauf begleiten?« fragt Klötzchen verwirrt und hilflos.

Charlott sieht ihn an mit ihren blauen Kinderaugen, nicht weniger verwirrt und hilflos als er. »Danke. Nein, danke, ich – mir fehlt gar nichts.«

Sie geht zwei Schritte, bleibt stehen, dreht sich noch einmal um und kommt zurück. »Bitte – bitte, sagen Sie Fräulein Helten, daß mir das leidtut. Ich bin – ich ...« Die Stimme versagt ihr, gleich wird sie weinen. Sie wendet sich und geht rasch fort.

Dr. Klotz steht allein in seinem hübschen Smoking und kommt sich etwas dumm vor. Das sind Sachen!

Und wo ist Sybille hin?

Er findet sie unten im großen Saal am Tisch ihrer Zeitung, sie redet mit dem Chefredakteur, scheint ganz normal zu sein.

Aber als er kommt, sieht er ihre Augen. So hat er sie nie gesehen. Auch sie auf einmal hilflos, geängstigt, unglücklich. Gott, wie unglücklich sie ist. Wenn er ihr nur helfen könnte! Er tut, was er sonst nie tun würde, er unterbricht ihr Gespräch mit dem Chefredakteur. »Du hattest mir diesen Tanz versprochen, Sybille.«
»Natürlich.« Sie steht rasch auf, lächelt dem Chef zu und geht vor ihm her zur Tanzfläche. Sie spielen irgend etwas Lautes, Modernes, er hört gar nicht hin, legt den Arm um sie, spürt, wie sie zittert. Sie zittert am ganzen Körper, es wird immer schlimmer.
»Komm«, sagt er. »Unten im Keller ist irgendwo eine Bierbar, vielleicht ist es dort etwas ruhiger.«
»Nein. Ich möchte nach Hause. Bringst du mich heim?«
»Natürlich.«
»Und bleibst du bei mir?«
»Wenn du willst?«
»Du kannst bei mir schlafen, wenn du willst. Aber du brauchst auch nicht.«
Er lacht kurz auf, nun auch etwas zornig. »Es ist nett von dir, daß du mir wenigstens die Wahl läßt. Nein, ich werde nicht bei dir schlafen. Aber ich werde dich heimbringen.«
»Und noch ein bißchen bleiben, ja? Wir trinken eine Tasse Kaffee. Ich bin gleich wieder in Ordnung. Es ist alles ganz anders, als du denkst. Ich bin fertig mit dieser Sache. Fertig. Ganz und gar. Das kannst du mir glauben. Und ich werde nach Afrika fahren. Oder nach Indien oder nach Malaya oder sonstwohin. Und das hier werde ich vergessen. Aber dich nicht. Dich bestimmt nicht. Und wenn ich wiederkomme . . .«
»Wenn du wiederkommst, hast du mich längst vergessen.«
»Nein. Ich werde dich nicht vergessen haben. Man hat nicht viele Freunde. Du bist mein Freund. Das ist mehr wert, viel, viel mehr als alles andere. Das andere werde ich vergessen. Das heute abend und das, was vorher war. Aber ich werde mich freuen, wenn ich dich wiedersehe.«

»Komm«, sagt er. »Gehen wir jetzt.«
Auf dem Weg zur Saaltür kommen sie an der Loge vorbei, in der sich Werners Tisch befindet. Er steht dort gerade an der Brüstung, spricht mit einer Dame und einem Herrn. Als er Sybille sieht, lächelt er erfreut und sagt:
»Hallo, Sybille!«
Aber Sybille tut, als hätte sie nichts gehört, blickt durch ihn hindurch, als sei er Luft. Sie geht rasch aus dem Saal, ohne sich noch einmal umzudrehen.
Sie ist fertig mit Werner Fabian. Fertig mit der großen Liebe. Aus. Schluß. Vorbei!

# *Traum und Tat*

Keiner könnte Werner widerstehen, wenn er ihn so erlebt wie während der vierzehn Tage in Badgastein. Matthias, lebenserfahren und nicht ohne Vorurteil Werner gegenüber, kann es nicht und nicht der doch gewiß neutrale Herr Hübner; wie sollte es Ricarda fertigbringen.
Welche Frau würde von solch einem Mann nicht bezaubert sein? Er ist aufmerksam, ritterlich, liebevoll um sie besorgt; höflich und zuvorkommend zu den beiden alten Herren. Und so großzügig. Jeder Wunsch, den Ricarda haben könnte – er hat ihn schon erfüllt.
Er wolle sie besuchen, sagte er, als er von Kitzbühel herüberkam. Aber er bleibt. Das Zimmer im Kitzbüheler Hotel steht

leer. Werner wohnt bei ihnen im Bellevue. Und waren vorher diese Urlaubstage schon harmonisch und abwechslungsreich, so werden sie jetzt vollends ein erfüllter Traum.
Er hat den Wagen dabei, er fährt sie, wohin sie wollen. Die schönste Landschaft, die hübschesten Lokale, das beste Essen, alles steht zu ihrer Verfügung. Und immer ist er gut gelaunt, lacht mit ihnen, ein blendender Gesellschafter, ein Kavalier von Format, ein Mann von Welt. O ja, das kann Werner, mühelos verschenkt er seinen Charme und hat selbst die größte Freude daran.
Er geht mit Ricarda durch den Ort, bleibt vor den Schaufenstern stehen. Die eleganten Läden am Platz beim Hotel Straubinger, auf dem Weg zum Wasserfall, Werner findet jedesmal etwas, was er Ricarda unbedingt kaufen muß.
»Dieses Kleid dort, es würde dir großartig stehen. Gehen wir hinein? Aber warum denn nicht? Du kannst es doch mal probieren.«
»Was für reizende Stiefelchen! Die wären richtig für dich.«
»Also in Brigittes Pelzjacke habe ich dich nun lange genug gesehen. Wir wollen schauen, ob wir nicht etwas Hübscheres für dich finden.«
»Morgen abend ist ein Ball im Hotel, du hast ja die Plakate gelesen. Wir brauchen für dich ein fesches Abendkleid.«
Und zum Abendkleid bringt er den Schmuck: Kette, Armband, Clips. Einen wertvollen Ring.
Die Geschäftsleute im Ort, durchaus an zahlungskräftige Kunden gewöhnt, schließen ihn allesamt in ihr Herz. Man kennt ihn in den Läden, und natürlich Ricarda auch, und freut sich herzlich, wenn sie die Tür öffnen.
Welche Frau auf dieser Welt bliebe davon unberührt? Auch Ricarda nicht. Anfangs widerspricht sie noch, wehrt ab. Aber dann überkommt es sie wie ein Rausch. Ein Märchen wird wahr, ein Märchen, von dem sie nicht einmal geträumt hat.
Dabei umwirbt er sie auf zarte, behutsame Weise. Keine Zudringlichkeit, kein Drängen. Er hält ihre Hand, streift ihren

Arm, er sieht sie an – wie er sie ansieht! Wo sie geht und steht und sitzt. Sie wird täglich schöner davon. Denn eine Frau muß schön werden, wenn ein Mann sie so betrachtet. Noch dazu ein Mann wie Werner, ein Mann, nach dem alle Frauen sich umdrehen.

Sie geht durch die Hotelhalle wie eine Königin. Elegant, schön, bewundert. Und beneidet von allen Frauen. Denn sie ist die Frau, zu der dieser phantastische Mann gehört. Sie spürt das, weiß das. Nie zuvor hat sie so etwas erlebt. Er tanzt mit ihr in der Bar, die Wange an ihre Schläfe geschmiegt, flüstert ihr kleine Zärtlichkeiten ins Ohr, sagt ihr immer wieder, wie schön, wie wunderbar sie ist, wie sehr er sie liebt. Wie glücklich er ist, daß er sie wiederhat. Daß er nie im Leben eine andere Frau so begehrt, so geliebt hat.

Vor einigen Wochen ist Ricarda krank gewesen, hat fiebrig, in eine Traumwelt versponnen, entrückt jeder Wirklichkeit, im Bett gelegen. Jetzt ist es genauso. Nur – sie ist nicht krank. Sie lebt. Sie erlebt etwas, was jede Frau sich wünscht. Geliebt und verwöhnt zu werden. Aber es ist alles unwirklich. Sie ist wie eine Schlafwandlerin, die mit geschlossenen Augen auf einem Seil tanzt. Wird sie jemals wieder festen Boden unter die Füße bekommen? Oder wird das immer so bleiben?

Es kann nicht immer so bleiben. Das denkt jedenfalls Matthias, der zunächst mit Staunen und Befremden, dann mit wachsendem Unbehagen dies alles miterlebt.

Herr Hübner sagt zu ihm, als sie wieder einmal allein beim Wein sitzen: »Was soll eigentlich daraus werden? Wie soll das weitergehen?«

Matthias hebt verzagt die Schultern. »Ich weiß es nicht. Er sagt, er liebt sie. Er sagt, er hat sie immer geliebt. Vielleicht ist es wahr. Auf jeden Fall hat er sie früher geliebt. Damals. Aber was heute ist ...«

»Und – seine Frau? Ihre andere Tochter? Entschuldigen Sie, es geht mich nichts an. Aber wenn man sich das so mit ansieht, macht man sich doch so seine Gedanken, nicht wahr?«

»Es geht mir nicht anders.«

»Er hat zwei Kinder, sagen Sie?«

Matthias könnte ihn aufklären. Aber man kann darüber schlecht sprechen, bei aller Freundschaft, die er für den Kollegen empfindet. Es sind zwei Kinder, das stimmt. Doch Charlott ist nur die Mutter von dem einen. Die Gewichte sind gleich verteilt. Denn Matthias weiß inzwischen, daß Ricarda ihn belogen hat. Daß Brigitte doch Werners Kind ist.

Werner sprach an einem Abend ganz unbefangen von ihrem Zusammentreffen in Krakau, von dem, was daraus entstanden ist. Ricarda blickte ihren Vater nicht an, sah an ihm vorbei, doch ihre Wangen färbten sich ein wenig rot. So lange hat sie das Geheimnis bewahrt.

Die Versuchung ist groß für Matthias, auch das Geheimnis, das er mit Charlott teilt, zu enthüllen. Aber was dann? Wird Werner nicht dann mit noch größerem Recht versuchen, Ricarda festzuhalten? Aber das will er sowieso, er hat es bereits klar und deutlich gesagt.

An einem Nachmittag, Ricarda ist beim Friseur, es ist ein trüber Tag, gegen Abend fängt es an zu schneien, da trifft Werner seinen Schwiegervater in der Hotelhalle.

Werner tritt aus dem Lift, er hat Ricarda zum Friseur begleitet, sich erkundigt, wann sie fertig ist, und wird sie auch wieder abholen. Keinen Schritt läßt er sie allein gehen. Werner setzt sich zu Matthias, sie bestellen ein Viertel Kalterer, und nun stellt Matthias also die Frage, die ihm auf der Seele brennt.

»Werner, wie stellst du dir das eigentlich vor? Was soll daraus werden?«

Werner macht keine Ausflüchte, stellt keine Rückfragen. Unumwunden sagt er, was er will.

»Ich will Ricarda heiraten. Es wird Zeit, daß es ihr besser geht. Daß sie endlich glücklich sein kann. Gibst du mir darin nicht recht?«

Was für eine Frage! Und was soll Matthias darauf antworten? Hat er sich denn jemals etwas anderes gewünscht? Immer

dachte er daran, daß es Ricarda gut gehen soll und daß sie glücklich wird. Aber so, wie die Dinge nun einmal liegen – er hat schließlich noch eine zweite Tochter.
»Und Charlotte?« fragt er.
»Wir brauchen das nicht mehr zu analysieren, was damals passiert ist«, antwortet Werner ruhig. »Du weißt es genausogut wie ich. Wenn jemand Unrecht getan hat, dann war ich es. Ich war mir dessen bewußt damals, und ich bin es heute.
Charlott gegenüber bin ich fair gewesen. Jedenfalls nach außen hin. Ich habe sie geheiratet, es ist ihr gut gegangen. Ricarda hat die Rechnung allein bezahlt. Meinst du nicht, daß es nur gerecht ist, wenn *sie* jetzt einmal auf die Sonnenseite kommt. Zumal ich sie ja liebe. Und Charlott – verzeih, daß ich das so offen sage –, Charlott habe ich nie geliebt. Und sie weiß es.«
»Ja«, sagt Matthias langsam. »Sie weiß es.« – Es läßt sich nichts sagen gegen Werners Darstellung.
»Und«, fährt Werner fort, »ist es nicht gerecht, wenn ich nun Ricarda an die Stelle setzen will, die ich ihr von Anfang an zugedacht habe?«
Ist es gerecht? Ja. Gewiß. Wenn man es so betrachtet wie er – es ist gerecht. Aber in Matthias regt sich rebellischer Widerspruch. Er denkt: Wer bist du, daß du über Recht und Unrecht entscheidest? Wer bist du, Werner Fabian, daß du Gerechtigkeit walten lassen willst auf dieser Erde, die keine Gerechtigkeit kennt? Das Schicksal, Gott, das Leben – man kann es nennen, wie man will, doch im Laufe eines Lebens erfährt man, daß es Gerechtigkeit nicht gibt. Nie gegeben hat. Nie geben wird. Aber hier ist einer, der kann mehr als Gott und Schicksal, er zaubert die Gerechtigkeit aus dem Hut wie ein Magier das weiße Kaninchen.
Für Ricarda also nun ein Leben in Glück als Ausgleich für erlittene Unbill und angetanes Unrecht. Und für Charlott, die den Kuchen bis jetzt allein essen durfte, ein Leben im Schatten. Sie muß abdanken. Weil Werner Ricarda liebt. Man muß schließlich auch Werner gegenüber gerecht sein.

»Denke nicht«, fährt Werner fort, »daß Charlott sehr darunter leiden wird. Wir leben seit vielen Jahren nebeneinander her. Wir hatten uns nie viel zu sagen. Und sie wird von mir großzügig abgefunden werden. Sie bekommt ein schönes Haus in einer Gegend, die sie sich aussuchen kann. Sie bekommt eine ausreichende Apanage. Und wer weiß – sie ist jung genug, vielleicht heiratet sie wieder. Du kannst mir eines glauben: sie würde mit einem anderen Mann viel glücklicher sein als mit mir. Sie hat manchen Verehrer gehabt in den vergangenen Jahren. Wer weiß, vielleicht ist es gerade ihr Glück, wenn sie von mir frei sein wird und tun kann, was sie will.«

Oh – Werner ist ein geschickter Anwalt seiner Sache. So wie er das alles hervorbringt, klingt es plausibel und überzeugend.

»Und die Kinder?« fragt Matthias schließlich.

»Brigitte hat mir gesagt, daß sie nun doch studieren will. Also wird sie sowieso im kommenden Herbst aus dem Haus gehen. Eines Tages heiratet sie. Vielleicht schon bald. Die Mädchen haben es ja heutzutage sehr eilig mit der Ehe. Auf jeden Fall, ob nun Studium oder Ehe, Brigitte wird kaum bei uns zu Hause sitzen, der Typ ist sie nicht. Und ich werde sie schon im Auge behalten, dessen kannst du gewiß sein. Ich habe sie viel zu gern.

Thomas – nun ich denke, daß er bei seiner Mutter am besten aufgehoben sein wird. Das wird sich alles regeln lassen, so daß keiner zu kurz kommt.

Du, Vater, kannst wählen, was du willst. Bei mir und Ricarda leben, bei Charlott oder für dich allein in einer hübschen, modernen Wohnung. Ganz nach deinem Wunsch.«

Mein Wunsch, was ist mein Wunsch? Und ganz plötzlich kommt Matthias zu der Erkenntnis, daß er seiner Familie müde ist. Sie hätten doch nicht in den Westen kommen sollen. Wird denn dieses Dilemma, seine Töchter und dieser Mann, nie ein Ende haben? Fängt es immer wieder von vorn an?

Er kann nicht entscheiden, was gut und richtig ist in diesem Fall, es ist einfach zu viel verlangt. Aber er wünscht sich, er brauchte nie mehr etwas davon zu hören. Er wünscht sich ganz brennend auf einmal eins: Unabhängigkeit. – Von Werners Geld zu leben wird auf die Dauer für ihn unerträglich. Er muß doch einmal sehen, wenn er zurückkommt, ob er nicht doch Anspruch hat auf irgendeine Rente, eine Beihilfe des Staates. Wenn er nur jünger wäre! Wenn er arbeiten könnte! Angenommen, er würde Werner bitten, ihm einen Kredit zu geben. Und er würde eine kleine Buchhandlung kaufen, irgendwo, ganz egal wo. Er traut sich das schon zu.

Der Gedanke elektrisiert ihn. Zwei Tage denkt er darüber nach. Er hat Zeit genug. Das Wetter ist wieder besser geworden, er geht spazieren, meist allein, weil er auch Ricarda und Werner nicht um sich haben will. Und Freund Hübner ist nach Salzburg gefahren. Auch er hat Sorgen mit seiner Tochter. Komisch, immer die Töchter. Ob alle Väter so viele Sorgen mit Töchtern haben?

Er hat Matthias kurz davon erzählt. Sein Schwiegersohn ist vor einem Jahr gestorben. Und die Tochter ist allein mit drei Kindern und dem Geschäft.

Am Tage nach Hübners Rückkehr spazieren die beiden Herren nach Böckstein. Die Sonne scheint wieder, die Kaiserin-Elisabeth-Promenade liegt im hellen Licht, Spaziergänger nach beiden Richtungen bevölkern den Weg. Matthias erzählt von seinem Plan. »Irgend so ein hübscher kleiner Laden. Könnte ja auch in einer Kleinstadt sein. Ich denke, daß Werner mir das Geld geben würde. Oder halten Sie mich für verrückt, in meinem Alter noch solche Gedanken zu haben?«

»Hm«, meint Herr Hübner, »gerade bei Ihnen würde ich das nicht sagen. Sie sind durchaus der Mann, dem ich so etwas zutrauen würde. Aber – warten Sie noch ab, ich hätte vielleicht eine andere Idee.«

»Mich betreffend?« fragt Matthias erstaunt.

»Sie betreffend. Ich habe mich gestern auf der Fahrt von Salzburg herein schon damit beschäftigt. Nur so am Rande, denn ich dachte mir, ich kann Ihnen damit nicht kommen. Schwie-

gervater eines reichen Mannes, alles in bester Butter. Warum sollen Sie arbeiten? Wenn es natürlich nun so ist und wenn Sie mir mit solchen Plänen kommen – also, mein Lieber, dann hören Sie sich erst mal meinen Vorschlag an.«
Matthias ist maßlos gespannt. »Also los! Was ist es?«
»Ich habe Ihnen von meiner Tochter in Salzburg erzählt, nicht wahr? Sie hat vor fünf Jahren geheiratet, aus Liebe. Mein Schwiegersohn hat ein Sortiment in Salzburg, ein sehr hübsches Geschäft in guter Lage. Die beiden haben sich auf der Buchmesse kennengelernt. Meine Tochter wollte gar nicht Buchhändlerin werden. Sie half wohl mal im Laden mit, aber eigentlich hatte sie künstlerische Ambitionen. Sie wollte malen. Und sie hat auch wirklich ein hübsches Talent. Finde ich jedenfalls. Vielleicht bin ich bloß ein stolzer Vater. Sie besuchte eine Zeitlang die Kunstakademie in München, aber nachdem meine Frau gestorben war, kam sie dann wieder zu mir, kümmerte sich um mich, nun ja, wir verstehen uns recht gut.
Sie war noch sehr jung damals, sie ist ein bißchen zerfahren, ein bisserl schlampert würden es unsere österreichischen Freunde nennen. Eine Künstlerin halt. Und Sinn fürs Geschäft hat sie nicht im geringsten. Kurz und gut, die beiden trafen sich in Frankfurt bei der Messe, wohin meine Tochter mich begleitet hatte. Da ist immer so ein Ball zum Abschluß, und da ist es passiert. Meine Tochter ist ein sehr hübsches Mädchen. Finde ich nun wieder. Und mein späterer Schwiegersohn war ein so richtig charmanter, liebenswerter Österreicher. Es war Liebe auf den ersten Blick. Mein Gott, sie war damals neunzehn.
Ich sagte, warte noch, es eilt ja nicht so. Ich denke, du willst Malerin werden. Wie wäre es, wenn du ein bißchen weiterstudiertest?«
Herr Hübner unterbricht sich und bleibt stehen. »Ich langweile Sie doch nicht mit meiner Familiengeschichte?«
»Aber keineswegs«, ruft Matthias. »Ich bin froh, daß endlich mal eine andere Familiengeschichte und nicht nur immer

meine eigene zur Sprache kommt. Also wie ging's weiter? – Sie wollte natürlich nicht mehr auf die Kunstakademie?«

»Sehr richtig. Malen könne sie auch in Salzburg. Dort gebe es den besten Unterricht überhaupt. Na, was soll ich viel erzählen. Sie haben schon im Sommer darauf geheiratet. Und ich war meine Tochter los. Schließlich ist es meine einzige, da fällt einem das nicht so leicht. Aber jedenfalls war sie glücklich in dieser Ehe. Für meinen Geschmack kamen die Kinder ein wenig rasch. Drei sind es. Vier und drei Jahre, das Kleinste ist eben acht Monate alt, es wurde erst nach dem Tode meines Schwiegersohns geboren. Es war schlimm, sehr schlimm für meine Tochter.«

»Und was passierte mit Ihrem Schwiegersohn?«

»Es war ein Bergunfall. Er war leidenschaftlicher Schiläufer. Und auch meine Tochter hatte angefangen, große Touren zu machen, was mich immer sehr beunruhigte. Wie ich schon sagte, ist sie keine sehr besonnene und umsichtige Frau. Aber, wie Sie sehen, mein Schwiegersohn kannte sich in den Bergen aus und trotzdem – es passiert eben.

Es war eine Lawine. Meine Tochter war nicht dabei, denn sie erwartete ja damals wieder ein Kind. Nun, um es kurz zu machen: jetzt ist sie allein. Die Kinder, das Geschäft, sie hat gutes Personal, aber trotzdem, sie schafft es nicht. Ich fahre jeden Monat einmal nach Salzburg und sehe nach dem Rechten. Aber das hilft nicht viel. Und darum habe ich gestern im Zug an Sie gedacht.«

Jetzt bleibt Matthias mit einem Ruck stehen. »Sie haben an mich gedacht?«

»Ja. Ich dachte: Schade, der Wolff, daß der so warm und sicher da bei seinem Schwiegersohn sitzt und gar nicht nötig hat, einen Schritt zu viel zu tun – das wäre der richtige Mann, der könnte sich in Salzburg ansiedeln, hübsche Gegend, hübsche Stadt, sehr anregendes Pflaster, nette Leute, jedenfalls für meinen Geschmack, und da könnte der Wolff bei meiner Inge nach dem Rechten sehen. Man könnte ihn anstellen als Geschäftsführer, vielleicht wäre auch eine Beteiligung möglich, darüber müßte man reden, das ergäbe sich wohl auch mit der Zeit, man muß sich ja erst mal beschnuppern. Aber der Wolff hat selber Kinder und Enkelkinder, dem geht es gut, der hat so etwas gar nicht nötig. So ungefähr habe ich gedacht, gestern im Zug.«

»Menschenskind!« sagt Matthias. Er steht, hebt den Blick hinauf zum blauen Himmel, läßt ihn über die Berge gleiten, atmet tief.

»Wissen Sie, was Sie mir damit antun? Das können Sie nicht wissen. Noch einmal eine Aufgabe haben! Arbeiten können, und noch dazu in meinem Fach. Ahnen Sie überhaupt, was das bedeuten würde für mich?«

»Und Sie würden das tun? Wirklich?«

»Mit tausend Freuden. Ich wäre der glücklichste Mensch, wenn ich wieder etwas tun könnte!«

Da stehen sie mitten auf der Promenade, zwei alte Herren mit wintergeröteten Wangen und leuchtenden Augen, reichen sich die Hände, schütteln sie sich mit Nachdruck und haben soeben mit einem kurzen Gespräch die Weichen für Matthias' zukünftiges Leben gestellt.

»Und was werden Ihre Kinder dazu sagen? Ricarda? Was soll sie ohne Sie tun?«

»Ricarda wird sich bald entscheiden müssen. Entweder sie heiratet Werner, dann habe ich dabei nichts verloren. Oder sie arbeitet, dann wohnt sie sowieso in der Klinik, dann würden wir uns trennen. Ich kann ihr auch nicht viel helfen. Sie muß nun endlich selbst mit ihrem Leben fertig werden. Aber Ihre Tochter? Was wird die dazu sagen?«

»Inge? Die wird selig sein. Wir haben erst dieser Tage davon gesprochen, daß sie das Geschäft verkaufen muß. Sie tut's nicht gern, es ist schon lange in der Familie ihres Mannes. Und man muß ja auch an die Kinder denken. Es wäre gut, wenn man ihnen den Besitz erhalten könnte. Mir ginge es auch gegen den Strich. Aber meinen Laden will ich auch nicht hergeben, das verstehen Sie sicher. Aber so wäre es die Ideallösung. Sie ziehen nach Salzburg, sie können bei meiner Tochter wohnen, da ist Platz genug im Haus. Sie können eine eigene Wohnung haben, ganz nach Belieben, und Sie übernehmen die Leitung des Geschäfts.«

»Es ist unvorstellbar!« Matthias' Augen sind auf einmal so blau wie der Himmel. Er denkt an alles, was hinter ihm liegt. Die bitteren, die schweren Jahre. Demütigungen, Leid, Ausgestoßensein. Und nun doch noch einmal seßhaft werden, noch einmal eine Aufgabe, ein Heim zu haben. Wie lange noch? Wieviel Zeit bleibt ihm? Es ist gleichgültig. Wieviel Zeit auch immer, sie würde nicht leer sein. Wenn Anna-Maria das wüßte... Nun, vielleicht weiß sie es. Vielleicht ist gerade sie es gewesen, die ihm diesen Johannes Hübner über den Weg geschickt hat. Kann man das wissen? Gar nichts kann man wissen.

»So, und jetzt kehren wir um«, schlägt Herr Hübner vor. »Ich kriege langsam Hunger. Wo werden wir essen? Im Stiftskeller? In den Zipfer Stuben? Oder sind wir leichtsinnig, mieten wir uns ein Auto und fahren zum Grünen Baum? Auf jeden Fall versetzen wir heute die jungen Leute. Wir müssen das alles noch in Ruhe besprechen. Und einen guten Schoppen darauf trinken.«

Und damit wenden sich die beiden alten Herren und marschieren im Eilschritt Richtung Badgastein.

Alte Herren? Alt? Altsein ist in diesem Fall eine Fiktion. Solange ein Mensch eine Aufgabe zu erfüllen hat, solange er Pläne machen kann, ist er nicht alt. Siebzig Jahre? Lächerlich. Darauf pustet der Matthias Wolff. Thermalbäder, Wintersonne, Luxusleben – alles gut und schön. Aber was der Mensch vor allem haben muß, um jung zu bleiben: Er muß etwas zu tun haben.

Das wird er seinen beiden Mädchen jetzt einmal vorexerzieren. Sie können das von ihrem alten Vater lernen: Leben ist Tat.

Zur gleichen Stunde, in der das entscheidende Gespräch zwischen Matthias und Johannes Hübner stattfindet, liegt Ricarda oben auf der Bellevue-Alm in einem Liegestuhl in der Sonne. Allein. Sie ist selten allein in diesen Tagen. Darum genießt sie es doppelt. Sie braucht einfach einmal eine ruhige Stunde, um über alles nachzudenken. Die Tage sind so ausgefüllt, und immer Werners Nähe, die jeden vernünftigen Gedanken unmöglich macht. Es wird meist spät, bis sie zu Bett gehen, Werner will tanzen, will mit ihr in der Bar sitzen oder noch irgendwohin gehen, sie trinken viel, und dann ist Ricarda so müde, daß sie einschläft, kaum daß sie das Licht gelöscht hat.

Nicht nur die Luft, die Bäder und der Alkohol sind daran schuld, es ist, als fliehe sie davor, als wehre sich alles in ihr, zu einer Entscheidung zu kommen. Ja zu sagen zu Werner und seiner Liebe oder nein zu sagen und damit diesen neuen, unverhofften Glanz aus ihrem Leben wieder zu entfernen.

Sie schläft allein. Werner, wenn er sie in der Nacht an ihre Zimmertür bringt, blickt sie fragend an, faßt die Klinke, drückt sie nieder und bleibt unter der geöffneten Tür stehen. »Du schickst mich wieder weg, Ricarda?«

»Bitte, Werner ...«, sagt sie. – Es ist keine alberne Ziererei, sie will sich nicht interessant oder kostbar machen, es ist der Rest, der geblieben ist, der Rest ihres Hasses, ihrer Bitterkeit.

Er ist zu mir gekommen, hat mich geliebt – oh, wie er mich geliebt hat, mit welchen Worten, welchen Küssen, welchen Zärtlichkeiten –, und zuvor, nur wenige Tage zuvor hat er meine Schwester in Breslau umarmt. Es ist lange, lange, lange her. Das sagt sie sich immer wieder. Aber sie hat es nicht vergessen. Charlott hat recht gehabt: Sie kann nicht verzeihen.

Er hat ihre Schwester geheiratet, und sie hat nichts davon gewußt. Sie hat es durch die Mutter erfahren. Er hätte genausogut sie, Ricarda, heiraten können. Dann hätte eben Lottel das uneheliche Kind bekommen, und sie hätte ihr Kind zu Hause in Ruhe zur Welt bringen können, keine Frühgeburt in einem polnischen Dorf, und das Kind wäre am Leben geblieben.

Es ist lange her, warum kann sie es nicht endlich vergessen? Sie ist hartherzig, nachtragend, sie kann nicht verzeihen.
Es wäre so leicht. Sie braucht ihn bloß nicht wegzuschicken jede Nacht. Er kann zu ihr kommen, er kann bei ihr bleiben. Denn er liebt sie, das sagt er und beweist es mit tausend Kleinigkeiten. Er wird sie heiraten. Und Charlotte, ihre Schwester? – Sie hat keinen Grund, Rücksicht zu nehmen.
Ricarda liegt in der Sonne. Es ist so warm, daß sie nicht nur die Pelzjacke, auch den Pullover ausgezogen hat. Sie hat nur die Bluse an, und manche, die neben ihr liegen – denn vor dem Almhaus stehen dicht bei dicht mehrere Reihen von Liegestühlen, jeder besetzt –, tragen sogar ausgeschnittene Oberteile, um möglichst braun zu werden. So warm ist es hier oben in der Sonne.
Ricarda richtet sich auf. Sie ist Sonnenbäder nicht gewöhnt, bekommt leicht Kopfschmerzen davon. Als sie die Augen öffnet, stürzt das Licht machtvoll in sie hinein. Die starke, ungezähmte Hochgebirgssonne, der weiße Schnee – sie muß die Sonnenbrille aufsetzen.
Sie ist gern hier oben. Vor einer Stunde ist sie heraufgefahren mit dem kleinen Sessellift, der dicht hinterm Hotel seine Talstation hat. Es entzückt sie immer wieder, das schwerelos lautlose Schweben den Berg hinauf. Oben steht ein kräftiger junger Mann, der sie mit einem fröhlichen »Grüß Gott« in die Arme nimmt und auf den Boden stellt. Dann die paar Schritte bis zum Haus – was für ein bezauberndes Haus mit seinen dunklen Holzbalkonen, dem steinbeschwerten Dach, wie reizend eingerichtet innen, gemütlich, warm, Häuser, wie sie nur in den Bergen stehen. Sie blickt hinüber zum Graukogel, dessen Hang noch im Schatten liegt, zu den Tauern, weiß und mächtig und fern, so schön ist es hier – man muß einfach glücklich sein, wenn man das sieht.
Bin ich glücklich? Ich bin glücklich. Sehr glücklich. Jetzt wird Werner bald kommen. Er hat heute wieder einmal seine Schier mitgenommen, sie hat ihn dazu gedrängt.

»Du bist schließlich zum Schifahren hergekommen.«
»Macht mir keinen Spaß ohne dich. Warum willst du es nicht doch noch probieren? Wenn du doch früher schon gelaufen bist...«
»Nicht dieses Jahr. Du weißt doch, daß ich arbeiten muß in wenigen Tagen.«
»Ach was.« Er winkt ungeduldig ab. »Arbeitest du eben nicht. Komm, wir kaufen Schier für dich, und ich gebe dir Unterricht.«
Sie schüttelt den Kopf.
Er gibt sich zufrieden. »Aber nächsten Winter, das weißt du ja. Dann geht es los. Ich mache eine großartige Schiläuferin aus dir.«
Nächsten Winter, du lieber Himmel!
Er wollte hinauffahren zum Stubnerkogel, die schnellste Abfahrt wählen, und sie solle ihn auf der Bellevue-Alm erwarten, so ist es abgemacht.
Also wird er nun wohl bald kommen.
Sie schiebt sich vorsichtig aus dem Liegestuhl, zieht den Pullover wieder über und quetscht sich durch die Reihen, verläßt die Veranda.
Unten, vor der Liegeterrasse, ist die Eisbar errichtet. Dort steht Herr Schuster, der Barkeeper aus dem Hotel, hantiert mit den bunten Flaschen und unterhält sich dabei mit seinen Gästen, die auf den hohen, rustikalen Hockern balancieren.
Er sieht sie gleich, ihm entgeht nichts. Er lacht ihr zu, sie geht langsam zur Bar und sagt »Grüß Gott« – das hat sie sich schon angewöhnt. Er sagt: »Küß die Hand, gnä' Frau. Einen Drink gefällig? Hier hätt' ich grad noch ein hübsches Platzerl für Sie.«
Sie klettert gehorsam auf den hohen Sitz, wirklich ein guter Platz, gleich an der Ecke, sie kann den Hang sehen, auf dem Werner herunterkommen wird.
Sie denkt: Er müßte längst hier sein. Vielleicht ist er gestürzt, hat sich ein Bein gebrochen. Man hört ja immer soviel von diesen Schiunfällen, außerdem kann man hier im Ort jede

Menge Gipsbeine bewundern, die ungeniert und mit unvermindert guter Laune am Winterleben teilnehmen. Offenbar gehört es dazu, bei diesem Sport gelegentlich ein Gipsbein zu haben.

Wenn er sich ein Bein gebrochen hat, kann sie ihn pflegen. Der Gedanke erscheint ihr sehr verlockend. Gleich darauf muß sie über sich selbst lachen.

Werner bricht sich kein Bein. Er nicht.

»Gnä' Frau?« fragt Herr Schuster.

Sie blickt ihn zweifelnd an. »Vielleicht einen Campari?«

»Bitt' schön, gnä' Frau. Einen Campari.«

Mit größter Selbstverständlichkeit geht sie nun schon mit den Getränken der großen Welt um. Campari, Whisky, Martini, Kirsch zum Kaffee, einen Negroni vor dem Essen, nach dem Essen einen Kognak, zum Essen der Wein, einen leichten Weißen zum Fisch, einen kräftigen Weißen zum Fleisch, einen Roten zum Wild, abends in der Bar Champagner, und wenn sie den nicht mehr mag, einen Orangenflip. Das hat sie alles schnell gelernt. Sie weiß zum Beispiel, daß sie jetzt am Vormittag keinen Whisky hier bestellen darf. Das tut man eben nicht. Es ist gar nicht so schwer, man begreift das alles in Windeseile. Und gewöhnt sich sogar daran. Manchmal hat sie ihre Schwester bewundert in den vergangenen Monaten, wie die so leicht und selbstverständlich mit all diesen Requisiten des Wohlstandslebens hantiert. Nun, es ist wirklich nicht schwer. Was das betrifft – sie könnte Charlott sicher bald ersetzen. Ihre und Werners Gäste bekämen stets die richtigen Getränke, das passende Menü.

»Der Herr Gemahl macht heute eine Schitour?« fragt Herr Schuster.

Unwillkürlich errötet sie. So wirkt das also. Es muß so wirken. Und zweifellos weiß Herr Schuster ganz genau, daß der Herr Gemahl nicht der Herr Gemahl ist. Was für ein Leben in dieser Welt, in die sie da geraten ist!

Sie nickt stumm und nippt an dem roten Getränk. Läßt sich

Feuer geben für ihre Zigarette. Und schaut auf die Berge. Zu denken, daß man in Zukunft immer so leben könnte! Im Winter in den Bergen, im Sommer am Meer. Werner hat schon davon gesprochen, die Côte d'Azur, die Adria, Capri, Mallorca, Teneriffa, die belgische Küste, er kennt das alles, er will es ihr zeigen.

»Du wirst das alles sehen. Ich werde wieder Freude daran haben zu reisen, wenn ich es dir zeigen kann.«

Früher hatte er es Charlott gezeigt.

Was wird aus Lottel?

Sie denkt Lottel, ein wenig mitleidig, ein wenig zärtlich. Und sie denkt: Nein. Ich kann das nicht. Ich will das nicht. Es wäre so billig. Erst ich, dann sie, dann wieder ich. Einer von uns bleibt immer zurück mit einem zerstörten Leben. Ich kann das nicht.

Gestern nachmittag hat sie es gesagt. Sie sind vom »Grünen Baum« aus mit einem Schlitten hinter in die Prossau gefahren, sie beide allein. Warm verpackt unter einer Decke, er hat unter der Decke ihren Handschuh heruntergezogen, ihre Hand fest mit seiner großen warmen Hand umschlossen, sie spürt seine Schulter an ihrer, die Pferde traben durch den Schnee, sie tragen Glöckchen, es klingt lustig durch die stille Landschaft, ihre Mähnen wehen im Lauf, es ist ein Brauner und ein Fuchs, trab, trab, trab, die breiten dickvermummten Schultern des Mannes auf dem Bock stehen unbewegt vor den Bergen.

Werners andere Hand kommt unter der Decke hervor, er biegt ihr Gesicht zu sich herüber, er küßt sie auf die Nasenspitze, »du hast ja eine kalte Nase, Liebling!« Dann küßt er sie auf den Mund, »aber warme Lippen. Warme, süße Lippen, genau wie damals.«

Dann hat er davon gesprochen, wie es sein wird, wenn sie zurückkommen, was er alles gleich unternehmen wird. Die Scheidung wird in wenigen Wochen erledigt sein. »Im Sommer können wir heiraten. Und dann fahren wir weg. Vielleicht nach Korsika? Da bin ich noch nie gewesen. Da ist es schön,

wild und warm. So wie du bist. Dort werden wir ganz allein sein.«
Und sie: »Ich kann es Charlott nicht antun.«
»Du tust Charlott nichts an. Ich bleibe sowieso nicht bei ihr. Wenn ihr nicht gekommen wärt, dann wären wir schon längst geschieden.«
Das weiß sie nun, er hat es oft genug gesagt. Und sie denkt, daß da doch eine Frau gewesen sein muß, eine Frau in seinem Leben. Wo ist diese Frau nun?
Sie hat gefragt, und er hat geantwortet. »Keine Frau, mein Baby. Ich wollte auf jeden Fall von Charlott weg. Ich kann sie nicht mehr ertragen.«
Sybille? Sybille, die er geliebt hat, die zu ihm gepaßt hat wie keine Frau zuvor, die er heiraten wollte – er hat sie schon vergessen. Er hat sie wirklich vergessen, ganz und gar.
Es müßte Ricarda zu denken geben, wenn sie es wüßte. Aber sie weiß es nicht. Charlott hat ja immer gesagt, er kann nicht lieben. Aber vielleicht tut sie ihm unrecht. Vielleicht ist es eben doch die eine, die er liebt, die zu ihm gehört, die er nicht vergißt, nur die eine – Ricarda.
»Noch einen Campari, gnä' Frau?«
Noch einen Campari? Warum nicht? Sie nickt.
Und dann ist Werner plötzlich da. Mit einem eleganten Schwung landet er kurz vor der Bar, hat sie schon gesehen, winkt, lacht, löst die Schier von den Füßen, stakt sie in den Schnee, und kommt zu ihr.
»Grüß dich, Bambina«, sagt er, und denkt mit keiner Silbe daran, daß dieser Kosename noch vor wenigen Wochen einer anderen galt. Er tritt hinter sie, stemmt den Arm dicht neben sie auf die Bar, sie spürt seinen heißen, lebendigen Körper an ihrem Arm, an ihrer Schulter. Er bestellt ein Bier, denn er hat Durst bekommen von der Abfahrt, einen Schnaps dazu, damit dem Magen nicht zu kalt wird, dreht den Kopf ein wenig, küßt sie auf die Wange, lacht.
Die hübsche blonde Frau, die ihnen gegenüber an der Bar

sitzt, schaut interessiert herüber. Was für ein gutaussehender Mann! Auch Werner hat ihren Blick bemerkt, schickt gewohnheitsmäßig ein Lächeln hinüber, nette Frau, sagt sein Blick anerkennend, aber dann existiert nur noch Ricarda für ihn.
»Wie ist es dir ergangen, seit wir uns nicht gesehen haben?«
»Oh! Gut.«
»Wirklich? Ohne mich? Du liebst mich eben doch nicht.«
Hat sie noch Zeit für Skrupel und Zweifel, wenn er in ihrer Nähe ist? Sind da noch böse Erinnerungen, Ressentiments, Bitterkeit? Wenn er da ist, verschwindet alles. Die Sonne ist heller, der Himmel blauer, der Schnee leuchtender.
»Wollen wir hier oben Mittag essen? Gulaschsuppe und Kaiserschmarren? Oder wollen wir 'runterfahren und vornehm speisen? Du kannst wählen, Baby. Übrigens kriegen wir Föhn, der Hüttenwirt hat es gesagt. Warmen Wind aus dem Süden. Da schmilzt der Schnee.«
»Jetzt mitten im Winter? Ein warmer Wind aus Süden?«
»Natürlich, das wird dir hier alles geboten. Und dann habe ich mir noch etwas Neues für dich ausgedacht. Wir fahren weg von hier.«
»Wir fahren weg?«
»Ja. Das kennst du nun doch hier gut genug. Und für die letzten Tage fahren wir hinüber nach Kitzbühel. Dort ist es auch sehr nett. Ich habe ja dort noch mein Zimmer im Hotel. Ein schönes Zimmer mit Bad, genauso hübsch wie hier. Ein Doppelzimmer. Dort will ich mit dir sein. Allein. Deinen lieben Papa lassen wir hier bei Herrn Hübner. Und nun sieh mich nicht so entsetzt an und sag nicht etwa nein. Nein gibt es nicht. Wir fahren morgen. Ich will dich jetzt ein paar Tage für mich allein haben, ganz und gar. Und denke nicht, daß du mir mit Ausflüchten kommen kannst. Jetzt nicht mehr.«
Er sagt das alles dicht vor ihrem Gesicht, leise, eindringlich, und sie weiß, daß sie nicht nein sagen wird. Diesmal nicht. Es geht über ihre Kraft. Sie kann nicht mehr nein sagen.
Doch. Sie kann nein sagen, jetzt und hier, endgültig und ent-

schieden, und das gilt dann für immer. Und wenn sie ja sagt, wenn sie mitfährt, dann hat sie auch für immer ja gesagt.
Ricarda wendet den Kopf heftig zur Seite, löst sich aus seinem hypnotischen Blick, möchte sich die Ohren zuhalten, um seine Stimme nicht mehr zu hören, so ruhig, so überzeugend, so sicher seines Sieges.
Ihr Blick irrt über die Berge, sucht einen festen Punkt, sucht Hilfe, die von irgendwoher kommen könnte. Nichts. Sie kann nicht nein sagen. Er hat recht. Jetzt nicht mehr.
Aber als sie hinunterkommen ins Hotel, ist ein Telegramm da von Fräulein Lessing, die als einzige weiß, daß er hier ist und nicht in Kitzbühel.
Ein Telegramm, in dem mitgeteilt wird, daß Sven Laupholz tödlich verunglückt ist.

Sven Laupholz, seine Frau Eva und die beiden hübschen Töchter, sie waren einander so herzlich zugetan gewesen. Eine glückliche Familie. Ein Mann, für den es neben seiner Arbeit nichts auf der Welt gab als seine drei Mädchen, wie er Frau und Töchter zärtlich nannte. Doch in letzter Zeit war Unfriede in diese Familie gekommen. Schuld daran war Annelie und ihre törichte Liebe. Oder wie Sven gesagt hatte: Schuld daran war dieser hergelaufene Kerl.
Sven hatte erst kürzlich von dieser Verbindung erfahren und gleich sehr entschieden nein gesagt. Was sollte das? Kam so ein Kerl daher, ein Nichts und Niemand, ein Mensch ohne ordentlichen Beruf und regelmäßiges Einkommen, ganz zu schweigen von Herkunft und gesellschaftlicher Geltung, und der wollte seine kostbare, liebreizende Annelie heiraten? Das kam überhaupt nicht in Frage. Und da Sven ein Mann von heftigem Temperament war, kam es zu Krach und Szenen, ganz ungewohnt im Hause Laupholz.
Annelie reagierte mit Tränen, Trotz und wilden Verzweiflungsausbrüchen. Sven machte seiner Frau Vorwürfe. Sie hätte auf das Kind besser aufpassen müssen. Als er vollends erfuhr,

daß die beiden ein Liebespaar waren, mit allen Konsequenzen, kannte sich Sven nicht mehr vor Zorn.

Das allerdings wußte er noch nicht am Abend des Presseballs, als er sich widerwillig bereit erklärt hatte, diesen unmöglichen Menschen kennenzulernen. Sonst hätte er ihn, wie er Frau und Tochter mitteilte, mit einer Ohrfeige empfangen.

Ja, so war Sven. Kein moderner Vater. Er hatte geradezu einen körperlichen Schmerz dabei empfunden, als ihm die schreckliche Tatsache bekanntgeworden war. Seine Annelie, die süße, zarte Annelie, im Bett mit diesem Kerl. Das konnte doch nicht wahr sein!

Annelie selbst war es gewesen, die ihm in ihrer blinden Wut auch dies letzte mitgeteilt hatte.

»Daß du es weißt, wir lieben uns! Und ich bin schon seine Frau, ob es dir paßt oder nicht. Und ich bin glücklich darüber. Glücklich! Hörst du!«

Wer hätte so viel Temperament bei Annelie vermutet. Eva, die stumm vor Entsetzen dieser Szene beiwohnte, blickte voll Angst auf Vater und Tochter. Annelie, rot vor Zorn, mit blitzenden Augen, eine wilde Fremde, nicht mehr das sanfte, zärtliche Kind. Sven wurde bleich. Er starrte seine Tochter sprachlos an.

»Willst du damit sagen, du bist die Geliebte dieses ... dieses ...«

»Ja. Das will ich damit sagen. Schon lange. Und ich werde es bleiben. Für mich gibt es keinen anderen Mann auf der Welt. Für mich wird es nie einen anderen geben. Und ich werde ihn heiraten. Ich brauche deine Einwilligung nicht. Ich bin über einundzwanzig. Ich kann tun, was ich will.«

»Annelie!« rief Eva voll Zorn nun auch. »Schämst du dich nicht? So mit deinem Vater zu sprechen. Nach allem, was er für dich getan hat.«

»Für mich getan? Was hat er denn für mich getan? Nicht mehr, als was jeder andere Vater schließlich für seine Tochter tut. Oder nicht? Wie eine Gefangene habe ich gelebt. Nie durfte ich allein etwas unternehmen. Damals, als ich mit Marion verreisen wollte ...«

Und so weiter und so weiter. Alles vermeintliche Unrecht, das ihr geschehen war, sprudelte Annelie heraus. Und dann, als letzten Trumpf: »Und Karin? Sie kann tun, was sie will. Sie wird von Mutti unterstützt. Und Vati hat keine Ahnung, was vorgeht. Oder weißt du vielleicht, daß sie seit Monaten in die Schauspielschule geht? Daß sie diesen Bohlandt liebt und wahrscheinlich seine Geliebte ist. Er ist verheiratet. Alexander nicht. Alexander liebt mich. Und er will mich heiraten, ob ihr nun wollt oder nicht.«

Das stimmte nicht ganz. Alexander, natürlich von den dramatischen Vorgängen im Hause Laupholz laufend unterrichtet, hatte liebevoll gesagt: »Chérie, das ist für mich schrecklich. Du mußt dich mit deinem Vater vertragen. Ich könnte nie mit dir froh werden, wenn er uns böse ist.« So war Alexander, lieb und anständig und rücksichtsvoll. O ja, Annelie kannte ihn gut genug.

Der arme Sven! Eine Welt brach für ihn zusammen. Beide Töchter ihm entglitten, beide gegen ihn, und Eva, seine Frau, der er vertraut hatte, im Bunde mit ihnen und damit gegen ihn.

Als Eva endlich die schluchzende Annelie energisch aus dem Zimmer geschoben hatte, kam es zum Streit zwischen Sven und seiner Frau. Der erste ernsthafte Streit, den es je zwischen ihnen gegeben hatte.

Er warf ihr erbittert vor, sie hätte ihn hintergangen und verraten. Ein Vertrauensbruch sei das. Nie hätte er so etwas von ihr erwartet.

Evas Gewissen war nicht ganz rein, soweit es Karin und die Schauspielschule betraf. Das stimmte, in diesem Punkt hatte sie Sven hintergangen. Aber Karin hatte Talent, einer mußte ihr helfen auf diesem Weg, den sie sich ausgesucht hatte.

»Warum schließlich soll sie keine Schauspielerin werden! Ich war auch eine Schauspielerin, und du hast mich geheiratet.

Wenn du diesen Beruf so verachtest, dann hättest du mich genauso verachten müssen.«
»Und wenn ich dich nicht herausgeholt hätte aus diesem Theaterbetrieb? Herausgeholt, ehe es zu spät war? Hast du mir nicht selbst von diesem Kerl, diesem Regisseur erzählt, der dir nachstellte? Du warst todunglücklich, weißt du denn nicht mehr! Und du sagtest zu mir, wörtlich«, seine Stimme hob sich drohend, »wörtlich hast du zu mir gesagt: Das gehört nun mal zu diesem Beruf. Anders macht man keine Karriere. Hast du das gesagt oder nicht?«
Hatte sie das gesagt? Schon möglich. Sven war ein junger Mann damals, sie hatte ihn anfangs gar nicht so ernst genommen. Wenn man es genau betrachtete, hatte sie sich ein bißchen wichtig gemacht, hatte angegeben, eine blutjunge Schauspielerin im ersten Engagement. Heute warf er ihr das nun vor, nach so vielen Jahren. Jetzt geriet Eva auch in Wut...
Eine Weile stritten sie erbittert, so töricht, so überflüssig. Dann weinte Eva, das tat ihm wieder leid. Karin kam nach Hause, es war Abend, wurde von ihrem Vater herbeizitiert, und nun kam sie also dran.
Sie nahm es verhältnismäßig ruhig auf. Die Stürme, die wegen ihrer Schwester seit einiger Zeit im Hause tobten, war sie schon gewohnt. Annelie hatte nun also gepetzt, das war zu erwarten gewesen.
»Hast du so wenig Vertrauen zu mir, daß du mich belügen mußt?« fragte Sven. »Konntest du mir nicht die Wahrheit sagen?«
Kühl sagte Karin: »Ich habe nie einen Zweifel daran gelassen, daß ich Schauspielerin werden will. Du warst immer dagegen. Ich habe Zeit genug verloren. Es war höchste Zeit für mich, anzufangen.«
»Und da hast du dich mit deiner Mutter gegen mich verbündet«, sagte Sven bitter.
»Schau, Paps«, meinte Karin, »du mußt das nicht so tragisch nehmen. Mutti meinte, wir sollten dir Ärger und Aufregung

ersparen. Ich sollte erst mal anfangen. Später wollten wir es dir sowieso sagen. Aber dann kamen deine Verhandlungen mit Herrn Bungert, da wollten wir erst mal abwarten, bis das vorbei ist. Wir haben es bloß gut gemeint.« Karin lächelte, ging zu ihrem Vater, schmiegte sich an ihn und rieb ihre Wange an seiner. »Wirklich! Sei doch nicht so eklig. Sieh mal, du wirst bestimmt stolz auf mich sein, wenn ich meine erste große Rolle spiele. Und dann bekomme ich von dir einen großen Blumenstrauß. Darauf freue ich mich.«

Das war schon besser. Sven schluckte. Karins Schauspielunterricht war ja auch nicht so schlimm, verglichen mit dem anderen. Nur etwas noch –

»Ist es wahr, daß du mit diesem abgetakelten Komödianten ein Verhältnis hast?«

»Wer sagt das?« rief Karin empört.

»Deine Schwester ist der Meinung.«

»Annelie spinnt. Die soll sich um sich selber kümmern. Herr Bohlandt ist mein Lehrer. Ich verehre ihn, das ist wahr. Aber sonst – so was täte der nie.«

Sven zog die Brauen hoch. »Ehrenwort?«

»Ehrenwort, Paps.«

Er mußte ihr glauben. Er wollte ihr ja so gern glauben. Wenigstens eine, die einigermaßen vernünftig war.

»Annelie werde ich eine schmieren«, versprach Karin. »So was zu behaupten. Sie ist viel zu dämlich, um mich zu begreifen. Die mit diesem albernen Burschen.«

»Ah!« rief Sven laut, »du kennst also diesen blöden Kerl von Annelie?«

»Natürlich kenne ich ihn. Ich bin ja schuld an der ganzen Sache. An sich hatte er es auf mich abgesehen. Ich habe das Annelie auch gesagt, aber sie weiß ja alles besser. Mein Fall wäre der nicht. Schauspieler nennt sich der. Dabei hat er nicht mal ein Engagement. So ein bißchen Filmerei – was ist denn das schon.«

Sven hatte eine Verbündete – wunderbar! Karin mußte ihm

erzählen, wie sie Alexander Helten kennengelernt hatte, wie das damals gewesen war.
Sven lauschte befriedigt. Hatte er es doch gewußt! Was war dieser Kerl anders als ein Mitgiftjäger, einer, der ein reiches Mädchen heiraten wollte, weil er es selbst zu nichts gebracht hatte.
Die Schlacht ging weiter. Annelie gesellte sich wieder zu ihnen.
»Du mußt ihn erst mal kennenlernen«, schluchzte sie. »Er ist so lieb, so anständig. Du kannst doch nicht einfach einen Menschen verurteilen, den du gar nicht kennst.«
»Mir genügt, was ich von diesem Herrn gehört habe.«
»Du gemeines Biest!« Das ging von Annelie zu Karin. Karin hob die Schultern. Sie hatte ihre Meinung gesagt zu diesem Fall. Von ihr aus konnte Annelie diesen Alexander Helten heiraten, wenn sie partout wollte. Bohemienleben in Paris, das war Geschmacksache und außerdem veraltet. Karin wollte zwar Künstlerin werden, doch sie besaß einen sehr nüchternen, praktischen Sinn. Das Erbe ihres Vaters.
Abends weinte Sven im Bett. Eva, die eigentlich noch böse auf ihn war, war erschüttert. Sie nahm ihn in die Arme und tröstete ihn. Denn sie hatten, ganz altmodisch, noch ein gemeinsames Schlafzimmer. »Nimm es doch nicht so schwer«, sagte sie. Er tat ihr leid. Er war wie ein großes Kind. Und seine Liebe zu ihr und den Töchtern war so geartet, daß sie keinerlei Kompromisse vertrug.
»Daß du das unterstützt!« murmelt er vorwurfsvoll.
»Ich unterstütze es ja nicht. Mir gefällt der Junge auch nicht. Ich habe ihn ja erst kennengelernt, als alles schon vorbei war. Und du siehst ja, wie Annelie sich aufführt. Man kann zur Zeit nicht mit ihr reden. Sie ist wie von Sinnen.«
»Er gefällt dir also nicht?«
»Nein«, meint sie zögernd. »Nicht so richtig. Ich kann es auch nicht erklären. An sich benimmt er sich tadellos. Sehr höflich, sehr gute Manieren. Aber ich weiß nicht – ich habe so ein Gefühl, irgend etwas ist nicht echt an dem Burschen.«

»Talmi! Alles Talmi, ich sage es ja. Wo kommt er überhaupt her? Was weißt du von ihm?«

»So gut wie nichts. Nur das, was er erzählt. Beziehungsweise, was er Annelie erzählt hat.«

»Das stimmt sicher nicht.«

»Das Gefühl habe ich eben auch. Sicher ist es ungerecht.«

»Nein.« Sven war ruhiger geworden. »Ich vertraue deinem Gefühl. Du täuschst dich eigentlich nie in Menschen. Du hast einen sicheren Instinkt. Oder einen gesunden Verstand, wie du willst. Wie oft bin ich schon mit Leuten hereingefallen. Und immer warst du es, die mich vorher gewarnt hat. Die gesagt hat: Also mit dem würde ich mich nicht einlassen. Und du hast immer recht gehabt.«

»Vielleicht nicht immer, aber oft. Übrigens ist er der Bruder von dieser Journalistin, dieser Sybille Helten, mit der Werner Fabian ein Verhältnis hatte.«

»Ja, das hast du mir neulich schon gesagt. Eine sehr rassige Person. Sie hat mal ein Interview mit mir gemacht, damals, als wir das neue Hochhaus bauten. Wegen ihr will Werner sich doch scheiden lassen.«

»Wollte! Ich glaube, es ist aus. Jedenfalls erzählte Annelie, daß sie weggeht von hier. Ins Ausland.«

»Dann soll sie ihren Bruder mitnehmen. Könnten wir nicht da ein bißchen nachhelfen?«

»Wie denn? Du kannst den jungen Menschen doch nicht einfach in den Zug setzen und abschieben.«

»Warum nicht? Geld hat er doch sicher nicht. Wir kaufen ihm eine Fahrkarte nach Paris, und ich sage ihm dazu, wenn er sich noch einmal blicken läßt, breche ich ihm sämtliche Knochen.«

Eva mußte unwillkürlich lachen. »Sven, wir leben nicht mehr im Mittelalter. Und deine Tochter? So wie Annelie sich momentan benimmt, würde sie ihm umgehend nachfahren. Damit ist nichts gewonnen. Nein, ich denke, man sollte ihr so weit entgegenkommen, daß man ihr zusagt, die Sache in Ruhe zu betrachten, sagen wir, wie sie sich in einem halben Jahr ausnimmt. Wenn sie sich so sehr lieben, können sie auch noch solange warten.«

»Und wenn ... wenn sie ...« Sven vermochte das Schreckliche nicht auszusprechen.

»Du meinst, wenn sie ein Kind bekommt?« vollendete Eva den begonnenen Satz. »Das denke ich jeden Tag. Und wenn er so ist, wie du vermutest, wird er es darauf anlegen.«

»Zum Teufel!« Sven schlug die Decke zurück und sprang mit einem Satz aus dem Bett. »Und das sollen wir ruhig mit ansehen! Das soll ich in aller Ruhe abwarten, bis dieser Lump meine Tochter ... das kann kein Mensch von mir erwarten. Lieber bringe ich den Kerl um ...«

An Schlaf war in dieser Nacht nicht viel zu denken. Sie redeten und redeten, teils aufgeregt, teils vernünftig, und Sven war weit davon entfernt, ein gelassener, ruhiger Vater zu sein, der sich mit Tatsachen abfand, die er nicht ändern konnte.

Am nächsten Morgen mußte er wegfahren. Er hatte einen Bau außerhalb und fuhr alle paar Tage mit dem Wagen dorthin.

Annelie erschien nicht zum Frühstück. Sie sah ihren Vater nicht mehr. Denn von dieser Fahrt kehrte Sven nicht zurück. – Er fuhr immer sehr schnell, mochte Eva ihn auch beschwören, langsamer zu fahren.

An diesem Tage geriet er auf ein tückisches Stück Glatteis, das auf einer sonst schneefreien Straße noch geblieben war. Der Wagen schleuderte, überschlug sich und prallte an einen Brükkenpfeiler.

Als man Sven herausholte, war er schon tot.

Der Tod von Sven Laupholz hinterließ bei Charlott eine tiefe Melancholie. – Da gab es mal eine glückliche Ehe, die einzige weit und breit, die sie kannte, und dann passierte so etwas. Immer hatte sie Eva um ihren Mann beneidet. Aber nun war es für Eva doppelt schwer.

Charlott war mit Werner bei der Beerdigung gewesen. Eine Menge Leute war da. Bekannte, Mitarbeiter, Freunde, Ver-

treter der Stadt und des Staates. Sven hatte viele Freunde gehabt, ehrliche Freunde, man wußte das. Er war ein liebenswerter Mensch gewesen, und es gab viele, deren Trauer echt war. Auch Herr Bungert war da, obwohl es nun nicht mehr dazu gekommen war, daß Sven sein Teilhaber wurde.
Wie man Werner erzählte, stand der Vertrag, der Sven an die Firma Bungert und Co. gebunden hätte, kurz vor dem Abschluß.
Und dann war Professor Laupholz aus München gekommen, Svens Bruder. Charlott sah ihn bei diesem Anlaß zum erstenmal, wenn man die kurze Begegnung vor vielen Jahren in Breslau nicht in Betracht zog.
Der Professor stand neben Eva, und wenn man nicht genau hinsah, hätte man meinen können, es sei Sven, der an seinem eigenen Grabe stand. Erik Laupholz war ein wenig größer, aber genauso breitschultrig und kräftig, wie Sven es gewesen war. Nur daß sein blondes Haar schon grau war. Charlott sah, wie er seine große Hand um Evas Arm legte, als die Zeremonie sich ihrem Ende näherte und die schreckliche Sitte des Erdewerfens in das offene Grab praktiziert wurde. Eva, schmal und zierlich neben der breiten Gestalt des Professors, zuckte zusammen und sank dann leicht gegen seine Schulter. Sie senkte den Kopf und schaute nicht mehr auf, bis alles vorbei war. Der Professor duldete auch nicht, daß nun all die Menschen sie mit Worten und Händedrücken belästigten. Fast unhöflich schob er die Leute beiseite und führte Eva rasch, sie immer noch festhaltend, aus dem Friedhof hinaus.
Charlott blickte ihnen nach. Was für ein Mann! Gut, daß er da war. Er würde sich um Eva kümmern. Ohne ihn wäre sie wohl ganz verloren.
»Tja!« machte Werner an ihrer Seite.
Charlott gab ihm nur einen kurzen, verächtlichen Blick. Du! dachte sie. Wenn du es wärst, den man hier begraben hätte, ich würde keine Träne um dich weinen. Aber Sven – um ihn ist es schade.

Am Tage, ehe das Unglück passierte, hatte sie einen Brief von Werners Anwalt bekommen. Er bat sie, falls es ihr genehm sei, am nächsten Tag einmal bei ihm vorbeizuschauen. Sie brauche nur anzurufen, ein Termin, der ihr passe, könne dann vereinbart werden.

Sie wußte, was das bedeutete. Sie hatte höhnisch gelächelt. Wie vornehm von Werner, er stellte ihr seinen eigenen Anwalt zur Verfügung. Nun ja, eine Gentlemanscheidung führte man wohl so durch. Der eigene Anwalt, mit den Wünschen des Auftraggebers bestens vertraut. Sie würde bloß mit dem Kopf zu nicken brauchen. Erst wollte sie nicht, aber dann war sie doch hingegangen.

Der Anwalt, ein eleganter, sehr gepflegter Mann etwa in Werners Alter, war die Ritterlichkeit und das Verständnis in Person. Sie waren einander schon früher begegnet, in Gesellschaft, auf Empfängen, bei dem großen Firmenjubiläum vor zwei Jahren.

Er war bereits zum drittenmal verheiratet, das wußte Charlott. Immer jünger und hübscher waren die Frauen geworden.

»Ich kann mir nicht vorstellen, Herr Doktor«, sagte Charlott kühl, »daß Sie, als Anwalt meines Mannes, der richtige wären, um meine Interessen zu vertreten.«

»Sie können ganz beruhigt sein, gnädige Frau«, erwiderte er glatt. »Ihr Mann meinte, daß Sie in meiner Obhut am besten aufgehoben seien, besser auf jeden Fall, als Sie vertrauen sich einem völlig Fremden an. Zumal wir doch, im Hinblick auf die Position Ihres Mannes und schließlich auch in Ihrem eigenen Interesse, bemüht sein wollen, eine möglichst lautlose und vornehme Abwicklung der Angelegenheit zu erreichen.«

»Nun, dann erzählen Sie mir mal, wie Sie sich die ›Angelegenheit‹« – Charlott betonte das Wort ironisch – »vorstellen.«

»Es wird alles auf das großzügigste geregelt. Ihnen wird kein Nachteil und kein Schaden entstehen. Selbstverständlich auch nicht den Kindern. Zunächst einmal ...«

Er hielt ihr eine lange Rede, doch Charlott hörte schon bald

nicht mehr zu. Sie dachte darüber nach, wie absurd das alles war. Man erwartete von ihr, daß sie stillschweigend alles akzeptierte, was man ihr anbot. Großzügige Regelung, natürlich, lautlose und vornehme Abwicklung, aber selbstverständlich, so waren es die Herren in dieser Einkommensklasse wohl gewohnt. Sich herumraufen vor Gericht, Szenen, dramatische Auftritte, Tränen und vielleicht auch Versöhnungen, das überließ man den kleinen Leuten. Die brauchten sich nicht scheiden zu lassen. Sie aber, die Reichen, die Feinen, sie erledigten das elegant, so nebenher, ohne daß jemand davon etwas merkte. Und die Frauen der Reichen, diese Luxustierchen, nahmen es entgegen. Was sie am dringendsten brauchten, das blieb ihnen ja doch. Geld!
Liebe? Hatten sie meist zuvor schon nicht bekommen und war am ehesten noch bei einer anderen Adresse zu finden. Ein Liebhaber würde sich auftreiben lassen. Schlimmstenfalls mit Geld zu kaufen. Mit dem Geld des ehemaligen Herrn Gemahls. Eventuell auch ein neuer Ehemann. O ja, das war alles drin in der vornehmen und lautlosen Abwicklung.
Wie vornehm allein Werner das schon eingefädelt hatte! Er hatte mit dem Anwalt alles vereinbart, bis ins kleinste Detail, wie Charlott mit einem Ohr den Ausführungen des Doktors entnahm, noch ehe er in Urlaub gefahren war. Vermutlich dachte er, bis er zurückkäme, hätte sie unterschrieben oder den Anwalt beauftragt, oder was wußte sie, was nun von ihr verlangt wurde. Aber das würde man ihr schon mitteilen. Jetzt gleich, wenn er mit der schönen Rede fertig war.
»Und wenn ich nicht will?« unterbrach sie den Anwalt mitten im besten Redefluß.
»Bitte?«
»Na, ich meine, was passiert, wenn ich nicht will. Wenn ich mich einer Scheidung widersetze. Sie haben dies bisher noch nicht in Betracht gezogen. Wer sagt Ihnen, daß ich mich scheiden lassen will?«
»Aber liebe gnädige Frau!« der Anwalt hob bestürzt die Hände.

»Soweit ich Ihren Herrn Gemahl verstand, waren Sie sich ja wohl über diese erste Voraussetzung bereits klargeworden. Wie er mir sagte, schon im vergangenen Sommer. Und Sie haben die Sache ... eh, ich meine – es kam zu einer Änderung des Termins aus familiären Gründen. Es handelte sich wohl um Ihren Herrn Vater, wie ich hörte. Und ...«
»Ja, ja«, sagte Charlott ungeduldig, »das weiß ich alles selbst. Ich kann aber meine Meinung seit letzten Sommer geändert haben. Oder nicht? Ist Ihnen so etwas in Ihrer Praxis noch nie begegnet?«
Oh, Charlott war in Form an diesem Tag. Geweint hatte sie genug und sich gegrämt. Jetzt war sie eiskalt und klar und eigentlich, entgegen ihren Worten, fast schon entschlossen, sich nun doch scheiden zu lassen. Einmal mußte diese Quälerei ein Ende haben. Vielleicht würde sie sich wohler fühlen, wenn sie Werner nicht mehr sah. Ein ruhiges, friedliches Leben, warum eigentlich nicht? Ein hübsches Haus, das war ihr zugesagt, ein Wagen, ein ausreichendes Monatskonto. Sie mußte nicht hier in dieser Stadt bleiben. Andererseits hatte sie hier ihre Bekannten. Eva zum Beispiel, das dachte sie noch am Nachmittag beim Anwalt – und Sven, das waren ihre besten Freunde. Die würden sie nicht im Stich lassen, auch wenn sie geschieden war. Denn auch das wußte sie, wie rasch eine geschiedene Frau aus der Gesellschaft, in der sie bisher verkehrt hatte, ausgestoßen war. Ganz einfach, weil die neue Frau diesen Platz nun beanspruchte. Und es ging schlecht an, zweimal eine Frau Fabian zu Partys einzuladen. Natürlich gab es das auch, bei besonders souveränen und großzügigen Leuten. Aber die suchte man meist in anderen Kreisen. – Künstler vielleicht, die taten so etwas. Aber sie? Schon eine Premiere im Theater war in einer Stadt wie dieser schwierig. Angenommen, die neue Frau ging gern ins Theater, und welche Frau ging nicht gern, wenn, dann auch zu Premieren, dann würde es sich für sie verbieten, ins Theater zu gehen. Zu Premieren. Oder man traf sich eben.

Das schlimmste war, daß sich Charlott in keiner Weise klar darüber war, wer diese neue Frau sein würde. Die Journalistin hatte ihr selbst gesagt, sie dächte nicht daran, Werner zu heiraten, und sie ginge ins Ausland. Charlott mochte keine große Menschenkennerin sein und gewiß keinen Grund haben, Sybille Helten irgendwelche Sympathien entgegenzubringen, aber komisch, sie glaubte das. Diese Helten war eine Frau, der man glaubt, was sie sagte. Es schien offensichtlich der Fall zu sein, daß Sybille Helten von Werner genug hatte, wozu man sie nur beglückwünschen konnte.
Charlott hatte von dem Zwischenfall auf dem Presseball mit Eva gesprochen. Natürlich nicht wörtlich und genau.
»Das würde ich der zutrauen«, hatte Eva erwidert. »Ich habe dir schon einmal gesagt, das ist keine Frau, die sich hinsetzt und auf einen Mann wartet und dabei vielleicht noch ein paar Demütigungen einsteckt. Die nicht.«
Und vor einigen Tagen nun hatte ihr Eva berichtet, daß Sybille Helten binnen kurzem die Stadt verlassen würde. Ihre Zeitung hatte sich sehr großzügig gezeigt und sie vorzeitig aus dem Vertrag entlassen.
»Sie geht nach Afrika«, erzählte Eva. »Zusammen mit dem Maltzum, weißt du, der im ...«, und sie nannte den Namen einer großen Illustrierten, »immer die phantastischen Auslandsreportagen macht. Ich könnte mir vorstellen, daß das auch persönliche Gründe hat. Erst neulich war ein Bild von diesem Maltzum in dieser Illustrierten. Er sieht gut aus. Ein intellektueller Abenteurer, falls es so was gibt, und heutzutage gibt's ja wirklich alles, also dann wäre der der Prototyp dafür.«
Eva wußte das alles so genau von Tochter Annelie, und die hatte es wieder von dem jungen Mann, mit dem sie sich zu Evas Kummer so eng liiert hatte und der – Charlott fand das wirklich drollig, was es für Zufälle im Leben gab! – der Bruder des gefährlichen Zeitungsmädchens war.
»Wirklich der Bruder?« hatte Charlott mißtrauisch gefragt, als

sie das erstemal davon hörte. »Nicht der neueste Liebhaber? Du sagst, er wohnt bei ihr?«

»Mach mich nicht verrückt, irgend etwas muß ja stimmen bei dem Knaben. Nein, nein, er heißt ja auch Helten. Alexander Helten. Schauspieler angeblich. Ich habe jedenfalls nie von ihm gehört.«

Charlott glaubte es erst nicht. Sie traute dieser Helten alles zu, damals jedenfalls noch. Inzwischen hatte sie ihre Meinung etwas geändert. Sybille ging und ließ den fabelhaften Werner stehen. Ging mit einem viel fabelhafteren Mann in die Wüste oder in den Urwald. So was konnte einem nur imponieren.

»Sie hat diesen Maltzum zufällig in Wien getroffen, hat ihr Bruder Annelie erzählt. Ich glaube, im Dezember oder so, war sie dort. Und jetzt hat sich das daraus ergeben.«

»So, im Dezember?«

Eva stutzte, zog die Brauen hoch. »Natürlich, jetzt fällt es mir ein. War Werner nicht auch vor Weihnachten in Wien? Also bitte, da haben wir es. Damals waren sie noch zusammen. Und dort hat sie den anderen getroffen und ist offensichtlich mit ihm in Verbindung geblieben. Und deinen lieben Werner schiebt sie jetzt ab. Geschieht ihm recht.«

So weit, so gut, und auch so klar. Man konnte sich das alles fein zusammenreimen. Aber was veranlaßte Werner dann, so plötzlich und so intensiv die Scheidung zu betreiben? Diese Frage beschäftigte Charlott lebhaft. Schade, daß sie den Anwalt nicht danach fragen konnte. Bedeutete diese Frau für Werner etwa so viel, daß er versuchen wollte, sie mit vollendeten Tatsachen zurückzugewinnen? Dann brauche ich nur standhaft zu bleiben, dachte Charlott nachdenklich, mich einfach weigern. Sie wird fort sein, Entfernungen entstehen, andere Männer, vielleicht dieser Mann, dieser Reporter eben.

Werner wird das Herz nicht brechen, dem nicht. Bis die nächste Frau auftaucht, aber wer weiß, ob das ein Scheidungsgrund sein wird. Die früheren waren es ja auch nicht. Wenn ich nur wüßte, was ich tun soll? – Das war es, was Charlott während des Gesprächs mit dem Anwalt unausgesetzt durch den Kopf ging.

Sie nahm dankend die Zigarette entgegen, auch den Sherry, rauchte zusammen mit dem Anwalt, lächelte, nickte, schien ganz vernünftig zu sein und ließ ihn weiterreden.

»Schauen Sie, gnädige Frau, eine Scheidung kann man so und so durchführen. Natürlich ist es immer eine betrübliche Angelegenheit. Aber das Leben ist nun einmal so. Wir sehen es ja täglich um uns herum. Eine Ehe zu führen, hat seine großen Schwierigkeiten, besonders in der heutigen Zeit, die so gehetzt, so lieblos ist. Aber man muß die Dinge nüchtern betrachten. Zusammenleben, wenn man – nun ja, sich vielleicht auf die Nerven geht, sich nichts mehr zu sagen hat, um nur die harmlosesten Möglichkeiten zu erwähnen, das ist gewiß kein Vergnügen. Und der moderne Mensch ist nun einmal geneigt, sich das Leben so angenehm wie möglich zu machen. Warum sollte er auch nicht? Und wenn, wie im vorliegenden Falle, die Mittel dazu vorhanden sind, so daß keiner, also in dem Fall die Frau und die Kinder, einen Schaden davon haben, sehe ich nicht ein, warum man sich gegenseitig das Leben schwer machen soll.

Ihre Kinder sind ja nicht mehr klein, sie werden zweifellos dafür Verständnis aufbringen, und wenn die Eltern es ihnen noch leicht machen und sich in Frieden und Freundschaft trennen, beziehungsweise sich möglichst überhaupt nicht trennen, sondern in einer losen freundschaftlichen Beziehung verbunden bleiben, dann entsteht für die Kinder gewiß kein seelischer Schaden. Und wie gesagt, die materiellen Möglichkeiten kann man in diesem Zusammenhang gar nicht hoch genug einschätzen. Schauen Sie, es gibt Fälle ...«

Charlott unterbrach ihn lächelnd. »Sie brauchen mir nicht zu erzählen, was für traurige Fälle es gibt auf diesem Gebiet. Es interessiert mich im Augenblick nicht. Im Augenblick bin ich mit mir selber ausreichend beschäftigt. Mit meinem eigenen Fall. Eins aber, Herr Doktor, werden Sie mir wohl nun endlich zugeben müssen: auch wenn Sie bei einer eventuellen Scheidung mich vertreten, in Wahrheit sind Sie ja doch der Anwalt meines Mannes. Das geht aus jedem Wort hervor, das Sie heute zu mir gesprochen haben. Es ist – nun, ich würde sagen, es ist nicht ganz fair. Oder?«

Wieder hob er bedauernd die Hände. »Es bedrückt mich tief, gnädige Frau, daß Sie diesen Eindruck gewonnen haben. Sie müssen mich falsch verstanden haben. Wir wollen noch einmal ...«

»Nein.« Charlotte drückte entschieden ihre Zigarette aus. »Wir wollen jetzt nicht mehr. Ich möchte über das, was Sie mir gesagt haben, nachdenken. Und ich möchte mir auch überlegen, ob ich nicht doch einen anderen Anwalt beauftrage. *Wenn* ich mich scheiden lasse. Vielleicht komme ich auch zu Ihnen zurück. Falls ich komme, dann komme ich mit meiner Einwilligung. Wenn Sie sich so lange noch gedulden.«

Charlott war sehr mit sich zufrieden, als sie das Haus des Anwalts verließ. Das hatte sie gut gemacht. Sie mußte ihm imponiert haben. Schade, daß Werner es nicht gehört hatte. Er tat immer so, als sei sie zu dumm, einen vernünftigen Gedanken zu haben und einen Satz zu Ende zu sprechen. Sie konnte schon, wenn sie wollte. So was wie neulich mit Sybille Helten auf dem Presseball, das war natürlich eine peinliche Entgleisung. Aber so wie heute – damit konnte sie sich sehen lassen.

Ob sie gleich einmal zu Eva fuhr und die Sache mit ihr besprach? Nein, heute war Eva ja bei der Schneiderin, das hatte sie am Telefon erzählt. Und abends mußte sie mit Sven irgendwohin gehen. Sie würde morgen zu Eva gehen.

Charlott bestieg ihren Wagen und fuhr an. Aber jetzt merkte sie, daß sie sich doch sehr aufgeregt hatte. Ihre Hände auf dem Steuerrad zitterten, sie konnte sich nicht auf die Straße konzentrieren.

Also fuhr sie ein Stück stadtauswärts, bog in eine stille Straße ein und hielt dort an. Nahm noch einmal eine Zigarette und rauchte sie still vor sich hin.

Scheidung oder nicht Scheidung. Werner wollte es. Und was er wollte, setzte er durch. Das wußte sie schließlich. Also dann eine Scheidung so teuer wie möglich. Ein hübsches Haus, vielleicht doch in einer anderen Stadt.
In München! Da würde ich gern leben. Irgendwo am Stadtrand von München, ein Haus im Grünen. Die Kinder kommen mit mir, Brigitte kann in München studieren, Thomas weiter zur Schule gehen, und vor allem werde ich Vater und Ricarda mitnehmen. Ja, alle beide. Ricarda kann auch in München Arbeit finden. Das Haus darf nicht zu klein sein. Und dann werde ich mich endlich mit meiner Schwester vertragen, wenn Werner aus unserem Leben verschwunden ist.
Ricarda und ich, wir werden Freunde sein. Und ich werde ihr dann sagen, daß Brigitte ihr Kind ist. Ganz von selbst, ganz ruhig werde ich es ihr sagen. Wir werden beide Brigitte lieben. Und friedlich wird es sein. Friedlich! Ich brauche nie mehr Angst zu haben, was Werner sagt oder tut. Ob er mich ansieht, mit hochgezogenen Brauen, weil ihm irgend etwas an mir nicht gefällt. Ob er eine Freundin hat oder nicht, ob er mich betrügt oder nicht, es kann mir egal sein. Ich werde Ruhe haben. Und Menschen um mich, die mich lieben. Vater bestimmt, er hat mich lieb, das weiß ich. Es wird schön sein, mit ihm zu leben. Und ich will ihm alles so schön machen, wie ich nur kann. Und eines Tages wird vielleicht auch Ricarda mich lieben. Das wäre der schönste Tag für mich.
Welch ein Idyll! Da sitzt sie nun, die arme Lottel, ein Kind immer noch, und träumt sich ein neues Leben. Malt es sich mit bunten Blumen aus und freut sich fast schon darauf und ist auf dem besten Wege, den Mann, der ihr Leben belastet hat vom ersten Tag an, aus ihrem Leben zu entfernen. Sie hätte es längst tun sollen. Denn wenn sie Liebe sucht und ein bißchen Glück und ein bißchen Wärme, bei ihm wird sie es nie finden. Nie.
Es hätte nicht viel gefehlt, und sie wäre zurückgefahren zu dem Anwalt und hätte ihm gleich ihre Einwilligung gebracht. –

Aber dann fährt sie nach Hause. Sie wird das alles noch einmal mit Eva besprechen. Und vielleicht auch mit ihrem Vater, wenn er aus Badgastein zurückkommt. Und was sie im Moment furchtbar gern wissen möchte: Mit wem ist Werner eigentlich in Kitzbühel?
Zu dieser Stunde ist Sven Laupholz schon tot. Charlott erfährt es am Abend. Und am übernächsten Tag kommt Werner zurück. Nicht aus Kitzbühel, aus Badgastein. Er kommt allein. Er war dagegen, daß Vater und Ricarda ihren Urlaub abbrechen. Schließlich haben sie Sven Laupholz kaum gekannt. Und sie wollten auch noch – so erzählt er Charlott – nach Salzburg fahren.
»Dieser neue Freund von deinem Vater hat dort eine Tochter, und die wollen sie besuchen. Warum, weiß ich auch nicht. Dein Vater hatte es furchtbar wichtig damit.«
Das ist alles, was er von dem Zusammentreffen mit Ricarda und Vater erzählt. Charlott gewinnt den Eindruck, er habe die beiden gerade mal einige Tage besucht. Von Kitzbühel erzählt er gar nichts. Also wird er eben doch nicht allein dort gewesen sein. Und Charlott denkt voll Verachtung: eine nach der anderen. Ich habe es ja immer gewußt, er hat keine Ahnung davon, was Liebe ist. Im Dezember mit der Helten in Wien. Jetzt im März mit einer neuen in Kitzbühel. Wer wird es im Sommer sein? Ich werde mich doch nicht scheiden lassen. Ist ja Unsinn. Im Grunde ist er ein armer Mensch. Und ein dummer Mensch dazu. Wofür lebt er eigentlich? Für ein bißchen Vergnügen? Du lieber Himmel! Und ein Mann wie Sven Laupholz ist tot.

Die Wahrheit erfuhr Charlott am Abend, ehe Ricarda das Haus verließ, um die Stellung in der Klinik anzutreten. Sie waren zu viert im Zimmer, wo sich die Bar und der Fernseher befanden. Nach einem ziemlich schweigsamen Abendessen saßen sie hier zusammen.
Matthias und Ricarda waren aus Salzburg am Tag zuvor zurückgekommen. Sie hatten sich dort drei Tage aufgehalten.

Matthias' neue Pläne hatten natürlich im Hause Fabian großes Erstaunen erregt.
»Daß du mich verlassen willst, Vater, das kann ich gar nicht begreifen. Jetzt habe ich dich so lange nicht gehabt, und nun gehst du wieder.«
Aber Werner meinte: »Ich finde das großartig. Dein Vater ist kein Mann fürs Nichtstun. Zu Hause zu sitzen und langsam alt zu werden, das liegt ihm nicht. Meiner Meinung nach ist das eine wunderbare Lösung.«
»Das meine ich auch«, sagte Matthias befriedigt.
Er hatte Hübners Tochter Inge kennengelernt, eine etwas scheue junge Frau, zerstreut und hilflos, wie Herr Hübner sie geschildert hatte, und gar nicht dazu geeignet, allein mit sich, dem Geschäft und den drei Kindern fertig zu werden. Aber ein liebes, zutrauliches Mädchen, das hatte Matthias gleich gemerkt. Mit ihr würde er gut auskommen. Sie war begeistert von dem Plan ihres Vaters. So konnte man das Geschäft behalten, und daß es bei Matthias in guten Händen war, davon waren sie beide, Herr Hübner und Tochter Inge, überzeugt.
Eine schöne Buchhandlung! Mit geradezu andächtigen Augen war Matthias darin umhergegangen. Hier würde er arbeiten, hier würde er endlich wieder mit Büchern leben! Und Salzburg gefiel ihm. Herr Hübner hatte ihm alles gezeigt, die Stadt, die Kirchen, die Gassen und Plätze, die hübschen Lokale, die versteckten Weinstuben. Es war alles da, was ein Mensch sich wünschen konnte: eine reizvolle Stadt, eine wunderbare Landschaft, liebenswürdige Menschen, gutes Theater, im Sommer – wie Herr Hübner warnend bemerkte – viel Fremdenverkehr, was ja aber auch wieder dem Geschäft zugute kam.
Matthias verliebte sich auf den ersten Blick in die Stadt. Am letzten Tag war er noch einmal ganz allein über die Salzach in die untere Stadt spaziert, war durch den Mirabellgarten geschlendert, es war ein trüber Tag, der Schnee durch den Föhn der letzten Tage geschmolzen, ein warmer Wind strich durch die Gassen, es war ruhig hier, keine Hast, kein Lärm, und

Matthias kam zu der Erkenntnis: Hier werde ich leben können! Hier wird es mir gefallen!
Ricarda freute sich mit ihm, wenn sie auch betrübt war, daß sie sich trennen mußten. Sie waren nie lange getrennt gewesen. Aber sie verstand, was es für ihn bedeutete, noch einmal eine Aufgabe zu bekommen. Eine Aufgabe ganz nach seinem Herzen. Werner verstand es auch.
»Und bitte, Vater, rechne ganz auf mich. Wenn eine Beteiligung möglich ist, du kannst von mir jedes gewünschte Kapital bekommen.«
Matthias nickte. Beteiligung war gar nicht so wichtig. Es lag ihm nicht mehr so viel daran, sich Besitz zu schaffen. Die Hauptsache war, er hatte etwas zu tun.
Charlott sagte: »Alle verlassen mich. Ich werde ganz allein sein.«
»Aber Kind!« meinte Matthias. – Doch ein Trost fiel ihm nicht ein. Er wußte auch nicht, was geschehen würde, sein Blick ging zu Ricarda, dann zu Werner. War es recht von ihm, einfach seiner Wege zu gehen und diese drei ihrem Konflikt zu überlassen? Aber was konnte er helfen? Nur die Wahrheit sollte Charlott endlich erfahren.
»Ich mußte an dich denken«, sagte Charlott plötzlich, »als ich neulich bei der Beerdigung von Sven seinen Bruder sah. Erik Laupholz, du erinnerst dich, Ricarda? Er ist ja Professor in München. Und Chef von einer großen Klinik. Ich habe es bedauert, daß du nicht mit ihm zusammengetroffen bist. Freilich, bei dieser Gelegenheit hätte man ja doch keine Unterhaltung führen können.«
»Was hätte ich auch mit Professor Laupholz zu reden«, meinte Ricarda ausweichend.
»Ich dachte, wenn du nach München gehen willst, an seine Klinik vielleicht. Er würde dich doch bestimmt gern nehmen.«
»Nach München?« fragte Ricarda erstaunt. »Warum sollte ich nach München?«
»Na ja«, Charlott schluckte. Sie sah Ricarda an, dann ihren

Vater, aber nicht Werner. – »Weil ich nämlich daran gedacht habe, vielleicht nach München zu ziehen. Man lebt dort sehr nett. Und ich dachte, ihr kommt mit, du und Vater. Dann wäre ich nicht so allein.«

Werner, zurückgelehnt in seinen Sessel, betrachtete sie unter gesenkten Lidern. Er ahnte, was kam. Hoffentlich keine Szene. Und hoffentlich keine Erweiterung des Gesprächs zu viert. Daran lag ihm nichts.

Auch Matthias begriff die Bedeutung hinter Charlotts gleichmütig hervorgebrachten Worten. »Was willst du damit sagen, mein Kind?«

Charlott zögerte noch einmal. Sollte sie es aussprechen? Es war noch keine Einwilligung, nur ein Gespräch am Rande. Aber sie wollte, daß Werner dabei war, wenn sie es ihnen sagte.

»Ihr wißt ja sicher, daß Werner sich von mir scheiden lassen will. Und es ist ihm auf einmal sehr eilig. Ich habe neulich schon mit Werners Anwalt darüber gesprochen. Ich habe mich noch nicht entschieden. Nein, das nicht. Aber ich habe darüber nachgedacht. Ich würde dann, falls es dazu kommt, nicht in dieser Stadt bleiben. Ich glaube, es ist besser. Und da dachte ich eben, ich wohne in München. Und ihr kommt mit. Und wenn Vater nun nach Salzburg geht – na ja, das konnte ich ja nicht wissen. Aber von München aus ist es nicht sehr weit nach Salzburg. Brigitte könnte in München studieren.

Natürlich müßte ich auf jeden Fall hierbleiben, bis sie ihr Abitur gemacht hat, aber das dauert ja nicht mehr lange. Ich meine, falls ich mich scheiden lasse.«

Charlott hatte sehr ruhig, sehr gelassen gesprochen, ohne jemanden anzusehen. Ihre Stimme bebte ein bißchen, nur ein bißchen, sie beherrschte sich vorbildlich. Werner betrachtete sie mit Staunen. – Seit er zurück war, hatten sie über die Scheidung nicht mehr gesprochen. Das Unglück mit Sven, die verzweifelte Eva, es war keine Zeit dazu gewesen.

Ricarda saß bewegungslos. Sie sah ihre Schwester an. Wußte Charlott? Nein, sie wußte nicht.

Aber nun blickte Charlott sie an. »Und du, Ricarda? Würdest du mit mir kommen? Könntest du dir vorstellen, daß wir – zusammen leben?«
Ricarda senkte den Blick. Sie empfand Scham. Was sollte sie sagen? Die Wahrheit? Was für eine Wahrheit? Sie kannte sie ja selbst nicht. Sie wußte ja selbst nicht, was geschehen würde, was sie tun sollte. –
Sie lächelte unsicher. »Diese Frage kommt sehr überraschend. Daran – habe ich natürlich nicht gedacht. Ich meine, ich ... so wie die Dinge liegen – ich muß ja erst einmal sehen, wie ich mich hier einarbeite und was weiter wird und ...«, sie verstummte ratlos. Blickte zu Werner hinüber. Sie begegnete kurz seinem Blick, er schüttelte leicht den Kopf.
Also lügen? Ihre Schwester belügen, so wie sie einst belogen worden war. Würde das nie anders werden? Es war so – beschämend, so unwürdig.
Werner stand auf. »Will jemand noch etwas zu trinken? Noch eine Flasche Wein, Vater? Oder lieber etwas anderes? Ich denke, Charlott, wir brauchen diese Frage nicht heute abend zu klären. Das findet sich dann schon.«
Auch Ricarda stand auf. »Ich werde hinaufgehen. Ich muß meine Sachen noch zusammenpacken. Dank Brigitte ist es jetzt eine ganze Menge geworden.«
Sie sah keinen mehr an, wandte sich zur Tür.
»Warte, Ricarda«, sagte da ihr Vater. »Bleib hier. Ich denke, du solltest jetzt nicht hinaufgehen. Ich denke, daß dieses Versteckspiel deiner nicht würdig ist. Es muß endlich einmal mit den Lügen aufgeräumt werden. Ihr habt euch euer ganzes Leben damit verdorben, ihr drei. Soll das ewig so weitergehen? Wenn Werner lügen will, das ist seine Sache. Aber du? Möchtest du deiner Schwester nicht die Wahrheit sagen?«
Ricarda stand an der Tür und sah ihren Vater an. Sie schämte sich. »Du hast recht, Vater. Aber ich weiß nicht, was die Wahrheit ist.«
»Was soll sie mir sagen?« fragte Charlott erschreckt.

Mit einem hörbaren Seufzer drehte sich Werner zur Bar. Na also, da hatte man das Theater. Tränen von Charlott, Szenen, Vorwürfe, gerade jetzt, wo sie sich offensichtlich an den Gedanken der Scheidung gewöhnt hatte. Manchmal konnte einem der Alte auch auf die Nerven gehen. Wäre er doch besser gleich in Salzburg geblieben!
Er goß sich einen großen Whisky ein. Als er sich umdrehte, sah er, daß alle Blicke auf ihn gerichtet waren.
»Bitte!« sagte er ungeduldig. »Wenn ihr der Meinung seid, wir müßten unbedingt ein großes Familientheater aufführen heute abend, also bitte! Ich stehe zur Verfügung.«
»Ich weiß nicht, ob das die richtige Einstellung ist, Werner«, sagte Matthias ruhig. »Schließlich war Charlotte fast zwei Jahrzehnte lang deine Frau. Sie hat ein Recht darauf ...«
»Ein Recht?« unterbrach ihn Werner gereizt. »Worauf? Du brauchst keine Angst zu haben, daß Charlott etwas abgehen wird. Sie hat es gut gehabt in den vergangenen Jahren, und sie wird es weiterhin gut haben, ob hier oder in München oder anderswo. Ich! Ich habe ein Recht darauf, endlich einmal so zu leben, wie es mir paßt. Und endlich mit der Frau zu leben, die ich liebe.«
Charlott begriff. Von Werner ging ihr Blick zu Ricarda.
»Du?« fragte sie atemlos.
Ricarda schwieg. Sie stand immer noch an der Tür. Sie fühlte sich elend und unglücklich. Die Rollen waren auf einmal vertauscht. Sie war nicht mehr diejenige, der man ein Unrecht getan hatte. Sie war auf einmal die Schuldige.
»Ja, sie!« antwortete Werner für sie. »Ich werde Ricarda heiraten, sobald wir geschieden sind. Ich habe sie damals geliebt, ich liebe sie heute noch. Und nun kannst du uns ja mitteilen, was du dagegen hast.«
In seinem Blick waren Abneigung und Haß, Kälte. Charlott sah es deutlich genug, sie senkte den Kopf. Die Entscheidung fiel ihr nicht mehr schwer.
»Nichts«, sagte sie. »Ich habe nichts dagegen. Wenn es Ricarda

ist, dann gehe ich freiwillig. Ihr räume ich diesen Platz gern. Denn da wir schon von Recht gesprochen haben – sie hat ein Recht darauf, hier zu sein. Das weiß ich. Du kannst morgen deinen Anwalt anrufen, Werner, und ihm sagen, daß ich einverstanden bin. Du ...«, die Stimme brach ihr, eine Träne rollte über ihre Wange, aber sie nahm sich zusammen, sprach weiter, »... du, du hast mich nie geliebt. Aber ich wünsche, daß Ricarda mit dir glücklicher werden kann als ich. Ich weiß nicht, ob es möglich ist. Aber ich wünsche es ihr. Ich kenne dich ein bißchen besser als sie. Aber wenn es jetzt so ist«, sie stand auf, blickte zur Tür, wo Ricarda noch immer stand, gleich würden die Tränen kommen, viele Tränen, aber eins mußte sie noch sagen, eins noch, ehe sie aus dem Zimmer lief, »wenn es so ist, dann gehe ich gleich. Ich werde nicht hierbleiben bis nach der Scheidung. Und Brigitte – Brigitte kann bei euch bleiben!«
Sprachlos hatten ihr alle zugehört. Was für eine Haltung! Die kleine Lottel, sie war über sich selbst hinausgewachsen. Heute war sie wohl endlich erwachsen geworden.
Ricarda hielt sie fest.
»Nein«, sagte sie rauh. »Du bleibst hier. Ich gehe. Morgen.«
Charlott war am Ende ihrer Fassung angelangt. Sie schluchzte auf, ihr Kopf sank vornüber, und Ricarda schlang beide Arme um sie, zog sie fest an sich. Es war wie vor einigen Monaten am Tage ihres ersten Zusammentreffens damals im Lager Friedland.
Charlott weinte fassungslos, Ricarda hielt sie im Arm, und auch ihr verdunkelten Tränen den Blick.
Durch die Breite des Zimmers getrennt, stand Werner an der Bar, den Blick starr und beschwörend auf sie geheftet. Aber er konnte ihr nicht helfen.
Ich liebe dich, das war das eine. Und das andere? Da war noch so viel, was gedacht, gefühlt, gelebt werden mußte. War Liebe so wichtig?
Sie sah, wie Werner seinen Platz an der Bar verließ, einige

Schritte auf sie zu machte, stehenblieb und etwas sagen wollte. Doch dann überlegte er es sich anders, ging zum Rauchtisch, nahm sich eine Zigarette. Er war ärgerlich oder, besser gesagt, belästigt. Die Szene war ihm unangenehm. Weinende Frauen, das ernste Gesicht seines Schwiegervaters, mein Gott, welch ein Aufwand!
Flüchtig kam ihm Sybille in den Sinn. Wie angenehm war das Zusammensein mit ihr gewesen. Jedenfalls am Anfang. Später – nun ja, Frauen komplizierten das Leben offenbar immer. Sonst schienen sie keinen Spaß daran zu haben.
Er ging zurück zur Bar, und Ricarda dachte: Wenn er jetzt sagt, will jemand was zu trinken? dann schreie ich.
Aber Werner sagte das nicht. Er nahm sich nur selbst einen neuen Whisky, rauchte ein paar Züge. Und kam zu dem Entschluß, der dramatischen Szene nun ein Ende zu machen. Dramatik lag ihm nicht, er war ein praktischer Mensch. Alles in allem hatte Charlott klar genug zum Ausdruck gebracht, daß sie mit einer Scheidung einverstanden war. Mehr verlangte er nicht von ihr. Nun konnte man endlich sachlich darüber sprechen.
»Tut mir den Gefallen«, sagte er, »und beruhigt euch. Wir wollen doch mal vernünftig über alles sprechen. Wenn wir schon das Thema haben.«
Ricarda sah ihn erstaunt an. Er war ihr auf einmal ferngerückt, er war ein Fremder, über das verliebte Spiel war der Vorhang gefallen.
»Eine großartige Idee«, meinte Matthias spöttisch. »Mit Vernunft lassen sich die meisten Dinge am besten regeln. Und wie lauten deine vernünftigen Anmerkungen zu diesem – Thema?«
Werner sah Matthias ärgerlich an, aber er ließ sich nicht beirren.
»Charlott, hör auf zu weinen. Wenn ich dich recht verstanden habe, bist du nun endgültig mit einer Scheidung einverstanden.«

Charlott hörte wirklich auf zu weinen. Sie richtete sich auf, löste sich von Ricarda und blickte Werner gerade an.

»Ja«, sagte sie.

»Mit einer unkomplizierten, anständigen Scheidung ohne Theater und ohne Schwierigkeiten? So wie wir es dir vorgeschlagen haben?«

»So wie ihr es mir vorgeschlagen habt, du und dein tüchtiger Anwalt. Unter den jetzigen Umständen bin ich dazu bereit.«

»Und was hast du damit gemeint, Brigitte kann bei uns bleiben? Bisher hatten wir davon gesprochen, daß beide Kinder bei dir leben sollen.«

»Das galt für jede andere Frau. Welchen Anlaß hätte ich gehabt, Fräulein Helten oder wem auch immer meine Kinder zu überlassen. Jetzt allerdings, wenn es Ricarda ist – das verändert alles. Dann ...«

Charlott sprach nicht weiter. Auch dies noch zu sagen, ging über ihre Kraft. Hilfesuchend blickte sie ihren Vater an. In seinen Augen fand sie Mitleid, Verständnis und Liebe.

»Sag du es ihnen, Vater. Sag ihnen alles. Ich ...«, sie verstummte, wandte sich hastig um und verließ das Zimmer.

»Also, da komme ich nicht ganz mit«, sagte Werner. »Warum in aller Welt, zieht sie denn nun Brigitte in die Sache hinein? Natürlich würde ich Brigitte gern bei mir behalten. Du doch auch, Ricarda, nicht? Aber was soll das eigentlich alles? Und was sollst du uns sagen?«

Matthias gab ihm keine Antwort. Seine Aufmerksamkeit galt allein Ricarda. War es nicht zuviel, was man ihr da zumutete? Er hätte gewünscht, wenn sie eines Tages die Wahrheit über Brigitte erfuhr, daß es in einer ruhigen Stunde geschehen möge, zu einer Zeit, in der sie sich mit sich selbst im Gleichgewicht befunden hätte. Hier und heute? Nach allem, was vorangegangen war – wie würde es auf sie wirken? –

Ricarda stand noch immer an der Tür. Sie schien ganz ruhig zu sein, sah ihren Vater reglos an.

»Sag es«, forderte sie.

»Mein Kind«, begann Matthias, »ich denke, der Abend war aufregend genug. Wenn du morgen mit deiner Arbeit beginnen willst, solltest du jetzt ...«

»Hör bloß mit dieser verdammten Klinik auf«, unterbrach ihn Werner ungeduldig. »Ich will nicht, daß Ricarda dort arbeitet, ihr wißt das ganz genau. Und sie wird auch dort nicht arbeiten. Nachdem jetzt alles geklärt ist, ist das Unsinn. Und was soll eigentlich diese Geheimnistuerei? Langsam reicht es mir. Was ist eigentlich los mit Brigitte?«

»Sag es mir, Vater«, wiederholte Ricarda.

Und da sagte es Matthias ihnen. Es gab kein Ausweichen mehr. Charlott hatte ihn beauftragt, und nun mußte er, zu dieser gewiß ungünstigen Stunde, Ricarda diesem Schock aussetzen. Er versuchte es möglichst undramatisch zu machen. Blieb im Sessel sitzen, sprach mit gleichmütiger Stimme.

»Du weißt, Ricarda, daß Charlott damals mit zwei Kindern auf die Flucht ging, im Januar 1945. Eins der Kinder starb. Es war nicht dein Kind. Deine Tochter blieb am Leben. Und als Charlotte hierherkam, zu der ihr noch unbekannten Familie ihres Mannes, nahm man an, es sei ihr und Werners Kind, das sie mitbrachte.

Sie hatte am Anfang nicht den Mut, vielleicht auch nicht die Kraft, das richtigzustellen. Und später scheute sie sich, nachträglich die Wahrheit zu sagen. Es ist nicht zu entschuldigen – ich weiß. Aber man muß sich in ihre Lage versetzen. Es war alles so schwer für sie, so fremd. Sie wußte nicht, ob wir am Leben bleiben würden, ob sie dich je wiedersähe. Und als dann Werner kam, da wäre es natürlich noch Zeit gewesen. Da hat sie ein zweites Mal versagt. Man muß versuchen, sie zu verstehen. *Du* mußt es versuchen.«

Ricarda stand immer noch auf dem gleichen Fleck. Nichts rührte sich in ihrem Gesicht, nur ihre Augen, weit geöffnet, schwarz, glühten in dem hellen Gesicht.

»Na, das ist ja allerhand«, murmelte Werner, der jetzt endlich einmal auch aus der Fassung gebracht schien.

Matthias kümmerte sich nicht um ihn. Werners Gefühle waren ihm gleichgültig. Sie waren nebensächlich.
Er stand langsam auf, fast schwerfällig, ging auf Ricarda zu. Sie streckte ihm abwehrend die Hand entgegen.
»Brigitte ist also meine Tochter?«
»Ja. Das sagt Charlott. Und sie sollte es wissen.«
»Und du, Vater? Seit wann weißt du es?«
»Seit einigen Wochen. Charlotte sagte es mir, als du krank warst. Ich glaube, sie war froh, es endlich einmal aussprechen zu können. Aber sie hatte natürlich Angst davor, es dir zu sagen. Sie wollte das mir überlassen. Und ich war der Meinung, man müßte die rechte Stunde abwarten. Du solltest dich hier erst zurechtfinden, erst einmal gesund werden, und auch, nun ja – ruhiger.«
»Normaler, willst du sagen, nicht wahr? Vernünftiger. Was hast du vorhin gesagt? Alle Dinge regeln sich am besten mit Vernunft.«
Matthias sah sie prüfend an. Ihre Ruhe war beängstigend. Sie blickte an ihm vorbei, ihr Gesicht war wie eine Maske.
»Das habe ich gesagt, mein Kind. Und das ist meine aufrichtige Überzeugung.«
»Sie hätte es nicht zu sagen brauchen«, murmelte Ricarda. »Niemals.«
»Na, das wäre ja noch schöner«, rief Werner, der sich langsam von seiner Überraschung zu erholen begann. »Sie hat mich praktisch die ganze Zeit belogen. Mit einer Lüge hat diese Ehe begonnen.«
»Um dich geht es hier nicht«, sagte Matthias schroff. »Charlotte bekam ein Kind von dir, das war keine Lüge. Und dieses andere Kind . . .«
»Von dem ich bis vor wenigen Wochen nicht wußte, daß es mein Kind ist.«
»Ich wünschte«, sagte Ricarda kalt, »ich hätte es dir nicht gesagt. Vater hat recht: Um dich geht es hier nicht. Beide Kinder waren deine Kinder. Und das ist heute so absurd wie damals.

Für mich jedenfalls. Für dich aber ändert es an der ganzen Sache nichts. Damals nicht und heute nicht.«
»Ricarda!« rief er bestürzt.
Aber Ricarda wandte sich zur Tür.
»Ricarda!« rief ihr Vater ihr nach. »Wo willst du hin?«
»Zu Charlotte«, sagte sie ruhig und ging.
Werner wollte ihr nach, aber Matthias hielt ihn am Arm fest.
»Laß sie.«
»Aber wir können das nicht zulassen. Was soll das für eine Szene geben da oben?«
»Eine Szene?« sagte Matthias. »Ich glaube, da täuschst du dich. Du kennst Ricarda immer noch nicht.«

Keine Szene also. Charlott liegt im dunklen Zimmer auf ihrem Bett. Sie hat gewußt, daß Ricarda kommen wird. Sie hat auf sie gewartet.
Ricarda öffnet die Tür, läßt sie einen Spalt offen, damit sie sehen kann, geht zum Bett und knipst die Nachttischlampe an. Dann geht sie zurück, schließt die Tür, kommt zu Charlott und setzt sich auf den Bettrand. Sie tut das alles ruhig und ohne Hast. Und dann sitzt sie also da und schaut auf ihre Schwester herab.
Charlott, die Augen gerötet vom Weinen, hat geblinzelt, als das Licht anging, den Kopf zur Seite gedreht. Aber nun liegt sie da und sieht Ricarda an. Sie hat das Gefühl, ihr Herz schlägt nicht mehr. Sie ist ganz leer, ohne Gefühl, ohne Leben. So muß es sein, wenn man stirbt.
»Nun weißt du es also«, sagt sie leise.
Ricarda nickt. »Ja. Jetzt weiß ich es.«
»Ich habe dir alles weggenommen. Den Mann, den du geliebt hast. Dein Kind. Du warst voller Haß auf mich. Damals. Und all die Jahre. Und jetzt, als du gekommen bist. Du wirst es immer sein. Und du hast recht.«
Zwei Tränen laufen ihr übers Gesicht, sie wischt sie nicht weg. Sie wird sterben. Sie kann nicht mehr leben. Jetzt nicht mehr.

»Du sollst alles haben«, spricht sie weiter, gehetzt, sie muß alles noch sagen, solange sie noch sprechen kann, denn gleich – das fühlt sie – wird alles zu Ende sein. Sie will, daß es zu Ende ist.
»Werner. Dein Kind. Alles, alles sollst du haben. Ich werde fortgehen. Ich werde dir nie mehr unter die Augen kommen. Keinem von euch. Weit fort.«
Aber auch sie kennt Ricarda nicht. Ricarda ist stark, sie hat Kraft. Jetzt hat sie wieder Kraft, zum Leben, zum Verstehen, und auch zum Verzeihen. Und nun, wie sie hier am Bett ihrer Schwester sitzt, ist sie auf einmal wieder die Ärztin. Sie sieht, daß Charlott am Ende ist. Verzweifelnd und elend. Sie muß ihr helfen. Sie will ihr helfen.
Sie löst sanft das feuchte Taschentuch aus Charlotts verkrampften Fingern, wischt ihr die Tränen ab, streicht ihr übers Haar.
»Lottel«, sagt sie, es klingt weich und zärtlich. »Ich hasse dich nicht. Es war nur die erste Zeit, als ich hier war. Als ich Angst hatte vor allem hier, vor euch. Gehaßt habe ich Werner, ja, das ist wahr. Du mußt jetzt vernünftig sein, du darfst dich nicht weiter in die ganze Geschichte hineinsteigern. Es ist nichts mehr zu ändern. Wir müssen mit den Tatsachen leben. Auch du.«
Charlott sieht sie ungläubig an. »Du haßt mich nicht?«
»Nein.«
»Ich habe dir alles weggenommen. Alles, Ricarda.«
»Nicht alles.«
»Doch. Aber du sollst jetzt alles haben. Alles, alles. Werner und Brigitte, und alles, alles, was dazu gehört.«
»Ich will auch dich«, sagt Ricarda, und sie lächelt sogar dabei. »Du bist meine Schwester. Ich werde Werner nicht heiraten. Ich habe nie im Ernst daran gedacht, ihn zu heiraten. Das weiß ich nun. Es ist zuviel zwischen uns, zwischen Werner und mir. Nicht nur, was damals geschehen ist. Auch die vielen Jahre ... Nein, ich will nicht mit Werner leben.«
»Ich auch nicht«, ruft Charlott, sie richtet sich auf, stützt sich

auf einen Arm. »Ich auch nicht mehr, Ricarda. Es war schrecklich, mit ihm zu leben. Ich will nicht bei ihm bleiben, ich lasse mich trotzdem scheiden.«

Ihre Augen flackern, auf ihren Wangen brennen rote Flecken. Ricarda sieht, wie erregt sie ist, wie ganz außer jeder Fassung.

»Das wirst du dir in Ruhe überlegen«, sagt Ricarda. »Aber nicht mehr heute abend. Du mußt auch an Thomas denken.«

»An Thomas? Werner denkt auch nicht an ihn. Er wollte sich auf jeden Fall von mir scheiden lassen, schon ehe ihr kamt. Wegen einer Frau natürlich. Und wenn du nicht bei ihm bleiben willst, dann wird eine andere kommen. Auch wenn er heute sagt, er liebt dich. Es kommt bestimmt eine andere. Ich kenne Werner. Er kann nicht lieben. Vielleicht dich, ich weiß es nicht. Wenn du bei ihm sein würdest ...«

»Nein. Ich will nicht bei ihm sein. Nicht mehr. Wenn du willst, komme ich mit dir nach München, mit dir und mit den Kindern.«

»Und Brigitte? Müssen wir es ihr nicht sagen?«

»Nein. Noch nicht. Vielleicht später. Sie ist zu jung. Was sollte sie davon denken, daß wir beide, fast zur gleichen Zeit ...«

»Aber ...«

»Werner ist auch Brigittes Vater.«

Charlott öffnet den Mund vor Staunen. »Werner?«

»Ja. Ich habe es damals nicht sagen wollen. Er ist der Vater meines Kindes gewesen. Und das alles kann ich ihm nie verzeihen. Er hat dich belogen, er hat mich belogen, es war für uns beide beschämend. Nein, wir können es Brigitte nicht sagen. Es ist ja auch gleichgültig, nicht wahr? Sie hat eine schöne Jugend gehabt.« – Ricarda lächelt. »Sie ist ein so liebenswertes Kind. Du hast es gut gemacht mit ihr. Warum sollen wir sie verwirren? Ich kann sie auch so liebhaben. Erst soll sie mal ihr Abitur machen, so lange mußt du auf jeden Fall noch hierbleiben.«

»Aber keinen Tag länger, das verspreche ich dir.«

Sie greift nach Ricardas Hand, schmiegt sie an ihre Wange,

schließt die Augen und lächelt. »Dann gehen wir, alle zusammen. Ich werde nicht allein sein. Du kommst mit.«
»Ja, ich komme mit.«
Ricarda schiebt ihren Finger auf Charlotts Puls. Charlotts Wangen sind heiß, aber sie hat sich etwas beruhigt.
»Jetzt ziehst du dich aus. Ich bringe dich zu Bett und gebe dir eine Schlaftablette. Und dann schläfst du.«
»Ricarda!« flüstert Charlott. »Ich danke dir. Oh, ich danke dir. Du bist so gut.«
Bin ich gut? denkt Ricarda. Nein, ich bin nicht gut. Aber ich bin wieder ich. Ich bin mir heute selber wiederbegegnet. Morgen fange ich mit der Arbeit an. Gott sei Dank, ich werde wieder arbeiten.
Maria, ich danke dir, ich weiß jetzt wieder, was ich tun soll.
Werner? Nein, mit Werner habe ich nichts mehr zu schaffen. Es war nicht Liebe. Es war ein Traum. Es ist vorbei.
Aber ich habe Vater. Ich habe Lottel. Brigitte. Beide Kinder, auch Thomas gehört dazu.
Fast empfindet sie so etwas wie Mitleid mit Werner. Soll er ganz allein zurückbleiben? Hat er das verdient? Er liebt sie. Er sagt es. Vielleicht ist es wahr. Aber sie liebt ihn nicht mehr.
Vielleicht bleibt Charlott doch bei ihm. Vielleicht findet sich ein Weg. Aber das kann man noch nicht heute entscheiden.
»Komm«, sagt sie leise. »Du mußt jetzt schlafen. Zieh dich aus.«
Und dann, wenn Lottel zu Bett gebracht ist, wird sie zu ihrem Vater gehen. Sie muß ihn beruhigen, muß ihm sagen, daß sie sich selbst wiedergefunden hat. Damit auch er gut schlafen kann in dieser Nacht.

In der ersten Hälfte des Monats März war das Unglück mit Sven Laupholz passiert. Sieben Wochen später in den ersten Tagen des Mai lieferte man seine Tochter Annelie mit einer schweren Schlafmittelvergiftung in die Klinik ein. In eben jene vornehme kleine Privatklinik, in der nun Ricarda seit sechs

Wochen arbeitete. Die Klinik lag dem Laupholz-Haus am nächsten, und der leitende Arzt war der Familie bekannt.
Annelie hatte sich das Leben nehmen wollen, und beinahe wäre es ihr gelungen. Tagelang war es fraglich, ob sie durchkommen würde. Ricarda, auf deren Station das Mädchen lag, erfuhr zunächst von Eva Laupholz, später auch von Charlott und Brigitte, wie es dazu gekommen war.
Eva, die schon durch den Tod ihres Mannes und die darauf folgenden Sorgen schwer getroffen worden war, brach nun völlig zusammen. Sie bekam ein Nervenfieber und landete ebenfalls in der Klinik.
Warum Annelie es getan hatte, wie es zu dieser Kurzschlußhandlung kam, dafür gab es zwei Gründe.
Zunächst der Tod ihres Vaters; Annelie, die ihn ja geliebt hatte, gewohnt an seine Fürsorge und Zärtlichkeit, hatte es nicht verwunden, daß ihr Vater starb am Tage nachdem sie die große Auseinandersetzung mit ihm hatte. Ihre bösen Worte, ihr Trotz, die Heftigkeit, mit denen sie ihm entgegengetreten war, der Gedanke an den Streit ohne Versöhnung, und nie mehr, nie mehr hatte sie ihn wiedergesehen und gesprochen, quälten das empfindsame Mädchen Tag und Nacht. Sie gab sich die Schuld an seinem Tod. Er hatte sich über sie geärgert, war von ihr enttäuscht, und vielleicht mit dem Kummer beschäftigt, den sie ihm machte, und darum, nur darum war es zu dem Unglück gekommen. Annelie weinte und konnte nicht wieder aufhören zu weinen, Tage und Wochen.
Sie klagte sich an, laut und leise. Und brachte dadurch ihre Mutter erst recht zur Verzweiflung. Sie konnte den Vater nicht um Verzeihung bitten, ihm nie mehr sagen, wie lieb sie ihn hatte und daß sie nichts auf der Welt weniger gewollt hatte, als ihn zu kränken.
Das ging wochenlang so. Nur ihr eigener Schmerz zählte, auf die anderen, auf Mutter und Schwester, nahm sie keine Rücksicht.
Dabei hatte Eva Sorgen genug. So absurd es jedem scheinen

mochte, der den aufwendigen Lebensstil Svens gekannt hatte – es waren vor allem finanzielle Sorgen, die auf Eva zukamen. Zur Teilhaberschaft in der Baufirma war es nicht mehr gekommen. Sven hatte viel verdient, zweifellos. Aber ebenso viel, wenn nicht noch mehr, ausgegeben. Da waren hohe Steuerschulden, da waren Wechsel, die vorgelegt wurden, Verpflichtungen, wohin man blickte.

Natürlich geriet Eva nicht direkt in Not. Sven hatte viele gute Freunde gehabt, und man bot ihr jede Hilfe an.

Da war das prächtige Haus, sie konnte es vermieten oder verkaufen. Sie selbst besaß kostbaren Schmuck. Aber es war für sie doch ungewohnt, sich nun auf einmal mit derartigen Problemen herumschlagen zu müssen.

Annelie nahm darauf keine Rücksicht, nahm es nicht einmal zur Kenntnis. Was bedeutete ihr Geld, ihr Vater war tot, er war im Zorn auf sie gestorben und ohne den Ärger mit ihr lebte er sicher noch.

Der zweite Grund: Alexander Helten. Natürlich flüchtete sie mit ihrem Kummer auch zu ihm. Er mußte sich das alles ebenfalls anhören, ihre heftigen Selbstanklagen, ihre Verzweiflungsausbrüche, ihre bitteren Tränen.

Alexander hatte sich den Verlauf seines so glücklich begonnenen Unternehmens einer geplanten reichen Heirat nicht so vorgestellt. Anfangs war er liebevoll um Annelie bemüht, tröstete sie, sprach ihr Mut zu. Nahm sie in die Arme und tat sein möglichstes, sie ihren Kummer vergessen zu lassen. Doch dies war mehr oder weniger Theater.

Was Alexander angestrebt hatte, um endlich die aussichtslose Misere seines Lebens zu beenden oder, besser gesagt, um sich ein Leben ohne Arbeit zu ermöglichen: die Tochter eines reichen Mannes zu heiraten, das war hinfällig geworden. Und das erkannte er recht bald. Sven war kein reicher Mann gewesen. Nur ein gut verdienender. Und da er nicht mehr lebte, war auch kein Geld mehr da. Und da kein Geld da war, bestand kein Anlaß mehr, Annelie zu heiraten.

Soweit war sich Alexander bald über die Tatsachen klargeworden. Natürlich sagte er das nicht brutal, er ließ es auch zunächst nicht merken. Aber er bereitete seinen Rückzug vor. Mit dem Vorwand, sie gehöre jetzt hauptsächlich zu Mutter und Schwester, wich er nach und nach dem Zusammensein mit ihr aus. Andererseits blieb ihm nicht die Zeit, den von ihm nun beabsichtigten Abschied noch weit hinauszuschieben. Seine Lage wurde allmählich kritisch.

Zwar hatte ihm Sybille Geld dagelassen, auch das kleine Apartment bewohnte er noch. Sybille jedoch war keine reiche Frau, die großen Honorare würden erst kommen. Und sie war vor allem nicht mehr da, um seinen Lebensunterhalt zu bestreiten. An Sparsamkeit jedoch dachte er nicht, das lag ihm nicht. Er lebte zunächst fröhlich drauflos, aber er konnte sich ausrechnen, wann das letzte Geld verbraucht sein würde. Was dann? Das einzige, was blieb, er konnte bei seiner Mutter unterkriechen.

Auf die Idee, sich energisch Arbeit zu suchen, ganz gleich, was für welche, auf diese Idee kam er nicht. Und da er nicht sehr klug war und den einmal gefaßten Plan immer noch für den besten hielt, fiel ihm nichts Besseres ein, als nach einer neuen Braut aus reichem Hause Ausschau zu halten.

Allerdings, so leicht war das gar nicht. Man mußte schließlich erst einmal Gelegenheit haben, an die Goldfische heranzukommen. Die einzigen Gelegenheiten, die sich ihm boten, hatte ihm Annelie erschlossen. Durch sie war er auch im Tattersall bekannt geworden, war einige Male auf Partys mit ihr gewesen, hatte Ende Februar den Ball des Tennisklubs mitgemacht. Nun begann er vorsichtig zu untersuchen, ob sich nicht irgendwo ein passender Anknüpfungspunkt finden ließ. Einfach war das nicht. Wer war er schließlich? Man kannte ihn kaum, hatte wenig Notiz von ihm genommen. Ein ganz charmanter junger Mann, nun ja, die hübschen Töchter der reichen Leute konnten über Verehrermangel nicht klagen.

Die einzige, bei der er ein bißchen Anschluß finden konnte,

war Brigitte Fabian. Nicht daß Brigitte von ihm sehr eingenommen war. Aber sie kannte immerhin die Laupholz-Familie ganz gut, hatte vor allem Sven sehr gern gemocht, und das ergab ohne Schwierigkeiten ein Gesprächsthema.

Sie kam beispielsweise nach dem Reiten in das Casino des Tattersalls, sei es um jemand zu treffen oder eine Coca zu trinken, und fand dort Annelies hübschen Alexander sitzen, der sich bei ihrem Kommen sichtlich erfreut erhob und einen Stuhl zurechtschob. Na schön, sie konnte ebensogut bei ihm sitzen.

»Ist Annelie nicht da?«

Er schüttelte mit betrübter Miene den Kopf. »Nein. Das arme Kind! Man bringt sie einfach nicht dazu, irgendwohin zu gehen. Sie muß bei ihrer Mutter bleiben. Es ist kaum mehr mit anzusehen, wie sie leidet. Ich werde auch ganz krank dabei.«

Brigitte gab dem jungen Mann einen kurzen mißtrauischen Blick. Aber dessen Gesicht war wirklich ganz gramerfüllt, ein trostbedürftiger kleiner Junge, dem man ein Spielzeug weggenommen hatte.

Natürlich war Brigitte nicht die Richtige, ihn zu trösten. Sie sagte burschikos: »Sie haben schließlich keinen Grund, wie ein Trauerkloß hier herumzuwandeln. Sie kannten ja Sven so gut wie gar nicht. Und außerdem wollte er sowieso von Ihnen nichts wissen.«

Alexander seufzte schmerzlich. »Ich weiß. Und ich hatte keine Gelegenheit, ihn von meinen ehrlichen Absichten zu überzeugen.«

»Na, Hauptsache, Sie werden Annelie davon überzeugen. Sie müssen halt ein bißchen Geduld haben. Eines Tages wird sie über das Schlimmste hinaus sein, und dann wird alles wieder sein wie früher.«

Alexander seufzte nochmals und meinte dunkel: »Das ist es ja eben.«

»Was?«

»Annelie und ich, im Grunde passen wir nicht zusammen. Gerade ehe das mit ihrem Vater passierte, war ich zu dieser Erkenntnis gekommen. Nicht richtig, verstehen Sie, nur ganz dunkel noch.«

»Aha!« sagte Brigitte verständnislos. »Ganz dunkel.«

Wie sich die ehrlichen Absichten, mit denen er Sven hatte überzeugen wollen, mit dieser neuen Erkenntnis zusammenreimten, konnte sie nicht weiter überdenken, denn Alexander sprach weiter. Er erzählte ihr eine lange traurige Geschichte. Über sich, sein Wunsch nach Liebe und einer Frau, die zu ihm paßte, und warum Annelie diese Frau nicht sein konnte. Brigitte hörte sich das ein wenig neugierig, aber in der Hauptsache peinlich berührt an. Sie war zu jung, um Freude an Bekenntnissen dieser Art zu haben. Immerhin sah sie ein, daß es für Alexander, wenn es wirklich so war, wie er es auseinandersetzte, sehr, sehr schwierig war, dies Annelie in der jetzigen Situation beizubringen.

Der einzige Rat, den sie ihm geben konnte, lautete: »Warten Sie erst mal ab. Jetzt können Sie ihr das sowieso nicht beibiegen.«

Dann vergaß sie das Gespräch wieder. Aber Alexander sorgte dafür, daß sie ihn nicht vergaß. Er tauchte regelmäßig im Stall auf, brachte Mohrrüben für ihr Pferd mit, stand mit ihr bei der Box von Prinzeß, bewunderte Brigittes Reitkünste.

Brigitte nahm das nicht weiter tragisch. Erst als Alexander anfing, ihr die Hand zu küssen, ihren Arm zu streicheln und unter dem Tisch ihr Knie zu suchen, meinte sie unwirsch: »Lassen Sie doch den Unsinn. Sie sollten an Annelie denken.«

»Ich denke an dich, Brigitte«, sagte er mit dem schmelzendsten Blick seiner dunklen Samtaugen.

»Also ich werde Ihnen mal was sagen«, erklärte Brigitte energisch, »so geht das nicht. Einfach wegen Annelie nicht.«

»Aber ich habe dir doch gesagt, Annelie und ich ... Chérie, sie paßt nicht zu mir. Es war ein Irrtum meinerseits, das am Anfang zu glauben. Heute weiß ich es besser.«

»Kann ja sein. Aber ich jedenfalls will damit nichts zu tun haben.«
Ein wenig fühlte sich Brigitte auch geschmeichelt, denn erstens war dieser Alexander wirklich ein attraktiver Mann und zweitens für ihre jungen Jahre schon ein ausgewachsener Mann. Aber sie dachte im Ernst nicht daran, auf seine Annäherungsversuche einzugehen.
Dann tauchte er bei der Schule auf, um sie abzuholen. Das verbat sie sich. Sie fahre mit dem Rad und damit basta. »Und wenn ich ein Auto brauche«, erklärte sie hochmütig, »falls das Wetter schlecht ist oder so, dann schickt mir mein Vater einen Wagen.«
Die Tennissaison begann, und Alexander tauchte in größter Selbstverständlichkeit auch hier in ihrem Schatten auf. Dabei konnte er nicht einmal Tennis spielen, was Brigitte geringschätzig zur Kenntnis nahm.
»Lernen Sie es wenigstens, wenn Sie schon hier sind.«
»Werden Sie es mir beibringen?«
»Wir haben einen sehr guten Trainer hier«, sagte sie abweisend.
Weder für Dreß noch Trainer hatte Alexander Geld. Also saß er im Klublokal herum, etwas ablehnend von den Klubmitgliedern betrachtet, aber da er mit Brigitte hierhergekommen war, wies ihn niemand fort. Na ja, und mit der Zeit machte er doch einige andere Bekanntschaften. Da war die gelangweilte Frau eines reichen Elektrogroßhändlers, sie war fünfunddreißig, ihr Mann neunundfünfzig, die sich ganz gern von dem hübschen Jungen ein wenig den Hof machen ließ, den Schläger tragen und nach dem Spiel die Jacke um die Schultern hängen ließ.
Und schließlich gelang es ihm auch, das eine oder andere Mädchen aus reichem Hause kennenzulernen, die ihm für seine Zwecke geeignet erschien.
»Weißt du, Mutti«, sagte Brigitte zu Charlott, »ganz richtig finde ich das ja nicht. Er sollte jetzt zu Annelie halten.«

Aber Charlott meinte: »Es ist besser so. Das ist kein Mann für Annelie, da hat Sven schon recht gehabt. Eva wird froh sein, wenn sie ihn los ist. Und Annelie wird es eines Tages auch einsehen.«

Das war ein Irrtum. Annelie merkte schließlich doch, daß ihr geliebter Alexander seltsame Wege ging. Daß er kaum noch Zeit für sie hatte. Sie wurde nicht mißtrauisch, nein, dazu war sie zu harmlos, nur noch unglücklicher.

Leider war es Brigitte, die sie aufklärte. Eines Nachmittags, Eva war mit den beiden Mädchen im Hause Fabian, sagte Brigitte geradeheraus zu Annelie: »Also weißt du, diesen komischen Heini, den du dir da angelacht hast, den solltest du nach Hause schicken.«

»Sprichst du von Alexander?« fragte Annelie empört.

»Eben von dem. Er flirtet bei uns im Klub herum, daß es eine Wonne ist. Erst bei mir, und nun noch mit allen möglichen anderen. Der liebt dich doch nicht. Bilde dir das bloß nicht ein.«

Jetzt war Annelie mißtrauisch geworden. Sie beobachtete, fragte, kam überraschend in den Klub, sah Alexander lachend und vergnügt mit einer anderen fortfahren, stellte ihn zur Rede, hörte seine Ausflüchte, merkte schließlich, daß er log. Ihr Vater hatte also recht gehabt. Keine Liebe. Nur eine Affäre. Darum – für diesen Mann hatte sie sich mit Vater gestritten, hatte ihn in den Tod gejagt. Dramatisch und wildromantisch, wie Annelie nun einmal war, kam sie nicht zur Vernunft, sondern geriet in abgrundtiefe Verzweiflung. Und als Alexander schließlich deutlich zu erkennen gab, daß der Fall Annelie Laupholz für ihn erledigt war – wie oft hatte er so etwas schon erlebt –, verlor Annelie den letzten Rest Verstand. Sie schoß nicht auf den flatterhaften Liebhaber, sie wollte lieber selber sterben.

Ricarda, als sie die ganze Geschichte kannte und mit Mühe die nun ihrerseits vollkommen entsetzte Brigitte beruhigt hatte, dachte: immer dasselbe. Auch diese modernen Mädchen, so gescheit und selbständig sie sind, immer dasselbe. Der Teufel sollte die Liebe und die Männer holen!

Sie sagte es, laut und zornig, bei einem Spaziergang im Klinikgarten.

»Ach, ich weiß nicht«, meinte Brigitte. »Es ist doch nicht immer so. Es gibt doch richtige Liebe, nicht wahr?«

Ricarda blickte seitwärts in das schöne junge Gesicht ihrer Tochter. Eine wilde, leidenschaftliche Zärtlichkeit erfüllte sie. Sie hätte Brigitte in die Arme nehmen mögen, sie festhalten und sie für immer, für immer vor allem Schmerz und Leid bewahren mögen.

Eines Tages, dachte sie, eines Tages werde ich es ihr sagen. Einmal muß sie erfahren, daß wir zusammengehören. Ich habe kein Recht auf sie. Ich habe sie allein gelassen. Habe mich nicht um sie gekümmert. Habe sie nicht geliebt, nachdem ich sie geboren hatte. Ich muß mir ihre Liebe verdienen. Eine echte, wahre, richtige Liebe.

»Sicher«, sagte sie, »vielleicht gibt es das. Mir ist sie nie begegnet.«

»Nie?« fragte Brigitte.

Ricarda blickte vor sich auf den Weg, dann hinauf in die Bäume, die wieder grün geworden waren. Bald würde der Flieder blühen, dann die Rosen. Und eines Tages vielleicht auch der Maulbeerbaum in Charlotts Garten.

»Es war nur etwas, was ich für Liebe hielt«, sagte sie leise. »Oder nein, das ist nicht wahr. Damals war es Liebe für mich. Aber es hat sich nicht bewährt. Doch es hat genügt, daß mein ganzes Leben davon verdorben wurde.«

Brigitte schwieg. Sie wußte, von wem, von welcher Liebe Ricarda sprach. Sie durfte es ihr nicht sagen, daß sie es wußte. Statt dessen sagte sie: »Na ja, richtige Liebe oder nicht, jedenfalls macht mich der Gedanke ganz schwach, daß ich es war, die Annelie erzählt hat, was mit ihrem Alexander los ist. Stell dir vor, sie wäre jetzt wirklich tot! Dann wäre es meine Schuld.«

»Sie ist nicht tot«, sagte Ricarda und lächelte Brigitte tröstend zu, »sie wird wieder ganz gesund und hoffentlich etwas klüger. Mehr Sorgen macht uns ihre Mutter. Eva ist sehr schlecht dran. Sie muß lange Zeit Ruhe haben. Und ich denke, daß Annelie das zu Verstand bringen wird.«

Wer Annelie zu Verstand brachte, mit großem Ernst und Nachdruck, war ihr Onkel, Erik Laupholz.

Nun also endlich begegnete Ricarda ihm wieder. Eines Nachmittags, als sie in Annelies Zimmer kam, um Fieber zu messen und ihr die Medikamente zu bringen, saß Professor Laupholz an Annelies Bett.

Ricarda erkannte ihn gleich. Sie stockte an der Tür, ging dann aber ruhig ins Zimmer, nachdem sie leise einen Gruß gemurmelt hatte, der, ebenso leise und ohne von einem Blick begleitet zu sein, erwidert wurde.

Erik Laupholz! Zwanzig Jahre älter geworden, das Haar grau, das Gesicht zerfurcht, aber die gleiche breitschultrige Gestalt mit dem steilen Nacken, er trug das Haar kurz geschnitten wie damals, und das erste, was ihr ganz vertraut war: seine Hände. Kräftige und doch zugleich sensible Hände mit beweglichen Fingern, die helfenden und heilenden Hände eines geborenen Arztes.

Annelie lag im Bett und weinte. Tränen liefen über das blasse liebliche Gesicht, das braune Haar floß lang und weich über das Kissen.

»Aber ich – ich habe ihn so geliebt.«

»Das dachtest du.«

»Nein. Wirklich! Er war alles für mich. Und er liebte mich doch auch!«

»Das hat er gesagt.«

»Er wollte mich heiraten.«

»Offensichtlich nicht. Denn er hat dich in dem Moment verlassen, wo du ihn gebraucht hättest. Hältst du das für Liebe?«

»Aber *ich* habe ihn geliebt.«

»Ich werde dir mal etwas sagen, Anneliese«, Professor Laupholz faltete die Hände auf seinen Knien und lehnte sich etwas zurück. »Du hast keine Ahnung, was Liebe ist. Was du für Liebe gehalten hast, das war so ein bißchen Spaß und Vergnügen. Ganz hübsche Sache, zugegeben. Und ganz raffiniert gemacht, daß wir Menschen darauf 'reinfallen. Von der Natur so ausgedacht. Sie braucht das nämlich, um die Art zu erhalten. Man kann es so nüchtern sehen. Aber das gefällt uns nicht, darum umkleiden wir das Ganze mit romantischen Gefühlen. Diese Gefühle sind falsch. Liebe ist etwas anderes. Liebe ist Verantwortung. Ist Rücksichtnahme. Liebe denkt nicht an sich, sondern an den anderen. Und darum sage ich, daß du von Liebe noch nichts weißt.«

»Aber ich habe an ihn gedacht, ich ...«

»Unsinn. Du hast an dich gedacht. Weißt du, wen du jetzt, in der jetzigen Situation zuerst hättest lieben müssen? Deine Mutter. Du weißt doch, was sie verloren hat. Du weißt, wie schwer es für sie war und ist. Sie hat dich und deine Liebe gebraucht. Und was hast du getan? Du gehst hin und willst dir das Leben nehmen. Weißt du, was du deiner Mutter damit angetan hast? Und du willst von Liebe sprechen? Wo du nicht einmal imstande bist, diese kleine Verantwortung zu tragen? Deiner Mutter zu helfen, über die schwerste Zeit wegzukommen? Statt dessen gehst du hin und machst ihr neuen Kummer. Du willst behaupten, du wüßtest etwas von Liebe?«

Schweigen. – Annelie lag mit geschlossenen Augen, Tränen rollten über ihre Wangen, ihre Hände verkrampften sich auf der Bettdecke.

Erik Laupholz betrachtete sie aufmerksam. Er war dabei, ihr einen neuen Schuldkomplex einzureden. Aber der würde sie von der Vergangenheit lösen. Würde ihr eine Aufgabe zuteilen. Die Aufgabe, gemeinsam mit ihrer Mutter das Leben zu meistern. Verantwortung zu tragen.

»Habe ich nicht recht, Schwester?« fragte er plötzlich über die Schulter, ohne Ricarda anzusehen.

»Ja, Herr Professor, Sie haben recht.«

Jetzt drehte er sich um. »Sie kennen mich?«
Sie nickte.
»Ja, Herr Professor Laupholz, ich kenne Sie.«
Er betrachtete sie genau. Die große, schlanke Gestalt, das ernste, blasse Gesicht mit den dunklen Augen, das schwarze Haar unter dem weißen Häubchen.
»Ich glaube, ich kenne Sie auch«, sagte er langsam.
Ricarda lächelte ein wenig. »Sie kennen mich, Herr Professor.«
»Hm. Ich kenne Sie. Das sehe ich jetzt genau. Haben wir schon zusammen gearbeitet? Es muß lange her sein.«
»Es ist lange her.«
»Es ist lange her ... und ich kenne Sie sogar sehr gut. Ich sehe Ihr Gesicht genau vor mir. Sehr jung. Nein, warten Sie, sagen Sie nichts. Lange muß es her sein. Im Krieg, nicht wahr?«
»Ja. Im Krieg.«
»Lazarett? Nein. Berlin? Nein. Noch besser«, er sprang plötzlich auf mit erstaunlichem Temperament. »Breslau! Stimmt es?«
Sie nickte. »Ja. Es stimmt.«
»Sagen Sie mir Ihren Namen.«
»Ricarda. Ricarda Wolff.«
»Ricarda Wolff. Natürlich.« Er schlug sich an die Stirn. »Wie ich da nicht darauf kommen konnte. Runges Lieblingsschülerin. – Wissen Sie, was er sagte? Ein neues Weltwunder: eine Frau, die zur Ärztin geboren ist!«
»Das hat er gesagt?«
»Das hat er gesagt. Mir ist es unvergeßlich. Denn er hielt nicht viel von medizinstudierenden Mädchen. Menschenskind, Ricarda! Wie kommen Sie denn hierher?«
»Das ist eine lange Geschichte.«
»Die muß ich erfahren. Sie sind Schwester hier? Sie sind keine Ärztin geworden?«
»Nein.«
»Hm. Das gehört sicher auch zu der langen Geschichte.«

Sie nickte.
»Die werden Sie mir erzählen. Ich bleibe ein paar Tage hier. Einer muß ja mal Ordnung schaffen bei Svens Mädchen. Eva kommt anschließend in ein Sanatorium. Die Prachtburg hier wird verkauft. Die beiden Gören nehme ich mit nach München. Karin kann auch in München in eine Schauspielschule gehen. Und Anneliese wird etwas lernen. Das Nichtstun hört auf. Hast du mich verstanden, du Zuckerpüppchen?« fragte er nach dem Bett hin.
»Ja, Onkel Erik«, kam die klägliche Antwort.
»Du hast ja jetzt Zeit, da wirst du dir gleich mal überlegen, was du für Talente hast. Jeder Mensch braucht eine vernünftige Arbeit. Sonst kommt er auf dumme Gedanken. Erst könnt ihr bei mir wohnen, ich habe Platz genug. Und wenn deine Mutter wieder gesund ist, kaufen wir für euch eine schöne Eigentumswohnung. Geld genug wird ja hereinkommen mit dem Hausverkauf. Was dich nicht hindern soll, dir dein eigenes Geld zu verdienen.«
»Ja, Onkel Erik.«
Plötzlich lächelte er. Wie eine Sonne, warm und strahlend und herzlich ging das Lächeln in seinem Gesicht auf. Kleine Fältchen erschienen in seinen Augenwinkeln, sein Mund wurde weich und sehr lebendig. So – wenn er lächelte, glich er seinem Bruder Sven noch mehr. Sven war immer fröhlich gewesen.
Erik trat zum Bett, griff mit der Hand in Annelies dichtes braunes Haar und zauste sie ein wenig.
»Ich werde dir etwas sagen, du dumme Göre. Das Leben kann nämlich ganz schön sein. Wir behalten es sowieso nicht sehr lange. Es mutwillig wegschmeißen, ist eine dumme Verschwendung. Und wenn ein hübsches junges Mädchen so etwas tut, ist es doppelte Verschwendung. Dein Vater könnte dir das bestätigen. Er hätte sicher gern noch gelebt. Er liebte das Leben nämlich. Was glaubst du, was er dazu sagen würde, wenn er dich sehen könnte? Na?«
Annelie schwieg.

»Na? Was denkst du?«
»Er würde schimpfen.«
»Schimpfen? Das wäre zuwenig. Ich nehme an, er würde dich übers Knie legen. Leider hat er das viel zu selten getan.«
Jetzt lächelte Annelie sogar ein wenig.
»Er hat es nie getan.«
»Siehst du, das war auch ein Fehler. Wer liebt, trägt Verantwortung. Auch die Verantwortung für richtige Erziehung. Jetzt ist es ein bißchen spät dafür, du bist inzwischen ein erwachsenes Mädchen geworden. Nun übernimmt das Leben die Erziehung. Die erste Lektion hast du ja wohl jetzt gelernt. Sieh zu, daß die anderen etwas erfreulicher ausfallen. So. Jetzt gehe ich.«
»Morgen komme ich wieder.« Er blickte Ricarda an, die neben ihm am Bett stand. »Schwester Ricarda, sorgen Sie dafür, daß die junge Dame ordentlich gefüttert wird. Liebeskummer ist nicht mehr. Der Mensch braucht Kraft zum Leben. Stimmt's?«
»Ja, Herr Professor.«
»Schwester Ricarda, wann haben Sie frei?«
»Übermorgen nachmittag und abend.«
»Sehr schön. Bitte reservieren Sie diese Zeit für mich. Ich möchte ihre lange Geschichte hören.«

Gar so gelassen, wie Ricarda sich gab, war sie nicht. Die Wochen, die hinter ihr lagen, hatten sie viel Nervenkraft gekostet. Einen Entschluß zu fassen, ist eine Sache. Ihn dann täglich und stündlich in der Praxis durchzuführen, eine andere.
Zuviel Neues war in kurzer Zeit auf sie eingestürmt. Auch Werners Liebe, die für sie ja schon ein Teil Vergangenheit gewesen war, gehörte dazu. Es war alles so plötzlich gekommen. Die Fremdheit und Verstörtheit der ersten Wochen, die schüchternen Versuche, in der unbekannten Welt heimisch zu werden, und dann auf einmal wie eine Sturzflut, sein heftiges Werben um sie, das einer Beschlagnahme gleichgekommen war.

Sie hatte sich davon überrumpeln lassen, um sich aber kurz danach energisch davon zu befreien. Ihre Absicht war, sich ganz und endgültig davon zu trennen, ihn für alle Zeiten aus ihrem Leben zu streichen, diesmal mit vollem Bewußtsein und voller Absicht, denn das erschien ihr als die einzige Möglichkeit, sich aus der Verwirrung ihrer Gefühle zu retten. Jedoch, es war nicht nur er allein. Etwas, was sie nie vermutet hatte, war eingetreten, hatte sich in ihr ganz unbemerkt eingenistet: die Bindung an ihre Familie.

So viele Jahre lang war ihr Vater die ganze Familie für sie gewesen. Es war ein Duett, ein wohlgestimmtes, harmonisches Duett gewesen, bewährt in bösen Zeiten. Und nun auf einmal, um das Bild zu behalten, war ein Quartett, ja ein Quintett daraus geworden, ein mehrstimmiges Werk, das noch nicht zur Harmonie gediehen war, in dem noch immer, wie könnte es anders sein, Disharmonien störend mitklangen. Darin hatte sie sich noch nicht zurechtgefunden.

Da war zunächst ihre Schwester. Seit dem Abend vor ihrem Auszug aus dem Hause Fabian klammerte sich Charlott mit geradezu fanatischer Liebe an sie. Ricarda war teils gerührt, teils bemüht, die Schwester zu verstehen.

Charlott, so lange ohne Zuneigung, ohne Wärme, hungrig nach Liebe und Verständnis, warf allen Ballast der Vergangenheit über Bord. Sie war befreit von Lüge und Betrug. Sie hatte ihre Schuld bekannt, hatte ihre Bereitschaft, alles wiedergutzumachen, soweit es möglich war, bewiesen. Und nun sollte es keinen Schatten mehr zwischen ihr und Ricarda geben. Dazu kam, daß auch Matthias das Haus inzwischen verlassen hatte, er war nach Salzburg übergesiedelt, und was blieb Charlott dann, was hatte sie noch, nur Ricarda. Ihre schöne, kluge, immer so bewunderte Schwester.

Sie bestand darauf, daß Ricarda jede freie Stunde, jeden freien Nachmittag bei ihr verbrachte. Ob Werner zugegen war oder nicht, Charlott war das egal. Werner spielte für sie überhaupt keine Rolle mehr. Wenn er sich scheiden lassen wollte, bitte sehr! Ihr war es recht. Und wenn Werner sonst was für Wege ging, Charlott kümmerte das nicht mehr. Die Befangenheit der ersten Zeit war total geschwunden. Ricarda mußte sich im Detail anhören, was Charlott in der langen Zeit erlebt hatte, Gutes und Böses. Ricarda sollte ihre Meinung dazu sagen. Ricarda hatte immer recht.

Diesem Ansturm von Liebe und Vertrauen konnte sich Ricarda nicht entziehen. Gewiß, viel Zeit hatte sie ja nicht. Die Arbeit in der Klinik, das Einleben in die neue Umgebung nahm sie ganz in Anspruch. Darüber war sie sehr froh. Mit Vehemenz hatte sie sich in die Arbeit gestürzt und konnte zu ihrer Genugtuung bald feststellen, daß man sie und ihre Arbeitskraft schätzte. Das gab ihr Selbstvertrauen, dort wie hier galt der gleiche Grundsatz: Wenn man etwas leistete, fand man sich zurecht.

Wer sich aber keineswegs abfinden konnte mit dieser Entwicklung, das war Werner.

Ricardas strikte Absage an ihn, ihr entschiedenes Nein zu seiner Liebe und seinen Plänen für ihre gemeinsame Zukunft, war ihm unbegreiflich. Das war überhaupt noch nie vorgekommen, daß eine Frau, die er sich wünschte, sich ihm entzog. Und noch dazu, war es die einzige Frau, die er liebte, die er je geliebt hatte.

Anfangs glaubte Werner nicht daran. Nicht daß es Ricarda ernst mit ihrer Ablehnung, bei ihm zu bleiben und ihn zu heiraten, sei. Aber Ricarda hatte ihn nicht im Zweifel darüber gelassen, daß er sie nicht umstimmen konnte. Es war vorbei. Für alle Zeiten vorbei.

Er hatte in der Klinik angerufen, immer wieder, bis Ricarda ihm energisch sagte, daß sie das nicht wünschte. Eine Klinik sei kein Büro, und eine Schwester könne nicht jederzeit ohne dringenden Grund ans Telefon gerufen werden.

»Aber es ist dringend«, beharrte er.

Sie traf ihn noch einmal allein. Zu einer ernsthaften Aussprache. Und sie gab sich alle Mühe, ihm ihre Gründe darzulegen, aber er war wie ein eigensinniges Kind. Er wollte sie nicht verstehen.

Vergangen waren die verliebten Tage in Badgastein. Ein kurzer Traum war es gewesen, aber nicht mehr.

»Du liebst mich doch, Ricarda.«

»Nein, Werner. Ich habe es geglaubt, aber man täuscht sich manchmal über seine Gefühle. Wir können nicht einfach so tun, als seien zwanzig Jahre nicht gewesen. Du und ich, es geht nicht mehr.«

»Es ist nur wegen Charlott«, sagte er erbittert. »Ihretwegen machst du das Theater. Immer ist sie störend zwischen uns getreten. Immer.«

Ricarda hatte ihn ernst angeblickt, dann hatte sie ein wenig traurig gelächelt. »Du machst es dir sehr leicht, nicht wahr? Immer sind die anderen schuld. Charlott. Oder ich. Vielleicht bist auch du ein wenig schuld. Vielleicht ist keiner schuld. Oder das Leben. Die Zeit. Eins nur weiß ich, ich kann den Weg nicht mehr zurückgehen.«

Nicht zurück. Aber wohin? Gab es für sie einen Weg in die Zukunft, einen Weg, der ihr allein gehörte, der sie endlich zu einem Ziel bringen würde? Sie wußte es nicht. Sie konnte es noch nicht sagen. Sie war sich selbst nicht klar, über das Warum und Wieso, sie wußte nur, daß die Entscheidung, die sie getroffen hatte, endgültig war.

»Es ist nur wegen Charlott«, wiederholte er hartnäckig. »Du willst nicht, daß ich mich von ihr scheiden lasse. Du spielst die edelmütige Schwester. Die edelmütig verzichtende Heilige. Das ist eine Rolle, die dir gefällt. Warum bist du nicht gleich ins Kloster gegangen, wenn du nicht mit uns in dieser Welt leben willst?«

Ricarda mußte unwillkürlich lachen. »Du übertreibst. Ich bin weder edel und schon gar keine Heilige. Ich habe Sünden genug begangen. Und edel? Dazu waren meine Gedanken oft zu böse. Ich will sehr gern auf dieser Welt leben. Mit euch. Aber nicht mit dir allein.«

»Und Brigitte? Ist sie dir so gleichgültig? Sie ist deine Tochter. Wäre es nicht an der Zeit, daß sie es erfährt? Sie würde dann einsehen, daß du das größte Recht der Welt hast, meine Frau zu sein.«

»Was heißt Recht? Sprechen wir doch nicht immer von Recht und Unrecht. Charlott hat auch ein Kind. Also hat auch sie ein Recht, deine Frau zu sein.«

»Aha, da haben wir es. Eben doch Charlott. Sie will sich sowieso von mir scheiden lassen, das hast du ja gehört. Sie hat mir das inzwischen mehrmals bestätigt und mir deutlich gesagt, wie gleichgültig ich ihr geworden bin.«

»Ich wünschte, ihr würdet euch nicht scheiden lassen«, sagte Ricarda. »Wenn du schon der Meinung bist, ich habe einen Verzicht geleistet, dann möchte ich, daß er damit belohnt wird. Ihr seid so lange zusammen gewesen, habt euch arrangiert in dieser Ehe, die vielleicht kein reines Glück ist, aber wo gibt es das schon? Charlott ist nicht die Frau, die allein leben kann. Ich kann mir vorstellen, daß sie todunglücklich wäre.«

»Und ich? Ob ich unglücklich bin, danach fragst du nicht?«

Ricarda betrachtete ihn eine Weile prüfend. War er unglücklich? Sie glaubte es nicht. Vielleicht im Moment – es würde vorübergehen. Jetzt tat er sich selbst leid, fühlte sich mißverstanden und zurückgestoßen, ein ganz neuer Zustand im Leben Werner Fabians. Er würde darüber hinwegkommen.

Aber noch war es nicht so weit. Nach diesem Gespräch, das auf der Terrasse eines Lokals am Stadtrand stattgefunden hatte, an einem der ersten warmen Frühlingstage – der Frühling war zeitig gekommen in diesem Jahr, ein reicher, leuchtender Frühling voll Verheißung –, nach diesem Gespräch fuhr Werner, nachdem er Ricarda zur Klinik zurückgebracht und sich mit verbissener Miene verabschiedet hatte, planlos durch die Stadt. Keine echte Liebe für ihn und nicht die Frau, die er sich wünschte. So etwas gab es doch gar nicht. Nicht bei Werner Fabian. Er tat sich selbst leid, auch das ein ganz neuer Zustand, eine Welle von Sentimentalität überschwemmte ihn. Er fuhr durch die Straße, wo das Hochhaus stand, in dem Sybille gewohnt hatte. Sybille, die bereit gewesen war, bei ihm zu bleiben. Die ihn wirklich geliebt hatte. Und die er hatte gehenlassen, ohne Bedauern, ohne sich noch einmal nach ihr umzublicken.

Am Spätnachmittag landete er im Tennisklub. Brigitte war da, sie saß allein mit einem jungen blonden Mann am Tisch in ein eifriges Gespräch vertieft. Werner erkannte ihn wieder. Das war der Junge vom letzten Sommer, mit dem Brigitte so oft zusammen gewesen war. Und wegen dem es nach Weihnachten den Krach gegeben hatte, als sie mit ihm ins Theater gehen wollte.

Offenbar doch eine ernstere Sache. Konnte es möglich sein, daß seine kleine Brigitte sich schon an einen Mann band? Würde sie ihn auch verlassen, wie alle ihn verließen, die er liebte? Oh, wie leid tat Werner sich.

Brigitte hatte ihn gesehen und winkte ihm zu.

»Chef, komm mal her. Das ist Herr Clausen, den kennst du doch, nicht?«

Werner reichte dem jungen Mann, der aufgestanden war und eine tiefe Verbeugung machte, die Hand. »Kennen wir uns? Vom Sehen, glaube ich.«

»Er hat mich heute ganz furchtbar geschlagen. Ich bin schrecklich eingerostet«, beklagte sich Brigitte. »Man wird eben alt.«

Gottfried lachte, und Werner lachte pflichtschuldigst mit.

»Setzt du dich nicht zu uns, Chef?« fragte Brigitte.

»Ich will nicht stören. Es sah so aus, als hättet ihr etwas Wichtiges zu besprechen.«

»Ach, ich habe gerade von Großpapa erzählt, von seinem neuen Job. Und wie er sich darüber gefreut hat. Herr Clausen kennt Großpapa ja. Und die zwei können sich gut leiden.«

Natürlich, Matthias Wolff konnte offenbar jeder leiden, dachte Werner ungerecht. Das ist auch so ein vollkommenes Lebewesen, das überall Sympathien sammelt.

»Weißt du, im Sommer, wenn ich das Abi habe, werde ich

Großpapa besuchen. Was meinst du? Ich kenne Salzburg nicht richtig. Wir sind bloß mal durchgefahren. Und sonst immer nur daran vorbei. Gottfried, ich meine Herr Clausen, sagt, es wäre eine wunderbare Stadt.«
»So?« fragte Werner gleichgültig. »Ja, das ist es wohl.«
»Darf ich dann hinfahren, Chef?«
»Das werden wir sehen. Erst mach mal dein Abitur.«
»Das klappt schon, da brauchst du keine Bange zu haben.«
Nein, da hatte keiner Bange, am wenigsten Brigitte. Werner dachte: Immer habe ich mich gewundert, wieso Brigitte eigentlich so gescheit ist. In der Schule so leicht und spielend lernt. Weder ich noch Charlott sind besonders kluge Menschen, jedenfalls in dieser Beziehung. Ricardas Tochter! Jetzt ist mir das klar. Über Ricardas Leistungen in der Schule und auf der Universität waren ihm damals schon Wunderdinge erzählt worden. Und die hohe Meinung, die der sagenhafte Professor Runge von der Medizinstudentin Ricarda gehabt hatte, war ihm immer wieder von der stolzen Mutter Wolff aufgetischt worden. Ihn hatte es damals auch stolz gemacht, obwohl Ricardas wissenschaftliche Leistungen eigentlich das letzte war, was ihn an ihr interessiert hatte.
Ich wünschte, sie wäre nicht so klug, sie wäre hilfloser, weicher, weiblicher. Oh, diese Frauen, die sich so mühelos selbst in ihrem Leben zurechtfinden, die uns nicht brauchen, die über uns hinweggehen und viel stärker sind als wir. Sybille war auch so. Anders als Ricarda, aber von dieser Art. Eine neue Frauengeneration. Wir sind abgemeldet. Uns bleiben solche Frauen wie Charlott, sie sind töricht, weich und weiblich. Aber sie lassen unser Leben leer. Und Brigitte? Sie gehört auch zu dieser neuen Generation. Sie erst recht. Sie wird gewiß mit sich und ihrem Leben spielend fertig, genau wie mit dem Abitur. Darüber sollte sich dieser junge Mann klar sein, wenn er sie lieben sollte. Aber der sieht aus, als störe ihn das nicht. Ganz im Gegenteil, als gefiele ihm das sogar. Als wolle er gerade so eine Frau und keine andere haben.

»Herr Clausen«, erzählte Brigitte, »hat auch gerade das Schlimmste hinter sich. Staatsexamen, weißt du? Jetzt geht er dann mit Riesenschritten auf den Studienrat zu.«
Gottfried lachte ein wenig verlegen. »Das hat noch ein wenig Zeit. Erst kommt mal die Referendarzeit.«
»Ach«, meinte Werner, »dann sind Sie also fertig mit dem Studium?«
Es war ihm gleichgültig, es war pure Höflichkeit, daß er fragte.
»Meinen Doktor will ich gelegentlich noch machen.«
»So. Den Doktor. Aha.«
»Weißt du, was sein Traum ist?« sagte Brigitte. »Hat er mir gerade vorhin erzählt. Er möchte mal eine eigene Schule haben. Eine ganz moderne Schule, am besten ein Internat. Wie man es in England hat. Und wo er ganz nach seinen Methoden unterrichten kann und auch sonst die Kinder – na ja, eben so richtig erziehen. Auf moderne Weise.«
»Zweifellos eine glänzende Idee«, meinte Werner. Er grüßte zu einem großen Tisch an der Hauswand hinüber, wo eben Wellmanns mit einigen Freunden Platz genommen hatten. Eine sehr attraktive Frau befand sich in ihrer Gesellschaft.
»Na ja, das sind so Träume«, sagte der junge Mann etwas verlegen. »Jeder hat seine Träume, was seinen Beruf und seine Zukunft betrifft.«
»Zweifellos«, sagte Werner und stand auf. »Ihr entschuldigt mich, Kinder. Ich will da drüben mal guten Tag sagen. Fährst du dann mit nach Hause, Brigitte?«
»Darf ich noch ein bißchen bleiben?« fragte Brigitte sehr artig. »Ich komme nicht zu spät.«
»Natürlich, wie du willst.«
»Du sagst Mutti Bescheid?«
Werner nickte. – Mutti! Dieser Name kam Charlott nicht zu. – Daß sie ihn sich verdient hatte mit der Rettung dieses Kindes, mit jahrelanger Liebe und Fürsorge, das sah Werner nicht ein. Immer wieder war er versucht, Brigitte die Wahrheit zu sagen. Sie zur Verbündeten zu gewinnen Ricarda gegenüber. Aber sie

waren alle übereingekommen, damit zu warten. Ricarda selbst war diejenige, die am nachdrücklichsten darauf bestand, Brigitte die Wahrheit noch zu verschweigen. Als hätte sie Angst davor, die ungewohnte Mutterrolle zu übernehmen. Erst heute hatte sie wieder gesagt: »Auch Brigitte ist für mich kein Grund, dich zu heiraten. Sie erst recht nicht. Ich möchte, daß sie einmal eine gute Meinung von mir hat. Sie soll in mir nicht die Frau sehen, die eine Ehe, die Ehe ihrer Eltern stört.«
»Das ist doch lächerlich«, hatte Werner ärgerlich gesagt. »So wie der Fall bei uns liegt, kann man von einer Störung der Ehe nicht sprechen. Und du bist schließlich Brigittes Mutter. Und ich bin ihr Vater.«
»Es ist mir ein bißchen peinlich, wenn Brigitte das erfährt. Falls du mal darüber nachdenkst, wirst du es begreifen.«
Schluß jetzt damit! Werner wischte den Gedanken an Ricarda beiseite. Er trat zum Tisch der Wellmanns, begrüßte alle, die dort saßen, setzte sich dazu und bestellte einen doppelten Whisky. Die reizvolle Frau, die er aus der Ferne schon bewundert hatte, saß ihm gegenüber. Sehr apart! Kupferrotes Haar, dazu schmalgeschnittene graugrüne Augen, die ihn herausfordernd anblickten. Ein großer voller Mund. Sehr apart!
»Na, was sagen Sie dazu?« fragte der dicke Wellmann stolz. »Meine amerikanische Kusine. Hätten Sie vermutet, daß wir so was Tolles in der Familie haben? Ich auch nicht. Ich war ganz erschlagen, als sie vorige Woche hier ankam. Wenn ich das gewußt hätte, wäre ich längst mal nach Amerika gefahren.«
Alle lachten, die amerikanische Kusine am meisten.
»Zu diesem Import kann man sie nur beglückwünschen, mein Lieber«, meinte Werner und lächelte dabei die schöne Frau an. Mit seinem gewohnten Siegerlächeln, und er merkte auch gleich, daß es wirkte.
»Wir wollen nächste Woche eine Party für Jennifer geben«, sagte Lucie Wellmann. »Sagen Sie es Charlott, ich wollte sie sowieso anrufen. Ich denke an Freitag abend, nicht? Für eine

Gartenparty ist es ja noch ein bißchen früh im Jahr. Zur Zeit ist das Wetter sehr schön, aber abends wird es kühl.«

»Nein, nein«, meinte Werner, »die Gartenparty findet dieses Jahr bei uns statt. Wir sind schon lange wieder mal dran. Im Winter hatte ich irrsinnig viel zu tun. Aber jetzt werden wir mal aufdrehen.«

Er lächelte zu Jennifer hinüber, sie lächelte zurück. Ein wenig krauste sie die Nase dabei, ihre Augen wurden schmaler, funkelten. Reizend, ganz reizend! Werner begann seinen Kummer zu vergessen. Jedenfalls im Moment. Ein neuer Flirt würde ihm guttun. Keine Liebe, nein, das nie mehr. Nur das, was er immer gehabt hatte, Flirt, Spiel, ein wenig Verliebtheit, eine kurze Zeit des Amüsements, und dann ... nichts weiter!

Drüben an dem kleineren Tisch sagte Brigitte: »Na, das ist mal wieder Papas Kragenweite. Auf so was fliegt er.«

»So?« meinte Gottfried gedehnt. »Kann ich nicht verstehen.«

»Das möchte ich mir auch verbeten haben«, sagte Brigitte. Und nachdenklich fügte sie hinzu: »Komisch.«

»Was?«

»Na ja, so verschiedenes. Eine Zeitlang dachte ich mal – mein Vater und Ricarda, ich dachte, sie lieben sich.«

»Deine Tante?«

»Ja. Aber sie ist fort. Sie wollte offenbar nicht. Wahrscheinlich wegen Mutti, oder was weiß ich. Mir sagt ja keiner was.«

»Das ginge ja auch zu weit.«

»Unsere Familie ist schon eine verwickelte Angelegenheit. Und mein Vater? Du siehst ja. So war das immer. Aber jedenfalls reden sie jetzt nicht mehr von der Scheidung, das haben sie offenbar aufgegeben. Bin ganz froh, ist alles so blödsinnig.«

Sie verstummte. Es war wohl nicht ganz richtig, zu einem Fremden davon zu sprechen. Aber seltsam, Gottfried war eben für sie kein Fremder. Sie war so froh, daß er wieder da war. So froh. Ob man ihm das sagen konnte? Lieber nicht. Und übrigens – wenn er so klug war, wie er immer tat, konnte er es schließlich von selbst wissen.

»Am liebsten habe ich meinen Großpapa«, erklärte Brigitte bestimmt. »Ricarda kann ich auch gut leiden. Aber Großpapa ist einfach eine Wucht. Mit dem kann ich reden wie mit keinem Menschen. Na, du kennst ihn ja. Schade, daß er fort ist. Aber ihm macht es nun mal Spaß, etwas zu arbeiten.«

»Ich glaube, was Besseres konnte ihm nicht passieren.«

»Kommst du mit, wenn ich ihn im Sommer besuche?«

»Ich? Was würden denn deine Eltern dazu sagen.«

»Weiß ich nicht. Wird sich finden. Aber ein Besuch bei meinem Großpapa ist eine hochmoralische Sache. Der paßt schon auf mich auf.« Sie lachte übermütig, und Gottfried lachte auch. Auch er war so froh, sie wiederzusehen. Sie kam ihm noch viel hübscher vor als früher. Und er liebte sie, das wußte er ganz genau. Daran hatte sich nichts geändert.

»Gehen wir?« fragte er.

»Wohin?«

»Ach, weg hier. Noch ein bißchen spazieren. Wenn du noch nicht so bald nach Hause mußt, können wir vielleicht irgendwo zu Abend essen.«

»Aber da müßte ich auf jeden Fall vorher nach Hause und mich umziehen. Schließlich kann ich nicht im Tennisdreß ausgehen.«

»Ach so. Ich habe meine Sachen hier, ich könnte mich hier umziehen. Nichts Besonders, ich dachte ja auch nicht irgendwo hinzugehen, wo es sehr elegant ist.«

»Ach, dann weiß ich schon«, rief Brigitte. »Ich habe hier auch eine lange Hose in der Garderobe und eine Jacke. Das genügt. Und da gehen wir ein Stück durch den Wald, da gibt es so ein altes Gutshaus, kennst du das? Die haben eine kleine Wirtschaft dabei. Besonders viel gibt es da nicht zu essen, kalte Platte halt und Würstel und so. Wenn dir das genügt?«

Und Gottfried Clausen, sie zärtlich ansehend, sagte aufrichtig: »Es ist mir ganz egal, was ich esse.«

Wenig später gehen sie. Erst schweigend über die ruhigen Villenstraßen, dann auf den Wald zu. Es wird langsam Abend, es dämmert. Das Jahr ist ja noch jung. Frühling. Junger, süßer Frühling. Tage der Verheißung, Tage wie geschaffen für eine junge Liebe.

Gottfried sagt: »Also das hättest du deinem Vater nicht sagen dürfen, das mit der eigenen Schule.«

»Warum denn nicht, ich finde es prima.«

»Das sind ja bloß so Zukunftsträume. Wie man sich halt immer eine Idealvorstellung macht. So etwas wird selten wahr.«

»Warum denn nicht? Weißt du, was ich mir schon gedacht habe? Ich kann dir dann helfen in dieser Schule.«

Er bleibt stehen.

»Du?«

»Na ja, warum denn nicht? So dumm bin ich nicht. Im Herbst gehe ich nach München und fange an zu studieren. Und eines Tages mache ich auch mein Staatsexamen. Du wirst sehen, was du kannst, kann ich schon lange.«

Jetzt ist der junge Mann sprachlos. Das, was sie ihm hier sagt, so ganz nebenbei und mit größter Selbstverständlichkeit, das ist ungeheuerlich. Das ist – das ist – ja, wenn man es genau nimmt, ist eine Liebeserklärung.

Er steht auf dem Waldweg, hier ist es schon sehr dämmerig zwischen den Bäumen, es ist ganz still, er steht und starrt Brigitte an.

»Was guckst du mich denn so an?« fragt Brigitte unschuldig. »Denkst du, ich bin zu blöd, um zu studieren?«

»Nein«, sagt er, und fast gehorcht ihm seine Stimme nicht. »Das denke ich bestimmt nicht. Aber das, was du vorher gesagt hast – daß du mir helfen willst bei meiner Schule –, ist das dein Ernst?«

»Sicher, wäre doch eine feine Sache, wenn wir das zusammen machten. Das heißt, wenn du willst. Großpapa hat auch gesagt, junge Menschen richtig zu erziehen, ist überhaupt die wichtigste Sache von der Welt. Es dauert ja ein paar Jahre, bis ich so weit bin. Aber bei dir dauert es ja auch noch. Und gleich

hat man so eine Schule ja auch nicht. Fändest du das nicht fein? Möchtest du mich nicht – dabeihaben?«
Dabeihaben, sagt sie, scheu und jung, und dabei wissen sie beide, er und sie, was sie meint.
»Brigitte!« sagt er überwältigt. Und dann nimmt er sie endlich wieder in die Arme, fest, ganz fest. Und dann küßt er sie, so wie damals im Herbstregen. Aber jetzt ist Frühling. Jetzt ist die rechte Zeit für eine junge Liebe.

Was hatte denn nun den Professor Erik Laupholz, Ordinarius an der Universität München und international bekannt auf dem Gebiet der Herz- und Lungenchirurgie, veranlaßt, sich mit einer Krankenschwester zu verabreden und sich ihre Geschichte anzuhören? Man sollte meinen, ein Mann wie er hätte andere Dinge im Kopf.
Einmal war es Freundlichkeit. Er erinnerte sich gut an Ricarda Wolff, die einmal bei ihm und bei Professor Runge gelernt hatte. – Zum anderen war es Neugier. Denn Erik Laupholz erinnerte sich genauso gut, was für eine hoffnungsvolle, vielversprechende Studentin die junge Ricarda gewesen war. Und nun wollte er wissen, wieso gerade sie auf der Strecke geblieben war, ihr Ziel nicht erreicht hatte. Und da er nun für ein paar Tage in dieser Stadt war, um Ordnung in der Familie seines Bruders zu schaffen, für die er jetzt die Verantwortung trug, ging das gleich in einem hin.
Allerdings – daß er Ordnung schaffen würde im Leben der Ricarda Wolff, das war zunächst nicht beabsichtigt. Das wußten weder er noch Ricarda.
Er holte sie am Nachmittag in der Klinik mit dem Wagen ab. Er schlug vor, man könne vielleicht hier irgendwo in der Nähe Kaffee trinken. Der Frühlingstag war ein wenig kühl und stürmisch, sie saßen in einem kleinen Café am Stadtrand, wo es nicht sehr gemütlich war.
Ricarda war befangen, sehr zurückhaltend anfangs. Doch das verlor sich. Man redete so ein bißchen hin und her, von da-

mals, wie alles gewesen war, was daraus wurde. Von Runge natürlich, von Berlin im Kriege und den furchtbaren Luftangriffen, dem Elend, das sie gebracht hatten.
»Und jetzt möchte ich von Ihnen mal etwas Näheres hören«, sagte er schließlich. »Aber ich schlage vor, wir gehen hier weg. Es gefällt mir hier nicht besonders. Ich hätte Lust auf einen Schoppen Wein. Wissen Sie nicht irgendwo eine nette kleine Weinstube, wo man ungestört sitzen kann?«
Ricarda wußte keine. Aber dann fiel ihr die Weinstube ein, wo ihr Vater immer mit Johannes Hübner hingegangen war. Er hatte erzählt, dort sei es sehr gemütlich und der Wein ausgezeichnet. Wie hatte das Lokal nur geheißen? Johannes Hübner, natürlich – ihn konnte man fragen. Sie fuhren also in die Stadt, brauchten eine Zeit, bis sie in der Nähe des Marktplatzes einen Parkplatz fanden, und dann steuerte Ricarda also, etwas belebt inzwischen von dem Zusammensein mit Erik Laupholz, ins Geschäft von Herrn Hübner hinein. Er war da, freute sich, sie zu sehen. Sie habe leider keine Zeit, sagte sie, ein Bekannter warte draußen auf sie, sie wolle nur fragen, wo eigentlich diese hübsche Weinstube sei, wo er immer mit ihrem Vater hingegangen sei.
»Aber gleich hier um die Ecke«, meinte Herr Hübner. »Sehen Sie da«, er trat mit ihr unter die Tür, »dort ist die Kirche, um die gehen Sie herum, und auf der anderen Seite, in dem Häuserwinkel ist Benedikt. Gar nicht zu verfehlen.«
Er wünschte noch viel Vergnügen, und einen Wein empfahl er auch.
Und da saßen sie nun, es war Spätnachmittag, das Lokal fast leer, es füllte sich erst im Laufe der Zeit, sie fanden eine gemütliche Nische, wo sie ungestört sitzen konnten. Der Wein war gut, das Essen, das sie gegen Abend bestellten, ebenfalls.
Erst ließ Ricarda sich fragen. Aber dann geriet sie ins Erzählen. Wie es gewesen war, damals, in den Jahren dazwischen und jetzt. Hatte sie jemals irgendeinem Menschen ihre Lebensgeschichte erzählt? Nie. Hatte sie jemals zu erklären versucht,

wieso und warum alles so gekommen war, wie es kam? Jemals sich verteidigt, jemals angeklagt, die Zeit und ihr Schicksal? Und schließlich: Hatte sie jemals Verständnis gesucht? Heute tat sie es. Vor diesen ruhigen grauen Augen, diesem Menschengesicht, diesem wahren, echten Menschengesicht des großen Arztes tat sie es.

Erik Laupholz hörte zu. Stellte manchmal Fragen, wenn ihm etwas unklar war. Aber sonst ließ er sie reden. Er hatte bald begriffen, wie einsam sie war, wie unausgefüllt, und wie die Tatsache, daß sie den Sinn ihres Lebens verfehlt hatte, diese Frau belastete. Am Schluß sprach Ricarda davon, wie sie in den Westen gekommen waren, wie schwer es ihr anfangs gefallen war, sich hier zurechtzufinden.

»Und jetzt?« fragte er.

»Jetzt geht es. Seit ich wieder arbeite, geht es besser.«

»Die Arbeit macht Ihnen Freude?«

»Ja. Die Klinik ist nicht sehr interessant, es sind im allgemeinen harmlose Fälle, große Operationen machen wir nicht, mal einen Blinddarm, einen Abszeß, Mandeloperationen oder ähnliches. Alles wohlhabende Leute, die dort liegen. Na, Sie haben es ja gesehen. Die Arbeit hier ist für mich leicht. Damals in Breslau war es ganz anders. Das war immerhin eine große Universitätsklinik.«

»Hm. Und was weiter?«

»Weiter?« Sie blickte ihn fragend an.

»Ich kann mir nicht denken, daß Sie auf die Dauer dort bleiben werden. Mit dem, was Sie können, müßten Sie eigentlich einen anspruchsvolleren Rahmen ausfüllen. Sie könnten zumindest Operationsschwester in einer großen Klinik sein, nicht?«

»Nun ja, ich habe erst angefangen. Was weiter wird, darüber habe ich noch nicht nachgedacht.«

»Das sollten Sie aber. So mit der Zeit. Möglichkeiten bieten sich einer tüchtigen Frau in Ihrem Beruf sehr viele. Na ja, Sie sind noch nicht lange da. Ich finde es sehr bemerkenswert, daß

Sie erst so kurze Zeit in der Bundesrepublik sind. Ich versuche, mich da hineinzudenken. Es muß seltsam gewesen sein, hierherzukommen. Heute. In eine ganz andere Welt. Eine große Umstellung.«

»Ja, das war es. Und am Anfang bereute ich es, gekommen zu sein. Ich wünschte mich zurück. Ich dachte, ich würde mich hier nie einleben können. Sie hatten alle so einen großen Vorsprung. Sie hatten ganz anders gelebt, sich ganz anders entwickelt. Ihre Gedanken waren nicht meine Gedanken. Und ich dachte, es würde mir unmöglich sein, sie jemals mitzudenken. geschweige denn selbst zu haben.«

»Und nun?«

»Oh, langsam verstehe ich sie. Manches wenigstens.«

»Ihrem Vater ist es leichter gefallen, sagen Sie?«

»Ja. Mein Vater ist ein sehr lebensbejahender Mensch. Er liebt das Leben und die Menschen. Und es fällt ihm leicht, sich auf die anderen einzustellen. Auf jeden. Es gelingt ihm eigentlich immer.«

»Und Sie, Ricarda? Sie lieben das Leben und die Menschen nicht?«

Sie blickte eine Weile vor sich hin. Dann sagte sie ehrlich: »Nein. Nicht so sehr.«

»Aber Sie wollten Arzt werden. Man kann kein Arzt sein, wenn man das Leben und die Menschen nicht liebt. Wie wollen Sie den Menschen helfen, ihnen das Leben wiedergeben? Wie wollen Sie heilen, wenn nicht Liebe die Triebkraft ist? Liebe zum Leben und zu den Menschen.«

Hatte nicht ihr Vater einmal etwas Ähnliches gesagt? Damals hatte sie geantwortet: Aber ich bin kein Arzt geworden. Sie sagte es auch jetzt. Aber das ließ Laupholz nicht gelten.

»Man ist es, oder man ist es nicht. Außerdem haben Sie einen verwandten Beruf. Auch dazu gehört sie, diese Liebe, von der wir sprechen.«

»Ich bemühe mich ja auch«, sagte Ricarda. »Es wird besser werden.«

»Das hoffe ich. – Wie ist es? Trinken wir noch ein Viertel? Der Wein ist gut.«
»Sehr gut«, sie sah ihn an und lächelte. Ihre Wangen hatten Farbe bekommen, ihre Augen glänzten. Vom Wein? Vom Gespräch? Von der Teilnahme eines Menschen, der genug von ihr wußte, um sie zu verstehen.
»Großartig finde ich ja, was Ihr Vater macht«, sagte er, als der neue Wein gekommen war. »Siebzig Jahre, sagen Sie? Und fängt noch mal mit allen Konsequenzen und mit sehr viel Enthusiasmus ein neues Leben an. Daran sollten Sie sich ein Beispiel nehmen, Ricarda.«
»Aber ich ...«
»Ich frage nicht, wie alt Sie sind. Auf jeden Fall noch nicht siebzig. Und eine gutaussehende Frau sind Sie auch. Und sicher ja auch nicht dümmer geworden seit damals. Zugenommen an Reife und Erfahrung und Wissen. Auch an medizinischem Wissen durch Ihre Arbeit. Hm.«
Der Professor blieb eine Weile still. Trank seinen Wein. Blickte vor sich hin, sah sich im Lokal um.
Und dann plötzlich waren diese großen Augen mit dem zupackenden Blick wieder auf sie gerichtet. Er hatte nachgedacht, und war zu einem Ergebnis gekommen.
»Haben Sie nie daran gedacht, Ihr Studium zu beenden?«
»Aber ich sagte Ihnen doch, es war unmöglich. Als Deutscher konnte man drüben nicht studieren. Abgesehen davon, daß mir die Mittel fehlten.«
»Und heute?«
»Heute?« Sie starrte ihn sprachlos an.
»Ja. Heute!« sagte er mit Nachdruck. »Was schauen Sie mich so entgeistert an? Da ist ja gar nicht mehr viel zu tun. Das Physikum haben Sie. Ein paar Semester noch, Kliniksemester hauptsächlich, vier oder fünf, was ist das schon?«
»Aber du lieber Gott ...« Ricarda wußte nicht, was sie sagen sollte. Was für eine absurde Idee! »Das ist doch unmöglich.«
»Wieso bitte ist das unmöglich?«

»Ich bin zu alt.«
»Zu alt? Sie sind keine siebzig, das haben wir ja eben erst festgestellt.«
»Ich würde mich komisch ausnehmen unter den jungen Studenten.«
»Wieso denn das? Ich habe nicht nur Zwanzigjährige in meinen Vorlesungen sitzen. Gerade in unserem Fach gibt es immer wieder Leute, die spät ihre Berufung erkennen und dann umsatteln. Und nach dem Krieg, da haben viele überhaupt erst angefangen in Ihrem Alter.«
»Ja, nach dem Krieg, da war es etwas anderes.«
»Sie kommen ja jetzt erst aus dem Krieg. Sie kommen in ein neues Leben, in eine neue Welt, das hatten wir ja schon festgestellt. Und warum nun nicht etwas Vollkommenes daraus machen? Warum nun nicht den Weg zu Ende gehen, der Ihr Weg war?«
Ricarda war fassungslos. Nie hatte sie an eine derartige Möglichkeit gedacht. Nicht einmal ihr Vater, der ja gewiß erfindungsreich war und dem Dasein optimistisch gegenüberstand, nicht einmal er war auf diese Idee gekommen. Den Weg zu gehen, denn sie begonnen hatte.
»Ich kann mir nicht vorstellen, daß so etwas möglich ist«, murmelte sie, total überwältigt.
»Aber ich«, sagte er. »Ich kann es mir sehr gut vorstellen. Es ginge vermutlich nicht, oder nur sehr schwer, wenn Sie all die Jahre in einem anderen Beruf gearbeitet hätten. Aber da dies nicht der Fall ist, da Sie im Gegenteil mehr Erfahrung und Wissen mitbringen – eben durch die Arbeit als Schwester – als die meisten jungen Ärzte, die ihre Praxis beginnen, sehe ich überhaupt kein Hindernis. Sie würden wahrscheinlich ohne Verzögerung durch die paar Semester kommen. Und wären dann eine Ärztin, die nicht nur die Theorie im Kopf hat, sondern bereits die Praxis in den Fingern. Was wollen Sie eigentlich noch?«
»Mein Gott!« sagte Ricarda.

Er sah ihr an, wie erschüttert sie war. Sie hatte wirklich nie daran gedacht. Er stützte die Ellenbogen auf den Tisch, legte das Kinn auf die geballten Fäuste und betrachtete fasziniert, wie das alles, was sie jetzt bewegte, was in ihrem Kopf und in ihrem Herzen rumorte, sich in ihrem Gesicht spiegelte. Und war schon fest entschlossen, nicht mehr lockerzulassen.
Er fand seinen Gedanken großartig. Nicht mehr jung genug? Was für ein Unsinn! Eine Frau in dieser Zeit, in dieser Welt, eine Frau mit so viel Intelligenz und Lebenskraft, denn die hatte sie, das wußte er, das sah er mit dem geübten Blick des Arztes, was zählten für solch eine Frau Jahre? Dreißig, vierzig? Na und? Im zwanzigsten Jahrhundert, nachdem erwiesen war, daß die Frauen eindeutig das stärkere Geschlecht waren?
Er sagte ihr das alles, Ricarda hörte ihm zu. Die Lippen leicht geöffnet, die Augen noch glänzender geworden, die Wangen gerötet, und das Herz schlug wild dabei. Und in ihrem Kopf tobten die Gedanken. Jetzt noch? Heute noch? War es möglich? Gab es das? Konnte das möglich sein?
»Aber ich habe kein Geld dafür«, sagte sie schließlich, schon angesteckt von seinem Enthusiasmus, schon im Überlegen, wie es vielleicht doch zu schaffen war.
Dieses Hindernis, meinte der Professor, sei überhaupt keins. Das am allerwenigsten. »Sie kommen zu mir in die Klinik. Sie werden Geld verdienen. Sie kriegen eine gute Stellung bei mir, im Labor oder irgend so etwas, was Sie spielend machen können nebenbei. Und Sie bekommen bestimmt ein Stipendium. Gerade Sie in Ihrer Situation und nach allem, was vorausgegangen ist. Das lassen Sie mich nur machen. Ja, Sie brauchen nicht einmal Geld für eine Wohnung. München ist nämlich ein teures Pflaster. Sie können bei mir wohnen.«
»Bei Ihnen?«
»Klar. Nichts einfacher als das. Ich habe ein ganzes Haus, ein sehr hübsches, geräumiges Haus in Bogenhausen. Da wohne ich allein mit einer Wirtschafterin. Eine Frau habe ich nicht mehr. Kinder auch nicht.

Oben sind zwei Mansardenzimmer, sehr hübsch, nicht groß natürlich, aber wenn sie nett eingerichtet sind, sehr gemütlich. Die können Sie haben. Kostet nichts. Und meine Bibliothek steht Ihnen zur Verfügung. Alle Literatur, die Sie brauchen, ist im Haus. Was wollen Sie eigentlich noch? Ich möchte wissen, was Sie nun noch für Einwände haben?«

Ricarda atmete zitternd aus. Sie hatte ganz das Atmen vergessen. »Es ist wie ein Traum«, sagte sie leise.

»Kein Traum, mein liebes Mädchen. Es kann nüchternste Wirklichkeit werden, wenn Sie nur wollen. Wenn Sie den Mut haben.«

Er legte seine Hand, seine große, sensible Chirurgenhand, auf ihre Hand, die zusammengekrampft auf dem Tisch lag. Und als sie aufblickte, sah sie in sein Gesicht. Dies Menschengesicht! Großflächig, geprägt vom Leben, Falten darin und Furchen und gleichzeitig Jugend, Leben und Kraft. Das graue Haar über der hohen Stirn, etwas gelichtet in den Ecken. Aber vor allem seine Augen. Die hatten bereits Besitz von ihr ergriffen, zwingend, mächtig, ließen sie nicht mehr los, zwangen sie vorwärtszublicken. Nicht mehr zu sagen: Traum.

Zu sagen: Tat.

»Ich weiß nicht«, sagte Ricarda atemlos, ganz befangen in seinem Blick. »Ich weiß nicht, aber – aber ich glaube, ich habe den Mut.«

Er lächelte. Schon neulich war ihr aufgefallen im Krankenzimmer bei Annelie, *wie* er lächeln konnte. Die Menschen lieben! Das Leben lieben! Vielleicht – auch ihn? Alles war eingeschlossen in diesem Lächeln.

Er drückte ihre Hand. »Gut. Das ist ein Wort. Das wollen wir festhalten. Über die Einzelheiten reden wir noch. Jetzt trinken wir noch ein Viertel. Das letzte. Vielleicht lasse ich den Wagen lieber hier stehen und fahre Sie mit dem Taxi nach Hause. Macht auch nichts, wie? Heute ist ein großer Tag, nicht?«

Sie nickte. »Für mich, ja.«

»Für mich auch. Es ist schön, wenn man einem Menschen

seinen Weg zeigen kann. Ein sehr erhebendes Gefühl. Runge wäre sehr zufrieden mit mir, wenn er das gehört hätte.«
Als der Wein gekommen war, hob er sein Glas und sagte, geradezu feierlich und mit nachdrücklichem Ernst: »Ich trinke auf meine zukünftige Kollegin. Frau Doktor Wolff!«
Und während er das sagte und dann trank, das Glas noch einmal grüßend hob, immer ohne sie aus den Augen zu lassen, dachte er: Was ist das? Ein neuer Weg für sie? Am Ende gar ein neuer Weg für mich? – Meine zukünftige Kollegin und nicht mehr?
Und dann lächelte er wieder. Und dann lachte er sogar. Ein kleines erstauntes Lachen. Lachte sich selber aus. Was man manchmal für Ideen hatte! Heute schien er wirklich einen einfallsreichen Tag zu haben.
Nun – man würde sehen!
Ricarda betrachtete ihn mit andächtigen Augen, wie ein Kind, dem man ein wundervolles Geschenk gemacht hatte. Ach nein, mehr, viel mehr war es. Ein neues Leben wurde ihr geschenkt. Gab es das wirklich? Noch war sie voll Verzagtheit, voller Bedenken, alles kam so plötzlich, war noch nicht zu fassen, nicht zu verarbeiten. Morgen und übermorgen und alle Tage, die kamen, mußte sie darüber nachdenken. Wenn doch ihr Vater hiergewesen wäre! Wenn sie doch mit ihm darüber hätte sprechen können!
Warum? Sie wußte ja, wußte ganz genau, was er sagen würde. Gerade er. Vielleicht würde er noch glücklicher sein als sie.
»Ja«, sagte sie leidenschaftlich. »Ja. Ich will. Ich will!«

An einem warmen hellen Sommerabend im Juni verließ Matthias Wolff als letzter die Buchhandlung, schloß sorgfältig alle Türen ab, ging noch einmal vor die Schaufenster, die sie an diesem Tage neu gestaltet hatten, betrachtete befriedigt das Ergebnis und begann dann seinen Abendspaziergang. Er ging gemächlich durch die Straßen der Altstadt, am Mozartdenkmal vorbei, dann am Dom, betrachtete duldsam die Touristen, die

sich in zunehmender Zahl eingefunden hatten, begegnete einem bekannten Schauspieler des Stadttheaters, der zu seinen Kunden zählte, blieb stehen und machte mit ihm ein kleines Schwätzchen. Man sprach über die Festspiele, über das Programm dieses Sommers.
Dann stieg er geruhsam den Weg zur Festung hinauf, nur bis zur halben Höhe, wandte sich dann nach Westen und ging weiter auf dem Weg, der unter den grünen Bäumen entlangführte. Dies war sein Lieblingsweg. Unten sah er die Stadt mit ihren Türmen und Kuppeln liegen, südwärts blickte er ins Land hinaus, auf Schloß Leopoldskron und die Berge dahinter. Hier verweilte er, setzte sich auf eine Bank und zog den Brief aus der Tasche, den er heute von Ricarda erhalten hatte. Der Brief, der ihn so glücklich machte.
Der Brief, in dem Ricarda ihm von ihren Plänen berichtete.

*»Ich habe Dir bis jetzt nichts davon geschrieben, denn ich war im Zweifel, ob ich das wirklich tun könnte, ob ich dieses Wagnis unternehmen soll. Aber nun habe ich mich entschieden. Meine Stellung hier gekündigt. Nächsten Monat übersiedle ich nach München. Ich kann gleich mit der Arbeit in der Universitätsklinik bei Laupholz beginnen. Und dann will ich mich, bis das Semester beginnt, über die Bücher setzen und arbeiten, wie ich noch nie in meinem Leben gearbeitet habe. Ich will es schaffen. Und ich will es so schnell wie möglich schaffen.*
*Du weißt nicht, wie mir zumute ist. Ich kann es mit Worten nicht ausdrücken. Alle Worte dieser Welt sind zu armselig, um dir meine Gefühle zu beschreiben. Es ist wie ein Wunder. Als wenn ich von den Toten auferstanden wäre.*
*Ich bin so glücklich. Und ich bin Professor Laupholz unendlich dankbar. Er ist so gut. Vor ein paar Tagen war er nochmals hier, und wir haben alle Einzelheiten besprochen. Wenn man ihm zuhört, dann ist es die einfachste Sache von der Welt, was ich vorhabe. Es wird nicht so einfach sein, das weiß ich. Aber ich weiß auch, daß ich es kann. Ja, Vater, ich habe so viel*

*Vertrauen zu mir selber, daß ich Dir klar und deutlich sagen kann: Du kannst ganz beruhigt sein. Ich schaffe es.*

*Nächste Woche komme ich zu Dir. Du hast ja Geburtstag, und den sollst du nicht allein feiern. Brigitte kommt mit. Mit ihrem Abitur ist alles glattgegangen. Und sie will Dich unbedingt wiedersehen. Sie ist natürlich begeistert von meinen Plänen. – Das ist eine Wucht, hat sie gesagt. Ich bin stolz auf dich, Mutter! Das war das erstemal, daß sie Mutter zu mir gesagt hat, sonst nennt sie mich immer noch Ricarda, und das soll auch so bleiben. Sie weiß es nun also, und Du wirst es kaum glauben, Werner hat es ihr gesagt. Es war sein letzter Versuch, mich zurückzugewinnen. Er wollte Brigitte als Bundesgenossen haben. Aber Brigitte versteht mich. Und Werner muß sich damit abfinden, daß mein Weg ein anderer ist.*
*Brigitte hat es verhältnismäßig nüchtern aufgenommen. Erst war sie ein bißchen verlegen, ich auch natürlich. Aber sie ist erstaunlich verständig und vernünftig für ihr Alter. Charlott, so sagte sie zu mir, soll nie das Gefühl haben, daß ich sie nun weniger liebhabe. Sie soll sich nie zurückgesetzt fühlen. Ich kann euch beide liebhaben.*
*Übrigens, was Charlott betrifft, so glaube ich, daß es nicht zu einer Scheidung kommen wird. Werner scheint kein Interesse mehr daran zu haben. Und ich habe Charlott gesagt, sie soll ihrerseits den starren unversöhnlichen Standpunkt aufgeben. Vielleicht können sie doch miteinander auskommen. Nicht besonders gut, halt so wie früher auch. Und da sie ja keine Kämpfernatur ist und auch nicht so recht geeignet, ihr Leben selbst zu meistern, wird es wohl so für sie am besten sein.*
*Sie wird Dir dieser Tage schreiben, vielleicht kommt sie auch mit zu Deinem Geburtstag, falls es sich mit dem geplanten Gartenfest, das sie geben wollen, terminmäßig einrichten läßt. Ganz glücklich ist sie darüber, daß der Maulbeerbaum ausgeschlagen hat. Sie meint, wenn er richtig wächst und gedeiht, das wäre ein gutes Zeichen für sie, für uns alle. Da ist sie im-*

*mer noch wie ein Kind. Der Gärtner hat eine Schutzhecke nach Norden und Osten um den Maulbeerbaum errichtet, damit er möglichst viel Sonne und Wärme, aber wenig kalte Luft bekommt.*

*Möglicherweise kommt sogar Brigittes Freund, dieser Herr Clausen, auch zu Deinem Geburtstag nach Salzburg. Ich kenne ihn ja noch nicht, aber Du hast damals gesagt, er wäre sehr nett. Wie es scheint, ist es Brigitte sehr ernst mit diesem jungen Mann. Es ist Liebe, sagte sie mir neulich, und zwar eine richtige, echte Liebe. ›Vielleicht denkst du, daß ich noch zu jung bin und zu dumm, um das richtig zu verstehen. Aber ich weiß es trotzdem.‹ Was soll ich dazu sagen? Brigitte ist so selbständig, man kann ihr da kaum widersprechen. Ich werde den jungen Mann ja kennenlernen.*

*Zunächst einmal wird Brigitte auch in München studieren. Ist es nicht komisch, daß ich zusammen mit meiner Tochter an der gleichen Universität studieren werde? Ich glaube nicht, daß es so etwas oft gibt.*

*Lieber Vater, das ist ein langer Brief geworden. Und ich könnte noch so viel schreiben. Aber wir sehen uns ja nächste Woche, und dann werden wir über alles sprechen. Denkst Du noch daran, was hinter uns liegt? Das ist eine dumme Frage, natürlich denkst Du daran, genau wie ich. Und daß jetzt alles ganz anders werden soll, kommt mir wie ein Traum vor. Nächste Woche, lieber Vater. Ich freue mich so, Dich wiederzusehen. Und wenn ich dann in München bin, werden wir uns oft sehen. Es ist nicht weit von München nach Salzburg.«*

Nein, keine weite Reise von München nach Salzburg. Matthias Wolff saß da, den Brief in der Hand. Worte sind zu armselig, hatte Ricarda geschrieben. Ja, sie hatte recht. Worte waren zu armselig, um seine Dankbarkeit, sein Glück auszudrücken. Er stand auf, blickte ins Land hinaus, wandte sich dann um und überblickte die Stadt. Die Stadt, die nun seine Heimat geworden war. Eine Stadt mit Türmen und Brücken, so wie er es liebte.

Nächste Woche also war sein Geburtstag. Vor einem Jahr hatten sie an diesem Tag den Entschluß gefaßt, in den Westen zu gehen. Es war eine weite Reise geworden, aber nun waren sie *angekommen!*

Dann kam Leben in ihn. Ehe er zum Abendessen in eine der hübschen alten Weinstuben ging, würde er die Treppen zur Stadt hinabsteigen und rasch zum Bahnhof gehen. Er mußte doch mal den Fahrplan studieren. Mußte doch mal sehen, wie oft die Züge fuhren zwischen Salzburg und München.

Und wie lange die Fahrt dauerte!